Peter Langer

Krawattennazis

Thriller

1. Auflage April 2021

Gestaltung, Satz und Herstellung:
OCM GmbH, Dortmund

Verlag:
OCM GmbH, Dortmund, www.ocm-verlag.de

Umschlagfoto: Evgeni Tcherkasski auf Pixabay

Printed in the EU

ISBN 978-3-942672-86-3

Bibliografische Information der Deutschen Nationalbibliothek

Die Deutsche Nationalbibliothek verzeichnet diese Publikation in der Deutschen Nationalbibliografie; detaillierte bibliografische Daten sind im Internet über http://dnb.d-nb.de abrufbar.

für Sarah und Jonathan

bleibt aufmerksam und schaut niemals weg

Prolog

Der Traum kommt im Herbst wieder häufiger. Er kann die Männer auch dieses Mal nicht sehen. Er kann sie nie sehen. Aber ihre Schreie hören. Markerschütternde Schreie, die so gellend sind, wie nur ein Mensch schreien kann, der weiß, dass er stirbt. Schreie, die nicht zu dem sonst martialischen Auftreten der Fedajin der Hisbollah-Brigaden und ihrer ständig propagierten Todessehnsucht passen. Wenn der Zeitpunkt wirklich da ist, sieht doch manches anders aus. Wie ein letztes Aufbäumen, bevor alles schwarz wird. Er kann den Hubschrauber hören, das schwere, wuchtige Schneiden der Rotorblätter gegen den Luftwiderstand, das hohe Kreischen der Turbine, den blau auslackierten Davidstern am Heck, das Rattern der automatischen Bordwaffen und das Einschlagen der Projektile in die jahrhundertealten Sandsteinmauern des Dorfes. Für einen Augenblick, einen Bruchteil einer Sekunde, sieht er auf, sieht das dunkel glänzende Helmvisier des Bordschützen in der Sonne funkeln. Wie bei einem entmenschlichten Wesen. Er spürt sich laufen. Nur weg von hier. Ein hinter einem Mauervorsprung kniender Unteroffizier in der olivgrünen Felduniform der Zahal, der isrealischen Verteidigungsstreitkräfte, mit stumpfnasigem Sturmgewehr im Anschlag, Tarnnetz auf dem Helm und schwarz verschmiertem Gesicht schreit ihn an: „German! Keep your ass down!" – doch er läuft weiter, atmet Staub, schmeckt Schweiß, Diesel, verbranntes Kerosin und den unverkennbaren Gestank von verbranntem Schießpulver. Er weiß, was als nächstes kommt. In parallelem Anflug zischen zwei Raketen über ihn hinweg mit bläulich weißen Flammenschwänzen auf ihr Ziel zu, einen baufälligen Schuppen etwa hundert Meter die Straße hinunter. Ein Blitz, der gewaltige Explosionsdonner nach der Hitzewelle, dann ein Feuerball, der für einen Augenblick sogar die Morgensonne verdunkelt. Die Druckwelle reißt ihn beinahe von den Füßen. Er stolpert nach vorne, Taubheit in den Ohren, ein durchdringendes Pfeifen scheint tief aus seinem Inneren zu kommen. Steine schlagen vor ihm auf dem Boden auf und noch etwas anderes, das beim Aufprall auf dem Boden ein klatschendes Geräusch verursacht. Er wird immer atemloser, das

Herz scheint sich seinen Weg durch den Brustkorb und den Hals freizusprengen. Er weiß nicht mehr, was passiert ist. Er weiß gar nichts mehr. Dann ist alles vorbei.

Er wacht auf und sieht: Holzlatten an der Decke. Ein Raum, eine andere Zeit, fast scheint es ein anderes Universum. Am Abend zuvor hat er vergessen, die Heizung etwas höher zu drehen, sein Atem kondensiert in der kalten Luft zu feinem Dunst. Der Nachbar fährt gerade vom Hof. Autoscheinwerferlicht huscht über die Wand. Wochenendfrühschicht bei der Conti in Korbach, der nächsten Kreisstadt. Seit August ist die Kurzarbeitsregelung wieder aufgehoben. Ein Segen für die Familie mit der kleinen Tochter.

Er schlägt die Bettdecke zurück und steht auf, nachdem er minutenlang auf der Bettkante gehockt und darauf gewartet hat, wieder in der Wirklichkeit anzukommen. Erst der Duft von frischem Kaffee bringt ihn zu klarem Verstand. Er wird diesen Traum nicht los. Ein Blick durch den Gardinenspalt nach draußen. Ein weiterer trüber Herbsttag bricht an. Die trübe Jahreszeit hat den Sommer in diesem Jahr früh abgelöst. Er hofft auf noch einige sonnige Oktobertage und einen späten Wintereinbruch.

Kapitel 1

Die hintereinander aufgereihten Einsatzfahrzeuge waren schon von Weitem zu erkennen. Die Blaulichter, noch eingeschaltet, überzogen die Böschung des Hangs mit flackerndem Licht. Unten im Tal, knapp hinter einer Hangwelle vorborgen, auf der einige neugierig herüberschauende Kühe regungslos standen, lag der Diemelsee unter einer Nebelschicht. Die Morgensonne hatte Mühe, die dichten Schleier am Himmel zu durchdringen, doch ab Mittag würde es vielleicht ein schöner Tag werden.

Für Stefan Emde aber würde dieser Tag nicht schön werden. Der Hauptkommissar wusste es instinktiv und fluchte leise, als er aus seinem Wagen stieg. Wie ein Karnevalsumzug, dachte er mit Blick auf die fünf Polizeiautos. Für einen Sonntagmorgen hatten sie ganz schön aufgefahren. Da könnte man ja gleich eine schriftliche Einladung an die Presse senden. Eine Begrüßung an den nächsten, blau uniformierten Kollegen, der sich diensteifrig näherte, sparte sich der schlecht gelaunte Beamte des K10 der Polizeidirektion Waldeck Frankenberg dann auch. Ein gebelltes „macht die verdammten Lichter aus“ musste erst mal reichen. Für Höflichkeiten war es nie zu spät, oder? Er stapfte über die feuchte Wiese auf einen Hochsitz zu - unverkennbar der Fundort. Der Bereich ringsum war großräumig mit rot-weißem Flatterband und dem Hinweis „Polizeiabsperrung“ abgeriegelt. Emde hatte sich immer schon gefragt, ob das nun für die Polizei oder das abgesperrte Areal gelten sollte. Die weißen Papieroveralls der Kollegen von der Spurensicherung hoben sich deutlich vom Grün der Wiesen ab. Ein weiterer ihm nicht bekannter Beamter, ein Hauptmeister, wie Emde kurz mit Blick auf die vier blauen Sterne auf den Schulterklappen registrierte, hob ihm das Flatterband hoch und nickte kurz.

Jürgen Meistermann, Leiter der SpuSi, hatte ihn bereits entdeckt, stand wie herbeigezaubert neben Emde und schwieg zunächst. Fragen würde es später noch genug geben. Meistermann machte sich andächtig Notizen auf einem Klemmbrett. Emde blickte sich langsam um. Die Tatortgruppe war bereits zuvor eingetroffen und ohne viel Federlesens an die Arbeit gegangen. Markierungsfähnchen auf dem Erdboden standen in unterschiedlichen Abständen zum etwa vier Meter hohen Hochsitz – ein mit Teerpappe verkleideter Holzverschlag auf einem Holzgerüst mit Leiter. Ein Mitarbeiter Meistermanns, wie sein Chef ebenfalls in weißem Papieranzug, goss gerade einige Meter weiter eine Verbundmasse aus Gips und Silikat in eine Bodenvertiefung. Dort hatten sie offenbar einen Fußabdruck oder eine Reifenspur ausgemacht. Emde fragte sich nicht zum ersten Mal, ob diese Papieranzüge auch unter freiem Himmel überhaupt Sinn machten, aber anscheinend betrachteten die Kollegen diese Dinger als ihre Art von Uniform. Verdammt, waren sie damit nicht sogar mal zum Altweiberball im Präsidium erschienen?

Emde schaute wieder zum Hochsitz hinauf. Die ansonsten mit Riegel und Vorhängeschloss gesicherte Tür stand einen knapp handbreiten Spalt auf. Emde sah im Inneren an der gegenüberliegenden Wand aus rohen Holzlatten Blut in dünnen Schlieren herablaufen. Und noch etwas anderes, grau-weißliches, etwas zähflüssiger als Blut. Er warf dem Chef der SpuSi einen fragenden Blick zu, der antwortete sofort, den Blick instinktiv, durch lange Jahre der Zusammenarbeit geschärften Verstand, aufnehmend: „Carl Lieberknecht, 67 Jahre, ursprünglich aus Dortmund, dort noch Hauptwohnsitz, hielt sich aber lieber hier am Diemelsee auf. Hatte eine Jagdhütte drüben in Giebringhausen. Passionierter Jäger. Kopfschuss. Offenbar sofort tödlich. Die Schüsse kamen nach einem ersten Blick auf die Leiche, und wenn er aufrecht gesessen hatte, von dort." Meistermann wies mit seinem Kugelschreiber in der behandschuhten rechten Hand über ein Feld hinweg auf den knapp 400 Meter entfernten Waldrand. Dahinter erhob sich dichtes, scheinbar undurchdringliches Unterholz unter einem Tannenwald, der sich in Richtung Bergkuppe des Eisenbergs erhob, der höchsten Erhebung in der Region. „Genaueres müsste dann die Autopsie ergeben. Ein Jagdunfall war das jedenfalls nicht, Suizid ist auch ausgeschlossen, seine drei Schusswaffen, die er da oben hat, wurden nicht abgefeuert." Und nach einer Pause: „Da hat jemand genau gewusst, was er tut."

Emde nickte mit ungläubigem Staunen. Das war nicht die Art von Fall, mit dem er eine Woche beginnen lassen wollte. Und genau genommen hatte er in seiner Karriere als Polizeiermittler noch nie eine Arbeitswoche so beginnen müssen. Nichts an dem Anruf, der knapp 25 Minuten zuvor bei ihm eingegangen war, hatte auf so etwas hingedeutet. Emde hatte eher auf einen Jagdunfall getippt. Und vielleicht auch etwas gehofft. „Willst du sagen, er wurde durch das geöffnete Visier des Hochsitzes erschossen?" Meistermann nickte düster und blickte sich vorsichtig um. Musste ja nicht sein, dass direkt jeder Kollege diese Information mitbekam. Polizei und Dienstgeheimnis hin oder her, so etwas verbreitete sich schnell, war rasch im vertrauten Kreis Familien oder Freunden erzählt und dann nicht mehr einzuholen. „Aus dieser Distanz?" Wieder ein Nicken.

Emde wurde blass. Auch das noch. Das Werk eines Profis. Wer sonst sollte so etwas hinkriegen? Was er immerhin wusste: Auftragsmorde dieses Kalibers waren äußerst selten in Deutschland. Er konnte sich nicht erinnern, dass es in Nordhessen jemals eine solche Tat gegeben hatte. Abgesehen vom Mord am Regierungspräsidenten in Kassel vor einigen Jahren. Die Tat wurde nie vollkommen aufgeklärt. Der Mörder war zwar verurteilt, die Zweifel an seinem Alleingang blieben jedoch – alle Untersuchungsausschüsse hatten keine Klarheit bringen können. Die Menschen rings um den beschaulichen Diemelsee, die in den abgelegenen Dörfern beinahe noch in dem Zeitalter verankert waren, in dem man die Kinder von der Straße holte, wenn ein fremdes Auto nahte, würden jedenfalls begeistert sein bei der Vorstellung, dass ein bezahlter Killer in der Gegend war. Was er andererseits nicht zuletzt aus abendlichen Fernsehkrimis wusste: Diese Art Klientel von angeheuertem Auftragsmörder kam, erfüllte den Job und verschwand dann in der Regel rasch, ohne weiteren Ärger zu machen. Um dann, vermutete Emde, in vielen Fällen selbst für immer zu verschwinden, wenn es wirklich ganz große Aufträge waren. Er hatte jedenfalls noch nie mit so etwas zu tun gehabt. Sie mussten nun schnell sein. Eine Sonderermittlungsgruppe würde gebildet werden müssen. Ermittler aus Kassel würden nach Korbach abkommandiert, wo es keine Mordkommission gab, er sah es bereits kommen. Emde schüttelte den Kopf.

Das mutmaßliche Mordopfer, Lieberknecht, war in der Region bekannt wie ein bunter Hund. Meistermann hätte ihn gar nicht vorzustellen brauchen. Dass der Tote der bekannte Bankvorstand war, hatte Emde schon während der Anfahrt kombiniert. Die Polizeistreife, die nach dem eingegangenen Anruf als erste vor Ort war, hatte von einem schweren Mercedes-Geländewagen mit Dortmunder Kennzeichen gesprochen, der auf einem Parkplatz in der Nähe gesichtet worden war. Metallic-Lackierung und Zusatzscheinwerfer auf der Stoßstange. Und so etwas, dachte Emde, fährt hier weit und breit nur einer: Carl Lieberknecht. Lieberknecht war reich. Keiner wusste, wie reich genau. Was aber dafür bekannt war und Inhalt vieler Thekengespräche in den umliegenden Orten: Sein Kapital stützte ein Unternehmen mit Hauptsitz in den Vereinigten Staaten, das es sich auf die Fahnen geschrieben hatte, bisher unentdeckte Bodenschätze aufzuspüren und alte Erz- und Kohlegruben mit neuen Abbaumethoden zu reaktivieren. Seit knapp zwei Jahren wurde lebhaft und so manches Mal nicht nur mit Worten um eine mögliche Wiedererschließung einer stillgelegten Erzgrube ganz in der Nähe gerungen. Die Grube Christiane war bereits seit den achtziger Jahren ein Besucherbergwerk. Seit mehr als 50 Jahren wurde dort nicht mehr gefördert. Es gab noch einen Knappenchor ehemaliger Kumpel, ein Verein mit chronischen Nachwuchssorgen, weil die Dorfjugend anderes im Sinn hatte, als freitagsabends, auf runden Geburtstagen und Volksfesten das Kommen des Steigers zu besingen und regelmäßige Führungen an den Wochenenden anzubieten. Dem Mittvierziger Emde waren früher als Jugendlicher die regelmäßigen Schulausflüge in die feuchten Stollen unheimlich. Umso mehr verspürte er bis heute Achtung vor den Generationen von Bergleuten, die ihren kargen Lebensunterhalt in dieser Dunkelheit erschufften mussten. Noch heute gab es in den Dörfern ehemalige Kumpel der Grube Christiane, denen ihr hartes Arbeitsleben, aber auch ihr ungebrochener Geist, anzusehen war.

Vor allem die Naturfreunde und Gastronomen, die in den vergangenen Jahren viel Geld in die Belebung des Fremdenverkehrs und in den Auf- und Ausbau von Wanderwegen und Grill- und Spielplätzen gesteckt hatten, waren von dem Reaktivierungsplan des Bergwerks nicht gerade begeistert. Und die vielen Vereine, die sich liebevoll um die Instandhaltung der Freizeitanlagen kümmerten, ebenfalls nicht. Andererseits war die darbende Gegend dringend auf Arbeitsplätze angewiesen. Von der Gewerbesteuer einer prosperierenden Erzgrube ganz zu schweigen, zur Not auch auf Kosten der Steuereinnahmen durch den Fremdenverkehr, denn die ersteren Einnahmen stachen die letzteren locker aus – sofern der Weltmarkt nicht auf die nächste Rezession zusteuerte und die Nachfrage nach Eisenerz bestehen blieb. Lieberknecht, der streitbare Geist dieser Überlegungen, war nun also tot.

Emde löste sich von seinen Gedanken und registrierte, dass sich ein Leichenwagen im niedrigen Gang den Feldweg von Heringhausen hinauf quälte. Spätestens jetzt mussten die im Dorf unten vollends Bescheid wissen, dass oben auf den Wiesen nicht nur einige Stück Rotbunte gestohlen worden waren.

„Wissen wir etwas zur Tatzeit?“ Meistermann blickte wieder auf sein Klemmbrett. „Bis jetzt wenig. Laut Temperatur der Leiche dürfte der tödliche Schuss vor knapp zwei, eher zweieinhalb Stunden abgegeben worden sein. Schon kurze Zeit darauf wurde er entdeckt.“ Meistermann deutete zum Hochsitz hinauf. „Die Tür stand so offen wie jetzt und einem Landwirt ist die zusammengesackte Gestalt dort oben aufgefallen. Otto Bunse heißt der Mann. Dachte zuerst, ein Herzinfarkt hätte ihn dahingerafft. Dann ist er die Leiter hoch und hat sich das Ganze aus der Nähe angesehen.“

Emde sah etwas abseits einen Mann stehen, der offenbar dieser Landwirt war. Gott im Himmel, der Mann im Alter von knapp 60 Jahren sah wirklich so aus, wie man sich im Rest Deutschlands wohl einen Landwirt in der tiefsten Provinz vorstellen mochte: Cordhose, grobes Hemd, darüber eine Feldweste, zerfurchtes Gesicht und auf dem Kopf eine verschossene Wollmütze, wie man sie heute allenfalls noch bei den Gebirgsjägern findet – mit Metallabzeichen und zwei Knöpfen über dem Schirm. „Ein Herzinfarkt mit massivem Blutverlust, hm?“ Emde verkniff sich mit Mühe einen Anflug von spöttischem Grinsen. Er ging zu dem Mann hin, der sichtlich mitgenommen war. „Ich hab gedacht, der hätte einen Herzkasper“, begann der Landwirt zu stammeln und trat unsicher von einem Bein auf das andere. Emde machte mit beiden Händen eine Geste, die beruhigend wirken sollte und stellte sich kurz vor. Der Mann sah aus der Nähe noch erbärmlicher aus. Emde versuchte die emphatische Tour: „Fühlen Sie sich unwohl? Brauchen Sie ein Glas Wasser?" Doch der Bauer schüttelte den Kopf. „Das an der Wand ist Hirn, nicht? Sieht beim Schlachten von Vieh genauso aus. Gütiger Herr Jesus!" Emde sah Meistermann an, doch der schüttelte in instinktivem Verstehen den Kopf. Ein Arzt war offenbar nicht nötig. Bunse würde das Erlebte wohl durchstehen. Inzwischen trugen zwei Mitarbeiter der Gerichtsmedizin in Kassel in der Würde, die ihnen der steile Hang ließ, einen schmucklosen Zinksarg heran, öffneten ihn und schlugen Kunststoffplanen auseinander. „Ist Ihnen irgendetwas aufgefallen, bevor Sie den Toten entdeckten. Ein Wanderer, ein fremdes Auto vielleicht? Irgendetwas, das anders war als sonst?" Doch Emde erntete nur ein Kopfschütteln. Der Landwirt konnte den Blick nicht von dem Geschehen lösen, das sich ihm da gerade bot. Eigentlich verständlich, dass es bis jetzt noch keine verwertbaren Spuren gab, dachte Emde. Wenn es wirklich ein Profi war und er vielleicht mit einem Mietwagen in die Gegend gekommen war, würde dieser sicher nicht in sichtbarer Nähe stehen. Der Ermittler hatte den Verdacht, der unbekannte Mörder könnte die letzte Strecke vielleicht sogar mit dem Bus gefahren sein. Getarnt als Wanderer. Mit einem sehr großen Rucksack. Vielleicht war später aus dem Zeugen noch etwas herauszukriegen. „Ich muss Sie jetzt bitten, meine Kollegen aufs Revier zu begleiten", schlug Emde den freundlichsten Ton an, den er auf Lager hatte, und fischte eine Karte aus seiner Wachsjacke. „Rufen Sie mich an, wenn Ihnen darüber hinaus noch irgendetwas einfällt." Der Landwirt murmelte einen unverständlichen Abschiedsgruß und wandte sich den wartenden Uniformierten zu, die mit ihm nach Korbach aufs Revier zur Protokollierung einer Aussage fahren würden. Seinen Traktor würde ein weiterer Kollege zu seinem Hof nach Sudeck bringen. Traktor fahren, das können wir hier alle, dachte Emde nicht ohne einen Anflug von Hohn und Stolz gleichermaßen. Ihm fiel plötzlich noch etwas ein. „Herr Bunse?" Der Landwirt wandte sich um. „Ich muss

Sie bitten, über das hier nach Möglichkeit mit niemandem zu reden. Das Wichtigste ist, dass die Spekulationen nicht ins Kraut schießen, wissen Sie?" Der Landwirt nickte, sagte aber nichts.

Unterdessen wurde die Leiche von Carl Lieberknecht aus ihrer unwürdigen Position befreit. Der Tote wurde von drei Mitarbeitern der Spurensicherung vorsichtig die Holzleiter des Hochsitzes hinuntergetragen und Emde erschrak für einen kurzen Augenblick: Der Hinterkopf des älteren Mannes war glatt weggesprengt, die entspannten Gesichtszüge schienen auf einen tiefen Seelenfrieden hinzudeuten. Der Mann musste sofort tot gewesen sein. „Jürgen, gibt es schon irgendeine Vermutung zur Tatwaffe? Was richtet so etwas an?", flüsterte Emde und deutete auf die Blut- und Hirnmassespuren. Meistermann sah ihn an, kratze sich hinter dem Ohr und wog seine Antwort ab. „Da wollte jemand ganz sichergehen, schätze ich. Möglicherweise ein automatisches Sturmgewehr mit den entsprechenden Visierausstattungen für einen Präzisionsschuss. Ein belgisches FN, so etwas. Oder auch unser G36. Dann hast du noch einen zweiten schnellen Schuss, wenn der erste nicht sitzt. Es kann aber auch eine handelsübliche Jagdflinte gewesen sein. Auch damit kann ein guter Schütze diese Distanz überwinden. Allerdings müsste jemand einen Knall gehört haben, egal ob mit oder ohne Schalldämpfer. Normalerweise gibt es bei solchen Waffen einen scharfen Überschallknall, der lauter ist als der Mündungsknall. Ein Profi lässt den Schalldämpfer dann gleich weg und steckt sich Stöpsel in die Ohren." Emde pfiff leise durch die Lippen, auch angesichts der präzisen waffentechnischen Kenntnisse Meistermanns. Donnerwetter! Nicht unbedingt etwas für Sportschützen. Wer auf diese Weise aus der Distanz auf Menschen schoss, hat es in der Regel bei irgendwelchen Streitkräften gelernt. Hat auf den wirklich allerbesten Augenblick gewartet. Vielleicht sogar über Stunden Lieberknecht beobachtet. Und dann mit unglaublich ruhiger Hand abgedrückt. Gleichzeitig musste der Schütze aber auch damit rechnen, selbst gesehen und möglicherweise beschossen zu werden. Immerhin war Lieberknecht bewaffnet und hatte sich für die Pirsch mit einem Feldstecher ausgestattet. Und Emde konnte zwei und zwei zusammenrechnen, dass der alte Jäger keine Sekunde gefackelt hätte. Wie reagierst du, wenn du bei einem Rundblick durch dein Fernglas plötzlich siehst, dass eine Waffe auf dich gerichtet ist? Der Täter musste gewusst haben, wie er sich gut tarnt, wie er unsichtbar bleibt, bis er seinen Job erfüllt hatte. Seiner Meinung nach schieden damit auch die Jagdfreunde des Bankiers aus.

Emde wies auf die Baumreihe und den dunklen Wald dahinter. „Hat sich dort schon jemand umgesehen?“ Meistermann nickte. „Ohne Erfolg. Wir waren aber nur zu viert. Wir müssten eine Hundertschaft anfordern, die jeden Meter Waldboden nach Spuren durchsucht. Nadelholzboden mit feuchtem Untergrund ist so ziemlich das mieseste Terrain, das man durchsuchen kann, wenn du mich fragst. Durch die Elastizität der kaum verrottenden Nadeln gibt es, wenn überhaupt, nur wenig Spuren.“ Der Hauptkommissar wandte sich an den offenbar ranghöchsten uniformierten Polizisten, der während der ganzen Zeit wie ein gutmütiger Geist in einigem Abstand gefolgt war. Es war der Mann, den er zu Beginn angebellt hatte. „Leiten Sie das in die Wege?“ Ein weiteres Nicken. In Kürze würden zwei oder drei blau-silberne Kleinbusse durch Heringhausen und den Feldweg hinauffahren. Spätestens dann wäre auch die Presse hier.

Presse. Der Gedanke war gedacht. Emde zog sein privates Handy aus der Innentasche seiner Wachsjacke. Dann fiel ihm noch etwas ein. Er hielt es so, dass der Chef der Spurensicherung es sehen konnte. „Hatte er auch ein Handy bei sich?“ Meistermann nickte und drehte sich mit fragendem Blick um, entdeckte dann den gesuchten Kollegen. „Jan, wo ist sein Kommunikationsknochen?“, fragte er einen seiner Mitarbeiter, der sich gleich darauf über eine Plastikwanne beugte, in der bereits mehrere Umschläge mit Klarsichthüllen lagen. Schließlich zog er eine Umhüllung heraus, in der sich ein Smartphone befand. Emde nickte zufrieden. „Ich möchte, dass ihr das Ding rasch den Technikern gebt, wenn ihr alles untersucht habt. Wir müssen wissen, mit wem er wann zuletzt gesprochen hat.“ Der Ermittler schaute wieder auf sein eigenes Telefon. Auch wenn er die Nummer abgespeichert hatte, tippte er sie immer wieder von Hand in die Tastatur. Er konnte sich die Telefonnummer von Paul Kleine gut merken. Gewohnheit ist ein zähes Biest. Emde setzte sich einige Meter von den restlichen anwesenden Personen ab. Musste ja nicht jeder wissen, was er da gerade zu telefonieren hatte. Es dauerte lange Sekunden, bis sich am anderen Ende eine gereizte Stimme meldete. Er hat wieder schlecht geschlafen, dachte Emde. Dennoch kam er direkt zur Sache. „Ein Mordfall. Toter Bankvorstand in einem Hochsitz oberhalb von Heringhausen, einige Hundert Meter vor dem Waldrand zum Eisenberg hoch. Lieberknecht, der Anteilseigner von Prospersoil. Dir sicher auch bekannt. Kannst du zur Not bei deinen Kollegen vom Lokalfunk den Adrenalinschwamm spielen?“

Es dauerte einen Augenblick, bis die Stimme am anderen Ende der Verbindung antwortete. „Wissen die schon etwas?“

„Noch scheinbar nicht. Aber der ganze Trachtenverein ist mit Musik und Blaulicht hier hinaufgezogen. Die Leiche wird gerade abtransportiert und in Kürze durchpflügt eine Suchmannschaft den Waldboden zum Hang hinauf. Kannste die Uhr nach stellen, bis einer auf die Idee kommt, beim Hessischen Rundfunk, einer Radiostation oder der Lokalpresse anzurufen.“

Emde verschwieg seine Vermutung, dass es sich um das Werk eines Profis handelte. Kleine würde noch früh genug darauf kommen. Paul Kleine am anderen Ende der Verbindung fuhr sich mit der Hand durch die vollen braunen Haare. Er war Journalist, vor zwei Jahren an den Diemelsee gezogen. Stefan Emde und er kannten sich bereits, seit sie Kinder waren. Schon damals wollte Emde Polizist werden – und Kleine zur Presse. Doch inzwischen hatte Kleine mit dem Medientrubel in seiner Heimatstadt Düsseldorf und dem permanenten Run auf die ultimative Nachricht endgültig gebrochen. Dieser ganze Zirkus der Eitelkeiten hatte ihn zuletzt nur noch angewidert. Seitdem fühlte er sich in seiner Holzhütte wohl und genoss die Ruhe – mit dem einen oder anderen kleinen Auftrag der regionalen Tageszeitungen, damit er über die Runden kam. Emde und er waren fast ein Jahrgang, da war es sicherlich noch viel zu früh für den Rückzug in eine Art selbstdefinierten Ruhestand. Doch das war Kleine egal. Was er verdiente, reichte – kombiniert mit einigen Rücklagen aus früheren Zeiten – für ein bescheidenes Auskommen. Der Journalist war mit sich im Reinen und fühlte sich wohl. Meistens jedenfalls, wenn ihn nicht die Vergangenheit durch die Nacht jagte.

Die enthirnten Jinglesprüche der üblicherweise in dieser Region gerne gehörten und eigentlich ansonsten ganz passablen Privatsender kamen ihm in den Sinn: Die besten Hits und neuesten Nachrichten! Sie hören Radio Nordhessen! Kaum vorzustellen, wie die Nachricht dort verbreitet werden würde: ‚Leute, echt Mega, was da gerade am Diemelsee abgegangen ist! Das ist der Hammer! Aber vorher noch den neuesten Hit von …' Er schaltete seinen Tablet-PC ein, dieser signalisierte seine Betriebsbereitschaft mit einem freudigen Fünfklang. Für 11 Uhr stand das Richtfest eines neuen Flügels der Seniorenresidenz in Bad Arolsen im Terminkalender. Die Organisatoren hatten es in ein nettes Erntedankfest mit Gottesdienst und Einsegnung verpackt. Er ahnte bereits, was ihm und allen geladenen Ehrengästen blühte. Bürgermeister Kalkhöfer würde Tränen der Freude vergießen angesichts der Abermillionen, die ein bundesweit agierender Pflegedienstleister für moderne Seniorenbetreuung in den neuen Gebäudeteil investiert hatte. Kleine schnaubte. Familien brachen auseinander, weil die Anforderungen von Beruf und eigener Karriereplanung nicht mehr kompatibel mit der Verwirklichung von Familienleben sind. Stattdessen werden Oma und Opa von einer Maschine gepflegt, wurden die Alten zur Last. Und sollte nicht heute tatsächlich ein Bespaßungsroboter vorgestellt werden, der mit leichtem Surren über die Gänge eilen, hundert Gesichter und die dazugehörenden Biografien voneinander unterscheiden und bei Bedarf die Vitalfunktionen überprüfen können sollte? Robbi, Tobbi und der Fliewatod! Nun gut, er würde schon die richtigen Worte finden und für die Lokalredaktion der Landeszeitung einen schönen Bericht schreiben.

Eine Stimme aus seinem Handy unterbrach seinen Gedankengang. „Bist du eigentlich noch da?" Richtig, am anderen Ende wartete Emde auf eine Antwort. „Ich bin ab halb elf in Richtung Arolsen unterwegs. Vorher klingele ich bei einigen Vertrauensleuten mal durch, ob irgendetwas durchgesickert ist. Rückmeldung bekommst du dann sofort. Ich melde mich später." Kleine beendete das Gespräch ohne weitere Worte und holte tief Luft. Ein Sonntagmorgen kann eben auch mal so ruppig sein.

Emde auf der Wiese oberhalb des Diemelsees atmete ebenfalls durch. Er würde demnächst abends mal wieder bei seinem Freund in dessen kleinem Holzhaus vorbeischauen. Susanne würde es schon verkraften, sie wäre dann sowieso beim Yogatraining im Dorfgemeinschaftshaus. Vielleicht sollte er Kleine einen Whisky mitbringen, den er noch vorher in einem der beiden Supermärkte in Adorf kaufen würde. Irgendeinen Single-Malt. Verdammt, sie tranken einfach zu viel Alkohol in letzter Zeit. Einige Dinge würden sich wirklich ändern müssen. Emde blickte den Feldweg hinab, ließ dann den Blick hinüber zum Eisenberg gleiten. Was für eine Schussdistanz!

In seiner Hütte in Wirmighausen atmete Kleine ein weiteres Mal tief durch, schlug die Tageszeitung auf und versuchte erfolglos, sich auf die Titelstory zu konzentrieren. Lieberknecht! Man begegnet im Leben nur wenigen Menschen, denen man wirklich Schlechtes wünscht, wenn auch nicht direkt den Tod. Aber Lieberknecht, und da war sich der ehemalige Pressemann sicher, dass er nicht nur für sich selber sprach, war einer dieses Kalibers. Sie waren sich zwei, drei Mal begegnet, Kleine erinnerte sich nicht ohne ein gewisses Schaudern an diese Abende zurück. Lieberknecht hatte ihn während des kurzen Gesprächs abschätzend taxiert. Er erschien Kleine wie ein Mensch, der Stunde um Stunde damit zubringt, die Umgebung zu sondieren, die Lage zu checken, andere in Schubladen zu packen und sich dann selbst in das Ranking einzufügen – stets an oberster Stelle. Seine Eingaben im Gemeinderat waren von einer Arroganz und Eitelkeit geprägt, dass sich Kleine sicher war: Nicht nur ihm wäre beinahe übel geworden. Und dennoch: Der ehemalige Bankvorstand wurde hofiert, wurde scheinbar geschätzt. Dem großen Geld klopft man gerne auf die Schulter. Und findet immer Ausreden und Entschuldigungen. Lieberknecht war stets Ehrengast bei Schützen- und Feuerwehrfesten. Hatte er nicht sogar vergangenes Jahr drüben in Benkhausen den Schützenkönig bei den Ehrentänzen ausgebootet? Kleine erinnerte sich an fassungslose Blicke und trotzdem hatte niemand etwas gesagt, als der sprachlose Brauchtumsmonarch seiner Frau und dem Millionär beim Schneewalzer zugucken durfte. An Speichelleckern mangelte es nie, wenn Geld im Spiel war. Nun, das änderte nichts daran, dass er den Leuten hier am Diemelsee sagte, was sie gefälligst zu tun und zu lassen hatten und was der wahre Weg zu Glück und Zukunft ist. Und so etwas kommt nirgendwo besonders gut an, schon gar nicht in einer ländlichen, von Tradition und Brauchtum geprägten Region, auch wenn Lieberknecht es nicht direkt bemerkt haben sollte und es unter der Oberfläche brodelte. Also, dachte sich Kleine, den hatten ganz sicher einige auf der Rechnung. Seinem Freund standen harte Ermittlungen bevor, denn die möglichen Motive in diesem Fall würden eine Streuung haben wie der Schuss aus einer abgesägten Schrotflinte.

Kapitel 2

Es war für ihn gar nicht so einfach wegzukommen. Aufträge dieser Art schätzte er für gewöhnlich nicht. Rasche An- und Abreise war ihm deutlich lieber. Der Mann war in einem unauffälligen Mittelklasse-Mietwagen unterwegs, den er am Flughafen Düsseldorf übernommen hatte. Der Abgabeort des Fahrzeugs, der Flughafen Frankfurt, war zuvor vereinbart worden. Aber dieser Weg zurück zur Autobahn zog sich endlos über Landstraßen und machte ihn nervös. Wer nervös ist, macht Fehler. Kein guter Zustand für ihn. Das Navi hatte ihn durch kleine Ortschaften und an einer größeren Stadt vorbeigelotst, von der er in seinem Leben noch nie etwas gehört hatte. Korbach. Nun, es gab Orte, die man nicht unbedingt gesehen haben musste. Auch wenn ihm die Stadt vom bloßen Anblick aus der Ferne nicht unsympathisch erschien. Zwei hohe Kirchtürme ragten wie Landmarken in den Himmel. Die Bebauungen der Stadtviertel umringten sie, wie sich eine scheue Kinderschar um ihre Eltern versammelt. Schließlich war er durch das Edertal gefahren und hatte bei Fritzlar die A49 erreicht.

Alles lief nun nach Plan. Um 13.25 Uhr hob seine Maschine nach Paris ab. Diesen Flug hatte er tatsächlich unter seinem richtigen Namen gebucht, einem Namen, den er seit Jahren nicht mehr benutzt hatte. Ein guter, vertrauter Name, der in ihm Erinnerungen an ein fernes Leben weckte. In Paris würde er die Flughäfen wechseln, ein Taxi von Charles de Gaulle nach Orly nehmen, um von dort mit einem französischen Pass und anderem Namen weiter nach London zu fliegen. Nach diesem knapp dreiviertelstündigen Flug würde er reichlich Aufenthalt in Heathrow haben, bevor er schließlich einen Nachtflug an sein endgültiges Ziel nehmen würde. Es war gut für seine Art von Geschäft, dass der Zivilflugverkehr nach der Corona-Krise beinahe sein altes Niveau wieder erreicht hatte. Er hoffte, mit seinem Flugplan seine Spuren halbwegs gut verwischt zu haben. Neben dem Flughafen von Dubai und dem neuen Flughafen in Istanbul gab es kaum einen Ort auf der Welt, an dem es Profis so gut gelang, unsichtbar zu werden wie in Heathrow. Die Briten lernten einfach nicht aus den zahlreichen Terroranschlägen in ihrem Land dazu.

Wie eine bestürzte Frau, die gerade vom Tod ihres geliebten Gatten erfahren hatte, wirkte Constanze Lieberknecht irgendwie nicht, dachte Emde. Er kam sich vor wie in einem Derrickfilm aus den achtziger Jahren. Der späte Vormittag brach gerade an, und gemeinsam mit einem Beamten der Kripo in Dortmund, der ihm bei diesem Gespräch zur Seite gestellt worden war – offenbar hielt man es vonseiten der Behörden für angebrachter, einen Vertreter aus NRW dabei zu haben – überbrachte er in einer an den kantig-modernen Stil von Le Corbusier erinnernden Villa in Dortmund-Kirchhörde die Nachricht vom vorzeitigen Ableben des ehemaligen Bankvorstands. Draußen um die Straßenecke herum und von Hecken gut verborgen, parkte das Fahrzeug eines Seelsorgers. Nur für den Fall. Doch Emde erkannte auf den ersten Blick, dass die Anwesenheit des Mannes nicht notwendig sein würde.

Constanze Lieberknecht trug einen bunt gemusterten Sari, der ihre schlanke Figur unterstrich. Minutenlang stand sie am Panoramafenster zum Garten. Schweigend. Mit einem „Marlene, bieten Sie den Herren doch einen Kaffee oder Tee an" beendete sie schließlich die Stille. Emde und sein nordrhein-westfälischer Kollege wandten sich erstaunt um. Nirgendwo in dem weitläufigen, spärlich möbilierten Wohnzimmer, in dem sich neben einem Bücherregal und zwei Lounge Chairs an der Rückwand lediglich ein Quartett weißer Panton Stühle wie eine Gruppe verhuschter Gespenster um einen Glastisch sammelte, war eine Person zu sehen, die sich angesprochen fühlen könnte. Und doch öffnete sich nach weiteren Augenblicken eine Milchglastür und eine adrette Frau in den Fünfzigern in einem eleganten dunklen Hosenanzug erschien mit einem Tablett mit zwei Tassen, zwei Kannen, Milch, Zucker und Kandis. Keine Marlene, eher eine Stephanie, aber nicht mit einem profanen F, sondern mit P und H, bitteschön, dachte Emde. „Meine Herren, ich stelle Ihre Getränke hier auf den Seitentisch." Ein kurzes Nicken der sich umdrehenden Hausherrin, und Marlene war wieder wie vom Erdboden verschluckt. „Mein Mann und ich haben seit Jahren nicht mehr das geführt, was man eine Ehe nennen könnte", begann Constanze Lieberknecht. „Wir hatten unsere eigenen Interessen, unsere eigenen Freundeskreise ... und ... nun ja, was mir sonst gefehlt haben könnte, daran ließ ich es mir nicht mangeln." Emde blickte erstaunt auf. Ein Lächeln huschte über das gleichmäßige und schöne Gesicht von Constanze Lieberknecht. „Sie haben mich schon verstanden, Herr ..." Die Augenbrauen der Frau wichen vor ihren fragenden Augen darunter zurück. „Emde", sagte Emde mit einem verhaltenen Tonfall, als würde er in einem Beichtstuhl sitzen. „... Herr Emde. Mein Mann wusste davon. Ein jugendlicher Liebhaber verleiht einer in die Jahre gekommenen Ehe manchmal noch den nötigen Rückhalt." Mit der Grazie einer antiken Marmorfigur - elegant und dennoch eiskalt - wies ihre Hand auf den Beistelltisch und auf das Tablett dort. „Bitte bedienen Sie sich doch." Dann, als hätte Constanze Lieberknecht erkannt, dass es eigentlich eine Unhöflichkeit war, Gäste nicht selbst zu bedienen, schwebte sie die vier Schritte zum Beistelltisch. „Mit Milch oder Zucker?" „Schwarz", sagte Emde. „Mit etwas Zucker, bitte", ergänzte der NRW-Kollege. Emde hatte sich seinen Namen nicht wirklich gemerkt. Domburg? Dromburg? Irgendetwas, das einen an Trutz erinnerte. Festgemauertes.

„Gibt es Feinde oder Widersacher, die Ihr Mann gehabt haben könnte", griff Emde den Faden wieder auf. „Personen, denen eine solche Tat zuzutrauen gewesen wäre?" Die Dame des Hauses nahm ihre Position am Fenster wieder ein, nachdem sie den beiden Polizeibeamten die zierlichen Porzellantassen gereicht hatte. „Feinde ...", wiederholte sie, als müsse sie erst über den Sinn dieses Wortes nachdenken. Nein, ging es Emde durch den Kopf. In einer Welt voller Luxus und glanzvollem Dasein, in der alles nur nach deinem Willen zurechtgebogen wird, existiert so etwas nicht. Wie zur Bestätigung schüttelte Constanze Lieberknecht dann auch den Kopf, es war eher ein gelangweiltes Hin- und Herschauen.

„Als wäre sie ein Wesen von einem anderen Stern. Unfassbar. Die beiden müssen jahrelang nebeneinander irgendwie koexistiert haben. Wie auch immer die das geschafft haben." Emde schüttelte voller Schaudern den Kopf. Erst für den folgenden Tag hatte Constanze Lieberknecht einen Termin gefunden, ihren toten Gatten in der Gerichtsmedizin in Kassel zu identifizieren. Zwischen Malkurs, Yoga und angstfreiem Atmen, hatte er gedanklich für sich gefrotzelt. Die Autopsie würde bereits am Nachmittag abgeschlossen sein, wenn es bei der vermuteten Todesursache blieb und nicht herauskam, dass Lieberknecht schon tot war, bevor die Schüsse ihn trafen. Das Gespräch mit der Witwe war ohne greifbares Ergebnis verlaufen. Am Ende hatten sie in ihrer Ratlosigkeit sogar gefragt, ob sich im Bekanntenkreis möglicherweise ein ehemaliger Zeitsoldat der Bundeswehr oder anderer Streitkräfte befand, der technisch zu so einem Mord fähig wäre. Was natürlich nicht der Fall war. Constanze Lieberknecht hatte das Wort Bundeswehr ausgesprochen, als würde es sich dabei um eine besonders üble Art von Verbrechersyndikat handeln. Emde hatte regelrecht darauf gewartet, dass sie am Ende noch Kurt Tucholsky zitieren und pauschal alle Soldaten des Mordes bezichtigen würde. Wie sie jahrelang mit einem sich an der Jagd erfreuenden Ehemann klargekommen war, würde ihr Geheimnis bleiben.

Nun befand sich Emde auf dem Heimweg auf der A44 in Richtung Kassel, in den Ohren das Headset seines privaten Mobilfunkanschlusses. Am anderen Ende der Leitung lauschte Paul Kleine. Noch wenige Kilometer bis zum Autobahnkreuz Werl, ab dort in Richtung Arnsberg. Kleine hatte ihm in der Vergangenheit einmal erzählt, dass er, wann immer er dieses Autobahnkreuz hinter sich gelassen hatte, beim Anblick der Höhenzüge, der Ausläufer des Rothaargebirges, auch alle Sorgen abgelegt hatte. Aber ob das Leben in dem kleinen Weiler im Naturpark Diemelsee für ihn wirklich so sorglos war? Emde hatte manchmal so seine Zweifel. Er wusste, dass der ehemalige Journalist und jetzige Lokalreporter – Emde war der genaue Unterschied nicht so ganz klar, Zeitungsleute waren für ihn Zeitungsleute, oder? – viel gesehen hatte und über die Ursache der Albträume, die ihn oft plagten, nicht sprechen wollte. Emde hakte nicht nach, er spürte, dass es Kleine so lieber war. Es gab sicher auch viele Dinge in Kleines Vergangenheit, über die Emde froh war, nichts zu wissen.

Im Laufe des Tages hatte Kleine ihm mal wieder einen großen Dienst erwiesen und Augen und Ohren nach möglichen Hinweisen aufgehalten. Doch scheinbar waren die Einwohner von Heringhausen direkt am See keine großen Journalistenfreunde. Kein einziger Hinweis war bislang eingegangen, keine einzige Anfrage bei den Polizeidienststellen in Korbach oder bei der zuständigen Staatsanwaltschaft Kassel gestellt worden. In dem kleinen Dorf wurde eisern geschwiegen, obwohl, da war sich Emde sehr sicher, der Einsatz oben auf den Wiesen des Eisenbergs Ortsgesprächsthema Nummer eins bei den kurzen Gesprächen über Gartenzäune hinweg und in der Bushaltestelle sein würde. Offenbar war aber auch kein Kollege der schreibenden und berichtenden Zunft auf der Wiese über dem See erschienen, um sich am Tatort umzuschauen. Stattdessen hatte es von der Staatsanwaltschaft inzwischen eine nüchterne und sehr offizielle Pressemitteilung gegeben, die seitens der Medien bislang einfach nur zur Kenntnis genommen worden war. Von Mord war natürlich nicht die Rede. Die Sprachregelung sah in solchen Fällen das „Auffinden einer leblosen Person“ vor. Auch von einer Pressekonferenz war zunächst mit Rücksicht auf die Familie des Opfers und des derzeitigen Ermittlungsstands abgesehen worden. Was gab es zum jetzigen Zeitpunkt auch schon zu berichten? Der Deckel war gut unter Kontrolle: Kein einziger Verdacht wies in die Richtung eines mutmaßlichen Mordfalls. Zwei Leute in seinem Team hielten wachsam weiterhin in den sozialen Medien nach irgendwelchen Erkenntnissen Ausschau, überprüften Facebook-Kontakte, mögliche verdeckte Gruppen. Man wusste ja nie. Obwohl Emde sich sicher war, dass der dahingeschiedene Lieberknecht eher weniger der agile Facebook-affine User war. Carl Lieberknecht war bis ins Mark die Generation Encyclopaedia Britannica, ledergebunden und mit Goldschnitt.

Es war eine stille Absprache zwischen den beiden Männern Paul Kleine und Stefan Emde, dass Emde hin und wieder unerlaubterweise Details von seiner Arbeit berichtete und Kleine ihm mit seinem Fachwissen, nicht selten auch mit seinen guten Kontakten zur regionalen und auch überregionalen Presse, weiterhalf. Nicht so ganz im Sinne der Dienstvorschriften. Aber sehr

wertschöpfend. Und schon so manches Mal konnte auf diese Weise der Zünder vor einer Detonation aus dem Sprengsatz brisanter Informationen herausgedreht werden.
„Könnte der Liebhaber von ihr eine Spur sein?", fragte Kleine. Emde ächzte. „Ein Fotograf. David Kline. Ist natürlich nur sein Künstlername. Heißt in Wirklichkeit Torben Wagner, was auch nicht viel besser ist. War in der Nacht und den Morgenstunden zur mutmaßlichen Tatzeit zu Gast zwischen den Satinlaken von Frau Lieberknecht. Sagt sie zumindest. Ich kann mir jedenfalls nicht vorstellen, warum die beiden den Alten aus dem Weg schaffen wollten. Da ist nirgends ein echtes Motiv, das die Anheuerung eines Profis rechtfertigt."

Constanze Lieberknecht hatte den Beamten während des Gesprächs ein Foto ihres jugendlichen Liebhabers gezeigt. Es stand offen im Bücherregal des Wohnzimmers. Ein Jesustyp. Lederjacke, Dreitagebart, wilder, der Welt entrückter Blick. Handschriftliche Notizen ihres Mannes bewiesen: Er wusste tatsächlich von der Liaison und billigte sie. Einen finanziellen Vorteil schien Constanze Lieberknecht durch den Tod ihres Gatten nicht zu genießen: Durch ein Erbe war sie, ersten Ermittlungen und Gerüchten zufolge, fast so vermögend wie ihr verstorbener Mann. Dennoch hatten sie ihn und auch die schweigende Marlene überprüfen lassen. Doch es gab nirgends einen Punkt des Zweifels. „Bleibt also auf den ersten Blick nur noch die große Nummer", zog Kleine ein Fazit. „Prospersoil." Emde nickte, während er an einem niederländischen Wohnwagengespann vorbeizog. Mit Freude und Neid gleichermaßen gönnte Emde sich eine kurze mentale Auszeit von seinen Ermittlungen, als er registrierte, dass der Wohnwagen von einem Mercedes-Benz 300 TE gezogen wurde. Grünmetallic, sicherlich noch die Originallackierung aus den achtziger Jahren. Emde beobachtete mit Genuss, wie der Kombi in seinem Rückspiegel immer kleiner wurde, ein fantastisches Bild. Die Frontpartie des Wagens mit den gleichmäßigen Linien, Scheinwerfern und Kühlergrill mit Stern strahlte gelassene Kraft und die Zuversicht eines längst vergangenen Jahrzehnts aus. Auch in seiner Garage stand ein 300 TE in Dunkelblau, Baujahr 1986. Und irgendwann, Emde schwor es sich beinahe jeden Tag, würde er das Fahrzeug wieder ans Laufen bekommen. Gekauft hatte er den Wagen von einem Bauern in Gembeck, der das Auto als dritter oder vierter Besitzer mehr als Ackerschlepper denn als Personenwagen genutzt hatte. Es war praktisch nichts mehr wert. Bei dem unsanften Versuch eines Vorbesitzers, den Tacho mit einer Zange zurückzudrehen, war gleich der ganze Tachoblock in Stücke gegangen. Emde war es egal, er liebte seinen Benz und wusste: Er würde ihn eines Tages fahren und sich vorkommen, als säße er auf einem rollenden Sofa.

„Bist du noch da?“, drang Kleines Stimme in seine Träume. Prospersoil! Emde war wieder im Jetzt. Prospersoil war das Explorationsunternehmen, in das Lieberknecht viel Kapital gesteckt hatte. Eine Firma mit einem steuersparenden Sitz in Wilmington im US-Bundesstaat Delaware, unter Fachleuten als Steuerparadies bekannt. An sich nicht illegal. Aber mit reichlich Geschmäckle. Das Thema Versteuerung von Gewinnen in dem Land, in dem sie erwirtschaftet wurden oder eben in Steueroasen war regelmäßig Gelegenheit zu empörten Wutartikeln der Wirtschaftsseiten von Zeitungen und Magazinen. Dass sich hier so manches Fragezeichen in ein Ausrufezeichen verwandeln würde, lag auf der Hand. Schon mehrfach hatte es wegen des Prospersoil-Vorhabens in der beschaulichen Gemeinde handfesten Streit gegeben, bei dem es auch zu Androhungen gekommen war. Nicht selten spielten dabei auch soziale Unterschiede eine Rolle. Hier der vermögende Investor, der mit viel vermeintlichem Gönnertum und Pathos in Rats- und Ausschusssitzungen die große Geige spielte und den Tenor vortrug, die Gemeinde sei ja eigentlich nur mit seinem Geld zu retten. Dort die Einheimischen, die sich nicht kaufen lassen wollten. Und eigentlich, dachte Emde, gab es dabei noch mindestens eine weitere Gruppe. Die der stillen Mitläufer, die betroffene Mienen machten, davon sprachen, dass sich die Region nicht ausliefern dürfe, wenn sie ihre Ursprünglichkeit nicht verlieren wolle – aber klammheimlich Begeisterung empfanden, wenn wieder in der Zeitung von hochtrabenden Plänen zu lesen war. Sei es nun eine wieder in Gang zu bringende Erzgrube oder – Emde fröstelte es immer noch bei der Erinnerung an das ganze Hin- und Hergerede – eine Hängeseilbrücke, die sich über eine selbstmörderische Distanz von 400 Metern in großer Höhe quer über den Diemelsee spannen sollte.

Emde wand sich aus den Erinnerungen heraus und wieder seinen Überlegungen zum Fall zu. Auf dem Parkplatz am Ortsrand von Heringhausen war Lieberknechts Geländewagen sichergestellt worden – mit zwei völlig verängstigten Jagdhunden im Fond. Die schon im Laufe des Vormittags zusammengestellte Sonderkommission, die unfassbarerweise tatsächlich den Namen ‚Wiesenruhe' erhalten hatte, hatte rasch wertvolle Fakten zu dem besonderen Geschäftsverhältnis zwischen dem verstorbenen Bankvorstand und dem Unternehmen Prospersoil zusammengetragen. Zwar hatte die nächste Mordkommission, die MoKo, ihren Sitz in Kassel. Doch da die Korbacher Ermittler näher an dem Fall dran waren und wussten, wie das zu erwartende Schweigen der Einheimischen zu knacken war, wurde, wie Emde es schon am Morgen geahnt hatte, in Korbach eine Sonderkommission gebildet. Mit ihm als Leiter, was wiederum für ihn ein kleines Wunder war. Ob sich das wohl auch bei seinen Bezügen bemerkbar machen würde? Vier Kollegen der MoKo aus Kassel sollten kurzfristig die ‚Wiesenruhe' unterstützen. Und bei den Ermittlungen waren beim näheren Hinsehen durchaus einige Fragezeichen aufgetaucht, während die Hundertschaft im Wald bislang auf keinerlei verwertbare Spuren gestoßen war. Emde hatte zwei seiner Mitarbeiter als Tatortteam abgestellt, die sich mit dem Ermittlungsfortgang am Ort des Mordes beschäftigen sollten, eine Kollegin trug eingehende Hinweise zusammen, zwei weitere, die im gleichen Ort beziehungsweise dem Nachbarort wohnten, wo Lieberknechts Hütte stand, befragten die Anwohner auf scheinbar nachbarschaftlicher Basis. Gab es Auffälligkeiten? Was für ein Nachbar war der getötete Banker eigentlich? Emde war klar, dass die Leute vom Diemelsee keinem Ermittler aus dem fernen Kassel Rede und Antwort stehen würden. Da musste schon ein anderer Ton angeschlagen werden, den man nur beherrschte, wenn man sich von Kindesbeinen an kannte. Und das Gespräch erst mal mit den Dingen begann, die wirklich wichtig waren: Die aktuellen Milchpreise oder der Ernteausfall im zurückliegenden Sommer. Die Kollegen aus Kassel fragten im Hotel am See nach, einem großen Kasten mit knapp 60 Zimmern und einem eigenen Steg in den Diemelsee. War den Rezeptionisten ein Gast aufgefallen, der, in welcher Form auch immer, aus dem Rahmen fiel? Oder dem Personal des Restaurants? Gab es eine kurzfristige Buchung für nur eine oder zwei Nächte? Einen fremd klingenden Namen oder Akzent? Emde hatte nicht viel Hoffnung auf verwertbare Ergebnisse. Aber sie durften nichts unversucht lassen.

Über all das war Emde im Laufe des späten Mittags über seinen Tablet-PC informiert worden. Er blickte auf die vier Leuchtziffern zwischen Tachometer und Drehzahlmesser seines Dienstkombis. Zwanzig vor drei. Bis er in Korbach sein würde, wäre es kurz vor vier Uhr. Zu spät, um sich noch in die Akten einzulesen und einen Termin mit der Geschäftsführung von Prospersoil in Kassel zu machen. Das Unternehmen war durch das Kommissariat bereits über den Todesfall informiert worden. Offizielle Verlautbarungen verkniff es sich für den heutigen Sonntag jedoch noch – immerhin war Lieberknecht noch nicht durch seine Frau identifiziert. Für etwas Aktenstudium zum Fall an sich und einen Abstecher bei Kleine, den Emde schon im Laufe des Tages geplant hatte, war jedoch nach seiner Rückkehr an den Diemelsee noch Zeit. Zuvor würde er André Grimmelmann Hallo sagen. Er glaubte zwar nicht, dass der bekennende Umweltaktivist etwas mit dem Tod von Lieberknecht zu tun hatte. Einige kurze Fragen konnten jedoch manchmal den Blick für neue Tatsachen freimachen.

Kapitel 3

Als sein Mobilfunkgerät mit einem lauten Glockenton den Eingang einer Kurznachricht signalisierte, tauchten auf den Autobahnschildern bereits die ersten Hinweise auf den Flughafen auf. Der Mann war überrascht. Das Gerät war ein Wegwerfhandy, eigentlich nur für den Notfall gedacht, damit sein Auftraggeber mit ihm Kontakt aufnehmen konnte, wenn etwas Unvorhergesehenes eingetreten war. Nun, offenbar war das jetzt der Fall. Er las rasch die Notiz, die ihn zum Halt aufforderte. Kurz vor Erreichen des Autobahnkreuzes zur A3 sollte er die Autobahn verlassen und auf einem Waldparkplatz an der Straße Richtung Hainburg - noch so ein Ort, den er nicht kennenlernen wollte - auf weitere Anweisungen warten. Der Mann hoffte, dass es nicht allzu viel Zeit in Anspruch nahm. Ihm blieben noch knapp 50 Minuten zur Abgabe des Fahrzeugs und für den Check-in. Gepäck hatte er nicht viel. Eine längliche Stoffrolle mit einem schweren Inhalt hatte er bereits bei einem früheren Halt an einer Raststätte unauffällig im Unterbodenraum eines geparkten Wohnwagens einer dänischen Familie versteckt, die sich zu einem etwas längeren Mittagessen niedergelassen hatte. Mit etwas Glück würde der entsetzte Familienvater seine unheilvolle Fracht erst daheim finden - und wäre dann erst mal in Erklärungsnot, weil die Familie bis zu ihrem Ziel ohne Zweifel noch mehrere Stopps machen würde.

Den Parkplatz fand er ohne Probleme - und fluchte still. Denn unter den Bäumen stand ein Wohnmobil mit deutschem Kennzeichen. Ein dicklicher Mann mit buschigem Haar und einem T-Shirt, das ihn als Florida-Urlauber auswies, rollte gerade einen Schlauch an einer Seitenklappe zusammen. Als er den Neuankömmling erblickte, hob er mit freundlichem Lächeln die linke Hand und näherte sich. Nicht das auch noch, dachte der Mann, war sich jedoch bewusst, dass er jetzt so kurz vor dem Ziel keinen Fehler machten durfte. Offenbar hatte der Wohnmobilfahrer ein Problem. „Entschuldigung ...", fing der Dicke an, als er knapp drei Meter vom Auto entfernt war und der Mann bereits die Scheibe auf der Fahrerseite heruntergefahren hatte. Er wollte gerade antworten, Deutsch sprach er recht gut, eigentlich fließend, doch zu einem Gespräch kam es nicht mehr. Mit unendlicher Lässigkeit fuhr die rechte Hand des Dicken scheinbar ohne jegliche Hast nach vorne. Das Letzte, was der im Auto sitzende Mann in seinem Leben sah, war die Mündung eines Schalldämpfers, der auf eine schwarz glänzende Automatik geschraubt war. Bevor zwei schnelle Schüsse ins Gesicht seinen Plan beendeten, in Kürze nach Paris zu fliegen, empfand er, begreifend, was gerade geschah, ein lähmendes Gefühl von Trauer. Trauer darüber, nun nie mehr seinen richtigen Namen nennen zu können, wenn er danach gefragt wurde. Ein Gefühl, das sogar seine Wut auf sich selber übertönte, einen tödlichen Fehler gemacht zu haben.

Berlin – ein paar Monate früher

Offenbar hatte der Mann, den er treffen sollte, ein recht ausgefallenes Hobby. Mit einem raschen Blick las York Westermann die Zeit von seiner Armbanduhr ab. Und offenbar nahm er es mit der Pünktlichkeit auch nicht so genau, denn er war bereits vier Minuten zu spät. Mit mäßigem Interesse schaute Westermann in die Regalreihen des Treffpunkts, den der Unbekannte ihm vorgeschlagen hatte: Die Abteilung für Atlanten und antike Karten in einer großen Buchhandlung in Berlin, Friedrichstraße. Menschenmassen. Touristen. Ein idealer Treffpunkt also, wenn man sich unerkannt begegnen wollte. Nur leider eben nicht diese Abteilung in dieser Buchhandlung, über der die Stille der kardiologischen Abteilung eines Krankenhauses schwebte. Nun, eigentlich war es die größte Buchhandlung in der Bundeshauptstadt. So groß wie ein Kaufhaus. Und als solches bezeichnete sie sich auch. Kein Ort, an dem Westermann sich gerne aufhielt. Auch sein Personenschutz hielt es für keine gute Idee, dass er sich hier alleine herumtrieb, ohne adäquate Bewachung. Möglichweise hatten sie ihm einen Personenschützer zur Seite gestellt, von dem er nichts wusste, Dienstanweisung hin oder her - manchmal hielten sich diese Typen einfach nicht an Anweisungen. Egal, seiner Meinung nach standen Staatssekretäre nicht so sehr im Rampenlicht der Manege des ‚Politzirkus' Berlin', sodass sie auch mal ohne ein Trio dunkler Anzüge auf die Straße treten konnten. In diesem Fall hatte er von seiner Sekretärin dieses Treffen als ‚Privattermin' eintragen lassen. Offiziell suchte er ein Geschenk für Yvonne, seine Frau.

Westermann war jetzt 45. Er hatte eine steile Karriere gemacht, als er ins Bundeskanzleramt eingezogen war. Das Desaster der dritten Auflage der Großen Koalition und die verschiedenen Machtwechsel von Angela Merkel über ihre glücklosen Nachfolger zu Bundeskanzler Bernd Magilsky hatten eine Menge neue Namen auf interessante Positionen gespült, auch ihn. Denn eigentlich war er im Herzen immer ein tapferer Parteisoldat der Basis geblieben. Berlin war nach wie vor nicht die Stadt seiner Wahl. Er wollte dahin, wo man noch wirklich etwas verändern konnte und nicht dort sein müssen, wo die Hauptaufgabe darin zu bestehen schien, sich selbst zu feiern. Oder das nächste Start-up-Unternehmen, das Monate später wieder sang- und klanglos im Lauf der Geschichte untergegangen sein würde. Aber gut, er war dem Ruf seiner Partei gefolgt und hier war er nun. Eigentlich lief es auch hervorragend. Wenn er vor wenigen Tagen nicht diesen Anruf auf seinem Handy gehabt hätte. Auf seinem privaten Handy! Diese Nummer kannten nun wirklich nicht viele. Und die, die er im Vertrauen ausgequetscht hatte, konnten ihm nicht sagen, wer der Anrufer gewesen sein könnte oder in welchen Zusammenhängen dieser Anruf stand. Beunruhigenderweise wusste der Unbekannte genau, was er damals am Vorabend der Bundestagswahl gemacht hatte – und mit wem. Westermann versuchte, nicht weiter daran zu denken und wandte sich wieder den Büchern zu, um nicht zu sehr als Wartender enttarnt zu werden. Ein freundliches „Kann ich Ihnen helfen?" der nächsten Verkäuferin hatte er bereits ebenso höflich abgebügelt. Ein merkwürdiges Hobby hatte dieser Typ, Westermann dachte es nochmals. Alte Reiseberichte und Atlanten, Neuauflagen von vergilbten Karten, Meere mit grässlichen Monstern, Kontinent-Umrisse, die den tatsächlichen Formen überhaupt nicht entsprachen. Westermann widmete sich einer historischen Seekarte aus dem 16. Jahrhundert, die offenbar Afrika zeigen sollte. Ohne Zweifel hatten den Kartografen die Kenntnisse über die Küsten jenseits des Kaps verlassen, denn der Indische Ozean war gerade mal ein dünnes Rinnsal, hinter dem direkt Indien und China folgten. Oder das, was zumindest die Landmassen Asiens andeuten sollte. Er merkte gar nicht, wie hinter ihm eine hagere Gestalt im dunklen Anzug stehen blieb, etwas unschlüssig ein Buch aufnahm und darin blätterte.

„Herr Westermann?“, fragte eine Stimme mit angenehmem Timbre. Westermann zuckte bei der unerwarteten Nennung seines Namens zusammen und fuhr herum. Der Mann, dem er gegenüberstand, hatte etwas von der jovialen Verbindlichkeit eines Rezeptionsmanagers in einem renommierten Grandhotel: Freundlich lächelnd, jederzeit empfänglich für eine Bitte, gut gekleidet, Krawatte, Anzugtönung und Hemd aufeinander abgestimmt, und – Westermann blickte kurz nach unten – auf Hochglanz polierte, klassische Schnürschuhe, dazu eine schmale, sichtbar teure Aktenmappe aus Leder. Ein Mann, dem man jederzeit Vertrauen schenken würde – und der gleichzeitig absolut undurchdringlich schien. Jemand, den man – ohne ihm allzu große Nähe einzuräumen – gerne zum Freund haben wollte. Und niemals zum Feind. Westermann war auf der Hut. Er nickte bestätigend und streckte die Hand aus. „Und Sie sind ...?“ Das Lächeln seines Gegenübers wurde noch ein Quäntchen breiter, als er das Buch weglegte und die angebotene Hand schüttelte. „Falk Werheim. Nennen Sie mich jetzt und bei weiteren möglichen Zusammenkünften einfach so, natürlich ist das nicht mein richtiger Name. Ich habe ihn gerade draußen auf einem vorbeifahrenden Lieferwagen gesehen. Ein Wäschereifahrzeug, glaube ich.“ Westermann nickte, als würde er verstehen. Verdammt, auf was für eine Scheiße habe ich mich da eingelassen?

Werheim deutete auf eine Reihe von Büchern direkt hinter Westermann. „Wussten Sie eigentlich, dass in früheren Jahrhunderten viele Navigatoren und Kartografen bei ihrer Heimkehr ihren Herren und Auftraggebern glatte Lügen von paradiesischen Zielen und gewinnbringenden Handelskontakten aufgetischt haben?“ Er nahm zielsicher ein Buch aus dem Regal. „Dieser Reisebericht einer Seefahrt von 1547 listet eine Erfindung nach der anderen auf. Reiche Länder jenseits gewaltiger Gebirge, Gefahren, die es nicht gab, Ungeheuer in unergründlichen Meerestiefen.“ Er schüttelte missbilligend und anerkennend zugleich den Kopf. „Die Leute haben damals schon einiges getan, wenn es darum ging, das eigene Handeln in ein rechtes Licht zu rücken und sich das Wohlwollen ihrer Auftraggeber dauerhaft zu sichern." Er stellte das Buch wieder weg und zog ein anderes hervor. „Oder das hier. Die Reisen von Ibn Battuta, kennen Sie den?" Westermann schüttelte ungeduldig den Kopf. „Ein großer muslimischer Rechtsgelehrter aus dem heutigen Tanger, der im 14. Jahrhundert die gesamte damals bekannte und vom Islam beherrschte Welt bereist hat. Fantastisch, wenn man bedenkt, welche Entfernungen auf welche Weise zurückgelegt wurden. Nur zu verständlich, dass die Leute damals übertrieben, finden Sie nicht, Herr Westermann?"

Westermann wurde langsam wirklich ungeduldig trotz des Drucks, unter dem er stand, doch der Unbekannte, der sich Werheim nannte, überspielte das völlig ungeniert. „So läuft das doch auch heute. Wir lügen, dass sich die Balken biegen und hoffen, dass uns niemand auf die Schliche kommt, nicht wahr, Herr Staatssekretär? Und wie heißt es doch so schön in einem großartigen Politthriller? Dass man bei einer Lüge nicht ertappt worden ist, ist für viele fast so gut, als würde man die Wahrheit sagen. Das kennen Sie sicher, ist aus einem Film mit Robert Redford. So etwas wird heute gar nicht mehr gedreht. Nun ..." Er wies mit der Hand auf zwei Sessel, die etwas abseits an der Wand standen. Und denen man sich nicht auf Hörweite nähern konnte, ohne dass es bemerkt wurde. Sie setzten sich. Werheim zog einen Umschlag aus der Mappe.

„Weshalb wir Sie sprechen wollten, ist schnell gesagt." Er machte eine Pause und ließ den Blick versonnen über die Regalreihen gleiten, als wollte er wieder zu seinem Lieblingsthema zurückkommen, schien sich dann aber eines Besseren zu besinnen. Westermann war durchaus aufgefallen, dass der Unbekannte vom ‚Ich' ins ‚Wir' gewechselt war. Seine Stimme nahm völlig unerwartet einen schrofferen Ton an, der Westermann zusammenzucken ließ. Ein Ton, der hart, aber immer noch lange nicht jenseits aller Höflichkeit war, sondern die Verbindlichkeit eines Warnschilds hatte. „Wer meine Auftraggeber sind, ist völlig egal, lieber Herr Westermann. Was Sie tun, tun Sie nicht für uns, sondern machen das, weil Sie völlig überzeugt von der Sache sind. Es ist nichts, was Sie mit dem Gesetz in Konflikt bringen würde, auch das muss Ihnen klar sein, Herr

Westermann." Dem Angesprochenen fröstelte es. Er wollte weg, nur weg von diesem Ort, ahnte aber auch instinktiv, was dann passieren würde. Seitdem er mit elf Jahren vor seiner Mutter strammgestanden hatte, nachdem die entdeckt hatte, dass er ihr eine Fünf in Mathe unterschlagen wollte, hatte er sich nicht mehr so klein und ausgeliefert gefühlt wie jetzt. Nicht einmal vor seinem ersten Sachstandsbericht im Bundeskabinett.

„Ich habe einen kleinen USB-Stick für Sie", fuhr der Unbekannte fort. „Auch damit haben Sie keinerlei Schwierigkeiten. Er enthält lediglich für Sie einige, nun ja, nennen wir es Ideen, welche Meinung Sie bei Debatten, Kabinettrunden und anderen Dingen, in denen Sie Entscheidungsbefugnisse haben, vertreten werden. Eine kleine Arbeitsanweisung, sozusagen. Es gibt auch einige interessante Meinungsansätze, die Sie bei Gesprächen mit dem Bundeskanzler vertreten sollten." Westermann fuhr zusammen. „Wie bitte ...?" Er schüttelte verständnislos den Kopf, wollte nicht gehört haben, was er gerade offenbar zu hören geglaubt hatte. „Das ist ..." Er suchte nach Worten. „... unerhört! Wer zum Teufel sind Sie, dass Sie meinen, Sie könnten mir ..." Doch der andere legte beschwichtigend seine Hand auf Westermanns Arm und zischte mäßigend, bevor er mit ruhiger Stimme fortfuhr. „Lieber Herr Westermann, relaxen Sie doch. Noch mal: Wer wir sind, hat Sie vorerst nicht zu interessieren. Und am Ende des Tages werden Sie vielleicht sogar noch froh sein, Teil des Ganzen zu sein."

Der Mann wartete einen Augenblick ab und sprach dann weiter. „Auch das noch mal: Nichts davon wird Sie mit dem Gesetz in Konflikt bringen, lieber Herr Westermann." Er öffnete den Umschlag und entnahm ihm eine Reihe von Fotos. Schwarzweiß. Grobkörnig und ohne Zweifel aus großer Distanz aufgenommen. „Das hier schon." Werheim blätterte sie genüsslich durch, scheinbar nur zu seinem eigenen Vergnügen und mit dem gleichen milden Lächeln, mit dem man Fotos eines besonders schönen, lange zurückliegenden Urlaubs durchblättert. Westermann erkannte das Motiv sofort – es war bei allen Fotos in leichten Varianten das gleiche – und erschrak. Er erinnerte sich an den fernen Moment vor vielen Jahren. Der Junge hatte nichts gesagt. Auch nicht, als ihm, Westermann, die Hand ausrutschte. Und dann noch mal, wieder und wieder. Er war die andere Person auf dem Foto, er war es ganz eindeutig, niemand würde etwas anderes behaupten können. Zwar ein paar Jahre jünger und, nun ja, etwas sportlicher, aber es bestand kein Zweifel. Er würde, sollte er dafür jemals zur Rechenschaft gezogen werden, auch bei einer polizeilichen Vernehmung nicht bestehen. Westermann würde sich keinesfalls herausreden können. Sie waren offenbar damals bereits dabei, wer auch immer sie sein mochten. Und er hatte nichts davon bemerkt. Es war doch nur dieses einzige Mal! Die Lust, Schmerz zuzufügen und die Hilflosigkeit des Jungen auszunutzen, dieses einmalige Gefühl von Macht, es war alles zu stark. Er hatte sich nicht zurückhalten können, hatte noch nie so ein Gefühl des Triumphes gespürt. Und nie, niemals danach, war etwas Vergleichbares mit ihm geschehen. In den Tagen danach hatte sich Westermann vor sich selber geekelt, in seinen dunkelsten Stunden tat er es bis heute. Es hatte nicht viel gefehlt und er hätte das Kind getötet. Was der Junge seinen Eltern erzählt hatte, war nie herausgekommen.

„Wäre doch schade um dieses große politische Talent, meinen Sie nicht auch?", fuhr Werheim unbekümmert fort, ohne sein Lächeln einzustellen. „Stellen Sie sich mal vor, Herr Westermann: Ihre Frau sieht das. Yvonne, nicht wahr? Wollten Sie ihr nicht gerade ein schönes Geschenk suchen? Oder der Bundeskanzler? Was würde der dazu sagen? Ihr Chef! Oder ..." Wieder blickte er versonnen die Reihe von Büchern an. „... die Damen und Herren der Hauptstadt-Korrespondenz? Nun? Können Sie sich die Schlagzeile vorstellen?"

Westermanns Stimme war ein heiseres Krächzen. Sie wussten sogar, dass er offiziell hier auf Geschenksuche war. Jeder Wille zum Protest war gebrochen. In seiner Magengegend breitete sich Übelkeit aus. „Was wollen Sie, Sie verdammtes Arschloch? Und wer zum Teufel sind Sie?" Wieder lächelte der andere, die Beleidigung überhörend. Der Blick schien in eine weite Ferne gerichtet. „Wie schon gesagt, wer wir sind, hat Sie erst mal nicht zu interessieren. Sie kümmern sich jetzt um das hier." Mit einer einzigen raschen Handbewegung wanderte ein kleiner Gegenstand in Westermanns Hand. Es war der USB-

Stick, Westermann fühlte es, ohne hinzusehen. Die Geste war gleichzeitig ein Händeschütteln zum Abschied. Die Aufnahmen verschwanden wieder in der Aktenmappe. Westermann war viel zu benommen, um irgendetwas anderes machen zu können, als passiver Zuschauer der Szene zu sein. „Bis heute Abend um 21 Uhr haben Sie das Ding in Ihren PC gesteckt. Wir sehen das dann, es wird sich bei uns melden. Sie finden, wie bereits gesagt, darauf nichts, was Ihnen schaden könnte, da müssen Sie uns schon vertrauen. Allerdings finden Sie die besagte Liste mit Ideen für Ihre Meinungsfindung. Sieht ganz normal aus, als hätten Sie sich Notizen gemacht. Eines unserer kreativen Nachwuchstalente hat sich sogar die Mühe gemacht, Ihnen zu jedem einzelnen Thema ein paar Presseberichte beizufügen. Sieht wirklich so aus, als wäre das Ihre persönliche Ideenwerkstatt, sogar Ihren Duktus haben wir gut kopiert, für den Fall, dass Sie doch auf dumme Gedanken kommen. Und wenn Sie denken, dass hier gerade etwas stattfindet, gegen das Sie Anzeige erstatten müssten: Nur zu! Sie werden schon sehen, was Ihnen dann blüht. Ansonsten freuen wir uns auf die gute Zusammenarbeit." Werheim blickte wieder genüsslich auf die Bücher. „Denken Sie immer dran, lieber Herr Westermann: Es wurden ganze Länder und Ozeane erfunden, wenn es um die Darstellung der eigenen Lebensleistung geht. Denken Sie an Ibn Battuta und lernen Sie von der Weisheit vergangener Forscher!" Der Mann blickte auf seine Armbanduhr, eine elegante Longines, erhob sich, machte zwei Schritte rückwärts und deutete kurz eine Verbeugung an wie ein Palastdiener, der sich von einem Herrscher entfernt, dann drehte er sich um und verschwand zwischen den Regalreihen, ohne sich ein weiteres Mal umzuwenden. Westermanns Knie waren zu schwach zum Aufstehen, ihm wurde schwarz vor Augen.

Der Mann, der sich Werheim nannte, eilte durch den Hauptausgang und war unter den Arkaden zwischen den Säulen und einer großen Touristengruppe schnell in der Menschenmenge verschwunden. Es war höchste Zeit. Selbst wenn Westermann die Kraft gehabt hätte, ihn zu verfolgen, hätte er ihn rasch verloren und nicht gesehen, wie der Unbekannte die Treppe hinab zum U-Bahnhof Friedrichstraße verschwand. Dort stieg er in eine gerade mit Getöse einfahrende U-Bahn in Richtung Alt-Tegel ein. Alles lief minutengenau nach Plan. Geduldig wartete er, bis sich das Knäuel der Wartenden von den Aussteigenden gelöst hatte, und bestieg dann selbst den gelben Waggon. Drinnen musterte er aufmerksam die dort sitzenden Fahrgäste. Am Ende des Wagens nahm ein Mann mit Frank-Sinatra-Hut und großer Sonnenbrille seine Tasche von Sitz gegenüber und nickte ihm zu. Es waren noch reichlich andere Sitzplätze frei, doch Werheim setzte sich auf den angebotenen Platz. Der U-Bahn-Zug hielt an der nächsten Station und das Spiel des Aus- und Einsteigens von Fahrgästen wiederholte sich, als Werheim eine Berliner Morgenpost aus der Aktenmappe nahm und sie aufschlug. Sie hatten diese Geste abgesprochen. Schließlich kündigte ein Gong und eine blechern klingende Lautsprecherstimme die Einfahrt in die Haltestelle Naturkundemuseum an. „Er hat angebissen", sagte Werheim tonlos. Sein Gegenüber reagierte nicht. Werheim sah sein eigenes Spiegelbild in den großen dunklen Brillengläsern. Augenblicke vergingen. Dann sprach der Mann schließlich doch. „Gut. Steigen Sie hier aus. Machen Sie sich unsichtbar." Die Aktenmappe wechselte ihren Besitzer. Nach einem weiteren Augenblick, als Werheim bereits im Aufstehen begriffen war, fügte der andere noch hinzu: „Gute Arbeit. Wenn wir Sie wieder brauchen, lassen wir es Sie über den üblichen Kanal wissen. Die Uhr können Sie behalten" Werheim nickte, wandte sich der sich mit einem Druckluftzischen öffnenden Tür zu und stieg aus. Sein Job war getan. Helles Tageslicht und tobender Straßenverkehr umfing ihn, als er die Treppen aus dem U-Bahn-Hades zur Chausseestraße hochstieg. Eigentlich war dies nur eine Verlängerung der Friedrichstraße. Doch Werheim, der in Wirklichkeit Bertram Kortes hieß und alles andere als das war, was er gerade dargestellt hatte, kam es vor, als wäre es eine andere Stadt. Er blieb kurz stehen. Jetzt einen Espresso. Am liebsten noch einen kleinen Schluck von irgendetwas Hochprozentigem. Er wollte versuchen, nun zunächst an die schöne Summe Geld zu denken, die ihm für sein kleines Bühnenstück, das er gerade abgeliefert hatte, bereits vor zwei Tagen überwiesen worden war. Vielleicht würde er sich von dem Geld den großen Atlas historischer Seekarten gönnen, den er sich von seinem normalen Gehalt als Kleinkünstler und gelegentlicher Filmstatist niemals würde leisten können, denn das war er tatsächlich auch in der Wirklichkeit: Ein Liebhaber klassischer Reiseberichte und antiker Karten. Wenn er die Uhr versetzte, in deren Besitz er nun überraschend gekommen war, kam bestimmt noch viel mehr zusammen. Er hatte keine Ahnung, was auf dem Markt für so einen Wecker zu erzielen war. Es war ja schließlich für eine Sache, der er sich problemlos mit seiner Meinung anschließen konnte, soweit er darüber Bescheid wusste, oder etwa nicht?

Kortes entdeckte ein kleines, namenloses Café, wie es sie hier in Berlin auf halber Strecke ins Problemviertel Wedding viele gab. Sie existierten ein paar Wochen, wenn sie ein Publikum fanden, dem der Laden gefiel, vielleicht auch etwas länger, wenn der Kaffee fair gehandelt und ökologisch einwandfrei, also dem Geschmack des Berliner Publikums zugeschnitten war. Eines Morgens waren dann doch die Scheiben mit Zeitungspapier verklebt. Kortes bestellte einen doppelten Espresso. Und ... er zögerte noch ... einen Grappa. Die langhaarige Aushilfskraft mit Rastamähne und sichtbarem Hang zu alternativen Lebensstilen führte die Bestellung ohne eine einzige Gefühlsreaktion aus. Kortes wählte einen Platz am Fenster, von dem er die Straße beobachten konnte. Doch, dachte er sich. Heute war zweifellos ein guter Tag.

Kapitel 4

Billie Holiday beklagte mit ihrer von Drogen zerstörten Stimme, dass sich ihr Liebhaber geändert habe, das Strahlen aus seinen Augen verschwunden und sein Lächeln nur noch ein gedankenloses Grinsen sei, während Kleine bereits den dritten Single-Malt in die schweren geschliffenen Gläser goss. Emde lehnte sich zurück, genoss die Musik, obwohl er eigentlich kein Jazzfan war. Er mochte dennoch die besondere Atmosphäre in Kleines Hütte. Die Schirmlampen verströmten ein warmes Licht, aus den Holzwänden war durch den Temperaturunterschied zwischen drinnen und draußen ein leichtes Knacken zu hören.

Emde hatte André Grimmelmann tatsächlich auf dessen Hof angetroffen. Vom Tod des Bankvorstands hatte dieser schon gehört. Erstaunlich, wie schnell sich manche Neuigkeiten dann doch verbreiten, ohne dass man etwas davon mitbekommt, hatte Emde gedacht. Und nein, natürlich hatte Grimmelmann ein Alibi für den Zeitpunkt des Todes und hätte auch gar nicht vor Ort sein können. Das einzige Transportmittel der Familie, ein betagter VW-Bus, bereits schrottreif aus Bundeswehrbeständen gekauft, die Bataillonsabzeichen notdürftig mit grüner Farbe übertüncht, war derzeit nicht fahrtüchtig. „Was willst du?“, hatte ihn Grimmelmann mit einem gereizten Ton gefragt. „Glaubst du etwa, dass ich den Typen erledigt habe? Manchmal denke ich, ich könnte es wirklich tun.“ Vor einiger Zeit hatte er im Eifer eines Streits im Rahmen einer öffentlichen Diskussion tatsächlich gepoltert, bei Typen wie Lieberknecht könne jeder rechtschaffene Bürger nur noch zur Waffe greifen. Lieberknecht hatte daraufhin durch seine Anwälte eine Strafanzeige prüfen lassen, doch davon war ihm abgeraten worden. Grimmelmann kam ungeschoren davon. Natürlich war Emde sich darüber im Klaren, dass Grimmelmann weder finanziell in der Lage war, einen Auftragsmörder zu engagieren, noch so eine Tat selbst zu vollbringen. Ein solcher Umweltfreund, der sich schon scheut, eine Herde Kühe über die Straße zu treiben, um deren Seelenfrieden nicht zu stören, ballert einem Banker doch nicht das Gehirn an die Lattenwand. Für gewöhnlich wollen solche Leute auch nichts mit einer solchen Tat zu tun haben. Und dennoch:

Dieser wilde Blick in Grimmelmanns Augen und die Tatsache, dass er genau wie dessen Frau den Tod Lieberknechts kein Stück weit bedauerte, hatten Emde frösteln lassen.

Umso wohler war ihm nun bei der Wärme des Whiskys und der Glut von Billie Holidays Stimme. Emde würde zwar nie so ein Jazzfan wie Kleine werden. Ein Discofox mit seiner Frau Susanne zu Musik von Helene Fischer, wenn unten in der Festhalle wieder gefeiert wurde, das war schon eher nach seinem Geschmack. Aber andererseits hatten die Songs der Ausnahmesängerin aus den USA etwas Außergewöhnliches, dem er sich nicht entziehen konnte, wann immer Kleine die Platte auflegte. Beim Durchstöbern durch Kleines Plattensammlung hatten sie vor einigen Jahren in einem Album von Al Jarreau tatsächlich eine gemeinsame Schnittmenge gefunden. Für Kleine gerade noch Jazz genug, war die Musik des amerikanischen Stimmakrobaten für Emde schmusiger achtziger Jahre Pop, an den er sich noch gut erinnern konnte.

Emde hatte dem Journalisten inzwischen weitere Details des mutmaßlichen Mordes berichtet. Der ehemalige Pressemann räusperte sich, Emde sah fragend auf. „Was mir keine Ruhe lässt: Es gibt zig Möglichkeiten, eine unliebsame Person aus dem Weg zu räumen, ohne dass es direkt nach Mord aussieht. Du kannst es wie einen schiefgegangenen Raubüberfall aussehen lassen, du kannst ihn von der Straße abdrängen an einer Stelle, an der sichergestellt ist, dass er nicht überlebt. Du kannst ihn mit Worten töten, ihn lächerlich machen und jeder Ehre berauben. Bei solchen Kerlen ist auch das genau so, als würdest du sie töten. Dann bist du den entsprechenden vermeintlichen Widersacher los, aber hast auch nicht sofort Ermittlungen am Hals. Denn die andere Seite muss ja zuerst darauf kommen. Was ich mich wirklich frage, ist: Warum wird er von einem Profi erschossen – und es soll auch genauso aussehen?“ Kleine blickte Emde über den Tisch an. Der erwiderte den Blick und zuckte mit den Schultern. „So, als wäre die Tat auch gleichzeitig eine Warnung: Passt bloß auf, die Ihr noch lebt und Ähnliches vorhabt.“ Emde nickte bedächtig. Der Gedankengang hatte etwas für sich und tatsächlich hatte er diesen Aspekt noch gar nicht bedacht. Schande! Er suchte nach Worten, er drang nur äußerst ungern in die Vergangenheit seines Freundes ein, von der er längst nicht alles wusste und auch ganz froh darüber war. „Nur, weil du vielleicht mit so etwas Berührung hattest: Gibt es eigentlich bei Streitkräften die Pflicht, nachzuhalten, was ihre ehemaligen Angehörigen, die ... nun ja, sagen wir mal, besondere Kenntnisse erworben haben, in ihrem weiteren Leben machen? Du weißt schon, so wie etwa bei der Luftwaffe sicherlich eine Akte darüber geführt wird, wenn ein ehemaliger Transallpilot bei einer Lufttransportgesellschaft anheuert." Kleine blickte in die Lichtreflexe, die eine Kerzenflamme durch das kunstvoll geschliffene Glas in seinen Whiskey warf. Er wusste, auf was für eine Vergangenheit der Polizist anspielte. „Oder ob ein ehemaliges Mitglied einer Spezialeinheit mit einer Ausbildung zum Scharfschützen jetzt bei Douglas als Kosmetikberater arbeitet und nach Feierabend möglicherweise noch seinem ursprünglichen Job nachgeht, so etwas meinst du doch ...?" Emde nickte ernst ohne jeden Anflug von Humor. Ihm war nicht zum Lachen. Er wusste in Bruchstücken, dass Kleine während seiner Reisen durch den Nahen Osten gute Kontakte zu den dortigen Streitkräften aufgebaut hatte, vielleicht immer noch besaß. Und zumindest zu diesem Thema mehr wusste, als der Wehrdienstverweigerer Emde. Kleine schmunzelte, schüttelte den Kopf und schnalzte missbilligend mit der Zunge. „Du meinst ja wirklich weiß Gott, von was ich alles Ahnung haben müsste. In diesem Fall kann ich es dir tatsächlich nicht sagen. Sicherlich wird das je nach Nation unterschiedlich gehandhabt. Müsste man mal genau recherchieren." Er nippte an seinem Glas. „Aber das geht bestimmt nicht, ohne dass es Aufsehen erregt. Es sei denn, man fragt als hohes Tier unter dem Siegel der Verschwiegenheit im Verteidigungsministerium nach." Kleine sah Emde an. „Etwa, wenn dein oberster Dienstherr der Landespolizei in Berlin anrufen und um Amtshilfe auf dem kleinen Dienstweg bitten würde. In deinem Auftrag." Die beiden Männer lachten kurz, dann wurde Kleine ernst. „Anderes Thema jetzt." Er zögerte noch. „Hast du die Schmiererei oben am Stromverteiler gesehen? Am Ortsausgang neben der Bushaltestelle?" Kleine war sie aufgefallen, als er von seinem Termin in Bad Arolsen zurückgekehrt war. Schon seit ewigen Zeiten stand dort ‚Nazis raus!‘ in Großbuchstaben mit einem Edding geschmiert. Niemand hatte sich bis jetzt daran gestört. Die Botschaft, die dort transportiert wurde, schien niemanden zu erregen. Warum auch? Nun hatte jemand ‚Nazis‘ durchgestrichen und durch ein ‚Juden‘ ersetzt. Das Gebilde darüber sollte offenbar einen Davidstern zeigen, doch die künstlerischen Fähigkeiten und das Allgemeinwissen des unbekannten Schmierers waren im Dilettantismus versickert – der Stern hatte nur fünf Zacken. Und das erregte zumindest Kleine. Emde scheinbar auch, denn der Bulle schüttelte nun mit dem Kopf. „Auch hier? Ich fasse das nicht!“ Sein Blick zeigte tiefe Ungläubigkeit. Es konnte sich nur um einen Täter von Auswärts handeln, der an der nahen Bushaltestelle gewartet hatte. Die Leute aus dem Dorf hätten diese Angelegenheit unter sich geregelt. Er würde es morgen melden müssen. Damit hatte auch die Gemeinde Diemelsee ihren ersten Fall von antisemitischen Schmierereien, wie sie im Rest der Republik immer mehr zum unkommentierten und nicht mehr hinterfragten Tagesgeschehen wurden. Auch dieser Fall würde nicht wirklich ernsthaft weiterverfolgt werden. Wer weiß, wer am Ende dahintersteckte? Etwas Empörung, das würde es dann auch schon sein. Sicher nur ein Lausejungenstreich. Emde wusste um die schreiende Ungerechtigkeit. Und er wusste auch, dass dagegen nichts zu machen war. Der Ermittler holte tief Luft. Es wurde wirklich Zeit, dass sie das Thema wechselten und diesen unerfreulichen Fall Lieberknecht aus dem Kopf bekamen. Zumindest für den heutigen Abend. Der nächste Titel von Billie Holiday war schon düster genug.

Die Nachricht kam mitten in der Nacht. Einer von Kleines früheren Kollegen aus der Zeit des Volontariats, der nun in der Redaktion einer großen Tageszeitung mit Sitz in Frankfurt arbeitete, hatte sie gesendet. Offenbar hatte er in dieser Nacht Spätdienst und offenbar war – um eine rechtzeitige Reaktion der Konkurrenz zu vermeiden – kurzfristig der Andruck verschoben und diese Meldung auf der Titelseite eingefügt worden. Kleine blickte auf das Display seines Handys und erschrak. „Ist das nicht bei euch da oben?“ las er. Dazu eine abgescannte Kurzmeldung über den Tod von Carl Lieberknecht, der mutmaßlich während eines Jagdaufenthalts am Diemelsee einem

Mord zum Opfer gefallen war. Die Meldung war bereits im Druck, die Nachricht nicht mehr einzufangen. Kleine fluchte.

„Scheinbar konnte da jemand die Klappe nicht halten. Entweder bei Lieberknechts Haufen. Oder eben bei euch." Emde war nach dem vierten Anruf schließlich wach geworden und ans Telefon gegangen. Er atmete tief durch und ignorierte Kleines nur dürftig getarnte Anschuldigung. Für seine Kolleginnen und Kollegen bei der Kripo legte er die Hand ins Feuer. „Oder es war unser Naturfreund Grimmelmann, der hatte auch schon Wind von der Sache bekommen", brachte er einen weiteren Verdacht ins Spiel und ärgerte sich, dass er den Lokalpolitiker so weit über den mutmaßlichen Mordfall in Kenntnis gesetzt hatte. Nun gut, würde er ihn sich also morgen nochmals vorknöpfen. „Was meinst du können wir jetzt tun, außer die Staatsanwaltschaft zu informieren?" Kleine war überrascht, dass die Frage an ihn gerichtet gewesen war. Normalerweise hätte er sie stellen müssen. „Bin ich bei den Bullen oder du?", antwortete er mürrisch. Er klickte sich inzwischen durch die Nachrichten im Internet und seine E-Paper-Zeitungen. Doch bis dahin war die Nachricht des toten Bankvorstands noch nicht vorgedrungen. Dafür gab es wieder einen Anschlag in Jerusalem, dessen Berichterstattung seine Aufmerksamkeit beanspruchte. Emde beantwortete die Frage für sich selbst: „Vielleicht ist es besser, wenn wir uns wieder aufs Ohr legen. Man weiß ja nie, wann man das nächste Mal dazu kommt." Genau, dachte Kleine und verabschiedete sich, es ist wie im Krieg. Du musst schlafen, wenn du die Chance hast, den Zeitpunkt dazu selbst festzulegen.

Er las weiter, was in Israel geschehen war. Seine Gedanken schweiften weit ab zu fernen Erinnerungen. Unzählige Bilder und Empfindungen, Gerüche, Farben und Geräusche traten in sein Bewusstsein. Israel! Ein Attentäter mit einem Messer hatte am Abend zuvor eine Gruppe italienischer Touristen in einer Gasse hinunter zum Löwentor im arabischen Teil der Stadt angegriffen und zwei Senioren, ein altes Ehepaar, erstochen. Sicherheitskräfte hatten den Mann noch an Ort und Stelle erschossen. Was für eine verfluchte Scheiße! Da lebst du dein ganzes Leben gemeinsam zusammen und freust dich, zum Ende deiner Tage auf Erden, auf eine Pilgerreise ins Heilige Land – und dann kommt das Ende schneller als gedacht und du liegst gemeinsam mit deiner Partnerin beim Gerichtsmediziner in der Edelstahlwanne. Und dennoch, dachte Kleine: Es gibt kein Land auf der Welt, in dem er so sehr das Gefühl hatte, nach Hause zu kommen, wann immer er auf dem Flughafen Ben Gurion in Tel Aviv landete. Die Hektik in den Gassen der Altstadt, andererseits wiederum die stillen Teestuben im arabischen Viertel an einem kühlen Herbstmorgen, bevor die Sonne den Wüstendunst besiegt und über den Ölberg steigt, die zahllosen Ecken – Kleine kam es oft so vor als würde die Altstadt von Jerusalem mit ihren engen Gassen nur aus Ecken bestehen; aus Ecken, einigen Toren und vielen verschlossenen Türen. Die ruhigen Vororte wie Rehavia im Westen mit ihren Vorgärten, den Zypressen und dem Summen der Zikaden im Sommer schienen das genaue Gegenteil dazu. Dann der schrille Glanz des wertlosen, meist in Fernost gefertigten Plunders in den Souvenirshops der Altstadt und die Kunst der Händler, diesen feilzubieten als wäre jede beleuchtete Jesusfigur, jedes Holzkreuz aus Olivenholz, jede Blechmenora und jeder Plastikrosenkranz eine Reliquie für sich; dagegen die unmittelbar spürbare ungestüme Kraft der Schöpfung auf einer Fahrt aus den Bergen herab an die Ufer des Toten Meeres und schließlich der Blick von der Felsenfestung Masada über das Tote Meer hinüber nach Jordanien und nicht zuletzt die Menschen, ihre ruppige Freundlichkeit, die sich erst auf den dritten Blick oder manchmal auch gar nicht zeigte, die fremden Geschmacksrichtungen der israelisch-arabischen und dagegen die vermeintliche Vertrautheit der jüdisch-israelischen Küche.

Er musste an Aviva und ihren Mann denken. Der Gedanke an Aviva war für Kleine stets, als würde er eine Seite eines alten Tagebuchs mit fernen Erinnerungen voller Wehmut aufschlagen. Aviva Blauton, wie sie inzwischen hieß, war Sprecherin der Streitkräfte, als sie sich bei einer seiner Reisen kennengelernt hatten. Damals war sie noch nicht verheiratet. Inzwischen hatte sie in der Politik Karriere gemacht, war aber Reserveoffizierin geblieben – in Israel beinahe Pflicht, wenn man sich für höhere politische Ämter empfahl. Avi war seit vier Jahren Knessetabgeordnete und seit zwei Jahren ständiges Mitglied im Komitee für Auswärtige Angelegenheiten und Verteidigung.

Ihr Mann Yossi, ein deutschstämmiger Nachkomme von Holocaust-Überlebenden, war wie er Journalist. Die Blautons vereinte ein großes, freiheitliches und für alles offene Weltbild. Aviva war Mitglied bei HaBeit Shalom, den unverbrüchlich an die Möglichkeit einer Zweistaatenlösung und einer friedlichen Koexistenz glaubenden Liberalen des Landes, Yossi war Kulturredakteur bei der Haaretz. Kleine hatte erst neulich einen Onlinebericht von ihm gelesen. Seine Redaktion hatte ihn tatsächlich dazu gebracht, ein Konzert von Motty Steinmetz zu besuchen, eines in Israel sehr populären und begnadeten, jedoch ultraorthodoxen Künstlers, der die Meinungen teilte wie das Schwert Simeons. Yossi liebte ebenso wie Kleine Klassik und Jazz. Kleine konnte sich vorstellen, dass der Abend für ihn die Hölle gewesen sein musste. Es war dem Bericht jedoch nicht anzumerken. Großes Journalistenkino.

Kleine war auch nach seiner damaligen Reise mit den beiden in Kontakt geblieben, denn sie verband auch vieles, an das er lieber nicht zu oft dachte. Aber inzwischen hatten sie schon lange nichts mehr voneinander gehört. Was für sich betrachtet eigentlich ein Grund zum Feiern war. War nicht bald Jom Kippur? Eine gute Gelegenheit, mal einen längeren Grußbrief zu schreiben. Eretz Israel – Gelobtes Land. Es gibt nichts, dachte Kleine, das sich damit vergleichen ließe – trotz der vielen anderen Erinnerungen, die ich mit diesem Land verbinde, die alles andere als ein Reisetraum sind. Oder vielleicht gerade deswegen? Kleine musste an etwas anderes denken, an das er nicht denken durfte und verbot sich den Gedanken sofort. „Je weniger er in meinem Bewusstsein ist, umso besser."

Der Aufmacher der Seite fiel ihm erst danach ins Auge: Bundeskanzler Magilsky hatte durch seine Regierungssprecherin weitere Verschärfungen im Umgang der Verfassungsbehörden gegenüber den Reichsbürgern verkünden lassen. Unbewusst nickte Kleine in stiller Zustimmung. Seitdem Magilsky das Erbe von Angela Merkel angetreten hatte, hatte sich einiges getan. Es hatte zwei weniger glückliche Nachfolger der großen Kanzlerin gegeben, die, von der Opposition rasch bedrängt, über ihre Vergangenheit oder törichte Aussagen vor offenen Mikrofonen gestolpert waren oder sich einfach zu provinziell in einem Amt verhalten hatten, in dem Staatskunst und Weitsicht unverzichtbar waren. Eine weitere Anwärterin für den Chefposten im Kanzleramt hatte freiwillig verzichtet, nachdem ihr Mann mehr als fünfhundert Postkarten mit Hassbotschaften und Rücktrittsermutigungen aus dem heimischen Briefkasten gezogen hatte. Es war in den vergangenen Jahren im Zuge der Coronakrise plötzlich chic geworden, dem eigenen Unmut nicht mehr per Twitter, Facebook oder Instagram Luft zu machen, sondern ganz traditionell per Postkarte. Es war sogar möglich, über private Netzwerke ‚Hater' zu engagieren, die diesen Job dann als Auftrag übernahmen.

Magilsky schien im Vergleich zu seinen Amtsvorgängern clean zu sein. Und zeigte Schneid. Zumindest auf den ersten Blick. Eine ziemlich nationalistisch, in Teilen bereits rechtsextrem angehauchte Partei, die damals auf einer Welle orientierungsloser Begeisterung in den Bundestag gespült worden war, war seitdem kaum noch wahrzunehmen und hatte sich mit einer geradezu idiotischen Pannenserie mit fehlgeleiteten Tweets, dümmlichen Statements und merkwürdigen Pressekonferenzen selbst ins politische Aus gespielt. Nach langen Diskussionen hatte Magilsky den Tag der Deutschen Einheit wieder zu einem gewöhnlichen Werktag zurückverwandelt. Die Länder hatten inzwischen so viele eigene Feiertage, dass es einen breiten Konsens gegeben hatte, diesen Tag zu opfern. In den vergangenen Jahren war er sowieso nur noch eine Einladung an Autonome gewesen, in Berlin und anderen Städten zu immer heftigeren Straßenschlachten anzutreten. Nachdem die Gewerkschaft der Polizei angekündigt hatte, ihr Personal nicht mehr dem giftigen Qualm brennender Autoreifen, Fäkaliengeschossen und Beschimpfungen aussetzen zu wollen und die Politiker es satt waren, bei jeder Rede zum Tag der Deutschen Einheit in einen Wald von Stinkefingern zu schauen und einem schrillen Pfeifkonzert zu lauschen, war es ein Leichtes, diesen Tag wieder abzuschaffen. Ost und West waren vereint. Nun, zumindest offiziell. Es gab wichtigere Gründe zum Feiern.

Dafür, dass er die Rechten das Fürchten gelehrt hatte, sparte Magilsky allerdings selbst nicht mit der gesamten Palette rechtskonservativer Sprüche. Damit war er an den rechten Rand seiner

Partei gerückt und nahm den unverhüllten rechten Trotteln den Wind aus den Segeln. Kritiker, von denen es zu Kleines großer Bestürzung immer weniger zu geben schien, meinten jedoch, der Bundeskanzler befeuere ihre Meinung mit seinen derben Äußerungen noch, in denen oft von „klare Kante zeigen“ die Rede war. Es war Magilsky offenkundig gleichgültig, dass zur Not auch mit Hilfe von Polizeiverordnungen regiert werden konnte – Hauptsache, Sicherheit und Ordnung konnten gewährleistet werden. Wie Cato, der im alten Rom stets verkündet hatte, dass Karthago im Übrigen zerstört werden müsse, endeten Statements des Bundeskanzlers stets und geradezu inflationär mit einem Bekenntnis zu Demokratie, Freiheit und den Grundsätzen der Europäischen Union – und einer radikalen Kampfansage gegenüber allem, was nicht gesetzestreu war. Magilskys Reden waren so aufdringlich und eindimensional, dass man in den wenigen Hauptstädten, in denen die EU noch etwas galt, hellwach geworden war und argwöhnisch beobachtete, was da in Berlin so vor sich ging und wofür dieser junge Rising Star – Bundeskanzler Magilsky war gerade mal 37 Jahre alt – eigentlich stand. Europa war gut sechzig Jahre nach der Unterzeichnung der Verträge von Rom einfach nicht mehr en vogue. Immerhin, dachte sich Kleine, der junge Bundeskanzler, der selbst aus einfachen Verhältnissen im Ruhrgebiet stammte, hatte sich über mühsame Parteiarbeit hochgearbeitet. *Aus dem Maschinenraum auf die Kommandobrücke,* so stand es doch immer wieder so gerne in den Parteiveröffentlichungen.

Magilsky hatte, das musste man auch zugeben, neuen Wind in die abgeschliffenen und erodierten Machtbalancen der Parteienlandschaft gebracht. Vordergründig war er ein Machtmensch wie er im Buche stand, mit einem breiten Setzkasten aus Politphrasen. Aber die Rechnung ging auf: ‚Politiker‘ war in der Rangliste der unbeliebtesten Berufe auf dem ersten Platz abgelöst worden – von ‚Versicherungsvertreter‘. Die Leute trauten ihrer politischen Kaste wieder etwas mehr zu. In den letzten Tagen der Kanzlerschaft von Angela Merkel war das lange nicht so. Es hatte eine tiefe Kluft zwischen dem Wahlvolk und seinen Vertretern gegeben. Wobei sich Kleine sicher war, dass dieser Graben des Misstrauens noch lange nicht überwunden war und dass ‚Politiker' auch deswegen wieder verstärkt auf der Berufswunschliste vieler Heranwachsender stand, weil in einer breiten Mehrheit der Bevölkerung erkannt worden war, dass man sich in keinem anderen Berufsumfeld so gut vernetzen, so gut von Beziehungen profitieren – und schlussendlich durch die vielen verschiedenen Nebeneinkünfte sehr gut und unerkannt absahnen konnte.

Die politische Garde der nicht im Scheinwerferlicht Stehenden, vor allem die außerparlamentarischen politisch denkenden Intellektuellen, war nach wie vor so gefragt wie zuletzt zur Zeit der Wiedervereinigung, befand Kleine und mit ihm auch die meisten Kommentatoren der großen Tageszeitungen. Denn die Tendenzen von unverhohlenem Antisemitismus hatten seit der Bundestagswahl sogar noch stark zugenommen, und niemand, auch nicht Magilsky, schien diesem Treiben Einhalt gebieten zu können, scheinbar schon gar nicht der Verfassungsschutz, dem vorgeworfen worden war, selbst mit dem rechten Mob zu paktieren. Wobei auf der Straße und schließlich auch bei entsetzlich vielen Medien kaum mehr ein Unterschied zwischen Rassismus und Antisemitismus gemacht wurde – es war für viele in ihrer Unwissenheit schlicht das Gleiche. Kleine schämte sich, wenn er Bilder sah, die das Verbrennen von Flaggen mit Davidstern zeigten. Er schämte sich, wenn er von Parteiprogrammen las, die das Schächten von Tieren zu religiösen Zwecken verboten und damit ganz unverhohlen Juden wie Moslems gleichermaßen die Grundlagen zur Ausübung ihrer Religion entziehen wollten. Und als vor einigen Jahren die Coronawelle durch Deutschland lief und ihre Opfer forderte, als in den Randlagen der Großstädte mittellose Verstorbene in Massengräbern verscharrt werden mussten, weil die Behörden und Hilfsdienste überlastet waren, als Ausgangssperren verhängt und Lebensmittel knapp wurden, da geisterte beinahe unwidersprochen plötzlich der Vorwurf durch das Internet, nicht chinesische Schweigepolitik sei schuld an der Verbreitung der Pandemie, sondern das Weltjudentum. Kleine kam es nun, einige Jahre später, so vor, als wäre mit der entsetzlichen Pandemie auch der letzte Rest eines gemeinsamen Erinnerungsvermögens verschieden, denn die meisten Coronatoten waren Alte und

Kranke, nicht zuletzt auch die Letzten der Generation, die sich noch aktiv an die Zeit des Zweiten Weltkriegs und des entbehrungsreichen Wiederaufbaus in den Jahren danach erinnern konnten. Es schien vielen der jüngeren Generationen beinahe egal, dass damit ein Kollektivgedächtnis Abschied genommen hatte. Kleine musste sich jedes Mal vor Scham schütteln, wenn er daran dachte.

Auch die Gefahr durch radikal motivierten Terrorismus war nicht gebannt, es war nicht bei dem einen verheerenden Anschlag am Berliner Breitscheidplatz im Jahr 2016 geblieben. Nach dem Anschlagsversuch eines Einzeltäters auf eine voll besetzte Synagoge in Halle, bei dem nur durch Glück und offenbar den Beistand Gottes lediglich zwei Tote zu beklagen waren, hatte es vor zwei Jahren einen schrecklichen Brandanschlag auf ein jüdisches Kulturzentrum in Berlin gegeben, bei dem vier Kinder verbrannt waren. Zwei der Kinder waren Gastschüler aus Aschkelon in Israel. Der Aufschrei in der Kleinstadt am Meer unweit des Gazastreifens war groß, der Protest gegen die deutsche Justiz, die offenbar nicht gewillt oder in der Lage war, die wahren Hintergründe aufzuklären, immens. Wieder waren junge Israelis in Deutschland auf grausame Weise ums Leben gekommen. Die Älteren erinnerten sich noch an das Attentat des Schwarzen September während der Olympischen Spiele 1972. Die neue Regierung Israels hielt sich allerdings, von diplomatischen Protestnoten abgesehen, zurück.

Entsetzlicherweise war der Jubel in einigen Problemvierteln im Ruhrgebiet und in Sachsen als Reaktion auf die Tat größer gewesen als die Protest- und Solidaritätsbekundungen. Zwar wurden zwei muslimische Jugendliche festgenommen, die auch vor Gericht gestanden, das Feuer gelegt und die Fluchttüren versperrt zu haben. Doch es war schnell klar, dass es dabei auch Anstifter und Hintermänner gegeben hatte, deren Identität im Dunkeln blieb, denn die beiden Jungs hatten sich schnell in Widersprüche verwickelt. Sie konnten gar nicht über das Wissen verfügen, wie man die Sicherheitseinrichtungen und die Brandmeldeanlage schachmatt setzt. Und auch ein Untersuchungsausschuss stocherte nur hilflos im Dunklen. Es schien geradezu, als wolle die Politik die Schuldigen gar nicht finden.

Nachdem die Weihnachtsmarkttradition nach der Pandemie gerade wiederbelebt worden war, wurde im vergangenen Dezember wieder ein Weihnachtsmarkt Ziel eines Anschlags radikaler Islamisten. In Düsseldorf. Obwohl die Stadt durch verschiedene Anschlagspläne, die im Vorfeld aufgedeckt worden waren, eigentlich hätte vorgewarnt sein müssen und einiges zur Sicherheit der Einwohner und Besucher getan hatte. Doch die Mörder kamen dieses Mal nicht mit einem heranrasenden Lkw. Auch nicht mit einem Sprengstoffgürtel oder automatischen Waffen. Nein, diese Radikalen, ausnahmslos Konvertiten mit nicht-orientalischem Erscheinungsbild und daher unauffällig, wurden freundlich von den schwerbewaffneten Polizisten, die den Weihnachtsmarkt bewachten, durchgewunken. Sie näherten sich zum blinkenden gelben Licht ihres städtischen Fahrzeugs und in orangefarbenen Overalls die Straße kehrend im Schritttempo ihren Opfern, die ahnungslos vor den Hütten am Schadowplatz um Glühwein anstanden – und zündeten dann an der engsten Stelle ihren unter dem Müll auf der Ladefläche verborgenen Sprengsatz. Kleine hatte später mit einem ehemaligen Kollegen der Westdeutschen Gazette gesprochen, der zum Zeitpunkt des Anschlags gerade Redaktionsdienst hatte. Der Knall ließ noch in den Redaktionsräumen an der Königsallee, fast einen Kilometer entfernt, die Fenster vibrieren. Viele der Ersthelfer litten seitdem durch das, was sie am Tatort sahen, unter Albträumen. Die Druckwelle konnte sich wegen der engen Straßen nicht ausbreiten, das Blut war bis in den dritten Stock gespritzt, während aus den Lautsprechern Bing Crosby mit Christmas in Killarney weiter erklang:

The door is always open, and the neighbors pay a call. And father John, before he is gone, will bless the house and all.

Es war wirklich kein Deutschland, das einem derzeit Freude bereitete, dachte Kleine. Wenigstens hatte Bundeskanzler Magilsky nicht den Fehler seiner Vorgängerin Merkel wiederholt, er blieb ganz ein Mann des Volkes – und der Kameras, Blitzlichter und der Schlagzeilen der darauffolgenden Tage. Innerhalb einer Woche hatte es am Anschlagsort in Düsseldorf eine Gedenkfeier mit

Kabinettsmitgliedern, dem Ministerpräsidenten, beiden Innenministern und den Angehörigen der Opfer gegeben. Magilsky hatte dabei Vätern, Müttern, Ehemännern und -frauen sowie plötzlich zu Waisen gewordenen Kindern mit ernster Miene beide Hände gedrückt. In Kommentaren der Tageszeitungen wurden Vergleiche mit dem Warschauer Kniefall Willy Brandts gezogen, wenn auch die Opposition machtlos gefaucht hatte, der Bundeskanzler würde die Leiden der Hinterbliebenen zu seinen Zwecken instrumentalisieren. Aber bei den Bürgern kamen die Bilder an.

Kleine ging in die Küche und goss sich heißes Wasser in einen Becher mit Instantkaffee. Wenn er jetzt schon wach war, konnte er ebenso gut etwas Musik hören und dem neuen Tag auf dem Sofa im Wohnzimmer entgegendämmern. Er öffnete kurz das Wohnzimmerfenster und ließ einen Schwall kühle Nachtluft ins Zimmer. Die meisten Straßenlaternen im Dorf wurden um Mitternacht vom Stromnetz genommen, die Nacht draußen war stockdunkel wie in einem Gebrüder-Grimm-Märchen. Er wählte eine Platte von Antonio Carlos Jobim und setzte vorsichtig die Nadel auf den Tonträger. Er versuchte, noch den ersten Bossa Nova-Klängen zu lauschen, doch bereits nach wenigen weiteren Akkorden war er weggeschlummert, während der Kaffeebecher lautlos vor sich hin dampfte.

Kapitel 5

Einen noch mehr an Spionageromane erinnernden Treffpunkt hätten sie sich nicht aussuchen können, dachte der jüngere Mann. Ein Parkplatz an einem Waldrand. Ein großes Hinweisschild zeigte eine Karte mit einem Muster bunter Wanderwege. Nach Süden hin verschwanden weite Felder im dichten Dunst des frühen Morgens. Die Umrisse einer Viehtränke waren neben einem Zaun gerade noch auszumachen. Sie warteten nun schon geraume Zeit. Er blickte verstohlen auf seine Armbanduhr. Schon fast eine Dreiviertelstunde! Da sie den Motor des Autos, in dem sie warteten, ausgeschaltet hatten, kroch langsam die Kälte ins Fahrzeuginnere. Auf der Zufahrt zum Parkplatz regte sich etwas. Es schien wie waberndes Licht, aus dem ein Scheinwerferpaar herauswuchs. Na endlich! Der junge Mann musterte mit einem kurzen Seitenblick die Frau auf dem Beifahrersitz rechts von ihm, doch die starrte mit einem entrückten Blick geradeaus. Sie scheint noch nicht einmal zu bemerken, dass unser Besuch anrückt. Nicht zum ersten Mal an diesem Morgen fragte sich der Mann, was er da eigentlich machte. Das andere Auto, ein neuer BMW in einer in diesem Morgenlicht unmöglich festzulegenden Farbe, beschrieb einen Halbkreis und kam dann etwa 20 Meter vor ihrem Fahrzeug zum Stehen. Ein Mann stieg aus, Managertyp, hoch aufgeschossen, kurze Haare, Anzug und Kurzmantel. Er ging um seinen Luxusschlitten herum, fischte eine Zigarette aus einem Metalletui, etwas, das der junge Mann nur aus alten Filmen kannte, und zündete sich die Zigarette an. Doch bereits nachdem er nur zwei, drei Mal mit sichtbarem Genuss den Rauch inhaliert hatte, warf er die Zigarette zu Boden und trat sie mit dem linken Fuß, dem linken, aus. Das Signal: Es war alles in Ordnung, sie wurden nicht überwacht. Die Frau neben ihm öffnete bereits die Wagentür und stieg aus. Sie und der Manager schienen sich zu kennen, sie traten aufeinander zu und umarmten sich kurz. Auch der junge Mann stieg aus. Die Worte wurden nur geflüstert, die Information, wegen der sie so früh an diesem gottverlassenen Ort sein mussten, schien bereits ausgetauscht. Er hörte nur „... sehr zufrieden ... absolut unvermeidlich ... abwarten!“ Ohne weitere Worte wandte sich die Frau um und stieg wieder ein. Der junge Mann folgte ihr mit seinem Blick, schaute dann nochmals den Älteren an, doch nichts deutete darauf hin, dass noch weitere Worte gewechselt werden sollten. Also folgte er der Frau, setzte sich hinters Steuer und ließ den Motor an. Was tat die Wärme der Heizgebläse gut!

Emde staunte nicht schlecht. Er hätte mit einem Aufschrei der Medien gerechnet, mit Presseanfragen an die Staatsanwaltschaft und einem verunsicherten Unternehmen, das um Rat fragte, was man denn nun bekannt geben dürfe. Stattdessen herrschte eine große Ruhe, es klingelten weder Mobiltelefone, noch riss ein Assistent alle paar Minuten die Türe mit einer neuen Wasserstandsmeldung auf. Als er das Gebäude der Polizeidirektion Waldeck an der Korbacher Pommernstraße betrat, war lediglich ein Anruf mit Rückrufbitte für ihn eingegangen. Wie schon öfters und eigentlich von der Dienststellenleitung nicht gerne gesehen, hatte er auf einem Parkplatz einige Gehminuten entfernt geparkt und seinen Dienstparkplatz verschmäht. Über den freute sich wie immer eine Kollegin, die jeden Morgen aus Frankenberg kam. Wer schon morgens lange im Auto sitzt, sollte dann nicht auch noch lange Wege zu Fuß laufen müssen. Sein Wagen stand, für schnelle Ermittlungen immer noch gut zu erreichen, gegenüber der Korbacher Stadthalle. „Hier", einer der Assistenten reichte ihm einen Zettel, „ziemlich kompliziert, der Herr. Möchten wissen, welche Ergebnisse wir vorweisen können. Und natürlich alles erfahren, noch bevor es die Presse erfährt." Kleine las den Namen. Johannes Döhrenbach. Pressesprecher von Prospersoil. Er stöhnte innerlich und schüttelte den Kopf. Was konnte das für eine Art Pressesprecher sein, der ernsthaft davon ausging, dass die Polizei sofort Ermittlungsergebnisse an Dritte weitergab? Denn das und nichts anderes wollte dieser Typ doch. Von seinem Schreibtisch aus wählte er die Nummer, während er seinen Computer hochfuhr, doch der Anschluss war besetzt. Offenbar kam das Interesse am Tod Lieberknechts doch langsam in Fahrt. Und die Ermittlungen auch, dachte Emde, nachdem er die vier Leitz-Ordner bemerkte, die aufrecht auf seiner Schreibtischunterlage warteten. „Ist schlimmer als es aussieht", machte ihm eine Stimme hinter ihm Mut. Frank

Bangert, einer seiner Mitarbeiter, ein Experte für Wirtschaftsdelikte, saß hinter seinem Schreibtisch und faltete gerade eine Frankfurter Allgemeine zusammen. „Die Kollegen haben ziemlich viel zum Thema Einordnung von Prospersoil in den internationalen Markt, Steuersparmodelle, Offshore-Unternehmen und so etwas zusammengetragen." Bangert machte eine Kunstpause. Emde ahnte, dass damit bereits alles gesagt war und somit an ihn die Anweisung ergangen war, sich die Details gefälligst selbst zusammenzulesen. Bangert fuhr fort. „Da könnte einem schon der Hals anschwellen, wenn man so liest, wie diese Herrschaften ihre Unternehmensgewinne aus dem einen Land in dem anderen Land versteuern, weil sie dort ihren Sitz haben und es dort eine nahezu unbegrenzte Steuerfreiheit gibt." Er füllte sich Kaffee aus einer Borussia-Dortmund-Thermoskanne nach. „Verdammt, Finanzminister in so einem Inselstaat möchte ich mal sein. Ich würde mir eine eigene Fantasieuniform schneidern lassen, blau wie das Meer ringsherum, damit das Metall meiner vielen Orden umso mehr blitzt. Mann, was hätte ich einen Dienstwagen. Und natürlich würde ich mit einer ganzen Kolonne von dunklen Limousinen unterwegs sein, und wenn ich zum Golfen will, müssen für mich die Straßen abgesperrt werden." Emde musste schmunzeln und dachte unwillkürlich an einen großartigen Roman, der genau so etwas zum Inhalt hatte und den Kleine ihm mal geliehen hatte. ‚Der Schneider von Panama', eine wunderbare Satire, aber mit einem bitterernsten Kern. Emde hatte sie zunächst eher mit Widerwillen gelesen und um seinem Freund einen Gefallen zu tun. Am Ende wollte er das Buch gar nicht mehr aus der Hand legen, *was für Wahrheiten sich darin wiederfanden, du glaubst es gar nicht.* Als dann einige Zeit später die Verfilmung ins Kino kam, waren sie extra nach Kassel gefahren, um sie zu sehen. Seitdem war auch Emde Fan des Autors John le Carré und von guten Politthrillern.

Der Hauptkommissar warf einen flüchtigen Blick auf die eingegangenen Mails und schlug den ersten Ordner auf. Die Unternehmensgründung von Prospersoil, aha. Er warf einen Blick hinüber zu Bangert, der seinerseits gerade das BVB-Plakat an der Wand anschmachtete, das er als in der Wolle gefärbter Fan in den Diensträumen aufhängen durfte. Stimmt, die

Borussia hatte ja am zurückliegenden Wochenende in Bayern gewonnen. Ein glanzvoller Sieg, Fußball vom anderen Stern, großer Sport! Hatte er dem Erfolg eigentlich Referenz gezollt? „Bangert, weißt du, was der gravierende Unterschied zwischen uns und deinem Fantasiestaat ist?“ Der Gefragte erwachte aus seinen Titelträumen und blickte neugierig herüber. „Bei uns wirst du schlimmstenfalls abgewählt und musst dich in einer Elefantenrunde im Fernsehen am Wahlabend deinem Nachfolger stellen und geschlagen geben. Und alle finden es ganz okay, wenn du dabei vielleicht nicht mehr ganz nüchtern bist.“ Er machte eine kurze Pause. „In solchen Kleptokratien aber“, er liebte das Wort, Kleine hatte es ihm mal genannt und erklärt, was das ist, „endest du in einem Hinterhof, als Fischfutter oder dein toller Dienstwagen wird von Geschosssplittern durchsiebt. Samt dir. Das willst du nicht. Ich auch nicht, denn dann muss ich den ganzen Kram hier alleine machen.“ Er beschrieb mit seiner Hand einen Halbkreis über seinen Schreibtisch, Bangert schnitt eine Fratze. „Also. Bleib lieber bei deiner Borussia, denn Fußball spielen können die dort meistens auch nicht.“ Die Borussia allerdings manchmal auch nicht, seit Klopp, der Große, das Weite gesucht hatte, dachte Emde, aber das behielt er lieber für sich.

Eine Mail ging mit einem Glockenspielton ein: Der Autopsiebericht aus der Gerichtsmedizin, eigentlich bereits für gestern angekündigt. Anders als in Fernsehkrimis nahmen einzelne Bestandteile einer Autopsie mitunter eben doch einiges an Zeit in Anspruch, denn chemische Prozesse mussten überprüft und abgeglichen werden. Und anders als im Fernsehen waren Rechtsmedizinische Institute auch nicht immer so perfekt ausgestattet und hatten meist eine zeitraubende Wochenenddienstregelung. Die ‚Klienten‘ konnten sich ja nicht mehr über lange Wartezeiten beschweren. Emde klickte den Bericht auf und überflog flüchtig, was er beinahe schon erwartet hatte: Unmittelbar eingetretener Tod durch massive Einwirkung auf den Schädel bedingt durch das Eindringen eines Geschosses. Also endgültig doch kein Herzklabaster. Lieberknecht war vermutlich wirklich schon tot, bevor er rückwärts gegen die Holzlatten san. Bei ihrem Austritt aus dem Hinterkopf hatte die Kugel einen großen

Teil des Okzipitallappens mitgenommen. Was auch immer das genau war, die Kollegen von der SpuSi durften ihn später mit Schwamm und Eimer von der Rückwand aufnehmen, bevor sie das Geschoss vorsichtig aus dem Holz kratzen und in die ballistische Untersuchung geben konnten, dachte Emde. Er blickte kurz durch die anderen Mails: Der Bericht der Ballistiker war noch nicht eingegangen. Der Autopsiebericht endete mit einem Fazit: Tod wurde vermutlich bewusst herbeigeführt. Emde seufzte und vertiefte sich in die weiteren Unterlagen.

Als Kleine erwachte, war es draußen längst wieder hell. Sein Plattenspieler hatte den Tonarm nach Abspielen der ersten Seite wieder in die Ausgangsstellung zurückgefahren, der Plattenteller drehte sich aber noch und die Nadelbeleuchtung war eingeschaltet. Kaffee! Er trank einfach zu viel davon. Seine Mischung aus der vergangenen Nacht war längst ungenießbare Plörre geworden und erinnerte ihn mit ihrem grässlichen Aroma an endlose Redaktionstage, als er zigmal frischen Kaffee aus der kleinen Teeküche ... warum hießen diese kleinen Kabinette eigentlich immer noch so, obwohl dort deutlich mehr Kaffee als Tee getrunken wurde? ... geholt hatte, der dann erkaltete, ohne getrunken worden zu sein. Er rief sich den zurückliegenden Tag in Erinnerung. Lieberknecht war tot. Erschossen, Donnerwetter. Er konnte sich vorstellen, wie die Bewohner der Region mit dieser Nachricht umgehen würden. Viele hatten es sich sicherlich oftmals ausgemalt: *Kommt schon, seid ehrlich zu euch, wie oft habt ihr gedacht, ihr entzündet ein Freudenfeuer, wenn der Typ den Arsch zukneift.* Doch nun, nachdem es wirklich passiert ist, sitzen wahrscheinlich viele am Küchentisch und wissen nicht, was sie denken und vor allem, wie sie auf die Frage „Hast du's schon gehört?“, reagieren sollen, die sie theoretisch in dem Augenblick ereilen kann, wenn sie vor die Tür treten. *Er war doch schon so eine Art Heilsbringer für die Region, nicht? Schade eigentlich.*

Kleine überprüfte die Termine des heutigen Tages. War heute nicht sogar die Ratssitzung? Tatsächlich, um 18 Uhr in der Dansenberghalle. Ursprünglich hatte sie im Festsaal der evangelischen Kirchengemeinde Adorf stattfinden sollen. Aus Platzmangel in den Amtsräumen der Gemeindeverwaltung wurden stets andere Räumlichkeiten genutzt, je nachdem, welche Tagesordnungspunkte besprochen wurden und mit welchem Interesse in der Bevölkerung gerechnet wurde. Heute wurde mit großem Interesse gerechnet. Kleine überflog die Tagesordnung, die auf der Webseite der Gemeinde eingefügt war. Tatsächlich hätte es heute einen weiteren Sachstandsbericht zur Reaktivierung der Grube Christiane geben sollen. Eine Expertin des Bergamts sollte Risiken, Möglichkeiten und Chancen ausloten und dem Rat vorstellen. Ob dieser Punkt wohl so stattfinden würde? Kleine griff zum Telefon.

Emde hatte an seinem Schreibtisch beinahe zeitgleich von der Ratssitzung erfahren, als das Telefon klingelte. Er schaute auf die Nummer im Display. Hier innerhalb des Kommissariats musste er vorsichtig sein, auch wenn immer mal wieder der eine oder andere Kollege etwas von seiner nützlichen Liaison mit dem Journalisten mitbekommen hatte. So meldete er sich auch mit einem halblauten „Was willst du?“ und lauschte Kleines Vorschlag, die Sitzung gemeinsam aufzusuchen. „Gut. Gute Idee. Sonst noch etwas?“ Kleine blickte verdutzt sein Handy an. Was für ein unwirscher Ton. Emde hatte offenbar Stress. Oder war im Büro. Oder beides traf zu, was ja auch mal vorkommen konnte. Er fasste sich kurz. „Wir sehen uns dann.“ Ein Klicken in der Leitung beendet das Gespräch. Emdes Blick wanderte zu der Thermoskanne seines Kollegen. Der Kaffee im Präsidium war eigentlich ungenießbar. So sehr, dass er schon öfters, sehr zur Freude seiner Frau, auf Tee ausgewichen war. Earl Grey, second flush. „Ist da noch etwas drin?“ Bangert schaute erstaunt rüber und nickte kaum merklich. Erleichtert und ohne seinen Wunsch weiter ausdefiniert zu haben, stand Emde auf und besorgte sich eine Tasse, angeschlagen und mit bereits angeklebtem Henkel: Die Polizei in Hessen – Dein neuer Arbeitgeber.

Die Szene war unwirklich. Fast wie in einem Film. Constanze Lieberknecht trat gefasst in den Raum, dessen Temperatur deutlich niedriger als die in den anderen Räumen des Instituts für Pathologie in Kassel war, das für die nordhessische Polizei bei Bedarf auch als Rechtsmedizin fungierte. Doch abgesehen vom

Verhalten der Bankierswitwe erinnerte wenig in dem Raum an die entsprechend gleichen Szenen in Fernsehkrimis. Es gab keine Milchglasscheiben und kein diffuses Licht. Keine Reihe von Alutischen mit zugedeckten Körpern und auch keinen Gerichtsmediziner mit Kittel und Mundschutz, der nach einem kurzen Augenblick ein Tuch zurückschlug. Der Raum hatte eher etwas von der sterilen Freundlichkeit eines Krankenzimmers, war weniger ein angsteinflößender Operationssaal als ein Sterbezimmer, die Wände waren nicht gefliest, sondern verputzt, lediglich bis Knöchelhöhe reichte der rutschfeste Bodenbelag aus PVC, der in den Kanten für eine bessere Reinigung hochgewölbt war. Über der Tür hing ein Kruzifix. Das eigentliche Gemetzel hatte in einem anderen Raum stattgefunden.

Emde war etwas später als Constanze Lieberknecht an der Gerichtsmedizin angekommen und hatte im Vorbeifahren auf der Suche nach einem Parkplatz gesehen, wie sie aus der Beifahrertür eines roten Mercedes-Coupés stieg. Am Steuer saß ein deutlich jüngerer Mann, zweifellos Torben Wagner alias David Kline, der dem Beamten bereits vom Hörensagen bekannt war. Am Vortag hatten sie zwar das Foto im Bücherregal gesehen, aber neben der etwas älteren Witwe sah der Bursche wirklich aus wie ein Kind. Emde hatte noch abgewartet, bis auch der junge Fotograf einen Parkplatz gefunden, das Auto, das ohne jeden Zweifel auf den Namen Constanze Lieberknecht zugelassen war, mit äußerster Vorsicht eingeparkt hatte und der Witwe in die Gerichtsmedizin gefolgt war. In der Zwischenzeit hatte er den Pressesprecher von Prospersoil erreicht und mit ihm einen Gesprächstermin für den frühen Nachmittag ausgemacht. Emde musste dabei seine Worte etwas harscher wählen: Johannes Döhrenbach erwies sich als äußerst strebsam darin, seine Ziele zu erreichen. Die Grußfloskeln waren noch nicht richtig verklungen, da befand sich Döhrenbach bereits in einem Monolog über die Verpflichtungen der Behörden, Auskünfte zu erteilen. Informationsfreiheitsgesetz, er, der Beamte, wisse darüber sicher Bescheid. „Aber nicht mitten in Ermittlungen", hatte Emde ihn gestoppt. Sie hatten sich bis auf Weiteres geeinigt, in hoffentlich fruchtbarer Weise zusammenzuarbeiten und das gemeinsame Gespräch miteinander zu suchen. Emde war dennoch ein heftiger Fluch über die Lippen gekommen, nachdem er aufgelegt hatte. *Was für ein Arschloch! Auf gute Zusammenarbeit!*

Er stieg aus und folgte dem vermeintlichen Starfotografen ins Foyer der Gerichtsmedizin. Er sah den jungen Mann dort in einer Sitzgruppe hocken und auf seinem Handy daddeln. Ein Youngster mit rasend machendem Restless-Legs-Syndrom. Muss jederzeit abchecken, was in seiner Community abgeht. Constanze Lieberknecht hatte sich nur einmal umgeblickt und den Ermittler grußlos gemustert wie ein lästiges Insekt. Nun schritt sie auf den Tisch zu, auf dem ihr ermordeter Mann lag. Mutmaßlich zumindest, korrigierte sich Emde. Die Leiche war von den Füßen bis zu den Schultern mit einem Tuch bedeckt, die Augenpartien waren dunkel unterlaufen und zeigten bereits sichtbare Spuren des Todes, der Bereich der schweren Kopfverletzung war unter einem OP-Tuch verborgen. Nach den strengen gesetzlichen Vorgaben war die Leiche an allen drei Körperhöhlen im Kopf, Brust- und Bauchbereich geöffnet worden. Den Anblick wollte man Angehörigen in der Regel ersparen. Constanze Lieberknecht blieb stehen und blickte auf den Toten herab. Sie schaut wirklich auf ihn herab. Emde spürte das, auch wenn er die Witwe nur von hinten sehen konnte. Die Blicke des Gerichtsmediziners, die er gut sehen konnte und die auch ihrerseits Kontakt zu ihm suchten, sprachen allerdings Bände. Die Temperatur im Raum schien durch die Anwesenheit der Witwe nochmals gefallen zu sein. Nach einem weiteren Augenblick wandte sich die Frau um, blickte Emde kurz und zornerfüllt an und ging zur Tür. Die Absätze ihrer Wildlederstiefel donnerten draußen ein Stakkato auf die Kacheln des Flurs, bevor die selbstschließende Tür wieder leise ins Schloss gefallen war. Emde, der verdutzt hinterher geblickt hatte, drehte sich nun zum Gerichtsmediziner um. Der zuckte mit den Schultern, während er ein grünes OP-Tuch über die komplette Leiche zog und den Verstorbenen so vollständig zudeckte. „Sie hat zumindest nicht gesagt, dass er es nicht ist, also ist er es." Er griff zu einem Klemmbrett, fingerte einen Kugelschreiber aus der Brusttasche seines Kittels und notierte etwas auf einem Formular. Emde nickte, er kannte das Prozedere für solche Fälle, das nicht so ganz den gesetzlichen Vorgaben entsprach. Lieberknecht war damit identifiziert, auch ohne ein theatralisches, tränenreiches „Er ist es", wie man das ebenfalls aus Fernsehkrimis kennt. Emde trat an den Tisch. Ein weiteres Kopfnicken des Ermittlers. Der Mann gegenüber zögerte, verstand dann aber und entfernte noch mal das Tuch vom Kopf der Leiche. Emde pfiff leise, als er den mittlerweile dunkel umrandeten Krater in der Stirn sah. Wie viel Lieberknecht wohl noch mitbekommen haben mochte? Ob er gespürt hat, dass er ermordet wurde? Ein weiteres Nicken als Dank, dann folgte der Polizeibeamte der Witwe. Doch Emde sah draußen auf dem Parkplatz nur noch die Abfahrt der beiden. Irgendetwas im Verhältnis zwischen Constanze Lieberknecht und ihrem Mann war ganz und gar nicht so, wie es sein sollte und auch nicht so, wie sie es gestern versucht hatte, ihnen vorzugaukeln.

„Kinder, lasst uns mal zusammenfassen, was wir haben." Emde hatte seinen Bürostuhl hinter seinem Schreibtisch hervorgerollt. Seine Kolleginnen und Kollegen taten es ihm nach, nun saßen sie im Kreis zwischen ihren Tischen. Eigentlich wie eine Sitzgruppe in der Psychotherapie, hatte Emde immer wieder gedacht. Aber bei irgendeinem Fall hatten sie festgestellt, dass sie so am besten mit den Ermittlungen von der Stelle kamen. Keiner verbarrikadierte sich hinter einem Tisch oder Akten, keiner hatte etwas zu verbergen, Ideen und Vermutungen konnten frei geäußert werden. *Irgendwann werfen wir uns sogar ein Wollknäuel zu.* Emde musste immer wieder lächeln bei dem Gedanken daran, mit welchem Ernst sein Team an solche Gesprächsrunden herantrat. Neue im Team wurden schnell auf die Tradition eingeschworen. So war es auch jetzt. Seine ‚Neuen' aus Kassel gehörten schon fest dazu. Ohne jede Ränkespiele, was Emde wunderte. aber gleichzeitig auch freute. „Erstens: Lieberknecht ist identifiziert. Zweitens: Es war definitiv Mord von jemandem, der weiß, wie so etwas geht. Und auch, wie man danach spurlos verschwindet." Emde ging in Gedanken die Ermittlungsergebnisse der Tatortgruppe durch. Sie bestanden aus einem Wort. „Nichts", hatte Meistermann ihm staunend berichtet. „Absolut überhaupt nichts."

Emde rieb sich die Stirn. Dass die Anwohner im nahen Heringhausen weder etwas gesehen, noch etwas gehört hatten, wunderte ihn nicht weiter. Häufig fiel den Leuten später noch etwas ein. Diese Informationen waren aber mit Vorsicht zu genießen, da oft die Wahrnehmungen von Nachbarn oder Bekannten mit hineingewoben waren. Was ihn aber ärgerte: Auch die Wabenüberprüfung der Mobilfunkanbieter hatte zu keinem nennenswerten Ergebnis geführt. Emde hatte in diese Abfrage viel Hoffnung hineingelegt: Zur Tatzeit am frühen Sonntagmorgen dürften nicht viele Mobilfunktelefone in den Netzen angemeldet gewesen sein. Aber alle Kontakte gehörten zu Nutzern, die am Diemelsee oder in der Umgebung gemeldet oder zumindest lückenlos nachverfolgbar waren, in der Mehrzahl Angestellte des Hotels am See. Ein weiteres Indiz dafür, dass sie es mit einem lautlosen Profi zu tun hatten. „Da kommen wir offenbar erstmal nicht weiter. Aber wir müssen darüber nachdenken, warum das Ganze auch wie ein Mord aussehen sollte. Also: Mord aus pädagogischen Gründen." Seine Leute lachten verhalten kurz auf. Emde ergänzte zunächst nicht, dass inzwischen eine Information über den Fall an das Landeskriminalamt gegangen war. Vielleicht kam von dort eine Idee, wo nach einem möglichen Täter zu suchen war. Ob einschlägige ‚Kunden' bekannt waren und wo sie sich gerade aufhielten. „Drittens: Seine Frau ist kalt wie ein Fisch und scheint beinahe nicht unglücklich, dass er abgetreten ist. Motiv? Irgendjemand eine Idee?" Er blickte sich um. Gegenüber sah eine Kollegin auf. „Eifersucht?" Emde schaute die Kollegin an. Sie sprach weiter. „Ich meine, können wir ausschließen, dass er fremdgegangen ist? Immerhin scheint ja auch die Frau über ausreichende Mittel zu verfügen, so jemanden zu casten." Vereinzeltes Nicken. Auch eine Idee, dachte Emde. Aber heuert man deswegen direkt einen Berufsmörder an? Trotzdem – er notierte diese Möglichkeit. Eifersucht. Er ließ etwas Platz für weitere Ideen zu diesem Motiv. „Was sonst noch?" Eine weitere Stimme war zu hören: „Lieberknecht hatte konkrete Kenntnisse über irgendetwas, das irgendjemandem gefährlich werden könnte." Das war Bangert. Er hatte sich in die Informationen zum Thema Prospersoil eingelesen. „Und was könnte das sein?", fragte Emde zurück.

Tatsächlich hatten mehrere Kolleginnen und Kollegen die Ermittlungsakte, so dünn sie bislang auch war, genau studiert. Ja, Prospersoil war tatsächlich so etwas wie ein Enfant terrible in den Reihen der Rohstoffe erschließenden und fördernden Unternehmen. In mehreren Steueroasen rings um den Globus von Asien bis über die Cayman Islands, die Bermudas und den US-Bundesstaat Delaware wurden Steuersparmodelle hart an der Grenze der Legalität genutzt, doch nicht nur das. Emde hatte selbst mehrere Berichte gelesen, die den Rückschluss zuließen, dass mitunter auch mal mit den entsprechenden Mitteln nachgeholfen wurde, wenn wertvolle Rohstoffe in geschützten Arealen vermutet wurden. Wenn es sich nicht vermeiden ließ, wurde in nicht ganz befriedeten Regionen, etwa in afrikanischen Staaten oder deren Fragmenten, auch mal die Aufmerksamkeit nicht ganz der Demokratie verschriebener Regierungschefs, Warlords oder rivalisierender Rebellengruppen erkauft, wenn es der Sache nützte. Entsprechende Klagen wegen Korruptionsverdachts und Beteiligung an Waffenschiebereien und deren Finanzierung waren bei diversen Gerichten eingegangen. Und ja, Lieberknecht war durch seine Investitionen ein Teil dieser unglaublichen Erfolgsgeschichte. Doch das gehörte zunächst nicht zu diesen Ermittlungen. Noch nicht, dachte Emde und wusste intuitiv, dass er mit diesem unappetitlichen Teil der Geschichte des ermordeten Bankiers eigentlich nichts zu tun haben wollte – und doch irgendwann musste.

Emde musterte eine weitere Kollegin interessiert. Nora Freese sah so aus, als wollte sie etwas sagen, schien aber noch nicht so ganz zu wissen, wie sie ihren Beitrag sortieren sollte. ‚Nofri‘, wie sie von allen genannt wurde, war ebenfalls von der Mordkommission aus Kassel abkommandiert. Für sie selbst eine Erleichterung, denn Nofri wohnte in Berndorf gleich um die Ecke und musste nun nicht jeden Morgen die Pilgerreise ins weite Kassel antreten. Und sie sprang ins Auge. Ihre lange Zeit kinderlosen Eltern – ihr Vater war immer noch Vertreter für Landmaschinen in Berndorf – hatten vor knapp 30 Jahren die Entscheidung getroffen, ein Mädchen unbekannter afrikanischer Eltern zu adoptieren. In einer sehr ländlich geprägten Region wie Nordhessen zur damaligen Zeit eine bemerkenswerte und eindrucksvolle Entscheidung. So ein Kind fiel auf. Und das tat Nofri bisweilen bis heute. Emde hatte schon gehört, dass sich bei Ermittlungen oftmals, trotz aller gepredigter Offenheit, bei vielen Befragungen Ressentiments ergeben hatten. Manchmal auch offener Rassismus. Die Leute – auch solche, die sich selbst als in keiner Weise von Vorbehalten gegenüber Menschen aus anderen Kulturräumen als dem mitteleuropäischen geprägt bezeichnen würden – sprachen lieber mit dem sichtbar aus heimischen Regionen stammenden Kollegen als mit einer afrodeutschen Beamtin. Sogar dann, wenn Nofri als Kommissarin einen höheren Dienstgrad besaß. Zudem wurde ebenso oft die Frage gestellt, ob denn die Kollegin „aus Afrika ein Praktikum bei der deutschen Polizei" mache. Einmal war wohl auch das Wort ‚Negerin' gefallen. Meistens löste sich das alles auf, wenn Nofri begann, in dem in der Region heimischen Zungenschlag zu sprechen, den sie durch ihre Adoptiveltern perfekt beherrschte. Es war ja auch ihre Muttersprache. Aber das musste man den Leuten einhämmern! Emde hatte sie sofort gemocht. Sie brachte Ruhe ins Team und war durch ihr großes Allgemeinwissen eine Mitarbeiterin von unschätzbarem Wert.

Tatsächlich war ihr Spitzname, der sich aus den Anfangsbuchstaben ihres Vor- und Zunamens zusammenzusetzen schien, mit großem Bedacht gewählt: Nofris gleichmäßige und schöne Gesichtszüge hatten tatsächlich eine nicht zu leugnende Ähnlichkeit mit dem Gesicht der ägyptischen Königin Nofretete. Emde ermutigte sie zu sprechen. „Nofri, du willst etwas sagen?" Die junge Frau zögerte noch. Doch dann gab sie sich einen Ruck. „Ich denke, wir sollten in Erwägung ziehen, dass wir es vielleicht mit Wissen von größter Bedeutung zu tun haben." Emde lehnte sich zurück und wartete ab, was da noch kommen mochte. Wissen von größter Bedeutung. Er beneidete schon jetzt die Kollegen, die in Kassel ständig mit ihr zu tun hatten. Nofri sprach – und alle hingen an ihren Lippen, nicht zuletzt wegen ihrer äußerst gepflegten Wortwahl. Man konnte ihr gut zuhören. Auch, wenn sie sicherlich auch andere Saiten aufziehen konnte. Als Kind mit Landmaschinen groß geworden konnte sie zweifellos eine Wortwahl an den Tag legen, die der groben Natur des Profils eines Traktorreifens in nichts nachstand. „Wissen, für das getötet wird. Gehen wir davon aus, dass es sich um etwas handelt, für das man sich Schweigen mit viel Geld erkaufen kann, dann wäre Lieberknecht nicht ermordet worden. Trotz seiner Millionen, solche Typen neigen immer mehr zur Raffsucht. Sie hätten das irgendwie mit viel Geld unter sich ausgemacht. Außerdem müssen wir bedenken, dass die Tat an sich eine gewisse Strahlkraft hat." Sie machte eine Pause und trank einen Schluck Kaffee aus einem Becher, der für irgendein Musikfestival warb. ‚Jazz!' las Emde in reduzierter Bauhausschrift. Richtig, Nofri war ja Jazzhörerin, er hatte es schon von Bangert gehört. Vielleicht sollte er sie mal mitnehmen zu Kleine? „Wir haben hier also eine Person oder eine Personengruppe, die den einzigen Ausweg darin sieht, eine ohne jeden Zweifel große Summe zu investieren, damit Lieberknecht dieses Wissen, dass er besitzt, nicht weitergibt. Auf gar keinen Fall. Andere sollen sehen, dass die, die hinter dieser Tat stecken, vor so etwas nicht zurückschrecken. Und damit landen wir bei Hintermännern, die sich entweder gut tarnen und ihre Spuren gut verwischen können oder sich geografisch weit außerhalb der rechtlichen Handlungsmöglichkeiten der Bundesrepublik Deutschland befinden. Also in Staaten, mit denen die Bundesrepublik kein Rechtsabkommen über Strafverfolgung und Auslieferung hat." Bangert schmunzelte: „Also quasi ein Mord mit Aussicht." Gelächter durchlief kurz das Team angesichts dieser Anspielung auf eine einst beliebte TV-Krimireihe, die in der ländlichen Eifel spielte, aber in Wirklichkeit im Oberbergischen Land gedreht worden war. Doch Emde nickte. „Guter Ansatz!" Er deutete auf die Ordner, die immer noch wie ein Bataillon Wachsoldaten in einer Reihe auf seinem Schreibtisch standen. „Da haken wir ein. Nofri, sehr gut. Wir müssen wissen, inwieweit Prospersoil solche Verbindungen haben könnte. Findet mir alles raus über mögliche Mitinvestoren aus Ländern, in denen der Hang zur Gewaltausübung möglicherweise etwas lockerer gesehen wird. Russland, der gesamte eurasische Bereich. Vielleicht auch Südamerika und Afrika." Emde stand auf. Es war bald Zeit, sich auf den Weg zum Termin mit Döhrenbach zu machen. „Das ist jetzt die wichtigste Zeit, Leute. Mit jeder

Stunde werden die Spuren kälter. Wir müssen gucken, dass wir mit den Ermittlungen vom Fleck kommen."

Kapitel 6

Der Weg nach Kassel, wo Prospersoil eine beeindruckende Niederlassung hatte, führte Emde durch das Twistetal und an Bad Arolsen vorbei in Richtung A44. Von dort sah er schon bald die Kasseler Berge links von der Autobahn in der Sonne des vorangeschrittenen Nachmittags in die Höhe ragen. Am Morgen vor seinem Termin in der Pathologie hatten sie noch eindrucksvoller gewirkt, als sich die tiefen Schatten zu ihren Füßen ausbreiteten und nur vereinzelte Sonnenstrahlen über die Bergrücken leuchteten. Er hatte Nofri kurzerhand gebeten mitzukommen, sie wiederum hatte sich ohne groß zu zögern mehrere Aktenmappen aus zwei Ordnern gezogen. Sie sprachen wenig auf dem Weg. Die junge Ermittlerin blätterte durch die Seiten, machte sich Notizen, recherchierte hin und wieder etwas über ihren Tablet-PC. „Dieser Pressesprecher ..." Sie suchte mit dem Finger schnipsend nach dem Namen. Emde half ihrem Gedächtnis nach: „Döhrenbach ...?"

„Döhrenbach, ja. Was für ein Typ ist das, was hast du für einen Eindruck?"

Emde dachte nach. Er hatte nur kurz mit dem Mann gesprochen. Das allerdings hatte für einen ersten Eindruck gereicht. „Sehr sicher, sehr bestimmend. Eher unangenehm. Selbstverliebter Typ. Klang relativ jung." Sie nickte, ließ ihn aber nicht an ihren Gedanken teilhaben, sondern vertiefte sich wieder in die Unterlagen.

Sie erreichten das moderne Bürogebäude im westlichen Teil von Kassel nahe der Wilhelmshöhe etwa zehn Minuten später. Es beherbergte neben dem Explorationsunternehmen zwei Anwaltskanzleien, eine Unternehmensberatung und einen Landesverband für Immobilien. Der sehr alerte, blutjunge Mitarbeiter am Empfangstresen trug einen Anzug, der ihn reichlich schlaksig wirken ließ. Er ging eine Liste durch und schaute dann Nora Freese mit einer leichten Missbilligung an. „Ich habe hier nur einmal Emde ...", begann er seinen Satz unsicher und mit der brüchigen Falsettstimme eines jungen Erwachsenen. Emde drehte die Augen zur Decke. „Kommissarin Freese ist meine Assistentin in den Ermittlungen." Sein Ton ließ keinen Zweifel daran, dass er die Rückfrage des jungen Mannes für eine peinliche Entgleisung hielt und sie absolut daneben fand. Doch im gleichen Augenblick ärgerte er sich schwarz. Ermittlungen? Welche Ermittlungen? Dieser Bursche dürfte kaum wissen, was der Grund ihres Besuchs bei Prospersoil war. Nun wusste er es und würde es herumerzählen. Leute, die Prospersoiltypen haben heute Besuch von den Bullen bekommen! Doch, doch! Als Nora Freese mit einer elegant-fließenden Bewegung lautlos ihren Dienstausweis auf den Tresen legte, wurde der Mann vollends blass. Auch das würde er nicht für sich behalten können, eine African Queen, Alter, so etwas habe ich noch nicht gesehen! Ein Telefonhörer war plötzlich an sein Ohr gezaubert, auf einem unsichtbaren Telefon wurde eine Durchwahl gewählt. Nur zwei Minuten später öffneten sich vor ihnen die Fahrstuhltüren in den dritten Stock: Über einen geräumigen Flur mit dezenter Beleuchtung und Teppichboden mit tiefem Flor kam ihnen ein Mann etwa um die Dreißig in einem perfekt sitzenden, modisch-taillierten grauen Anzug und weißem offenen Hemd entgegen. Er hatte eher etwas von einem Startrompeter als von einem Büroarbeiter, dachte Emde und verfluchte sich zum zweiten Mal innerhalb weniger Minuten – er hätte Döhrenbach vorher googeln müssen! Aber offensichtlich schien dies tatsächlich der Sprecher von Prospersoil zu sein. Wie ein Schwert hatte er bereits zehn Meter zuvor seinen rechten Arm zum Gruß ausgestreckt und schien Emde zunächst gar nicht wahrzunehmen. „Frau Kommissarin Freese, es ist mir eine außerordentliche Freude …“ Das freundliche Lächeln erinnerte Emde an das Jungengesicht auf den Pappschachteln von Kinderschokolade. Es schien beinahe echt. Dann war er an der Reihe. „Hauptkommissar Emde. Willkommen bei Prospersoil. Nun, es sind tragische Umstände, die uns zusammenführen, aber was wir tun können, um Sie bei den Ermittlungen zu unterstützen, das wollen wir tun. Auch in unserem Interesse.“ Seine Hand, die vorher wie eine Waffe auf sie gerichtet war, wies ihnen nun den Weg den Gang hinunter.

Die beiden Besucher wurden in ein nüchternes Besprechungszimmer geführt. Dort standen bereits mehrere Tassen, eine Kanne Kaffee und eine Schale mit Gebäck bereit. Die Wände zierten riesige Panoramafotos von Bohrinseln in stürmischer See, Grubenarbeitern mit rußgeschwärzten, verschwitzten Gesichtern, die im fahlen Licht der Helmbeleuchtung Kohle abschürften, einem Park mit Windkraftanlagen in einer Wüste und von einer Ölförderanlage, in deren Vordergrund ein Mann mit rot-weißer Kufiya auf dem Kopf und strahlend weißem Dischdasch zu sehen war. Genau nach Proporz ausgewählt und sehr beeindruckend, dachte Emde. See, Erde, Wind, Öl. Nordsee, Amerika und Persischer Golf, alles dabei. Döhrenbach griff nach einer Fernsteuerung. Lautlos schlossen sich die Lamellen der Jalousie vor der bodentiefen Glasfront, während sich die Raumbeleuchtung an der Decke langsam aufblendete. Weichfließendes, angenehmes indirektes Licht flutete aufwärts und füllte den Raum. Sie nahmen Platz. „Also ...", begann der Pressesprecher und faltete die Hände, als wolle er eine Beichte ablegen. „Über die Fakten wissen wir natürlich bereits, was in der Presse stand. Was also können wir für Sie tun und was können Sie uns sagen, wie Herr Lieberknecht verstorben ist?" Täuschte Emde sich da oder nahm er gerade den Anflug von Nervosität wahr? Nein, er täuschte sich nicht, denn Nofri hatte es ebenfalls bemerkt und preschte bereits vor: „Herr Döhrenbach, was macht Sie denn gerade so nervös?" Richtige Frage, denn der Pressesprecher zuckte kurz zusammen, fing sich dann aber mit einem Lächeln, das jede unverbindliche Kinderschokolade-Freundlichkeit verloren hatte. „Nervös? Ach was, das täuscht. Wer ist denn hier nervös?" Er zögerte, war sich offenbar bewusst, dass er im Begriff war, auf ganz kurzen Beinen zu lügen, fuhr sich mit der Hand durch die Haare. Dann entschied er sich für Offenheit. Zumindest für etwas, was er für den Augenblick dafür hielt. „Wissen Sie, Nervosität kann man das nicht nennen. Aber seitdem wir die Nachricht bekommen haben, dass Herr Lieberknecht einem, nun ja, kann man das so sagen? Mord?" Emde nickte. Diese Tatsache war geklärt und konnte ruhig das Licht der Welt erblicken. „Nun ... einem Mord zum Opfer gefallen ist, herrscht hier schon eine gewisse Unruhe. Wie Sie ja sicher bereits wissen, weil es eben im Internet ohne Probleme zu recherchieren ist, war Herr Lieberknecht sehr involviert in das Projekt der Wiederinbetriebnahme der Grube Christiane."

Döhrenbach stoppte, blätterte in einigen Papieren und gab einen kurzen Überblick über das Projekt. Emde fiel auf, dass er die Streitigkeiten, die sich seit der ersten Erwähnung des Vorhabens in der lokalen Presse am Diemelsee abspielten, mit keinem Wort erwähnte. Auch nicht, dass es bereits zum Austausch verbaler Freundlichkeiten mit einigen Einheimischen gekommen war. „Tja, und auch dieser Standort hier in Kassel ist sehr eng mit dem Erfolg des Projekts verbunden." Emde machte sich Notizen, dann stoppte sein Kugelschreiber. „Heißt: Geht das Ding in die Hose, können Sie einpacken?" Döhrenbach zögerte, nickte dann aber beinahe unmerklich. „Wie viele Jobs hängen da dran?", fragte Emdes Kollegin. Der Pressesprecher überlegte kurz. „Wir sind hier knapp 25 Personen, hinzu kommen noch derzeit 13 Freelancer, die nicht fest zum Unternehmen gehören." Emde stutzte. Womit waren 38 Personen beschäftigt, wenn es nur um die Projektierung eines Vorhabens ging? Nora Freese hatte den gleichen Gedanken zur selben Zeit und stellte die Frage laut. Doch der Sprecher schien darauf vorbereitet. Er lächelte, als würde er eine Weihnachtsüberraschung bereithalten und zauberte aus einer bereitliegenden eleganten Ledermappe einen Organisationsplan des Unternehmens.

Was folgte, war eine Kurzeinführung in die Geschichte und Struktur von Prospersoil. Und wieder, dachte Emde, verkauft er uns das Unternehmen als absoluten Heilsbringer für die gesamte Menschheit. Sein Job, sein Territorium, dafür wird er bezahlt und verdient wahrscheinlich ein Gehalt, von dem er, Emde, als Hauptkommissar nur träumen konnte. „Und hier ...", Döhrenbachs Finger deutete auf ein kleines blaues Rechteck am Rande der Grafik, „hier befindet sich der Standort Kassel, gleichzeitig auch Sitz der hundertprozentigen deutschen Tochter von Prospersoil, der Prospersoil-Germany." Die beiden Ermittler beugten sich über die Darstellung und versuchten, einen nachhaltigen Überblick über das Unternehmen zu gewinnen. Was ihnen nicht gelang. Was Freese und Emde dagegen sahen: Niederlassungen, nicht nur, wie sie bereits wussten, an exotischen Orten, in denen man es mit der Steuererhebung nicht allzu genau nahm, sondern auch auf nahezu jedem Kontinent. Zu den Projekten zählte die Erschließung oder auch Rückerschließung von Gold- und Diamantminen in Südafrika, Gasfeldern in der Nordsee und in Sibirien. Es hatte eine Anfrage für Projektbetreuung bei der Erschließung eines Gasfeldes vor Zypern durch die Türkei gegeben. Richtig, darüber hatte Kleine mal etwas erzählt. Offenbar ein nicht ganz unstrittiges Thema dort unten, da das entsprechende Seegebiet weit vor der Küste verschiedener Staaten, unter anderem Israels und Libyens, lag. Diese Länder waren eben auch bereit, das Gebiet ihren Festlandsockeln anzuschließen, und die Sicherheit der Erdgasförderung dort draußen auf See und damit die Staatseinnahmen mit entsprechend ausgestatteten Marineeinheiten zu sichern und im schlimmsten Fall zu verteidigen. „Wir sind hier natürlich in der Hauptsache mit der Erzgrube am Diemelsee beschäftigt", nahm Döhrenbach den Faden wieder auf. „Aber wann immer es um rechtliche Angelegenheiten anderer Projekte geht, die die Bundesrepublik Deutschland oder deren Interessen betreffen, kommen wir auch ins Spiel." Nofri sah auf. „Das heißt, Sie betreiben so eine Art Lobbyismus für diese Projekte?" Döhrenbach nickte mit einem milden Lächeln, das jeder Buddhastatue Ehre gemacht hätte. „Ganz genau. Hier geht es mitunter um sehr, sehr große Summen und Projekte, die den langen Atem vieler Jahre brauchen."

Emde räusperte sich. „Nun, Herr Döhrenbach. Ich hätte jetzt eine Frage an Sie, die Sie sicher aus den meisten Fernsehkrimis kennen: Was glauben Sie, wer hätte ein Motiv, Carl Lieberknecht tot sehen zu wollen? Und wem könnte es recht sein, wenn das Ganze auch wie ein Mord aussieht? Immerhin wurde ihm zuvor schon mal Gewalt angedroht." Emde spürte, wie Nofri neben ihm begann, leicht mit dem feuerverzinkten Stahlrahmen des edlen Mies van der Rohe-Stuhls zu wippen. Der Pressesprecher überlegte und schürzte die Lippen, schüttelte zunächst den Kopf, schien sich dann aber an etwas zu erinnern und etwas sagen zu wollen. Doch noch hielt er damit zurück. Emde wurde ungeduldig. Baute sich der Mann eine Antwort zurecht? „Nun?", hakte der Ermittler nach. „Wissen Sie ..." Der Pressesprecher holte tief Luft, bevor er weitersprach. „Diese Bedrohungsgeschichte damals, die Sie angesprochen haben, die hat Herrn Lieberknecht schon sehr zugesetzt. Wenn das eigene Leben so unmittelbar bedroht wird." Emde nickte. Er hatte diese Geschichte damals aus zweiter Hand von Kleine gehört, der mit in der Ratssitzung gesessen hatte. Grimmelmann. Grimmelmann der Öko. Grimmelmann, der große Friedensfürst, der kein Leben auf der Welt vernichten wollte. Niemals. Aber auch: Grimmelmann, der Vater eines schwerbehinderten Sohnes. Grimmelmann, der Familienchef, der niemals etwas im Leben tun würde, was seine Familie alleine im Regen stehen lassen würde. Nun, in dieser Situation sind ihm allerdings die Nerven durchgegangen. Grimmelmann hatte Lieberknecht angeschrien und schien sich kaum noch fangen zu können. Die Sitzung, die bis dahin eher unspektakulär verlaufen war, musste abgebrochen werden. Grimmelmann wurde beiseite genommen, seine gesamte Fraktion hatte auf ihn eingeredet und versucht, ihn zu beruhigen. Emde konnte sich die Szene kaum vorstellen. Wahrscheinlich war neben den vielen Worten der ausgestreckte Zeigefinger das Bedrohlichste gewesen, was Grimmelmann zu bieten hatte. „Was meinen Sie mit *schon sehr zugesetzt?*", fragte Freese. Döhrenbach sah sie verständnislos an. „Wieso fragen Sie das? Sie waren vielleicht noch nie in einer vergleichbaren Situation, Frau Freese." Er lehnte sich zurück, schnaubte und schüttelte – Verständnislosigkeit signalisierend – den Kopf. „Mein Chef sah sich unmittelbarer Waffengewalt ausgesetzt. So etwas bleibt hängen. Da wacht man nachts auf, geplagt von Albträumen." Döhrenbachs Stimme nahm leicht an Lautstärke zu. „Sind Sie schon einmal mit einer Waffe bedroht worden?" Emde stutzte und sah überrascht von seinen Notizen auf. Unmittelbare Waffengewalt? Mit einer Waffe bedroht worden? Da stimmte doch etwas nicht. Wer so von einer Waffe sprach, meinte damit sicherlich kein Küchenmesser. Grimmelmanns Zeigefinger war gewiss auch keine Waffe. Und was war mit unmittelbarer Waffengewalt gemeint? Grimmelmann übt doch keine unmittelbare Waffengewalt aus! Freese schüttelte ebenfalls unmerklich mit dem Kopf, während Emde sich auf seinem Stuhl aufrichtete. Er warf seiner Kollegin einen schnellen Blick zu, der sie ermahnen sollte, zu schweigen. „Herr Döhrenbach. Hören Sie mir jetzt gut zu." Seine Stimme war ganz ruhig und klar, er sah dem Pressesprecher fest in die Augen.

„Sprechen wir hier von derselben Situation? Der Ratssitzung und dem verbalen Angriff durch den Fraktionschef der Grünen am Diemelsee, Herrn André Grimmelmann?" Er wartete kurz ab. „Oder ist Herr Lieberknecht zu einem anderen Zeitpunkt ein weiteres Mal bedroht worden. Vielleicht sogar mit einer Schusswaffe?" Er schaute den Pressesprecher fragend an und zog dabei die Augenbrauen nach oben. Für eine endlos scheinende Zeitspanne war das leichte Rauschen der Lüftung das einzige Geräusch, das zu hören war. Döhrenbach sah ihn fassungslos an, sich selbst ohne jeden Zweifel bewusst werdend, dass er eine unglaubliche Dummheit begangen hatte und ohne jedes Wenn und Aber erkennend, dass die anderen das auch bemerkt hatten. Sein Blick ließ keine andere Deutung zu. Ihm war deutlich anzusehen, dass er einen Ausweg suchte. Du Idiot! dachte Emde, schon ahnend, welchen Verlauf das weitere Gespräch nehmen wurde. Typen wie Döhrenbach würden niemals eine Schwäche einräumen. Die Klappe war zu. Der Sprecher hatte das Sprechen aufgehört.

„Dieser Idiot", schimpfte auch Nofri noch, als bereits die ersten Hinweisschilder der Autobahnabfahrt nach Marsberg auftauchten. „Was ist das für ein Pressesprecher, der sich so dermaßen derbe verquatscht! Ich fasse das nicht." Emde ließ den Fortgang des Gesprächs noch einmal Revue passieren. Nein, nein, es musste ein Irrtum sein, hatte Döhrenbach weiter laviert. Nein, niemals sei Herr Lieberknecht zu einem anderen Zeitpunkt als damals in der Ratssitzung bedroht worden. Sicherlich hätte sich da das Ermittlerduo verhört oder seine Mimik missinterpretiert. Nein, natürlich würde er, Döhrenbach, jetzt die Wahrheit sagen. Er wüsste auch nicht, von was er Anderem gesprochen haben sollte als der Situation während der Ratssitzung. Doch, doch, das Unternehmen Prospersoil Germany trauere um seinen Aufsichtsratsvorsitzenden und großen Anteilseigener. Es gebe natürlich seitens des Unternehmens keinerlei Ideen, wer für das Verbrechen verantwortlich gemacht werden könnte, noch gäbe es irgendwelche Hinweise, welche Hintergründe der feige Mordanschlag an so einem hoch geschätzten Herrn haben könnte. Lieberknecht, so schloss dessen Sprecher, würde nun betrauert und vermisst, ein Nachfolger müsste gefunden werden, der diese Lücke auffüllte. Man hätte bereits erste Sondierungen gemacht und jemanden im Visier, doch die Fußstapfen, *nun, sehen Sie, die Fußstapfen, sie sind doch arg groß.* „Erstaunlicherweise hat er sich ja dann doch noch ganz gut gefangen", sagte Emde. Der Pressesprecher hatte wieder auf sein Territorium zurückgefunden und die Ermittler dann kalt abgeduscht. Nofri nickte. Döhrenbach hatte schließlich auf seine sichtbar teure Uhr geschaut, ein mächtiger Armbandwecker mit blinkender Lünette und Lupe für die Datumsanzeige, und sich entschuldigt. „Termine, wissen Sie? Wir haben noch mehrere Meetings gleich im Anschluss". Er hatte sich sogar das „Schönen Feierabend für Sie" nicht verkneifen können, als sie sich verabschiedeten. Und schon war die Gestalt im smart-fit-geschnittenen Anzug den Gang entlang gerauscht. Die Fahrstuhltür ging auf und die Ermittler fuhren hinab ins Foyer. Kein Anschluss mehr unter dieser Nummer.

„Immerhin wissen wir jetzt, dass Lieberknecht schon vorher wegen irgendetwas bedroht worden ist. Offenbar ziemlich massiv. Und wir wissen, dass das bei Prospersoil bekannt ist, aber sich keiner traut, offen darüber zu sprechen. Auch nicht dieser selfsmarte Döhrenbach. Ein feiner Laden ist das. Und so etwas bei uns in Kassel." Sie schnaubte. Emde überholte einen Tanklastzug, der langsam auf der rechten Spur eine Steigung der A44 hinaufkroch. Er musste daran denken, dass die Stadt an der Fulda ihren unbeschwerten Namen als Documenta-Standort seit dem Mord an ihrem damaligen Regierungspräsidenten vor einigen Jahren für alle Zeiten eingebüßt hatte. „Also können wir vermuten, dass es möglicherweise um ein Prospersoil-Projekt ging oder eben mit einer Person zu tun hatte, die ebenfalls eng mit dem Unternehmen verbunden ist", folgerte Freese. Sie blickte auf den Organisationsplan, den Döhrenbach ihnen mitgegeben hatte. Emde nickte. Für einige Minuten schwiegen die beiden Ermittler. Freese schaute zum Seitenfenster hinaus. Die Autobahn verlief nun für einige Kilometer durch Nordrhein-Westfalen, in einiger Entfernung war Warburg zu sehen. Ihr Plan war, über Wirmighausen zu fahren. Emde würde dort Kleine treffen, mit dem er nach Adorf zur Ratssitzung fahren würde. Freese würde mit dem Wagen nach Korbach weiterfahren. „Die

Witwe muss etwas darüber wissen." Nofri sah ihn zweifelnd an. „Meinst du etwa, die unterstützt uns in unseren Ermittlungen? Ich habe da so meine Zweifel, nachdem, was du erzählt hast von der Begegnung heute Morgen ..." Doch Emde wählte bereits die Nummer, die er am Tag zuvor notiert hatte. Keine Zeit zu verlieren! Immerhin war es nicht unwahrscheinlich, dass der Sprecher seine Sprache wiedergefunden und die Witwe bereits informiert hatte, zweifellos gab es auch da Verbindungen, die schön vor den Ermittlern verborgen wurden. Doch nach dem fünfzehnten Freitonzeichen gab er auf. Entweder war sie nicht zu erreichen oder ging bewusst nicht ans Telefon. Immer noch die beste Art, keine Geheimnisse preiszugeben, dachte der Ermittler. Freese sollte es im Laufe des frühen Abends weiterhin versuchen.

Er schaltete das Radio ein, die letzten Takte eines Hits aus den achtziger Jahren verklangen gerade. War das nicht eine Band aus Skandinavien gewesen? Er kam gerade nicht auf den Titel, wusste aber ganz genau, was er in dem Jahr gemacht hatte, als das Stück in den Hitparaden rauf und runter lief. Mensch, ist das lange her! Helmut Kohl war Kanzler und Boris Becker ein unangefochtenes Tennis-Ass – und sonst nichts. Wir lasen die Bravo hinter der Festhalle, weil unsere Eltern das woanders nicht zulassen würden, tranken heimlich das erste Bier – warm! Ansonsten zählte nur, wie die deutsche Nationalelf alle vier Jahre bei der WM abschnitt. Weltbewegendere Probleme gab es für den Teenager, der Emde damals war – im Dorf nannte man sie damals wirklich noch „Rocker" ohne den heute üblichen negativen Begleitklang – nicht. Es war nicht die schlechteste Zeit. Merkwürdig, welche Bahnen die Assoziationen manchmal schlugen. Erst der Reaktorunfall in Tschernobyl 1986 machte ihnen schlagartig klar, dass es da draußen noch eine andere, wenig heitere Welt gab. „Was hörst du eigentlich so für Musik?" Freese blickte erstaunt zu ihm rüber. Hoffentlich denkt sie jetzt nicht, das wäre ein Anmachversuch, verfluchte Emde seinen plötzlichen Einfall, etwas mehr über sein neues Teammitglied zu erfahren. Und Musik war doch immer ein guter Aufhänger, vor allem, wenn der andere sich bereits über Kaffeetassen zu einer bestimmten Richtung bekannte. Oder nicht? „Jazz", antwortete Freese. Emde hatte die Antwort schon geahnt. Er erinnerte sich an den Kaffeebecher. „Soul und Jazz. Und alles, was dazwischen liegt." Emde nickte, doch diese Musikrichtung sagte ihm eigentlich überhaupt nichts. Bei Jazz dachte er an Dixielandkapellen mit älteren Männern, meist Lehrern, die in ihrer Freizeit Brokatwesten, weiße Hemden und Strohhüte trugen, und die an einem Frühlingsmorgen am Berndorfer Tor in Korbach spielten, wenn ein neues Geschäft eröffnet wurde – außer er war mal wieder bei Kleine und der hatte einen seiner Schätze auf den Plattenteller gelegt. Er tastete sich vorsichtig weiter. „Und was magst du da so besonders?" Doch Freese hatte ihn schon durchschaut. „Kennst du dich da überhaupt aus?" Emde musste lächeln. „Ertappt. Ich habe eigentlich keine Ahnung. Ich kenne nur Billie Holiday." Er sah, wie sich seine Beifahrerin zu ihm hindrehte und die Augenbrauen nach oben gingen. „Respekt. Du kennst dich nicht aus, sagst du. Aber Billie Holiday kennst du? Woher das denn?" Emde berichtete ihr von seiner Bekanntschaft mit Kleine und dessen nicht zu verachtender Sammlung an Jazzschallplatten. „Und Klassik. Der Typ liebt einfach gute Musik." „Gute Musik, na, wenn du das selber schon sagst." Sie schwieg. Dann beantwortete sie seine zuvor gestellte Frage. „Jamiroquai. Incognito. Daft Punk. Kann auch mal elektronisch sein, aber am liebsten schön locker tanzbar." Die Namen, die sie nannte, kannte Emde. Vor allem Jamiroquai. Das war doch dieser Typ mit der Strahlenkrone. Oder es war, er musste sich korrigieren, der Name der Band des Typen mit der Strahlenkrone. Emde erinnerte sich an verstörend elegant wirkende Tanzeinlagen in fernvergessenen Videos, die damals in den frühen neunziger Jahren so anders waren als das damals übliche Herumgehopse zu Hip-Hop oder das Wüten von Metalfans. „Meine erste CD war von Soul II Soul. Ich fand damals den Titel ‚Keep on Moving' einfach unschlagbar." Soul II Soul? Auch da meinte Emde, eine entfernte Erinnerung zu haben. Irgendetwas mit einem satten Bass. Eine Sängerin mit dunklen Rastalocken. Immerhin gerade noch am Rande seiner ‚Achtziger'. Aber nichts, was auf den Scheunenpartys lief, die er in glückseligen Jugendtagen besucht hatte. Damals wurde etwas derbere Kost bevorzugt. Etwas, das zu aufgeplatzter und zerbrutzelter Grillwurst, Dosenbier und Lederkutten mit Aufnähern passte. Der letzte Cowboy, der aus Gütersloh kommt, einsam und immer unterwegs ist und den letzten Keks knabbert. Von der Thommie Bayer Band. Schon verrückt, aber manchmal sangen sie es heute noch, wenn sie bei Weihnachtsfeiern wieder ein Glas zusammengepanschtes Zeug zu viel getrunken hatten oder wenn auf dem Lenkenberg das Osterfeuer so weit heruntergebrannt war, dass keine Gefahr mehr bestand und auch die Freiwillige Feuerwehr zur ‚Feierwehr' wurde.

Ihre Frage riss ihn aus dem süßen Schwelgen seiner Erinnerung wieder in die Gegenwart. „Was war deine erste CD, die du dir gekauft hast?" Emde überlegte, ob er das sagen durfte. Sie würde ihn auslachen. Und schon morgen wüsste es sein ganzes Team, ganz sicher: Guck mal da, der Emde, weißt du, was der hört? Boah, schlimmer noch als Pur! „Nun, das war eigentlich keine CD. Damals gab es nur die Wahl zwischen Single, Maxisingle und Langspielplatte." Noch hielt es ihn zurück. Dann war es raus. „Meine erste Single war High on Emotion". Sie überlegte. „High on Emotion? Ist das nicht von ...", sie zögerte, „Chris de Burgh?" Emde nickte und spürte, wie ihm der Schweiß auf die Stirn trat. Jetzt wird sie mir sagen, dass der nur noch Partys im Altersheim beschallt. Aber verdammt, dieser Titel war echt gut, damals, 1984. Genauso, wie 1984 einfach ein gutes Jahr war, das Orwelljahr, vor dem alle Angst hatten, und das dann doch um so vieles entspannter verlief. Doch Nora Freese lächelte, blickte zu ihm herüber und erteilte ihm die Absolution: „Immerhin, kein Stück, für das man sich heute schämen müsste."

Kapitel 7

Sie erreichten die Gemeinde Diemelsee gegen halb sechs. Noch eine halbe Stunde bis zur Ratssitzung und Kleine, der regelmäßig solche Veranstaltungen besuchte, hatte vorher den Tipp gegeben, etwas früher da zu sein. Denn je nachdem, welche Punkte auf der Tagesordnung standen, konnte es auf den freien Plätzen für Presse und Öffentlichkeit schon mal etwas enger werden. Und das war regelmäßig der Fall, wenn es um die Grube Christiane ging. Der Journalist wartete an der Bushaltestelle unweit eines ehemaligen Gasthauses an der Straße nach Flechtdorf, als die beiden Polizisten in Emdes Auto um die Ecke bogen. Das Innere der Bushaltestelle war mit einem überdimensionalen achteckigen Wappenstern von Waldeck auf gelbem Grund bemalt. Nur wenige Meter weiter stand der Stromkasten mit dem missratenen Davidstern. Emde verfluchte sich gedanklich – er hatte die Information noch nicht weitergeleitet. Doch innerlich wusste er bereits jetzt, dass sich nicht viel tun würde. Man würde es zu den Akten legen. Täter konnte nicht ermittelt werden. Sie haben doch wohl keine Fragen, Emde, oder? Guter Mann! Die hoch aufragende Gestalt von Kleine im langen Mantel hatte durch den Wappenstern hinter ihm etwas Aristokratisches. „Ist das der Typ, von dem du gesprochen hast? Der Jazzfan?“, fragte Nofri. Emde nickte. „Das ist Paul Kleine.“ Er zögerte, blickte kurz auf die Uhr. Nein, die Zeit reichte jetzt nicht mehr zu einem Gespräch. „Ich stelle euch bei anderer Gelegenheit mal richtig vor“, entschied er. Sie stiegen aus. Kleine starrte Nora Freese erstaunt an und lächelte ein verhaltenes Begrüßungslächeln, das Emde noch nie auf dessen Gesicht gesehen hatte. Nofri lächelte zurück. Nicht ohne einen leisen Anflug von Neid musste Emde anerkennen, dass sich die beiden bestimmt mehr zu erzählen hätten, als sich nur die Tageszeit zu nennen. Kleines eigener Wagen, ein blauer Kombi nicht mehr ganz neuen Datums, stand ein paar Meter weiter die Straße hoch in Richtung Adorf.

Während seine Mitarbeiterin sich ohne viele Worte verabschiedet hatte und nach Korbach weitergefahren war, kamen Kleine und Emde nach wenigen Minuten in Adorf an. Der

Hauptkommissar berichtete von den Ergebnissen des Tages. Jetzt bin ich nur noch mit einem Freund auf dem Weg zu einer lokalpolitischen Veranstaltung, dachte er. Kleine hat mehr Ahnung davon, würde federführend zuhören und ihn, Emde, darauf aufmerksam machen, wenn er in der komplizierten Verwaltungssprache etwas heraushören würde, was von Bedeutung sein könnte. Fühlt sich zwischendurch gut an, Verantwortung abgeben zu können. Emde hatte während des Gesprächs mit Döhrenbach am Nachmittag übersehen, dass der ballistische Bericht eingegangen war. Die Kugel, zumindest das, was von ihr übrig geblieben war, war eine .223 mit grain 77, Kaliber 5,56 x 45 mm. Die Standardmunition der Nato, allerdings mit etwas erhöhtem Bumms für größere Distanzen. Lieberknecht war tatsächlich, wie Meistermann vermutet hatte, mit einem Jagdgewehr erschossen worden. Die Experten tippten auf eine Remington 700, ein einfaches, robustes Gewehr, das in Jägerkreisen, aber auch bei Scharfschützen einen ausgezeichneten Ruf besaß und bei verschiedenen Streitkräften im Einsatz war. Keine Informationen jedenfalls, die die Ermittlungen erleichtern würden. Und das wirklich Schlimme daran: Diese Waffe war in Deutschland bei Vorlage der entsprechenden Papiere frei zu erwerben.

Die Ratssitzung, die gewöhnlich im Gemeindezentrum tagte, fand wegen des zu erwartenden großen Zuspruchs in der Dansenberghalle statt, einem Mehrzwecksaal mit dem spröden, schnörkellosen Charme der frühen achtziger Jahre. Mal wurde der Raum als Festsaal genutzt, mal als Kinosaal, mal als Sporthalle, wie der Linoleumboden und die dort aufgebrachten Spielfeldmarkierungen bekundeten, mal für eine Discoveranstaltung, in deren Verlauf dann draußen vor dem Haus hin und wieder mehr Blaulicht flackerte als drinnen durch die Spots und die Discokugel. Der weitläufige Parkplatz davor war einmal im Jahr Schauplatz eines Kram- und Viehmarktes und seit einigen Jahren auch eines sehr erfolgreichen Traktorenkinos, bei dem große und kleinere Traktoren im Kreis aufgestellt wurden und mitunter ganze Familien in den geöffneten Fahrerkabinen saßen und – einem Autokino gleich – einen Film sahen, der meistens ein Kultfilm war, der mit viel PS zu tun hatte. ‚Convoy' etwa mit Kris Kristofferson. Jetzt war die Halle eben ein Ratssaal. Der war bereits gut gefüllt. Während die Ratsdamen und -herren der verschiedenen Fraktionen an Tischen saßen, die zu einem offenen Hufeisen zusammengestellt waren, hatten die weiteren Gäste, Zuhörer, Bürger und zwei Journalisten der beiden größten Tageszeitungen in der Region, auf Stühlen mit festmontiertem Klapptischchen Platz genommen wie bei einem Volkshochschulkursus für kreatives Schreiben. Kleine und Emde kamen beinahe als Letzte. Vor der Tür standen nur einige versprengte Besucher, die noch auf die Schnelle eine Zigarette rauchten. Man wusste ja im Vorfeld nie so genau, wie lange so eine Sitzung dauern würde – und gleich der erste Tagesordnungspunkt versprach einen hohen Unterhaltungs- und Empörungswert. Drinnen ergatterten sie noch zwei Stühle – einige Plätze auseinander. Zwar wussten viele in der Gemeinde, dass der Ermittler und der Journalist miteinander befreundet waren. Aber es musste ja nicht sein, dass die Öffentlichkeit so offenkundig mitbekam, wie sie sich während der Sitzung Informationen zukommen ließen. Insgeheim war Emde froh, dass auch Nofri nicht genauer nachgefragt hatte.

Kleine legte sich Block und Kugelschreiber zurecht und überflog kurz die Tagesordnung, die er mitgebracht, die aber auch auf einem kleinen Tisch am Eingang zum Saal bereitgelegen hatte. Etwa zehn Meter von ihm entfernt, vor einer Fensterreihe, saßen die Mitglieder der Fraktion der Grünen. Am Diemelsee waren sie tatsächlich noch als Grüne zu erkennen, gerade so, als würde im nächsten Augenblick ein ehemaliger Außenminister mit Tweedsakko und Turnschuhen einen Amtseid ablegen. Grimmelmann trug eine Cordhose und einen für die Innentemperaturen deutlich zu warmen irischen Aranpullover aus dicker Wolle. Seine Stellvertreterin aus Heringhausen griff gerne zu Batikhalstüchern. Bei den Besuchern registrierte Kleine als ersten Hermann Gröner, den Besitzer des großen Hotels am Diemelsee, eine unübersehbare Erscheinung, ein Mann, der in jedem Film aus den fünfziger Jahren die Rolle des Unternehmers hätte geben können. Nur ohne die damals obligatorische Zigarre. Vor einigen Jahren war er bundesweit in die Schlagzeilen gekommen, weil er den Bau der Drahtseilbrücke quer über den Diemelsee vom Muffertfelsen in luftiger Höhe bis auf das andere Ufer unterstützt hatte. Politisch und mit Geld. Der Diemelsee müsse attraktiver werden, es müssten mehr Gäste in die Region kommen. ‚Action' sei die Freizeitdroge schlechthin, die Leute wollten den Kick und so weiter und so weiter, wie Kleine sich noch gut erinnerte. Viele hatten ihm zugehört. Nur wenige mahnende Stimmen gab es, dass es bereits schon andere hehre Großprojekte gab, die in Bausch und Bogen gescheitert waren. Etwa in den achtziger Jahren, als in Rhenegge, einem Ort zwischen Adorf und Heringhausen am Diemelsee, eine Klinik geplant und gebaut wurde. Die Sonnenklinik, so der Name, hatte nie viele Gäste beherbergt. Die Investoren hatten damals einfach zu viel Schwarzwaldklinik im Fernsehen gesehen und gedacht, das Prinzip funktioniere ohne Reibungsverluste auch in ihrer Region. Die Ruinen standen heute noch und wurden gerne von Paintball-Ballernden als Kulisse genutzt – nach einer kurzen und wenig rühmlichen Rolle als Flüchtlingsunterkunft. Den Mahnern schenkte man bei solchen Prunkprojekten kaum Beachtung.

Trotz vieler Bedenken wurde das Projekt der Drahtseilbrücke weiterverfolgt – mit Gröners Geld und dem der Gemeinde – und hatte das schönste Postkartenmotiv des Diemelsees, den hohen St. Muffert, eine Felsklippe auf dem Eisenberg über dem See, für immer zerstört. Kleine musste lächeln, als er an eine wenig durchdachte und trotzdem liebenswerte „Rettungsaktion" Grimmelmanns dachte, die ebenfalls auf ihre Weise Schlagzeilen gemacht hatte. Der Naturfreund hatte nämlich im schattenverwöhnten Uferbereich und auf den Wiesen über dem Ufer des Sees, die für einen Busparkplatz vorgesehen waren, Lurche ausgesetzt, um dem Plan ein Ende zu setzen. Eine seltene Schwanzlurchart. Zumindest glaubte später jeder am Diemelsee zu wissen, dass der verschrobene Grüne und seine Parteifreunde dahintersteckten, ganz raus kam das nie. Prompt wurden die Tiere auch von Wanderern und Anglern gesichtet, schließlich ein Exemplar gefangen. Der Aufschrei war groß. Lurche! Leute, wir dürfen den Lebensraum dieser armen, wehrlosen Tiere nicht zerstören! Wochenlang war der Lurch das Thema in den lokalen Ausgaben der Tageszeitungen. Dann machte er in der Bundespresse

Karriere und hatte schon eine eigene Facebook-Seite und einen Twitteraccount, bis Biologen dem ganzen Spaß ein Ende setzten und nachwiesen, dass diese Art Lurch – Kleine erinnerte sich nicht mehr an die genaue biologische Bezeichnung – nicht in der Region lebte, niemals gelebt hatte und auch niemals leben würde. Schilda ließ grüßen.

Die Brücke war schließlich gebaut worden. Nachdem der Busparkplatz für einen Sommer gut gefüllt war und Tagesgäste etwas Geld in die Kassen gespült hatten, suchte sich die Gemeinde der Nervenkitzelfans schnell andere Thrills. Seit gut zwei Jahren hing das Ding nun da herum und kostete Unsummen an Geld. Jeder am See kannte das gespenstische Heulen, wenn an trüben Herbstabenden der Wind durch die Spanndrähte pfiff. Weder die Gemeinde noch der Unternehmer hatten bedacht, dass Tagesausflügler, die in ihrer Freizeit auf Nervenkitzel stehen, diesen, einmal gehabt, schnell an anderer Stelle suchen würden und immer noch eine Steigerung mehr benötigten. Der letzte Schrei war in diesem Sommer eine Messerwurfanlage in Thüringen. Kleine schüttelte innerlich den Kopf.

Der Bürgermeister saß direkt an der Stirnseite des Raumes. Er trug einen dunklen, dreiteiligen Anzug und eine Krawatte. Wie der Journalist blätterte auch er noch in verschiedenen Unterlagen und schien sich, hoch konzentriert, von dem Stimmengemurmel im Saal nicht ablenken zu lassen. Neben ihm stand eine auf Hochglanz polierte Sitzungsglocke. Andreas Figge, ein Parteiloser, war seit fast zehn Jahren im Amt und konnte auf eine gediegene Arbeit verweisen. Und das will hier in der Region etwas heißen, dachte Kleine immer wieder. Skandale wie in Großstädten gab es in diesen ländlichen Regionen eher seltener. Die Finanzen waren solide, es wurde nichts veruntreut und nichts korrumpiert. Dafür standen Versorgungsthemen verschiedenster Art regelmäßig auf der Tagesordnung. Wie ist es zu schaffen, genügend Ärzte für eine medizinische Grundversorgung der immer älteren Bewohner in der Gegend zu halten? Was ist mit Geschäften für die Nahversorgung mit Lebensmitteln? Was ist mit der Versorgung in puncto Bildung? Welche Schulform ist die bestmögliche in einem Landstrich, in dem nahezu jedes Kind mehr als eine Viertelstunde mit dem Bus zur

Schule und wieder zurückfahren musste? Was geschieht mit den jungen Leuten, die in Korbach auf dem Gymnasium ihr Abitur machen? Wie können Jobs geschaffen werden, die eine Rückkehr in die Region nach dem Studium attraktiv machen? Wie können überhaupt Jobs geschaffen oder bewahrt werden in einer Region, die in früheren Jahren zu beinahe einhundert Prozent von der Landwirtschaft und dem Erzbergbau abhängig war – beides Wirtschaftszweige, die es nun gar nicht mehr oder zumindest nicht mehr in der Form gab, in der sie früher einmal prosperiert und gleich mehrere Generationen auf einem Hof gut ernährt hatten. Die jähe Insolvenz eines Fleisch- und Wurstzulieferers mit über 200 Beschäftigten im benachbarten Twistetal – der Betrieb war über Nacht nach einem Lebensmittelskandal geschlossen worden – hatte auch in der Gemeinde für einen sprunghaften Anstieg an Arbeitsuchenden gesorgt und das ganze Können Figges gefordert. Kleine schaute auf sein Tischchen. Er war jedes Mal aufs Neue betroffen, wenn er darüber nachdachte, was sich hier in Nordhessen in den vergangenen drei Jahrzehnten alles unwiederbringlich gewandelt hatte. Mit einigem Entsetzen hatte er vor einigen Jahren bemerkt, dass es kaum noch Ferien auf dem Bauernhof zu buchen gab. Mit Grimmelmann, der nicht nur Experte für Amphibien war, sondern mit seiner Frau auch eine Ferienwohnung auf seinem Hof vermietete, hatte er darüber ein langes Gespräch geführt. „Tja“, hatte der gesagt. „Die Ansprüche sind einfach zu hoch. Da muss dann schon eine Kälbchengeburt und mindestens ein Maislabyrinth dabei sein, damit die Kids was zu posten haben. Keine Instagramfähigkeit, kein cooler Urlaub.“ Sie hatten lange geschwiegen.

Bei solchen Gesprächen mit den Einheimischen merkte Kleine jedes Mal, wo seine eigenen Wurzeln lagen. Denn eigentlich war er einer von hier, seine Jahrzehnte in Düsseldorf bildeten nur eine Zwischenstation in seinem Leben. Als Sohn eines in den fünfziger Jahren an den Niederrhein gekommenen Handwerkers hatte er früh erkannt, dass Lesen und noch mehr Lesen das war, womit er sein Brot verdienen wollte. „Dann musst du Journalist werden“, hatte seine Mutter gesagt. Kleine hatte im Alter von sechs Jahren nicht die geringste Idee, was das war, ein Journalist, aber das Wort alleine klang schon mal irgendwie gut. Zumindest besser, als Feuerwehrmann und Lokführer, die beiden anderen Wunschberufsgruppen, die bei Fragestunden im Kindergarten und in der Grundschule regelmäßig am häufigsten genannt wurden. Und er hatte damals auch stets die Anfangsmelodie einer Politiksendung im Fernsehen im Kopf, die sein Vater stets mit großem Ernst am frühen Sonntagabend zu gucken pflegte. Zu einer Zeit, in der er selbst ins Bett musste. „Das ist Politik, das ist noch nichts für dich", hatte sein Vater immer gesagt, während auf der Mattscheibe bereits Pauken, Bassposaunen und eine langsam von links oben ins Bild rotierende Weltkugel mit Verheißungen der großen Nachrichtenwelt lockten. Nun, später hatte er diese Verheißungen als Fluch kennengelernt. Gründlich. Vielleicht mehr, als ihm lieb war. Der Spruch seines Vaters, „Politik, das ist nichts für dich" schien inzwischen auf den Großteil der Deutschen zuzutreffen.

Das helle Läuten der Glocke riss ihn aus seinen Gedanken. Es war 18 Uhr. Der Bürgermeister hatte sein Aktenstudium beendet. Das Gemurmel im Raum ebbte mit einem Mal ab. Als hätte jemand auf die Beschleunigungstaste eines Videogeräts gedrückt, kam Bewegung in die Gesprächsgruppen, die Ratsleute und Gäste strebten ihren Plätzen zu. Andreas Figge blickte über den Rand seiner Hornbrille in die Runde, schaltete das Tischmikrofon ein und prüfte mit einem kurzen Antippen die Funktion. „Sehr geehrte Damen und Herren, liebe Bürgerinnen und Bürger", erklang seine Stimme blechern aus den aufgestellten Boxen wie bei einer Sportübertragung vergangener Zeiten. Er atmete durch und machte eine kurze Pause, als wolle er sich ins Gedächtnis rufen, was er nun sagen wollte. Ein kurzer Blick zum Oppositionsführer, dann zum Pressesprecher der Gemeinde. Beide Männer nickten dezent und zeigten dem Bürgermeister – und auch dem aufmerksamen Beobachter – auf diese Weise ihre Einverständniserklärung mit dem, was nun folgen sollte. Kleine begriff und ahnte es: Hier war zuvor etwas abgesprochen und inszeniert worden. Der Bürgermeister fuhr fort: „Sie alle haben gehört, was sich gestern in Heringhausen zugetragen hat. Carl Lieberknecht, ein hier am Diemelsee stets sehr gerne gesehener und von uns allen geschätzter Gast, ein

Mann, der Großes mit dieser Gemeinde vorhatte ..." Es schien, als würde sich die Stimme von Figge vorsichtig vortasten wie ein Soldat auf vermintem Terrain. Kleine bemerkte, dass Grimmelmann unruhig auf seinem Stuhl hin und her rutschte. Der Hotelier dagegen hob in stiller Erwartung das Kinn. Kleine war sich sicher, dass Gröner informiert worden war über das, was nun folgte. „... ist durch eine abscheuliche, unfassbare Tat von uns gegangen. Ich möchte Sie aus Gründen des Respekts gegenüber dem Verstorbenen und als Form der Anteilnahme gegenüber der Familie bitten, sich für eine Schweigeminute von Ihren Plätzen zu erheben."

Das Geräusch von rückenden Stühlen, Stimmrauschen und Raunen ging durch die Reihen, als sich der Gemeinderat und die weiteren Anwesenden in der Halle von ihren Plätzen erhoben. Alle, bis auf die Mitglieder der Fraktion der Grünen. Grimmelmann und seine vier Fraktionsmitglieder blieben wie festgeklebt sitzen. Der Fraktionschef faltete trotzig die Arme über der Brust zusammen und drehte sich noch mal kurz zu seinen Fraktionskollegen um. Bürgermeister Andreas Figge schien es zunächst gar nicht zu bemerken, als Ruhe bei den Besuchern und den Lokalpolitikern einkehrte, doch dann sah er, was dort vor sich ging. Seine Stimme nahm einen kühlen tadelnden Ton an, als er das Mikro zur Seite drehte und sprach. „Herr Grimmelmann, wir wollen angesichts der Ereignisse unsere möglichen Differenzen ad acta legen. Hier geht es nur darum, einem Verstorbenen die Referenz zu erweisen. Ich bitte und fordere Sie auf, dies ebenfalls zu tun."

Tatsächlich stand Grimmelmann auf. Der Rest seiner Fraktion jedoch nicht, und Kleine und allen anderen im Raum war auch sofort klar, dass er den Worten des Bürgermeisters nicht folgen würde. Er stand nur auf, damit er besser zu verstehen war. „Sehr geehrter Herr Bürgermeister, liebe Kolleginnen und Kollegen, sehr verehrte Gäste." Kleine blickte kurz zu Emde hinüber, der erwiderte den Blick: Grimmelmann hatte sich seine Worte vorher zurechtgelegt. Dies war keine spontane Aktion. „Nichts würde uns fernerliegen, als diese Zusammenkunft zu provozieren. Doch ich halte eindeutig fest, dass der hier zu ehrende Verstorbene, der gewiss unter tragischen Umständen ums Leben kam, in unseren Augen ein rücksichtsloser Profiteur war, dessen einziges Anliegen es hier in unserer Gemeinde war, sich die eigenen Taschen zu füllen. Ohne Rücksicht auf die Natur, ohne Rücksicht auf weitere Nachteile für die Gemeinde." Ein erstes Raunen setzte ein, bei den Besuchern rief ein Mann laut „Buuh!" Grimmelmanns Stimme stieg vor Empörung in die Höhe. „Man ehrt mit einer Schweigeminute Verstorbene, die sich im Leben durch ihr Tun Ansehen, Respekt und Ehre erworben haben. Carl Lieberknecht gehört nach unserer Auffassung nicht dazu. Ich danke Ihnen." Grimmelmann nahm wieder Platz, das Stimmgemurmel unter den Zuhörern wurde lauter. An anderer Stelle im Raum war ein einsames Klatschen zu hören. Kleine sah nicht, wo. Er registrierte bei seinen Journalistenkollegen emsig über Papier kritzelnde Kugelschreiber. Die Schlagzeile war im Kasten und sicher war es für die lokalen Ausgaben auch noch nicht zu spät, das mitzunehmen. Gröners Gesicht war eine düstere Landschaft wie aus Gestein geworden. Er bekam sichtbar nicht verarbeitet, was er gerade gesehen und gehört hatte. Gut gemacht, Grimmelmann. Wieder mal ein Zitat für die Ewigkeit. Die Titelstory geht an dich. Die Unruhe, die nach den Worten Grimmelmanns im Saal aufgekommen war, ebbte nur langsam ab. Bürgermeister Figge, der zunächst wie viele um Luft und Fassung gerungen hatte, musste mit der Tischglocke nachhelfen. „Ich rufe Sie alle zur Ruhe auf. Bitte, stellen Sie das Reden ein, Ruhe bitte!" Noch ein energisches Klingeln der Glocke, schließlich war es still im Saal. Alle schauten auf den Bürgermeister, als wäre nur er in der Lage, eine angemessene Reaktion zu liefern. So war es dann auch. „Herr Grimmelmann ..." Figge suchte nach Worten. Er war offenbar unvorbereitet. Dabei hätte man eigentlich damit rechnen können. Die Rivalität zwischen den Grünen und dem Unternehmer war ja nicht erst seit gestern bekannt, dachte Kleine. „Herr Grimmelmann, Ihre persönliche Fehde mit Herrn Lieberknecht bleibt Ihre private Angelegenheit. Ich schließe Sie und Ihre Fraktion nicht von der Sitzung aus. Ich werde jedoch über eine geeignete Form der Rüge nachdenken, spreche einen Tadel aus und fahre nun mit der Tagesordnung fort." Spreche einen Tadel aus, Kleine musste schmunzeln. Wie in einer Schulklasse. Lokalpolitik blieb ein spannendes Spielfeld voller Überraschungen. Fast war es, als würde ein kollektives Aufatmen der Erleichterung durch den Rat und auch alle Zuhörerinnen und Zuhörer gehen. Keiner im Saal war erkennbar auf Krawall aus. Keiner. Bis auf ... Kleine rückte sich seine Lesebrille zurecht, um über die Gläser hinwegzuschauen, als sein Blick durch die Reihen glitt. Scheinbar bis auf einen gertenschlanken, sportlichen Mann Mitte 40, der ihm vorher gar nicht aufgefallen war, was möglichweise an dem absolut unauffälligen Dutzendgesicht lag. Kurzhaarfrisur über einer hohen Stirn. Eine modische Blockstreifenkrawatte und ein weißes Hemd mit Kentkragen zum dunklen Anzug wiesen ihn allerdings als einen Nichteinheimischen aus. So etwas trug hier im Alltag kaum einer. Nur zu festlichen Anlässen. Fast war es Kleine, als würde er ein diebisches Grinsen der Zufriedenheit auf dem Gesicht dieses Mannes ablesen können, das dessen eigentlich sympathischen Gesichtszügen etwas Diabolisches, fast schon Bösartiges gab. Ein Streitsucher, wie er im Buche stand. Einer, der vielleicht eine Rechnung mit Grimmelmann oder Lieberknecht offen hatte und sich nun darüber freute, dass der eine Dank seiner hochkochenden Emotionen und seinem Mangel an Diplomatie und Empathie ein weiteres Mal nach dem ‚Lurchgate' nun in eine Situation hineingeraten war, für die er sich möglicherweise noch würde rechtfertigen müssen – und der andere in der Gerichtsmedizin in einer Edelstahlwanne lag. Wer bist du? Kleine kam es so vor, als hätte er dieses Gesicht schon mal gesehen. Doch er wusste nicht, wo. Vor einigen Monaten oder Jahren? Kein Gesicht, das einem beim Einkaufen im Supermarkt in Adorf, beim Bummel durch die Professor-Bier-Straße in Korbach oder beim Wandern begegnete und dann im Gedächtnis haften blieb. Eher so eines, das man auf Fotos irgendwelcher Ehrungen in der Zeitung sah. Mit Prominenten, ein Sektglas haltend, das Foto meist mit der Unterzeile ‚von links nach rechts' versehen, aber dann irgendwie nie an erster Stelle genannt. Ein Mann der stillen zweiten Reihe, in der effektiv gearbeitet anstatt geglänzt und geprotzt wurde. Der Mann hatte eine frappierende Ähnlichkeit mit dem ehemaligen Landesvorsitzenden einer nicht ganz demokratisch gesinnten Partei. Oder ...? Plötzlich glaubte Kleine die Antwort zu ahnen. Er schickte einen stillen, ganz und gar undiplomatischen Fluch gen Himmel, dass es vor einigen Jahren verboten worden war, aus Rats- oder Ausschusssitzungen heraus Smartphones zu benutzen. So sollte und wurde auch erfolgreich die ständige Twitterei und Versendung sonstiger Kurznachrichten – und damit auch die produktive Unterhaltung der Gerüchteküche – erfolgreich eingedämmt. Zwar konnte der Journalist nicht überprüfen, ob er mit seiner Vermutung richtig lag. Doch wenn er sich nicht irrte, musste es sich bei dem Unbekannten um Thomas Bergmann handeln. Der Anwalt und lokale Ortsfürst einer kleinen und leider noch nicht verbotenen politischen Gruppierung – Partei wollte Kleine sie nicht nennen und auch die Presse mied das Wort in diesem Zusammenhang – namens *Nationale Einheit.* Hervorgegangen war die NE oder schlicht *Einheit,* wie deren Mitglieder sich selbst nannten, aus der Alternative für Deutschland, der AfD, als diese sich nach einer aus ihrer kruden Sichtweise erfolgreichen Saison im Bundestag aufgespalten hatte. Kleine erinnerte sich noch gut. Einige gefährlich kluge Köpfe der AfD hatten damals die Seiten gewechselt. Keine Schreihälse und tumben Raufbolde, sondern ausnahmslos Akademiker, Hochschulabsolventen mit Doktortiteln in Rechts- und Politikwissenschaften aus bestem Hause. Und daher umso gefährlicher. Denn das Licht der Öffentlichkeit suchte diese Bande nicht, sondern knüpfte Verbindungen im Stillen, schuf Synergien und wartete auf den richtigen Augenblick – ohne auf die Drohgebärden und Einschüchterungen von Schlägertrupps mit Glatzen zu setzen. Außerdem machte sie in dieser Zeit durch messerscharfe Leserbriefe hart am rechten Rand der Legalität, durch Petitionen auf allen erdenklichen durch die Verfassung gedeckelten Wegen und durch gezielte kurze Zwischenrufe bei öffentlichen Veranstaltungen von sich reden. Niemals laut. Niemals plump. Aber immer in bösartiger Weise wachsam und lauernd. Stets die Wählerschicht im Auge, die sich niemals als antisemitisch oder rassistisch bezeichnen würden, deren politische Diskussionen aber oft von Sätzen wie „eigentlich haben die doch Recht“ geprägt waren. Sie waren richtige Krawattenazis, stets modisch akkurat und immer dem Anlass angemessen gekleidet. Stets korrekt und niemals grob unhöflich. Und wahrscheinlich, so vermutete Kleine, in Schliff und Manieren der damaligen SS so nahe, wie es mitunter sicherlich nur Historiker am ehesten nachvollziehen konnten. Diese Spezies wusste, was sie tat. Bis zum Endsieg ihrer Ideologie.

Bergmann war, den Gerüchten zufolge, vor einigen Jahren in die Region gekommen, nachdem er seine Kanzlei in Frankfurt aufgeben musste. Bis heute wusste keiner, welche Rolle er eigentlich genau bei der Nationalen Einheit spielte und ob er überhaupt noch etwas damit zu tun hatte. In Nordhessen zumindest war er bislang nicht negativ aufgefallen, eigentlich überhaupt nicht, man wusste noch nicht einmal genau, wo er wohnte, und Kleine sah ihn hier nun auch zum ersten Mal. Wenn er es überhaupt war. In Frankfurt jedenfalls war Bergmann in Bausch und Bogen gescheitert. Kleine grübelte, ob er damals auch seine Zulassung als Anwalt verloren hatte, zumindest wurde darüber auch in der Presse geschrieben. Irgendetwas mit einem Insiderdeal bei Derivaten, bei dem der Herr seine Finger nicht herauslassen konnte. Eine Strafverfolgung wurde gerade noch so verhindert. Jedenfalls schien dieser Kerl nun in der letzten Reihe der Sitzplätze für Besucher zu sitzen und das Theater sichtbar zu genießen. Kleine widmete sich wieder dem Geschehen auf den Ratsplätzen, doch eine innere Unruhe ließ ihn nicht los. Der Bürgermeister sprach nun mit einer Frau, die bislang eher teilnahmslos auf einem separaten Stuhl gesessen hatte. Direkt vor großen Schautafeln, auf denen Kleine – und sicherlich auch alle anderen Anwesenden in der Halle – auf den ersten Blick einen Querschnitt durch das Stollen- und Sohlensystem der Erzgrube Christiane erkannten. Beinahe exakt so, wie auf den großen Metalltafeln unten am Besucherparkplatz des Bergwerks selbst.

Die Frau hatte lange rötliche Haare und eine große Hornbrille, die sie immer wieder über den Nasenrücken nach oben schieben musste, was ihr ein Stück sonst sicherlich nicht vorhandener Unbeholfenheit verlieh. Figge schaltete das Tischmikrofon wieder ein und kündigte den nächsten Tagesordnungspunkt an, der in der ursprünglichen Sitzungsordnung mal der erste gewesen war. Aha, dachte Kleine, dann musste die Frau also tatsächlich die Sachverständige des zuständigen Bergamtes sein. Maria Vanderwalde oder so? Er hatte den Namen bereits irgendwo in der Tischvorlage der Sitzung gelesen und hin und wieder Statements von ihr in der Presse, wenn es um die stillgelegte Grube ging. So sah sie also in Wirklichkeit aus.

„Sehr geehrte Damen und Herren ..." die Stimme des Bürgermeisters hatte endgültig ihre Souveränität wiedergewonnen, mit der Figge auch Eröffnungsreden zu Schützenfesten und Wandertagen anzustimmen pflegte. Stolz und Optimismus. Alles wird gut. „... ich darf Ihnen Frau Vanderwalde vorstellen ...".Kleine bemerkte einen kleinen Anflug von Unsicherheit. Figge räusperte sich, blätterte in seiner Tischvorlage, fand dann offenbar, was er suchte und setzte neu an. „... Dr. Vanderwalde, die zuständige Geologin des Bergamtes in Arnsberg. Sie wird uns nun in einer länderübergreifenden Zusammenarbeit über die geologischen Herausforderungen und Zeiträume informieren, in denen eine Wiederinbetriebnahme der Grube Christiane möglich ist. Frau Vanderwalde, die Zuhörer gehören Ihnen ...!" Ein kurzes Lachen bei den Zuhörern, dankbar wurde der kleine Spaß aufgenommen. *Wiederinbetriebnahme,* er hat es wirklich gesagt, dachte Kleine. Was für ein Verwaltungsbeamtendeutsch! Er schüttelte missbilligend den Kopf und suchte Blickkontakt zu Emde. Der aber schien völlig der jungen Frau Doktor erlegen. Wie einige andere Männer in der Halle offenbar auch, wie der Journalist mit einem Blick in die Runde bemerkte. Der attraktive Rotschopf nahm davon jedoch keinerlei Notiz. Der feine Punkt eines Laserpointers huschte bereits über schraffierte Flächen und bunte Unterlegungen, mit denen verschiedene Gesteinsschichten gekennzeichnet waren, die weit unterhalb dessen lagen, was in den fünfziger und sechziger Jahren des vergangenen Jahrhunderts mit der damaligen Fördertechnik zu erreichen gewesen war. Sie hatte mit ihrem Vortrag begonnen, sprach von Absatzmöglichkeiten auf den Märkten, die in Relation zu den Explorations- und Betriebskosten stehen mussten. Der Preis bestimme nach wie vor die Nachfrage, erklärte sie, während Kleine sich fragte, inwieweit Geologen auch betriebswirtschaftliche Aspekte eines solchen Projekts durchdachten. Denn die Hauptaufgabe der Geologin war es ohne Zweifel, die Sorgen der Menschen in den Dörfern zu zerstreuen. Dr. Vanderwalde sprach ausgiebig über den Unterschied zwischen Gebirgsschichten über einem Kohle- und einem Erzabbau. Nein, Bergschäden, wie sie im Ruhrgebiet zahlreich aufgetreten waren, würde es auf dem Martenberg und in der Umgebung nicht geben. „Erzgebirge ist im Gegensatz zum Gebirge über Steinkohle ein so genanntes Stehendes Gebirge. Da bricht nichts einfach so durch." Sie hielt einen Augenblick inne und musterte ihre Zuhörerinnen und Zuhörer durch ihre Brillengläser. „Im Übrigen gab es ja schon mal eine Reaktivierung der Grube, vielleicht erinnert sich der eine oder andere daran." Verhaltenes Lachen und vielfaches Nicken war zu hören und zu sehen. Auch wenn es keine Zeitzeugen mehr gab, wusste jeder im Raum, dass die Grube Christiane bereits in den Anfängen der NS-Zeit nach mehreren Jahrzehnten Stillstand noch einmal ausgepumpt und wieder in Betrieb genommen worden war. Das Deutsche Reich brauchte Erz für seine angestrebte Weltherrschaft. Kleine fiel auf, dass der Klang von Vanderwaldes Stimme so gar nicht zu ihrem Äußeren passte. Er war sehr viel rauer als erwartet, die Sätze weniger von wissenschaftlichen Satzbandwürmern geprägt. Das war eher der Ton, mit dem man sich in einem lauten Umfeld verständlich machen konnte. Dr. Vanderwalde hätte auch problemlos Schiedsrichterin in einer Regionalliga sein können. Oder Grundschullehrerin in einem Brennpunktviertel. Oder Frau Kapitänleutnant auf einem Schnellboot der Bundesmarine. Während es für den Journalisten keine besondere Überraschung war – Geologie war nach Kleines Information ein Studiengang, in dem man sich als Frau eher gegen eine Horde rüpeliger, Baumfällerhemden tragende Naturfreunde als Kommilitonen durchsetzen musste, als in Medizin oder Pädagogik – schienen die Zuhörer in der Mehrzahl fasziniert von der Ambivalenz, die sie geboten bekamen.

Endlich hatte Emde ihn wieder wahrgenommen. Kleine ließ die Augen hinüber zu dem immer noch unbekannten Besucher wandern, der sich eifrig Notizen machte. Dann ging sein Blick langsam zurück zur Geologin, schließlich nickte Kleine mit dem Kopf zweimal die Strecke von Vanderwalde zu Emde und wieder zurück ab. Der Ermittler verstand, was Kleine vorhatte und nickte ebenfalls. Er würde die Wissenschaftlerin in ein Gespräch verwickeln, in der Zeit würde Kleine dem Unbekannten auf den Zahn fühlen. Ein zwangloses Gespräch nur, ich kenne Sie noch gar nicht, sind Sie neu hier am Diemelsee? Wo wohnen Sie? Ach, wirklich? Das ist aber schön. Ja, ja, richtig, das Haus hat lange auf neue Bewohner gewartet. Und gefällt es Ihnen gut bei uns? Schön!

Kapitel 8

Das Telefon klingelte nur einmal, bevor das Gespräch angenommen wurde. Eine Begrüßung war nicht notwendig. Auch die angerufene Person meldete sich nicht mit Namen. Die Leitung war nicht hundertprozentig sicher. Hundertprozentige Sicherheit musste aber irgendwie zumindest angestrebt werden. Trotzdem: Die Dinge, die gesagt werden mussten, mussten gesagt, die Nachricht weitergereicht werden: „Zwei von den Bullen waren heute hier. Ein Mann und eine Frau. Eine Dunkelhäutige. Ziemlich hübsch." Am anderen Ende der Leitung blieb es still. Der Anrufer hörte ein Flüstern, als würde eine Information eingeholt oder weitergegeben. Dann eine Stimme, deutlich zu hören. „Hauptkommissar Emde?" Der Anrufer bestätigte das. „Wir haben ihn bereits auf dem Radar. Ein Bauernbursche. Dumm und eitel. Lassen Sie ihn ruhig etwas bei sich herumschnüffeln. Er darf auch ruhig etwas finden, was ihn für den Augenblick zufriedenstellt. Sie werden sicher ein gutes und verzichtbares Opferlamm in Ihren Reihen finden, das sich dafür eignet. Bleiben Sie fürs erste ruhig, wir werden uns schon kümmern. Zur Not, wenn es sich nicht vermeiden lässt, auch mit der nötigen Durchsetzungskraft." Es knackte, die Leitung war tot. Grußlos. Der Anrufer war beruhigt. Es lief alles gut. Er fröstelte, als er darüber nachdachte, was wohl mit Durchsetzungskraft gemeint war. Sein Gesprächspartner redete immerhin von einem Polizisten, nicht von irgendeinem Kleinkriminellen, dem man mit ein paar Sprüchen Angst einjagen konnte und für den man zur Not mal ein Prügelkommando losschickte. Das Ganze hätte alles nicht passieren dürfen. Eigentlich sollte es nur eine Warnung sein, die dann ausuferte und mit Gewalt endete. Sie hatten auf das falsche Pferd gesetzt. Der Mann, der angerufen hatte, schüttelte sich vor Abscheu.

Am Ende wäre Kleine dann doch fast eingeschlafen. Die weiteren Punkte der Ratssitzung waren von einer lähmenden Belanglosigkeit, wie es nur selten bei derartigen Veranstaltungen geschah. Es ging um Ortsschilder, die Aufstellung und Leerung von Abfalleimern oder verkehrsberuhigende Maßnahmen. In allen Fällen war bereits in den Ausschüssen abgestimmt worden, der Beschluss musste nur noch formal vorgetragen werden. Kleine konnte nur mit Mühe ein Gähnen unterdrücken und sah, dass es vielen Besuchern nicht anders erging. Normalerweise wäre dies eine Sitzung gewesen, zu der man bedenkenlos einen Volontär zu Trainings- oder Strafzwecken hätte abkommandieren können. Veranstaltungen am Abend ohne Extrabezahlung. So etwas macht doch jeder gerne, der etwas werden will bei der Presse, nicht wahr? Die Stimme des Bürgermeisters nahm aber plötzlich einen Tonfall an, der das nahe Ende erahnen ließ, so wie bei einem Langstreckenflug das absinkende Rauschen der Turbinen und die Druckzunahme die nahe Landung verkündeten. Aus einer ähnlichen Lethargie erwachte dann auch Kleine. Er warf einen Blick hinüber. Bergmann oder wie immer er hieß, schien die ganze Zeit dem Geschehen aufmerksam und mit großem Interesse gefolgt zu sein. Auch er rutschte nun aber unruhig auf seinem Stuhl hin und her.

Nach der Verabschiedung, als die Stimme des Bürgermeisters von einem anschwellenden Stimmgemurmel abgelöst wurde und Bewegung in die Reihen der Besucher und Ratsleute kam, stand er auf, nahm seinen Mantel von der Stuhllehne, warf ihn sich über und strebte mit agilen und federnden Schritten dem Ausgang zu. Kleine, von dem frühen Aufbruch überrascht, versuchte, ihm zu folgen, verlor ihn aber jenseits der beleuchteten doppelflügeligen Glastür aus den Augen. Du darfst auf keinen Fall seine Aufmerksamkeit erregen. Du bist ganz normal auf dem Weg zu deinem Auto! Er bremste seine Schritte, kramte in der Jackentasche nach den Autoschlüsseln und sah sich draußen auf dem Parkplatz um, während sich hinter ihm ein Flügel der schweren Glastür mit einem Winseln langsam schloss und die Geräuschkulisse des lauten Stimmgemurmels in der Halle zu einem stillen Herbstabend herunterreduziert wurde, bis schließlich nur noch das Rauschen der Blätter in den Bäumen zu hören war.

Doch der andere schien von der Dunkelheit verschluckt. Kleine blickte sich um. Vorsichtig. Einige Augenblicke vergingen. Dann schlug eine Wagentür zu, startete irgendwo ein Motor, Autoscheinwerfer erhellten Pflastersteine und weitere parkende Fahrzeuge um das anfahrende Auto herum. Kleine sah einen BMW etwa 50 Meter entfernt aus einer Parklücke und in Richtung Ausfahrt gleiten. Ein schwerer M7 Touring, ein wuchtiges Gefährt, scheinbar fabrikneu, dunkle Lackierung. Teuer. Frankfurter Kennzeichen! Kleine merkte sich die Buchstaben- und Zahlenkombination und ging wieder zurück in die Halle, die sich nun auch leerte. Bergmann. Er war fast sicher! Und – er saß nicht selbst am Steuer. Auf dem Fahrersitz hatte der Journalist auch aus der Entfernung die Umrisse einer Frau erkannt. Lange, zum Pferdeschwanz gebundene Haare. Kleine zog sein Mobiltelefon aus der Tasche. Mit wenigen Klicks fand er bestätigt, was er vermutet hatte – und zog tief die Luft ein: Der Mann war tatsächlich Thomas Bergmann.

Maria Vanderwalde hatte alle Hände voll zu tun. Das sah Kleine bereits, als er bei seiner Rückkehr in die Halle an der Garderobe im Eingangsbereich vorbeiging. Stefan Emde musste sich gar nicht bemühen, die junge Geologin am frühen Fortgehen zu hindern. Sie war im Epizentrum interessierter Zuhörer, die Auskünfte über mögliche Umweltschäden im Falle einer neuen Inbetriebnahme der Erzgrube haben wollten. Ein berechtigtes Interesse, fand Kleine. Oft diskutiert in diversen Berichten der lokalen Presse, nicht wenige machten sich, vielleicht sogar zu Recht, Sorgen. Viele der älteren Bewohner von Adorf konnten sich noch gut daran erinnern, dass das Erz in den fünfziger Jahren mit einer kleinen Güterbahn abtransportiert wurde. Die Trassen von damals gab es schon lange nicht mehr, neue Schienen würden verlegt werden müssen. Dort, wo früher die Transportwege waren, lagen heute Gärten und Häuser. Doch Kleine bemerkte, dass die junge Frau mit dunkler, ruhiger Stimme jedem Fragenden eine offenbar zufriedenstellende Antwort gab. Doch, doch, es gebe heute auch modernere Umweltvorschriften. Sicher, die würden und müssten ja auch bei so einem Projekt berücksichtigt werden. Nein, sie sei dafür keine Ansprechpartnerin, ihr Gebiet seien lediglich die geologischen Möglichkeiten, aber sie könne gerne einen Fachmann dafür im zuständigen Ministerium ...Kleine wandte sich ab. Das würde noch etwas länger dauern. Er sah stattdessen André Grimmelmann etwas abseits sitzen. Zwei Fraktionsmitglieder standen rechts und links des Stuhls, auf dem er saß. Der Öko-Weltenretter hatte beide Arme über der Brust verschränkt und blickte mit trotzigem Blick auf den Kunststoffboden, während seine beiden Parteifreunde auf ihn einredeten. Wohl doch etwas über das Ziel hinausgeschossen, dachte Kleine.

Emde sprach gerade mit einem der alten Kumpel der Zeche. Wilhelm Klee, ein immer noch rüstiger Senior, dem man die 86 Jahre nicht ansah. Wie die junge Geologin hatte auch der alte Steiger die Angewohnheit von Menschen übernommen, die sich dort verständlich machen müssen, wo es laut ist: Er sprach mit sehr klar akzentuierter, lauter Stimme – dafür aber mit dem für Außenstehende kaum verständlichen Dialekt der Nordhessen: „Ich saach noch zu dem: Mak de Deure too …“ Etwas verstand Kleine von der Sprache, die man nur noch von wenigen alten Menschen auf der Straße oder in Geschäften hörte und die auch sein eigener Vater gesprochen hatte. Er stellte sich zu den beiden dazu und bemerkte, wie Klee sofort aus Höflichkeit ins Hochdeutsche wechselte: „Aber da hatte der Wind sie schon zugeblasen, und dann hatten wir den Salat.“ Der alte Mann wandte sich Kleine zu. „Guten Abend, Herr Kleine.“ Kleine erwiderte den Gruß. „Was sagen Sie denn zu dem Grimmelmann? Der hat sie doch nicht mehr alle, oder?“ Klee musterte ihn interessiert. Kleine zuckte mit den Schultern. „Jeder so, wie er meint, das machen zu müssen.“ Der alte Mann nickte, auch wenn seine blassblauen Augen verrieten, dass er sich mehr Kommentierendes von dem Journalisten erhofft hatte. Irgendeine Meinung, die er heute am späteren Abend bei der Pflichtdiskussionsrunde mit seiner Frau vor dem heimischen Kachelofen übernehmen konnte. Und die würde, Kleine konnte sich das gut vorstellen, zwar nicken, aber kaum von ihrer Strickliesel aufblicken. Daher nahm Klee den Faden selber auf. „Man kann ja vom Lieberknecht einiges Böses gedacht haben. Aber wenn man dem mal begegnete, war der eigentlich ganz in Ordnung, so ein Ende hat der jedenfalls nicht verdient.“ So ein Ende hat wohl keiner verdient, dachte Kleine und wunderte sich ein weiteres Mal, wie trocken der Mord aufgenommen wurde. Der alte ehemalige Steiger wandte sich an den Kriminalbeamten. „Was macht denn eigentlich dein Garagenbenz?“ Kleine konnte sehen, dass Emde die Bezeichnung Garagenbenz gar nicht gefiel. Dessen Ziel war es ja immer noch, den Oldtimer bis zum Jahresende flott zu machen. „Falsche Frage, ganz falsche Frage. Ein neuer Tacho müsste her, Schläuche im Motorraum auch, das taugt alles nicht mehr. Und strenggenommen müsste auch der völlig abgewetzte Schaltknauf erneuert werden." Klee schien zu verstehen. „Die Gembecker haben das Auto ja auch nicht unbedingt als Sonntagswagen gehalten. Der musste richtig was leisten." Emde atmete tief durch. „Wenigstens ist der Wagen innen gründlich gereinigt und riecht nicht mehr wie ein Ackerschlepper." Kleine schaltete sich ein: „Aber wo wir gerade von Autos reden: Wie kommen Sie denn eigentlich gleich nach Hause", fragte er den alten Mann, bevor dieser sich in weiteren Elegien erging. Er wusste gar nicht, ob Klee noch selbst Auto fuhr, doch irgendwie musste er an diesem Abend die vier Kilometer von Wirmighausen hierhergekommen sein. Dessen Augen blitzen auf. „Ich rufe meine Rosel an. Die holt mich dann ab. Ich habe doch so etwas hier ..." Er kramte in der Innentasche seines uralten und abgewetzten Tweedsakkos und zog vorsichtig einen Gegenstand heraus. Emde und Kleine staunten Bauklötze: Es war ein nagelneues Smartphone. Eine Lotusblüte verriet den chinesischen Hersteller. „Neueste Generation, meine Herren. Mit Smarthome-Technik. Damit kann ich meiner Rosel von hier aus die Leselampe ausschalten, sehen Sie mal hier ..." Er tippte mit dem Lächeln eines Lausejungen auf ein Symbol auf der Oberfläche, ein Menü mit Schiebern öffnete sich. Doch Emde stoppte ihn und erklärte ihm, nun wieder in den heimischen Dialekt gerutscht, er solle seiner Frau mal nicht das Licht zum Lesen nehmen. Man könne ihn auch mit nach Hause nehmen, dann müsste er seine Frau nicht bemühen. „Vorher muss ich aber noch ein Wort mit der Geologin reden", gab Kleine zu Bedenken, nickte hinüber zu Maria Vanderwalde und tippte wie zum Gruß an seine Stirn, bevor er sich der Gruppe um Vanderwalde zuwandte, die sich nun deutlich gelichtet hatte. Noch war die Frau in ein Gespräch mit einer Zuhörerin vertieft. Kleine sah, wie Visitenkarten getauscht wurden, dann sprach er sie an. „Dr. Vanderwalde?" Sie blickte ihn über den Rand ihrer Brillengläser an, etwas überrascht. Offenbar hatte zuvor niemand der Gesprächspartner ihren akademischen Titel bemüht. „Kleine ist mein Name, ich bin …“ Sie kam ihm zuvor: „Journalist, ich weiß schon Bescheid.“ Maria Vanderwalde lächelte. Er stutzte, doch sie schnalzte tadelnd mit der Zunge. „Denken Sie, wir wären vom Mond, nur weil wir uns mit altem Gestein beschäftigen?“ Kleine fragte sich für einen Augenblick, ob die junge Wissenschaftlerin diese Schlagfertigkeit auf der Uni gelernt hatte oder ob es ein vielgenutzter Spruch für alle Fälle war. Aber woher zum Teufel wusste sie, wer er war? „Sie fragen sich gerade, woher ich weiß, wer Sie sind, richtig?“ Kleine nickte, sich seinem Schicksal ergeben fügend. „Nun, die Antwort ist ganz anders, als Sie denken. Ich habe vor einigen Jahren mehrere Berichte von Ihnen zum Braunkohletagebau in Garzweiler gelesen. Eigentlich sollten Sie als Journalist ja eine gewisse neutrale Position in ihrer Berichterstattung einnehmen, ist das nicht so?“ Kleine nickte erneut. Er erinnerte sich an diese Berichtsreihe und ahnte, worauf die Frau hinauswollte. „Nun, aber in diesem Fall haben Sie deutliche Sympathien mit den Einwohnern dieses Dorfes gezeigt – ich komme gerade nicht auf den Namen –“ Vanderwalde sah fragend zur Holzkonstruktion der Hallendecke. „… – und ihrem Bemühen um den Erhalt ihres Doms, dieser Kirche, die zwar kein Dom war, aber von allen dort so genannt wurde.“ Kleine sprang zur Hilfe herbei. „Sie meinen St. Lambertus in Immerath?“ Ihr Blick klärte sich. „Richtig, Immerath. Das war schon großes Kino, fand ich. Auch wenn es am Ende doch nichts genutzt hat, aber für einen Mann der Presse haben Sie richtig Herzblut in den Text gegossen. Irgendwann habe ich dann gehört, dass Sie den Dienst quittiert haben. Sich zurückgezogen haben an den Diemelsee. Als ich dann den Auftrag bekam, die geologischen Möglichkeiten hier auszuloten, habe ich mich wieder daran erinnert. Und Sie auch heu te Abend schon früh erkannt, Sie sehen kaum anders aus als auf dem Portraitfoto neben Ihrem Kommentar auf Seite zwei der Westdeutschen Gazette“.

Kleine sah etwas betreten zu Boden und ärgerte sich. Ärgerte sich, dass es aus Sicht der jungen Frau, die vielleicht eine allgemein vorherrschende Meinung widerspiegelte, bereits bemerkenswert war, wenn Journalisten „Herzblut“ in ihre Berichte einbringen. Ärgerte sich über ein plötzlich aufkommendes und altbekanntes Gefühl der Hilflosigkeit, dass tatsächlich die Proteste und Aktionen der Bewohner des ehemaligen Niederrheindorfes Immerath vergeblich waren. Ihr tatsächlich sogenannter Dom, ein wunderschöner Sakralbau aus dem späten 19. Jahrhundert, war schließlich den Abrissbaggern zum Opfer gefallen. Und mit ihm die Erinnerung von Generationen von Einwohnern, für die dieser Ort ein Zentrum des Glaubens gewesen war, die dort Taufen, Kommunion, Hochzeiten und Beerdigungen gefeiert hatten.

„Also, Herr Kleine", nahm die Geologin den Faden wieder auf, „was kann ich für Sie tun?" Kleine blickte sich kurz um, eine Angewohnheit, die er sich angeeignet hatte, wann immer er eine vertrauliche Frage stellen wollte. „Ich falle mit der Tür ins Haus, Dr. Vanderwalde, und es ist mir sehr ernst damit und schlussendlich könnte Sie das auch die Polizei fragen." Sie blickte ernst angesichts des plötzlich geänderten Tonfalls – Kleine meinte es wirklich ernst, das war ihr klargeworden. „Sie wollen mit mir über den Mord an Carl Lieberknecht reden?" Vanderwalde wartete die Antwort nicht ab, auch ihre Worte hatten nun eine gänzlich andere Klangfarbe angenommen. „Ich habe dazu nichts zu sagen, es ist nicht mein Thema, ich habe keine Erkenntnisse." Sie atmete durch. „Und Sie sind auch nicht bei der Polizei."

Merkwürdig, dachte Kleine, dass die Leute eine Mauer des Schweigens aufbauen, wann immer das Gesprächsthema in die Richtung des Mordfalls verlegt wird. Er schüttelte lächelnd den Kopf und startete einen neuen Anlauf. „Dr. Vanderwalde, richtig, ich bin nicht bei der Kripo. Aber ich mache mir meine Gedanken." Sie wartete ab. Aus einem Instinkt heraus spürte Kleine, dass er der jungen Wissenschaftlerin vertrauen konnte. Kleine blickte sich nochmals um, bevor er fortfuhr. „Sind Sie irgendwann einmal, nun sagen wir, ermutigt worden, Erkenntnisse, die Sie hier gewonnen haben, zugunsten irgendwelcher anderen Ergebnisse zu verändern? Wurden Sie dabei möglicherweise bedroht? Oder hat man Ihnen etwas in Aussicht gestellt?" Er sah, wie der Ernst aus Vanderwaldes Blick wich und einer abgrundtiefen Empörung wich. „Erlauben Sie mal ...!", begann sie, doch Kleine hob beschwichtigend die Hand. Nichts für ungut. Er blickte sich erneut um. Besser man weiß, wer sich möglicherweise neugierig in Lauschdistanz gestellt hatte.

„Dr. Vanderwalde“, redete er sie zum dritten Mal und bewusst mit ihrem akademischen Abschlussgrad an, „ich war mir schon zuvor sehr sicher, dass ihre Antwort dreimal Nein lauten würde.“ Wie in der biblischen Verleugnung des Jesus durch seinen Jünger Petrus, durchfuhr es ihn. „Aber es kann sein, dass genau dies passieren wird: Dass Sie gebeten oder gar auf andere Weise gezwungen werden könnten, Ansichten, Meinungen, Beobachtungen und Erkenntnisse zu färben. Ich möchte Sie bitten, wenden Sie sich in diesem Fall an die Polizei. Machen Sie keine Kompromisse.“ Kleine drehte sich um und wies mit dem Kopf hinüber zu Emde, der immer noch mit dem alten Steiger sprach. „Hauptkommissar Emde dort drüben leitet die Ermittlungen. Wir sind befreundet. Ich weiß offiziell nichts über den Ermittlungsstand und er verletzt auch nicht das Dienstgeheimnis, indem er mir irgendetwas darüber mitteilt“, was allerdings eine glatte Lüge ist, „aber als Journalisten sind wir auch immer berufsmäßig neugierig. Ich mache mir Gedanken über diesen Mordfall und sehe, dass da einiges nicht zusammenpasst. Und ich glaube, eine Ahnung zu haben, welche Entwicklung die ganze Sache nehmen könnte.“ Vanderwalde nickte, etwas unsicher, wie Kleine sah. Weiß sie mehr, als sie sagt? Oder hat sie einfach Angst, weil sie mich für einen Psychopathen hält? Kleine ging aufs Ganze. „Hier ...“ Er nahm einen Zettel aus der Sakkotasche und kritzelte seine Handynummer auf das Papier. „Lassen Sie uns einen Deal machen. Unter der Nummer erreichen Sie mich, wenn Ihnen etwas auffällt, das Ihnen nicht ganz koscher vorkommt, aber Sie nicht zur Polizei gehen wollen.“

Sie nahm den Zettel zögernd. Es war eigentlich ein Kassenbon aus einer Buchhandlung in Korbach. Ihr Blick war immer noch eine Mischung aus Abscheu und Verärgerung. Kleine hatte keinerlei Vorstellung, wie sie auf seine plumpe Bitte reagieren würde. Aber vielleicht würde es irgendwo etwas lostreten. Würde Unsicherheit stiften. Wer unsicher war und eine unerwartete Planänderung vornehmen musste, machte vielleicht Fehler. Und Fehler machten sich irgendwann bemerkbar und hinterließen Sollbruchstellen in jedem noch so ausgeklügelten Plan. Langsam sah sie auf das Papier, sah die Nummer, drehte den Bon um, las den Preis und den Artikel, den er damals gekauft hatte. Prompt bekam Kleine seine verbale Ohrfeige: „Schön zu wissen, dass Sie Tom Clancy lesen. Tom Clancy!" Ihre Stimme war deutlich von Spott geprägt, als sie den Namen, künstlich einen amerikanischen Akzent imitierend, in die Länge zog, als würde sie Kaugummi kauen. „Ich hätte Ihnen ehrlich gesagt mehr zu getraut. Aber Männer scheinen auf diesen Militaria-Kram zu stehen." Kleine blickte wie bloßgestellt zu Boden und entschied sich dann für die Flucht nach vorne. Er zuckte mit den Schultern und lächelte, als wäre er bei einem harmlosen Streich erwischt worden. „Manchmal ja." Tatsächlich hatte er den Clancy verschenkt, als Emde sein Faible für Spionagethriller entdeckt hatte. Ein guter Einstieg in ein nicht einfaches Genre, hatte Kleine sich gedacht. Und war ‚Jagd auf Roter Oktober' nicht auch als Film ein Meisterwerk?

Nachdem sie Wilhelm Klee in der höher am Hang gelegenen Straße vor dessen Haus abgesetzt hatten, berichtete Kleine seinem Freund von dem Gespräch mit der Geologin. Emde war nicht gerade begeistert. Die Kripo hatte noch keinen Kontakt zu der jungen Frau aufgenommen, weil sie bislang keinerlei Anhaltspunkte hatte, dass der Mord irgendetwas mit der Grube zu tun hatte. Dabei verschwieg Kleine, dass er im Vergleich dazu sogar praktisch die Tür eingetreten hatte, bevor die Polizei auch nur – in dieser Symbolik bleibend – höflich geklingelt hatte. Doch er hatte seine Gründe. Gute Gründe. Dass er dem Unbekannten, in dem er Thomas Bergmann vermutete, hinterherspioniert hatte, verschwieg Kleine ebenfalls. Er wollte keine falschen Vermutungen in die Welt setzen.

In seiner Hütte angekommen tastete er sich zur Küche durch, ohne das Licht einzuschalten. Bleiche Helligkeit aus der geöffneten Kühlschranktür floss in den Raum, als er sich eine Flasche Bier aus dem unteren Fach nahm, den Bügelverschluss mit einem lauten Ploppen öffnete und den Inhalt der Flasche durstig in einem Zug trank. Kleine dachte nach. Der jähe Schuss leichten Alkohols mit Hopfen und Hefe tat ihm gut und beruhigte ihn auf einen Schlag. Es war fast schon sein abendliches Heimkehrritual. Aber eine tiefe Unruhe blieb und ließ sich nicht so rasch vertreiben. Fast schien es ihm, als hätten unbekannte Mächte am Diemelsee begonnen, in einem Spiel die Fäden zu ziehen, das für die Einwohner der Region sehr viel Unheil bereithalten würde. Ihm ging durch den Kopf, was ihnen der alte Bergmann Wilhelm Klee gesagt hatte, als sie ihn auf der Rückfahrt von Adorf gefragt hatten, was er denn davon halten würde, wenn eines Tages in seiner alten Grube wieder Erz gefördert würde. „Das wäre doch sicher toll für dich, was, Willi?“, hatte Emde gefragt. „Wenn so ein Lebenswerk von jüngeren Händen erfolgreich weitergeführt wird.“ Klee hatte vorne sitzend aus dem Autofenster gesehen und still gelächelt. Dabei wirkte er weise und verschlossen wie der Dalai Lama, hatte Kleine gedacht. Das wäre keine gute Idee, lautete schließlich die Antwort des alten Mannes. „Das würde unserer Barbara nicht gefallen.“ Während Kleine im Rückspiegel Blickkontakt mit Emde suchte und sich noch fragte, wer gemeint war, denn schließlich hieß Klees Frau ja Rosalinde, von allen nur Rosel genannt, fiel ihm ein, dass der Alte die heilige Barbara meinte, die Schutzpatronin der Bergleute. „Die würde das nicht gut finden. Eine Grube, die so lange Zeit verschlossen ist, soll man nicht mehr öffnen. Das gilt für Gräber wie für Bergwerke. Es bringt nur Unheil. Über wie unter Tage.“

Kleine öffnete sich das nächste Bier. Er musste an ein Versprechen denken, dass er vor vielen Jahren an einem weit entfernten Ort gegeben hatte. Er musste an Bergmann denken. Dessen selbstsichere Art, die Dinge stets unter Kontrolle zu haben, das undurchsichtige Lächeln hatte sich in Kleines Erinnerung gefressen wie ätzende Säure. Ihn fröstelte immer noch angesichts der Erinnerung und der Worte des alten Steigers.

Einige hundert Meter Luftlinie entfernt hatte Emde inzwischen vorsichtig die Haustür geöffnet. Der Klang einer chinesischen Guzheng, einer Art Zither, drang aus dem Wohnzimmer. Susanne war offenbar mit ihrer Yogaübung beschäftigt. Dazu hörte sie gerne diese Art von Musik. Für den Hauptkommissar nichts weiter als Asia-Imbiss-Beschallung. Die Jungen schliefen sicher schon. Aus den Zimmern die Treppe hinauf vernahm er keinen Mucks. Ein kleines Nachtlicht, in eine Steckdose über der Fußleiste gesteckt, verbreitete dort oben ein rötlich-warmes Leuchten. Er blickte auf die Uhr. Es war mal wieder viel zu spät geworden. Er ging in die Küche, in der es nach einer Hühnersuppe duftete. Tatsächlich war noch etwas davon da. Während das aromatische Gericht auf dem Herd stand und Wärme annahm, blickte er aus dem Fenster den Hang hinauf in den dunklen Wald. Tag zwei und sie kamen in diesem Fall nicht voran. Verdammt! Emde schüttelte missbilligend den Kopf.

Kapitel 9

Ulf Kogelmann schlug den Kragen seines Mantels höher und zupfte die Tweedmütze auf dem Kopf zurecht. Es war ein regnerischer Morgen. Wie an fast jedem Tag, seit er in Pension gegangen war, ging er mit dem Familienhund Lucy, einer anspruchsvollen Rauhaardackeldame, am Seeufer vor den Toren Hanaus in Südhessen spazieren, um sich dann mit seiner Frau zu einem zweiten Frühstück in die Küche zu setzen. Eine liebgewordene Angewohnheit, auf die er Wert legte, und die Gruppe von insgesamt sechs Seen direkt neben der Autobahn A66 war dabei sein bevorzugtes Ziel. Kogelmann und seine Frau Anna hatten durch die Fähigkeit, sich auch mal bewusst aus dem Weg zu gehen, möglicherweise Streitigkeiten umschifft, die andere Paare in ihrem Freundeskreis hart getroffen hatten, als die Männer in vorgerücktem Lebensalter in Rente oder Pension gegangen waren und plötzlich den ganzen Tag zuhause bei ihrer Frau saßen und nichts mehr mit sich und schließlich auch irgendwann mit der Welt anzufangen wussten.

In einem Fall hatte das sogar dazu geführt, dass ein Paar, das die Kogelmanns sehr lange kannten, getrennte Wege gegangen war. Nach fast 60 Jahren Ehe. Ein Drama, wie Ulf Kogelmann sich mit großem Schaudern erinnerte. Nun, seiner Anna und ihm war das nicht passiert, und der alte Mann glaubte auch nicht mehr, dass das noch passieren würde. Er schlenderte einige Meter den Uferweg entlang und bog dann in einen verborgenen Pfad ein. Sein Hund folgte ihm in einigem Abstand, immer wieder interessiert schnüffelnd, dann wieder vorauseilend, stets auf der Suche nach neuen Duftspuren.

Oben am Himmel schwebten in einigem Abstand voneinander die Jets ein, die wenige Minuten später auf dem Beton der Landebahnen des Frankfurter Flughafens aufsetzen würden. In den Morgenstunden war so manche schwere Maschine aus fernen Überseezielen darunter. Mit mäßigem Interesse hatte Kogelmann gelernt, sie zu unterscheiden. Er erinnerte sich noch gut an seine Begeisterung als junger Mann, als Frankfurt in das Zeitalter der Düsenjets eintrat und am Himmel erstmals Jumbos zu sehen waren. Nonstop nach Amerika! Ein Traum, der sich für Anna und Ulf Kogelmann nie erfüllt hatte. Aber was soll's? Man muss keine weiten Reisen machen, um glücklich zu werden, oder? Und irgendwann hatte die Begeisterung nachgelassen und war dem Protest gegen den zunehmenden Fluglärm gewichen. Er sah eine dunkel lackierte Maschine von Vietnam Airlines einfliegen, ein eindrucksvolles Bild direkt vor den massigen Regenwolken, während sich vor ihm die weite Fläche des Sees ausdehnte. In wenigen Augenblicken würden sie dort oben das Fahrwerk ausfahren und zum Ende ihrer langen Reise kommen, dachte Kogelmann. Er beneidete die Reisenden dort oben nicht. Eingepfercht in eine enge Kabine auf einem Sitz festgeschnallt.

Doch dann schweifte sein Blick ab. Der Senior bemerkte etwas knapp unterhalb der Wasseroberfläche des Sees. Kogelmann blieb stehen und schaute genauer hin. Irgendetwas war dort, lag direkt unter der sich leicht kräuselnden Oberfläche. Etwas Helles, Großes. Vielleicht vier, fünf Meter vom Ufer entfernt. Der Pensionär schnalzte verärgert mit der Zunge und schüttelte den Kopf. Man sollte diese Umweltsünder hart bestrafen, die in der Abgeschiedenheit der Natur ihren Müll entsorgten! Wahrscheinlich hatte mal wieder irgendein Verbrecher seine Waschmaschine hierhergeschleppt. Oder seinen Kühlschrank. Entlang des Pfades waren auch Reifenspuren zu sehen, sie führten direkt zum Wasser, wo sie im morastigen Uferbereich nicht mehr zu erkennen waren. In der Nacht hatte es etwas geregnet. Der Regen hatte den Boden aufgeweicht. Nun, wenigstens hatte der Idiot sicher einige Mühen gehabt, sein Fahrzeug aus dem Schmodder wieder freizukriegen. Kogelmann pfiff nach seinem Dackel. Er würde nach dem Frühstück mal bei der Stadt anrufen. So etwas musste man melden!

Es waren dann doch noch einige Bier mehr gewesen. Mit schwerem Kopf wachte Kleine auf der Wohnzimmercouch auf. Die zweite Nacht in Folge, die er im Wohnzimmer verbracht hatte. Fast schien es ihm, als würde der Kopf auf dem Kissen liegen bleiben, als er sich vorsichtig aufrichtete. Er blickte auf sein Handy und fluchte. Vier Nachrichten in Abwesenheit, alle mit einem Ausrufezeichen für *Dringend* markiert. Nun, was mag es denn so besonderes geben? Er klickte die erste Nachricht an und fluchte.

Emdes Diensthandy klingelte, als er noch unter der Dusche stand. Schnell huschte er, nur mit einem Handtuch um die Hüfte, in den Flur, wo das Gerät auf einer Kommode lag. Er sah, dass er bereits einen Anruf verpasst hatte. Staatsanwaltschaft in Kassel, oha! Dieser eingehende Anruf kam aber von Kleine. „Moin, Alter, was treibt dich denn so früh aus den Federn?", meldete sich der Kommissar – und erstarrte.

„Wir wissen nicht, woher das kommt." Emde konnte seine Wut immer noch nicht in geeignete, nützliche Kanäle leiten. Er war sauer. Stinksauer. Und es wäre gut, wenn die anderen auch stinksauer sein würden. So etwas setzt oft fruchtbare Energien frei, und die brauchten sie jetzt. Vor ihm saß sein Team. Nofri, Frank Bangert und die drei weiteren Kollegen der Sonderkommission Wiesenruhe. Zwischen ihm und seinem Team stand sein Schreibtisch. Auf dem Schreibtisch, aufgeschlagen, lag die Bild-Zeitung des heutigen Dienstags. „Polizei tappt im Dunkeln", schrie die Hauptschlagzeile den Leser an und zeigte ein Foto des getöteten Carl Lieberknecht in Jagdbekleidung. Grafiker des Blattes hatten genau über sein Gesicht ein nahezu perfektes Fadenkreuz gezeichnet. „Warum musste er sterben?", stand in kleinerer Schrift direkt unter der Schlagzeile. Ein weiteres Foto zeigte die Polizeidienststelle in Korbach. Dort werde zwar ermittelt, erfuhr der Leser, aber brauchbare Ergebnisse hätte die Sonderkommission am Tag zwei nach dem schrecklichen Mord nicht vorzuweisen.

Auch die Staatsanwaltschaft in Kassel hatte ihrer Wut über den Artikel bereits Luft gemacht. Doch Emde spürte, dass es nichts bringen würde, sich den Schwarzen Peter hin und her zu schieben: Der Text war von guten Redakteuren so sehr im Vagen gehalten, dass es nicht klar war, aus welcher Quelle sie schöpften. Oder ob sie überhaupt eine hatten. Kleine hatte ihn auf diesen Mist aufmerksam gemacht und ihm versprochen, sich mal in Kollegenkreisen umzuhören. Vielleicht kam ja was dabei heraus. „Damit wir uns klar verstehen, Herrschaften ..." Emde nahm die Tageszeitung auf und präsentierte sie seinen Leuten mit beiden Händen wie eine Monstranz. „Das hier ist große Scheiße! Wer auch immer von euch mit irgendwem über den Fall geplaudert hat und sich jetzt nicht sicher ist, an wen die Informationen danach gegangen sind, sollte jetzt besser den Mund aufmachen, bevor wir am Ende noch vor einem größeren Desaster stehen. So etwas darf einfach nicht passieren, Leute, diese Art von Presse können wir nicht gebrauchen."

Glück im Unglück für sie war, dass der Bericht tatsächlich keine Ermittlungsfehler belegen konnte. Nun, soviel Emde wusste, hatten sie ja auch keine begangen. Was ihnen jetzt aber mit Blick auf die Außenwirkung ihrer Arbeit nicht weiterhalf. Der leitende Staatsanwalt hatte seinerseits bereits am frühen Morgen einen Anruf des Justizministers entgegengenommen, wann denn mit ersten Ergebnissen zu rechnen sei und ob es denn einen Verdacht gebe. „Der Justizminister, Emde! Ich musste ihm gegenüber einräumen, dass ich darüber keinerlei Kenntnisse habe." Emde konnte am Telefon nur nicken. Der Justizminister würde bei der nächsten Kabinettsitzung sicher den Innenminister zur Seite nehmen und ihm ein paar passende Worte sagen. Dann würden auch sie ihr Fett abbekommen. „Wir brauchen Ergebnisse. Heute noch!" Nach einem Augenblick des Nachdenkens hatte der Staatsanwalt kurzerhand eine Pressekonferenz einberufen – bei ihnen in Korbach – mit dem Stab aus Kassel, der die Einzelheiten bereits mit der Korbacher Sprecherin durchging, die sich sonst nur um das Abfassen von Meldungen für das Landespresseportal zu befassen hatte, wenn es bei Verkehrsunfällen zu Blechschäden gekommen war oder eine Katze aus einem Baum gerettet werden musste. Emde schluckte bei dem Gedanken daran. Er hatte noch nie an einer Pressekonferenz teilgenommen. So etwas kannte er nur aus dem Fernsehen und erinnerte sich noch gut daran, als vor vielen, vielen Jahren ein damals aufstrebender CDU-Politiker in Schleswig-Holstein vor laufenden Fernsehkameras im Blitzlichtgewitter sein „Ehrenwort, ich wiederhole: mein Ehrenwort" gegeben hatte. Was zum Kollektivgedächtnis der Deutschen wurde wie das Endspiel der Fußballweltmeisterschaft von 2014 oder der Fall der Mauer 1989 war Emdes Vorstellung einer Pressekonferenz. Kein Ort, an dem man gerne war, wenn man vorne sitzen musste.

Er blickte sich um und sein Bauchgefühl versicherte ihm: Vom Team Wiesenruhe konnte keiner Schuld an diesem Bericht haben. Alle schauten betreten zu Boden. Ohne jede Künstelei. Sie waren wirklich betroffen. Emde sah zu Bangert hinüber und sprach mit ruhiger Stimme weiter: „Frank. Ich brauche zwei Handyortungen. Ich will wissen, wo sich Johannes Döhrenbach und Constanze Lieberknecht in den vergangenen drei Tagen aufgehalten haben. Klärst du das mit der Staatsanwaltschaft?“ Bangert nickte und machte sich Notizen. Handyortungen waren vor allem abseits großer Ballungsgebiete nie wirklich auf den Kilometer genau, aber sie konnten zumindest Anhaltspunkte liefern. Sein Telefon klingelte. Emde blickte auf das Display. Wenn man vom Teufel spricht ... es war die Nummer der Witwe Constanze Lieberknecht. Emde meldete sich mit seinem Namen ohne den gesprächshemmenden Dienstgrad. Doch die Stimme, die ihm aus dem Hörer entgegenflutete, schluchzte und war hart und ohne jedes Pardon. Die Frau legte grußlos los: „Dafür werden Sie sich noch rechtfertigen müssen, Herr Emde ...“ Dem Ermittler war klar, dass die Witwe ihm nicht wirklich etwas vorzuwerfen hatte. „Frau Lieberknecht, hören Sie bitte ...“, doch sie unterbrach ihn. „Ich stehe kurz vor einem Nervenzusammenbruch, Herr Emde. Mein Mann ist noch nicht beerdigt und dann muss ich so etwas ertragen.“

Sie holte tief Luft. Emde hörte, wie sie sich vor Tränen schütteln musste. Es klang zumindest echt. „Wissen Sie was?“, fuhr sie fort. „Ich rufe jetzt meinerseits die Presse an und biete denen ein Exklusivinterview. Und ich werde denen viel zu berichten haben über Ihre merkwürdigen Verhörmethoden und Ihre nutzlosen Ermittlungen.“ Emde wartete ab und hoffte, dass sich Constanze Lieberknecht nur Luft machen würde. Was er auch verstehen konnte. Es war mit Sicherheit nicht angenehm, den ermordeten Gatten auf der Titelseite mit einem Fadenkreuz im Gesicht zu sehen. Aber ihm war auch klar, wenn die Witwe wirklich mit der Presse reden würde, hätte sie dabei professionelle Unterstützung. Auch von rechtlicher Seite. Und seine Ermittlungstruppe schon morgen den nächsten Gau. „Frau Lieberknecht, Sie könnten uns dabei eine große Hilfe sein ...“, versuchte Emde das Gespräch in moderatere Bahnen zu lenken.

Doch er hörte nur ein Klicken in der Leitung. Sie hatte aufgelegt. Er versuchte zweimal vergeblich, sie zu erreichen. Constanze Lieberknecht nahm das Gespräch nicht an. Scheiße!

Ulf Kogelmann schloss die Haustür auf, nahm im Flur seinem Dackel die Leine ab – der sofort mit wedelnder Rute in Richtung Küche verschwand, um sich seine Belohnung abzuholen – und hängte Hut und Mantel an den Haken. „Das kannst du dir nicht vorstellen“, begann er das Gespräch mit seiner Frau, noch bevor er in der Küche angelangt war und sie überhaupt sah – ein durch lange Jahre gemeinsamen Ehelebens geprägtes Selbstverständnis dafür, dass sie selbstverständlich in der Wohnung war und ihm zuhörte. Er öffnete die Milchglastür. Seine Frau sah von der Spüle auf. „Draußen bei den Seen hat wieder einer seinen Elektroschrott entsorgt.“ Kogelmann blickte sich suchend nach dem Telefon um. Verflixt, die alten Zeiten, als die Dinger noch eine Wählscheibe hatten und die Hörer mit einem Kringelkabel mit dem Gerät verbunden waren, hatten auch etwas Gutes gehabt. Man wusste, wo die Dinger waren. „Jetzt trinkst du erstmal einen Kaffee und dann berichtest du mir in Ruhe“, sagte Anna Kogelmann, stellte ihrem Mann einen Kaffeebecher hin und füllte ihn zur Hälfte – nur die halbe Ration, Frau Kogelmann, hören Sie? Mehr bekommt Ihrem Mann nicht mehr gut! – mit dem heißen, schwarzen Getränk, dann fügte sie etwas fettreduzierte Milch hinzu. Vom aromatischen Duft abgelenkt blickte der rüstige Senior auf den Titel der aufgeschlagenen Tageszeitung. Irgendein Mord oben im Norden nahe Kassel, ein stinkreicher Bankvorstand. Nun ja, manchmal traf es doch die richtigen. Er setzte sich an den Küchentisch, griff nach dem Blatt und schlug die Seiten bis zum Sport auf. War nicht heute das Wochenspiel der Eintracht? Er fand prompt zu seiner großen Freude einen Vorbericht der heutigen Begegnung. Bei den Behörden konnte er auch später noch anrufen. Dass er seiner Frau von dem Fund erzählen wollte, hatte der Senior bereits vergessen.

Paul Kleine lenkte seinen Kombi die Landstraße nach Heringhausen hinab. Links lag am Ortseingang ein kleiner Friedhof, der sich in den ganzen Jahrzehnten, an die Kleine sich erinnern konnte, nie wirklich vergrößert zu haben schien. Am Diemelsee wurde scheinbar nicht gestorben. Naja, bis auf die eine jüngste Ausnahme. Die traurige Wahrheit aber war: Es waren die Gräber der Alten. Die Jungen zogen weg, wenn sie konnten. Den Jobs hinterher. Zwischen alten Fachwerkhäusern mit Giebelschnitzereien und Inschriften, die die jeweiligen Bauherren, den Allmächtigen und die Schutzheiligen priesen und je nach Fasson die neidische Dorfgemeinschaft verfluchten, ging die Straße weiter hinab in Richtung See. Kleine ließ die Abzweigung nach Stormbruch links liegen. Über ihm ragte nun der Eisenberg wie eine dunkle Masse in den trüben Herbstmorgen. Nur wenige Meter hinter dem Ortsausgangsschild folgte ein Parkplatz. Kleine fuhr rechts ran und stoppte den Motor. In der geöffneten Heckklappe seines Kombis wechselte er die Schuhe und zog sich feste Wanderschuhe an. Dann nahm er seinen Wanderstock, der von zwei Seiten von oben bis unten mit Stocknadeln versehen war, ein Werk vieler Jahrzehnte, das er bereits in seiner Jugend begonnen hatte, schulterte einen Rucksack, in den er eine Thermoskanne mit Tee und noch einige weitere Gegenstände gepackt hatte, setzte sich eine Kappe auf und verschloss seinen Wagen. Zunächst nur auf den ersten Metern erkennbar wand sich hier ein schmaler Pfad den Berg hinauf. Schon bald hatte der frühherbstliche Wald den gerade auf eigene Faust ermittelnden Journalisten Paul Kleine verschlungen.

Erst nach langem Klingeln meldete sich jemand im Ordnungsamt der Stadt. Ulf Kogelmann hatte schon beinahe wieder auflegen und einen saftigen Brief schreiben wollen, was denn die Staatsdiener mit den ganzen Steuern, die er sein Leben lang und nun sogar auch noch in den Jahren seiner Pensionierung gezahlt hatte, anfangen würden, wenn sie ja offenbar nichts machten. Doch die Dame, die sich am anderen Ende der Leitung meldete, klang zumindest freundlich, wenn auch desinteressiert. Ihr Interesse schien auch nicht weiter geweckt, als Kogelmann von seinen Beobachtungen am See berichtete. „Wir sehen uns das mal an, vielen Dank für Ihren Hinweis, Herr Kugelmann“ Kogelmann bedankte sich und sah über den Versprecher hinweg. Er hatte den Namen der Frau zum Ende des Gesprächs auch bereits wieder vergessen. Er wusste nicht, dass ihre Eltern ihr aus einer Laune heraus und aufgrund der Begeisterung für eine englische Landarztserie namens ‚Der Doktor und das liebe Vieh', die in den siebziger und achtziger Jahren im deutschen Fernsehen ausgestrahlt wurde, bei ihrer Geburt den Vornamen Harriet gegeben hatten. Obwohl einer der Hauptcharakter der Serie eigentlich ‚Herriot' hieß. Es klang halt so schön und so hieß sie eben nun: Harriet Klaußner.

Harriet Klaußner überlegte, dass es wohl besser wäre, die Polizei nach dem Fund des Rentners sehen zu lassen. Wie sagte ihr Mann doch so schön in Anlehnung an seine glorreiche Zeit bei der Bundeswehr? Melden macht frei. Schon im vergangenen Jahr hatte es einen ungewöhnlichen Fund draußen im Wald gegeben. Was sich zunächst als verklapptes Altöl zeigte, erwies sich als hochgiftiges Nebenprodukt eines Chemiewerks in Tschechien und war schließlich der Stein des Anstoßes zu Ermittlungen in einem großen Umweltskandal. Melden macht frei. Ein Anruf bei der Polizei war sicher nicht verkehrt, immerhin wurde das Gewässer, von dem der Anrufer berichtet hatte, im Sommer von Badegästen besucht, dachte Harriet Klaußner.

Paul Kleine hatte bald den Muffert erreicht, jenen Felsen, der bis vor wenigen Jahren ein beliebter Aussichtspunkt auf den Diemelsee gewesen war. Bevor die Drahtseilbrücke über das Gewässer gebaut worden war. Nun war dies ein Ort, an dem ein beständiges Pfeifen zu hören war, wenn der Wind durch die gespannten Drähte strich. An nebeligen Tagen wie diesem war der Zugang zur Brücke noch versperrt, Kleine vermutete, dass dies wohl auch den ganzen Tag so bleiben würde. Für einen kurzen Sommer war die neue Attraktion durch sämtliche Medien gegangen, wurde gehypt und viel besucht. Doch dann ließ das Interesse deutlich nach. Die Pforte auf die Brücke hinauf war fest verschlossen und gesichert gegen eventuelle Mutproben leichtsinniger Rowdys. Vom See tief unten zu seinen Füßen war in den dichten Schwaden kaum etwas zu sehen. Die Wasserfläche dehnte sich nach Süden bis weit hinter die Stormbrucher Brücke aus, die aber bereits jenseits der undurchdringlichen

Wand aus Dunst lag. Weit unten waren Fahrzeuge zu hören, die auf der Uferstraße in Richtung nordrhein-westfälische Seeseite fuhren, ein Linienbus und ein landwirtschaftliches Fahrzeug mit schwerem Dieselmotor.

Kleine folgte dem Pfad, der sich dichtem Tannengehölz zuwandte. Wer vom Diemelsee zum St. Muffert aufsah, ahnte manchmal gar nicht, dass es dahinter eine noch höhere, dicht bewaldete Bergspitze des Eisenbergs gab. Kleine schritt vorsichtig voran wie ein Jäger auf der Pirsch. Immer wieder rollte er den ganzen Fuß ab, das feuchte Laub unter seinen Füßen verschluckte jedes Geräusch seiner Schritte. Es musste ja nicht sein, dass er bei dem, was er vorhatte, von irgendwelchen Wanderern beobachtet wurde. Obwohl er sich nicht vorstellen konnte, dass hier an diesem unwirtlichen Tag mitten in der Woche wirklich Naturfreunde unterwegs waren. Nach knapp zehn Minuten erreichte er den Gipfel des Eisenbergs. Eine Bank und einige Pyramiden aus Kieselsteinen, die Wanderer als Gipfelmal errichtet hatten, kündeten davon, sonst nichts. Dichter Dunst waberte durch die Äste. Das Blattwerk der Bäume war trotz einiger kalter Nächte in diesem Frühherbst nach wie vor sehr dicht. Wäre es Winter gewesen, hätte Kleine tief unter sich nun die gewaltige Sperrmauer des Diemelsees sehen können – ein zwischen 1912 und 1923 aus Grauwacke errichtetes Bauwerk von monströser Anmut. Für die nächsten zwanzig Minuten folgte er nun einem ausgeschilderten Wanderweg, der zum Diemelsteig gehörte, bevor er sich wieder auf einem kaum sichtbaren Pfad durch dichtes Nadelgehölz schlug.

Schließlich hatte er den Punkt erreicht, an den er gelangen wollte: In großer Distanz hangabwärts sah er durch die Baumstämme und über Wiesen hinweg den Hochsitz, in dem Carl Lieberknecht vor zwei Tagen erschossen worden war. Die Polizei hatte den Fundort der Leiche inzwischen freigegeben, die Flatterbänder waren entfernt, für die Ermittlungen und weitere Materialproben waren einige Holzlatten aus dem Verschlag entfernt worden. Der komplette Hochsitz würde von der örtlichen Jägerschaft in kürzester Zeit komplett abgebaut und aus neuen Hölzern an gleicher Stelle neu errichtet werden. Wer würde schon in einem Hochsitz ansitzen wollen, in dem ein

Mensch auf so grässliche Weise gestorben war? War nicht auch das Jagdwesen mit starkem Aberglauben verbunden, genau wie der Bergbau auch?

Kleine kniete nieder und nestelte seinen Rucksack auf. Er hätte diesen Ort vom Parkplatz unten am See auch leichter erreichen können. Es waren nur etwa zwei Kilometer über die Felder und einen Randbereich Heringhausens. Doch er war sich instinktiv sicher: Auch der Mörder musste diesen oder einen ähnlichen Weg genommen haben, den er gerade gegangen war. Durch dichten Wald. Mit vielen möglichen Ausgangspunkten. Und ohne wirklich gesehen zu werden. Der Journalist wollte sich in den Täter versetzen, wollte fühlen und denken wie er. Aus seinem Rucksack holte Kleine ein Fernglas, das in einer olivgrünen Schutzhülle steckte. Auf der Schutzhülle standen Worte und Buchstaben in einer fremdartig wirkenden Schrift, die für Uneingeweihte aus einer Vielzahl senkrechter Linien mit einzelnen Ausbuchtungen und kurzen Schwüngen zu bestehen schien. Er setzte es an die Augen und zog mit Zeigefinger und Daumen den Zoom scharf. Der Hochsitz erschien ihm nun sehr nahe. Doch der Winkel stimmte nicht. Vom Innenraum des Verschlags war kaum etwas zu sehen. Kleine setzte das Glas wieder ab und sah sich um. Der Schütze musste etwas weiter rechts oben zwischen den älteren Tannen gelauert haben, wenn man die steil abfallende Schussbahn berücksichtigte, die die tödliche Kugel zwischen Visieröffnung des Hochsitzes und ihrem Fundort in der Lattenwand genommen hatte.

Er packte seine Sachen und den Wanderstock und stieg etwas weiter den Hang hinauf. Nach einigen Minuten wandte er sich wieder dem Hochsitz in der Ferne zu, doch dieser war nun nicht mehr zu sehen. Kleine blickte erneut durch das Fernglas. Nun müsste der Winkel ungefähr stimmen. Würde Lieberknecht nun dort sitzen, wäre er für einen Schützen unter Umständen gut sichtbar. Das Problem war jetzt aber: Der komplette Hochsitz und das gesamte Feld davor waren durch dichtes Nadelgeäst verborgen. Die Blicke drangen aus dem Wald nicht heraus. Kleine pfiff durch seine Zähne und dachte nach. Ein Schütze würde vermutlich aus einer liegenden Position heraus geschossen haben. Eine satte Lage auf dem Boden, den Lauf des Gewehrs auf eine kleine Stütze, ein Kiessäckchen oder so etwas, gelegt, hätte die Trefferquote erhöht. Dazu kam ein negativer, also abwärts gerichteter Schusswinkel – ein weiterer Vorteil, wenn man lange auf der Lauer lag. Eine Laservorrichtung hätte den Job noch einmal erleichtert, aber dabei die Gefahr geboten, dass Lieberknecht auf den Täter aufmerksam geworden wäre. Hast du den Schuss kommen sehen, Lieberknecht? Hast du gespürt, dass auf dich angelegt wird, so wie du oft auf Wild angelegt hast? Oder hättest du dir möglicherweise einen Schusswechsel mit dem Täter geliefert? Kleine wusste nicht, welche Waffe der ermordete Bankvorstand bei sich gehabt hatte. War es nur eine Schrotflinte und die übliche Pistole für einen manchmal notwendigen Gnadenschuss, wäre die Möglichkeit, sich zur Wehr zu setzen, aussichtslos gewesen. Bei einem richtigen Jagdgewehr allerdings ... aber sicherlich hatte sich der Mörder getarnt. Er würde kaum in einer neongelben oder roten Outdoor-Wanderjacke hier herumgelegen und auf Lieberknecht angelegt haben. Kleine griff tief in den Rucksack und beförderte einen länglichen Gegenstand heraus, der in ein dickes Futteral gepackt war. Vorsichtig öffnete er den Reisverschluss und zog ein etwa 30 Zentimeter langes, mattschwarz lackiertes Metallrohr heraus, auf dem oben und an der Seite zwei Drehschrauben eine Scharfstellung erlaubten. Kleine setzte den Gegenstand vor sein rechtes Auge und eine kleine Schonklappe vor das linke Auge, damit das andere, das zielende, ohne Verkrampfung geöffnet bleiben konnte. Nun öffnete er vorne eine weitere Klappe und sah den Hochsitz in einer noch stärkeren Vergrößerung als zuvor mit dem Feldstecher – jedoch inmitten eines Fadenkreuzes. Immer wieder wurde die Sicht von, so schien es Kleine, großen Monstern gestört, die wie unscharfe Wesen dunkel über das Blickfeld huschten: nahe Tannenzweige, die sich im Wind hin und her bewegten. Wie war das Wetter am Morgen des Mordes gewesen? Er erinnerte sich nicht wirklich, glaubte aber, dass es zumindest nicht windstill gewesen war. War es ein feuchter Morgen? Auch Feuchtigkeit war ein Faktor, den ein Schütze bei einem Schuss auf diese Distanz berücksichtigen musste. Genauso wie einen möglichen Drall der Waffe, kein Schuss über mehrere hundert Meter hinweg verlief in einer geraden Bahn. Er setzte das Metallrohr ab. Nun war der Hochsitz wieder in weite Ferne verschwunden. Kleine versuchte, die Entfernung zu taxieren. Es waren nach seiner Schätzung 650 bis 700 Meter bis zum Hochsitz. Und das bei unklarem Schussfeld. Er pfiff vor Respekt. Wer auch immer der Mörder Lieberknechts war – er war ein Meister seines Fachs. Nun, auch ihm war diese Materie nicht unbekannt. Vorsichtig legte Kleine den Gegenstand in sein Futteral zurück: Es war das Zielfernrohr eines Scharfschützengewehres, das ursprünglich zur Antiterrorbekämpfung eingesetzt werden sollte. Wie auch das Fernglas war es ein Präzisionsinstrument aus israelischen Militärbeständen – die Aufschrift auf beiden Schutzhüllen war Ivrit. Theoretisch war das Instrument in jedem Natoshop oder per Internet bestellbar, doch Kleine hatte eine eigene Bezugsquelle.

Der junge Streifenpolizist war sich nicht sicher, was er da genau sah. Es hatte im Laufe des Vormittags aufgehört zu regnen. Die Oberfläche des Sees war nun glatt wie ein Tischtuch. Eigentlich waren seine Kollegin und er hierher gerufen worden, um eine mögliche illegale Entsorgung von Müll, vermutlich Elektroschrott, im See zu überprüfen. Wieder mal. Nun stand der Polizeiobermeister am Ufer und sah ... nun, zumindest weder eine Waschmaschine, noch eine Tiefkühltruhe, wie es ihm eigentlich angekündigt worden war. Wenn ihn nicht alles täuschte, dann sah er das Heck eines Autos im trübgrünen Wasser. Ein Auto, ausgerechnet. Das bedeutete: mehr Informationen, eine Anzeige, mehr Ermittlungen. Der Halter musste ausfindig gemacht werden, ein möglicher Verursacher. Es musste festgestellt werden, ob ein Diebstahl vorlag. Hätte das nicht auch ein anderer machen können? Warum musste er sich wieder um die ganze Schreibarbeit kümmern? Er stapfte zum Dienstwagen zurück und griff sich das Funkgerät. „Da hat wieder einer ziemlich falsch geparkt“, sagte er zu seiner Kollegin, die mit fragendem Blick zu ihm hinübergeschaut hatte und nun ebenfalls genervt mit den Augen rollte. Der Obermeister drückte die Sprechfunktaste.

Kleine trat den Rückweg an. Vorsichtig, wie ein Soldat auf einer Patrouille. Mal sehen, was für eine Art Profi das gewesen war, der hier an Carl Lieberknecht sein Können gezeigt hatte. Und wie ein Soldat oder Jäger auf der Pirsch ging Kleine ebenfalls jedes Mal in eine sichere Hockposition, wenn er stoppte. Leute, je näher ihr bei einem unangekündigten Stopp dem Boden seid, umso größer sind eure Überlebenschancen. Ihr bildet bei jedem Stillstand ein perfektes Ziel, wenn ihr aufrecht stehenbleibt. Ihr könnt euch besser orientieren, wenn ihr euch ruhig umschaut. Und wenn sich irgendwo irgendetwas bewegt, will ich eure Fressen komplett im Dreck sehen, ist das klar? Kleine versuchte zu denken, wie der Schütze. Er verhielt sich so, wie es auch ihm vor langer Zeit antrainiert worden war. Ohne Zweifel würde er nach der Tat den schnellstmöglichen Weg aus dem Wald gewählt haben. Sein Hauptziel wäre es gewesen, auf keinen Fall entdeckt zu werden und schleunigst einen Ort zu erreichen, von dem aus er unerkannt mit seinem Fahrzeug entkommen konnte. Wo auch immer dieses gestanden haben mochte, der Schütze durfte auf gar keinen Fall Aufsehen erregen. Er musste so in Erscheinung treten, als wäre es das Normalste der Welt, dass er sich dort, wo er war, aufhielt. Ein Wanderer. Oder ein Angler unten am See.

Kleine dachte nach. Der nächste und dennoch abgelegene Ort war tatsächlich die Taucherbucht nahe der Sperrmauer, direkt auf der anderen Seite des Gipfels, gut 20 bis 25 Minuten Fußmarsch über den Westhang des Eisenbergs entfernt. Und bereits jenseits der Landesgrenze, also in einer anderen polizeilichen Zuständigkeit. Kleine hatte den Verdacht, dass die Überprüfungen möglicher Fluchtorte genau durch dieses Detail – Zuständigkeit einer anderen Landespolizei – erschwert oder möglicherweise sogar verhindert worden waren. Doch per Google, auch ohne Ortskenntnisse, war das problemlos vorab zu recherchieren. Die Bucht war außerdem bei Sporttauchern bekannt. Dass Autos mit fremden Kennzeichen dort standen, war nichts Ungewöhnliches. In dieser Bucht ließe sich, überlegte Kleine, sogar ein Fahrzeug hinter dem dichten Gestrüpp verbergen. Als vermeintlicher Taucher hätte der Schütze sogar eine Menge Material verladen können, dessen Funktion sich für Uneingeweihte nicht erschloss, aber keinen Argwohn erregt hätte. Ein Jagdgewehr war zwar ein Jagdgewehr, klar. Aber wie viele Menschen mochte es nicht nur in städtischen Gegenden, sondern auch hier am Diemelsee geben, für die der Anblick von Jägern nichts Ungewöhnliches war, die ein zerlegtes Gewehr tatsächlich auf einen ersten flüchtigen Blick ohne Zweifel als Waffe erkennen konnten? Vor allem, wenn sie an der Uferstraße in Sekundenschnelle vorbeifuhren. Wäre er, Kleine, der Schütze gewesen und hätte den Auftrag erfolgreich zu Ende gebracht – er hätte sich aller Gegenstände entledigt, die verzicht- und ersetzbar waren, bis auf das Gewehr. Von dem trennte sich ein Schütze oder Jäger niemals. Zumindest nicht, bevor man außer Gefahr war, wenn es sich denn um die einzige verfügbare Waffe handelte. Der Erfolg der Flucht durfte auf keinen Fall durch verräterische Dinge gefährdet werden.

Kleine richtete sich auf. Fast schien es, als würde der Nebel des trüben Tages im Laufe des Vormittags immer dichter werden. Er warf einen Blick ringsherum und ging vorsichtig weiter. Nach etwa fünf Minuten zweigte der Weg nach rechts ab. Der unsichtbare Gipfel lag nun direkt vor ihm. Dichte Hecken, die auch im Winter kaum durchdringbar für das menschliche Auge waren, standen in Gruppen am linken Wegesrand. Und dort wurde Kleine schließlich fündig: Frisch abgeknickte Zweige, niedergetretenes Gras, das sich durch die Feuchtigkeit des frühen Morgens und die kühlen vergangenen Tage nicht wieder vollständig aufgerichtet hatte. Eine Schrittweite dahinter das gleiche Bild – jemand war hier in das Dickicht getreten. Vielleicht ein Wanderer, um nur mal kurz auszutreten. Vielleicht aber auch ... Kleine achtete weiter auf abgeknickte Ästchen und Unregelmäßigkeiten im hohen Gras, doch es war nichts zu sehen. Oder vielleicht doch? Fast hätte er den Gegenstand übersehen. Er war nicht einfach fortgeworfen worden, sondern so geschickt unter dem dichten Gestrüpp getarnt, dass er sogar für Suchende zunächst unsichtbar blieb. Daher fiel Kleines Blick auch eher durch Zufall darauf. Er streifte sich Gummihandschuhe über, die er sich am Morgen in der Küche in die Jackentasche gesteckt hatte, zog und zerrte und hielt den feuchtschweren Gegenstand schließlich in der Hand. Das Gewebe wirkte zunächst wie ein dichtes Flies. Regenwasser, das sich in den vergangenen zwei Tagen angesammelt hatte, lief in einem kleinen Strahl am tiefsten Punkt aus dem Stoff heraus. Auch hier hätten Nichtprofis auf den ersten Blick niemals erkannt, um was es sich handelte. Kleine hantierte den Gegenstand in seinen Händen, bis er gefunden hatte, was er suchte. Ein kleines, eingewebtes Etikett in gleicher Farbe wie der Rest des Stoffes. Ein leichter Pfiff, der fast so etwas wie Respekt ausdrückte, kam Kleine über die Lippen. Kein Zweifel, dieser Gegenstand stammte vom Mörder! Und der war nicht irgendein bezahlter Ballerkiller aus Russland oder aus den ehemaligen Sowjetrepubliken. Auch wenn es ein erster unverzeihlicher Fehler gewesen war, dieses Etikett an Ort und Stelle zu lassen und nicht herauszutrennen. Kleine fragte sich, ob der Unbekannte damit nicht eine Botschaft platzieren wollte. Eine Art Markenzeichen. Kleine hielt ein Tarnnetz in Händen.

Mit Hilfe eines Polizeitauchers kam schließlich die grausige Wahrheit ans Licht. Wie ein urzeitliches Unterwasserwesen tauchte die mit Vollgesichtsmaske und dickem Neoprenanzug ausgerüstete Gestalt wieder aus dem trübgrünen Wasser auf. Ein hochgereckter Daumen signalisierte dem Techniker, dass die Stahltrosse eingehakt war und die schwere Motorwinde in Betrieb genommen werden konnte. Ein Dieselmotor heulte auf, die Spule lief an und nahm das schwere Drahtseil, an dessen Ende das Auto im See – so viel wussten sie inzwischen – festgemacht war, wieder auf. Der Taucher nahm vorsichtig die Maske vom Gesicht, damit kein Wasser auf den empfindlichen Atemregler lief. „Und?“, fragte der ranghöchste Polizist. Doch der Taucher zuckte nur mit den Schultern. Das Fahrzeug habe eine Zulassung aus München und den Werbeaufkleber eines großen Autovermieters am Heck, sei also vermutlich diesem zuzuordnen, berichtete er. Mehr sei nicht zu erkennen gewesen. Die vorderen Seitenscheiben seien herabgelassen, der Innenraum, so gut er das bei 50 Zentimetern Sicht habe sehen können, leer. Zu fünft standen sie nun in einer Reihe am Ufer und beobachteten interessiert, wie das Heck des Fahrzeugs langsam die Oberfläche durchbrach.

Kleine erreichte sein Auto kurz vor dem Einsetzen des Mittagsläutens der Kirche von Heringhausen. Er hatte ein Foto von dem Gegenstand gemacht. Auch von dem Etikett. Dann hatte er seinen Fund vorsichtig wieder so zurückgelegt, wie er ihn gefunden hatte. Emde meldete sich beim zweiten Freizeichen. Kleine konnte hören, dass er unter Druck stand. „Ich rufe dich in drei Minuten wieder zurück", sagte er. Kleine legte auf. Am Ende wurden es acht Minuten, in denen der Journalist in der Heckklappe seines Kombis saß und einen Becher Tee trank. Schließlich klingelte sein Handy. „Kannst du zuhören und frei sprechen?", fragte Kleine. „Was gibt es denn noch an diesem Vormittag?", entgegnete der Ermittler mit gereiztem Ton. Der Aufmacher der Bild setzt ihn ordentlichem Fahndungserfolgsdruck aus, dachte Kleine. Er sprach im Notizstil weiter, fest darauf vertrauend, dass Emde sich seine Informationen aufschrieb. „Hör zu. Eisenberg. Der Weg von der vermutlichen Position des Schützen zum Gipfel. Knapp 200 Meter von der Abzweigung in Richtung St. Muffert entfernt. Dichtes Gestrüpp auf der rechten Seite vom Gipfel kommend. Dahinter werdet ihr fündig." In der Dienststelle rollte Emde genervt mit den Augen und hätte das Gespräch am liebsten beendet. Er hasste solche Spielchen. Dieses Versteckspiel wie bei ‚Ich sehe was, was du nicht siehst', dieses vorsichtige, mitunter hasenfüßige Taktieren, das auch viele andere anonyme Anrufer nutzten, wenn sie sich nicht trauten, die Karten vollends und offen auf den Tisch zu legen. „Was hast du gefunden?" Kleine wartete einen Augenblick ab, dann ließ er die Katze aus dem Sack. „Ein Tarnnetz. Keines, was du in einem normalen Bundeswehrshop kaufen und dir über die Terrasse hängen kannst, wenn dir danach ist oder der Nachbar nicht sehen soll, dass du schon das fünfte Bier aufmachst. Sondern ein blickdichtes, das einem kauernden Schützen perfekten Sichtschutz bietet. So eines von der Sorte, bei dem Wanderer drei Meter am Täter vorbeigehen und ihn nicht sehen, wenn er sich ruhig verhält."

Emdes Gereiztheit war mit einem Mal verschwunden. Er wusste, dass sein Freund über besondere Kenntnisse auf diesem Gebiet verfügte. Wusste, dass er als Berichterstatter einige Zeit im Nahen Osten verbracht und dabei Dinge von solcher

Grausamkeit gesehen hatte, mit denen er, Emde, noch nie in seiner Berufslaufbahn konfrontiert war. Und hoffentlich auch niemals konfrontiert werden würde. Sie hatten das Thema im Verlaufe der Jahre, die sie sich nun vertraut waren, immer nur am Rande gestreift. Doch Emde war sich sicher: Wenn Kleine sagte, dass dieses Netz ziemlich sicher zu dem Mörder gehörte und dieser ein Könner auf seinem Gebiet war, dann war das so. Und so weit vom vermuteten Schussort entfernt konnte der Hundertschaft kein Vorwurf gemacht werden, dass sie etwas übersehen hatte. Er spielte in Gedanken durch, ob diese Informationen möglicherweise für die geplante Pressekonferenz von Relevanz waren, entschied sich aber dagegen, etwas zu erwähnen. Es würde im schlimmsten Fall nur Horden von Freizeitdetektiven auf den Plan rufen und die Spekulationen über den Mord ins Kraut schießen lassen. „Okay. Ich schicke jemanden hin."

Kleine trank seinen Tee aus. Er musste zusehen, dass er hier wegkam. Irgendwohin, wo sein Aufenthalt später nachweisbar war. Auch daran hatte er gedacht. Er war schon lange nicht mehr Schwimmen. Ein paar Stunden im warmen Wasser des neu eröffneten Tropenbads in Willingen, eine knappe Viertelstunde mit dem Auto entfernt, wären doch an so einem trüben Tag nach einer Herbstwanderung genau das Richtige. Er verstaute seinen Rucksack und die Thermosflasche, wechselte seine Schuhe, zog den Sichtschutz im Kofferraum zu, schloss die Heckklappe, stieg vorne ein, startete den Motor und fuhr los. Aus dem Radio tönte ‚Four dead in Ohio' von Crosby, Stills, Nash & Young. Kleine stellte den Song auf Maximallautstärke. Musik hatte manchmal doch eine wohltuend therapeutische Wirkung. Selbst wenn es sich um einen Protestsong handelte. Kleine freute sich darauf, gleich in den warmen Fluten etwas treiben zu dürfen.

Kapitel 10

Welche Temperatur das Wasser in dem See vor den Toren Hanaus hatte, spielte für die Polizeibeamten am Ufer erst mal keine Rolle. Sie hatten anderes zu tun. Ein junger Anwärter, der erst seit wenigen Tagen im Dienst war, trug nicht unbedingt dazu bei, die Situation zu entschärfen – er musste sich angesichts des Bildes, das sich ihnen bot, erst einmal übergeben. Und schaffte es dabei gerade noch bis außerhalb des Areals, das Mitarbeiter der Spurensicherung gerade mit rot-weißem Flatterband absperrten. Langsam war das Fahrzeug, von der Stahltrosse gezogen, aus den Fluten aufgetaucht. Das trübgrüne Wasser war abgelaufen wie in einer Waschanlage oder nach einem Regenguss, aber aus dem Innenraum lief noch literweise Seewasser nach. Keiner von ihnen konnte aus dem Stehgreif schätzen, wie lange der Wagen bereits im Wasser gelegen hatte, doch der Dienstälteste unter ihnen hegte von Anfang an den Verdacht, dass hier ein kapitaleres Verbrechen im Hintergrund lauerte. Hier wurde kein Altwagen entsorgt. Dieser Ford Focus sah ziemlich neu aus. Daher hatte er die Spurensicherung vorsichtshalber auch ohne genauere Kenntnisse angefordert, als die Mietwagenfirma kurzerhand bestätigt hatte, dass dieser Wagen in Düsseldorf angemietet und zum vereinbarten Zeitpunkt nicht wieder abgeliefert worden war. Aus diesem Grund wurde nur kurze Zeit später zusätzlich die Gerichtsmedizin herbeordert.

Der Taucher hatte in den dunkelgrünen Fluten richtig gesehen – im Innenraum saß niemand. „Öffnet mal einer den Kofferraum?", rief jemand von der Tatortermittlung. Dieser erwies sich als verschlossen, doch das Bergungsteam hatte eine starke Flex dabei. Bald spuckte die Schneidescheibe des Geräts einen leuchtenden langen Funkenschwanz über den Uferbereich, als ein Mitarbeiter mit Schutzbrille die entsprechenden Verriegelungen zerteilte. Nur langsam ließ sich der Kofferraum öffnen. Doch was sie dann darin sahen, ließ sie alle entsetzt einen Schritt zurückweichen. Wie alt der Mann zum Zeitpunkt seines Todes gewesen sein mochte, war schwer einzuschätzen. Was sie jedoch auf den ersten Blick sahen – und auch der Dienstälteste sagte hinterher, von so etwas hätte er noch nie gehört und hätte es erst recht nicht gesehen – würde sie alle für den Rest ihres Berufslebens verfolgen. Dem Toten im Kofferraum war nicht nur der linke Unterarm abgetrennt worden. Die offene Mundhöhle ließ erkennen, dass ihm sämtliche Zähne gewaltsam entfernt wurden. Er hatte außerdem auch keine rechte Hand mehr. Noch dazu waren dort, wo einst die Augäpfel gesessen hatten, blutige Höhlen zu sehen. „Ich würde mal sagen, da möchte jemand sichergehen, dass dieser Knabe hier nur schwer identifiziert wird“, sagte einer der älteren Polizisten mit trockener Stimme, während aus dem Hintergrund das Würgen des Anwärters langsam abklang.

Das Licht der Scheinwerfer von zwei Kamerateams, eines öffentlich-rechtlichen und eines privaten Fernsehsenders, drang bereits auf den Boden vor dem Konferenzraum, der kurzfristig als Ort der Pressekonferenz eingerichtet worden war. Emde hatte weiche Knie. Er hoffte, dass man ihm die Nervosität nicht ansah. Der Staatsanwalt im gutgeschnittenen dunklen Anzug hatte ihn gebeten, nur auf die Frage, in welche Richtung ermittelt wurde, zu antworten. Und dann auch nur zu sagen, dass ohne konkreten Verdacht in alle Richtungen ermittelt werde und dass es andererseits bereits konkrete Spuren gäbe, die aber aus ermittlungstaktischen Gründen nicht genannt werden würden. *Du Lügner!* hatte Emde gedacht und gleichzeitig gebetet, dass der Fluch nicht auf seinem Gesicht abzulesen war. Neben den Kameramännern und zwei Jeans und Lederjacken tragenden Jünglingen mit Kopfhörern, die scheinbar ohne jedes Interesse am Geschehen den Ton regelten, war gerade mal eine Handvoll Journalisten erschienen. Lokalpresse, eine Reporterin kam von der Landesredaktion der Deutschen Presseagentur. Hinter einem Tisch mit drei Mikrofonen war eine Hintergrundwand aufgebaut, die Emde für einen kurzen Augenblick schmunzeln lies. Sie zeigte das Motiv der Kaffeetasse, die er am Vortag benutzt hatte und warb unverhohlen für den Berufseinstieg bei der Polizei. Ein anderer Hintergrund ließ sich offenbar in der Polizeidirektion nicht auftreiben: Ein junger Mann mit dunklen Haaren und eine junge Frau mit langen blonden. Beide mit kernig lächelndem Blick, den Daumen hochgestreckt und die

Polizeiuniform des Landes Hessen tragend, im Hintergrund, leicht anstilisiert und verwischt wirkend, das hessische Landeswappen mit dem steigenden Löwen, dazu ein ebenfalls nur symbolhaft angedeutetes flackerndes Blaulicht. Dazu der Spruch: „Die Polizei in Hessen. Dein neuer Arbeitgeber".

Die Pressesprecherin der Staatsanwaltschaft Kassel begrüßte die anwesenden Journalisten. Emde bemerkte, dass die Kollegin aus Korbach, die mit Pressefragen betraut war, sich unauffällig im Hintergrund hielt und es vorzog, die gemeinsam vorbereitete Pressemitteilung zu verteilen. Mehrere Exemplare lagen auch auf dem Tisch vor ihnen. Emde warf einen Blick auf das Blatt. Der Text war nur wenige Zeilen lang und gab im Großen und Ganzen das wieder, was zwischen ihm und dem Staatsanwalt besprochen worden war. Er hatte zumindest keine Einwände. Er war aber auch nicht wirklich darum gebeten worden.

Dann ergriff der Staatsanwalt das Wort. Das Strahlen seines Lächelns schien fast noch makelloser als das Weiß seines Maßhemdes. Emde, der in einem älteren Pullover, Modell ‚modischer Herrenpullover mit aktuellem Design' aus Acryl daneben saß, bemerkte, dass das Gewitter der Blitzlichter und das stakkatoartige Klicken der Kameraverschlüsse immer dann an Intensität zunahm, wenn der Staatsanwalt eine plötzliche Bewegung machte, mit dem Finger in die Luft zeigte oder beide Hände mit geöffneten Flächen nach oben präsentierte. Kugelschreiber jagten über Notizblöcke und hielten jedes Wort für die Ewigkeit fest. Ja, der Tote sei Ex-Bankvorstand Carl Lieberknecht. Ja, er sei bereits identifiziert und ja, man könne bestätigen, dass die Ermittlungen von einem Mord ausgingen. Nein, es habe noch keine Festnahmen gegeben, darüber würde die Presse sicher umgehend im Rahmen der rechtlichen Möglichkeiten informiert werden. Nein, über den konkreten Ermittlungshergang könne die Staatsanwaltschaft derzeit noch nichts sagen, er wolle die Frage an den Leiter der Sonderkommission Wiesenruhe weitergeben. „Hauptkommissar Emde ...?"

Emde kam sich vor, als würde er aus einer tiefen Trance gerissen. Eben hatte er noch gestaunt, wie jung Journalisten – und auch Staatsanwälte – in Ausübung ihres Berufes bereits sein konnten. Was brauchte man eigentlich für berufliche Voraussetzungen, wenn man Journalist werden wollte? Er musste Kleine mal fragen. Nun wurde stattdessen er gefragt. Er räusperte sich, während er versuchte, sich die Frage ins Gedächtnis zu rufen. Irgendwas mit Festnahmen, oder? „Nun, wir haben einige konkrete Verdachtsfälle." Pause. Die Presse schrieb eifrig weiter. Ob er in dem Bericht genannt werden würde? „Aber Sie müssen verstehen, dass wir zum jetzigen Zeitpunkt nichts Konkretes sagen können und wollen, womit wir möglicherweise weitere rasche Ermittlungserfolge verhindern." Emde bemerkte aus den Augenwinkeln, wie das ihm zugewandte Gesicht des Staatsanwalts ein diabolisch-erfreutes Grinsen annahm. Der Beamte spürte, dass der Staatsanwalt zufrieden war. „Ermittlungserfolge" als vorletztes Wort. Das bleibt bei denen hängen! Emde, Mann, Sie sind ja ein Fuchs!

Sie wussten schnell, dass das Tarnnetz aus den Beständen des französischen Militärs stammte. Nun lag es in einem Klarsichtbeutel auf Emdes Schreibtisch. Die Pressekonferenz war ohne Zwischenfälle zu Ende gegangen und der Staatsanwalt und sein Team – glückselig über den zeitlichen Aufschub, den sie damit gewonnen hatten – wieder auf dem Weg nach Kassel. Das Netz hatte eine Inventarnummer und war bereits untersucht worden. Der kleine Schriftzug des Etiketts war abfotografiert und leuchtete nun gleichzeitig von allen Bildschirmen auf den Schreibtischen der Teammitglieder. „Wir wissen doch gar nicht, ob dieses Netz dem mutmaßlichen Mörder gehört hat, oder?" Emde wollte bewusst von einer zu raschen Lösung ablenken. Sie sollten alle Eventualitäten durchdenken und nicht in eine Falle tappen. Auch wenn er instinktiv wusste, dass sein Freund Kleine recht hatte. Doch offenbar war Frank Bangert auch seiner Meinung: „Komm schon, wie groß mag wohl die Wahrscheinlichkeit sein, dass sich ein militärisches Ausrüstungsteil, das nicht auf gängigen Wegen zu beziehen ist, dort oben findet? Nur wenige Tage nach einem Mord, den offenbar ein militärisch ausgebildeter Profi begangen hat? Na?" Bangert blickte in die Runde. „Da oben findest du sonst alles. Coladosen, Plastiktüten ..."

„... benutzte Kondome und ausgesetzte Ehefrauen." Das war Nofri. Gelächter ging durch sein Team. Emde nickte. Offenbar war seine Meinung breiter Konsens. „Gut, ihr mögt recht haben. Was haben wir zur Quelle?" Nofri blickte auf ihre Notizen. „Französisch. Schon seit einigen Jahren in Nutzung, erste Hinweise, dass französische Einheiten damit operieren, gibt es im Jahr 1997. Seit knapp zehn Jahren wird es nicht mehr benutzt, taucht aber auch nicht in Natoshops und ähnlichen Bezugsquellen auf. Gute Qualität, ziemlich teuer. Passend für alle Klimazonen, für Einsätze in Wüstenbereichen gibt es noch eine Variante mit der entsprechenden Farbskala. Mehr ist nicht zu finden." Sie blickte auf und schaute Emde an. „Das heißt ...?", fragte der. „Das heißt, wir haben es vermutlich mit einem ehemaligen Mitglied der französischen Streitkräfte zu tun. Oder mit einer Person, die vertraut ist mit der dort verwendeten Ausrüstung und entsprechende Bezugsmöglichkeiten hat" Emde nickte zufrieden. Und es schon mal im Einsatz verwendet hat und die Qualität kannte, ergänzte er für sich. Gut für den Moment. Eine Anfrage an die entsprechenden Kriminalämter in Deutschland und Frankreich musste formuliert werden. Andererseits durfte man nicht alle Pferde scheu machen, denn ihnen fehlte schlicht und ergreifend immer noch das Motiv. Es konnte auch gut möglich sein, dass hier eine falsche Fährte ausgelegt werden sollte. Aus welchem Grund sollte der Täter das Netz sonst wegwerfen?

Er blickte aus dem Fenster. Wirklich zufrieden war Emde mit den Ergebnissen bislang nicht. Schlicht betrachtet könnte es bis jetzt sogar immer noch nur ein einfacher Jagdunfall mit flüchtigem Verursacher sein.

Die Kabinettsitzung zog sich bereits ziemlich lange hin. Während die Ressortchefinnen und -chefs am großen Tisch auf Ledersessel mit hohen Lehnen saßen und mit dezenten Stimmen in erstaunlich sachlichem Ton die Tagesordnungspunkte der Sitzung abarbeiteten, saßen deren Referenten und Staatssekretäre auf deutlich unbequemeren Stühlen entlang der Wand und der großen Glasfront. Es war auf eine ruhige Weise ein ständiges Kommen und Gehen. Papiere wurden gereicht, gelesen, abgenickt, manchmal auch parafiert, Statements auf Zetteln mitgekritzelt und verstohlen an den Kabinettstisch gereicht.

York Westermann hatte sich bisher gelangweilt. Kabinettssitzungen waren immer das Gegenteil von hitzigen Plenardebatten im Bundestag. Oft waren sie Oasen der Ruhe und Entspannung. Jedenfalls solange keine Länderchefs dazwischenfunkten, wie es noch während der Corona-Pandemie der Fall war. Die eigentlichen Entscheidungen waren bereits in den Ausschüssen und Fraktionssitzungen gefallen. Doch der nächste Punkt, der gerade aufgerufen worden war, hatte es in sich. Vor ihm saß Bundeskanzler Magilsky und lauschte mit scheinbar teilnahmsloser Miene den Ausführungen des Heimatministers, der mit einem seine Herkunft nicht verleugnenden Zungenschlag über Maßnahmen der Bundespolizei berichtete, mit denen der illegale Dokumentenhandel unter Flüchtlingen und Asylsuchenden eingedämmt werden sollte. In den vergangenen Wochen hatten Landes- und Bundespolizei gemeldet, dass ihnen bei der Überprüfung von Personalien schlicht die Zügel entglitten waren. Nicht nur in der Islamisten-, sondern inzwischen auch in der rechten, der linken und in der Umweltschützerszene wurden Identitäten hin und her geschoben und gewechselt. Niemand schien mehr den Überblick zu haben. In einigen heruntergekommenen Vierteln in Städten des Ruhrgebiets, im Süden Hamburgs und östlich von Berlin-Mitte hatten längst kriminelle Familienclans das Sagen und regelten die Rechtsprechung auf ihre Weise. Und die war nicht selten mit der Scharia und so mit dem Einsatz brutalster Gewalt verknüpft. Sogar zu Hochzeiten wurden Salven aus automatischen Waffen in die Luft geballert, in einigen Stadtteilen in Duisburg und dem Essener Norden war das schon normal. Doch was am schlimmsten war: Hinterher hatte keiner etwas gesehen. Flackerte das blaue Licht der Streifenwagen, gingen in den Häusern die Lichter aus. Keiner zuhause!

Die Oberfläche des großen Tisches war spiegelblank, nur wenige Akten oder Aktenmappen lagen darauf, in der Mitte zeigte eine Tischuhr mit vier Ziffernblättern die Tageszeit an. Vor dem Bundeskanzler stand eine große Glocke aus blankpoliertem Messing. Westermann hatte sie noch nie in Aktion gesehen, außer, wenn ein neuer Regierungschef für die Journalisten die erste Kabinettssitzung ‚anläutete'. Ansonsten schien es sich bei diesem Instrument um ein Relikt aus den Zeiten der guten alten Bonner Bundesrepublik zu handeln, die von vielen hier in den Ministerien und dem Parlament doch mehr betrauert wurde, als es der Öffentlichkeit wahrscheinlich lieb gewesen wäre. „... und da stoßen wir eben an unsere Grenzen, Herr Bundeskanzler“, beendete der Heimatminister seinen Vortrag. Er blickte den Bundeskanzler herausfordernd an. Es war ein offenes und immer wieder von der Presse genüsslich ausgeschlachtetes Geheimnis, dass die beiden sich nicht mochten. Westermann war es, als würde in die Gestalt vor ihm mit einem Schlag Leben zurückkehren. Magilsky parierte. „Und was wären unsere weiteren Handlungsoptionen, über die wir hier vielleicht noch nicht gesprochen haben?“, fragte er, während seine rechte Hand ausgebreitet in einem Bogen über die Vorlage fuhr, als würde sie dort Getreidesamen verteilen. Immer eine gute Antwort, dachte Westermann. Lässt keinen Rückschluss darauf zu, ob man den Ausführungen gefolgt war und zwingt den anderen erst mal zum Weiterreden.

Doch Westermann wusste, was nun folgen würde. Es war bereits längst Maxime der konservativen Politik und lief seit Wochen durch die Schlagzeilen. Der Minister selbst hatte es in Dutzenden Statements und Talkshows bekräftigt. „Wir müssen die Gangart nochmals verschärfen. Es gibt Bereiche, in denen Worte und gutes Zureden nicht mehr helfen.“ Er blickte sich um. Die Landwirtschaftsministerin, der Justizminister und die Verteidigungsministerin hatten genickt. Sogar der Außenminister, der sich wegen seiner Auslandsreisen oft von einem seiner Staatssekretäre vertreten lassen musste, heute aber zugegen war, blickte mit einer nicht mehr vollends ablehnenden Miene in seine Richtung. Andere Kabinettsmitglieder wagten kaum, den Blick von der Tischplatte zu heben. Es war zuvor bereits sondiert worden, wer aus dem Kabinett dem Vorschlag folgen würde und wer nicht. Bundeskanzler Magilsky nahm seine Lesebrille ab und rieb sich die Schläfe. Westermann, der etwas links hinter ihm saß, schlug nochmals die Beschlussvorlage auf. Las, was er vor vielen Jahren als junger Student gehofft hatte, niemals lesen zu müssen. Damals, als sogar in jedem Erzkonservativen ein weicher, roter Kern der Empörung gegen das Establishment schlummerte.

Sie hatten in den vergangenen Wochen hart darum gerungen. In den Kommentaren der Presse waren entsetzliche Vergleiche gezogen worden. Je hochwertiger der journalistische Stil des Blattes, umso mehr zeugten die Kommentare von historischer Weitsicht und waren nicht auf bloße Schreierei reduziert. Und tatsächlich, Westermann war sich dessen bewusst, würde ihre Bundesrepublik möglichweise in wenigen Augenblick nicht mehr die gleiche sein, die sie seit dem 23. Mai 1949, dem Tag, an dem Konrad Adenauer in Bonn als Präsident des Parlamentarischen Rates das Grundgesetz verkündet und damit die Bundesrepublik aus der Taufe gehoben hatte, stets gewesen war. Nämlich dann, wenn sich bei der Abstimmung mehr Hände hoben, als regungslos auf der Tischplatte verblieben. Es galt die einfache Mehrheit. Der Bundeskanzler atmete tief durch. Auch er war in den vergangenen Wochen das Thema immer wieder durchgegangen. Doch schließlich hatte er auf seine Berater gehört. Auch auf ihn, York Westermann. Hatte gehört, welche Meinung sein Staatssekretär vertrat. Hatte genickt. Abgewogen. Und diese Meinung schließlich geteilt – ohne auch nur im Geringsten zu ahnen, dass sein Berater in seiner Meinung beeinflusst worden war. Auf schlimmste Weise. Westermann hatte nach einigen schlaflosen Nächten vor dem Gedanken kapituliert. Sie hatten ihn in der Hand. Er wusste mittlerweile, wie die verhängnisvollen Fotos entstanden waren. Inzwischen hatte er auch mit Schrecken erfahren müssen, wer hinter dem namenlosen Bündnis stand, von dem ihm der mysteriöse Werheim berichtet hatte. Er hatte keine Chance. If you can't beat them, join them. Und war die Meinung, die er vor dem Kanzler vertreten sollte, schlussendlich nicht sogar seine eigene? Westermann fühlte sich nicht wirklich unwohl damit. Der Bundeskanzler sprach weiter. „Wir wissen, dass wir hier eine schwere Entscheidung treffen. Wir können die Schlagzeilen, auch der internationalen Presse, des morgigen Tages bereits ahnen. Doch wir haben uns alle mit dem Thema vertraut gemacht. Ich bringe diesen Tagesordnungspunkt nun zur Abstimmung."

Westermann hielt die Luft an. Zählte die Hände, die sich gehoben hatten. Erstarrte. Es war geschehen! Das Ergebnis war eindeutig. Vom morgigen Tag an – im entsprechenden Gesetzestext im Bundesanzeiger würde „mit sofortiger Wirkung" stehen – war die Bundesregierung befugt, nicht nur für einen kurzen Zeitraum, etwa im Falle eines Terroranschlags oder eines anderen inneren Notstands, die Bundeswehr im Innern heranzuziehen, sondern für dauerhafte Polizeiaufgaben. Die Zustimmung des Bundestags wurde nicht mehr benötigt, eine frühere Abstimmung zu diesem Thema hatte dem Parlament durch eine Änderung des entsprechenden Paragrafen 115a des Grundgesetzes, der die Feststellung des Verteidigungsfalles enthielt, bereits jede weitere Mitsprache versagt.

Westermann musste sich kurz schütteln und erstarrte. Ab morgen würde es zum Alltagsbild gehören, dass bewaffnete Feldjäger, Panzergrenadiere oder Fallschirmjäger auf den Bahnhöfen, Flughäfen und an belebten Punkten in den Innenstädten Wache schoben. Möglicherweise sogar mit gepanzerten Einsatzfahrzeugen. Wieder konnten Panzer mitten in Berlin stehen. Wie bei der Berlinkrise in den 1960er Jahren. Westermann atmete tief durch und wartete, dass sich seine Erstarrung löste. Sie waren auf dem Weg in eine Diktatur – und keiner schien es zu bemerken. Mochten ihr viele hinterhertrauern: Die Bonner Republik war vergangen. Endgültig.

Kapitel 11

Der Anruf, der sie an diesem Tag einen großen Schritt voranbrachte, erreichte Emde im späteren Verlauf des Vormittags. Er kam über die Zentrale der Polizeidirektion herein. Der Mann klinge so, als müsse er sich bewusst zurückhalten, orakelte die Kollegin in der Telefonzentrale. Emde war neugierig. Der Anrufer legte sofort los. „Nennen Sie auf gar keinen Fall meinen Namen, wenn Sie mich jetzt an der Stimme erkennen, okay?" Emde stutzte. Der Anrufer konnte beruhigt sein. Die Stimme sagte ihm zunächst nichts. Oder etwa doch? Offenbar musste der Unbekannte etwas loswerden. „Helfen Sie mir mal ... sonst kann ich Ihnen nicht helfen", erwiderte Emde unsicher. Doch dann fiel es ihm wie Schuppen von den Augen, als er plötzlich eine Assoziation von einem eng geschnittenen Designeranzug mit einem offenen weißen Hemd vor Augen hatte. Döhrenbach! Der schweigsame Sprecher von Prospersoil. „Ich glaube, wir sind uns vor einigen Tagen begegnet." Die Stimme an der anderen Seite der Leitung hatte jeden Anflug ihrer geschäftstüchtigen Jovialität, die Emde noch zuvor bei dem Termin in Kassel erlebt hatte, verloren. Döhrenbach klang tatsächlich gehetzt und danach, als müsse er sich bewusst unter Kontrolle halten. Wie ein wildes Tier auf der Flucht! Emde erkannte, dass es nicht mehr um den Austausch von Höflichkeitsfloskeln ging. „Sprechen Sie!" Döhrenbach atmete durch. „Nicht am Telefon. Und damit das klar ist: Das Handy, mit dem ich telefoniere, und seine Sim-Karte liegen in zwei Minuten für immer in tiefem Wasser."

Es folgte eine Pause und Emde befürchtete schon, Döhrenbach könnte aufgelegt haben, wie die Witwe von Carl Lieberknecht etwas früher an diesem Morgen. Aber dann war er doch noch dran. „Kennen Sie den Parkplatz an der Sperrmauer am Twistesee? Nicht den oben in Wetterburg, sondern den direkt am Campingplatz?" Natürlich kannte Emde den. Wie der Diemelsee und der Edersee zählte der Twistesee zu den typischen Ausflugszielen, an denen die Nordhessen gerne ihre Sommerwochenenden verbrachten. Kühles grünes Wasser und steile bewaldete Hänge gaben dem See zumindest auf Höhe des Strandbads Wetterburg das Aussehen eines Sees in Kanada. Bei der Eröffnung der Sperrmauer in den siebziger Jahren wurde auch gleichzeitig ein Café auf einer künstlichen Betoninsel – eigentlich ein 20 Meter tiefer Überlauftrichter – eröffnet. Damals wahrscheinlich pure Zukunftsmusik, verströmte der Pavillon nunmehr nur noch die lange vergangene Aufbruchsstimmung jener Zeit. Das Café darin gab es aber immer noch.

Der von Döhrenbach angesprochene Parkplatz befand sich in unmittelbarer Nähe. Gut gewählt, das musste Emde zugeben. Döhrenbach würde von Weitem sehen können, wer dorthin kam. Wenn es ihm nicht passte, konnte er sich ohne Probleme durch den Wald davonmachen, falls er ein ausdauernder und trainierter Wanderer war. „Okay. Wann?“ „In einer Stunde. Sagen Sie mir, mit welchem Fahrzeug Sie kommen.“ Emde schaute auf seine Uhr. „Das ist dann exakt 13 Uhr und 15 Minuten. Ich komme mit einem dunkelgrünen Skoda.“ Sein Privatwagen. Er nannte das Kennzeichen. „Bestätigen Sie das?“ Doch Döhrenbach hatte bereits aufgelegt. Erst jetzt bemerkte Emde, dass ihn alle aus seinem Team ansahen.

Schnell hatte Emde den städtischen Verkehr in Korbach hinter sich gelassen. Die Fahrt durch das Twistetal dauerte eine gute halbe Stunde, bis er Bad Arolsen erreicht hatte. Wolken waren am Himmel aufgezogen und schienen im Laufe des Tages Regen bringen zu wollen. Natürlich hatten ihn die Spezialisten aus der Technik verwanzt. Und zwar so, dass die Mikrofone auch aufmerksamen Krimifans nicht auffallen würden – die Zeit analoger Kabel war längst Vergangenheit. Doch er hatte darauf bestanden, allein zu fahren. Stefan Emde passierte das barocke Schloss Bad Arolsens und folgte der Landstraße in Richtung Twistesee. Schließlich erreichte er den am Seeufer gelegenen Ort Wetterburg. Döhrenbach hatte ihn zu einem Parkplatz am Rande eines großen Campingplatzes beordert. Emde vermutete, dass der Campingplatz nun, im Frühherbst, eher spärlich bewohnt sein dürfte. Doch er parkte sein Fahrzeug entgegen der Absprache wenige hundert Meter entfernt. Ein Trampelpfad verlor sich unter den Bäumen zwischen dichten Hecken und führte hinunter zum Ufer des Sees. Von dort konnte er den von Döhrenbach favorisierten Parkplatz zu Fuß über die Krone der Sperrmauer, die mehr wie ein begrünter Damm aussah, in wenigen Minuten erreichen. Der Vorteil dabei: Ihm, Emde, konnte bei einem plötzlichen Rückzug nicht der Weg abgeschnitten werden, aber Döhrenbach würde ihn erst im letzten Augenblick kommen sehen, weil er seine Aufmerksamkeit in eine andere Richtung lenkte. Denn vermutlich würde er den Weg hinab durch das Tal in Richtung Sperrmauer beobachten.

Emde schaltete den Motor ab und stieg aus. Es war windstill. Vorsichtig schloss er die Fahrzeugtür. Er war sich nicht sicher, wie weit das Geräusch einer zugeworfenen Autotür tragen würde. Sicher nicht über die Sperrmauer hinweg. Aber wer konnte das schon wissen? Es musste ja nicht sein, dass Döhrenbach befürchtete, er sei einer Verfolgung ausgesetzt. Kies knirschte unter seinen Schuhsohlen, als Emde auf dem Pfad durch die Hecken hinab zum Ufer ging. Dann lag der Twistesee mit seiner ruhigen Wasseroberfläche vor ihm. Zu beiden Seiten verlor sich das Ufer nach Süden hin in der Ferne, irgendwo dort rechts lag das Strandbad, von einigen Bäumen am Ufer verborgen. Nach links oben stiegen Hänge mit dichten Kiefern und Tannen an. Ein breiter Weg krönte die Sperrmauer. Das Café war geöffnet, aber soweit Emde sehen konnte, saßen keine Besucher an den Tischen. Er schaute auf seine Uhr. Es waren noch wenige Minuten bis Viertel nach eins. Mit gleichmäßigen Schritten ging er über die Sperrmauer, erreichte nach kurzer Zeit den anderen Uferbereich. Nun konnte er den kompletten Parkplatz überblicken. Es war exakt Viertel nach eins. Wo bist du, Döhrenbach? Emde sah kein Auto, das er mit dem agilen Pressesprecher in Verbindung gebracht hätte. Die wenigen Autos, die hier standen, gehörten auf den ersten Blick zur Camperszene: etwas ältere Kombis, Rostflecken hier und da, dreckverkrustet und mit verblassten Aufklebern und Mautvignetten, die an längst vergangene Reiseziele in Österreich, der niederländischen Nordseeküste oder im Bayerischen Wald erinnerten.

Erst jetzt fiel Emde das E-Klasse Coupé auf, das hinten am Waldrand stand. Der Fahrer stieg aus. Modischer Kurzmantel. Sonnenbrille, trotz der dichten Wolken. Unverkennbar Döhrenbach. Emde lenkte seine Schritte in diese Richtung. Sein Gesprächspartner musterte ihn und rührte sich nicht vom

Fleck. Dann, Emde war vielleicht noch gute 30 Meter entfernt, hörte er die Stimme des Pressesprechers. „Bleiben Sie stehen!" Emde blieb stehen. „Öffnen Sie Ihre Jacke und ziehen Sie sie aus. Handy, Uhr, Gürtel und Ihr Portmonee legen Sie dort zu Ihrer Jacke auf den Boden." Emde tat auch das, den Kopf schüttelnd. Offenbar hatte der Sprecher zu viele Krimis gesehen. „Ich bin alleine", rief Emde. „Ich bin nicht bewaffnet. Ihnen droht keine Gefahr." ... ‚zumindest nicht von uns' hätte er noch beinahe hinzugefügt. Er spürte, dass sein Gegenüber sich unter gewaltigem Druck befinden musste und sich bedroht fühlte. Döhrenbach winkte ihn mit einer Handbewegung heran.

Emde eröffnete das Gespräch ohne Verzögerungen. „Was versetzt Sie so sehr in Panik, Döhrenbach?" Die Zeit der Höflichkeit war endgültig vorbei. Der Bulle rief sich die Stimme des Staatsanwalts in Erinnerung: Ermittlungsergebnisse! Jetzt! Der andere nahm seine Sonnenbrille nicht ab. Er schien unschlüssig, wie er antworten sollte. Dann kam er unvermittelt zum Wesentlichen, so als habe Emde die Frage, die er zuvor bei dem Treffen in Kassel nicht beantwortet bekommen hatte, eben erst gestellt. „Lieberknecht wurde bedroht, ja." Er schaute zum See hinunter. Emde sah, wie sich das weiße Café in seinen dunklen Brillengläsern spiegelte. „Es war vor vielleicht drei, vier Wochen. Drei Männer lauerten ihm auf, als er abends an seiner Jagdhütte in diesem Kaff da aus dem Auto stieg." Das Kaff heißt Giebringhausen, dachte Emde. „Einer, der direkt mit ihm sprach. Zwei hielten sich im Hintergrund. Er sagte, das Gespräch sei fast schon freundlich gewesen. Die drei Männer waren gut gekleidet. Anzüge, offenbar gar nicht mal von der Stange. Aber sie seien von einer brachialen Rohheit wie Türsteher gewesen. Die beiden im Hintergrund hätten lange Jacken getragen, die jeweils rechten Hände seien in den Taschen verborgen geblieben." Döhrenbach atmete durch. „Lieberknecht war sich sicher, dass die Männer Schusswaffen trugen. Er wurde gebeten, in seinen Anstrengungen nicht nachzulassen." Emde verstand nicht. Gebeten, in seinen Anstrengungen nicht nachzulassen? „Was soll das heißen?" Döhrenbach schüttelte den Kopf. „Weswegen glaubte Lieberknecht denn, bedroht worden zu sein?" Emde sah Döhrenbach verständnislos an. „Ich habe keine Ahnung. Das Projekt können sie nicht gemeint haben. Oder vielleicht doch? Er sagte, er habe in der darauffolgenden Nacht vor Unruhe kein Auge zugemacht." Herrscher haben keine Angst, sie haben Unruhe, dachte Emde. Er fiel Döhrenbach ins Wort. „Was gibt es denn dort, weswegen man mit einer Waffe drohen muss?" Der Pressesprecher trat nervös von einem Bein auf das andere, dann schnaubte er verächtlich. „Was wissen Sie schon über das Projekt. Glauben Sie diesen ganzen Scheiß, dass man eine alte Erzgrube reaktivieren könnte?" Emde zuckte mit den Schultern. „Mensch, Emde, das ist doch alles nur Zirkus. Hollywood, damit die Leute nicht merken, worum es wirklich geht. Als Forschungsbergwerk hätte die Grube möglicherweise eine Zukunft, ja. Die Technik lässt sich für Lizenzen im Ausland gut zu Geld machen. Und vielleicht könnte die ganze Idee etwas werden, wenn die Preise auf den Rohstoffmärkten wieder deutlich anziehen. Aber nicht derzeit. Technisch nicht. Und finanziell, perspektivisch auf Gewinn ausgerichtet, auch nicht."

Emde lies die Worte sacken und runzelte die Stirn. „Aber was soll das Ganze dann?" Döhrenbach machte einen Schritt auf den Ermittler zu und nahm seine Sonnenbrille ab. Emde sah entsetzt, dass sich das Gesicht des Pressesprechers vollständig verändert hatte. Die Selbstsicherheit war vollkommen aus seinem Blick gewichen, hatte einer tiefen Unsicherheit Platz und Döhrenbach zu einem anderen Menschen gemacht. Die Pupillen flackerten und wanderten in winzigen Zuckungen hin und her, als würde Döhrenbach unter Einfluss eines starken Medikaments stehen. „Es gibt zwei Möglichkeiten, zwei Versionen dieser Geschichte." Er sah sich nochmals um, bevor er weitersprach. „Die eine ist Kobalt, Emde." Emde begriff nicht. „Kobalt?" Döhrenbach nickte verschwörerisch. „Kobalt. Wo es Erz gibt, gibt es ziemlich sicher auch Kobalt. Kobalt ist der Rohstoff der Gegenwart. Sie brauchen es für Lithiumbatterien, die Elektromotoren antreiben. Sie brauchen es für künstliche Gelenke, verdammt, die ganze Zukunft einer Industrienation, die sich wachsenden Wohlstand für ihre Bevölkerung auf die Fahne geschrieben hat, hängt davon ab, ob sie Zugang zu ausreichend Kobalt hat." Döhrenbach machte wieder einen Schritt zurück. Langsam begriff Emde. Es war, als hätte ihm jemand eine Ohrfeige verpasst. Das ganze Projekt der Wiederbelebung der Grube Christiane fuhr unter falscher Flagge. Vielleicht auch fiskalisch, also in den Augen des Finanzamts. Offiziell ging es um Erz. Doch inoffiziell wurde nach dem sehr viel wertvolleren Kobalt gesucht. Um keine Interessenten vorschnell auf den Plan zu rufen, die man später nicht mehr vom Verhandlungstisch wegsubtrahiert bekam, bewahrte man die offizielle Legende. Lieberknecht war da in irgendetwas reingetreten, das wie Hundedreck an seinen Fußsohlen kleben blieb. Emde fragte sich, ob auch die junge Geologin in den Plan eingeweiht war. „Was ist mit Dr. Vanderwalde?" Döhrenbach schüttelte den Kopf. „Sie arbeitet ja nicht in unserem Auftrag, sondern untersucht die Bedingungen vor Ort im Interesse der Gemeinde und des Bergamtes. Ihr Wissen ist das Wissen der Öffentlichkeit. Sie kann nur auf Akten zurückgreifen, die in den Ämtern liegen. Öffentlicher Dienst ..." Er schnaubte verächtlich. „Die sind doch noch lange nicht im 21. Jahrhundert angekommen. Nein, die Vanderwalde weiß nichts. Macht ihre Untersuchungen, sagt den Leuten, dass alles klar ist und dass das klappt und schwirrt dann hoffentlich wieder ab, bevor jemand merkt, dass da sehr viel mehr zu holen ist als nur Erz – und zwar, nachdem die Genehmigungen zum Abbau erteilt wurden."

Döhrenbach streckte sich wie ein zu Tode Ermüdeter. „Kennen Sie sich mit globaler Wirtschaftsgeschichte aus, Kriminalhauptkommissar Emde?" Emde verneinte die Frage und versuchte, den schnoddrigen Ton zu ignorieren. Er wusste nicht einmal genau, was das war: Globale Wirtschaftsgeschichte. „Als Mao Tse Tung in der Spätphase seiner Regentschaft behauptete, man solle sich mal keine Sorgen machen, mögen die anderen Nationen Kohle, Erz und Gold haben, China hätte eben Seltene Erden und Kobalt, da hat sich sein gesamtes Politbüro verwundert die Augen gerieben. Und der Rest der Welt eigentlich auch. Seltene Erden? Das kannte damals kein Mensch. Und heute? Heute sind Seltene Erden aus der Technologieproduktion nicht mehr wegzudenken. China hat das erst so richtig zur Wirtschaftsmacht gemacht. Und wissen Sie, wo heute zwei Drittel der Kobaltlager zu finden sind?" Emde wusste auch das nicht. In China? „Im Kongo", korrigierte Döhrenbach seine

Gedankengänge. „Und wissen Sie, wer da den Daumen drauf hat?“ Emde versuchte sein Glück erneut: „Die Chinesen?“ „Die Chinesen“, bestätigte Döhrenbach dieses Mal, immer noch im Oberlehrerton. „Durch das Projekt hier in dieser Gegend am Arsch der Welt hätte Prospersoil die Chance gehabt, seine Position als Globalplayer so richtig zu festigen. Wir hätten dem Reich der Mitte den Stinkefinger zeigen können.“

Der Sprecher hatte sich die Sonnenbrille inzwischen wieder aufgesetzt und deutete eine zu seiner Aussage passende Handbewegung an. Der Ermittler ignorierte, dass Döhrenbach seine Heimat gerade als Arsch der Welt bezeichnet hatte. Hatte er damit nicht auch ein Stück weit recht? Früher gehörte Mitteleuropa zum Zentrum der zivilisierten Welt, aber war das heute auch noch so? Sein Gegenüber sprach ungerührt weiter. „Wir waren richtig gut. Doch auf irgendetwas hat der alte Herr sich eingelassen. Irgendetwas, das ihm richtig Angst gemacht hat. Irgendetwas, das über diese Kobaltgeschichte hinausgeht. Und das nichts mit der Grube zu tun hat.“ Nach einer Pause ergänzte er: „Und ich habe keine Ahnung, was das sein könnte.“ Emde wartete ab. Döhrenbach hatte sich richtig in Rage geredet. „Ich habe mal vorsichtig bei unseren Controllern nachgefragt,“ redete er weiter. „Einfach mal so! Blöd fragen kostet ja nichts, oder?“ Emde sah den Sprecher regungslos an. „Mir war, als hätte ich mit meiner Fragerei ein Verbrechen begangen. Irgendetwas ist da, zu dem ich auch nicht vorstoße. Und das wäre die zweite Möglichkeit. Dass Prospersoil irgendetwas cofinanziert. Irgendetwas, von dem wir, Sie und ich und viele andere rechtschaffene Menschen schlaflose Nächte bekommen würden, wenn wir darüber Bescheid wüssten.“

Emde wartete weiter ab. Die Gerüchte, dass das Explorationsunternehmen außerhalb von Europa mit Geld dort nachhalf, wo Worte und guter Wille nichts mehr ausrichten konnten, waren bekannt. Doch in Deutschland? Dann frage er: „Wie haben Sie diese Geschichte erfahren? Das mit der Bedrohung meine ich. Hat sich Lieberknecht Ihnen offenbart?“ Döhrenbach nickte. „Er kam eines Abends in mein Büro. Dort hat er mir diese Geschichte berichtet.“ Emde runzelte die Stirn. Er war kurz vor der Sprach- und Fassungslosigkeit. „Und Sie sind nicht auf die Idee gekommen, mal zu fragen, was hinter dieser Bedrohung steckt?" Döhrenbach schüttelte den Kopf. „Mann, das war Lieberknecht! Das war der Alte! Wenn er über den Flur ging, wichen die Leute vor ihm aus und standen entlang der Wand stramm wie Kadetten vor dem Admiral. Da hört man gefälligst zu und fragt nicht nach. Das ist keine therapeutische Sitzgruppe bei irgendeiner verschissenen Psychotherapeutin."

Die beiden Männer schwiegen nun. Die letzten Worte waren so laut ausgespien worden, dass das Echo von der schweigenden Baumreihe des Waldrands zurückgeworfen worden war. Emde sah sich um, doch nirgendwo war weit und breit eine andere Person zu sehen. Der Ermittler fiel mit der Tür ins Haus. „Haben Sie Angst, Döhrenbach? Sie haben Angst, oder?" Die Frage hätte er sich eigentlich sparen können. Der Angesprochene nickte zögerlich. „Ja", sagte er. „Ja, ich habe Angst. Große Angst. Und ich weiß nicht, wovor genau und was ich machen soll." Auch er sah sich nun um. Seine Stimme wurde immer dünner und schien beinahe nur noch ein Flüstern zu sein. „Die haben Lieberknecht umgelegt. Die machen das einfach." Er schnippte mit den Fingern und schwieg dann für einige Augenblicke. „Für heute gehe ich nicht mehr zurück ins Büro. Ich weiß ja gar nicht, inwieweit mein Laden da involviert ist. Wer was weiß, wer mehr weiß, wer nichts weiß und wer nichts wissen darf. Und was passiert, wenn einer was weiß, was er nicht wissen sollte. Es wurde ja um vieles so ein verdammtes Geschiss gemacht. Döhrenbach, du darfst das nicht wissen wegen hundertprozentig glaubwürdigem Dementi und so." Er schnalzte missbilligend mit der Zunge. „Zum Kotzen ist das. Wir leben im 21. Jahrhundert und unser Laden hat Strukturen wie eine totalitäre Erbmonarchie." Emde dachte nach. Konnte er Döhrenbach irgendwie helfen? Doch es bestand ja noch nicht einmal ein konkreter Verdacht, ob und von wem eine Bedrohung ausging. Er spürte nur instinktiv, dass aus dem Mann für den Augenblick nicht mehr herauszuholen war. Döhrenbach wirkte nun tatsächlich erschöpft, wie es Menschen häufig sind, wenn sie sich von einer schweren Last befreit und sich vollkommen leer gequatscht haben. Emde war sich sicher, dass Döhrenbach die Wahrheit sagte und ihm keine Maskerade aufgetischt hatte.

Dazu war der drastische Unterschied zu dem eitlen Arschloch, das er am Vortag in Kassel kennengelernt hatte, zu groß. Dazu hatte der Ermittler auch genug Verhörpraxis. „Fällt es keinem im Büro auf, wenn Sie nicht da sind?“ Der Pressesprecher schüttelte abermals mit dem Kopf. „Ich habe einen Arzttermin als Grund für meine Abwesenheit angegeben. Und ich hoffe, dass mir bis hierher keiner hinterher geschnüffelt ist. Meine Handys liegen in meiner Wohnung. Das, mit dem ich Sie eben angerufen habe, liegt dort.“ Er zeigte auf den See. „Ich melde mich jetzt erst mal krank. Keine Ahnung, was ich machen soll.“

Aber Emde wusste, was zu machen war. „Sie machen weiter, wie bisher, Döhrenbach. Machen Sie Ihren Job. Sie wissen von nichts, haben nichts gehört, nichts gesehen und …“, Emde legte viel Gewicht in seine Stimme, „… haben vor allem von nichts eine Ahnung, klar? Dürfte Ihnen doch nicht schwerfallen.“ Der Prospersoilsprecher wirkte für einen Augenblick wie ein kleiner Junge, der nach einem bösen Streich Reue gezeigt und dafür nun die Absolution erhalten hatte. Er nickte und ignorierte die ironische Bemerkung des Kommissars. Oder hatte er sie gar nicht bemerkt? „Sie wissen, wie Sie mich erreichen?“, fragte Emde. Ein erneutes Nicken. Emde blieb noch einen Augenblick stehen. Er suchte nach aufbauenden Worten. Doch es gab nichts mehr zu sagen. Er wusste immer noch nicht, wie er Döhrenbach konkret helfen konnte. Emde drehte sich um und ging. Grußlos. Irgendetwas an dem Gespräch gefiel ihm nicht. Irgendetwas hatte er übersehen, dachte er, als er, ohne sich nochmals umzusehen, über die Staumauer zurück zum Parkplatz ging. Irgendwo war ein Webfehler im Logikmuster. Du sagst die Wahrheit, Döhrenbach – zumindest erzählst du das, was du für die Wahrheit hältst. Aber irgendetwas ahnst du auch, von dem du mir nichts berichtest, weil du es selbst nicht wahrhaben willst.

In Willingen, etwa 30 Kilometer weiter westlich, stieg Kleine in seinen Wagen. Die knapp anderthalb Stunden im warmen Wasser und ein paar Saunagänge hatten gutgetan. Er hatte nun richtig Appetit und erfreulicherweise keine weiteren Termine für den Tag. Er startete seinen Wagen und schaltete das Radio ein. Nachrichten. Die Bundesregierung hatte tatsächlich entschieden, den Einsatz der Bundeswehr im Inneren nicht nur bei Katastrophenfällen und Zeiten eines Inneren Notstands, sondern dauerhaft zu ermöglichen. In Zukunft durften die Soldaten nun Aufgaben der Bundespolizei und der Polizei der Länder wahrnehmen, wenn dies die Situation erforderte und die jeweilige Landesregierung es beschloss. Eine Zustimmung des Bundestages oder der Länderkammer war nicht mehr nötig.

Kleine wollte nicht glauben, was er da hörte, obwohl er es bereits befürchtet hatte. Er erinnerte sich an einen Text der Philosophin Hannah Arendt, den er mal gelesen hatte – seit seiner Studienzeit verehrte er die Vordenkerin der modernen Politikwissenschaft. Ein Portrait der großmütterlich mit gütigem Blick schauenden Frau stand im Bücherregal neben den Fotos seiner Eltern – Emde hatte mal einige Zeit davor verharrt, aber nicht gefragt. Vermutlich hielt er Arendt für eine lange verstorbene Patentante. Arendt hatte geschrieben, dass Streitkräfte, die unter einem Vorwand bewaffnet zu Aufgaben wie Schutz und Wahrung der öffentlichen Ordnung herangezogen werden, wo reguläre Polizeikräfte nicht mehr ausreichen, eines der ersten Merkmale dafür sind, dass sich ein Staat auf dem Weg in eine Autokratie befand – war es nicht so? Elemente und Ursprünge totaler Herrschaft, er hatte es während seines Studiums gelesen, erst lesen müssen, mit jeder Seite aber mehr lesen wollen. Ein furchtbar dicker Wälzer, sogar als Taschenbuch.

Kleine vermochte sich gar nicht vorzustellen, was nun in den Redaktionen der Zeitungen und Rundfunksender los war. Wahrscheinlich und hoffentlich wurden bereits die ersten kritischen Kommentare geschrieben. Auch wenn Paras der französischen Streitkräfte mit Sturmgewehr etwa unter dem Eiffelturm, Soldaten der israelischen Zahal an den Zugängen zur Altstadt von Jerusalem oder bewaffnete Nationalgardisten in vielen anderen Ländern schon lange Jahre Alltag waren und sich ohne Zweifel auch bewährt hatten, aber in Deutschland hatten plötzlich auf der Straße auftretende Militärkolonnen und Soldaten, die Zivilisten überprüften, keine gute Tradition. Dies war eben das Land, das dieses Thema etwas anders behandeln musste. Kleine war entsetzt, dass sich die Bundesregierung unter Kanzler Magilsky von diesem Credo offenbar entfernt hatte.

Im Radio wurde nun ein O-Ton des Heimatministers gebracht, der den Hörern versicherte, die Menschen in der Bundesrepublik würden sich sicher rasch an den Anblick von vor dem Brandenburger Tor postierten Soldaten mit automatischen Waffen gewöhnen und immerhin sei das doch auch der Sicherheit aller geschuldet. „Wir müssen den Gefahren des Terrors ins Auge sehen und dürfen keine Furcht haben, auch unsere Waffen zu zeigen“, tönte die Stimme mit bayerischem Akzent. Unsere Waffen zu zeigen. Kleine schaltete einen Sender mit klassischer Musik ein. Die Begegnung mit Thomas Bergmann am Abend zuvor ließ ihm keine Ruhe. Es gab formal eigentlich nichts, das seinen unmittelbaren Verdacht erregt hätte, aber Kleine spürte, dass der untergegangene Rechtsanwalt an diesem Abend auf einen Vorteil aus war, dem er durch eine Verstimmung im Rat nähergekommen war – und ihn auch bekommen hatte. Vielleicht war es so eine Art journalistischer Instinkt, der Kleine sagte, dass Bergmann irgendetwas über den Mord wusste, durch die Tat einem nicht genauer bekannten Ziel nähergekommen war. Nein, das wäre schon zu hoch gegriffen, dachte Kleine, aber sicherlich dies: Über Interessen verfügte, die mit dem Mord in Verbindung standen. Das traf es! Kleine dachte an Emde: Wem nützt es? Das hatte sich auch der Polizeibeamte gefragt. Aber für sich keine Antwort gefunden. Kleine beschloss, dem Unbekannten etwas intensiver auf die Pelle zu rücken.

„Und mehr war aus ihm nicht rauszukriegen?“ Nofri schüttelte ungläubig den Kopf. „Mehr war aus ihm nicht herauszukriegen“, wiederholte Emde bestätigend die Worte seiner Mitarbeiterin. Er war wieder zurück in der Polizeidirektion. „Doch ich finde, was wir nun wissen, ist eine Menge mehr als das, was wir noch heute Morgen hatten. Erstens“, Emde formte mit dem Daumen eine Eins, „wissen wir jetzt definitiv, dass Lieberknecht vor seinem Tod bedroht worden ist und zwar nicht nur durch einen verqueren Ökofuzzi im Gemeinderat.“ Der Zeigefinger kam hinzu. „Zweitens wissen wir, dass durch seinen Tod entweder verhindert werden konnte, dass Prospersoil Marktführer in Deutschland oder sogar globaler Marktführer wird, oder er jedoch, und das ist meine Vermutung und geht in Richtung von Döhrenbachs Überlegungen, aus dem Geschäft aussteigen und sein Kapital abziehen könnte."

Seine Leute saßen vor ihm und hörten ihm schweigend zu. „Denn alles, was Lieberknecht an Kapital in Prospersoil reingesteckt hat, ruht jetzt noch in dem Unternehmen beziehungsweise steht dem Unternehmen monetär zur Verfügung, richtig, Bangert?" Manchmal staunte er über sich selber. Monetär. Ich habe es wirklich gesagt, so als hätte ich Volkswirtschaft oder so etwas studiert. „Richtig", wiederholte sein Mitarbeiter. „Solange kein Angehöriger über das Erbe verfügen kann, ist Prospersoil in der Lage, damit zu machen, was es will." Emde nickte. „Und das wäre zum Beispiel?" Nofri meldete sich. „Die Untersuchungen an der Grube Christiane in Adorf weiterführen, auch wenn sie unrentabel sind?" Emde nickte nochmal, obwohl ihn dieser Vorschlag nicht überzeugte. Wozu sollte das gut sein? Aus Liebe zur Idylle am Diemelsee? Niemals. „Andere Ideen?" Keiner meldete sich. Emde ging langsam durch den Raum. „Stellt euch mal vor: Dr. Vanderwalde weiß angeblich nicht, dass in den Gesteinsmassen unter dem Abbaugebiet Kobalt zu holen ist. Die Frau ist immerhin Geologin, öffentlicher Dienst hin oder her, sie muss ja irgendwie doch davon Ahnung haben. Aber Prospersoil weiß das. Vielleicht haben sie das bessere Knowhow? Sie können sich einen ganzen Stab an Experten heranziehen, ohne dass es jemand mitbekommt."

Emde blickte aus dem Fenster. Wenn später im Herbst die Blätter von den Bäumen fielen, würde er schon bald von hier aus den Korbacher Eisenberg mit der Burgruine sehen können. In früheren Jahrhunderten wurde dort Gold abgebaut. Das begehrte Metall hatte der Stadt Korbach einen Wohlstand verschafft, der sogar zu ihrem Status als Hansestadt geführt hatte. Natürlich hatten die Korbacher damals versucht, ihre Funde so lange wie möglich verborgen zu halten, sie waren schlaue Leute. Ihm kam plötzlich eine Idee. „Ich muss mit ihr reden." Er wandte sich um. „Nofri, finde doch mal bitte raus, ob Dr. Vanderwalde derzeit an ihrem Untersuchungsobjekt in Adorf zu finden ist." Nofri nickte, griff mit einer Hand zum Telefonhörer und suchte mit der anderen aus den Unterlagen auf ihrem Schreibtisch die entsprechende Telefonnummer heraus. Emde deutete auf die Aktenordner. „Leute, wir müssen uns das nochmal anschauen. Und zwar richtig gründlich. Irgendwo da drin ist der Schlüssel zu unserem Mord. Ich habe nämlich den Verdacht, dass bei Prospersoil eine Menge Kapital geparkt ist, das eigentlich einem anderen Zweck als der Wiedererschließung einer alten Erzgrube dienen soll. Wir müssen wissen, ob das Unternehmen über Möglichkeiten verfügt, Geld in irgendwelchen Steueroasen verschwinden zu lassen. Und ich will verdammt nochmal wissen, wie hoch der Anteil von Lieberknecht an dem Unternehmen ist und wo sich diese Summe jetzt gerade befindet. Finden wir den Weg, den das Geld gehen könnte und sitzt da am Ende jemand, dem der Tod Lieberknechts nützt und der solvent und skrupellos genug ist, einen Killer anzuheuern, dann haben wir einen Verdächtigen. Fragt zur Not die Eoks-Leute und bittet sie um Unterstützung."

Eoks, von Eingeweihten so auch ausgesprochen, stand für die bürokratische Zauberformel ‚Sachgebiet-Ermittlungsgruppe Organisierte Kriminalität und Steuerfahndung' und war eine nach nordrhein-westfälischem Vorbild aufgebaute Sondereinheit aus Ermittlern von Steuerfahndung und Landeskriminalamt, die es vorzog, lieber in Deckung zu operieren. Ein damaliger Finanzminister des Nachbarbundeslandes mit dem Bindestrich hatte sich vor einigen Jahren als unbarmherziger Bekämpfer von Steuerhinterziehung hervorgetan und den Grundstein dieser Ermittlungseinheit gelegt, die dann später in Hessen ihren Ableger fand. In der Vergangenheit hatten die Fahnder schon so manches Steuerverkürzungsmodell identifiziert und den ‚Erfindern' mitunter langjährige Pensionsaufenthalte in staatlichen Einrichtungen beschert. Und sich damit natürlich in der Schattenwelt der Organisierten Kriminalität nicht nur Freunde gemacht.

Emde schaute wieder aus dem Fenster in Richtung Eisenberg hinaus. Um ihn herum hatte das andächtige Schweigen ein Ende genommen. Er hörte das Klicken der Tasten von PC-Mäusen und Zifferntasten auf Telefonen, seine Teammitglieder schauten mit konzentrierten Mienen auf ihre Bildschirme oder gingen Notizen durch. Emde wandte sich um, sein Blick fiel auf die Kaffeekanne von Bangert. Sein Kollege hatte einen dicken Ordner mit Bilanzen aufgeschlagen und griff sich gerade einen Taschenrechner aus der Schublade. Emde deutete auf die Kanne. „Ist da noch etwas drin?“

Während Kriminalhauptkommissar Stefan Emde seinem Kollegen ein weiteres Mal eine Tasse Kaffee abschwatzte, hatte Paul Kleine in seiner Hütte zwei Höhenzüge weiter im Norden bereits einen Becher mit dem dampfenden Gebräu vor sich stehen, während sein Laptop hochfuhr. Aus einer Angewohnheit aus früheren Jahren heraus zog er stets die Vorhänge hinter sich zu, wenn er am PC arbeitete. Zwar gab es jenseits des Panoramafensters hinter dem Sofa, auf dem er saß, weit und breit niemanden, der ihn hätte ausspionieren können: Der Blick fiel aus dem Fenster über eine weite Wiese hinab bis zu einem Kinderspielplatz und einem Bach. Erst jenseits davon standen die nächsten Häuser. Doch Kleine fühlte sich so sicherer. Niemand konnte ihn sehen.

Er überflog die neuesten Nachrichten. Kommentare zur jüngsten Entscheidung des Bundeskabinetts, erschreckend viele Journalisten, die das Vorgehen begrüßten. Sind wir eigentlich von allen guten Geistern verlassen? Die großen Blätter warnten vor einer Wiederholung der Geschichte. Auf der Webseite eines öffentlich-rechtlichen Senders lauschte Kleine dem Kommentar des neuen Hauptstadtkorrespondenten, eines jungen Mannes, der in Anzug und gedeckter Krawatte in sein Mikrofon sprach, während im Hintergrund die schwarz-rot-goldenen Flaggen auf den Ecktürmen des ehemaligen Reichstagsgebäudes einmütig im Wind über Berlin wehten und sich ein nicht nachlassender Strom von Besuchern über die spiralförmigen Zugangswege der Glaskuppel ergoss.

Nicht zu fassen, dachte Kleine. Dort, nur wenige Meter entfernt im Bundeskanzleramt, war eine Entscheidung getroffen worden, die ihn, Kleine, zumindest während seiner Zeit als Politikstudent sofort mit Krawall auf die Straße getrieben hätte. Im Moment musste er zusehen, wie das touristisch geprägte Berlin von dem historischen Ereignis offenbar überhaupt keine Notiz nahm. Alles ging weiter seinen Lauf. Der Korrespondent sprach von einer „harten Entscheidung", die das Kabinett sicherlich „maßvoll und mit Bedacht abgewogen" habe. Nun müsse man eben sehen, wie die „politische Vorgabe mit Leben gefüllt" werden würde, erst dann könne ein Fazit gezogen werden. Eine „zwingend notwendige Maßnahme" sei diese Änderung des Grundgesetzes allemal gewesen.

Kleine schüttelte den Kopf. Alles nur hohle Phrasen angesichts der Dinge, die so in Bewegung gebracht wurden. Es passte nicht zu den Worten des Heimatministers, der im Radio davon gesprochen hatte, auch mal die Waffen zu zeigen. Er klickte sich durch die weiteren Nachrichten.

In Deutschland waren wieder Jugendliche von Deutschen mit Migrationshintergrund verprügelt worden, weil sie auf offener Straße eine Kippa getragen hatten, dieses Mal in Beeck, einem Stadtteil von Duisburg. Nach Aussagen eines der Jungen war das Tragen der religiösen Kopfbedeckung mal wieder eine Mutprobe gewesen – keiner der Beteiligten war Jude. Und keiner Israeli. Die Kippa hatten sie bei einem Synagogenbesuch ihrer Schulklasse mitgehen lassen, inzwischen hilfloses und einfältiges Pflichtprogramm der Sekundarstufe 1. Anstelle einer wirksamen Aufarbeitung der Geschichte fielen den Lehrern nur Besuche von Synagogen ein. Die Beschuldigten zeigten sich keineswegs reuevoll. Während im Hintergrund feixende Teenager undefinierbare Handbewegungen machten, die sie sich offenbar bei irgendwelchen Rappervideos abgeschaut hatten, berichtete einer von ihnen in brüchigem Deutsch, in seinem Heimatland gehe man eben so mit den Juden um. Seinem Heimatland? Ist das nicht Deutschland? Kleine hielt es fast nicht mehr aus.

Er musste an die Schmierereien denken, die er vor einigen Tagen gesehen hatte. Auf den ‚Blaulicht'-Seiten im Internet las er die dazugehörige Pressemitteilung der Polizei. Eine weitere kurze Meldung der hessischen Polizei über einen Leichenfund in einem See, die oben rechts auf dem Bildschirm angeteasert war, überflog er nur kurz. Ein Unbekannter war offenbar ermordet und mitsamt einem Auto in einem See versenkt worden. Ihm war der linke Unterarm und beide Hände abgetrennt worden.

Kleine klickte einen Handelsblatt-Bericht an, der über steigende Rüstungsexporte nach Saudi-Arabien berichtete. Auch so eine bemerkenswerte Gesetzesänderung, die fast aus dem Nichts über die Deutschen gekommen war – und die scheinbar niemanden wirklich aufzuregen schien. Durch eine Lockerung der Auflagen für den Export von Rüstungsgütern konnten wesentlich mehr Waffen und Rüstungstechnik ‚Made in Germany' ins außereuropäische Ausland verkauft werden. Auch an heiklere Kunden wie die Saudis oder Warlords in ehemaligen Sowjetrepubliken, die sich gerne mit vergoldetem Colt zeigten und zu ihrem Geburtstag dümmliche Popstars für Privatkonzerte aus den USA einfliegen ließen.

Das Kriegswaffenkontrollgesetz ließ durch diesen aktuellen juristischen Dreh neuerdings zu, dass Waffen auch dann exportiert werden durften, wenn der Verdacht bestand, dass damit ein Angriffskrieg begonnen oder demokratische Bestrebungen im Inneren unterbunden werden könnten. Begründet wurde das mit der Sicherung von Arbeitsplätzen in Rüstungsbetrieben – immer ein gutes Argument – und der gestiegenen Gefahr durch Terrorismus. Wenn die Kontrolle eines Nachbarlandes zunehmend in die Hände von Islamisten oder anderen Terroristen fällt oder dessen Staatschef selbst unter eine dieser beiden Kategorien fiel, muss einem Staat eben die Möglichkeit gegeben werden, militärische Maßnahmen zu ergreifen, wurde ein Staatssekretär bei der Verabschiedung des Gesetzes zitiert. Seitdem erfreuten sich die sogenannten Dual-Use-Güter besonderer Beliebtheit: Produkte, die neben ihrem eigentlichen Nutzen noch einem militärischen Zweck dienen konnten. Etwa landwirtschaftliche Schädlingsbekämpfungsmittel, bei denen es nur auf die Höhe der Dosierung des Wirkstoffs ankam, ob damit lästige Insekten oder eben Rebellen und Demonstranten unschädlich gemacht werden konnten. Kleine nahm einen Schluck aus seinem Kaffeebecher. Er klickte sich zurück zu der Polizeimeldung aus Hanau. Abgetrennter linker Unterarm? Der ehemalige Journalist lehnte sich zurück und wärmte sich beide Hände an dem Becher, während er nachdachte.

Stefan Emde fand die Geologin nahe eines Bohrgestänges auf einer Hügelkuppe direkt über den alten Förderanlagen der ehemaligen Erzgrube. Die gesamte Anlage war vor einigen Wochen installiert und eingerichtet worden. Ein Bauzaun umgab sie. Techniker eines US-Unternehmens führten hier im Auftrag von Prospersoil Probebohrungen durch. Das Bohrgestänge, durch das der Bohrmeißel in den Fels getrieben wurde, ragte in den nunmehr blauen Nachmittagshimmel. Dr. Maria Vanderwalde trug einen Overall, einen blauen Bauhelm mit Gehörschutz, Handschuhe und eine Schutzbrille. Emde sah sie nahe der Stelle, an der sich offenbar das Bohrloch befand, in einem großen Zelt verschwinden, das jeden begeisterten Camper neidisch gemacht hätte. Es sah aus wie eine Miniaturausgabe der Festzelte, die Emde von Schützenfesten her kannte.

„Wer sind Sie und was wollen Sie hier?" Die Stimme klang so, als würde sie wenig Widerspruch dulden. Der Ermittler drehte sich um. Sie gehörte einem stämmigen Mann mit Latzhose und kariertem Hemd, der vor einem völlig verschmutzten Transporter mit geöffneter Seitenschiebetür stand. Offenbar ein Subunternehmer. Emde zog seinen Dienstausweis aus der Tasche. „Emde. Kripo Korbach. Ich muss mit Dr. Vanderwalde sprechen." Wortlos griff der Mann in den Transporter und warf ihm einen Gegenstand zu, den Emde im Reflex auffing. Ein weißer Schutzhelm. „Ist Vorschrift hier. Wer hier arbeitet, trägt Gelb. Wer hier arbeitet und was zu sagen hat, trägt Blau. Sie tragen Weiß." Emde setzte den Helm auf und deutete eine salutierende Handbewegung an. Blau also für die hohen Tiere und weiß offenbar für Besucher. Jedenfalls gehörst du nicht zu denen, die hier was zu melden haben, Bulle. Emde hatte den Wink verstanden.

Die Geologin fand er an einem Tisch, auf dem mehrere Gesteinsproben ausgebreitet lagen. Im Hintergrund stand eine monströse, metallisch glänzende Maschine mit einem anmontierten Schneidewerk, die wie ein Zentaur aus Kühlschrank und Kreissäge aussah. Vanderwalde hielt einen Gegenstand ins Licht einer starken Milchglaslampe, der Emde entfernt an dunkle Kirchenfenster denken lies. Mit kritischem Blick begutachtete die junge Frau das Objekt, machte sich Notizen auf einem Papier auf ihrem Klemmbrett, steckte das Stück, das Emde jetzt als fein geschnittene Gesteinsprobe erkannte, in eine Klarsichttüte und beschriftete diese mit einem schwarzen Filzstift. Dann erst entdeckte sie Emde. Der Ermittler zeigte seinen Dienstausweis ein weiteres Mal, doch er sah im Blick der Geologin, dass sie sein Gesicht vom Vorabend abgespeichert und ihn wiedererkannt hatte – trotz Schutzhelm auf dem Kopf. Er versuchte es zunächst mit einer Eisbrecherfrage und deutete auf den ‚Kühlschrank': „Ganz schönes Gerät. Was machen Sie damit?" Vanderwalde drehte sich um und schaute in Emdes Blickrichtung. „Das? Das ist ein Flachschleifer. Wir schleifen damit Gesteinsproben so dünn, dass Licht hindurch fällt und das Gestein trotzdem seine Struktur nicht verliert." Ich habe mich also nicht getäuscht, dachte Emde für sich. „So können wir präzise untersuchen, mit welchen Gesteinsarten wir es zu tun haben." Sie zeigte auf den Tisch, auf dem mehrere, offenbar katalogisierte Tüten lagen. „So wie dort."

Vanderwalde winkte lächelnd ab, als sie Emdes beeindrucktes Gesicht sah. „Lärmender Geologenalltag. Ich bin mir sicher, im Berufsalltag eines Polizisten gibt es sicher Spannenderes, oder?" Emde nickte beiläufig. Was auch immer sie damit meinen mag, dachte er. „Ziemlich teurer Spaß, das ganze hier", führte er das Gespräch weiter. „Prospersoil lässt sich die ganze Sause sicher einiges kosten, oder?" Die junge Geologin verzog das Gesicht als wäre sie mit einem wunden Zahn an kaltes Metall gekommen. Emde war offensichtlich in ein Minenfeld getreten. Über Kosten, wurde ihm schlagartig klar, wurde an anderer Stelle gesprochen. Vanderwalde selbst schnitt dann das Thema an, weswegen er hergekommen war. „Sie möchten mit mir über den Tod von Carl Lieberknecht reden, richtig?" Emde nickte nochmal. Die Wissenschaftlerin deutete mit der Hand auf den Zelteingang. „Gehen wir hinaus." Emde folgte ihr.

Die Nachmittagssonne schien auf die Wiesen rings um den Martenberg. Emde wusste aus eigener, auf lähmend öde Klassenausflüge zurückgehende Erfahrung, dass sie sich nun direkt über dem ehemaligen Abbaugebiet der Grube Christiane befanden. Unter ihnen, in 25 Metern Tiefe, verlief die erste Sohle der Erzgrube. Etwas tiefer, in 50 Metern, folgte die zweite. Und ganz weit unten, 75 Meter tief in der Dunkelheit und vermutlich mit Grubenwasser gefüllt, lag die letzte Sohle im Gestein des Berges. Nicht ganz so tief, sondern etwa auf Höhe der ersten Sohle verlief der Karl-Ludwig-Erbstollen, der heute zum größten Teil als Strecke für Besucher freigegeben war. Bei der knapp anderthalbstündigen Führung konnten die Gäste etwas Bergbauluft schnuppern. Emde wusste, dass die meisten froh waren, danach wieder an das Tageslicht zu kommen und die entsprechende Wärme zu spüren, denn in den Stollen betrug die Temperatur höchstens zehn Grad. Auch im Sommer.

„Also, was kann ich für Sie tun?" Emde blickte sich unauffällig um. Er wollte die junge Wissenschaftlerin nicht in Schwierigkeiten bringen. Allerdings würde sich der Besuch der Polizei auf der Bohrstelle rasch unter den Arbeitern herumsprechen. Er musste vorsichtig vorgehen, fiel dann aber doch mit der Tür ins Haus. „Was hatten Sie für einen Eindruck von Carl Lieberknecht? Wer könnte ein Motiv haben, ihn zu töten?" Vanderwalde sah ihn skeptisch an. „Huuh, das ist ja eine Befragung wie im Tatort. Wollen Sie auch noch mein Alibi zur Tatzeit?" Emde lächelte und schüttelte den Kopf. Die Frau gefiel ihm. Er mochte ihren direkten Humor. „Das wird vorerst wohl nicht nötig sein. Das hier ist auch kein Verhör oder so etwas." Emde spürte, dass er einen kleinen Spaß machen konnte, ohne dass es ihm direkt übelgenommen werden oder er die Gesprächsatmosphäre vergiften würde. „Wenn wir allerdings zu der Ansicht kommen, dass Sie uns nicht so ganz die Wahrheit sagen, lassen wir Sie vorführen." Nun lächelte Vanderwalde tatsächlich. „In Handschellen?" Emde nickte. „In Handschellen."

„Und mit Blaulicht?"

„Wenn es sein muss, meinetwegen auch das." Der Ermittler spürte, dass das Eis gebrochen war. Aber er spürte auch intuitiv, dass Vanderwalde nichts hatte, das sie ihm verheimlichen müsste. Dazu wirkte ihre Lockerheit zu ungezwungen. Wer etwas verbergen muss, verkrampft sich bei solchen Gesprächen für gewöhnlich, wenn er kein Profi im Lügen war. Nein, die Frau war sauber. Er glaubte, sich sicher zu sein. „Also", begann sie, „ich hatte nur zwei oder drei Mal Kontakt mit ihm. Ich war vergangenes Jahr im November bei einer Vorbesprechung bei

Prospersoil in Kassel. Wie Sie ja wissen, bin ich eigentlich vom Bergamt im Auftrag der Gemeinde damit betraut, die Bohrungen hier zu betreuen. Aber bezahlt wird die ganze Party von Prospersoil. Die wollten absolut nichts anbrennen lassen. Ein klinisch reines Unternehmen, dem man irgendwie den Hauptsitz im Ausland anmerkt." Emde hakte ein: „Den Hauptsitz im Ausland anmerkt? Was meinen Sie damit?" Vanderwalde setzte ihren Schutzhelm ab. Feuerrotes Haar fiel ihr um die Schultern. Wie gestern schon, ohne dass er es sich näher eingestehen wollte, fiel ihm auf, dass die junge Wissenschaftlerin äußerst attraktiv war. „Sie können den übrigens auch abnehmen", sagte sie und deutete auf Emdes Schutzhelm. Er tat, was sie ihm gesagt hatte. „Es ist so ein Spiel, das unsere Mitarbeiter und die von Subunternehmen gerne mit Besuchern spielen. Eine Hackordnung, die man den Leuten an den Helmen ablesen kann. Hat aber nichts zu bedeuten." Emde musste unwillkürlich grinsen. Vielleicht bekam er nochmal Gelegenheit, es dem Kollegen von eben heimzuzahlen.

„Was meine ich damit?", wiederholte sie dozentenhaft den Faden wieder aufgreifend. „Ich meine damit, dass Sie manchmal einem Unternehmen die Unternehmenskultur seines Gründungslandes oder die Persönlichkeit seines Gründers anmerken. Gucken Sie sich Siemens an, Bosch, die ganzen Global-Player aus Deutschland. Und vergleichen Sie die mit einem Unternehmen etwa aus China, das hier seinen Ableger hat. Es gibt irgendwie Unternehmenskulturen, die setzen noch sehr stark auf ihre tradierten Werte. Vielfach bringen sie Hochglanzbroschüren heraus, in denen Fotos aus den Gründungstagen zu sehen sind. Mitarbeiter sind nicht einfach eine menschliche Ressource, sondern werden noch in besonderer Weise geschätzt." Sie machte eine Pause, als wolle sie sich korrigieren. „Meistens jedenfalls." Emde musste an einen Unternehmer aus dem Süddeutschen denken, ein Produzent von Sportbekleidung, der in der Werbung immer wieder im dunkelblauen Zweireiher mit Einstecktuch zu sehen war und der was auf sich hielt, weil er, so die Werbung, alle Namen seiner Mitarbeiterinnen und Mitarbeiter kannte und Arbeitsplätze an der Abwanderung ins Ausland hinderte. In der Werbung war er dann stets zu sehen, wie er zwischen Reihen von Webstühlen hindurch lief, an denen ältere Mütterchen saßen und Sportleibchen nähten. „Sie meinen so etwas wie das klassische Unternehmertum mit einer Verantwortung für die Mitarbeiter?“ Vanderwalde nickte. „Bei Prospersoil ist das anders. Das Unternehmen soll Gewinn einfahren, nichts Anderes. Zu diesem Zweck wurden auch allerbeste Kontakte zur Politik gepflegt, ein ganz klassischer Lobbyismus ohne den es eben nicht geht. Beste Ausnutzung von Fördergeldern, Steuererleichterungen, das ganze Paket. Alles auf Kante genäht. Alle geben sich als große Teamplayer, als Familie, dabei wissen alle, dass das Lug und Trug ist. Jeder, der kann, verdient so viel Geld wie möglich und hält dabei die Augen auf für den großen Absprung.“ Sie machte eine Pause und blinzelte in die tiefstehende Herbstsonne. Emde dachte an das Gespräch mit Döhrenburg in Kassel. Und an Nofris Frage an Döhrenbach: Das heißt, Sie betreiben so eine Art Lobbyismus für diese Projekte?

In der Ferne waren die Höhenzüge des Hochsauerlands zu sehen, langgezogene bewaldete Bergrücken, die Dörfer versteckten sich in den Tälern. Die Einheimischen nannten diese Landschaft das Upland. Jeder, der es aus dieser Perspektive sah, verstand sofort, woher der Name rührte. Es sah aus wie eine unüberwindliche Barriere. Und für das aus Westen heranahende Wetter war es das oft auch. „Bringe ich jetzt irgendjemanden in Schwierigkeiten? Vielleicht sogar mich, wenn ich mit Ihnen so offen darüber rede?“ Emde schüttelte den Kopf. Er versicherte der jungen Frau, dass er vor allem die Hintergründe verstehen wollte, die ein mögliches Motiv ergeben könnten. Außerdem war sie ja nur ihrem Auftraggeber gegenüber zu so etwas wie Loyalität verpflichtet, oder? Das war ja nicht das Unternehmen. Prospersoil war nur der Geldgeber. Wie auch immer das funktionieren mochte. „Vielleicht war Lieberknecht auch so eine Art klassischer Unternehmer“, fuhr Vanderwalde fort. „Verantwortung, dieses ganze Philosophieren vom gerechten Handeln und der Rolle des Unternehmers für das Prosperieren seines Ladens. Auf der anderen Seite war er aber auch ein Banker, der selbst viel Geld verdient und es auch während der Finanzkrise nicht verloren hat. Im Gegenteil, er hat dabei sogar noch verdient.“ Emde stutzte und spitzte die Ohren. Dabei versuchte er, sich nichts anmerken zu lassen. Lieberknecht war ein Profiteur der Finanzkrise gewesen? Wie hatte das funktioniert? Warum waren seine Leute da noch nicht draufgekommen? Warum war das nicht schon längst Ortsgeflüster gewesen? Hatte Lieberknecht auf die richtigen Papiere gesetzt, als alle Kurse nur noch südwärts strebten? Er musste wohl Bangert windelweich prügeln. Aber woher wusste die Geologin das? „Woher wissen Sie das alles, Dr. Vanderwalde?“ Die Wissenschaftlerin sah ihn an. Dann wandte sie den Blick wieder ab, sah zu den fernen Hügeln, als würde dort über den Waldrücken des Uplandes die Antwort zu sehen sein. Der Wind strich über das Feld. Vom nahen Maisfeld erklang ein Rauschen in den Blättern. Es erinnerte Emde entfernt an aufbrausenden Applaus.

Nach einer scheinbar endlos langen Zeit hob Maria Vanderwalde den Kopf erneut. „Sie wissen, dass Carl Lieberknecht mit seiner Frau nur noch auf dem Papier verheiratet war, nehme ich an?“ Emde nickte. „Nun, dann wissen Sie sicher auch, dass Constanze Lieberknecht einen jungen Liebhaber hat.“ Torben Wagner, Emde nickte erneut. Den ‚Lederjesus‘ hatte Nofri ihn inzwischen getauft. „Können Sie sich vorstellen, dass Carl Lieberknecht deswegen aufhört, sich als, nun ja, als Mann fühlen zu wollen? Wissen Sie, was ich meine?“ Emde schaute betreten zu Boden. Er glaubte zu wissen, worauf Maria Vanderwalde hinauswollte. Sie gab die Antworten auf die Fragen, die er gerne stellen wollte, selbst im Voraus. Ihre Worte hatten auf einmal einen harten Unterton. Die Wärme aus ihrer Stimme war vollkommen einer durchdringenden unangenehmen Kühle gewichen. „Nicht, dass es zu irgendetwas gekommen wäre. Wenn ja, würde ich das hier vielleicht auch nicht sagen, nur im Zeugenstand einer Gerichtsverhandlung oder bei einer Vernehmung.“ Sie atmete durch. „Er blieb höflich. Aber das Werben war schon mehr als deutlich.“ Maria Vanderwalde suchte nach Worten. „Männer prahlen gerne, wenn es darum geht, eine Frau zu beindrucken. Darin unterschied sich der stinkreiche Carl Lieberknecht nicht von den Lederkutte tragenden Jungs hier in der Gegend.“ Sie lächelte. „Nur der Gegenstand ihrer Prahlerei unterscheidet sich.“ Emde blickte sie an. Er spürte plötzlich eine aufsteigende und doch irritierende Wärme in sich bei dem Gedanken, die Frau unbedingt fragen zu wollen, mit was man sie denn als Mann beeindrucken könne. Sicher nicht mit einem Heavy-Metal-Aufnäher auf der Kutte. Er verbot sich diesen Gedanken, denn gleichzeitig war er abgestoßen von den Ereignissen, die sie gerade schilderte.

Vanderwalde schien von seinen Gedankengängen nichts zu ahnen. „Eine GasGas Enduro beeindruckt mich aber leider genau so wenig, wie die Aussicht auf einen gemeinsamen Luxusurlaub in einem Ressort auf Mauritius oder ein Shoppingwochenende in New York in Begleitung eines finanziell und vielleicht auch sonst sehr potenten älteren Herren mit goldener Kreditkarte. Letzteres hat allerdings eher meinen Ekel hervorgerufen", fuhr sie fort und Emde beschloss, auf seine in Teilen bereits beantwortete Frage zu verzichten. War das wirklich so vorgekommen? Er konnte es kaum glauben. Lieberknecht als älterer Rosenkavalier auf vermeintlichen Freiersfüßen, das war eher eine ganz schlechte Satirenummer. Shopping in New York? Emde war kurz davor, sich zu schütteln. „Aber immerhin scheint er Ihnen dabei diese Dinge erzählt zu haben, von denen Sie berichtet haben. Gewinnbringende Anlagen." Maria Vanderwalde nickte und lächelte spöttisch. „Tja, er meinte vielleicht, es würde besonderen Eindruck bei mir schinden, dass er damals, als die ganze Bankenlandschaft weltweit zusammenbrach, den richtigen Riecher hatte. Und dass ich es irgendwie ganz cool finden würde, dass er noch mehr Geld gescheffelt hat, während an der Wallstreet Banker ihre Siebensachen in einen Karton packen und ihren Arbeitsplatz auf Nimmerwiedersehen verlassen mussten." Sie schwieg eine Weile, bevor sie ergänzte: „Er war an dem Abend ganz schön betrunken."

Maria Vanderwalde schwieg weiter. Dann sah sie auf. Sie wirkte, als würde sie sich plötzlich an etwas erinnern. „Ein kurzes Gespräch ist mir in Erinnerung geblieben." Emde horchte auf. Sie blickte zu den Bergrücken in der Ferne, schien aber auf keinen bestimmten Punkt fixiert zu sein. „Vor knapp drei Wochen, nach einem Ortstermin hier auf dem Martenberg, schwärmte er wieder davon, wie schön das sei, einfach auszubrechen, die Dinge hinter sich zu lassen und etwas ganz Neues zu beginnen." Pause. „Wissen Sie, was ich meine?" Emde schien sich nicht ganz klar zu sein, worauf die Geologin hinauswollte. „Es waren diese Art Gedanken, die jeder mal mit anderen teilt. Schafe züchten in Neuseeland, Whisky brennen in Schottland oder eine Buchhandlung in Brooklyn für schwule Geigenspieler eröffnen, so etwas, wissen Sie? Aber bei Lieberknecht klang das auf eine beunruhigende Weise ernst. Ich hätte meine Hand dafür ins Feuer gelegt, dass dieser Mann am liebsten sofort alle Brücken hinter sich abgebrochen hätte, wenn das möglich gewesen wäre. Die Kohle dazu hätte er ja im Überfluss gehabt, aber ihn hielt irgendetwas anderes hier." Wieder schwieg die junge Frau. Sie schien gesagt zu haben, was sie sagen wollte. Vanderwalde seufzte wie von einer Last befreit. „Wie schon erwähnt, er blieb höflich, holte sich den Korb ab, den ich ihm geben musste und blieb auch danach ein Kavalier", ergänzte sie. „Das habe ich bei Männern nicht immer so erlebt. Manchmal können sie nur schwer mit dem Gedanken leben, zurückgewiesen zu werden." Sie lächelte. „Ich hatte also kein Motiv, ihn erschießen zu lassen."

Sie schwiegen einige Augenblicke. Emde ließ ihr und sich Zeit, das Gesagte sacken zu lassen. Was die junge Frau berichtete, deckte sich passgenau mit den Drohungen, von denen Döhrenbach gesprochen hatte. Dann hielt er den Augenblick für günstig, die Geologin mit Döhrenbachs weiteren Äußerungen zu konfrontieren. „Dr. Vanderwalde?" Sie sah auf. „Wäre es möglich, dass Erz, vor allem mit Blick auf die derzeit geringen Weltmarktpreise, nicht das primäre Abbauziel dieser Untersuchung hier ist?" Er hatte gehofft, so etwas wie eine Reaktion der Überraschung oder des Erschreckens zu sehen, gleichzeitig hatte er es wiederum nicht gehofft, weil er die junge Frau, das war nun sein fester Entschluss, nie und nimmer in Schwierigkeiten bringen wollte. Stattdessen rollte sie gelangweilt die Augen. „Diese Geschichte schon wieder?" Sie schüttelte den Kopf. „Ich wette, das haben Sie von den Prospersoilern!" Prospersoiler, dachte Emde, offenbar war das hier der Baustellenjargon. „Sie liegen richtig mit Ihrer Wette." Vanderwalde nickte verschwörerisch. „Dazu möchte ich Ihnen mal etwas sagen. An dieser Geschichte ist absolut nichts dran. Ich weiß, dass einige hohe Stellen bei Prospersoil damit hinter vorgehaltener Hand hausieren gehen, um die Konkurrenz zu verunsichern. Vielleicht macht es sich auch ganz gut, um neue Investoren zu begeistern. Kobalt ist doch das sehr viel schickere Metall. Zukunftsträchtig. Absolutely up to date. Und ja, wo es Erz gibt, kann es unter bestimmten Voraussetzungen auch mal Kobalt geben, manchmal ist das nur eine Frage von zwei, dreihunderttausend Jahren, ein Wimpernschlag in der Zeitrechnung von Geologen." Sie machte eine Pause. „Aber nicht hier."

Es dauerte knapp zwei Stunden, bis Paul Kleine ein Dossier über Thomas Bergmann zusammengestellt hatte, das auch für ein gutes Portrait in einer der großen bundesweit erscheinenden Tageszeitungen getaugt hätte. Auf einem DIN A 4-Bogen hatte er ein Foto des Anwalts aus Frankfurt ausgedruckt und betrachtete es eingehend, während mittlerweile der dritte Becher Kaffee dampfend auf dem Wohnzimmertisch stand. Draußen waren Wolken aufgezogen und hatten die letzten Sonnenstrahlen des ehemals schönen Herbsttages erfolgreich vertrieben. Da sich der Tag dem Ende zuneigte, hatte Kleine beschlossen, dass es an der Zeit war, den Kaffee mit etwas Scotch zu verfeinern. In ein geschliffenes Glas neben dem Becher hatte er etwa anderthalb Finger hoch einen schottischen Single-Malt eingegossen, den er nun vorsichtig kostete. Das starke Getränk in den Kaffee zu gießen wäre ihm niemals eingefallen. Whisky musste einfach pur genossen werden. Sogar Eis oder kaltes Quellwasser war bereits eine Sünde.

Im Hintergrund spielte Till Brönner seine Version des Themas des Agentenfilmklassikers ‚Die drei Tage des Condor'. Der groovige Bass und die sanften Trompetenklänge bildeten einen wunderbar lässigen musikalischen Spaziergang entlang der Notenlinie des Themas. Kleine liebte diesen typischen Sound, der in den siebziger Jahren gerne als Untermalung in amerikanischen Polizeithrillern verwendet wurde. Er blickte wieder auf den Fotoausdruck. Thomas Bergmann hatte einen stechenden Blick, wache, braune Augen, eine hohe Stirn und sehr kurze Haare. Er wirkte trotz seines Alters in den tiefen Vierzigern jung, sportlich und dynamisch. Aus dem Blick, mit dem er in die Kamera schaute, sprach eine große durchdringende Intelligenz. Der Journalist kannte solche Leute. Als Gesprächspartner konnten sie bei anderen große Unsicherheit wecken, im Interview waren solche Typen die Katastrophe.

Kleine legte das Foto zur Seite und blätterte durch die Unterlagen, die er ausgedruckt und mit einer Heftschiene gebündelt hatte. Mit einem Textmarker hob er Details hervor, die er für wichtig hielt. Etwa, dass Bergmann bereits in der Schule – er hatte ein Gymnasium in Münster besucht – mit radikalkonservativen Ansichten aufgefallen war. Konservativ, nicht rassistisch oder antisemitisch, dachte der ehemalige Journalist. Also auch nicht verfassungsfeindlich. Aber immer in Sichtweite dieser Grenze, die er auch später im Zusammenhang mit seiner Parteitätigkeit ausgiebig bewandert hatte. Jedoch niemals, ohne Zweifel daran zu lassen, dass er es mit seinen politischen Absichten ernst meinte. Die Schmutzarbeit überließ er allerdings anderen. Und Kleine staunte, wer zu seinem Abijahrgang gehört hatte! Besonders eine Person, die später eine nicht eben einflusslose politische Karriere gemacht hatte. War das nie aufgefallen? Kleine schüttelte den Kopf, nahm einen Schluck Whisky und rief andere Artikel auf. Zahlreiche Presseberichte widmeten sich dem Aufbau der Nationalen Einheit, in dessen Zusammenhang auch mehrfach der Name von Thomas Bergmann fiel.

Eigentlicher Vorsitzender dieser unverblümten Rechten war ein tumber Regionalfürst mit Biergesicht, der schon bald nach dem verdienten inoffiziellen Ende der Partei in Streit und Chaos wieder in der Versenkung verschwunden war. Immer wieder hatte Kleine auch Leserbriefe oder andere Eingaben aus der Feder Bergmanns gefunden und sich bald der Meinung vieler angeschlossen, die ihn als eigentlichen Kopf hinter der politischen Strömung vermuteten. Aber weder fand sich irgendwo ein belastbarer Beleg, dass Bergmann tatsächlich der Strippenzieher der Nationalen Einheit war, noch fand Kleine irgendeine brauchbare Verknüpfung, die den Anwalt aus Frankfurt mit dem erschossenen Bankvorstand in Verbindung brachte. Wirklich negativ war Bergmann nur einmal aufgefallen, als er in einem Interview die Meinung vertreten hatte, der Gruß „Sieg!" ohne das entlarvende „Heil!" dazu sei doch eigentlich nicht verfassungsfeindlich und sogar durch das Grundgesetz und durch das Recht auf freie Meinungsäußerung gedeckt. Man solle doch bitteschön mehr als ein Menschenleben nach der NS-Zeit die Kirche mal im Dorf lassen. Es war dies zum Zeitpunkt der Äußerung ein allgemeingültiger Grundsatz der damals noch bestehenden Alternative für Deutschland, der AfD, die sich ebenfalls auf die Fahnen geschrieben hatte, man solle doch die Geschichte mal ruhen lassen. Einer ihrer äußerst mechanisch denkenden Parteifürsten hatte sich zu der Bemerkung verstiegen, das größte Verbrechen der Menschheitsgeschichte, der von den Deutschen verübte Massenmord an den Juden, sei doch nur ein „Fliegenschiss" der deutschen Geschichte. Der auf Bergmanns Äußerungen folgende Protest war stark genug, um ihn für jedes politische Amt zu diskreditieren. Er hatte sich zurückgezogen und war von der Bildfläche der Medien verschwunden.

Kleine lehnte sich zurück und nahm einen Schluck Kaffee, nachdem das Brennen des Whiskys abgeklungen war. Es musste eine Verbindung geben! Er erinnerte sich an das diabolische Grinsen des Mannes am Abend zuvor in der Ratssitzung. Ich habe sie nur noch nicht gefunden. Kleine wunderte sich, dass sich noch niemand seiner aktiven Ex-Kollegen diese Frage gestellt hatte. Nirgendwo war irgendein gehässiger Kommentar oder ein vor Schadenfreude triefender Meinungsbericht zu finden. Und Kleine wusste, wie böse manche Kollegen schreiben konnten, wenn es um die vermeintliche Verteidigung der Verfassung ging. Oder darum, dem einen oder anderen Politiker schmerzhaft auf die Finger zu klopfen. Scheinbar waren sämtliche Politikredaktionen froh, als sich dieses merkwürdige Parteigebilde, das auf dem Sprung war, für erhebliche Unruhe in der Parteienlandschaft zu sorgen, noch sozusagen in der Erprobungsphase auf Landesebene selbst fragmentiert hatte, noch dazu so richtig schön in der Mitte einer Legislatur, sodass die nächste Landtagswahl in Hessen wie ein unerreichbares Ufer außer Sicht blieb.

Kleine rieb sich nachdenklich das Kinn und nahm einen weiteren Schluck. Was aber, wenn die Auflösung nur vorgegeben war? Was, wenn die intelligenten Köpfe der Nationalen Einheit im Verborgenen weiter zusammen- und sich zuarbeiteten und nur darauf warten, dass der Zeitpunkt günstig wird, aus der

Deckung zu springen? Der Gedanke beunruhigte den Journalisten. Immerhin gab es für ihn nicht die Spur eines Zweifels, dass Bergmann im politischen Berlin nach wie vor gut vernetzt war. Auch wenn es niemand der Amt- und Würdenträger gerne zugeben würde. Er rutschte auf dem Sofa hin und her und überprüfte kurz, wann die nächste Landtagswahl in Hessen angesetzt war. Es dauerte nur noch ein Jahr. Was ihm aber immer noch fehlte, war der Zusammenhang mit dem Mord an Lieberknecht. Kleine spürte instinktiv, dass es einen missing link geben musste, ein Detail, das er übersehen hatte. Der Kaffee war ausgetrunken, der Ex-Journalist nahm einen tiefen Schluck Scotch, leerte damit das Glas und füllte sofort nach. Das starke Getränk lief ihm brennend durch die Kehle, die angenehme Wärme setzte sofort ein. Die gewünschte Benebelung auch.

Die Stimme meldete sich erst nach dem fünften Klingeln. Der Anrufer hörte starke Windgeräusche im Hintergrund. Statt eines Namens vernahm er nur ein kurzes, gebelltes „Ja!". Ein eindeutiger Hinweis darauf, dass er sich kurz zu fassen hatte. „Wo sind Sie gerade?", fragte er dennoch trotzig. „Auf Sylt", lautete die ruhige Antwort. Der Anrufer wusste, dass das nicht stimmte, nicht stimmen konnte. Es war ihm egal. Dem Angerufenen wahrscheinlich auch. „Wir haben möglicherweise ein Leck in der Zentrale", sagte er. „Der Kommissar könnte eventuell Zugang zu Informationen bekommen haben, die ihm ein schnelleres Vorankommen bei seinen Ermittlungen ermöglichen." Am anderen Ende der Verbindung wurde geschwiegen. Die barsche Stimme klang jetzt etwas kollegialer. „Können Sie konkreter werden?" Der Anrufer verneinte. „Lassen Sie uns in Berlin darüber sprechen." Ein Klicken, das Gespräch war beendet.

Der Anrufer überprüfte seinen Terminkalender. Sein Flug nach Berlin startete in zwei Stunden. Die angesprochene Zusammenkunft sollte morgen früh stattfinden, ein weiteres Gespräch in größerer Runde war für den morgigen Abend geplant. Er freute sich schon fast auf die Bundeshauptstadt. In der Oranienburger Straße gab es eine Kneipe, in der belgisches Starkbier ausgeschenkt wurde. Dort hatte er sich schon zu Studienzeiten hemmungslos betrunken. Gab es da nicht außerdem das Angebot dieser potenziellen Praktikantin für sein Büro, die sich mit ihm in Berlin treffen wollte, um ihn von ihrem Können zu überzeugen? Er hatte ihr Foto deutlich vor Augen. Unverschämt kesser Blick, lange offene Haare, die zugeknöpfte weiße Bluse auf dem Foto schrie nach derbem Aufriss. Yessica? Nun, auch der Name klang irgendwie nach einem guten Programm. Da gab es doch diesen Italiener nur wenige Türen von seiner Stammkneipe entfernt. Er überlegte. Wäre doch mal eine Gelegenheit, zu überprüfen, ob die junge Frau auch über andere Qualitäten als die in ihrem Anschreiben angegebenen verfügte. Über Spontaneität etwa. Der Abend in Berlin würde recht spät beginnen. Aber die Nacht im Anschluss daran wäre trotzdem noch lang genug. Der Mann überprüfte seine Kontaktdaten, tippte rasch eine Mitteilung. Zufrieden klappte er den Displayschutz seines Smartphones zusammen und setzte ein Lächeln auf. Informationsleck hin oder her, er wäre für den schlimmsten Fall, wenn es Schlag auf Schlag kommen sollte, aus der Schusslinie.

Kapitel 12

Auf der Heimfahrt nach Wirmighausen war Emde versucht, bei seinem Freund vorbeizufahren. Der Fall setzte ihm zu. Die Erlebnisse der jungen Geologin ebenfalls. Lieberknecht, der unsympathische Schwerenöter! Das war eine Rolle, die für viele hier in der Region noch so richtig ins Bild passen würde wie ein Puzzleteilchen, auf das sie lange gewartet hatten. Dass Lieberknecht ein Kriegsgewinnler der Finanzkrise war, ebenfalls. Dass er aber auch sympathische Seiten gehabt hatte, würde viele beschäftigen. Dass er ein Aussteiger war? Unvorstellbar! Der Kommissar entschloss sich trotzdem, nach Hause zu fahren. Er verriegelte seinen Wagen, ging durch den Vorgarten des Hauses, das er vor beinahe fünfzehn Jahren für seine Familie gebaut hatte – dessen Kellerräume in Teilen immer noch auf einen vernünftigen Wandputz warteten – und schloss die Tür auf. „Hallo Sheriff!“, rief Susanne fröhlich durch die angelehnte Küchentür, begleitet von Schlagermusik. Emde schätzte es nicht besonders, wenn seine Frau ihn „Sheriff“ nannte. Aber zuhause war es immer noch weniger schlimm, als wenn sie es in der Öffentlichkeit tat.

Bereits an der Tür duftete es gut. Seine Frau hatte eine vegetarische Moussaka gemacht. Fleischlose Küche war nun wirklich nicht das Ding für einen hart arbeitenden Ermittler, fand Emde. Ein kräftiger Eintopf nach nordhessischem Familienrezept oder ein frischgebackenes Brot mit der in der Region gerne gegessenen kräftigen Rotwurst, der ‚ahle Worscht‘, war eher nach seinem Geschmack. Aber wenn etwas scharf gewürzt war, wie Susannes Moussaka, dann konnte man schon mal einen Kompromiss eingehen. Emde öffnete die Tür und trat in die Küche. Es war ihm für einen Augenblick, als hätte er alle Sorgen und auch den Fall draußen vor der Tür gelassen. Es war hell, es war warm, ein Ort zum Wohlfühlen. Und seine Frau war da. „Hallo, mein Schatz“, flötete er, trat an den Herd und gab Susanne einen Kuss, bevor er den Schlagersender ungefragt durch einen Radiosender ersetzte, der auf Metal spezialisiert war. Schon röhrte die Stimme von Bruce Dickinson mit ‚The Trooper‘ durch die Küche. Susanne schaute ihn missbilligend an und schüttelte den Kopf. Iron Maiden war nicht ganz ihr Fall. Als Zugeständnis regulierte Emde die Lautstärke etwas herunter und setzte sich an den Küchentisch. Er hatte Hunger.

Der Airbus A319 näherte sich der Wolkendecke. Über den Wolken verging der Tag in einem phantastischen Licht, die Sterne strahlten bereits über der Maschine, im Westen war noch ein breiter Streifen Sonnenlicht zu erkennen. Mit blinkenden Positionslichtern tauchte der Jet in die Wolken ein. Der Flug von Düsseldorf hatte kaum mehr als eine Dreiviertelstunde in Anspruch genommen. Mit einem Kreischen fuhr das Fahrwerk aus und hakte mit einem Ruck ein, als unter den Tragflächen das Lichtermeer von Berlin auftauchte. Tief unten in den Straßen zogen die Lichter der Autoscheinwerfer in langen Ketten wie auf einer Schnur aufgereiht dahin.

Der Flughafen Willy Brandt blieb auch nach seiner Eröffnung eine Zukunftsvision der Vergangenheit. Schon im ersten Jahr nach seiner Inbetriebnahme erwies sich das Flachdach an vielen Stellen als undicht, Softwareprobleme im Gepäckverteilzentrum schickten Koffer der Passagiere in alle Winkel der Welt, nur nicht dorthin, wo sie eigentlich hinsollten. Passagiere hielten plötzlich Tickets zu Sitzplätzen in der Hand, die nicht zu ihren Identitäten und gebuchten Flügen passten. Panne reihte sich an Panne. Im Jahr zwei nach der Eröffnung reichte es den Verantwortlichen: Der bewährte Flughafen Tegel im Norden der Stadt wurde als Executive-Airport wieder in Betrieb genommen – bevor die Bundeshauptstadt am Ende nach einem immer wahrscheinlicher werdenden Supergau gänzlich ohne Flughafen dastehen würde.

Scheinbar schwerelos schwebte die Maschine über der Rollbahn des Flughafens ein, setzte auf und bremste ab. Die Fluggäste an Bord blieben zivilisiert, bis das Flugzeug seine Parkposition erreicht hatte. Doch kaum flammte die Kabinenbeleuchtung auf und die Anschnallzeichen erloschen beim automatischen Gong, lösten alle ihre Gurte und sprangen auf. Überall wurden Deckenklappen geräuschvoll geöffnet, Trolleys hervorgezerrt und Mobilfunktelefone eingeschaltet. Pieptöne überall in der

Kabine gaben Kunde davon, wie viele Kurznachrichten während des kurzen Flugs verpasst worden waren.

Den Fluggast auf 16A kümmerte das alles nicht. Er musste auf seinem Fensterplatz nicht aufstehen, um jemanden durchzulassen und wusste, dass die einzige Person, die gerade auf ihn wartete, das auch noch länger tun würde. Als sich die Anzahl der Passagiere in der Kabine auf ein annehmbares Maß reduziert hatte, stand er auf, nahm seinen Trolley und seinen Mantel aus dem Gepäckfach und ging zur Tür. Die beiden in hellblaue Uniformen gekleideten Stewardessen an der Tür lächelten ihm zum Abschied servil zu. Hinter ihnen, durch die geöffnete Cockpittür, konnte er vor den beleuchteten Instrumentenanzeigen Kapitän und Copilot erahnen, die bereits die Checkliste für den letzten Flug des Tages zurück nach Köln durchgingen. Ein Flughafenmitarbeiter mit Signalweste, den Gehörschutz locker um den Hals gelegt und einem Klemmbrett in der Hand, schien ihm dankbar, dass auch er jetzt endlich das Weite suchte.

In den Hallen des Airports erwartete den Fluggast das für Berlin fast schon vertraute Chaos. Für ihn hatte der Flughafen Tegel bei jedem Besuch etwas von der naiven Glückseligkeit der achtziger Jahre, als Berlin noch geteilt und alles Politische eine Ordnung hatte, die streng zwischen Innerem- und Äußerem trennte. Als die Politik noch mächtiger war, als die Konzerne. Er trauerte dieser Zeit hinterher. Die Globalisierung hatte große Opfer verlangt. Die Wiedervereinigung auch, wie er zugeben musste. Schnell bahnte er sich einen Weg durch die Besuchermassen und eilte zu den Taxiständen nach draußen. Eine lange Reihe von Fahrzeugen mit gelb leuchtendem Taxischild auf dem Dach wartete vor dem Terminal auf Besucher. Als er sich einem näherte, sprang der Fahrer heraus, um ihm mit seinem Gepäck zu helfen. „Das geht schon, danke“, murmelte der Passagier, wuchtete den kleinen Koffer auf den Rücksitz und stieg hinterher, bevor er, sich anschnallend, sein Telefon aus der Sakkotasche nestelte. Der Taxifahrer schaute ihn mit dunklen Augen durch den Rückspiegel an. „Wohin soll es denn gehen?“ Der Blick des Fahrgastes wanderte von den Augen im Spiegel auf das beleuchtete Schild am Armaturenbrett. Der Vorname des Mannes war Dilian. Ein kurdischer Vorname, wie der Passagier registrierte. „Restaurant Enzo“, er überlegte einen Augenblick und fügte dann die Adresse dazu. „Monbijouplatz.“ Der Fahrer setzte ein gar nicht mal so falsches Lächeln auf. Endlich mal ein Fahrgast, der sich nicht nur zur nächsten U-Bahnstation am drei Kilometer entfernten Kurt Schumacher-Platz fahren lassen wollte, zum ‚Kurtschi‘, wie der Platz im Slang vieler Berliner hieß. Der Mann auf der Rückbank wählte über Kurzwahl eine Nummer. Die weibliche Stimme, die sich meldete, klang aufgekratzt. „Ich bin gerade erst gelandet und sitze im Taxi, es dürfte noch so knapp zwanzig Minuten dauern“, sagte er. „Wenn Sie wollen, bestellen Sie doch direkt für mich schon mal mit, Yessica. Ich darf Sie doch Yessica nennen?“ Ein glockenhelles Lachen ertönte. Er bekam zumindest auf seine Frage keine Abfuhr und nannte seinen Speisewunsch. Die Karte von Enzo kannte er nahezu auswendig. Verdammt, dachte er, während sich das Taxi in den Abendverkehr einfädelte. Ich bekomme schon beim Klang ihrer Stimme eine Latte! Wenn Yessica nicht panisch die Flucht ergreifen, sondern gleich immer noch brav am Tisch sitzen würde, wäre der Abend endgültig gerettet.

Kleine hatte eine weitere Flasche Whiskey geöffnet. Ein Bourbon dieses Mal, ein Produkt aus den USA, dessen Genuss eine ziemlich splendide Angelegenheit war seit der Einführung der Strafzölle eines amerikanischen Präsidenten, der viel auf einem Kurznachrichtenkanal getönt, gehasst und geschimpft hatte und dann doch sang- und klanglos das Weiße Haus über Nacht räumen musste. Kleine war das mittlerweile egal. Er kippte die ersten zwei Schlucke ohne Zögern die Kehle hinunter. Seine Gedanken kreisten weiter um Bergmann und seinen Verdacht. Je tiefer er in die sozialen Netzwerke einstieg und Nachrichten las, die dieser Thomas Bergmann geschrieben hatte, bevor die Spur erlosch und es still um ihn zu werden schien, umso mehr hatte er den Eindruck, dass der Schreiber in jeweils völlig unterschiedlichen Stimmungslagen zu schreiben schien. Der Ex-Journalist blickte reumütig auf die Flasche Bourbon mit dem schwarzen Etikett. Dann goss er sich nochmal nach. Egal für heute, dachte er. Kleine fiel immer stärker auf, dass der Stil, den Bergmann in die Tasten haute, wenn er Dinge wie etwa Presseberichte oder

Meinungen kommentierte, zwar in sich eine kompakte Einheit bildete. Bergmann sagte nicht „Hü“ und dann wiederum „Hott“. Seine Meinung blieb die Gleiche und die Kommentare schienen auch aufeinander aufzubauen und sich zu entwickeln. Aber Kleine, der viel las und viel geschrieben hatte, kam es so vor, als schrieben da vier, nein fünf Bergmanns. Einzelne Satzkonstruktionen deuteten auf einen völlig unterschiedlichen Erfahrungshintergrund beim Schreiben hin. Hatte er, Kleine, in seiner aktiven Berufszeit das nicht auch den Volontären der Westdeutschen Gazette immer wieder beizubringen versucht? Leute, findet euren eigenen Stil! Schreibt nicht so, wie ihr gerne schreiben würdet, weil es die anderen tun. Lest viele Klassiker und Sachbücher, macht euch selbst Gedanken und arbeitet an eurer persönlichen Schreibe!

Kleine sah immer noch den damaligen stellvertretenden Chefredakteur bei einem Workshop hinten an der Wand sitzen und bedächtig nicken. Vollbart und Brille mit gefühlten Glasbausteinen als Gläser. Ein unscheinbarer Typ. Aber was für eine Edelfeder! Guter, präziser Stil. Dabei hatte der Mann den größten Teil seines Berufslebens noch in der ‚Bleizeit' verbracht. So nannten Journalisten unter sich die scheinbar lange zurückliegende Ära, als Computer noch die Größe eines Kühlschranks hatten und alles von Hand per Schreibmaschine getippt und dann in Bleidruckvorlagen auf die Druckwalzen gespannt wurde, bevor die gewaltigen Rotationsmaschinen angefahren wurden. Er erinnerte sich noch, wie sie an einem Dienstagnachmittag im September des Jahres 2001 in der Redaktion gesessen hatten und die Ausgabe für den darauffolgenden Tag bereits mit viel Bundes- und etwas Landespolitik zusammengeklöppelt war. Man regte sich in diesen Tagen über die zerschossenen Buddhastatuen von Bamiyan auf. Böse Taliban! Aber eine Bedrohung? Die durchgeplanten Seiten der Ausgabe hingen bereits für die Spätredaktion auf große Bahnen gedruckt an den Klemmschienen. Und dann trafen die ersten Nachrichten aus New York ein. Im späteren Verlauf des Abends war es ihnen das erste und einzige Mal freigestellt, ob sie in der Redaktion, in der ein striktes Alkoholverbot galt, einen Schnaps oder zwei trinken wollten.

Oft fragte Kleine sich, ob die Nachrichtenwelt heute einem weiteren 11. September gewachsen wäre. Wahrscheinlich nicht. In der heutigen Welt wäre es schlicht unmöglich, zwischen Wahrheit und Lüge zu unterscheiden. Kurznachrichtendienste würden wahrscheinlich sofort die Regie übernehmen, die Spekulationen – und gezielt falsch gestreute Informationen – würden die Dinge ins Kraut schießen lassen – bevor das Internet wegen Überlastung zusammenbrach. Kleine nahm einen weiteren Schluck Bourbon. Er musste sich zusammenreißen und sich auf diesen Bergmann konzentrieren. Kleine drehte das geschliffene Glas nachdenklich in seiner linken Hand, während er auf den Bildschirm starrte. Je mehr er las, desto stärker festigte sich die Erkenntnis: Entweder ist der Mann vollkommen schizophren und vereint vier, fünf verschiedene Persönlichkeiten in sich ...oder da schreiben mehrere unter dem Namen Thomas Bergmann!

Kleine dachte nach und fröstelte trotz der angenehmen Innentemperatur und der reichlichen Menge an Alkohol, die er getrunken hatte. Dann fasste er Mut. Vor vielen Jahren, als Halbwahrheiten und schlichte Lügen im Internet zunehmend zu einer Gefahr für den guten Journalismus wurden, hatten sie in den Redaktionen begonnen, bei Recherchen mit den gleichen Waffen dagegen zu halten. Verdeckte Recherche hart am Rande der Legalität. Kleine war bis zum heutigen Tag stolz darauf, dass er nie gehackt oder das Gesetz gebrochen hatte, um an Informationen zu kommen, die er für einen Nachrichtenscoop brauchte. Aber er kannte den Werkzeugkoffer in- und auswendig, der dazu notwendig war. Es war ihm bis heute ein Rätsel, wie leichtsinnig Nutzer, auch und vor allem Prominente, mit ihren persönlichen Informationen im Internet umgingen. Sie änderten Identitäten in sozialen Netzwerken – ohne darauf zu achten, dass der Uniform Ressource Locator, die URL, die vermeintlich gehüteten Geheimnisse weiterhin preisgab, wenn man wusste, wonach man suchen musste. Kleine suchte nach dem Facebookprofil von Bergmann. Und stellte ohne große Verwunderung fest, dass es zwar offiziell nicht mehr aktiv, aber über die URL immer noch auf den Namen des Politikers eingetragen war. Eine Überprüfung der RedID, sozusagen der persönlichen

Identifikationsnummer der Seite in der URL, brachte Gewissheit. Der Journalist musste sich zwingen, über den albernen Namen nicht zu schmunzeln, den Bergmann seinem Profil nun gegeben hatte – er nannte sich nunmehr ‚Skippy B'. Bescheuerter Idiot. Natürlich war der Zugang für Nichtfreunde ‚Nichtfreunde!' gesperrt. Aber auch hier kannte Kleine einen Trick. If you can't beat them, join them! Bald hatte der Journalist eine Liste von Personen, mit denen ‚Skippy B.' via Facebook befreundet war. Nicht die Klarnamen natürlich, aber immerhin deren Nutzernamen. Er gab sich einfach als einer der ihren aus, hatte sich ein Profil mit einer gefälschten Legende und einem echt aussehenden und auch bei elektronischer Überprüfung wasserdichten Foto von ‚Thispersondoesnotexist' angelegt, einer Seite, die bei jedem Zugriff eines Nutzers ein neues Gesicht einer nichtexistierenden und auch an keiner anderen Stelle im Netz auftauchenden menschlichen Person generierte. Es war erschreckend, wie täuschend echt die Gesichter inzwischen aussahen, die auch von keinem Scanner als Fälschung entlarvt werden konnten. Kleine lächelte eine junge Frau von vielleicht 25 bis 30 Jahren mit langen braunen Haaren an. Fordernder, aber keinesfalls heranschmeißender Blick. Er schrieb ein paar Zeilen, die auf einen intellektuellen, etwas distanzierten Hintergrund schließen ließen. Akademikerin, mehrere Jahre im Ausland, daher wenig bekannt, multilingual mit kulturell gut gefülltem Background. Ein Profil, auf das sie einfach anbeißen mussten. So hatte er sich bei allen gemeldet – bis einer, der nicht genau hinsah, die Anfrage bestätigt hatte. Und schon war Kleine drin. Natürlich waren auch dort keine Klarnamen zu finden. Aber auch diese Personen hatten Fehler gemacht und sich die URL ihrer Seite nicht genau angeschaut. Und die RedID auf diesen Seiten waren wiederum der Schlüssel zu weiteren Informationen, die schließlich zu realen Personen wurden.

Kleine erstarrte jedes Mal, wenn er zweifelsfrei eine mehr oder weniger im Licht der Öffentlichkeit stehende Person identifiziert hatte, die mit Bergmann in Kontakt war und fragte sich zunehmend, was sich hinter dem mysteriösen ‚D Beyond' verbarg, auf das er immer wieder stieß. Ein Name, den man eigentlich einer Soulcombo aus den USA oder einem angesagten Discjockey aus Asien zugeordnet hätte, in diesem Fall war es offenbar eine Vereinigung mehrerer Nutzer. Beinahe sämtliche Profile, zu denen Kleine sich nun versuchte, Zugang zu verschaffen, waren in irgendeiner Weise mit ‚D Beyond' verknüpft. Er gab den Namen bei Google ein – kein Ergebnis, fast schon klar. Dann kam ihm eine andere Idee. Er schnitt ein älteres Foto Bergmanns so zurecht, dass es wie ein Passbild aussah und las es bei ‚Pimeyes' ein. Es gab verschiedene Plattformen im Internet, die mit Gesichtserkennungssoftware arbeiteten, darunter auch die russische ‚Yandex', die mit in Europa nicht zugelassener Software arbeitete. Kleine hielt ‚Pimeyes' für die zuverlässigste. Leider auch für die teuerste. Ihm konnte das egal sein. ‚Pimeyes' arbeitete tadellos und listete innerhalb kürzester Zeit alle im Netz befindlichen Fotos auf, auf denen das eingegebene Gesicht zu sehen war. Was manchmal, wenn es sich um Personen mit Sonnenbrille und starkem Schattenschlag im Gesicht, am Strand oder im Schnee fotografiert, auch ein Schlag ins Wasser sein konnte, weil einfach keine sicheren Ergebnisse geliefert wurden.

Aber in diesem Fall, das Foto zeigte Bergmann bei einem seiner letzten öffentlichen Auftritte beim Ortsverein seiner Partei im nordbayerischen Miltenberg, war Kleine zuversichtlich. Für einige Sekunden drehte sich die Eieruhr. Dann erschienen eine Reihe von Fotos auf dem Bildschirm. Und Kleine erstarrte trotz der gehörigen Menge Whiskey, die er getrunken hatte.

Am Ende war es doch nicht so ganz der Abend, den er erhofft hatte. Der Mann ging zu Fuß durch die Oranienburger Straße zur U-Bahnstation Oranienburger Tor. Es war spät geworden. Inzwischen hatte es geregnet und die nassen Pflastersteine des Gehwegs verursachten bei jedem Schritt ein knirschendes Geräusch. Ab und zu konnte er, nach links blickend, die beleuchtete Kugel des Telespargels im Nachthimmel über der Stadt sehen. Telespargel – so nannten ältere Berliner immer noch liebevoll den Fernsehturm am Alexanderplatz. Sie hatten viel erzählt, viel gelacht. Ja, es war auch persönlich geworden. Yessica war eine Juraabsolventin von einer unglaublichen Attraktivität. Was auch daher rührte, da war sich der Mann sicher, dass sie über einen klaren, wachen Geist verfügte. Nicht so ein Karrieredummerchen wie die, von denen er immer wieder angeschrieben wurde und die sich auch gerne schon beim ersten Mal abschleppen ließen, wenn er einen schnellen Karriereaufstieg in Aussicht stellte. Er hatte für seine Abenteuer eine gute Vorsorge getroffen. Ein nahes, sehr gutes, hochpreisiges und daher auch sehr diskretes Hotel. Man kannte ihn dort, er brachte, so die Legende, stets kurzfristig sein Team verstärkende Mitarbeiterinnen unter und sprach mit ihnen in der Ruhe des Zimmers noch letzte Details vor dem ersten Arbeitstag durch. Ob jemand auf der anderen Seite des Rezeptionsdesks diese Fassung ernsthaft glaubte, war ihm egal – die Legende war wasserdicht. Er bezahlte das Zimmer stets im Voraus per Smartphone. Die Dame konnte die ganze Nacht bleiben, während er das Weite suchte, sobald es sich gefahrlos machen ließ. Und er auf seine Kosten gekommen war. Auf das ganze Drumherum konnte er verzichten, dann ging es eh schnell. Kontrolliere stets die Situation. Lass dich nicht von anderen umparken! Das wurde ihm damals schon während der Jahre in der Jugendorganisation seiner Partei eingetrichtert. Aber hier war das etwas anderes. Yessica war an diesem ersten Abend eine uneinnehmbare Festung geblieben. Sie hatten versprochen, sich nochmals zu treffen, er wollte sich wegen ihrer Bewerbung um einen Praktikumsplatz in seinem Büro bei ihr melden. Irgendwann gibst du deine stolze Haltung noch auf, Fräulein, dachte er sich. Inzwischen hatte er die Untergrundbahn erreicht und fuhr in seine eigene Wohnung in der Genter Straße in Wedding. Keine besonders gute Gegend, aber er mochte das Baklava dort um die Ecke an der Luxemburger Straße und die Wohnung war klein und funktional. Eine Schlafgelegenheit für Parlamentarier, mehr nicht. Von diesen Behausungen gab es viele in Berlin. Sehr viele.

Als die gelben Waggons die U-Bahn-Station verließen, googelte der Mann seine Gesprächspartnerin des heutigen Abends. Bald füllten Fotos von ihr in verschiedenen Altersstadien das Display seines Smartphones. Ein Abifoto, eines auf einer Freundesuchmaschine, leicht verpixelt. Sie hatte mal Basketball gespielt, auch dazu gab es Fotos. Und auch ein Profil bei einem Karriereportal, sie konnte jetzt wahrscheinlich sehen, dass er sich ihre Angaben anschaute. Es war ihm egal. Alles stimmig. Der Mann wischte den Anflug eines unguten Gefühls, das ihn direkt nach dem Hauptgang beschlichen hatte, wieder weg. Sicher war doch nur eine der Muscheln in seinen Spaghetti del Mare nicht mehr gut gewesen. Kein Grund zur Panik!

Als Paul Kleine erwachte, dämmerte der neue Tag bereits über dem Güremberg, dem Hausberg von Wirmighausen, heran. Der Schlaf war nicht schlagartig beendet, vielmehr hatte Kleine das Gefühl, aus einer sehr tiefen, dunklen Wasserschicht langsam in heller werdende Gefilde aufzusteigen. Erst nach und nach nahm er seine Umgebung war. Nicht allmählich, sondern mit einem Schlag setzten dagegen die dröhnenden Kopfschmerzen und der Kater ein, bevor die vergangene Nacht wieder in sein Gedächtnis trat. Es war einfach zu viel Alkohol. Es ist immer zu viel Alkohol, mahnte eine Stimme in ihm, die ihm nur allzu bekannt vorkam. Langsam setzte er sich vom Sofa, auf dem er offenbar auch diese Nacht verbracht hatte, auf. Sein Blick fiel auf die Bourbonflasche. Zu Dreivierteln leer. Und es war nicht nur diese eine gewesen. Kleine grunzte und kämpfte einen Anflug von Übelkeit nieder, der sich aus der Magengegend nach oben kämpfen wollte. Mit tapsigen Schritten durchmaß er das Wohnzimmer bis zur Stereoanlage, verglich kurz zwei Aufnahmen miteinander. Lionel Hampton? Eher nichts mit Vibrafon, die hellen Töne könnten zu sehr schmerzen. Dann doch lieber ein Soloalbum von Bill Evans. Als Augenblicke später das elegant dahinfließende ‚Here's that rainy day' des amerikanischen Jazzpianisten durch den Raum schwebte, tapste Kleine wieder zurück zum Sofa, breitete die Decke über sich aus und versuchte, einen klaren Gedanken zu fassen. Er erinnerte sich an seinen Gedankengang, Bergmann könnte im Internet als eine Person erscheinen, aber von mehreren Personen geschrieben werden. Völlig abstrus eigentlich, wessen Interesse sollte damit wie verfolgt werden? Und doch wusste Kleine aus eigener Erfahrung, dass Pressestellen von Ministerien oder populäre Politiker, die sich gerne mit dem Ruhm der Digitalisierung schmücken und stets als „on" erscheinen wollten, Heerscharen von diensteifrigen Mitarbeitern beschäftigten, die zu allem und jedem eine Meinung unter dem Siegel einer Person in die sozialen Netzwerke einspeisten. Doch wenn dem so war – und Kleine glaubte mit zunehmendem Tageslicht vor den Fenstern, dass es nur eine Spinnerei von ihm war – wer könnte daran ein Interesse haben? Stark geprägte Meinungsäußerungen gegen jeden liberalen Trend der Bundesregierung, dabei der permanente Ruf nach einer Verschärfung der Gesetzte – Bergmann gab den radikal konservativen Guerilla. Doch welches Ferninteresse steckte dahinter? Welchem großen Ganzen sollte das dienen? Kleine dachte weiter nach. An und für sich war es ja nicht verboten, Ghostwriter für Kurznachrichten zu nutzen. Bei Leserbriefen war das schon etwas anderes, aber die wurden für gewöhnlich vor dem Abdruck von der Redaktion hinterfragt, indem der Schreiber angerufen und geklärt wurde, ob er auch derjenige sei, der den Brief geschrieben hat. Kleine erinnerte sich auch noch an seine weiteren Entdeckungen des Abends, an die er sich nicht erinnern wollte. Er ging seine Notizen durch und amüsierte sich, wie die Sicherheit seiner Schrift mit zunehmendem Alkoholpegel im Blut immer mehr ins Reich der Legasthenie abkippte. Der Schluss waren unleserliche, kindliche Kritzeleien. Genau da schließlich las er seine andere Überlegung des gestrigen Abends. Las die ausgedruckte Pressemitteilung. Las das Stichwort ‚D Beyond'. Überlegte kurz, ob er den Gedanken wirklich seinem Freund und Kriminalisten mitteilen sollte, oder ob er sich damit vollkommen lächerlich machen würde. Und traf eine Entscheidung.

Die Kollegen nahmen sichtbar Abstand zu ihm. Stefan Emde registrierte es mit einer stillen Freude. Er wusste, es lag an dem reichlichen Knoblauchgehalt der Moussaka seiner Frau. Ist nur der Neid. Keiner kann so gut kochen, wie du, Schatz. Auch Bangert hatte sich bei dem Gespräch eben vor der großen Pinnwand mit Fotos, Landkarten, Zeitungsberichten und Stecknadeln mit bunten Köpfchen, die sie mittlerweile in ihrem Großraumbüro stehen hatten, ständig verlegen weggedreht, wenn er, Emde, mit ihm gesprochen hatte. Emde hatte für einen Augenblick überlegt, Bangert rund zu machen wegen der fehlenden Infos zu Lieberknechts Gewinnen während der Finanzkrise. Doch der arme Teufel litt genug am Aroma, dass ihn nun umgab. Emde verschob es auf ein anderes Mal. Der gestrige Abend hatte ihm geschmeckt. Ganz ohne Fleischzusatz! Und Susanne hatte dazu noch einen Imiglykos auf den Tisch gezaubert, den sie beim Discounter entdeckt hatte. Gemeinsam hatten sie sich den griechischen Rotwein für vier Euro neunundneunzig schmecken lassen, als wäre es ein hervorragender Edeltropfen. Kleine Inseln der Freude für Emde, die er sich bewahren wollte. Das Telefon klingelte. Er blickte auf das Display und nahm ab. „Vorsicht, ich stinke heute nach Knoblauch." Er sagte es bewusst so laut, dass seine Leute um ihn herum das mitbekamen. Bangert sortierte gerade etwas an seinem Schreibtisch und drehte sich mit einem kurzen Schmunzeln um. „Und ich habe eine Alkoholfahne, magste mal riechen?", kam die Stimme aus dem Hörer. Emde winkte ab, auch wenn der andere die Geste nicht sehen konnte. „Setz dich so bloß nicht hinters Steuer, du weißt, dass ich dienstlich dazu verpflichtet bin, dich darauf hinzuweisen." Emde wartete, bis das Gelächter am anderen Ende der Leitung abgeebbt war, und blickte sich im Büro um, wer gerade in Hörweite war, bevor er mit gesenkter Stimme fragte: „Was gibt es?"

In der Küche hatte Kleine inzwischen einen Espressokocher auf den Herd gestellt. Würziger Kaffeeduft erfüllte den Raum. Es ging ihm schon deutlich besser. Er blickte auf den Ausdruck der Pressemitteilung. „Deine Kollegen aus Hanau haben gestern Morgen eine Leiche in einem Auto aus einem See gezogen. Der Typ war wohl ziemlich mitgenommen, sicher kein Unfall. Jemand hat sich an ihm zu schaffen gemacht. Jemand, der wohl gewusst hat, wie man eine zügige Identifikation, von einem DNA-Test mal abgesehen, erschwert." Emde nickte. Er hatte ebenfalls gestern von dem Fall gelesen. „Und?" Kleine nahm einen Schluck Espresso. „Und? Ich glaube, deine Kollegen da unten in Südhessen haben unseren Täter gefunden". Emde erstarrte. „Das ist nicht dein Ernst!?!" Er versuchte, sein Stimmvolumen unter Kontrolle zu halten. „Das ist nicht dein Ernst", wiederholte er etwas leiser. „Woher willst du das wissen?" „Ich weiß es nicht. Nenn es einfach so eine Art journalistischen Instinkt." Kleine nahm einen weiteren Schluck aus dem Kaffeebecher, während er den Wunsch unterdrückte, sich das Getränk mit etwas Alkoholischem zu verfeinern. „Augen ausgestochen,

Hände abgeschnitten. Hatte er noch sein Gebiss? Es stand nicht in der Pressemitteilung, aber ich wette, der Junge hatte auch keine Zähne mehr, mit denen er leichter zu identifizieren gewesen wäre. Und außerdem war der linke Arm bis zum Ellenbogengelenk abgetrennt gewesen." Emde überlegte, über welche Quellen Kleine verfügte. Denn die Dinge, von denen er sprach, waren nicht Bestandteil einer gewöhnlichen Pressemitteilung. Als ehemaliger Journalist verfügte er möglicherweise über Zugangsmöglichkeiten zu Presseinformationen mit vertraulichem Hintergrund, die er „unter Dreien", wie Journalisten sagten, bezog. So etwas gab es manchmal, wenn damit eine Berichterstattung unterstützt wurde, die zu einem größeren Fahndungserfolg führen würde. In Polizeikreisen sprach man von ‚Täterwissen'. Aber die Schlussfolgerungen, die Kleine zog, blieben Emde trotzdem schleierhaft. „Okay. Aber wieso meinst du, dass der Kerl der Täter ist?" Kleine atmete durch. Er würde nach diesem Telefonat eine Wanderung nach Adorf machen. Vier Kilometer zu Fuß zum Bäcker – er kontrollierte mit einem kurzen Blick durch einen Gardinenspalt nach draußen das Wetter – durch einen schönen, nebligen Frühherbsttag. Das würde ihm guttun. Er versuchte, nicht zu sehr wie ein Dozent zu klingen. „Emde, denk doch mal nach. Rechte Hand. Schmauchspuren?" Und Emde an der anderen Seite der Telefonleitung dämmerte es. Gleichzeitig fühlte er sich etwas düpiert, weil er selbst nicht auf das Naheliegende gekommen war. „Aber da ist noch etwas anderes", fuhr Kleine fort. „Manchmal hatten Söldner in früheren Zeiten die Angewohnheit, sich Tätowierungen direkt auf die Innenseite des Unterarms stechen zu lassen. Auf langen Patrouillenmärschen, wenn sie ihre Waffen mit zwei Händen umklammert trugen, eine Hand im Deutanschlag vorne am Lauf nahe der Mündung, die andere, die rechte, in der Nähe des Abzugs, waren diese Tätowierungen bei hochgekrempelten Ärmeln immer in ihrem Blickfeld. Andererseits blieben sie bei angelegten Armen bei der Musterung den strengen Blicken des Unteroffiziers verborgen. Nicht, dass es so eine Art Tradition gewesen wäre. Aber es kam immer mal wieder vor." Emde nickte bedächtig. Das machte Sinn. Er würde sich sofort mit dem Kollegen in Hanau in Verbindung setzen und um nähere Informationen bitten.

Sie trafen sich auf einer Wiese in der Hasenheide. Alle trugen Sport- oder zumindest Freizeitbekleidung, Jogginganzüge, mal mehr, mal weniger auffällig bedruckt. Zwei waren ernsthaft mit ihren Hunden da, hatten die Leinen ganz kurz gezogen, doch die Köter schienen sich zu verstehen, beschnupperten sich und wedelten mit der Rute. Der Mann blickte in die Runde. Einige kannte er. Zwei sogar ziemlich gut, sie hatten offenbar kein Problem damit, dass sie hier für alle anderen ihre Identität preisgaben. Etwas abseits und rauchend stand ein Staatssekretär aus dem Verteidigungsministerium, der kürzlich wegen der Aufweichung des Kriegswaffenkontrollgesetztes in die Schusslinie der Presse geraten war. Er sprach mit einem Kollegen aus dem Bundeskanzleramt. Beiden sah man ihren hohen Rang dank der lächerlichen Laufklamotten nicht an. Feel free! stand in krakeliger Graffitischrift auf dem Sweatshirt des anderen und der Mann musste schmunzeln. Tja, wir fühlen uns so frei, diesen Scheiß hier zu machen. Das Treffen auf dem Grünstück im Süden von Berlin in unmittelbarer Nähe des ehemaligen Tempelhofer Flugfeldes war anberaumt worden, weil niemand von ihnen sicher sein konnte, dass ein gemeinsames Treffen in einem Konferenzraum nicht von irgendwem hinterfragt worden wäre. Oder es am Ende Abhörmöglichkeiten gegeben hätte. Diese Zusammenballung von mitunter hochrangigen Personen wäre niemals unbemerkt geblieben. Sie waren alle Entscheidungsträger. Dieser Ort in der Hasenheide bot sich sehr gut zu einem vertraulichen Gespräch an. Selbst wenn eine Polizeistreife sie hier gesehen hätte – sie waren hier die Guten, denn die Beamten hielten hier in der Regel eher Ausschau nach dunkelhäutigen Männern mit Rastalocken die – ebenfalls in Sportbekleidung, allerdings der etwas billigeren Sorte – auf der Suche nach Kundschaft waren. Oder auf der Suche nach Opfern. Denn die Hasenheide im Süden von Berlin war als Drogenumschlagplatz bekannt.

Die sieben Männer und zwei Frauen hatten jedoch nichts zu befürchten. An zwei verschiedenen Eingängen und möglicherweise nichts voneinander ahnend standen Fahrer von Dienstlimousinen mit Personenschützern, die ihre ‚Kundschaft' auf deren eigenen Wunsch in die Freiheit einer kleinen Laufrunde über das ehemalige Tempelhofer Flugfeld entlassen hatten. Dem Mann schien es, als seien alle bemüht, Abstand voneinander zu halten. Man taxierte sich mit prüfenden Blicken, die dann unsicher die Umgebung absuchten. Zwar kannten sich alle auch auf dienstlicher Ebene. Doch keiner der Anwesenden war sich bisher unter den Umständen begegnet, die sie hierhergeführt hatten. Daher schien sich auch keiner hier so richtig wohl zu fühlen. Keiner, bis auf die beiden Frauen, die mit geradezu feindseligen Blicken neben einem sportlichen Endvierziger standen. Der Betrachter der Szene kannte den Namen dieses Mannes. Sie alle kannten den Namen. Doch er, er war mit dieser Person sogar zu Schule gegangen. Ihre Blicke trafen sich, prüften scheinbar die Befindlichkeit des anderen. Der Endvierziger nickte fast unmerklich, räusperte sich nun und hatte sofort die Aufmerksamkeit der restlichen Umstehenden. Für einen Augenblick war nur das Rauschen des frühherbstlichen Windes in den Bäumen zu hören. „Sie wissen, warum wir hier zusammengekommen sind", sagte er ohne einen weiteren Gruß. Er wartete einen Augenblick ab, bevor er weitersprach. „Sie wissen auch, was am Sonntag in Nordhessen geschehen ist." Wieder eine Pause. Der ein oder andere nickte bestätigend. „Sie alle haben sich bestimmt die richtigen Gedanken dazu gemacht. Ich möchte betonen, dass das, was passiert ist, absolut nötig war. Auch wenn es nicht unser ursprüngliches Ziel war." Der Mann sah mit ernstem, beschwörendem Blick in die Runde. „Die Ausübung von Gewalt war nicht unser primäres Ziel. Aber die Botschaft musste so platziert werden, dass sie auch verstanden wird. Wir sind eine große Gruppe und die von uns ins Auge gefassten Veränderungen greifen langsam. Sie haben das alle gemerkt, waren alle auf die eine oder andere Weise involviert. Ich weiß, dass nicht jeder von Ihnen von Beginn an die nötige Begeisterung empfunden hat, doch Sie haben sich im Laufe der Zeit überzeugen lassen." Er ließ die Worte nochmals bei seinen Zuhörern einsickern, bevor er weitersprach. Jeder wusste, was mit *überzeugen lassen* gemeint war: Erpressung. Androhung von Gewalt. Mitunter auch Tätlichkeiten. Plötzlich hatte das geliebte und mit viel Mühe restaurierte Mercedes-Cabrio aus den sechziger Jahren in Flammen gestanden, tja, so ein Pech. Manchmal war es auch noch weniger appetitlich, auch das war zu dem einen oder der anderen durchgesickert.

„Was geschieht, geschieht zum Wohl unseres Vaterlandes und zum Wohl der Menschen, die hier leben und rechtschaffen sind", sprach der Mann weiter, „zum Wohl Ihrer Wählerinnen und Wähler, wenn auch nicht aller. Sie alle haben Ihren Machiavelli gelesen: Zum Wohl vieler müssen manchmal einzelne leiden." Der andere Mann, der zuhörte, sah einige nicken. Besonders der Staatssekretär des Bundeskanzleramts hatte eine nachdenkliche Körperhaltung eingenommen und nickte beifällig mit einem Ernst, als würde er der Begräbnisrede eines guten Freundes lauschen. „Sie alle haben vielleicht mitbekommen, dass die Kriminalpolizei in Nordhessen sehr umfassend ermittelt. Wir konnten das so nicht voraussehen. Wer jetzt aussteigen möchte, sollte das tun. Es gibt keinerlei nachweisbare Verbindungen zwischen uns und dem, was dort geschehen ist. Sie sind alle in Sicherheit, wenn Sie jetzt das Weite suchen möchten." Der Redner sah nochmals in die Runde. „Anderenfalls sind Sie ab jetzt sozusagen Mitverschwörer. Ich sage Ihnen, dass das, was dort passiert ist und vielleicht noch passieren wird, mit unserem Wissen und unserer uneingeschränkter Billigung geschieht. Denken Sie nicht, dass das eine Art Staatsstreich ist. Das ist nicht der Fall. Wir müssen nur an unsere Zukunft denken. Denken Sie bitte auch an sich. Wenn Sie das Gefühl haben, Sie müssten das Wissen, das wir alle teilen, weitergeben ..." Er machte eine Pause. „Nun, Sie wissen ja jetzt, dass wir auch über die Fähigkeit verfügen, für so etwas Spezialisten zu engagieren."

Fast schien es, als liefe ein Zucken durch die Reihen der Anwesenden. Jeder wusste, wovon der Mann sprach. Singvögeln würde das Singen vergehen. Der Endvierziger wartete noch einen kurzen Augenblick ab, ob noch irgendeine Reaktion erfolgte, bevor er sich umdrehte und langsam über den Kiesweg zwischen den Bäumen verschwand. Ohne weitere Worte löste sich die kleine Gruppe auf. Es war, und das würde jeder von ihnen bei einer möglichen Vernehmung bestätigen, nur ein zufälliges Zusammentreffen und ein kleiner Plausch. Worüber? Keine Ahnung, ich erinnere mich nicht mehr so genau. Dienstliche Dinge, ja, kann schon sein. Aber nichts, was irgendeine Art von Verrat von Dienstgeheimnissen wäre. So 'n Quatsch, wir sind doch allesamt in der gleichen Sicherheitseinstufung, wer kommt auf solche Ideen? Es brauchte keinerlei weitere Verständigung. Das tragende Wort in einem der letzten Sätze klang ihnen allen nach und würde sie beschäftigten. So sah es also aus. Keine aufgepeitschten Massen. Keine Spruchbanner und Megaphone, Tränengas oder nächtliche Sprühaktionen an Hauswänden. Keine Barrikadenkämpfe oder auffahrende Militärkolonnen im Scheinwerferlicht. Im Zeitalter der Digitalisierung lief der Beginn umfassender gesellschaftlicher und politischer Umwälzungen in aller Stille ab. Mit einer Zusammenkunft in der Hasenheide von Berlin.

Der Mann schüttelte den Anflug von Schauder ab. Er musste noch ein Wort mit dem Staatssekretär des Bundeskanzleramts wechseln, der bereits mit kleinen Laufschritten in eine andere Richtung verschwand. Er hatte noch besondere Informationen für ihn. Es würde unangenehm werden, aber das war an anderer Stelle entschieden worden. Er war nur der Überbringer der Nachricht, und den köpft man bekanntlich nicht, oder? Da der Mann wesentlich schneller war, hatte er ihn in wenigen Augenblicken eingeholt. Feel free, dachte sich der Mann mit einem Grinsen, bevor er ihn ansprach. „Dr. Westermann ...?" Der Angesprochene stoppte, drehte sich um und lächelte mit fragendem Blick.

Kapitel 13

Emde dachte zunächst, dass die Idee von seinem Freund zwar gut war, sie aber nicht wirklich weiterbringen würde. Der Ermittlungschef in Hanau, mit dem er telefonierte, versicherte ihm, man habe den Toten aus dem See noch nicht identifiziert. Den Verdacht, dass es sich um jemanden ‚aus der Szene' handeln müsste, hätten sie auch bereits gehabt. Aus der Szene, Emde musste angesichts dieser abgegriffenen und durch und durch nach Polizeiermittlungen riechenden Beschreibung lächeln. Diesen Vermutungen werde nachgegangen, fuhr der Kollege nichtsahnend fort. Ansonsten läge der Tote noch unidentifiziert in einer Kühlkammer der Frankfurter Rechtsmedizin, die Todesursache sei festgestellt worden: Zwei Schüsse aus unmittelbarer Nähe direkt ins Gesicht. Anhand des Schusskanals, so die Vermutung des Rechtsmediziners, habe der Mann sitzend mit einer stehenden Person gesprochen. Alles deute darauf hin, dass der Mann im Auto gesessen hatte, während der Todesschütze vor dem Wagen gestanden hatte. Leider war das gefundene Projektil durch einen unerfahrenen Assistenzarzt mit einer Metallpinzette entfernt worden, ein Kardinalfehler, der weitere Untersuchungen erschwerte. Aber man wäre sich einig, dass der Tote aus nächster Nähe erschossen worden und sofort tot gewesen sei.

Emde fragte sich, wie viel Kaltblütigkeit für so eine Tat nötig war. Da bislang keine weiteren verwertbaren Spuren gefunden wurden, schien auch diese scheinbar spontane Aktion gut geplant gewesen zu sein. Für ihn stand zweifelsfrei fest, dass auch für diese Tat nur ein Profi mit reichlich Erfahrung im Töten in Frage kommen würde. Und er muss dem Toten bekannt gewesen sein oder dieser zumindest ein gewisses Maß an Vertrauen zu ihm gehabt haben. Als Profi, der gerade einen Auftrag erledigt hat, lässt du niemanden an dich heran, der dir die Tour noch vermasseln kann. Es sei denn, du kennst ihn oder er wurde dir vertraut gemacht. Außerdem vermuteten die Ermittler in Hanau, dass der Täter sich genau auskannte. „Denn an diesen See kommt man ohne nähere Ortskenntnisse nicht ran. Schon gar nicht, um dort ein Auto zu versenken." Doch Emde hörte kaum hin und kritzelte stattdessen eigene Überlegungen auf einen Bogen Papier.

Dann aber wartete der Hanauer Kollege doch noch mit interessanten Hinweisen auf. Das Auto, tatsächlich ein Ford, werde gerade untersucht. „Unsere SpuSi kann da aber erst mit dem vollen Instrumentenkoffer dran, wenn der Wagen komplett trockengeföhnt ist, aber erste Spuren deuten tatsächlich darauf hin, dass der Mann in dem Wagen ermordet wurde. Deutliche Blut- und Gewebespuren auf der Beifahrerseite. Außerdem fanden sich keine persönlichen Wertgegenstände oder Dinge anderer Art im Auto, die irgendeinen Rückschluss zulassen würden, wer der Fahrer war." Emde sah das auch so, hatte den Telefonhörer zwischen Schulter und Ohr geklemmt und schrieb mit. „Die Vermieterfirma des Wagens hat uns inzwischen bestätigt, dass der Wagen am Flughafen in Düsseldorf angemietet wurde und vertragsgemäß am Frankfurter Flughafen abgegeben werden sollte. Die Vertragsunterlagen gehen uns in Kürze zu." Der Stift, mit dem Emde sich Notizen machte, stoppte in der Bewegung. „Aha ..." Emdes Gedanken rasten. Flughafen Frankfurt, Flughafen Düsseldorf. Düsseldorf und Frankfurt. Warum kam jemand in Düsseldorf an und reiste von einem anderen Flughafen ab? Geschäfte, klar. An zwei verschiedenen Orten, der zweite Termin findet näher am Ausreiseflughafen statt, alles gut. Aber wie viele Geschäftsleute dieser Art erhalten eine Kugel in den Kopf, die ganz offensichtlich ihnen und niemand anderem gegolten hat? Denn nach einem klassischen Raubmord, fand Emde, sah das Ganze nicht aus. Ein Raubmörder handelt schnell, schnappt sich die Wertsachen und haut ab. Das hier trägt eher die Handschrift von etwas gut Geplantem, das nur durch Zufall danebengegangen ist. Kleine hat Recht! Donnerwetter, da hat jemand versucht, seine Spur zu verwischen. Und jemand anderer hat dafür gesorgt, dass das auch gründlich geschieht. Nein, Emde musste sich verbessern: Jemand wollte dafür sorgen, dass das gründlich geschieht. Wenn dieser Rentner, Emde klickte die Unterlagen auf, die ihm die Hanauer Ermittler bereits zugemailt hatten, wenn dieser Ulf Kogelmann nicht so genau hingesehen hätte. Emde schmunzelte bei der Aussage, der Rentner habe einen einfliegenden Jet beobachtet, dann sei ihm das Autowrack im See aufgefallen. Der Hanauer Kollege sagte die unmittelbare Zusendung der kompletten Ermittlungsakte zu. Irgendein armer Polizeianwärter dürfte dafür einige Zeit am Scanner stehen, dachte Emde. Dann kam ihm noch ein Gedanke. „Ich brauche ein Phantombild. Irgendetwas, mit dem wir ihn auf Überwachungsvideos wiedererkennen können." Der Kollege in Hanau versprach ihm auch das, doch die Stimme am anderen Ende verriet bereits eine gewisse Gereiztheit.

Emde bedankte sich, beendete das Gespräch und schlug auf das Klangmetall. Susanne hatte es ihm am Morgen mitgegeben. Ein heller Ton wie von einer Triangel füllte das Büro. Sofort hatte er die komplette Aufmerksamkeit seines Teams. Gute Idee von ihr, dachte er. Seine Frau nutzte es für Entspannungsübungen, der Ton war weich, aber unüberhörbar. Emde sollte es nutzen, wenn er einen klaren Gedanken fassen wollte. Als würde ich meditierend hier am Schreibtisch sitzen! Doch dann hatte er entdeckt, dass das kleine Metallstäbchen, mit einem Klöppel geschlagen, ihm sofort Aufmerksamkeit verschaffte. Die gesamte Soko Wiesenruhe erschien wie erstarrt und schaute ihn an. Emde stand auf. „Wir haben einen Verdächtigen, Leute. Wir brauchen die Überwachungsaufnahmen des Flughafens Düsseldorf." Er wandte sich an Nofri. „Rufst du bei denen an und fragst mal nach, wie das am schnellsten gehen kann? Zur Not fahren wir da auch hin." Düsseldorf! Emde war schon lange nicht mehr in Düsseldorf gewesen. Genau genommen konnte er sich gar nicht mehr erinnern, wann genau. Wer wohnt schon in Düsseldorf? hatte Herbert Grönemeyer einst frotzelnd gesungen, um dann für die Ruhrpottstadt Bochum Sympathie zu wecken. Doch Emde hatte die Stadt am Rhein stets gut gefallen. Und Susanne noch viel mehr. Und nicht nur die Königsallee. Auf der Ratinger Straße in der Altstadt waren sie einmal in einem Brauereiausschank versackt. Emde dachte nach. Füchschen? Ja, er erinnerte sich an einen Fuchs als Werbetier. Gutes Bier. Grob unhöfliche Kellner mit blauen Schürzen, der ruppige Ton gehöre zum Image, hatte ihn ein Düsseldorfer Kollege aufgeklärt. Und immer wieder Stücke der Toten Hosen, aber nicht diese neuen wachsweichen chartschleimigen Lieder wie ‚An Tagen wie diesen', sondern auch mal das schön clashige ‚Reisefieber'– achtziger Jahre eben. Wirklich gutes Bier, dieses Füchschen. Nur leider zu viel davon an einem Abend. Emde beendete seinen Blick zurück in die Erinnerung. Nofri nickte und nahm bereits mit einer Hand den Telefonhörer auf, damit kein ihre Recherchen verzögernder Anruf mehr reinkam, während die andere Hand mit der Maus eine Suchmaschine öffnete.

Kleine hatte sich dann doch auf den Weg gemacht. Auch wenn die Schmerztablette, die er gegen das Dröhnen in seinem Schädel genommen hatte, nur zögernd ihre Wirkung entfalten wollte und er den Verdacht hatte, der Nebel in den Wäldern der umliegenden Berge sei nicht nur dem frühherbstlichen Wetter geschuldet, sondern auch seiner eingeschränkten Wahrnehmungsfähigkeit in Folge seines heftigen Katers, hatte er sich die Wanderschuhe zugeschnürt, den Rucksack auf den Rücken gewuchtet, seinen Wanderstock mit den antiken Stocknadeln genommen und die Hütte verschlossen. Die ersten Meter führten ihn am Fuße des Katenbergs an einem Bach entlang, den die Einwohner schlicht die Bicke nannten. Im nächsten Ort, in Adorf, war es bereits die Heimbicke. Kleine hatte keine Ahnung, ob es überhaupt einen anderen amtlichen Namen für das Gewässer gab. Er verband das Murmeln des Wassers und das Glitzern unter den Bäumen im Abendlicht mit frühen Kindheitserinnerungen. Oft hatte er aus Ästen Flöße gebaut und sie auf die Wasseroberfläche gesetzt. Meist hatte die Fahrt nur wenige Augenblicke gedauert, bis das kleine Fahrzeug am nächsten Grasbüschel hängengeblieben war, doch Kleine hatte gute Erinnerungen an die Zeit und wanderte diesen Weg auch deswegen besonders gerne. Im dichten Wald über dem Bach hatten Emde und er früher als Kinder Hütten aus Laub gebaut. Bevor der Begriff Laubhütte in späteren Jahren für mich eine völlig andere Bedeutung bekam, dachte Kleine. Manchmal sehnte er sich danach, die Welt nochmal mit den Augen des Jungen zu sehen, der er damals war.

Mit großer Zufriedenheit spürte er, dass sich die Schmerzen in seinem Kopf langsam lichteten. Er genoss die ersten herbstlichen Verfärbungen im Laub der Bäume, die an einem trüben Tag wie diesem eine besondere Nuance hatten, die sich gänzlich von den Farben eines sonnigen Tages unterschied. Nach knapp vierzig Minuten über die Wiesen und am Waldrand entlang erreichte er den Nachbarort Adorf. Weitere zehn Minuten später hatte er den örtlichen Supermarkt betreten und kramte eine Einkaufsliste aus der Tasche, die er sich vor dem Abmarsch zusammengekritzelt hatte. Dann erstarrte er mitten in der Bewegung, als er draußen den BMW mit Frankfurter Kennzeichen auf dem Parkplatz sah und sofort wiedererkannte. Bergmann kaufte hier ein! Warum zum Teufel hier? Kleine dachte fieberhaft nach. Eine Gelegenheit für Kleine, den gescheiterten Anwalt und Möchtegernparteigründer in ein Gespräch zu verwickeln. Zu versuchen, herauszufinden, was ihn zwei Tage zuvor zu seinem diabolischen Grinsen veranlasst hatte. Er setzte an, sich einen halbwegs plausiblen Plan zurecht zu schustern. Kleine schnappte sich die lokale Tageszeitung und eine Süddeutsche aus dem Zeitschriftenregal und schlich, vorgeblich etwas zu suchen, durch die Reihen. Der Journalist wollte gerade zur Kasse marschieren, als er plötzlich stockte. Bergmann war nicht hier. Seine Begleiterin aber war es: Die Frau, die gerade an der Kasse stand und das Display der Registrierkasse beobachtete, um den geforderten Betrag passend aus ihrem Portmonee zu nehmen, war dieselbe, die er nur als Umriss auf dem Fahrersitz von Bergmanns Auto gesehen hatte, es bestand kein Zweifel. Hochgewachsene Gestalt, lange braune Haare, die sie auch jetzt zu einem Pferdeschwanz gebunden trug. Mit der akkuraten Tageskosmetik und dem beigen Hosenanzug wirkte sie mitten am Vormittag in diesem Provinzsupermarkt ungefähr so exotisch wie ein Unterwäschemodell von Victorias Secret in einem oberbayerischen Kloster. Aber sie war es, dessen war sich Kleine ganz sicher. Er sah sich um. Aus dem Gang rechts näherte sich eine weitere Frau mit einem prall gefüllten Einkaufswagen der einzigen geöffneten Kasse. Kleine beschleunigte seine Schritte und landete direkt hinter der Unbekannten. Scheinbar lebten die Bergmanns – Kleine vermutete, dass es sich um die Frau von Bergmann handelte – recht gesund. Auf dem Förderband vor ihm lagen Frühlingszwiebeln, Knoblauch, eine Schachtel mit Tomaten, zwei Gewürztüten mit Pfeffer und Kreuzkümmel, Eier, vier rote Paprika und Petersilie. Alles für ein Shakshuka, dachte Kleine instinktiv und war sofort drauf und dran, seine

Einkaufspläne zu ändern. Keine Eier mit Speck, sondern das typischste aller Frühstücksgerichte des Nahen Ostens, völkerverbindend, von Israelis und Palästinensern gleichermaßen gerne gegessen, wenn auch unterschiedlich benannt. Aus den vor ihm liegenden Dingen ließ es sich problemlos zubereiten. Egal, was sein Plan ergeben würde, er würde gleich noch die dazu notwendigen Zutaten kaufen. Die Frau vor ihm hatte bereits bezahlt, Kleine seinerseits löhnte für die beiden Tageszeitungen und folgte ihr möglichst unauffällig auf den Parkplatz. Angriff, dachte Kleine. „Entschuldigung?" Die Frau blieb stehen und drehte sich um. „Entschuldigung", wiederholte Kleine, nun etwas leiser und trat auf sie zu. „Paul Kleine, ich bin Journalist. Ich glaube, ich habe Sie neulich in Begleitung von Thomas Bergmann gesehen." Er gab ihr für einen Sekundenbruchteil die Chance zur Intervention, doch sie sah ihn nur mit einem Blick, der eine Mischung aus Staunen, Unsicherheit und Ablehnung widerspiegelte, an. „Ich bereite eine Sonderbeilage für die Waldecker Landeszeitung vor." Er hob wie zur Unterstreichung die gerade gekaufte Ausgabe der Tageszeitung an. „Und dabei würde ich ganz gerne auch Personen portraitieren, die erst vor kurzem hierher zu uns an den Diemelsee gezogen sind." Zu uns an den Diemelsee, Mensch, Kleine, das klingt ja schon wirklich richtig einheimisch! Die Frau vor ihm trat einen Schritt zurück. Kleine beobachtete, wie die Unsicherheit aus ihrem Blick wich. Die Ablehnung aber blieb. Kein Gruß, sie stieg direkt in das Gespräch ein. „Wo glauben Sie denn, uns gesehen zu haben?" Eine Juristin, dachte Kleine. Es konnte gar nicht anders sein. So eine Wortwahl passte nur zu Personen, die Übung darin hatten, Dinge zu hinterfragen. Ihre Stimme allerdings hätte jeder Radiomoderatorin der Latenight-Talkshow eines Kultursenders zur Ehre gereicht. Wenn Kleine einen Vergleich hätte finden müssen, hätte er die Stimme mit einem frühsommerlichen Abendwind in einer Aprikosenplantage verglichen. Weich, aber trotzdem von einer tiefwarmen Intensität. Der Jazzfan in ihm hätte anderen Jazzfans erklärt, die Frau klinge wie die kanadische Pianistin Diana Krall. Kleine aber musste jetzt lügen, wenn er sich nicht verraten wollte. „Ich meine, ich hätte Sie neulich gemeinsam aus Ihrem Wagen steigen sehen. Das war in … Moment..“ Er täuschte Ahnungslosigkeit vor, zuckte dann mit den Schultern. „Ich komme leider nicht darauf.“ „Nun, Herr Kleine, mein Mann ist derzeit in Berlin. Wann er zurückkommt, kann ich leider nicht sagen. Er ist dort in beruflichen Angelegenheiten. Ich glaube allerdings auch schon jetzt mit Bestimmtheit sagen zu können, dass er kein Interesse daran hat, hier in irgendeiner Weise in der Öffentlichkeit in Erscheinung zu treten.“ Sie machte eine Pause. „Sie wollen mich nun entschuldigen?“ Kleine nickte, während der letzte Satz wie ein Donnerhall den Weg von seinem Gehör zu seinem Verstand fand. Kein Interesse. Mit Bestimmtheit. Beruflich in Berlin. Mein Mann. „Natürlich, natürlich“, sagte er und nickte. Dann nestelte er eine Karte aus seiner Jackentasche. „Wenn er es sich aber anders überlegen sollte, kann er mich hier erreichen. Würde mich sehr freuen.“ Sie nahm die Karte ohne darauf zu sehen, lächelte einen kurzen Abschied, wandte sich um und schritt auf den Wagen zu. So, Kleine. Jetzt hast du den Salat. Was machst du, wenn der Kerl jetzt wirklich anruft und dir seine Story anbietet? Kleine wischte den unangenehmen Gedanken beiseite und schaute der Frau, deren Namen er immer noch nicht wusste, da sie es vorgezogen hatte, ihn nicht zu nennen, einige Augenblicke hinterher. Eine Frau von so einem Kaliber nahm nicht einfach den Namen ihres Mannes an. Und nirgendwo hatte Kleine im Internet einen Hinweis darauf finden können, dass Bergmann überhaupt verheiratet war.

Dann kam ihm eine Idee. Er musste alles auf eine Karte setzen! Musste versuchen, diese Überheblichkeit und die Ablehnung zu reduzieren und die Unsicherheit zu wecken. Irgendetwas war da, das die Frau verheimlichen wollte. Er, Kleine, musste es ans Licht bringen. Denn wer unsicher war, machte Fehler und verriet so, was nicht verraten werden sollte. Jetzt oder nie! „Frau Bergmann“, rief er. Die Frau, bereits an der Fahrertür, erstarrte. Er ging auf sie zu. „Mir fällt jetzt wieder ein, wo ich Sie gesehen habe.“ Er wartete ab und sah genau hin. Ja. Da war sie wieder, diese Unsicherheit im Blick. „Sie haben Ihren Mann vorgestern Abend von der Sitzung des Gemeinderats abgeholt. Dort wurde des verstorbenen Carl Lieberknecht gedacht. Kannten er und Ihr Mann sich?“

Kapitel 14

Yessica hatte tatsächlich am folgenden Tag Zeit für ein Tagespraktikum in seinem Büro. Der Mann konnte seine Freude kaum verbergen, als er seine Sekretärin bat, sich um die notwendigen Unbedenklichkeitserklärungen zu kümmern. Er würde sich für Yessica verbürgen, damit würde es an dieser Stelle zu keinen Komplikationen kommen. Und dieses Mal, Fräulein, dachte er erneut, wirst du mir etwas zugänglicher sein. Er hasste Frauen, die sich selbst maßlos überschätzten und Männern das Gefühl gaben, jeder andere wäre genauso gut und besser. Er schloss die Tür zu seinem Büro und ließ sich in seinen bequemen Schreibtischsessel fallen, nachdem er bei Frau Simon, wie seine Sekretärin hieß, einen Espresso bestellt hatte. Frau Simon, dachte er sich immer wieder, war für ihn auch so eine Art Unbedenklichkeitserklärung. Ein Persilschein, der ihm das Recht gab, auf andere Kollegen, die sich ihre Vorzimmerdamen offenbar in Modelagenturen aussuchten, zu schimpfen. Die suchen sich ihr Personal auch nur nach dem Aussehen und nicht nach dem Können aus. Diskriminierend, oder etwa nicht? Frau Simon war vom alten Schlag, sie hatte den Job bereits gemacht, als der Kanzler noch Helmut Kohl und die Bundeshauptstadt Bonn hießen. Ihre nunmehr vollständig grauen Haare wurden von einem strengen Knoten am Hinterkopf gebändigt. Verdammt, dachte der Mann immer wieder, sie könnte locker seine Mutter sein.

Er musste zurückdenken an das Gespräch mit Staatssekretär York Westermann. Noch Dr. York Westermann, aber vielleicht war das bald passé, wenn weitere Details herauskamen, die dem Mann zugetragen worden waren. Denn der gute Dr. Westermann hatte nicht nur eine Riesendummheit in der Vergangenheit gemacht, für die er immer noch juristisch zur Verantwortung gezogen werden könnte. Könnte, Herr Dr. Westermann, wir reden hier mit einem ganz großen Konjunktiv! Sondern er hatte auch bei seiner Promotion geschummelt. Und dafür hatte man in gewissen Kreisen überhaupt kein Verständnis. War nicht die große Akademikeramnestie im Rahmen des freiwilligen Rücktritts eines wirklich sehr großen ehemaligen

Verteidigungsministers, der noch so viel vorgehabt hatte und dann doch sang- und klanglos gegangen war, lang genug gewesen? Hatte nicht jeder von diesen vertrottelten Idioten seine Chance gehabt, zu Kreuze zu kriechen, um dann – vielleicht um das lästige ‚Dr.' vor dem Namen erleichtert – in der freien Wirtschaft, als Keynote Speaker oder als Dozent an einer US-amerikanischen Uni, wo man sich um den ganzen Scheiß einen Dreck kümmerte, noch mehr Asche zu machen? Aber Nein, dieser Dr. Westermann schien einer von der ganz hehren Sorte zu sein. Ein Idealist. Ein Träumer, der wirklich noch das Gefühl hatte, als Politiker etwas für die Menschen tun zu wollen. Irrtum, Freundchen, hier geht es nur um zwei Dinge: Um Macht – und das war für viele schon ausreichend. Und um Geld. Macht und Geld bestimmten den Pendelschlag des Politikbetriebs im Bundes- und in den meisten Landesparlamenten. Dabei ging es noch gar nicht mal um Korruption, denn die Antikorruptionsgesetze und Kontrollmechanismen in Bund und Ländern arbeiteten einwandfrei. Meistens jedenfalls. In der Sache ging es schließlich darum, dem Wähler das zu verkaufen, was dieser brauchte und vor allem hören wollte, um bei der nächsten Wahl sein Kreuzchen an der richtigen Stelle zu machen, oder etwa nicht? Weltfrieden? Umweltschutz? Steuergerechtigkeit? Wirksamer Schutz vor Pandemien wie diesem verheerenden Coronavirus, das vor einigen Jahren für erhebliche Unruhe gesorgt hatte? *Pfffff …!* Was für ein elendes Kumbaya!

Der Mann erlaubte sich eine Unterbrechung seines Gedankengangs, als Frau Simon beinahe lautlos den Raum betrat und die Espressotasse vor ihm auf den Schreitisch stellte. Er bedankte sich mit einem Nicken, nahm die Tasse und drehte sich in seinem Schreibtischsessel zum Fenster hin. Wenn er sich etwas streckte, konnte er dort drüben einen Teil des Gebäudes erkennen, in dem Dr. York Westermann wirkte. Nun, NOCH wirkte: Die berühmte, von den Architekten Axel Schultes und Charlotte Frank entworfene Waschmaschine, die tatsächlich nur von der Seite wie eine aussah. Das ehemalige Bundeskanzlerinnenamt Angela Merkels, deren Stern nach dem überflüssigen Asylstreit mit der CSU, dem Chaos der Europawahl und der neuen Popularität der lästigen Grünen im Kontext mit diesen unerträglichen Fridays for Future-Anarchisten keine drei Jahre nach Bildung der unglückseligen Großen Koalition und einer wählerverprellenden Politik während der Corona-Krise endgültig versunken war, nachdem ihre eigenen stets unterdrückten Zöglinge aus den Bundesländern und einer aus dem Dreiländereck den längst überfälligen Aufstand gewagt hatten.

Nein, in der Politik ging es um die simple Formel, dass nur mit Geld etwas bewirkt werden konnte. Mit mehr Geld konnte eben mehr bewirkt werden. So einfach war das. Für irgendwelche moralischen Ansprüche war da kein Platz. Die Zeiten eines Aristoteles, in denen Politik vor allem gut, zweifelsfrei und für die Menschen sein musste, damit die Gesellschaft gemeinsam einen Schritt nach vorne machte, waren endgültig vorbei, wenn sie denn überhaupt jemals existiert hatten. Der Mann nippte an seinem Espresso. Denn schließlich war ja auch für den alten griechischen Großmeister politischen Denkens eine Demokratie, eine Herrschaft des Volkes, des Pöbels, eigentlich das schlimmste anzunehmende Desaster gewesen, wenn er nicht irrte. Der Espresso tat gut. Er dachte jetzt lieber mal wieder an Yessica. Und war froh, dass er saß – angesichts der Energie, die den Stoff seiner Hose in Schrittnähe plötzlich mit Leben erfüllte.

„Und sie hat völlig dichtgemacht?“ Emde stand mit seinem Handy auf dem Büroflur, damit möglichst wenig Kollegen den Inhalt des Gesprächs mitbekamen. Am anderen Ende der Leitung war Kleine. Emde war fassungslos über das, was er von seinem Freund hörte. Er war sich gar nicht so sicher, ob er vielleicht nicht noch mehr erbost darüber sein sollte, dass sich der ehemalige Journalist wieder einmal eingemischt und auf eigene Faust das Gespräch mit einer möglichen Beteiligten an dem Fall gesucht hatte. Anderseits, dachte sich der Ermittler, beruht dieser Verdacht einzig und allein auf Kleines Wahrnehmung. „Sofort“, kam die Stimme aus dem Hörer. Kleine saß in seiner Hütte am Esstisch und hatte vor sich einen heißen Eintopf aus Tomaten, Frühlingszwiebeln, Knoblauch und Paprika gewürzt mit Pfeffer und Kreuzkümmel stehen. Mit in der Soße pochiert war ein Ei. Er hatte beim Einkaufen einfach nicht widerstehen können und sich, wieder heimgekehrt, tatsächlich ein Shakshuka, zubereitet. Nun tunkte er gerade ein Stück Weißbrot hinein, rührte kurz um und biss genüsslich ab. „Keine Chance mehr, irgendetwas aus ihr herauszubekommen. Andererseits brauchte ich auch nicht mehr, um zu sehen, dass sie irgendetwas weiß", schmatzte er mit vollem Mund.

Emde ächzte im Stillen und blickte zu den Rasterleuchten an der Flurdecke hinauf. „Und was denkst du, sollen wir jetzt tun?"

„Es erstmal im Hinterkopf behalten." Kleine goss sich heißen Kaffee nach. „Vielleicht treten wir damit etwas los, was sich von selbst entwickelt." Er wiederholte seine Überlegungen, die er zuvor im Supermarkt gehabt hatte. Wer unsicher ist, macht Fehler. „Ich glaube, Bergmann weiß etwas, ist in irgendetwas verwickelt, hat möglicherweise seine Finger im Spiel und seine Frau weiß das und fürchtet, dass es öffentlich werden könnte." Er trank vorsichtig einen Schluck. Seine weiteren Vermutungen und Beobachtungen der vorangegangenen Nacht verschwieg der Journalist. Es war einfach zu verrückt, er wollte es eigentlich selbst kaum noch glauben. Emde beobachtete durch die Glastür zum Großraumbüro, wie Nofri den Telefonhörer abnahm. Sie hatte vor einer guten Viertelstunde blitzschnell eine Vereinbarung mit dem Sprecher der Betreibergesellschaft des Düsseldorfer Flughafens treffen können. Natürlich wolle man die Ermittlungen unterstützen, hieß es aus der nordrhein-westfälischen Landeshauptstadt. Deswegen solle umgehend ein Phantombild des Mannes durchgescannt werden, sobald es verfügbar sei. Zusammen mit der ungefähren Abholzeit des Mietwagens wolle man überprüfen, ob sich der Ankunftsflug des Mannes und dessen Weg durch den Flughafen herausfinden ließ. „Es kann jedoch auch sein, dass der Unbekannte unseren Flughafen nur deswegen ausgesucht hat, um seine Spur zu verwischen", hatte der Pressesprecher zu bedenken gegeben und damit Gespür für Kriminalistik bewiesen. „Vielleicht ist er ja gar nicht mit dem Flieger, sondern zu Fuß gekommen." Emde hatte das Gespräch mitgehört, Nofri hatte den Lautsprecher ihres Telefons eingeschaltet. Zu Fuß zum Flughafen, sie hatten geschmunzelt bei dem Gedanken.

Bei dem Anruf, der nun hereinkam, machte sie aber ein bestürztes Gesicht. Irgendetwas stimmte da nicht, dachte

Emde. Fast schien es, als sei der Schrecken seiner Kollegin von einer Sekunden zur anderen buchstäblich ins Gesicht geschrieben worden. „Hör mal, ich melde mich wieder, ich muss jetzt Schluss machen", verabschiedete er sich von Kleine, legte, ohne ein weiteres Wort abzuwarten, auf und betrat das Büro. Nofri bedankte sich gerade für irgendeine Information und beendete ebenfalls das Gespräch. Emde trat an ihren Schreibtisch. „Was ist los?", fragte er, und hatte ein ungutes Gefühl. Er glaubte, eine enfernte Ahnung zu haben, welche Nachricht sie gerade entgegengenommen hatte. Nora Fresse sah ihn mit Entsetzen an.

Kapitel 15

Döhrenbach musste ein Fan von Western gewesen sein. Zumindest war der Strick so akkurat geknotet, als hätte er es sich bei ‚Spiel mir das Lied vom Tod' oder ‚Hängt ihn höher' abgeguckt. Die Forstarbeiter, die ihn fanden, hatten das Seil bereits gekappt, während die etwas später eintreffenden Polizeibeamten ein Leichentuch über den Pressesprecher von Prospersoil gelegt hatten, das sie nun zurückschlugen. Der Tote lag wie schlafend mit angelegten Armen auf dem Waldboden – immer wieder, wenn die durchziehenden Wolken es zuließen, von einzelnen Herbstsonnenstrahlen besprenkelt. Emde registrierte, dass Döhrenbach den gleichen Anzug, das gleiche Hemd und die gleiche Krawatte wie am Vortag trug, das Hemd nun aber von seinen Findern auf der vergeblichen Suche nach Vitalfunktionen aufgerissen. Außerdem hatte jemand dem Toten gnädigerweise die Augen geschlossen. Der Mund stand offen, was Döhrenbach entfernt das Aussehen eines verzweifelt nach Luft schnappenden Fisches gab. Die Zunge stand leicht heraus, ein typischer Tod durch Ersticken. Doch es gab nichts, das auf irgendeinen Kampf hingedeutet hätte, nichts, das irgendwie die Möglichkeit offengelassen hätte, dass Döhrenbach sein Schicksal nicht selbst gewollt und sich nicht selbst im Wald oberhalb des Twistesees das Leben genommen hatte. Emde war sich sicher, dass auch die Spurensicherung nichts dergleichen finden würde, auch nicht der Gerichtsmediziner.

Offenbar hatte der Pressesprecher sich unmittelbar im Anschluss an ihr gestriges Gespräch erhängt. Sogar der Mercedes fand sich noch an der gleichen Stelle des Parkplatzes. Nofri stand etwas abseits, die Hand in stillem Entsetzen vor dem Mund, blickte sie durch die Bäume zum See hinab, dessen grüne Fluten durch die Baumstämme hindurch zu erahnen waren. Emde rügte sich selbst dafür, dass er seine jüngere Kollegin nicht vorgewarnt hatte. Auch wenn sie in einer Mordkommission arbeitete und Emde geschworen hätte, das Nofri einen routinierteren Umgang mit dem Tod gelernt hatte, sah sie ziemlich mitgenommen aus. Vielleicht lag es schlicht daran, dass die Toten, denen Nofri im fernen Kassel begegnete, etwas

Unpersönlicheres hatten, als am heimatnahen Twistesee. Und dass sie Döhrenbach kurze Zeit zuvor noch lebend gesehen hatte. In der ruhigeren Polizeidirektion Korbach kam es eben auch nicht alle Tage vor, dass man mit Gewalt aus dem Leben geschiedene Personen in Feld, Wald und Flur liegen sieht. Und bei mir ist es nun schon der zweite in dieser Woche.

Emde war überzeugt, dass er am Vortag nicht die ganze Wahrheit erfahren hatte, die Döhrenbach kannte. Doch egal, ob der Pressesprecher Angst gehabt hatte, weil er Dinge wusste, die er nicht hätte wissen dürfen oder ob er selbst in diese Dinge involviert gewesen war: Er würde die ganze Geschichte nun mit in sein Grab nehmen. Der Hauptkommissar wandte sich an den nächsten Polizisten. Nach den etwas abseitsstehenden Forstmitarbeitern, die sich in ihren grünen Arbeitsoveralls kaum vom umliegenden Laubwerk der Bäume abhoben und sich so getarnt wie schweigende Waldgeister noch gar nicht zu Wort gemeldet hatten und seiner Kollegin war der Polizeimeister derjenige, der als erster Beamter den Fundort des Toten als mutmaßlichen Tatort gesichert hatte. Wie bei vielen Menschen in der Region üblich war ihm seine Gefühlsregung nicht anzusehen, als Emde ihn bat, auf die Mitarbeiter der SpuSi und der Gerichtsmedizin zu warten und den geräuschlosen Abtransport der Leiche zu gewährleisten. Der Beamte nickte nur und sah sich kurz nach seiner jüngeren Kollegin um, die, fast noch ein Kind von vielleicht zweiundzwanzig Jahren, ebenso mitgenommen wirkte wie Nofri. „Wie lief der Fund ab?“, wollte Emde wissen, obwohl er es sicher auch im später eingehenden Bericht nachlesen könnte. „Wir haben einen Hinweis auf das Fahrzeug des Toten erhalten“, referierte der Beamte. „Einem Anrufer drüben vom Campingplatz fiel auf, dass der Wagen seit gestern dort stand. Ungewöhnlich für diese Jahreszeit und dieses Fabrikat.“ Emde nickte. Das deckte sich mit seiner eigenen Beobachtung vom Vortag. „Fast zeitgleich kam der Anruf der Forstarbeiter. Da waren wir bereits auf dem Weg.“ Emde bedankte sich und trat an die Gruppe von Forstarbeitern heran. Der Zungenschlag seiner Begrüßung hatte nun eine regionale Färbung angenommen, mit gedehnten Vokalen und kurzen, abgerundeten Konsonanten. Während die anderen Männer den Gruß mit einem kurzen Nicken quittierten, erwiderte einer von ihnen das angebotene „Gudden Daach“ und wies sich damit als Sprachberechtigter für die Gruppe aus. „Nit grad so'n Daach, den man gern immer hätte“, begann Emde. Er war hier verwurzelt und würde es immer bleiben. Und zum guten Ton hier gehörte es, sich erstmal auf eine gemeinsame Linie zu begeben. „Dat mögense wohl segge, Herr Kommissar“, sagte der Forstarbeiter. „Wie is datt wohl alls denn hier so zugegangen?“, fragte Emde und nickte mit dem Kopf in Richtung Baum. Der andere zog durch die Nase die Luft ein, blickte an Emde vorbei und sagte dann. „Naja, der baumelte da am Baume. Un'dann kamn'wir hier her, wir viere, un'ham den abgeschnitten.“ Er öffnete seine Hände wie eine Unschuldsbekundung. „Da war der aber schon alls daud, ganz kalt war der. Wir ham dann bei dem nochmal alls abgetastet, aber ...“, der Waldarbeiter zuckte mit den Schultern. Emde nickte. Nach einer ersten Fundortbeschreibung vermutete sein Kollege von der Streife, dass sich Döhrenbach bereits am Vortag das Leben genommen haben könnte. „Sie ham kein'gesehen? N'Wanderer oder so?“ Der Mann schüttelte den Kopf.

Emde entschied, dass aus den Männern an dieser Stelle nicht mehr herauszubekommen sei. Zumindest nichts, was für die Ermittlungen wichtig wäre. Die Kollegen von der KTU, der Kriminaltechnischen Untersuchung, würden Döhrenbachs Mercedes aufladen, öffnen und untersuchen. Vielleicht brachte das ja Ergebnisse. Emde drehte sich zu Nofri um, die sich wieder gefangen zu haben schien. Er blickte sie fragend an. Sie wich nicht aus und lächelte zaghaft. Es ging ihr tatsächlich besser. „Komm. Wir statten der Wohnung von Herrn Döhrenbach mal einen Besuch ab.“

Der verstorbene Pressesprecher der Prospersoil wohnte in der Nähe der Universität Kassel in einem Mehrfamilienhaus. Gebaut in den sechziger Jahren des vorherigen Jahrhunderts in einer Seitenstraße der Wilhelmshöher Allee war es erst vor wenigen Jahren komplett saniert und aufgewertet worden und nun eine Bleibe für deutlich besserverdienende Mieter. Die Wohnungen waren groß und hatten Studiocharakter. Auf die großzügig bemessenen Balkone fiel entweder morgens oder abends die Sonne. Sie hatten Döhrenbachs Adresse und die seines Vermieters innerhalb kürzester Zeit herausgefunden. Der Vermieter hatte sich telefonisch bereit erklärt, ihnen die Wohnung zu zeigen. Nofri hatte vorgeschlagen, auch einen Abstecher zur Prospersoil zu machen, doch Emde hatte abgewunken. „Von dort ist vermutlich nichts zu erfahren, die nebeln sich ziemlich sicher ein." Tatsächlich befürchtete der Ermittler, dass das Unternehmen ihnen einen Wachhund zur Seite stellen könnte, der unter Umständen auf seine Weise die Wohnung von Döhrenbach in Augenschein nehmen und mögliche Hinweise beseitigen könnte. Vom Twistesee aus waren sie in einer knappen halben Stunde in Kassel.

Der Vermieter, ein rüstiger Senior, war schnell ausfindig gemacht und wartete bereits vor dem Mehrfamilienhaus auf sie. Nofri riss beim Anblick der Wohnung staunend die Augen auf, doch für Emde war es keine große Überraschung, dass Döhrenbach in einem ausgesuchten und auf den ersten Blick ziemlich exklusiven Minimalismus gewohnt hatte. Schwarze Ledersessel von Mies van der Rohe, Parkett, weiße Wände, eine augenscheinlich sehr teure Stereoanlage auf einer Säule und ein großes Plakat des Fitz Lang-Films ‚Metropolis' im schlichten Echtglasrahmen ergaben ein stimmiges Bild. Hier wohnte ohne jeden Zweifel ein Spitzenverdiener, der sich in seiner sehr knapp bemessenen Freizeit nur mit dem Besten vom Besten umgeben wollte.

Der Vermieter wirkte, als hätte er eine Kapelle betreten. Er schien sich kaum drei Schritte von der Wohnungstür wegzutrauen und hielt die Arme wie ein großes V mit übereinandergelegten Händen wie zum Gebet vor sich verschränkt. „Ihnen ist die Wohnung in diesem Zustand nicht vertraut?" Der alte Mann sah auf. „Ich staune über den erlesenen Geschmack des Herrn Döhrenbach." Nach einem weiteren Augenblick, so als habe er noch gezögert, ob er die Frage stellen dürfe oder nicht, fragte er: „Hat Herr Döhrenbach etwas ausgefressen?" Etwas ausgefressen, dachte Emde, als wäre der Sprecher ein Lausbube von nebenan. „Hätte er denn etwas ausfressen können?" Der alte Mann wog bedächtig den Kopf hin und her, bevor er antwortete „Naja, eigentlich nicht, ich wüsste dazu nichts zu sagen. Wir sind uns ja auch nicht oft begegnet. Ich hatte eher einen guten Eindruck von ihm. Freundlich. Höflich. Hat pünktlich bezahlt. War leise. Was ist denn überhaupt passiert?" Emde bemerkte, wie Nofri, die vor dem Bücherregal stand und einen Blick über die bevorzugte Lektüre von Döhrenbach warf, innehielt, sich umdrehte und in Emdes Richtung blickte. Offenbar hatte niemand dem Vermieter gesagt, was passiert war. Nun war es mal wieder an ihm, an Emde, eine Todesnachricht zu überbringen. „Herr Döhrenbach ist heute Morgen leblos aufgefunden worden. Mehr können wir nicht sagen, wir ermitteln noch."

Nach einer weiteren Pause fügte Emde hinzu, so als wäre der Vermieter ein Familienangehöriger. „Es tut mir leid." Der Alte nickte und mahlte mit dem Unterkiefer. Er wirkte gefasst wie ein Soldat, dem ein General sagt, dass er nun in eine besonders schwere Schlacht ziehen müsse. Offenbar hatte er Döhrenbach gemocht. Und Emde gestand sich ein, dass es ihm, auch wenn er diese Städtertypen eher nicht mochte, genau so ging. Döhrenbach hatte offenbar Standhaftigkeit und Loyalität gleichzeitig zeigen wollen, war aber an dem Überdruck, etwas verbergen zu müssen, zerbrochen. Doch etwas an der Aussage des Vermieters hatte den Ermittler stutzen lassen. „Was meinen Sie, wenn Sie sagen „eigentlich nicht?" Der alte Mann sah ihn an, sich sichtbar den Kopf zermarternd, wie er nun die Worte finden könnte für das, was er sagen wollte. „Sagen Sie es einfach frei heraus", baute Emde ihm eine Brücke. „Naja, er schien mir ein bisschen sehr glatt bei den wenigen Treffen", setzte der Mann an. „Nicht so, als hätte er wirklich etwas Kriminelles zu verbergen. Der Herr Döhrenbach war schon astrein auf seine Art. Aber er war mehr so, als würde er eine Sache nicht verdaut bekommen. So wie jemand wirkt, der eine schwere Krankheit mit sich herumschleppt, es aber die anderen nicht wissen lassen will." Emde verstand.

Kapitel 16

Am Ende hatten sie den Laptop mitgenommen, ein Ding aus der Premiumklasse eines chinesischen Herstellers, bei der nicht nur die zahlreichen Funktionen, sondern auch noch das Design von gleichberechtigter Bedeutung waren. Es trug keinen Firmenaufkleber oder eine Art Inventarnummer, also schien es Döhrenbachs privater Rechner zu sein – und damit für sie in diesem Fall ohne Rückfragen mitnehmbar. Einen weiteren Computer gab es in der Wohnung auch nicht.

Nofri war aufgefallen, dass Döhrenbach eine Neigung zu russischem Drama hatte. In seinem Bücherregal standen Werke von Puschkin, Tolstoi und Dostojewskij neben Ausgaben von Michail Lermontow, den Emde bis dahin gar nicht gekannt hatte. Zerlesene Taschenbuchausgaben und direkt daneben die passende gebundene Schmuckausgabe, einige davon in Leder und antik. Im Bücherregal stand auch ein Schallplattenspieler. In einer dazugehörigen Schublade fanden sich zahlreiche klassische Aufnahmen der Deutschen Grammophon. „Was meinst du dazu?“, wollte Nofri wissen. Emde kannte sich mit so etwas nicht aus, er war mit den Romanen zufrieden, die Kleine ihm verschaffte. Clancy. Klassische Musik? Er war noch nie in seinem Leben in einem Konzert mit solcher Musik. Das war etwas für alte Leute. Und für Kleine. Nofri deutete auf die Bücher. „Ich würde mal sagen, er hat diese Geschichten wirklich geliebt und dann sicher wohl auch Ahnung davon gehabt.“ Sie sah aus dem Fenster. „Das passt irgendwie nicht zu dem Typen, den wir kennengelernt haben“, sagte sie leise und bestätigte Emdes Vermutung.

Zurück in Korbach legte Emde Bangert den Laptop auf den Tisch. „Schau doch mal, ob da irgendetwas für uns drauf ist.“ Sein Kollege sah aus, als wäre er gerade aus dem Winterschlaf geweckt worden. „Besuchte Webseiten, gespeicherte Dateien, Chatrooms, alles, was der gute Herr Döhrenbach mit dem Ding in letzter Zeit so getrieben hat.“ Bangert schien vollends aufzuwachen, verdrehte die Augen nach oben, zog sich jedoch die Tastatur seines PCs heran. Er tippte einige Minuten wie wild und schien dann, auf seinen Bildschirm blickend, abzuwarten.

Dann flogen die Finger wieder über die Tasten. Ein paar Klicks mit der Maus, nun schloss Bangert den Laptop an ein USB-Kabel an. „Dauert aber etwas", kommentierte er die beginnende Hausdurchsuchung des PCs. Emde wusste: Kollegen der Technischen Untersuchungsgruppe des hessischen Landeskriminalamts würden sich nun den PC vorknöpfen und auslesen. Dazu musste das Gerät gar nicht auf ihrem Schreibtisch stehen, sie schalteten sich einfach über Kabel hinein. Würden sie etwas finden, was über harmlose Urlaubsfotos und Musikdownloads hinausging, würden Emde und Bangert es auf ihre Bildschirme gespielt bekommen. ‚Die Polizei in Hessen. Dein neuer Arbeitgeber'. Emde schnalzte mit der Zunge und salutierte im Geiste. Zumindest hatte die Überprüfung von Döhrenbachs Auto inzwischen einige Ergebnisse geliefert. Tatsächlich war der Wagen seit dem Vortag nicht mehr bewegt worden. Die letzte Musik, die er gehört hatte, war ein Quintett in Moll von Johannes Brahms gewesen. Düstere Klänge. Passend zu ihren Eindrücken aus der Wohnung. Nicht ganz schlüssig erschien den Ermittlern ein DIN A 4-Bogen, auf dem eine lange Reihe Zahlen in zwei Kolonnen gedruckt war. Sie hatten das Papier unter den Fahrersitz geklebt gefunden, wo es bei einer flüchtigen Untersuchung unter Zeitdruck nicht, bei einer längeren kriminaltechnischen Überprüfung aber in jedem Fall gefunden worden wäre. Es sah aus wie ein Binärcode. Nullen und Einsen, scheinbar ohne ein System, aber immer die gleiche Anzahl pro Zahlengruppe. Mit einem Klick hatte Emde den Bogen auf seinem Bildschirm. „Bangert, kommst du mal her?" Bangert sah auf und trat an Emdes Schreibtisch. Der wies auf die Zahlen. „Was könnte das sein?" Bangert schmunzelte. „Theoretisch alles. Mit einem Binärcode kannst du alles verschlüsseln. Das könnte die Mona Lisa sein, ein Musikstück, deine letzte Gehaltsabrechnung oder die Steuerdaten deiner Frau. Ich habe keine Ahnung." Emde sah ihn scharf an, aber Bangert wies auf den Bildschirm. „Das müssten die aber genauso gut herausfinden können und tun es sicher auch."

Und „die" taten es auch. Kurz vor Feierabend wusste Emde, dass es sich bei den scheinbar undurchdringlichen Zahlenkolonnen mit ziemlicher Sicherheit um Kontonummern bei drei verschiedenen Banken in Delaware, in Panama und einer Bank in der nigerianischen Hauptstadt Lagos handelte. Ein Fahnder der Ermittlungsgruppe für Steuerfahndung und Organisierte Kriminalität aus Düsseldorf hatte ihn nach einem Anrufversuch ziemlich rasch zurückgerufen. Denn wo die Steuerfahnder aus Hessen nur noch mit den Schultern zucken konnten, wussten deren Düsseldorfer Kollegen vom Stamm der Eoks sehr schnell Bescheid, was auch das Erbe einer ziemlich rabiaten, doch dabei wirksamen Politik des ehemaligen Finanzministers war, der seinerzeit in NRW keine Rücksicht darauf genommen hatte, ob die von seinen Mitarbeitern erworbenen Bankdaten nun illegal angekauft waren oder nicht. Auch nicht, ob sich auf den Datenträgern nun der Name eines Prominenten, eines Industriellen oder sogar seines Amtsvorgängers fand.

Nicht nur in NRW hatte die Brechstangenpolitik dieses Sozialdemokraten Zorn und Bewunderung gleichermaßen hervorgerufen. Im Umfeld des Finanzministeriums an der Jägerhofstraße waren politische Feinde plötzlich zu Bewunderern geworden. Und Bewunderer zu Neidern. Doch diese Politik erbrachte Kenntnisse, von denen Emde nun immer noch, auch Jahre später, profitieren konnte. „Wir verstoßen hier gegen ein ganzes Dutzend Dienstanweisungen", ächzte der Kollege aus Düsseldorf, der von Bangert zusätzlich an Bord geholt worden war. „Und damit das klar ist, wir machen das jetzt nicht nur, weil wir wissen, dass wir damit eventuell zur Aufklärung Ihres Mordfalls da oben am Diemelsee beitragen können. Sondern auch, weil wir vielleicht das eine oder andere Mosaiksteinchen für uns behalten dürfen." Der Düsseldorfer Steuerfahnder dehnte bei Diemelsee den doppelten Vokal nicht, wie es sich gehörte. Es klang bei ihm wie „Dimmelsee". „Was wir hier machen, muss, ich wiederhole, MUSS um jeden Preis unter uns bleiben. Kommt die Presse dahinter, gibt es einen Aufschrei. So etwas hatten wir hier schon zur Genüge und so etwas wollen wir hier nicht nochmal. Ich habe selbst mindestens zweihundert Kleine Anfragen der Opposition für die Landesregierung im Vorentwurf beantworten müssen, die dann im Schredder gelandet sind. Ich habe auf diesen nutzlosen Papierkram keinen Bock mehr, wenn irgendein Abgeordneter mit Karrieresucht wittert, dass hier irgendetwas nicht ganz koscher ist, kapiert?" Emde wechselte den Telefonhörer von der rechten in die linke Hand. Er hatte von all diesem parlamentarischen Geschäftskram keine Ahnung. Zweihundert Anfragen? Niemals! Solange keine Gesetze gebrochen wurden und einen möglichen Fahndungserfolg wieder rückgängig machten, war ihm dieses Gejammer herzlich gleichgültig. Und diese kleine Gesetzesüberschreitung würde er im Zweifelsfalle gut vor Gericht begründen können. Er wollte endlich Fakten. „Ja, schon klar. Was haben Sie für uns?"

Er hörte in der Leitung Papier rascheln. Dann ein gedämpftes Stimmengemurmel, das darauf schließen ließ, dass sein Gesprächspartner am Rhein gerade die Hand auf die Sprechmuschel hielt. Er glaubte, etwas wie „Achim, gib mir doch mal ... rüber.", zu verstehen. Papier raschelte nun näher am Hörer. Dann war die Stimme wieder klar und deutlich zu hören. „Also ... dieses Konto in Nigeria, das können wir knicken. Da sind so viele Interessen miteinander verquickt, dass wir da keinerlei Einsicht haben, und wenn, dann kommen wir da nur mit richterlichem Beschluss dran. Und ich will nicht das Konto eines russischen Oligarchen offenlegen, der dann Hackfleisch aus mir machen lässt. Endstation also. Gleiches gilt für Panama. Seitdem die Süddeutsche Zeitung ihre Panama-Papers veröffentlicht hat, haben die Banken dort eine weiße Weste, die an Reinheit noch die Soutane des Papstes überstrahlt." Emde musste grinsen bei dem Vergleich. „Bei den Konten in Delaware aber haben wir etwas, das Sie interessieren könnte und das für uns gute alte Bekannte sind." Emde hatte einen Kugelschreiber gezückt und war bereit zum Mitschreiben. Er sah, dass Nofri und Bangert, die gleichsam bis jetzt an ihren Rechnern recherchiert hatten, interessiert zu ihm herübersahen. „Wir beobachten den Verkehr auf diesen Konten, seitdem uns 2014 die Zugänge auf einer CD zugespielt wurden, die wir buchstäblich in unserem Briefkasten gefunden haben."

Emde erinnerte sich dunkel an den Fall. Die Ereignisse wurden von der Presse bundesweit gefeiert. Ein Idiot von Bankangestelltem, der glaubte, sich damit seinen Lebensabend verdient zu haben, hatte französischen und deutschen Steuerbehörden jeweils die eine Hälfte der gestohlenen Kontoinformationen als

Lockmittel zukommen lassen, um von beiden für die gleichen Informationen kassieren zu können. Die Steuerbehörden beider Länder hatten im Rahmen des EU-Datenabgleichs einfach miteinander kooperiert und die Informationen zusammengesteckt wie zwei Legosteinchen. Von dem armen Teufel hatten sie nie wieder etwas gehört, entweder hatten ihn die Fluten des Rheins oder der Seine verschluckt. Und vielleicht hatte auch jemand nachgeholfen. „Es handelt sich um drei Konten, die bei der Atlantic Global angesiedelt sind. Uns bekannt als reine Briefkastenbank mit Sitz auf Aruba in der Karibik. Was da drauf landet, muss meistens vor irgendwelchen Behörden verborgen werden. Ich betone das *meistens,* das hier *nicht immer* heißen soll." Emde rutschte unruhig auf seinem Bürostuhl hin und her. „Und?" Für einen kurzen Augenblick dachte er, das Gespräch wäre unterbrochen, im Hörer war es still. Dann hörte er wieder die Stimme des Fahnders. „Dieses Konto ist, wie angedeutet, komplett legal und wird ordentlich versteuert. Wir behalten es nur pro forma im Blick. Kontoinhaber ist in allen drei Fällen die Firma Prospersoil International. Einzelbevollmächtigte sind Carl Lieberknecht und seine Frau Constanze." Emde stand auf. Nofris Blick wurde starr. Sie schien mitgehört zu haben, was der Kollege in Düsseldorf gesagt hatte. Der Düsseldorfer Steuerfahnder schien die Spannung im fernen Korbach zu spüren. „Das ist noch nicht alles." Er wartete ab. „Auf dem Konto fand erst kürzlich noch eine Bewegung statt. 2,8 Millionen US-Dollar wurden abgehoben und sind auf Nimmerwiedersehen verschwunden, weil wir in diese Kanäle keinen Einblick haben. Die könnten jetzt überall sein, theoretisch sogar ausgezahlt von einer etwas größeren Sparkassenfiliale in drei, vier schönen Lederköfferchen." Emde glaubte zu ahnen, was nun folgen würde. „Abhebezeitpunkt war gestern Mittag, Punkt 12 Uhr Mitteleuropäischer Zeit. Der oder die Bevollmächtigte konnte sich dabei, durch was auch immer, virtuell als reale zugriffsberechtigte Person legitimieren." Emde musste sich wieder setzen. Die Stimme des Kollegen aus dem Rheinland klang weiter durch den Hörer: „Ich würde mal sagen, entweder lebt ihr Carl Lieberknecht noch, oder die Witwe versüßt sich mit dem Geld seines Unternehmens ihre weiteren Jahre."

Sie hatten keine Zeit zu verlieren und konnten dieses Mal nicht auf Unterstützung aus dem benachbarten Bundesland warten. Auf der Autobahn hatten sie alles aus dem Passat herausgetreten, was unter der Haube war und dabei überprüft, ob eine Festnahme wegen Verdunkelungsgefahr angebracht war. Doch die Staatsanwaltschaft hatte drohend den Finger gehoben und es ihnen untersagt. Also mussten sie selbst nun böser Bulle guter Bulle spielen. „Ich frage mich immer noch, warum Döhrenbach den Zettel in seinem Auto liegenließ", sagte Emde mehr zu sich selbst als zu seiner Kollegin auf dem Beifahrersitz. Die blickte ihn an. „Emde, der Typ hat so etwas wie Dostojewskij und Lermontow als Entspannung gelesen. Glaubst du ernsthaft, so einer macht etwas, ohne dahinter eine Botschaft zu verstecken? Wir sollten diese Information in die Hände bekommen. Das ist Döhrenbachs Vermächtnis." Sie hatten das Autoradio ausgeschaltet. Das Rauschen der Fahrgeräusche auf der Autobahn kam Emde, der sonst nie ohne musikalische Beschallung unterwegs war, unheimlich vor. Er hatte den Prospersoilsprecher gesehen, möglichweise sogar als Letzter lebend. Er hatte auch gesehen, welche Veränderung an dem Mann vorgegangen war. Seine Kollegin hatte recht: Sie sollten die Informationen erhalten. Döhrenbach war an seinem eigenen Gewissen zugrunde gegangen. Er wollte loyal zu seinem Unternehmen stehen, von dem er wusste, dass es Dreck am Stecken hatte und möglicherweise für einen Mord mitverantwortlich war. Ob er nun davon gewusst hatte, oder nicht: Der Mann war ein Opfer seiner eigenen Ehrlichkeit geworden.

Als Emde und Nofri in Dortmund-Kirchhörde ankamen, war es bereits dunkel geworden. Die beleuchteten Gärten, eigentlich waren es mehr Parks, rings um die noblen Villen, hoben noch deutlicher als im Tageslicht hervor, dass hier ein ganz anderes Residieren kultiviert wurde, als in beengten Etagenwohnungen von Mietskasernen. Sie hatten sich nicht telefonisch angekündigt. Emde drückte den Klingelknopf an der Gartenpforte lange und ausgiebig. Aus einem verborgenen Lautsprecher drang eine Stimme. „Was wünschen Sie, Kommissar Emde?" Emde zögerte. Es war nicht die Stimme von Lieberknechts Witwe, und dennoch waren sie erkannt worden. Doch dann fiel ihm wieder das dazu passende Gesicht ein. Stephanie ... nein! Nicht Stephanie, sondern Marlene. Die verbindlich-resolute Hausdame der Bankiersfamilie im Hosenanzug. „Wir würden gerne mit Frau Lieberknecht sprechen. Es ist sehr dringend."

Die Temperatur der nun erneut erklingenden Stimme hatte auf der Stelle um einige Grad abgenommen. „Einen Augenblick bitte", erklang es frostig. „Muss sie jetzt nachsehen, ob ihre Hausherrin zuhause ist?", frotzelte Nofri leise. Emde warf seiner Kollegin einen mahnenden Blick zu. Man wusste nie, ob das, was vor der Tür gesprochen wurde, drinnen noch mitgehört werden könnte. Obwohl - eigentlich erschien es auch ihm egal. Zu ihrer größten Verwunderung öffnete sich die Pforte mit einem elektronischen Summen automatisch und ohne ein weiteres Wort. Emde dachte an schlechte Fantasyfilme, in denen sich in Tempeln oder Grabkammern eine Geheimpforte öffnete und den Zugang zu heiligen Gralen - oder großer Gefahr - ermöglichte. Constanze Lieberknecht erwartete die beiden Beamten bereits an der Tür. Rechts und links war der Eingang mit Licht aus modernen, zum Ambiente der Villa passenden Außenwandleuchten geflutet. Das grelle Licht beleuchtete den Weg zum Haus - und die dort ankommenden Personen - und erschwerte den Blick in den Eingang. Die Witwe stand auf dem Treppenabsatz. Wie eine Hohepriesterin bei einer Huldigung, fand Emde. Die Begrüßung fiel ebenso in diese Kategorie. Ohne ein weiteres Grußwort erklärte Constanze Lieberknecht unumwunden, sie habe nicht viel Zeit. „Was kann ich also für Sie tun?"

Emde entschied spontan, dass heute der Abend sein würde, an dem man auf Höflichkeitsfloskeln gut verzichten konnte. „Frau Lieberknecht, wir haben Hinweise, dass Sie und Ihr Mann, und zwar ausschließlich Sie beide, Zugriff auf ein Konto hatten, von dem noch nach dem Tod Ihres Mannes eine große Summe abgehoben wurde. Was haben Sie mit der Summe gemacht und wohin wurde sie überwiesen?" Klare Frage, keine Chance zu Ausflüchten. Kein Wenn und Aber. Lieberknechts Miene wurde zu Stein. Ihr Blick fiel mit deutlicher Missbilligung auf Nofri und erst jetzt registrierte Emde, dass er vergessen hatte, seine jüngere Kollegin vorzustellen. Was soll's? Das bösartige, kalte Funkeln in den Augen der Witwe wanderte wieder zurück zu Emde. Sie atmete tief durch wie eine Mathelehrerin, die registriert, dass sie ihren Schülern noch in der vierten Klasse die Grundregeln der Mengenlehre beibringen muss. „Herr Emde, damit wir das hier klar verstehen. Ich weiß nicht, welche Informationen Sie haben. Was ich aber mit Sicherheit weiß, ist, dass Sie sich im hohen Maße strafbar machen, wenn Sie Informationen beziehen und verwenden, die auf illegalem Wege zu Ihnen gelangt sind." Emde nickte in stiller gegenseitiger Feindseligkeit. Diese Drohung war ihm heute Nachmittag schon mal so angeboten worden. Wenn auch in etwas freundlicheren Worten. Er registrierte mit großer Verachtung die geschliffene Wortwahl einer studierten Geisteswissenschaftlerin. Und er vermutete, dass Lieberknecht auf die Frage vorbereitet gewesen war. Denn durch nichts, aber auch gar nichts war in ihrer Mimik zu erkennen, dass sie von der Frage überrascht war. Emde wurde ganz ruhig. Die Fronten schienen geklärt. Fast war er versucht, für sich im Stillen die Witwe in den Kreis der Verdächtigen miteinzubeziehen, der allerdings bislang auch nur aus einer Person rekrutierte. Ihr.

Er versuchte, seinen Zorn aus der Stimme zu nehmen. Auch Emde klang nun wie ein Pädagoge. Jedoch eher wie der gutmütige Religionslehrer, der seinen Musterschüler zum ersten Mal beim heimlichen Rauchen hinter der Turnhalle ertappt. „Frau Lieberknecht ..." „Dr. Lieberknecht!", schnarrte sie eine scharfe Korrektur zwischen seine Worte. Emde erstarrte. Die Frau wollte unhöflich sein! Er konnte sich nicht erinnern, jemals mit so einer Arroganz konfrontiert gewesen zu sein. Nun gut. Emde setzte erneut an. „Dr. Lieberknecht, Sie müssen verstehen, dass wir wissen wollen, warum das Geld abgehoben wurde und ob dies etwas mit dem Mord an Ihrem Mann zu tun hat. Verstehen Sie nicht? Wenn wir in diesen Zusammenhängen Klarheit haben, kennen wir vielleicht das Motiv und damit auch bald die Täter." Emde bemerkte erst jetzt, dass tief in der Dunkelheit des Eingangs weit hinter der Witwe eine weitere Person stand. Es war nur ein dunkler Schatten. Wie Marlene sah die Gestalt nicht aus und auch nicht wie der junge Fotograf. Er bemühte sich, nicht zu genau hinzusehen, sondern so zu tun, als hätte er die Gestalt nicht bemerkt.

Constanze Lieberknecht betrachtete die beiden Ermittler mit einem lieblich-bitteren Lächeln voller Verachtung, mit dem Cleopatra im antiken Ägypten vor zwei Jahrtausenden auch Gaius Julius Cäsar betrachtet haben mochte. Auch ihre Stimme klang nun süß wie Zuckerwatte. Und genau so ekelhaft. „Lieber Herr Emde ...", setzte sie an und Emde fiel auf, dass sie nur ihn ansprach. Nofri war für sie Luft. Sein Zorn schwoll wieder an. „... mein verstorbener Mann hat viel eigenes Kapital in das Unternehmen Prospersoil gesteckt. Ich habe mir erlaubt, mir einen Teil dieses Kapitals wieder anzueignen. Steuerlich ist das alles rechtens, aus weiterer juristischer Sicht auch. Ob ich damit für Sie in den Kreis der Verdächtigen rücke oder nicht, ist mir schlicht egal. Ich betone wie bereits zuvor, dass ich mit dem Mord an meinem Mann nicht das Geringste zu tun habe." Sie machte eine Kunstpause, um ihre Worte einsickern zu lassen. Eine perfekte Kommunikationsexpertin, dachte Emde. Er nahm sich vor, zu recherchieren, über welches Thema die Witwe promoviert hatte. „Es war mein Kapital und das meines Mannes. Was ich jetzt damit mache, geht Sie nicht das Geringste an." Emde schluckte und versuchte, den Druck, der sich in seinem Hals aufzubauen schien, zu mindern. „Frau Dr. Lieberknecht", setzte er erneut mit einem schärferen Ton an und betonte dabei noch mehr den akademischen Grad der Person vor ihm, „ich bin fest davon überzeugt, dass Sie mehr wissen, als Sie uns sagen. Sie wissen, dass ich Sie auch durch die Staatsanwaltschaft vorladen lassen kann. Wir wollen mal sehen, wie lange Sie dann ihr Schweigen aufrechterhalten können." Emde atmete durch. Dem süßen herablassenden Lächeln der Frau war nun ein Schuss offenes Bedauern beigemengt worden. Wieder war ihre Stimme zu hören. Ein süßes Säuseln mit einem leichten Lispeln. „Können Sie nicht, Hauptkommissar, können Sie nicht. Und Sie wissen auch, warum." Sie öffnete die rechte Hand. Emde sah, dass sie dort eine Visitenkarte hielt, die den beiden Ermittlern bis jetzt verborgen geblieben war. Sie war wirklich vorbereitet. „Sollten Sie weitere Fragen haben oder mich womöglich verdächtigen wollen, nehmen Sie bitte Kontakt zu meinem Anwalt auf. Für weitere Verhöre dieser Art", sie spuckte ihnen das Wort geradezu entgegen, „stehe ich nicht mehr zur Verfügung. Guten Abend!" Emde sah Nofri an, deren Augen entsetzt geweitet schienen. Nicht zum ersten Mal an diesem Tag. Die Witwe hielt Emde die Karte hin, der verdutzt und mehr fremdgesteuert als eigenmächtig handelnd die drei Treppenstufen zum Eingang hochstieg und die Karte entgegennahm wie eine Reliquie. Dann drehte sie sich um und verschwand durch die Tür, die sich wie von Geisterhänden zu schließen schien, als würde eine weitere unentdeckte Person hinter ihr stehen und sie langsam und bedächtig schließen. Emde glaubte sich sicher zu sein: Um Kontakt zu dem Anwalt aufzunehmen, dessen Name er auf der Karte sah, hätte er nur laut rufen müssen.

„Es waren mindestens zwei Personen", davon war Nofri überzeugt. Emde konzentrierte sich auf die Fahrbahn der dunklen Landstraße. Und darauf, nicht auszurasten. In der Ferne blinkten unisono die Antikollisionslichter der zahlreichen Windräder, die in den vergangenen Jahren auf den Feldern nahe den Briloner Kalkkuppen errichtet worden waren. „Eine Person, die hinten an der Wand stand und uns auch gesehen haben muss und eine Person hinter der Tür", fuhr sie fort und schüttelte sich dann bei der Erinnerung. „Ich fand es echt unheimlich." Emde empfand es ebenso. Was er heute Abend in Dortmund erlebt hatte, davon hatte er Kollegen noch nicht mal reden hören. „Zumindest wissen wir jetzt sicher, dass die gute Witwe mehr weiß, als sie bereit ist, preiszugeben. Außerdem zerfließt sie nicht unbedingt vor Trauer um ihren Gatten." Nofri studierte ein weiteres Mal die Visitenkarte des Anwalts, die sie von Constanze Lieberknecht erhalten hatten. „Der Mann ist sogar habilitiert." Sie schüttelte nochmals den Kopf. „Da kommen wir sicher nicht weiter." Emde wog seinen Kopf hin und her. „Außer vielleicht mit Hilfe der Staatsanwaltschaft, aber dann müssten wir schon etwas Besseres in der Hand haben oder es müsste fast schon Gefahr im Verzug sein." Er ärgerte sich, dass es immer noch kein Ergebnis der Handyauswertungen gab. Gleich morgen früh würde er nachfragen.

Es war ein Meisterwerk. Nur hätte Kleine sich das niemals so eingestehen wollen. Schon früher hatte er es sich bei komplizierten Recherchen zur Gewohnheit gemacht, Zeitabläufe, Personen und Orte so miteinander zu verbinden, wie es Kriminologen, seit einiger Zeit Profiler genannt, in Fernsehkrimis taten. Eigentlich sollte der Kellerraum seiner Hütte einst als Schreibbüro dienen. Dazu wäre er auch idyllisch genug gewesen: Die am Hang gelegene Hütte bot nach Norden hin aus den großen ebenerdigen Fenstern ihrer Kellerräume freien Blick auf die umliegenden Berge. Doch Kleine war abends und im Winter der Weg ums Haus hinunter zum Kellereingang zu ungemütlich gewesen. Da war er immer noch Journalist: Mach es dir gemütlich, wo und wann immer du kannst. Du musst eh früh genug wieder raus in die Kälte.

Nun stand er vor dem, was mal eine Pinnwand war. Jetzt war sie übersät mit Notizen, Zeitungsartikeln, ausgedruckten Fotos, einer Landkarte von Hessen. Am Nachmittag hatte Kleine von dem Tod des jungen Pressesprechers der Prospersoil erfahren, ohne das Wissen seines Freundes Emde. Einer der Waldarbeiter hatte mit Grimmelmann in Bad Arolsen darüber gesprochen. Der Ökofreund hatte anhand der Erzählung schnell eine Vermutung gehabt, um wen es sich handeln könnte und kam gerade des Wegs, als Kleine von einer Wanderung zurückkehrte. Für Kleine wurde die Vermutung im Laufe des Abends zu einer Gewissheit: Silberfarbener Mercedes mit Kasseler Kennzeichen, Kripobeamte aus Korbach, das konnte nur etwas mit dem Mord am Bankvorstand zu tun haben. Genauso forsch, wie er sich in der Ratssitzung verhalten hatte, schien Grimmelmann nun lammfromm. „Da steckt doch wirklich mehr dahinter", hatte er mit ernstem Blick gemutmaßt, sich dabei zu Kleine auf die Bank vor dessen Hütte gesetzt und zugesehen, wie sich der Journalist die Wanderschuhe aufschnürte. Kleine hatte nur mit den Schultern gezuckt. „Wissen Sie", begann er ohne nähere Intention, eine bestimmte Botschaft loswerden zu wollen, „manchmal ist es besser, je weniger man weiß." Grimmelmann war im Höflichkeitsmodus gefangen. Er nickte beifällig. „Genau. Das sagen meine Frau und ich auch immer. Nur bei Lebensmitteln, Textilien und Baumaterialien, da wollen wir genau wissen, was drin ist."

Kleine war froh, dass das Thema gewechselt war. „Wie läuft es denn so in Ihrem grünen Business?“ Grimmelmann hatte ihn kurz angesehen und bitter gelächelt. „Ach wissen Sie …“ Er hatte interessiert seine Schuhspitzen betrachtet und eine Bewegung imitiert, als wolle er ein Insekt zermalmen. „Irgendwie scheinen die fetten Jahre vorbei zu sein.“ Kleine hatte interessiert aufgehorcht, obwohl er das Lied vom Leid schon kannte. „Wo man hinschaut, nur Unzufriedenheit. Dabei geht es den Leuten doch gut. Ich meine …“ Er hatte scheinbar den Faden verloren, fand ihn aber dann wieder: „Wir haben seit wie viel Jahren Frieden in Europa? Achtzig Jahre? Mehr als ein durchschnittliches Menschenleben! Wir haben Angst vor dem Klimawandel, die Pandemie hat entsetzlich viele Opfer gefordert, aber eigentlich geht es uns so gut wie niemals zuvor. Und trotzdem sind alle gereizt. Jeder will bei allem der erste sein. Und alle machen dann auch das Gleiche. Und wehe, es ist nicht instagrammable genug.“ Grimmelmann hatte den Blick von seinen Schuhspitzen abgewendet und Kleine angesehen. „Wissen Sie, wann meine Frau und ich das letzte Mal geflogen sind? Vor zwölf Jahren, vor der Geburt unseres Sohnes Peter.“ Kleine hatte mitfühlend genickt. Der Junge der Grimmelmanns war damals mit einer schweren geistigen Behinderung zur Welt gekommen, eigentlich ein Wunder, dass er überhaupt lebend geboren wurde. Es gab in dem Ort erschreckend viele Fälle von frühem Krebs bei Erwachsenen oder eben einer Behinderung von Neugeborenen. Offiziell hieß es, falsch genutzte chemische Dünger in den sechziger und siebziger Jahren, die immer noch nicht abgebaut waren, könnten möglicherweise der Grund sein. Hinter vorgehaltener Hand wurde aber gemunkelt, ein Depot der Nato tief im Wald, in den sechziger Jahren angelegt, und abgesperrte militärische Sicherheitsbereiche bei Flechtdorf, von denen niemand wusste oder darüber sprechen durfte, was dort eigentlich gelagert war oder gemacht wurde, steckten in Wahrheit dahinter. Von den Dorfbewohnern, die damals beim Anlegen des Depots als lokale Hilfskräfte mitgearbeitet hatten, lebte keiner mehr. Die Mehrzahl war an Schild- oder Bauchspeicheldrüsenkrebs gestorben. Eine Untersuchung darüber hatte es nie gegeben. Sie hätte von den Betroffenen angestrengt werden müssen. Die hatten schlicht kein Geld dafür. Und die Ernte fährt einem auch niemand ein, während man auf irgendwelchen Amtsstuben sitzt und wartet. Die Menschen rings um den Diemelsee waren geduldig. Den Grimmelmanns blieb daher nichts weiter übrig, als sich dem Schicksal zu fügen. Sie pflegten ihren Jungen mit einer Liebe und Hingabe, dass es ihm, dem Journalisten, der bereits so viel Leid gesehen hatte, immer wieder die Sprache verschlug. „Wir haben damals gesagt, wir fliegen nicht mehr, meine Frau und ich“, hatte Grimmelmann den Zuhörer neben sich auf der Bank aus dessen Gedanken geholt. „Das ganze Chaos und das Anspruchsdenken der Leute war uns zu viel. Und jetzt? Die Leute kommen gar nicht mehr hinter ihren eigenen Ansprüchen vom Leben her. Und wozu führt das?“ Grimmelmann blickte Kleine an, die Antwort gab er sich selber. „Unzufriedenheit. Nichts als Unzufriedenheit.“ Er wechselte in die joviale Eigendutzform und klang wie ein Fußballspieler im Interview. „Tja, und irgendwann biste mit dem ganzen Scheiß fertig und denkst, jetzt verpasste der Regierung mal einen Denkzettel, denn die ist ja dafür verantwortlich, dass du dich so beschissen fühlst.“ Kleine schwieg. Was sollte er auch sagen?

Sie waren schließlich doch wieder zu ihrem ursprünglichen Gesprächsthema zurückgekehrt und hatten sich dann noch eine gute halbe Stunde über die Verdienstmöglichkeiten und Erfolgschancen im auf Ökoprodukte spezialisierten Onlinehandel unterhalten. Grimmelmann hatte früher mit seiner Frau auf dem Hof ‚Ferien auf dem Bauernhof‘ angeboten. Sie hatten die Wohnung auf Verdacht immer noch komplett eingerichtet und bezugsfertig für Besucher. „Aber da kommt keiner mehr, das ist zu unspektakulär. Die echte Landwirtschaft wird mit großen, gefährlichen Maschinen betrieben, das stinkt und macht Krach. Die Leute erwarten aber etwas, das mindestens so idyllisch ist wie Gut Aiderbichl.“ Er schnaubte verächtlich. „Balkone mit blühenden Geranien in den Kästen. Und mindestens Eier und Speck zum Frühstück, denn das essen die Bauern ja auch jeden Tag. Und wehe, die Eier sind nicht frisch.“ Der Ökofreund lachte böse und schüttelte angewidert den Kopf.

Kleine hatte zwei Flaschen Bier aus dem Kühlschrank geholt, die sie mit großem Genuss getrunken hatten. Es war ein schöner Nachmittag gewesen. Windstill, die Sonne war hinter eine leichte Dunstschicht gesunken und Kleine hatte mit großer Freude bemerkt, dass zum ersten Mal der Herbst – also der wirkliche Herbst – mit einem feinherben Duft nach vermoderndem Laub sein Kommen ankündigte.

Nun stand er wieder im Keller vor seiner Pinnwand, die einen flüchtigen Betrachter an das übersäte Schwarze Brett einer Philosophischen Fakultät erinnert hätte. Lieberknecht, Lieberknechts Witwe, Döhrenbach. Auf der anderen Seite dieser Krawattennazi Bergmann. Und dazwischen Geld. Viel Geld. Er hatte Fotos von allen Beteiligten ausgedruckt und dachte nach. Und was er dachte, gefiel dem einst so kritischen Journalisten Paul Kleine gar nicht. Bedächtig nahm er ein weiteres Foto aus einem kleinen Karton und pinnte es vorsichtig auf die rechte Seite, die Seite mit den Verdächtigen. Es zeigte eine sehr hochgestellte politische Persönlichkeit. Bergmann hatte sich in seiner politischen Karriere mit einigen Personen getroffen, auf die dieses Prädikat zutraf. Zu vielen. Kleine dachte an das Schweigen, das in diesen Reihen herrschen musste. Nie waren diese Kontakte, hinter denen er belastbare Verbindungen mit sehr großen Interessen vermutete, öffentlich geworden. Paul Kleine schüttelte sich und schloss das Fenster, das bisher auf Kipp gestanden hatte. Es war ein kalter Abend.

Emde und Nofri waren auf der Landstraße zwischen Padberg und Adorf unterwegs, als Nofri ihren Vorgesetzten bat, dringend bei der nächsten Gelegenheit an den Straßenrand zu fahren. Sie hatte auf ihrem Tablet ihre Mails durchgesehen, ihr Gesicht war gespenstisch beleuchtet. „Der Flughafen Düsseldorf hat sich gemeldet.“ Emde blickte kurz hinüber. Nur noch wenige Meter bis zum Gelände der alten Grube Christiane. Im Licht der Scheinwerfer tauchte links eine alte Grubenbahn auf, eine Lokomotive mit mehreren Loren. „Es grüne die Tanne, es wachse das Erz“ war in schöner Frakturschrift auf die Lokomotive geschrieben. Etwas weiter ragten die Schachtanlagen in den Nachthimmel. Emde bog nach rechts in den Parkplatz des

Besucherbergwerks ein, während seine Kollegin bereits mehrere Filmaufnahmen betrachtete, die der Flughafen Düsseldorf gesendet hatte. „Zeig mal!“ Nofri reichte ihm das Tablet rüber. Emde ließ die gesendeten vier Filme in der Reihenfolge ihrer Aufnahme laufen. Sie zeigten einen Mann zwischen Anfang und Mitte Vierzig. Kurze, braune Haare, anthrazitfarbener Anzug und gedeckte Krawatte, Mantel über den Arm gelegt, der zunächst durch den Ankunftsbereich ging. Handgepäck, er trug nur eine geräumige Aktentasche mit Schulterriemen. Ein Mann, der unter den Geschäftsleuten und Touristen in der Halle kaum auffiel. „Damit ist klar, wenn das wirklich unser Mann ist, hat er sich die Waffe und seine zusätzliche Ausrüstung nachträglich besorgt oder sie auf andere Weise ins Land schaffen lassen.“ Nofri nickte bestätigend. Der Unbekannte ging zur Niederlassung eines Mietwagenanbieters, verharrte dort eine Weile und ließ sich Zeit mit der Ausfertigung und Unterzeichnung des Mietvertrages. Die Überwachungskamera machte mehrere Schwenks durch den Raum und erfasste ihn immer wieder in der gleichen Haltung.

Emde machte sich im fahlen Licht der Leselampe des Fahrersitzes Notizen. Mit dem Mitarbeiter des Autovermieters musste er sprechen. In welcher Sprache haben die beiden gesprochen? Wenn es Deutsch oder Englisch war, welchen mutmaßlichen Akzent hatte der Mann gehabt? Hatte der Mitarbeiter etwas Besonderes bemerkt? Draußen hatte eine Überwachungskamera den Mann erfasst, wie er scheinbar ohne große Orientierungsprobleme sofort zum Parkbereich fand, ins Auto einstieg und davonfuhr. Zweifellos war der Reisende nicht zum ersten Mal am Düsseldorfer Flughafen. Der Wagen war tatsächlich ein Ford Focus. Wie das Auto, das in Hanau aus dem See gefischt worden war. „Der Flughafen hat von seinem Hausrecht Gebrauch gemacht und mit der Mietwagenfirma gesprochen.“ Emde zog hörbar die Luft ein. Das hätten sie eigentlich nicht machen sollen. Nun gut, sei es drum. „Und?“ „Und die sagen, bei dem Mann handelt es sich um einen Jerome Leconte, 46 Jahre, gemeldet in Marseille, Geschäftsmann im Import und Export und nach Düsseldorf gekommen an Bord eines Air France-Fluges aus Paris.“ Emde sah sich den Mann an. Sah zu, wie er den unmittelbaren

Bereich der Ankunft verließ. Sah, wie sich der Mann umblickte. Nicht wie jemand, der sich nach einem Abholer umschaut, einem Verwandten oder Freund. Aber auch nicht wie jemand, der unsicher ist und einen möglichen Verfolger sucht. Emde war sicher: Der Mann strahlte die Ruhe und Gelassenheit eines Profis aus. Er sondierte gelassen seine Umgebung, wusste genau, in welche Ecken er schauen musste, war stets Herr der Lage. Geheimdienst. Militär – irgendwo dort würden die weiteren Hinweise zu suchen sein. „Das ist unser Mann", stellte er fest. Nofri blickte fragend herüber. Emde sah seine Kollegin an. Der Polizist traf eine Entscheidung. Er griff zum Telefon und wählte eine Nummer aus. „Nofri, über das, was jetzt passiert, musst du Stillschweigen bewahren. Hörst du?" Die junge Frau runzelte die Stirn und signalisierte damit ihr Unverständnis. „Am Ende des Tages werden wir weitergekommen sein, aber dazu müssen wir jetzt die Linien des Dienstrechts etwas überschreiten." Er sah, wie das V auf der Stirn seiner Kollegin noch steiler wurde. Er hob die Hand, als wolle er einen Schutzschirm zwischen sich selbst und ihr ziehen. „Du kannst jetzt sagen, du hast da keinen Bock drauf, aber auch dann bitte ich dich, zu schweigen. Wenn du dabei bist, bist du dabei. Ohne Wenn und Aber, okay? Ich kann dir leider nicht mehr erklären." Sie sah ihn ernst an. Augenblicke verstrichen. Dann nickte Nofri. „Ich bin dabei." Emde drückte die Verbindungstaste seines Handys.

„Ihr seid echt von allen guten Geistern verlassen." Kleine hatte den Satz nun schon viermal wiederholt. Doch er hatte auch das Gefühl, sein Freund Emde und die junge Kollegin, die der Ermittler im Schlepptau gehabt hatte, hatten ihn nicht verstanden. Wie in Trance standen sie unten in seinem Keller vor seiner Recherchewand. Kleine hatte keine Ahnung, ob diese Wände voller Informationen bei der Polizei auch so hießen, vermutlich hatten sie dort einen amtlicheren Namen dafür. In Redaktionen hießen sie eben Recherchewand. Er war froh, dass er das Foto, das er zuletzt zu seiner Collage gepinnt hatte, wieder entfernt hatte. „Du bist ja echt versessen", murmelte Emde ohne den Blick abzuwenden. „Das ist richtig, richtig gut", ergänzte seine Kollegin.

Nora Freese, Kleine erinnerte sich an die flüchtige Begegnung vor wenigen Tagen. Die beiden Polizisten hatten Kaffeebecher in der Hand. Kleine einen Scotch. Nun, ehrlicherweise hatte auch Emde einen guten Schuss schottischen Whiskys in seinem Kaffee. Er hatte es nicht weit, Nofri würde mit dem Dienstwagen nach Korbach weiterfahren. Die beiden waren plötzlich vor seiner Hütte aufgetaucht. Emde hatte seine Kollegin kurz vorgestellt. Diese hatte keck gefragt, was ihn, Kleine, denn nun auszeichne, ihnen, den Ermittlern, weiterzuhelfen. Der Journalist konnte fühlen, dass sie nicht ganz so glücklich damit war, aus Solidarität und Sympathie nun eine Dienstrechtsbrecherin zu sein. Er konnte aber auch diesen Anflug von Rebellentum in ihrer Stimme und ihrem Blick erkennen. Die Frau gefiel ihm! Emde hatte für ihn geantwortet. „Paul kennt sich mit militärischen Fragen aus. Als Journalist hatte er die Rüstungsindustrie im Blick. Als Nahostkenner war er oft in Israel und war sogar auf Patrouille mit der Armee im Südlibanon." Emde hatte Kleine abwartend angesehen, als würde er erwarten, dass der Freund seine Erklärungen fortsetzte. Dem war es sichtlich nicht recht, dass seinen Geheimnissen nun so die schützende Decke weggerissen wurde. „Aber darüber spricht er nicht", beendete Emde schließlich die Spannung. „Gibt einen guten Grund, warum ich mich hier verkrieche", hatte Kleine ergänzt und angekündigt, nun würde er sich stattdessen in die Küche verkriechen und Kaffee kochen. „Ihr könnt sicher einen gebrauchen." Die beiden Ermittler hatten Blicke getauscht. Die junge Polizistin hatte ihn mit argwöhnischer Sympathie angesehen, wie man wohl schauen muss, wenn ein Außerirdischer abends vor der Haustür steht und in lupenrein verständlicher Sprache höflich darum bittet, Flugsicherung, NASA, ESA und die Polizei anrufen zu dürfen, weil er gerade mit seinem Raumschiff auf der nächsten Wiese notgelandet sei.

Nun sah sich Kleine nochmals die Videos des Verdächtigen an, der Jerome Leconte heißen sollte. Emde hatte recht gehabt, der Mann wusste exakt, wo die stillen Winkel waren, aus denen heraus er beobachtet werden konnte. Er wusste bei seinem Weg zum Parkplatz, wie er mögliche Verfolger abschütteln konnte – weder Emde noch seiner Kollegin war aufgefallen, dass er dabei offenbar einmal mit dem Fahrstuhl nach oben ins Parkhaus gefahren und dann wieder zu Fuß die Treppe heruntergekommen war. Eine weitere kurze Einstellung zeigte ihn, wie er vor dem Fahrzeug kurz innehielt, verärgert zu Boden blickte und dann für etwa zehn Sekunden zwischen den geparkten Fahrzeugen verschwand, bevor er die Tür aufschloss. „Da ist ihm der Schlüssel heruntergefallen“, vermutete Emde. „Nein, er sucht am Unterboden nach einem Sprengsatz oder einer Wanze“, korrigierte Kleine milde. „Wahrscheinlich hat er dazu die entsprechenden Sensorengeräte in seiner Tasche gehabt. Er hat den Wagen erst aufgeschlossen, als für ihn klar war, dass er damit nicht in die Luft fliegt.“ Es ist fast schon paranoid. Der Mann musste mächtige Feinde haben. Kleine sah sich nochmals die Notizen von Emde an. Jerome Leconte aus Marseille. Import und Export. Ein französischer Allerweltsname mit einem Allerweltsgeschäftsbereich aus einer Stadt, die bekannt dafür ist, dass dort Identitäten gewechselt werden können wie ein Pyjama. „Immerhin wissen wir jetzt, dass wir mit meiner Vermutung mit ziemlicher Wahrscheinlichkeit richtigliegen und wir es mit einem Profi aus den Reihen der Fremdenlegion zu tun haben.“

Emde berichtete über den Stand der Ermittlungen. Nofri atmete dabei mehrfach hörbar ein, so ganz geheuer war ihr diese nicht ganz amtliche Kooperation noch nicht, bemerkte Kleine. „Was vermutest du, wo könnte er eine Waffe herbekommen haben“, fragte Emde. Kleine zuckte mit den Schultern. „Also bestimmt hat er sich die nicht kurzfristig auf dem Schwarzmarkt besorgt. Profis haben Wasserträger, die ihnen so etwas zur Not über die Grenze schmuggeln. Aber ich bin mir fast sicher, dass es auch hier in Deutschland einen Markt gibt, wo man sich mit den entsprechenden Verbindungen die gewünschte Knarre besorgen kann. Ganz legal.“

Nofri betrachtete das Foto von Thomas Bergmann. „Und was glauben Sie, wie der da reinpasst?“ Kleine berichtete von seinen Überlegungen und von seinen Beobachtungen während der Ratssitzung. „Heißt, wir haben einen ... wie haben Sie den genannt?“ Kleine lächelte. Für ihn war Bergmann ein Krawattennazi. Die weitaus gefährlichere Spezies mit rechter oder zumindest verfassungsfeindlicher, im schlimmsten Fall sogar rechtsextremer Denke. Offenbar hatte er seinen Lieblingsnamen für solche Elemente bereits benutzt. „Krawattennazi", sagte er. „Krawattennazi", wiederholte Nofri. „Wir haben also einen Krawattennazi, der offenbar Verbindungen zu Lieberknecht hatte. Und was macht das für uns so besonders?" Kleine berichtete von seinen Vermutungen. „Ich glaube nicht, dass Bergmann sich komplett aus der Politik zurückgezogen hat. Ich glaube, dass er nach wie vor irgendwie die Strippen zieht. Ich weiß nur nicht, wie und vor allem wofür. Und ob bei ihm schon das Ende der Fahnenstange erreicht ist, oder ob er nur der Vorarbeiter für viel mächtigere Auftraggeber ist, die es vorziehen, im Dunklen zu bleiben. Der Auftritt seiner Frau, oder zumindest der Frau, die sich als solche bezeichnet und von der ich denke, dass sie in engem Kontakt zu ihm steht, sprach Bände." Er baute sich im Sichtbereich der beiden Ermittler auf und breitete die Hände aus, als wolle er aus Knetmasse einen Berg modellieren. Plötzlich war er wieder in seiner Redaktion und versuchte, seine Kollegen von seiner Theorie zu überzeugen. „Stellt euch mal vor, ihr wohnt hier neu in der Region. Okay, ihr habt euch vielleicht nicht mit Ruhm bekleckert in der Vergangenheit, aber wenn ihr die Chance habt, durch die Presse euer neues Gesicht zu zeigen, etwa, dass ihr jetzt begeisterte friedliebende Rosenzüchter oder famose Boulespieler seid und wie gerne ihr hier lebt ... reagiert ihr dann so scheu?" Kleine konnte sehen, dass er die beiden nicht restlos überzeugt hatte. Nun gut, sie hatten nicht die regelrechte Angst in den Augen der Frau gesehen, wie er am Morgen. Und er wollte ihnen auch nicht seine kompletten Bedenken mitteilen, die er hatte. Er blickte kurz auf, als auf seinem Laptop mit einem Glockenton der Eingang einer Mail signalisiert wurde. Eine Pressemeldung von Europol, nun, er würde sie später lesen. „Ich würde vorschlagen, ich bleibe an der Frau dran. Vielleicht finde ich heraus, wo Bergmann sich niedergelassen hat." Kleine musste an die glorreichen Zeiten denken, als dazu nur ein Blick ins Telefonbuch nötig war – und man wusste, wer wo wohnte und welche Telefonnummer er hatte. Er wusste auch, dass es Emde nur fünfzehn Tastentipps kosten würde, um es ebenfalls zu wissen. Aber dann würden seine Nachforschungen auch an anderer Stelle bemerkt, und

Kleine hielt diesen Zeitpunkt noch nicht für gekommen. Wer auch immer auf der anderen Seite stand, er sollte weiter glauben, dass die Bergmanntheorie bislang auf der Spinnerei eines outgesourcten Journalisten beruhte.

Der Chef der SoKo sah inzwischen aus, als wäre er von starken Kopfschmerzen geplagt. „Wir kommen nirgendwo weiter", stöhnte er. „Döhrenbach ist tot und hat mit Sicherheit etwas gewusst. Die Witwe von Lieberknecht weiß auch etwas, hat uns aber den Zugang zu ihrem Wissen von ihrem Anwalt verbauen lassen. Und die Staatsanwaltschaft ruft mich spätestens morgen früh wieder an und will wissen, welche weiteren Fahndungsergebnisse wir präsentieren können." Er blickte in seinen Kaffeebecher. „Haste nochmal einen Schluck Verstärker?" Kleine griff nach hinten ins Regal und reichte ihm die Scotchflasche. Während der Ermittler sich einen Schluck nachschenkte, klickte der Journalist die Mail auf. Und bekam beim Überfliegen der Zeilen große Augen. Er sah Emde an. „Ich glaube, ihr beide habt morgen einen Fahndungserfolg." Emde war mit einem Schritt neben ihm. Kleine übersetzte den in englischer Sprache verfassten Text der internationalen Polizeibehörde mit Sitz im niederländischen Den Haag. Die Polizei in Esbjerg in Dänemark meldete, sie habe einen Mann vernommen, der auf dem Revier mit einem in eine Decke gehüllten Jagdgewehr erschienen war. Dabei handelte es sich um eine Waffe des Herstellers Remington. Deren Besitz ist auch nach dänischen Gesetzen ohne die nötigen Papiere verboten. Der Mann, ein 41-jähriger Familienvater, gab an, er habe die Waffe unter sein Auto montiert gefunden. Am Tag zuvor war die Familie von einem Urlaub aus Südtirol heimgekehrt und hatte dabei Österreich und Deutschland durchfahren und dort mehrfach Pausen eingelegt. Zu den aufgezählten Stationen zählte auch eine in Hessen.

Emde sah Nofri an. Nofri überflog den Text und sah erst Kleine, dann Emde an. Kleine goss sich selbst noch einen Whisky ein. „Ich würde mal vermuten, ihr habt die Tatwaffe. Lasst das Ding untersuchen und ich wette, die Ballistiker finden einen deutlichen Hinweis, dass der mutmaßliche Jerome Leconte ebenso mutmaßlich damit den Bankier Carl Lieberknecht erschossen hat." Emde ballte beide Fäuste zu einer Siegergeste, Nofri sah

Kleine an. Sie deutete auf die Scotchflasche. „Kriege ich auch einen Schluck?“ Kleine schenkte ihr ein großes Quantum ein. Emdes Stimme hatte auf einmal den Ton eines besorgten Vaters. „Ey Nofri, du musst noch nach Korbach. Fahr mir bloß kein Loch in die Karre.“ Die Ermittlerin nahm einen tiefen Schluck. „Das ist doch hier egal, hier kontrolliert die Polizei doch nicht so streng.“ Alle drei mussten lachen.

Die beiden Ermittler waren gegangen, als Kleine, nun wieder oben in seinem Wohnzimmer, einen weiteren Laptop einschaltete. Wie so oft hatte er auch dieses Mal alle Vorhänge geschlossen. Seine Überlegungen waren Gespenster, die ihn nicht in Ruhe ließen. Wie die Gespenster der Vergangenheit, die ihn immer wieder heimsuchten. Er sah zu, wie sich der Computer langsam bootete. Er hatte diesen Laptop mit außergewöhnlich hoher Leistung und unüberwindlichen Sicherheitssystemen nur zu bestimmten, fest vorgeschriebenen Zwecken. Verdeckte Recherchen etwa. Und für den jetzigen Zweck hatte er ihn erst ein oder zweimal genutzt. Damit ein Beobachter von außen wirklich nichts sehen und auch keine Umrisse erahnen konnte, hatte er eine Stehlampe direkt auf die geschlossenen Vorhänge gerichtet. Ein zufälliger Beobachter würde von außen nun nur ein helles Licht durch die Vorhänge sehen. Er klickte eine Verbindung an. Für einige Minuten geschah nun gar nichts auf dem Bildschirm. Mehrere sich drehende schmucklose Kreise signalisierten Überprüfungen von Verbindungen, deren Sicherheit gecheckt wurde. Schließlich, nachdem der sogenannte Tor-Browser, den Kleine nutzte, drei zufällig ausgewählte Server miteinander verbunden hatte, baute sich eine Seite auf, die für Ahnungslose wie eine ganz normale Seite eines Versandhandels ausgesehen hätte. Ein Versandhandel für Judaica: Kopftücher, Kippot, Menora, Israel-Reiseführer und Salz vom Toten Meer. Und in gewisser Weise war sie das auch. Aber auch Kontaktbörse, Informationsdrehscheibe und Chatroom.

Es war viel geschrieben worden über das Darknet. Meist in Verbindung mit illegalem Waffenhandel, Prostitution und Pornografie, Gewalt, Glückspiel und all dem ganzen weiteren unappetitlichen Zeug, ohne das die Gesellschaft, so zumindest der Eindruck von Kleine, immer weniger auskam. Dabei wurde oft übersehen, dass das Darknet bei alldem auch eine Art sicheren Raum bot, in dem Fahnder mit Kronzeugen, Dissidenten mit Residenten und Sicherheitsexperten mit möglichen, nun ja, Klienten kommunizieren konnten. Das war nicht immer verboten. Und oft konnte so auch Schlimmeres verhindert werden. Wie die Dunkelheit eines geschützten Raumes Verbrechern die Chance bot, ihrem Handeln nachzugehen, bot sie auch die Möglichkeit, in Deckung und Schutz miteinander zu kommunizieren. Etwa in Staaten, in denen freies Sprechen nicht unbedingt erwünscht war. Oder in denen die freie Presse behindert wurde. Oder wenn eben ein in die Ferne entsandter Beauftragter den Rat der Zentrale einholen musste. Oder Anweisungen empfangen sollte.

Der Journalist hatte den beiden Polizisten nicht von seinen weiteren Vermutungen berichtet, die sich im Laufe des Abends zu massiven Sorgen ausgeweitet hatten. Sicher hätten sie ihn nicht ernst genommen, wenn er es getan hätte. Denn es war nur eine Vermutung, dass das, was hier am Diemelsee passierte, auf äußerst ungute Weise mit Dingen auf einer Ebene darüber zusammenhing. Weit darüber möglicherweise. Und er musste wissen, ob sich Emde und seine Kollegin möglicherweise in Gefahr begaben, wenn sie weiter ermittelten. Er war von dem Können des Auftragsmörders restlos überzeugt. Wer so eine Tat begehen konnte und dann selbst aus dem Weg geräumt wurde, war nach Kleines Einschätzung mit Sicherheit Spielfigur in etwas, das nur am Rande mit einer großen Summe Geld zu tun hatte, die in einem karibischen Steuerparadies von einem Konto verschwunden war. Auch das hatten ihm die beiden Ermittler berichtet. Oder mit einer stillgelegten Erzgrube, die wieder erschlossen werden sollte. Unklar war nach wie vor, von wem oder warum Lieberknecht kurz vor seinem Tod bedroht wurde. Und was der nun ebenfalls tote Pressesprecher Döhrenbach damit zu tun hatte. Er musste Klarheit haben. Kleine öffnete ein Kommunikationsfenster. Der Cursor blinkte und wartete auf seine weiteren Eingaben. Kleine zögerte für einen Augenblick. Sollte er es wirklich tun? Er hatte vor langer Zeit mal ein Versprechen gegeben. Aus klarer Überzeugung. Nichts konnte ihn davon abhalten, dieses Versprechen einzuhalten, aber eigentlich hatte das hier gar nichts damit zu tun. Oder doch? Die Demokratie seines Heimatlandes zu schützen, die Achtsamkeit der Menschen miteinander zu beobachten und zu verteidigen, wenn etwas die in der Verfassung verankerten Grundrechte der Menschen bedrohte – und dieses Wissen dann weiterzugeben, wenn die Interessen des Landes, in dessen Auftrag er das alles tat, bedroht waren, das war es, was er eigentlich versprochen hatte.

Und noch mehr. Er dachte an Aviva, der er dieses Versprechen gegeben hatte. Er dachte an einen Jungen namens Rafi, der an einem schönen Julitag sterben musste, obwohl er noch so viele Pläne hatte. Er dachte an sechs Millionen schwarze Mosaiksteinchen in einer düsteren Halle an einem weit entfernten Ort, um die manchmal an Herbsttagen der Wind wie ein lauerndes Ungeheuer heulte. Bei jedem einzelnen Menschen, der hinter diesen Steinchen stand, sah sich Kleine im Wort.

Dann gab er sich einen Ruck. Er musste in Kontakt treten mit den Leuten, die ihm Klarheit verschaffen konnten, weil sie einfach über die Möglichkeiten verfügten, sich in Besitz von Wissen zu bringen. Manchmal auch illegal und mit Gewalt. Er musste wissen, was sie dachten. Seine Finger flogen mühelos über die Tastatur und formten mit lateinischen Buchstaben Worte einer fremden Sprache. „Hajom eyn Schemesch kol hajom be Germania“, schrieb Kleine in Times New Roman, Schriftgröße neun, in das Fenster und achtete penibel auf Groß- und Kleinschreibung. Dann drückte er den Sendebutton. Die Nachricht verschwand. Kleine kappte die Verbindung, fuhr den Laptop herunter und klappte ihn zusammen. Er war sich sicher, dass er heute Nacht keine Antwort mehr bekommen würde. An dem Ort, an dem die Nachricht gelesen werden würde, war es bereits tief in der Nacht. Er öffnete die Vorhänge, nachdem er zuvor die Stehlampe wieder an ihren Platz gestellt hatte. Im Fernsehen lief ein alter Film mit Doris Day und Rock Hudson. Genau das, wonach ihm nun war. Und in der Flasche waren noch zwei Fingerbreit Scotch.

Kapitel 17

Der Anrufer ließ allein schon durch den Tonfall seiner Stimme keinen Zweifel daran, dass er keinerlei Widerspruch duldete. „Wir müssen zu robusteren Methoden greifen.“ Der Angerufene lehnte sich in seinem Ledersessel zurück. Er ließ sich allerdings von dem Tonfall nicht beeindrucken. Junger Heißsporn, dachte er. Glaubt, er könne tatsächlich im Handstreich Welten bewegen. Werd du erst mal erwachsen, Bursche! Er sehnte sich zurück nach den Zeiten, als Politik noch eine Sache älterer Männer war, die durch ein Stahlbad von harten Lebenserfahrungen ihre Ämter erreichen mussten. In dieser Zeit, er war damals selbst noch ein Junge, der auf der Straße mit Murmeln gespielt und dann allerdings dabei immer gewonnen hatte, kannte die Gesellschaft für solche Typen wie den, den er gerade am Telefon hatte, eine besonders treffende Bezeichnung: Halbstarke. Schlimm, wenn diese Pimpfe meinten, es qualifiziere sie schon für ein Staatsamt, wenn sie gerade mal ihre Krawatte auf die richtige Länge binden konnten. Er blieb ruhig. „Was macht Sie da so sicher?“, fragte er mit besonnener Stimme. „Döhrenbach hat sich das Leben genommen. Die Ermittler waren in seiner Wohnung.“ Der Angerufene blieb weiter ruhig. „Aber da können sie doch nichts gefunden haben. Döhrenbach war doch gar nicht eingeweiht.“ Die Stimme des Anrufers kletterte im Tonfall nun etwas höher, ein Zeichen steigenden Stresses. „Aber wissen wir das? Sind wir uns dessen sicher?“ Dem Angerufenen reichte es langsam. „Jetzt hören Sie mir mal zu, Sie Revolverheld, und teilen Sie das auch den übrigen Gunmen in Ihrem Möchtegern-Revoluzzer-Saloon mit.“ Er musste sich um Mäßigung bemühen. „Wir haben die Büchse der Pandora bereits geöffnet. Wenn wir diesen Weg weiter beschreiten, wenn ich das mache, was Sie wollen, um das Sie mich aber nicht bitten können, machen wir das Tor zu unserer eigenen Verdammnis nur noch etwas weiter auf.“ Der alte Mann holte tief Luft. „Es ist mir sowieso schon ein Grauen, was mit unserem Land passiert ist und dass wir tun müssen, was wir tun, aber wenn wir jetzt keinen klaren Kopf bewahren, wird da niemals etwas draus. Dann werden wir allenfalls ein Fall für den ...“, er wollte das Wort aussprechen, hielt sich dann aber im letzten Augenblick zurück. *Staatsanwalt* wäre das Wort seiner Wahl gewesen, aber er war sich auch sicher, dass er ein astreines Beweisstück geliefert hätte, wenn dieses Gespräch nun tatsächlich mit der Zustimmung eines Staatsanwalts abgehört worden wäre. Konnten sie wirklich sicher sein, dass die Gegenseite noch nicht so weit war? „... ein Fall für den Klempner", korrigierte er sein Satzende. „Ein Fall für den Klempner?", tönte es verständnislos aus der Leitung. Der andere verstand gar nichts mehr. Du bist eben ein Karriere-Idiot! Der Ältere wollte ihn nicht noch weiter zu Wort kommen lassen. „Ich weiß, was Sie meinen, ich werde mich der Sache annehmen und nach einer geeigneten Problemlösung suchen. Hören Sie? Nach einer geeigneten Problemlösung. Nicht das, was Sie gerne hätten, aber eine Lösung, die verstanden wird. Gute Nacht!" Er legte auf und drehte den zweiten Satz von Schumanns ‚Rheinischer' wieder etwas lauter. Pass auf, dass du dir nach dem Pinkeln deinen Zipfel nicht im Reißverschluss klemmst, Süßer! Er musste einige Leute kontaktieren.

In dieser Nacht lässt ihm der Traum keine Vorwarnung zukommen. Die Explosion ist sofort da, verdunkelt den Himmel und nimmt ihm jede Orientierung. Das Schreien ebbt nicht ab, Schüsse fallen, sie klingen anders als in den üblichen Fernsehfilmen wie eine Kakophonie aus Silvesterknallern. Staub setzt sich auf seinem Schweiß im Gesicht fest. Er spürt den harten Schlag, als er zu Boden stürzt. So liegt er noch da, gebadet in Schweiß, als ein düstergraues Morgenlicht durch die Vorhänge fällt. Fast fühlt es sich an, als wäre der Schmerz von dem Sturz immer noch da.

„Das ist das Ding!" Emde knallte ein DIN A 4 großes Foto auf den Tisch. Die Kollegen aus Dänemark hatten es gerade gesendet. Es zeigte die mutmaßliche Tatwaffe. „Unsere Experten sagen, mit der Knarre könnte Lieberknecht ohne Weiteres ermordet worden sein. Sie liegen dabei mit ihren ursprünglichen Vermutungen über die Waffe richtig. Das Ergebnis der genaueren Untersuchung steht noch aus" Sein Blick ruhte kurz auf Nofri, doch die ließ mit keinerlei Reaktion erkennen, dass sie wusste, wie sie in der Nacht zuvor an die Information gekommen waren. Emde checkte offenbar Pressemitteilungen von Interpol. So etwas würde sich im Präsidium herumsprechen! Ohne Zweifel würde der ein oder andere vermuten, dass Emde nun eine Karriere im Ausland anstrebte. Ist der dann nicht so ein bisschen was wie James Bond? Wie? Der? Pffff ... guck dir den doch mal an! Emde konnte sie schon in der Teeküche schräg über den Flur lästern hören. „Also, wir müssen unbedingt alles über unseren mutmaßlichen Täter herausfinden." Emde hob ein weiteres Foto im gleichen Format hoch, das Leconte bei seinem Weg durch den Düsseldorfer Flughafen zeigte. Die Gerichtsmedizin im Süden des Bundeslandes hatte bereits eine Datei davon erhalten, um festzustellen, ob es sich um diesen Mann handeln konnte. Selbst ein Schuss ins Gesicht, ausgestochene Augen und zwei Tage unter Wasser hatten den ursprünglichen Gesichtszügen hoffentlich nicht so sehr zusetzen können. Ein Ergebnis stand aber noch aus. Schnell waren weitere Ermittlungsaufgaben verteilt.

Emde setzte sich. Er musste nachdenken, wie er das Verhalten der Witwe einzusortieren hatte. Und er musste wissen, wie er die Überlegungen von Kleine in Bezug auf diesen Thomas Bergmann bewerten sollte. Dieser unbekannte Mann ließ seinem Freund von der Presse keine Ruhe. Nach Emdes Meinung war das Grund genug, selbst davon auszugehen, dass an der Sache etwas dran war. „Bangert?" Der Angesprochene rollte mit seinem Bürostuhl hinter seinem Bildschirm hervor und blickte fragend herüber. „Such doch mal alles raus, was wir über einen Mann namens Thomas Bergmann im Angebot haben."

„Den Frankfurter Anwalt, der diese Nazipartei gegründet hat?"

„Der Frankfurter Anwalt, der diese Nazipartei gegründet hat, yep. Und bitte etwas mehr berufliche Neutralität und Political Correctness, wenn ich bitten darf."

Auch der Alkohol in der Nacht zuvor hatte Kleine nicht vor Alpträumen bewahrt. Er machte sich nach seinem Erwachen am frühen Morgen erstmal ein kräftiges Frühstück. Wo es am

Vortag noch ein gesunder Brei aus Gemüse gewesen war, mussten es nun Rühreier und Speck sein. Draußen regnete es in Strömen. Während er den ersten Schluck Kaffee trank, klickte er sich durch die Nachrichten. Die Printausgaben hatten die Nachricht mit dem Gewehr verpasst, aber erstaunlicherweise war die Presse online auch nicht auf das Thema Tatwaffe aufgesprungen. Klar, sie wussten schließlich noch nichts von dem sehr konkreten Bezug. Aber ohne jeden Zweifel würde heute im Laufe des Tages einer seiner ehemaligen Kolleginnen oder Kollegen in der Redaktion einfach mal eine Vermutung haben und in Kassel oder Korbach nachfragen. Ein Anruf kostet doch nichts, oder? Nachdem er gefrühstückt hatte, befreite Kleine seinen Darknet-Laptop aus dem verschlossenen Schrank.

Nach wenigen Minuten hatte er das Kommunikationsfenster geöffnet. Und er hatte eine Antwort erhalten. „Awal jesch Schemesch kol hajom be Yeruschalayim", stand dort. Ebenfalls in Times New Roman, gleiche Schriftgröße. Kleine dachte nach, betrachtete einige Minuten die Buchstaben. Es wäre ein guter Weg, Klarheit zu bekommen. Sie würden ihn für verrückt halten, für vollkommen verrückt. Zudem würden sie ihm sagen, dass er sein Geld für das Flugticket unnütz zum Fenster herausgeworfen hätte. Aber, waren nicht die größten Dinge dadurch ans Licht gekommen, dass irgendjemand irgendwo mal verrückt gedacht hatte? Kleine blickte auf seine Uhr. Er schloss das Fenster, beendete die Verbindung ins Darknet und wählte sich ganz normal über Google-Chrome ins Internet. Mit wenigen Klicks war er erst auf der Seite von El-Al, dann auf der Seite von Air France, schließlich von Lufthansa. Mit etwas Glück konnte er am Vormittag in Frankfurt einen Flug der El-Al nach Tel Aviv erreichen. Eine Alternative wäre ein Abendflug mit der Austrian über Wien. Doch dann kam er erst in der Nacht am Flughafen Ben Gurion an. Heikel, wenn man dann noch nach Jerusalem wollte. Wenn er keine Zeit verstreichen ließ, ging heute gegen Mittag ein Direktflug der Lufthansa von Düsseldorf aus. Kleine klickte weiter. Es gab dort auch noch einige Plätze, die nicht unverschämt teuer waren.

‚Heute gibt es den ganzen Tag keine Sonne in Deutschland' hatte er am Vorabend auf Hebräisch geschrieben. Times New

Roman und korrekte Groß und Kleinschreibung bei Nomen. Das Signal für seinen Kontakt, dass er die Worte nicht unter Druck schrieb und nicht bedroht wurde. Vor scheinbar ewigen Zeiten hatten sie sich auf diese Chiffre geeinigt. Ob es Aviva war, die ihm geantwortet hatte? Für einen Augenblick wärmte ihn der Gedanke wie die Strahlen der Morgensonne im Frühling. Möglich wäre es. Er würde sie gerne wiedersehen. Und auch ihren Mann. Aber eigentlich war es zunächst nebensächlich, er musste sich zu einem klaren Gedanken zwingen. Jetzt ging es um reine Information. In jedem anderen Fall wäre seine Anfrage nicht beantwortet worden, wenn er auch nur in einem einzigen Buchstaben abgewichen wäre. *Ich habe ein Problem und brauche Eure Hilfe,* lautete die einfache Umsetzung seiner Botschaft. Sie hatten auf diesen Code geantwortet. *‚Aber es gibt Sonne den ganzen Tag über Jerusalem‘*, hatten sie geschrieben. Eine klare Aufforderung: *Dann komm her und lass uns sprechen.* Sie holten ihn rein von seinem Posten. Kleine zog seine Kreditkarte aus seinem Portmonee und buchte bei der Lufthansa ein Ticket. Er musste sich beeilen.

Der Autovermieter musste seinen Mitarbeiter für das Gespräch vorher gut gebrieft haben. Gegen halb elf meldete sich eine sehr zurückhaltend klingende Stimme bei Emde. „Sie wollten mich wegen des Mannes sprechen, der den Focus mit Rückgabe Frankfurt Flughafen gebucht hat und den Sie nun suchen? Die Polizei aus Hanau hat mich auch schon befragt." Emde lehnte sich in seinem Sessel zurück und griff zu einem Stift. Die Polizei in Hanau war ihm in diesem Augenblick so egal wie ein Haufen Kuhmist. „Wir haben einen Namen und die Kollegen in Hanau haben, wie Sie ja sicher schon wissen, auch Ihren Wagen." Stille am anderen Ende, der andere hörte zu. „Den können Sie so rasch nicht mehr in die Vermietung geben, der Kofferraum lässt sich nicht mehr so gut schließen." Er sah, wie Bangert ihm einen bösen Blick zuwarf. „Was uns vor allem interessiert: Ist Ihnen irgendetwas an dem Mann aufgefallen? Hatte er einen Akzent? Irgendetwas?"

Die Antwort kam unerwartet schnell und überraschte auch Emde. „Nein", sagte der Mann. „Die von Ihnen gesuchte Person hatte zwar einen französischen Führerschein auf den Namen Jerome Leconte, aber dieser Jerome Leconte sprach lupenreines Deutsch." Emde stutzte. „Und das kam Ihnen nicht komisch vor?" Der Mitarbeiter musste auch dieses Mal nicht lange überlegen. „Keineswegs. Mitunter haben Sie Staatsangehörige eines Landes, die beruflich ausschließlich in Deutschland unterwegs sind und die sich auch sonst nur im deutschen Sprachraum bewegen. Wenn Sie das einige Zeit machen, legen Sie jeden Akzent ab, egal wo Sie herkommen." Nun zögerte er doch. „Ich muss aber gestehen, ich habe auch wegen der Hintergrundgeräusche nicht allzu genau darauf geachtet. Die Ankunftshalle ist nun mal keine Gebetskapelle." Emde dankte dem Mann für seinen Anruf und sah über den äußerst saloppen Vergleich hinweg. An dieser Stelle kamen sie nicht weiter. Bangert hatte ihm inzwischen eine Aktenmappe auf den Tisch gelegt. Noch bevor Emde sie aufschlug, ahnte er bereits, was er darin finden würde. Thomas Bergmann, wie er im Buche stand. Immer noch als Anwalt tätig für entsprechend solvente Klienten, lupenreines Strafregister. Zur Hölle, der Typ hat noch nicht mal den Anstand, ein paar Punkte in Flensburg zu haben oder falsch zu parken. Aber dafür hatte er nun eine Adresse. „Wo ist Nofri?" Bangert zuckte mit den Schultern. „Dann kommst du mit, wir statten dem hier", Emde klopfte auf die Aktenmappe, „einen Besuch ab." Sein Blick fiel auf die Kaffeekanne von Bangert. Er deutete darauf. „Nimm die mit, kann sein, dass wir etwas länger bleiben müssen."

Kapitel 18

Bergmann bewohnte ein großes Einfamilienhaus in Bad Arolsen, unweit des Barockschlosses. Mit ihm gemeldet war dort nach Auskunft des Einwohnermeldeamtes seine Frau Emilia. Ohne Zweifel hatte Kleine sie am Vortag beim Einkauf gesehen, vermutete Emde. Kinder gab es nicht. Man hätte das Haus aus der Gründerzeit auch ohne Weiteres als Villa bezeichnen können. Ein großer Erker mit drei hohen Sprossenfenstern ging in den Vorgarten hinaus. Der Garten nach hinten war vermutlich eher ein Park. Emde erinnerte sich, dass das Haus in vergangenen Jahrzehnten als Praxis und Wohnhaus eines wohlhabenden Kurarztes gedient hatte, der aber vor einiger Zeit verstorben war. In der Einfahrt, die zu einer Garage und der großen weißen Haustür führte, stand ein dunkler BMW mit Frankfurter Kennzeichen, außerdem eine weitere 7er Limousine, ein Auto wie ein aggressives Monster, das, heckwärts eingeparkt, mit den Scheinwerfern zur Straße lugte und das Haus zu bewachen schien.

Die beiden Polizisten parkten knapp 100 Meter die Straße runter. Emde hielt Bangert den Kaffeebecher hin, den er aus dem Präsidium mitgenommen hatte. „Mensch Emde“, nörgelte sein Kollege, „wenn du so gerne Kaffee trinkst, warum sorgst du nicht mal selbst für Nachschub?“ Emde unterbrach Bangert noch bevor dieser die Thermosflasche geöffnet hatte. Ihm kam ein Gedanke in den Sinn. „Gute Idee.“ Er hatte etwas weiter geradeaus ein Café gesehen, bei dem er zwei Coffee-to-go erstehen wollte. Bei der Gelegenheit konnte er auch im Vorbeigehen einen vorsichtigen Blick auf die Bergmannvilla werfen. Allen Regeln der Überwachungskunst zum Trotz. „Finde du bitte inzwischen beim Amt heraus, wer laut Grundbuch der Besitzer dieses Prachtgrundstücks ist.“ Emde löste den Sicherheitsgurt. „Einen Latte?“ Bangert lächelte selig.

Von der anderen Straßenseite hätte Emde sicherlich mehr sehen können. Aber dann wäre er selbst auch besser zu sehen gewesen, also näherte er sich dem Haus auf dem direkt daran vorbeiführenden Bürgersteig. Im Vorbeigehen war hinter den Fenstern nichts zu sehen gewesen. Emde konnte zu seiner Verwunderung auch keinerlei Überwachungstechnik entdecken.

Seiner Erfahrung nach strotzten solche Anwesen nur vor Bewegungsmeldern und Kameras. Oder sie waren so gut getarnt, dass du sie nicht erkennst. Das Anwesen machte einen wirklich aufgeräumten Eindruck. Die Villa eines Wohlhabenden, der sich ohne Zweifel auch von einem teuren Gärtner den Garten pflegen ließ. Emde konnte darin nichts entdecken, was er selbst in seinem heimischen Garten besaß. Es waren offenbar ausnahmslos alles edle Gehölze, die auch noch sehr akkurat geschnitten waren. Ein Gemüsebeet würde man hier hinter dem Haus sicher nicht finden, vermutete Emde. Und auch kein Männertreu oder Geranien im Frühsommer. Der Kies in der Einfahrt zur Garage war makellos weiß wie in einer Fernsehseifenoper.

Eine knappe Viertelstunde später saß der Ermittler wieder bei Bangert im Auto, der sich über seinen Latte Macchiato freute, während sich Emde einen Café Americano mitgebracht hatte, die Variante, die einem klassischen Filterkaffee seinem Geschmack nach am nächsten kam. „Stell dir vor“, sagte Bangert, „Bergmann ist nicht Eigentümer dieser Bude.“ Emde öffnete vorsichtig den Plastikdeckel seines Bechers und stellte ihn auf die Zwischenablage, um die Lasche des kleinen Milchdöschens aufzuziehen. Sein Blick blieb für einen Augenblick auf dem dort aufgedruckten Miniaturfoto hängen. Die Museumsinsel in Berlin. Bangert hatte die Frauenkirche in München auf seiner Dose. „Nicht der Eigentümer?“ Emde hatte sich beinahe schon so etwas gedacht. „Und wer dann?“ Bangert schmunzelte. Er tippte auf seinem Tablet. „Eigentümer sind eine Reihe von Privatpersonen, deren Identität ich noch nicht kenne, sowie eine Firma mit Sitz auf den Caymann Islands.“ Emde stöhnte. Noch so eine Steueroase. Konnten die Leute denn nicht mehr ihre Ersparnisse einfach zur Bank bringen, ordentlich anlegen und ordentlich versteuern? So wie er und auch, da war er sich sicher, alle anderen, die er kannte? „Was glaubst du, wann du dazu weitere Ergebnisse hast?“ Bangert zuckte mit den Schultern. „Ich habe es schon an Nofri weitergegeben. Die wartete schon ganz ungeduldig im Präsidium, um loslegen zu können.“ Emde nickte beifällig. „Ich will eine Liste der Namen der Eigentümer und alle relevanten Eckwerte der Firma auf den Caymann Islands, auch wenn es nur eine Briefkastenfirma ist. Und das wird sie sicher sein.“ Bangert nickte und tippte auf dem Display herum. Emde nahm einen Schluck Kaffee, überprüfte mit einem raschen Griff in die Brusttasche seines Sakkos, dass er seinen Dienstausweis dabeihatte, stellte den Kaffeebecher wieder auf der Zwischenablage ab. „Okay, Kollege. Showtime.“

Die Türglocke imitierte zwar nicht Big Ben. Doch der doppelte Vierklang lehnte sich ziemlich deutlich an das Londoner Vorbild an. Dies ist kein Haus, nein, es ist ein Schloss, eine Burg, eine Festung, ging es Emde durch den Kopf. Wie in Dortmund. Während Emde noch überlegte, ob seine Überlegungen vielleicht ein böses Omen sein konnten, wurde die Tür geöffnet. Eine große Frau mit langen braunen Haaren stand vor ihnen und schaute sie fragend an. Gepflegte Kleidung, gestreifte Bluse eines amerikanischen Edeldesigners, Jeans mit auffallend großen Nähten. Sneaker. Bikkembergs, wie Emde sah. Extrem teuer, wie er außerdem wusste. Susanne hatte sich mal dafür interessiert. Das musste Emilia Bergmann sein. Sie war genau so, wie Kleine sie beschrieben hatte. Inklusive der großen Unsicherheit, die aus ihrem Blick sprach. Emde stellte sich vor, zeigte artig seinen Dienstausweis und wies mit einem Kopfnicken auf seinen Kollegen. Bangert schräg hinter ihm sagte nichts, hatte aber ebenfalls seinen Dienstausweis gezückt. „Frau Bergmann?“ Die Frau nickte vorsichtig. „Es geht um Carl Lieberknecht, den vor wenigen Tagen am Diemelsee tot aufgefundenen ehemaligen Bankvorstand.“ Er beobachtete sie genau, die Frau stand richtig unter Druck. „Wir haben Grund zu der Annahme, dass Ihr Mann, Thomas Bergmann, in Kontakt zu Herrn Lieberknecht stand und uns in den Ermittlungen vielleicht weiterhelfen könnte.“ Keine Reaktion. „Ist Ihr Mann vielleicht zu sprechen?“

Emde war, als hätte er sie hypnotisiert. Anders als die Witwe von Liebermann schien die Frau des ... wie sagte Kleine? Des Krawattennazis? Die Frau des Krawattennazis schien vollkommen verunsichert. Der Bann war erst gebrochen, als die beiden Ermittler im Hintergrund der Eingangshalle Schritte auf der Treppe hörten. Ruckartig wurde die Tür weiter aufzogen und da war er. Thomas Bergmann persönlich. Für einen Augenblick hatte Emde das Gefühl, als würde er einem Superstar gegenüberstehen, den er schon lange von Postern und aus Zeitungsberichten kannte. Nur, dass sich, anders als in so einer Situation üblich, keine Endorphine bemerkbar machten, die für ein gutes Gefühl sorgten. Wahrscheinlich hätte er sich ähnlich gefühlt, wenn er sich beim Schnorcheln im Meer vor Mallorca plötzlich einem Weißen Hai gegenübergesehen hätte. Bergmann sah genauso aus wie auf dem Foto. Nur den durchdringenden Blick, aus dem hohe Intelligenz und Überlegenheit sprachen, hatten die Fotos nicht einfangen können. Der Vergleich mit den Augen eines Hais kam gar nicht so sehr von Ungefähr. „Guten Tag, die Herren“, war die kräftige Stimme des zugezogenen Anwalts zu hören. Sie hatte einen warmen, eigentlich fast schon sympathischen Klang. „Ich habe Ihre Frage mitbekommen und kann sie Ihnen sofort beantworten. Ja, ich habe Carl Lieberknecht gekannt. Ich habe ihn mal in einigen Angelegenheiten beraten, wir haben uns auch hier in Nordhessen mehrfach gesehen und ich bin mit ihm auf der Jagd gewesen.“

Sein Blick, der bislang auf Emde geruht hatte, wechselte nun zu Bangert. „Und nein, ich kann Ihnen leider nicht weiter bei Ihren Ermittlungen behilflich sein.“ Er machte eine Pause. „Der Tod von Carl Lieberknecht berührt mich selbst ebenfalls sehr, ich möchte Sie bitten, uns nun zu entschuldigen, meine Frau und ich haben einen wichtigen Termin.“ Bergmann nahm seine Frau am Handgelenk und zog sie von der Tür weg, während er die Tür mit der anderen Hand schloss. Dann schien ihm noch etwas einzufallen, bevor die Tür ins Schloss fiel. „Außerdem untersage ich Ihnen die Weitergabe von persönlichen Daten und Informationen an Dritte und mache damit von der Datenschutzgrundverordnung der EU Gebrauch. Eine Nichtbeachtung hat für Sie empfindliche Folgen. Sie wollen das sicher verstehen, meine Herren. Guten Tag.“ Die Tür ging zu, Emde hörte nur die piepsige Melodie eines Altmetallhändlers, der langsam draußen auf der Straße auf der Suche nach Kundschaft vorbeifuhr. Er erkannte das Thema von ‚Peter und der Wolf‘. Emde drehte sich zu Bangert um, „Okay, Kollege. Rückzug.“

Kleine warf ein paar Sachen in seine Reisetasche. Die Temperaturen an seinem Zielort waren immer noch sommerlich hoch, er würde mit ein paar Polohemden, Jeans, Chinos und Leinenschuhen locker auskommen. Aus einem Schubfach im Wohnzimmerschrank zog er seinen Reisepass und mehrere Kreditkarten. Seine Hand wanderte zum Fach daneben und klaubte einen kleinen Stoffgegenstand heraus. Seine Finger fuhren über das Material. Grobe, weißschimmernde Seide, goldene, rote und braune Stickereien – Häuser, Tempel und Paläste. Yeruschalayim shel Zahav – stets in Gold und Friede getaucht. Kleine fühlte sich auf einmal an vergangene Zeiten erinnert, ihn durchfluteten Erinnerungen. Gute Erinnerungen. Ihm war, als hörte er ferne, fremdartig klingende Gesänge in einer dennoch vertraut klingenden Sprache voller Würde. Sah Kerzenlicht auf Messing schimmern, sah einen sechszackigen Stern auf blauem Glas, durch das fahles Tageslicht fiel und Männer mit Bärten und dicken Brillengläsern in Schwarz gekleidet. Schwarze Filzhüte, die hoch auf dem Kopf saßen. Eine Thora, dunkler Samt und silberne Buchstaben eingenäht. Ein gutes Gefühl. Ein Gefühl, das ihm ein Maß an Geborgenheit gab, wann immer er daran dachte. Ein Gefühl wie der Besuch bei ehrwürdigen Großeltern, was für Christen mit Blick auf das Judentum genaugenommen ja auch stimmte. Oder zumindest stimmen sollte. Der Gegenstand war eine Kippa. Kleine legte auch sie in seine Reisetasche.

Er blickte ins Bücherregal. Dort stand neben weiteren Familienfotos das verblichene Bild eines jungen Mannes in Mantel und Hut, dem Kleine nie begegnet war. Es war sein leiblicher Großvater. Freundliche dunkle Augen lächelten den Betrachter an. Nach den Erzählungen seiner Mutter hatte auch sie ihren Vater nie kennengelernt. Er sei noch vor ihrer Geburt im November 1938 verstorben. Woran, wisse sie auch nicht. Kleine hatte diese Geschichte nie geglaubt, zu viel passte da nicht zusammen. Im Laufe der Jahrzehnte hatte sich so ein Mysterium um diesen Unbekannten aufgetürmt, denn auch Nachforschungen bei Behörden blieben erfolglos. Es hatte seinen Großvater definitiv laut Geburtsurkunde seiner Mutter gegeben – aber nirgends war eine Sterbeurkunde zu finden. Oder ein weiterer Beleg seines Verbleibs. Kleine stellte das alte Foto wieder an seinen Platz, nachdem er es einige Augenblicke betrachtet hatte. Es gab so viele, die in diesen unseligen Jahren für immer spurlos verschwunden waren.

Bevor er die Tasche schloss, fiel Kleines Blick auf den Aufsetzer der Tageszeitung, eine Geschichte am Fuß der Titelseite. In einem östlichen Bundesland war ein großes Kulturfestival abgesagt worden. Auf dem Programm hatte der Auftritt einer Band gestanden, die bekannt für ihre kritischen Texte gegen Rechtsradikalismus war. Rechtsradikale wiederum hatten protestiert. Fassungslos las Kleine, dass das Kuratorium und auch die Kommune es völlig in Ordnung zu finden schienen, das Fest dann komplett abzusagen, anstatt den Rechten Paroli zu bieten. In Nordrhein-Westfalen stand heute offenbar der Rücktritt von Finanzminister Dahmen an. Monatelang nach Antritt der neuen Landesregierung hatte die Presse gerätselt, warum Dahmen nicht die höchst populäre und sehr einträgliche Strafverfolgung von Steuervergehen seiner Vorgänger Helmut Linssen, Norbert Walter-Borjans und Lutz Lienenkämper auf der Agenda stehen hatte. Fast war es, als würde das Thema gar nicht existieren. Seit knapp zwei Wochen wusste das Bundesland und auch ganz Deutschland, was der Grund dafür war: Der Finanzminister hatte sich unter den ‚Gästen' eines nicht gewerblich genehmigten Swingerclubs befunden, als dieser von Polizei und Steuerfahndung bei einer Razzia auseinandergenommen wurde. Damit noch nicht genug. Der Politiker, eine stets in teure Anzüge gekleidete, aber vor allem in seinem Benehmen äußert unmanierliche Erscheinung, hatte anschließend offenbar in einem Anflug von Wahn versucht, über sein Ministerium Druck auszuüben, um seinen ‚Beitrag' zu der Aktion zu vertuschen. Doch er hatte die Rechnung ohne seine zuvor monatelang verprellten Steuerfahnder gemacht: Informationen und auch ein recht unscharfes Foto, das den Minister zeigte, wie er in einem Louis XIV.-Kostüm mit Barockperücke von zwei vermummten Beamten aus dem Club geführt wurde, gelangten zur Boulevardpresse. Außerdem kam heraus, dass der Minister in seiner Zeit als Topbanker vor seinem Amtsantritt durchaus die eine oder andere Firma unweit karibischer Traumstrände gegründet hatte, um Familienvermögen zugriffssicher vor dem Fiskus zu parken. Keine gute Vergangenheit für einen Landeskassenwart. Die Staatsanwaltschaft ermittelte bereits. „Dumm, dümmer, Dahmen", titelte dementsprechend die Bild in ihrer heutigen Ausgabe. Und die kleinere Schwester des Blattes konterte mit „Rücktrittsgrund: Unheilbare Doofheit". Der Ministerpräsident ließ die Presse schlicht wissen, jegliche Ermittlungen würden unterstützt, er erwarte für den heutigen Tag tatsächlich ein Rücktrittsgesuch seines Kabinettskollegen.

Kleine musste vor seiner Abreise noch ein Gespräch führen und wählte die Nummer der Westdeutschen Gazette mit einer Durchwahl. Er warf einen Blick auf die Uhr. Mit etwas Glück wäre Tim schon am Platz, er kümmerte sich morgens um die Presseschau der Redaktion. Und tatsächlich war der Politikredakteur schon beim zweiten Klingeln am Apparat. „Kleine, du alte Hütte, was geht bei euch da oben an diesem Mordsee ab?" Sein ehemaliger Kollege freute sich scheinbar wirklich, ihn zu sprechen, er hatte die Nummer im Display erkannt. Nun gut, sie hatten auch seit einer Ewigkeit nichts mehr voneinander gehört. Tim Küsters war zwei Jahre jünger als er. Sie hatten gemeinsam vor gefühlt ewigen Zeiten nach ihrem Studium bei der Gazette in Düsseldorf volontiert. Doch während es Kleine zum großen, freien Journalismus gezogen hatte, war Küsters dem Blatt treu geblieben. Bis heute. Der Redaktionsalltag hatte ihn nicht abstumpfen können, auch die ganzen Eruptionen der Medienbranche nicht. Inzwischen war er stellvertretender Ressortleiter der Nachrichtenredaktion. „Tim." Kleine überlegte, wie er am unauffälligsten zu den Informationen gelangen konnte, die er brauchte. „Tim", setzte er nochmals an, „jetzt lassen wir den Mord hier oben am Diemelsee mal Mord sein. Ich rufe wegen einer anderen Sache an und brauche deine Einschätzung. So ganz unter alten Kollegen." Er fiel nun doch mit der Tür ins Haus. „Diese ganzen Paradigmenwechsel in der Politik", Kleine benutzte mit Absicht einen Fachbegriff aus der Politikwissenschaft, um an ihre gemeinsamen akademischen Wurzeln zu erinnern. „Ich möchte wissen, was deine Meinung dazu ist. Ich sehe da zu vieles, das mir Sorgen macht. Zunächst hatte ich das Gefühl, die Politik nimmt gar nicht mehr die Aufgaben des Wählers war. Nun lese ich: Aufweichung des Waffenkontrollgesetzes. Die Bundeswehr kann bewaffnet in den Straßen auf Patrouille gehen. Überwachungen, Lauschangriffe, Gesetzesverschärfungen hier und da. In den vergangenen Wochen und

Monaten ist so viel in Bewegung geraten, dass man gar nicht wissen möchte, wo der Zug hinfährt." Kleine blickte zum Fenster hinaus. Unten tuckerte der alte Plutz mit seinem ebenso in die Jahre gekommenen Deutz hinter den Güremberg. Er würde nun endgültig sein Vieh für den Winter in den Stall holen oder hatte die Kühe vielleicht schon drin. Der Anhänger war nun für die nicht mehr ganz so jungen Kälbchen gedacht. Sicher wussten die Bauern schon, dass es in den kommenden Nächten Frost geben würde. „Weißt du noch, wie wir an der Uni Hannah Arendt gelesen haben? Ich muss dringend mit dir sprechen." Am anderen Ende der Leitung hörte Kleine zunächst nur Schweigen. Er hatte keinen Zweifel, dass sein Redaktionskollege und Blutsbruder im Teamgeiste ahnte, was er wollte. „Kleine, kann ich dich gleich zurückrufen?" Die Stimme seines ehemaligen Kollegen klang auf den ersten Blick übertrieben freundlich, doch Kleine spürte nun auch in ihr fallende Temperaturen. Er dachte an ihr gemeinsames Studium. An der Uni hatten sie damals unglaublich viel diskutiert. Auch über die abgeschliffenen Lehrmeinungen hinaus. Über Globalisierung und die Terrorgefahr des Islamismus. Sie waren sich damals durchaus alle bewusst, dass sie in Zeiten immer stärker ins Alltagsleben der Menschen vordringenden technischen Möglichkeiten und, wie hatte Kleine es damals genannt? Proliferation von Informationen, kurzum: an der Schwelle neuer Zeiten standen. Jeder konnte sich über alles in Sekundenschnelle informieren, Märkte wurden dynamisiert. Und religiöse Ansichten radikalisiert. In Tansania war es kurz zuvor zu Anschlägen gegen die US-Botschaft gekommen, im Hafen von Aden im Jemen war ein Schiff der US-Navy angegriffen worden. Überall hatte es Tote gegeben. „Ich glaube, dass das noch lange nicht das Ende der Fahnenstange ist", hatte Tim damals in einem Hauptseminar behauptet. „Ich glaube, wir stehen an der Schwelle eines Jahrzehnts, das beherrscht werden wird von durch das Internet unterstütztem Terrorismus und Radikalisierung der westlichen Gesellschaften und ich glaube, dass islamistische Terroristen eines Tages auch Massenverkehrsmittel zur Verwirklichung ihrer Ziele einsetzten werden. Außerdem befürchte ich eine

Rückkehr rechtsradikaler Ideen, die ohne Maskerade auf offener Straße diskutiert werden können."

Es hatte Geraune unter den Kommilitonen gegeben. Das war außerdem die These eines damals viel gelesenen Politikwissenschaftlers gewesen. Küsters hatte sie nur viel, viel radikaler durchgedacht. Ihr Professor hatte nur schweigend genickt und sich nachdenklich Notizen gemacht. Es war der April des Jahres 2001 gewesen.

„Tim", nahm Kleine den Gesprächsfaden wieder auf, „ich bin heute in Düsseldorf. Mein Flug geht um 13.45 Uhr, aber ich bin nur mit Handgepäck unterwegs." Er warf einen Blick auf den Ausdruck seines Fahrscheins. „Ich könnte gegen 11.30 Uhr in Düsseldorf sein. Wollen wir uns kurz da treffen? Das wäre vielleicht noch besser, als am Telefon, oder?" Kleine hörte, wie Maustasten geklickt wurden. Küsters konsultierte offenbar seinen Terminplan. „Da sind wir wahrscheinlich gerade aus der Blattkritikrunde raus. Könnte klappen." Kleine glaubte zu spüren, dass sein Ex-Kollege noch etwas loswerden wollte und wartete ab. Doch es kam nur ein Vorschlag für den Ort des Treffens. „Der Inder am Carlsplatz?" Kleine durchflutete eine angenehme Erinnerung. Auf dem Carlsplatz in der Düsseldorfer Altstadt hatten sie während ihres Volontariats häufig ihre Mittagspause verbracht. Es gab damals grundsätzlich zwei Arten von Volontären. Die einen, die Schleimlappen, die sich mit der Hoffnung auf ihren Traumjob früh an die Fersen altgedienter Redakteure hefteten, sie auch in der Mittagspause verfolgten und von diesen dafür ausgiebig gehasst wurden. Und die anderen, die Autonomen, die als Gruppe genau das Gegenteil machten, ihr eigenes Süppchen kochten und in der Pause lebhaft Themen ausdiskutierten. Diese Gruppe bevorzugte den Carlsplatz. „Hat der noch diesen scharfen Gemüseeintopf?" Die Antwort kam schnell. „Der geht dann auf mich", bestätigte Küsters. Kleine verabschiedete sich. Es wurde Zeit aufzubrechen.

Auf der Fahrt mit dem Regionalexpress kam zwischendurch sogar auch mal die Sonne heraus. Ironischerweise mitten im Ruhrgebiet. Kleine erinnerte sich noch an seine erste Fahrt in den Pott. Sie hatten damals mit der Grundschule einen Ausflug ins Bergbaumuseum nach Bochum unternommen und ihre Klassenlehrerin hatte ihnen vorher absolut glaubwürdig erzählt, dass im Ruhrgebiet kein Baum und kein Strauch mehr wachse. Zwar mag dies damals mit Sicherheit für einige Stadtteile Duisburgs, Essens und Dortmunds gegolten haben. Aber nicht für das ganze Ruhrgebiet, wie sie schnell merkten. Und so ging die Fahrt damals auch vorbei an grünen Wiesen und dichtem Wald. Kleine hatte damals gelernt, dass auf die Meinung von Lehrern nicht unbedingt zu einhundert Prozent vertraut werden durfte. Es hatte sich viel getan im Ruhrgebiet und er genoss die Fahrt durch die ehemalige Herzkammer von Kohle und Stahl.

In Dortmund wechselte er in die S-Bahn. Von hier würde es in einem Rutsch durchgehen bis nach Düsseldorf. Dort würde er, um seinen Weg so gut wie möglich zu verschleiern, nach seinem Treffen mit Küsters in Düsseldorf-Unterrath aussteigen und die letzten zwei Kilometer zum Flughafen zu Fuß gehen.

In die Vierersitzgruppe gegenüber setzten sich zwei junge Männer, vielleicht sechzehn oder siebzehn Jahre alt. Während der eine mit flinken Fingerspitzen lautlos seine sozialen Kontakte pflegte, spielte der andere unentwegt ein Ego-Shooter-Spiel. Das Knattern der automatischen Waffen und das Explodieren von Sprengköpfen wurde nur unterbrochen von Bekundungen der Begeisterung: „Yeah! Geil! Krass, Dich habe ich auch, du verdammte Sau! Suck it, man! Burn, motherfucker“ Kleine drehte sich zum Fenster und war entsetzt, wie realitätsnah die Geräuschkulisse in das Spiel eingebunden war. Nur die Schmerzensschreie der sterbenden Gegner waren nicht gellend und markerschütternd genug – kein Computerprogramm konnte sie so generieren wie die Wirklichkeit. Ob der Junge jemals sehen würde, wie ein Mensch noch im Stehen in einer Geschossgarbe starb? Miterleben würde, wie das Licht in den Augen bleich und die Mimik zu einem milden Lächeln wurde, als würde der Sterbende bereits in ferne Paradiese schauen, noch bevor der Körper auf den Boden aufschlug? Ob er überhaupt jemals Kontakt mit dem Tod haben oder zulassen würde, lange vor der Zeit, wenn es an ihm selbst war, damit umgehen zu müssen?

Draußen sah Kleine Herbstfelder vorbeiziehen. Er war plötzlich woanders …

... sie wurden am frühen Morgen mit einem Hubschrauber abgesetzt, springen nun über den Fels, während die Rotorblätter weiterschlagen, suchen Deckung zwischen den Kiefern am Hang, die Waffen schussbereit auf den unsichtbaren, aber zweifellos lauernden Feind gerichtet, als der Helikopter mit einem kreischenden Dröhnen wieder ins Himmelsblau aufsteigt. Die Luftwaffe hat bereits ganze Arbeit geleistet. Schwarze Rauchfahnen steigen auf. Auf den Felsrücken der umliegenden Berge sichern Scharfschützen das Gelände, eine Drohne kreist hoch über ihnen und liefert messerscharfe Bilder direkt ins Hauptquartier der Streitkräfte. Der kommandierende Offizier sitzt dort in klimatisierter Luft, nuckelt eine Coke und sagt mit beruhigender Stimme, dass sie sich keine Sorgen machen brauchten: „Eyn betach Fedajin scham! Nachon?" Ganz sicher, ob es denn dort draußen wirklich keine Widerstandskämpfer mehr gab, schien sich der Mann mit dem Gold auf den Schultern aber nicht zu sein. Sie hören es in ihren Ohrhörern. Auch er, der darauf bestanden hat, als eingebetteter Journalist diese Patrouille begleiten zu dürfen. „Was willst du denn da draußen?", hatte ihn der Seren gefragt, der darüber zu urteilen hatte. Journalisten, vor allem aus Europa, waren nicht so gerne gesehen bei der Zahal. Schon gar nicht bei Einsätzen. Meist schrieben sie hinterher demoralisierende Berichte. Israel kam dabei immer schlecht weg. Kindermörder, waffentragende Monster, die gegen Wehrlose antreten, auch er kannte diese Berichte.

Am Ende durfte er doch mitgehen. Sie schienen Vertrauen zu seiner Schreibe zu haben. Der Erste ihres Zugs hebt plötzlich die rechte Hand zur Warnung und geht wortlos langsam in die Hocke, sein Sturmgewehr weiter mit der linken Hand im Anschlag haltend. Die anderen folgen seinen Bewegungen wie Schatten. So sitzen sie dort, während die Sonne im Osten höher steigt und mit ihr die Hitze des Tages kommt. Schon singen die ersten Zikaden in den Hecken und zwischen den Kiefern. Nach einigen Minuten, wie lange genau, weiß er nicht, richten sie sich langsam wieder auf. Die knisternde Stimme in ihren Ohren hat keinen Kontakt gemeldet. Immer wieder dreht er sich um und prägt sich den Weg ein, den sie gekommen sind. Man wusste nie, unter welchen Umständen man vielleicht zurückmusste!

Wann immer einer von ihnen eine freie Fläche über Feld ohne Deckung zu überwinden hat, sichern mindestens zwei weitere die Richtungen nach vorne und hinten ab. Es ist ein gut eintrainierter Automatismus, der mit blindem Vertrauen aufeinander abläuft. Fast wie die abgestimmte Choreografie einer Ballettkompanie.

Am Ende ist es dennoch nicht genug Sicherung. Sie haben das Dorf bereits erreicht. Woher der Schuss kommt, weiß hinterher keiner mehr und ebenso wenig, ob der verborgene Schütze die darauffolgenden Minuten überlebt hat. Er hört den Aufprall der Kugel, es klingt fast wie ein Hammerschlag auf einen festen Mehlsack. Rafi aus Mitzpe Ramon etwas links von ihm – am Vorabend haben sie noch etwas länger miteinander gesprochen. Rafi plante eine weite Reise nach seiner Dienstzeit, „in den Indischen Ozean, Mauritius, Seychellen, egal, ich habe mein ganzes Leben nichts als Wüste gesehen" – macht einen Laut der Überraschung, fletscht mit geschlossenen Augen die Zähne. Die verputzte Mauer hinter ihm hat plötzlich wie hingezaubert ein rotes Muster aus gezackten Adern ähnlich einem Gemälde von Jackson Pollock. Ohne ein weiteres Wort sackt der Unteroffizier in sich zusammen wie eine Marionette, bei der man die Fäden durchgeschnitten hat und bleibt regungslos mit dem Gesicht im Dreck des Weges liegen. Die Soldaten werfen sich in Igelstellungen zusammen. Das scheinbar unkontrollierte Erwiderungsfeuer, es klingt wie eine irre Kakophonie von Feuerwerksknallern, setzt sofort ein ...

Eine einfliegende Maschine zeigte Kleine, dass sie sich bereits in der Nähe des Flughafens befanden. Ich muss weg von diesen Ballergeräuschen! Er ging zur Tür, die S-Bahn durchfuhr Vororte von Düsseldorf, die Häuser vor den Fenstern wurden höher, der Verkehr auf den Straßen dichter. Wenige Minuten später hielt der Zug im Hauptbahnhof weit draußen auf den Bahnsteigen. Mit einem Zischen öffneten sich die beiden Türen und Kleine trat, seine Ledertasche an einem Gurt über die Schulter gehängt, auf den Bahnsteig. Und erstarrt sofort. Denn auf dem Bahnsteig lag ...

... ein Toter! Kleine sah ihn deutlich, nur zehn Meter entfernt, auf der rechten Seite liegend und das Gesicht abgewandt. Weiße

Hose, hellblaues Hemd, dunkle Haare. Andere Mitreisende, die der Treppe zur Straße entgegeneilten, liefen achtlos an ihm vorbei. Kleine blieb regungslos stehen und spürte sein Herz infernalisch klopfen. Er konnte keinen Schritt weitergehen. Sieht den denn keiner? Er drehte sich um, musterte alle Mitreisenden. Scheinbar nahm tatsächlich keiner von dem Leichnam dort Notiz. Ein Mann stieg sogar über ihn hinweg und gab ihm noch einen festen Tritt in den Rücken, bevor er weiterging. Der Tritt klang wie ... feste Pappe. Kleine zwang sich, hinzusehen. Atmete durch. Es ist Pappe! Er verstand und war wieder in der Wirklichkeit. Doch es war wie das Auftauchen aus einer tiefen Wasserschicht. Eine Sekunde verging, dann zwei, es wurden drei, schließlich vier. Es war Pappe! Nein, es war keine Pappe, korrigiert sich Kleine, es war festes Papier. Eine lange Rolle Papier, die der Wind oder ein übermütiger Rowdy von einer Werbefläche abgerissen hatte, und die sich wieder zusammengerollt hatte. Von dem Punkt, an dem Kleine stand, hatte das Papier die Konturen eines liegenden Menschen. Kleine sackte mit dem Rücken gegen einen Laternenmast und ging in die Hocke, weil die Knie ihren Dienst versagten und nachgaben.Er hatte das Gesicht zwischen den Knien verborgen. Ihm war, als müsste er sich übergeben. Vielleicht wäre das gar nicht die schlechteste Lösung. Sich einfach auskotzen, diese ganzen kranken Erinnerungen einfach von sich geben und sie ein für alle Mal los sein.

„Geht es Ihnen nicht gut?" Kleine blickte auf. Eine junge Frau im dunklen Mantel und mit eleganter Handtasche, Schal und Mütze passend aufeinander abgestimmt. Kein Zweifel, sie musste hier irgendwo arbeiten und ist auf dem Weg ins Büro. „Brauchen Sie einen Arzt?" Er schüttelte den Kopf und murmelt etwas, von dem er hoffte, dass es als eine Art Dankesbekundung taugte. „Ich bin okay. Hab mich nur gerade an etwas erinnert." Sie nickte, versuchte Verstehen zu signalisieren, doch Unverständnis stand ihr zu sehr ins Gesicht geschrieben. Sicher denkt sie, dass ich besoffen bin, dachte Kleine. „Sind Sie sicher, dass ich keinen Arzt holen soll?" Kleine nickte ebenfalls und hob abwehrend die Hand. „Ganz sicher, mir geht es gut." Die junge Frau verabschiedete sich, drehte sich nach ein paar Metern aber nochmals um. Kleine hob nochmals zum Gruß die Hand und starrte zu der Papprolle hinunter, die wirklich nicht mehr war, als eine Papprolle. Fast hätte er vor Wut ebenfalls davor getreten. Er warf seine Reisetasche über die Schulter und machte sich auf den Weg.

Der Carlsplatz war vom Hauptbahnhof gut erreichbar. Kleine nahm die U-Bahn, die Gerüche und Geräusche der Großstadt waren für ihn beinahe ein Genuss. Wie lange war er jetzt schon nicht mehr hier gewesen? Anderthalb Jahre? Mehr noch. Der Berufsverkehr war bereits abgeebbt, nur noch wenige Pendler eilten durch die geräumige Ladenpassage des Bahnhofs ihren Zügen entgegen. Kleine schloss seine Tasche in einem Schließfach ein und saß wenige Minuten später in einer Bahn in Richtung Steinstraße und Königsallee. An der Prachtmeile stieg er aus und warf einen Blick auf das Verlagsgebäude, das auf der anderen Seite des Kö-Grabens zwischen den Bäumen zu erkennen war. Eigentlich wäre es eine gute Gelegenheit gewesen, einigen ehemaligen Kollegen Hallo zu sagen, doch Kleine verkniff sich das. Er war damals nicht ganz ohne Konflikte gegangen. So mancher nahm ihm bis heute seinen übereilten Abgang übel. Und schließlich wollte er Küsters nicht unnötig in Schwierigkeiten bringen. Sicherlich hätte der sich hinterher unangenehmen Fragen stellen müssen. Was hatte der denn hier zu suchen? Über was habt ihr gesprochen? Echt? Weiß die Chefredaktion davon? Wie stellst du dir das überhaupt vor? Nein. Seine Visite in der Landeshauptstadt sollte möglichst ohne ein Nachspiel für andere bleiben.

Über die Benrather Straße hatte er nach wenigen Minuten den Carlsplatz erreicht, der wie eine große offene Markthalle mitten in der Altstadt lag. In den engen Gässchen zwischen den Buden wurden Käse- und Wurstspezialitäten angeboten. Obst und Gemüse türmte sich unter den Angebotstafeln, frischer Fisch lag auf Eis. Nur wenige Meter weiter duftete es nach exotischen Gewürzen. Besucher eilten durch die Gassen, überall waren Gespräche zu hören. Hier fand sich der Inder, um den Küsters und Kleine bereits als Volontäre kaum einen Bogen machen konnten.

Mit einem Blick sah Kleine, dass sein ehemaliger Kollege bereits da war und eine Suppe löffelte. Auch das gehörte zur Tarnung, die zwischen ihnen nicht abgesprochen werden musste. Keine große Begrüßung, kein großes Hallo. Sie machten es so wie früher, wenn sie verdeckte Informanten trafen. Kleine war auf die Minute pünktlich und Küsters musste das gewusst haben. Er hatte Wort gehalten und für seinen ehemaligen Redaktionsmitstreiter bereits einen Eintopf mitbestellt. Beide Schalen dampften in der Herbstsonne. Kleine stellte sich einfach dazu.

Küsters hatte sich kaum verändert. Rote Haare, hochaufgeschossen und immer noch die gleiche Hornbrille. Äußerlich erinnerte er an den ZDF-Korrespondenten Theo Koll. Sie gaben sich kurz die Hand, schwiegen und genossen die scharfe exotische Speise, während ihre Gedanken vergangenen Tagen hinterherhingen. Früher hatten sie hier wirklich oft gegessen. Für einen Augenblick fühlte sich Emde wohl mit dem plötzlich aufkommenden Gedanken, einfach wieder in den hektischen Redaktionsalltag zurückzukehren, den Nachrichtenwelten mit ihrer ungezügelten Dynamik, jeden Tag, jede Stunde am Puls der Zeit. Doch gleichzeitig wusste er, dass er schon nach dem ersten Tag mit einem Feierabend nach 21 Uhr die Nase voll haben würde. Auch von den vielseitigen Eitelkeiten, die in manchen Redaktionen aufeinanderprallten. Was? Ich bekomme nicht den Aufmacher und soll mich mit einem Dreispalter zufriedengeben? Never ever, das geht gar nicht! Nein, sein Leben war gut so, wie es war.

„Was hast du konkret auf dem Herzen?“ Die Frage von Küsters kam völlig unvermittelt. Kleine wartete kurz ab. Dann antwortete er ebenso schnörkellos. „Hannah Arendt. Du erinnerst dich?“ Natürlich erinnerte sich Küsters. „Natürlich“, sagte er. Er erinnerte sich nicht nur an das Stichwort etwas früher am Vormittag. Sondern auch an ihre früheren Diskussionen, die manchmal bis spät in die Nacht und bei nicht nur einer Flasche Wein geführt wurden. Sie hatten einfach Spaß am Disput. „Fragst du dich nicht auch manchmal, wie viel von ihren Merkmalen einer totalen Herrschaft bereits erfüllt sind? Wohin steuert unser Land, Küsters?“ Die Reaktion kam schroff. „Hast du deswegen diesen kleinen Abstecher hierher gemacht?“ Sein Kollege war ihm regelrecht ins Wort gefallen. Er warf einen schnellen Blick um sich, um ganz sicherzugehen, dass niemand das Zusammentreffen beobachtete oder, noch schlimmer, belauschte. „Du meinst diese merkwürdigen, nun, nennen wir es mal ... Zuspitzungen in der Legislative?“ Seine Stimme hatte deutlich an Volumen verloren, sie war nahe an einem Flüstern, Küsters Blick durch die dicken Brillengläser hatte etwas Verschwörerisches. Kleine nickte. Küsters zählte weiter auf. „Bundeswehr im Bedarfsfall in den Fußgängerzonen? Verschärfung der Möglichkeiten der Judikative und der Exekutive? Nie wieder irgendein Problem dabei, wenn du dein Vermögen schön gewinnbringend in Liechtenstein anlegen willst? Oder Waffensysteme ans interessantere Ausland verhökern? Mit schönen vielen Folgeaufträgen auch für die richtig großen Feuerwerke der Weltgeschichte?“ Kleine wusste nun: Auch sein ehemaliger Studienfreund hatte scharf beobachtet und sich Gedanken gemacht. Und diese schienen in die gleiche Richtung zu gehen, wie seine eigenen Beobachtungen.

Küsters zerteilte mit dem Löffel eine Kartoffel auf seinem Teller. Dann musterte er ihn scharf. „Kleine, bevor ich dir antworte. Bevor ich dir sage, was du sicherlich hören willst, muss ich eines ganz genau wissen.“ Nun blickte sich auch Kleine um, bevor sein Gesprächspartner fortfuhr. „Warum kommst du damit zu mir? Kommst du für dich? Oder schickt dich jemand?“ Kleine hoffte, dass er ehrlich klang. Er umriss mit wenigen Worten die Ereignisse am Diemelsee, ließ aber seine unausgesprochene Vermutung eines direkten Zusammenhangs aus. Es wäre einfach zu sehr an den Haaren herbeigezogen. Küsters nickte jedoch, er schien zufriedengestellt. „Weißt du noch, wie wir nach den Anschlägen vom 11. September im darauffolgenden Wintersemester über Machtergreifungen gesprochen haben?“ Kleine erinnerte sich. Staatsstreiche, Revolutionen und deren historische Vorbilder. Mechanismen und Instrumente der Politik, um Macht geräuschlos umzupolen. Elitenbildung, Kastensysteme der Gesellschaft. Sie waren damals noch auf der Uni, andererseits schon freie Mitarbeiter ihrer Zeitung, kannten sowohl zwangloses Studenten- als auch striktes Berufsleben. Küsters schaute zwei jungen Frauen hinterher, die vorübergingen. Bankangestellte, vermutete Kleine, die konservativ-blaue Bürokleidung ließ darauf schließen. „Umstürze laufen heute nur noch in Bananenrepubliken mit Barrikadenkämpfen, roten Fahnen und Straßenschießereien ab. Jetzt stell dir aber mal vor, es sei die herrschende Klasse, die eine Machtergreifung vornimmt." Kleine versuchte, es sich vorzustellen, auch wenn es ihm schwerfiel. „Und dann überleg dir mal, dass das Volk, das eigentlich der Souverän ist, inzwischen entweder zu verblödet ist, das mitzubekommen, oder vollkommen desinteressiert." Kleine nickte bestätigend. Dahin gingen auch seine Überlegungen, auch wenn es vollkommen absurd war.

Küsters atmete tief durch. „Ich muss anders anfangen, so kommen wir da nicht hin. Weißt du, eines Morgens hatte ich ein Vorrecherchegespräch mit einem Abgeordneten aus einem hiesigen Wahlkreis." Er nannte einen Namen, Kleine kannte den Mann. Aufstrebender Typ, absolute Oberklasse des bürgerlichen Milieus. Mit der entsprechenden Herkunft. Reiche Eltern, Vater passionierter Jäger, Mutter und Schwester räumten im renommierten Reiterverein Auszeichnungen ab, einmal im Jahr gab es sogar auf den Rheinwiesen drüben in Meerbusch eine Treibjagd. Oder hatte es zumindest gegeben, wie Kleine sich erinnerte. Nachdem Umweltschützer und Hundefreunde protestiert hatten und es außerdem zu Unfällen gekommen war, wurde die lang gepflegte Tradition beendet. Küsters fuhr fort. „Wir sprachen über die jüngsten parlamentarischen Beschlüsse, das neue Erbschaftsteuergesetz, eigentlich harmlosen Kram. Aber plötzlich fiel es mir wie Schuppen von den Augen." Kleine sah, dass sein Kollege nach Worten suchte, seine Überlegungen zu erklären. „Es war mir, als wäre da so etwas wie ein System dahinter. Als würden die Gutverdienenden mit Macht und Einfluss und die Herrschenden, die diesen Einfluss umsetzen konnten, irgendwie konspirativ sagen: Komm, wir machen den Sack zu. Das Volk hat keinen Bock mehr auf Politik und interessiert sich auch nicht wesentlich für Wirtschaft. Wir verschärfen den Kram, wo wir können nach unseren eigenen Gesetzen, die uns noch reicher und unangreifbarer machen. Das Volk macht derweil Selfies, ist selig mit Instagram, schaut Unterschichten-Fernsehen und shoppt sich auf Beautykanälen auch noch den letzten Verstand raus, das Ganze mal politisch vollkommen inkorrekt betrachtet." Er nahm einen Schluck Wasser. Sein Kollege sprach aus, was Kleine längst in bösen Augenblicken ahnte. Die Lebenswelten von gut situierten Eliten und vielen weniger verdienenden Bürgern hatten kaum noch Berührungspunkte. Die Glitzerwelt aus Hochglanzmagazinen, Chefetagen von Dax-Konzernen, in denen man sich kräftige Bonuszahlungen trotz Skandalen und fallenden Aktienkursen zugestand sowie den Armeen cooler Start-up-Typen musste in vielen Landstrichen mit Unterversorgung an funktionsfähigem Internet oder in den Hartz-IV-Hochburgen in glanzlosen Regionen des Ruhrgebiets wie blanker Hohn wirken.

Er musste an verschiedene Studien einer Hilfsorganisation denken, die immer wieder davor gewarnt hatte, dass Reiche durch eine Anzahl verschiedener Steuerprivilegien immer reicher und Arme immer ärmer wurden. Keinen kümmerte es. Den Reichen war es nützlich, der Rest hatte kein Mandat. Keine Lobby. Aufrichtige Politik war machtlos geworden gegen die Übermacht von global operierenden NGOs oder, noch schlimmer, gegen Konzerne, die mit dem Abzug von Arbeitsplätzen drohen konnten und Lobbyisten, die in der Politik deren Interessen durchzusetzen versuchten. Kleine musste an den Fernsehauftritt der damaligen Bundesumweltministerin denken, als der Bundestag über ein Tempolimit von 130 Stundenkilometern auf deutschen Autobahnen zu entscheiden hatte. Vom Journalisten in einer Talkshow darauf festgenagelt, dass ihre Partei dazu ja eigentlich ein sehr konkretes Grundsatzpapier verabschiedet habe, hatte sich die Politikerin auf geradezu peinliche Weise aus der Affäre zu ziehen versucht und ständig auf ihren Kabinettskollegen vom Ressort Verkehr verwiesen. Am Ende war das Tempolimit krachend gescheitert. Trotz einer Zustimmung von mehr als der Hälfte der Bundesbürger. Die Autoindustrie war einfach stärker und wollte PS-starke Autos verkaufen. Die Politik musste sich beugen.

Und nun schottete sich diese Oberschicht immer mehr ab, wehrte sich auch noch, wenn es notwendig war. „Denk mal an diese Ermittlungen gegen den Chefredakteur des Recherchenetzwerks ‚Klarheit'", brachte Küsters sich mit einem weiteren Fall wieder ins Spiel. Kleine erinnerte sich auch daran. Unmittelbar nach dem Bekanntwerden eines großen Steuerhinterziehungsskandals, bei dem Banken ihre Kunden im sehr großen Stil dabei unterstützt hatten, Steuerrückzahlungen für Aktien zu beziehen, die diese niemals besessen hatten und bei dem eine ganze Reihe namhafter Banker die Schreibtische räumen musste und auch in der Politik Köpfe rollten, wurde plötzlich der Chefredakteur des Magazins verhaftet, dessen Team den Skandal aufgedeckt hatte. Inzwischen war der Mann zu einer mehrjährigen Haftstrafe verurteilt. Keiner wusste genau, warum. „Oder diese Staatssekretärin im Verteidigungsministerium", legte Küsters nach. Auch daran erinnerte sich Kleine sehr gut, er hatte an dem Fall mitrecherchiert: Der damaligen Verteidigungsministerin wurden immer wieder frisierte Entscheidungsvorlagen vorgelegt. Mal ging es um neue Großwaffensysteme, mal um den Zustand der tauchunfähigen U-Bootflotte, mal um das längst wrackreife Segelschulschiff Gorch Fock. Jedes Mal traf die Ministerin eine falsche und für den Steuerzahler schmerzhaft teure Entscheidung, die ihr und dem Ansehen der Regierung schadete – dafür aber die Taschen aller anderen Beteiligten gut füllte, inklusive der Privatschatulle ihrer Staatsekretärin, die fleißig Vertraute mit lukrativen Aufträgen begünstigt hatte. Dennoch wurde sie mit Ehrenauszeichnung und Großem Zapfenstreich verabschiedet. Offensichtlich wusste sie genug, um die ganze damalige Bundesregierung an die Kleiderhaken zu hängen.

Kleine schüttelte sich. Küsters sprach weiter: „Überleg mal, was für ein Arsenal von Möglichkeiten diesen Agitatoren dank der blitzartigen Verbreitung von Nachrichten im Netz zur Verfügung steht. Lügen und zusammenkonstruierte Halbwahrheiten, Deep Fake, Twitterstürme, digitale Delegitimierung, Social-Media-Manipulationen, Bots, verdammt, wenn die die richtigen Freaks auf ihre Seite ziehen können, sicherlich auch mit der entsprechenden Kohle, die sie ja haben, ist das alles ein Klacks für die. Glaub mal ja nicht, dass einer nachfragt, ob das auch wahr ist, was er da liest." Er hielt inne, bevor er weitersprach. „Und wenn einer Lunte riecht und es ernst werden sollte, haben wir ja immer noch zur Not und im allerschlimmsten Fall unsere Bundeswehr mit dem Schießbefehl auf ein unruhiges Volk." Er sah Kleine an. Der konnte sein jähes Entsetzen kaum verbergen. „Da gibt es einen gravierenden Unterschied", versuchte er eine Ausflucht. „Die Genehmigung zum Einsatz im Landesinneren heißt noch lange nicht, dass die Bundeswehr dazu missbraucht werden darf, Unruhen blutig zu beenden. So etwas gibt es nur in China. Nicht im Westen." „Aha", gab Küsters den Einwand zurück, „und was ist 1970 in Ohio passiert?" Kleine musste passen. Er hatte den Protestsong von damals erst vor wenigen Tagen gehört. Nationalgardisten hatten damals in dem US-Bundestaat auf protestierende Studenten geschossen. Es hatte Todesopfer gegeben. Die Entwicklung war zu keinem Zeitpunkt im Voraus zu überblicken gewesen, es hatte ganz einfach plötzlich geknallt, obwohl von den Studenten keinerlei Bedrohung ausgegangen war. Got to get down to it, Soldiers are cutting us down. Should have been done long ago. Im schlimmsten Fall schießt ein Staat eben auf seine Bürger, wenn die zu lautstark ihre Rechte einfordern. „Eigentlich gehört alleine schon der Gedanke bestraft. Aber hey, hätten wir nicht zur Jahrtausendwende über vieles, das inzwischen passiert ist, das Gleiche gedacht?" Küsters war mit seinem Eintopf bereits fertig. „Ich habe inzwischen mit verschiedenen Leuten über das Thema gesprochen. Leuten, bei denen ich mir sicher bin, dass ein Gespräch absolut wasserdicht ist. Bei denen du auch nicht für verrückt gehalten wird, wenn du mal etwas lauter nachdenkst. Und weißt du was? Bei manchen hat man das Gefühl, man prallt vor eine Wand. Die machen sofort dicht. Als wäre da etwas. Irgendetwas richtig Böses, von dem sie wissen und du nichts wissen sollst." Er schob den Teller weg. „Hier einer, dort einer. Aus verschiedenen Parteien, Fraktionen, Institutionen. Leute, die sich im Parlament und bei öffentlichen Meinungsbekundungen spinnefeind sind, aber unter der Hand zugeben, dass sie an der gleichen Sache arbeiten. Und dann hakst du da nach, testest eine Querrecherche aus, suchst eine weitere Quelle – und plötzlich erinnern die sich nicht mehr." Küsters faltete sorgfältig seine Serviette zusammen. „Oder stellen sich doof." Er blickte sich nochmals um. „Hier ein Stück, dort ein Stück, ein Gesetz, eine Verordnung, eine Absichtserklärung. Mal ein Erbschaftssteuergesetz, mal eine Lockerung der Rüstungskontrollgesetze wie wir sie vor einigen Wochen hatten. Nun überleg mal, wie viele Zulieferer Freudensprünge machen für Waffensysteme, die sie jetzt für harte US-Dollar wieder an zwielichtige Kleptokraten liefern dürfen. Und die pappen sich dann zum Dank einen ‚I love Democracy'-Sticker an ihren Raketenwerfer, oder was?" Er schüttelte wieder ungläubig den Kopf. Beide wussten, dass es dabei nicht nur um die Ausfuhr von Rüstungsgütern ging, sondern auch um die Bereitstellung der Möglichkeiten auch im drohenden Konfliktfall über verschwiegene Zwischenhändler, die unauffällig in Kuwait, auf Malta oder Zypern eine Dependance mit blitzblankem Messingschild am Eingang unterhielten. Da war es dann fast schon egal, ob die Türkei im Norden Syriens und des Irak wieder auf die Kurden einschlug, sich mit Russland in Libyen über Söldnertruppen einen Stellvertreterkrieg lieferte oder sich Saudi-Arabien einen Dreck darum scherte, die Waffen im Jemen gegen Huthi-Rebellen schweigen zu lassen, die ihrerseits wiederum vom Iran unterstützt wurden. Küsters sprach weiter: „Hast Du eine Ahnung, was so ein Rüstungskonzern verdient, wenn auch nur ein einziger Schützenpanzer der neuen Generation mit dem Upgrade des neuen Raketenabwehrsystems ausgerüstet wird? Mensch Kleine, du hast ja keine Ahnung. Oder weißt du, was die Werften an der Ostseeküste und die dazugehörenden Zulieferer für ein einziges ihrer neuen dieselelektrischen Jagd-U-Boote mit Brennstoffzellenantrieb einfahren?" Kleine wusste es, er hatte selbst einen Bericht dazu recherchiert. Küsters gab ihm trotzdem die Antwort. „Es ist so viel Kohle, dass es nahe an den kompletten Rüstungsetat der meisten Staaten auf der Welt heranreicht. Kleine, hier geht es um richtig, richtig viel Geld! Oder erinnerst du dich noch an die Steuerbefreiung von Veräußerungsgewinnen? Mann, da haben bei den ganzen Edelfreaks die Sektkorken geknallt! Und wir haben geschrieben und kommentiert, bla ... bla ... bla ... notwendige Sicherung von Arbeitsplätzen zu Lasten des Steuerzahlers. Nicht gut, aber in diesem Falle ... Anreiz zu neuen Investitionen durch die Unternehmer, Siegel drauf und alles wird gut ... Pah!" Er machte ein Geräusch, als würde er ausspucken. „Ein Wunder, dass wir bei diesem Gedröhne nicht gekotzt haben! Normalerweise müsste das, was man gemeinhin als den Mob bezeichnet, bei so etwas durch die Straßen toben. Und in den vermeintlich seligen späten Sechzigern hätten sie das auch gemacht. Aber bei uns?" Küsters schnalzte verächtlich mit der Zunge. „Nichts. Nicht einen Hauch von Aufsässigkeit des eigentlichen Souveräns gegenüber der Politik. Aber die Hochzeit von Heidi Klamm mit diesem Fusselmusiker, die interessiert alle." Beide schwiegen.

Kleine wollte keine Ruhe geben. „Was ist denn mit unserer Gewaltenteilung?", fragte er. „Exekutive, Judikative, Legislative. Da muss doch ein Sicherheitsriegel vorspringen, der das verhindert. Die Checks and Balances müssen doch irgendwie greifen. Was ist mit den parlamentarischen Kontrollgremien? Was ist mit den Abteilungen für Korruptionsbekämpfung und Compliance?" Küsters grinste und schüttelte langsam den Kopf. „Na klar, ich rede hier doch nicht von einer großen Bewegung und stelle die alle unter Generalverdacht. Das ist viel zu phantastisch, das geht gar nicht. Das kannst du niemals unter der Decke halten. Aber wenn es einen kleinen elitären Zirkel gibt, der gemeinsam plant. Über Parteigrenzen hinweg. Sagen wir mal, ein Kreis von etwa fünfzig bis siebzig Personen. Mitwisser, die einander zuarbeiten. Den anderen wird das alles als gemeinsamer Konsens verkauft und bei denen, bei denen das noch nicht wirkt, hat man irgendetwas im Giftschrank, um ihnen die Entscheidung leichter zu machen. Der Rest sind autark agierende Zellen, denen eingeredet wird, sie sollten bei Abstimmungen so oder so entscheiden, dieser oder jener tue das doch auch und dann wäre das nur zum eigenen Besten. Vor allem für die eigene Karriere. Oder die der eigenen Kinder. Leute, die mitmachen, weil ihnen irgendetwas versprochen wird. Oder verhindern wollen, dass eine dumme Sache ans Licht kommt. Ist doch egal, ob man sich an die Versprechen halten muss. Insgesamt nicht mehr, als vielleicht 150 Leute in Parteien, Verbänden, Gremien. In Konzernen, vielleicht sogar in der Kirche? Was meinst du? Glaubst du nicht, dass der moderne Terrorismus bei so etwas auch ein guter Lehrmeister sein kann?" Kleine verstand. Küsters meinte die Zellenstrukturen von Terrororganisationen. „Kleine, Politiker kleben oftmals viel zu sehr an ihrem Job, das weißt du doch genau so wie ich. Es geht denen doch nicht darum, wirklich Veränderung zu bewirken und dafür einen Hungerlohn zu bekommen, Mann, dann hätten die auch Journalisten werden können. Die sahnen richtig ab, haben Pfründe, Aufsichtsratsposten noch und nöcher. So etwas gibt man doch nicht auf."

Kleine musste an die Geschichte des Finanzministers denken. Inzwischen hatte die Deutsche Presseagentur gemeldet, dass die Staatskanzlei tatsächlich ein Rücktrittsgesuch empfangen hatte. Offenbar hatte es aber eine Unstimmigkeit bei der Absprache gegeben, denn streng nach der Reihenfolge der veröffentlichten Meldungen hatte der Ministerpräsident das Rücktrittsgesuch angenommen, bevor der Minister es überhaupt eingereicht hatte. Tja. Kleine versuchte einen anderen Ansatz: „Was ist mit den Geheimdiensten? Dem Verfassungsschutz? Die müssen doch so etwas mitbekommen, selbst wenn es nur ein kleiner Kreis ist." Küsters Lächeln wurde breiter, der ironische Blick war nicht mehr zu leugnen. „Kleine, wir reden hier von Behörden, wo der eine manchmal nicht weiß, was der Kollege auf der anderen Flurseite macht. Wo du Wochen um Wochen und tausend Anträge brauchst, bis du mal vertrauliches Material sichten darfst. Mann, die stehen sich doch alle selbst im Weg, das sollte doch klar sein. Das sind Behörden, die noch tief im 20. Jahrhundert stecken, Herr Kollege. Wo die Einrichtung älter ist als die Leute, die darin arbeiten. Und mal ehrlich: Hast du nach Lügde noch Vertrauen in ermittelnde Behörden?" Kleine wusste, was sein Kollege meinte. Vor einigen Jahren hatte es einen entsetzlichen Fall von Kindesmissbrauch in Lügde gegeben, einem kleinen Ort in Ostwestfalen. Bei den Ermittlungen zeigte sich, dass die Behörden schon weit im Vorfeld auf furchtbare Weise versagt hatten. Schlimmer noch: Wenige Wochen nach Bekanntwerden des Skandals kam heraus, dass Beweismittel, beschlagnahmte CDs und DVDs, aus einem Raum des Polizeipräsidiums verschwunden waren. Außerdem waren wohl Ermittlungsakten nachträglich ‚geglättet' worden. Der damalige Innenminister tobte, verlangte lückenlose Aufklärung und drohte, es werde kein Stein mehr auf dem anderen bleiben. Allein es half nichts, der Skandal lag über den Polizeibehörden in Ostwestfalen wie eine pestilenzartige Bazillenwolke, deren Gestank bis in die Landeshauptstadt wehte. Es war das gleiche wie bei antisemitischen Aktionen, Demonstrationen und Israelflaggen, die auf einmal scheinbar von selbst in Flammen aufgingen. Küsters hatte Recht. Vertrauen in die Ermittlungs- und Aufklärungsbehörden? Besser nicht.

Kleine versuchte einen neuen Anlauf: „Warum ist sonst niemandem etwas aufgefallen? Was ist mit dem Referat für Cybercrime des BKA? Was ist mit dem PKGr?“ Kleine meinte das geheim tagende Parlamentarische Kontrollgremium des Bundestages, das über Geheimdienste und den militärischen Abschirmdienst wachte – und dabei genau eben solche Verbindungen verhindern sollte. Abermals wirkte Küsters wie ein Lehrer, der zu einem unbegabten Schüler sprach. „Kleine, stell dir doch mal einen Schaltkreis vor.“ Kleine stellte sich einen Schaltkreis vor. „Wenn du nun ein guter Elektriker bist, so wie sich ein Parlamentarier oder Lobbyist, der sein ganzes Berufsleben nichts anderes gemacht hat, mit den Schaltstellen der Macht auskennt, glaubst du nicht, dass der ganz genau weiß, wie man die Leitungen überbrückt und den ganzen Saft umleiten kann?“ Kleine verstand und verstummte.

Küsters drehte beide Handflächen nach oben. „Das Schlimmste an der Sache ist ja, dass dabei formal noch nicht einmal ein Gesetz gebrochen wird. Bei allem, was passiert, werden die gesetzgebenden Normen eingehalten. Und alle sind überzeugt, dass es nicht nur zu ihrem Besten, sondern vor allem zum Besten des Wählers ist. Weil der Wähler, dieses verblödete Herdenvieh, sowieso nicht mehr in der Lage ist, zu begreifen, wie gut es ihm eigentlich geht.“ Kleine spielte weiter den Ahnungslosen: „Übertreibst du nicht etwas? So etwas gab es doch schon beim Andenpakt. Oder bei der Pizza-Connection. Politiker haben doch schon immer hinter den Kulissen Allianzen geschmiedet.“ Küsters nickte verständnisvoll. Ende der siebziger Jahre waren mehrere Mitglieder der Jungen Union nach Südamerika gereist. Am Fuße der Anden schworen sich die Jungpolitiker damals, später einander zu fördern und sich nicht zu behindern. Mitglieder des Andenpakts wie Peter Müller, Volker Bouffier, Günther Oettinger oder Roland Koch wurden später Ministerpräsidenten und Christian Wulff sogar Bundespräsident. Auch bei der Pizza-Connection in Bonn in den 80er Jahren wurden Interessen miteinander verknüpft. Parlamentarier der CDU trafen sich bei einem Italiener mit den Mandatsträgern der

Grünen, um gemeinsame Schnittmengen zu erörtern. Nur für den Fall der Fälle. Auch der CDU-Vorsitzende Armin Laschet hatte sich in diese Kreise eingekauft. „Als so etwas könnte man das betrachten, ja." Küsters atmete durch und sah kurz in den blauen Herbsthimmel hinauf. „Aber es gibt da einen gewaltigen Unterschied. Damals wurde keine Macht missbraucht. Das war letztendlich, wenn du so willst, auch nur zum Besten des Wählers, ein harmloses Netzwerk, das keinem geschadet, aber vielen genutzt hat. Was da aber jetzt passiert, diese Verfestigung von Macht, ohne dass der Wähler es mitbekommt, ist Missbrauch. Nichts Anderes." Küsters sah sich nochmals vorsichtig um und senkte seine Stimme, die bei den letzten Sätzen etwas an Lautstärke gewonnen hatte. „Mir ist so ein bisschen, als würde ich vor einer Bretterwand stehen und dahinter faucht und stinkt es gewaltig. Ich denke: Okay, ein kleiner niedlicher Drache, kein Problem. Dann finde ich ein kleines Guckloch und denke weiter: Capture, tatsächlich, es ist ein kleiner, niedlicher Drache. Denn ich sehe nur etwas mit Schuppen, etwas, das raucht und stinkt. So ein Tabaluga, weißt du?" Kleine sah ihn abwartend an. Küsters fuhr fort. „Und dann finde ich weiter weg ein größeres Guckloch hinter dem sich auch etwas bewegt und denke: So groß kann das Biest doch nicht sein. Ich sehe da durch und merke: Auf der anderen Seite ist ein riesiges Monster, dessen Ausmaße ich nicht im schlimmsten Traum erahnt hätte." Küsters sah Kleine fest in die Augen. „Weißt du, was ich meine?" Kleine glaubte zu verstehen. Küsters sollte zu einem Traumdeuter gehen, dachte er für sich. Aber sein Kollege schien ein sehr konkretes Bild der Bedrohung zu zeichnen: Sie hatten nur einzelne Blitzlichtaufnahmen von Details. Wie groß die Gefahr für die Demokratie war, konnten sie gar nicht ahnen. „Weißt du, mein Vater hätte auf so etwas einen passenden Spruch parat", fuhr Küsters fort. „Er hätte gesagt, die Leute haben lange kein richtiges Leid mehr erfahren. Verlust, Ängste, Hunger. Es gab einfach zu lange keinen richtigen Krieg mehr, da werden die Leute einfach zu satt und zu zufrieden, sonst würden sie ihren gewählten Vertretern auf die Finger schauen, wie wir Journalisten das versuchen." Kleine, der wusste, was Krieg ist, schwieg.

Er wusste auch, dass der Anstand verlangte, dass er seinen Eintopf zu Ende aß, doch ihm war der Appetit vergangen.

Küsters sah ihn immer noch an. „Und jetzt mal Tacheles, Kleine. Wohin fliegst du? Ich habe mir die Abflugzeiten in Düsseldorf angeschaut. Nach Salzburg fliegst du nicht, auch nicht nach Genf. Diese Städte interessieren dich einfach nicht, und wenn, dann allerhöchstens Salzburg. Und zu dieser Tageszeit geht heute sonst nur noch eine weitere Maschine raus. Nach Tel Aviv. Spuck's aus, Kleine: Fliegst du wieder in dein kleines, böses Land mit der blauweißen Flagge?“ Kleine nickte langsam. Er fühlte sich noch nicht einmal ertappt. Es war damals kein Geheimnis, dass er in Israel gute Kontakte hatte. Schließlich war das ja auch der Zeitung bei ihrer Berichterstattung zu Gute gekommen. Küsters schaute ihn an und nickte ebenfalls langsam, wie zur Bewilligung eines verschwörerischen Planes. „Dann sag das deinen Freunden dort. Sie sollen sich hier raushalten. Irgendetwas ist hier gerade schiefgegangen, oder, Kleine?“ Kleine stutzte und musterte Küsters. „Was meinst du?“ Küsters äffte ihn nach. „Was meinst du? Was ich meine? Dass du dir darüber Gedanken gemacht hast mit deinem Mord an deinem See. Du siehst da einen Zusammenhang! Dein Lieberknecht hatte da die Pfoten drin und wollte mehr. Wollte aussteigen. Wollte kein Geld mehr abzweigen. Wollte irgendwas, was weiß ich, kreuze einfach an, was dir am ehesten passt. Und dafür wollten sie ihn zur Räson bringen. Vielleicht sollte es auch nur eine Mahnung sein, die schiefgegangen ist, irgendwas. Ist ja auch egal.“ Küsters machte eine Handbewegung, als wollte er etwas fortwerfen. „Und du weißt das und fragst jetzt deine Freunde da unten, ob sie auch etwas wissen. Oder wissen wollen.“ Kleine öffnete den Mund, obwohl er nicht genau wusste, was er sagen sollte, doch sein ehemaliger Kollege fuhr ihm in die Parade. „Sag jetzt bitte nichts! Wir haben zu lange an richtig guten Storys gesessen, als dass ich das nicht merken würde. Also. Du ahnst da was. Und du willst deren Rat hören. Also flieg da runter und rede mit deinen Leuten.“ Er schüttelte ungläubig den Kopf. „Und frag sie, ob sie nicht in irgendeinem Kibbuz einen Job frei haben. Zur Not pflücke ich auch Datteln am See Genezareth. Sag ihnen, die alte parlamentarische Demokratie, nach deren Vorbild auch sie sich ihren Staat errichtet haben, ist hier ein Auslaufmodell. Die achtzigjährige Testphase ist beendet, wir kehren demnächst möglicherweise wieder zurück zur Diktatur einer herrschenden Oberschicht über die Plebejer. Zum Neofeudalismus."

Kapitel 19

Zum Neofeudalismus. Das Wort hatte Kleine begleitet, nachdem er sich von seinem ehemaligen Kollegen und Freund verabschiedet hatte. Küsters hatte noch gelächelt und abgewunken, bevor er im Gewühle der Gassen des Carlsplatzes verschwunden war. Komm, wird sicher alles nicht so schlimm. Wir sind eben Fantasten und werden es auf unsere älteren Tage immer mehr. Doch Kleine hatte die Unsicherheit hinter den Worten gespürt. Stehen wir an der Schwelle zu einem neuen politischen System, das tatsächlich eine neue Form von Feudalherrschaft ist?

Der Gedanke hatte ihn immer noch nicht losgelassen, als der Airbus A321 der Lufthansa einige Stunden später in der Nachmittagsonne hoch über dem tiefblauen, doch weit unter ihnen fast unsichtbaren östlichen Mittelmeer seinem Ziel entgegenflog. Kleine saß am Fenster, auf einem Backbordplatz noch vor den Tragflächen, und blickte nachdenklich hinaus. Er hatte sich einen doppelten Scotch aus der Bordbar kommen lassen, der scharfe Branntwein war ihm durch die Kehle geronnen, der Alkohol hatte ihn zwar benebelt, aber nicht beruhigt. Lange, bevor die sonnenverbrannte Küste Palästinas unter den Staubschichten der nahen Wüste in Sichtweite gelangte, flammten mit einem Gongzeichen die Anschnallsignale auf. Die Turbinen veränderten ihr Dröhnen, während die Chefin der Kabinencrew mit dezent höflicher Stimme in zwei Sprachen die baldige Landung in Tel Aviv ankündigte. Schließlich lagen die gewaltigen Türme der Mittelmeermetropole aus spiegelndem Stahl und Glas unter ihnen. Kleine sah den Feierabendverkehr auf den verstopften Straßen und auf den sechsspurigen Autobahnen, die schier endlos erscheinenden Außenbezirke mit uniform wirkenden drei- bis fünfgeschossigen Wohnblöcken aus hellem Beton. Es hatte nur zwei Generationen gedauert, bis Tel Aviv, die Stadt auf dem Frühlingshügel, von einer Siedlung mutiger Kibbuzniks auf Dünen am Meer zu einer Großstadt geworden war, die einen Ruf als Topdestination internationaler Partyfans genoss. Großen Anteil daran hatten die Geflüchteten und Überlebenden des größten Verbrechens der Menschheitsgeschichte. Eine Stadt des Lichts im Glanz der Abendsonne – dies zumindest war der erste Eindruck, den wohl jeder Reisende im Anflug auf Tel Aviv haben musste. Erbaut von den Entkommenen der Pogrome der Kaiser- und Zarenreiche, der Gaskammern von Auschwitz und der Willkür des NS-Terrors. Kleine schauderte es jedes Mal bei dem Gedanken. Gleichzeitig durchflutete ihn auch eine Woge der Freude angesichts dieser Gerechtigkeit am Ende der Geschichte: Die bleichen, ausgemergelten Gestalten in gestreiften Lumpenkitteln hinter dem Stacheldraht, was hatten sie Bleibendes und Großartiges miterschaffen, während das *Reich* ihrer Peiniger im Rinnstein der Geschichte längst vergangen war?

Bei seinem ersten Besuch in Israel vor vielen Jahren war es noch ein weiter Weg von der Stadt bis zum Flughafen, der damals noch nach der nächstgelegenen Siedlung Lod benannt war. Nun trennten nur die Sperrzäune und der kurze Grünstreifen die Landebahn von der Bebauung und nur Augenblicke, nachdem die letzten Wohnhäuser überflogen waren, wurde der Schatten des Jets auf dem Boden immer größer bevor die Maschine sanft aufsetzte und abbremste. Fast fühlte es sich für Kleine wie eine Heimkehr an.

Er musste an seine ersten Erfahrungen mit dem Land denken. Eine Klassenfahrt in den achtziger Jahren. Ein straffes Kulturprogramm mit viel Einkehr und Religion. Die meisten seiner Mitschüler waren rasch gelangweilt und zollten sogar der Holocaust-Gedenkstätte Yad Vashem nur den allernötigsten Respekt. Er jedoch war ergriffen. Wirklich ergriffen. Er erinnerte sich an die Begegnung mit dem alten Mann auf dem weitläufigen Platz vor dem schmucklosen Betonblock, in dem die ewige Flamme des Gedenkens brannte. Eindringlich hatte er ihn abseits seiner Reisegruppe ermahnt, als junger Mensch dafür einzutreten, dass so etwas nie wieder passieren dürfe. Kleine war fasziniert von der weichen, ungewöhnlichen Sprache. Von den wachen Augen und der Freundlichkeit des Mannes ihm gegenüber, dem Deutschen, dem Nachfahren der Mörder. Erst später erfuhr er, dass der Mann offenbar jiddisch gesprochen hatte. Er hörte die Sprache damals noch häufig in den Gassen der Altstadt von Jerusalem, noch häufiger in den westlichen Stadtteilen. Aus dem jungen Paul Kleine war ein Israelfreund geworden. Und Freundschaften gehen durch dick und dünn.

Der Grenzbeamte im fortgeschrittenen Alter und hellblauem Hemd schob seine goldgeränderte Brille über den Nasenrücken nach oben und musterte neugierig den Reisepass, den Kleine unter dem Trennglas durchschob. Er tippte auf seiner Tastatur und schaute Kleine kurz prüfend an. Dann wanderte sein Blick wieder zurück auf den Reisepass. Er wendete das Dokument und entdeckte die fünf übereinander geklebten gelben Sticker mit Strichcode auf der Rückseite, die Kleine als häufigen Israelreisenden auswiesen. Wieder einmal wunderte sich Kleine, warum er bei seinen Reisen in arabische Länder dabei nie ein Problem gehabt hatte. Denn in manchen Ländern dieser Regionen konnte es kurzerhand passieren, dass man bei einem eindeutigen Hinweis auf einen Aufenthalt in Israel kurzerhand wieder in den Flieger gesetzt wurde. Vor allem der Jemen und der Iran kannten da kein Pardon. Sicher, er hätte diese Indizien auch ohne Weiteres wegknibbeln können, aber er hatte es irgendwie trotzdem einfach unterlassen.

Der Mann in dem engen Verschlag schien auf seinem Bildschirm noch weitere Informationen über Kleine gefunden zu haben. Fragen über den Grund seines Besuchs oder die Dauer seines Aufenthalts blieben dem Journalisten erspart. „Baruch haber be Israel“, hieß ihn der Mann mit einem verschmitzten Grinsen, doch mit unendlich gütig blickenden Augen willkommen. Er reichte ihm den mit einem weiteren gelben Aufkleber versehenen Ausweis und winkte bereits den nächsten Fluggast heran. „Toda rabba“, entgegnete Kleine noch dankend und sich nicht darüber wundernd, mit welchen geheimen Kenntnissen Grenzbeamte offenbar gesegnet waren. Er fügte noch ein „lehitraot“ hinzu, doch der Mann schien ihn schon vergessen zu haben.

Da er mit Handgepäck unterwegs war, konnte Kleine die Gepäckbänder vernachlässigen, hatte schnell das Terminal verlassen und saß wenige Minuten später wartend in einem Mercedes-Kleinbus, einem Sherut Sammeltaxi, dessen Fahrer versprochen hatte, es würde allerhöchstens fünf Minuten dauern, bis man die gewinnbringende Anzahl von Fahrgästen für Jerusalem beisammen hatte. Kleine wusste: Für israelische Verhältnisse bedeutete dies, dass er sich glücklich schätzen konnte, knapp dreißig Minuten später tatsächlich unterwegs zu sein. Bald traten die Berge Judäas über den grünen Hinweisschildern der Autobahn aus dem Abendlicht hervor. Der Himmel war von einem magischen Rot erleuchtet. Kleine sah kurz auf, als sie in einem steilen Tal eine Reihe von Lastwagenwracks passierten, die wie eine Kolonne auf einem Parkplatz am Straßenrand aufgereiht waren. Kränze und die israelische Flagge mit dem Davidstern waren darüber drapiert. Es war das Bab-el-Wad-Memorial, eine Gedenkstätte für die Frauen und Männer, die im Unabhängigkeitskrieg 1948 bei der Versorgung Jerusalems mit Lebensmitteln getötet worden waren. Die palästinensischen Bewohner der umliegenden Dörfer hatten das von steilen Felsklippen umgebene Nadelöhr kurzerhand dichtgemacht und sämtliche Lastwagenkolonnen, die sich die steile Straße hinaufquälten, mit Sprengsätzen und Gewehren angegriffen. Die Israelis ließen das nicht lange mit sich machen. Ihre Vergeltung gipfelte in einem furchtbaren Massaker in dem Dorf, dessen Name heute noch jedem Palästinenser geläufig ist. Der Angriff uferte aus, weil es sich nicht um die damals schon wie eine reguläre Armee organisierte Hagana handelte, sondern um undisziplinierte Untergrundeinheiten der Terrorgruppe Irgun. Ein großer Teil der Bevölkerung, Frauen, Kinder, Greise und Kranke, wurde bei dem Angriff ermordet. Deir Yassin – Kleine wusste, dass es auch heute noch in einigen Gegenden der Altstadt von Jerusalem oder dem arabischen östlichen Teil der Stadt besser war, diesen Namen nicht laut auszusprechen. Auch wenn das, was vom Dorf damals übrigblieb, heute längt in den rasch gewachsenen westlichen Teilen von Jerusalem verschwunden war. Wer hatte damals Recht gehabt, wer hatte es heute? Bot erlittenes Unrecht das Recht auf Ausübung von unbegrenzter Gewalt? Kleine wusste instinktiv und verstand bei jedem Besuch in diesem Land besser, dass es niemals eine auch nur ansatzweise zufriedenstellende Antwort auf die Frage geben würde.

Am zentralen Busbahnhof stieg er aus und warf sich seine Reisetasche über die Schulter. Die Luft war deutlich kühler als unten am Flughafen. Jerusalem war eine Bergstadt. Sogar hier, mitten im Abendverkehr, war das zu bemerken. Doch es war immer noch mild, vor allem gemessen an den Temperaturen in Deutschland. Er atmete tief durch. Grillen zirpten trotz des Straßenlärms deutlich hörbar unter den Kiefern im Grünstreifen neben dem Gehweg. Laternen warfen ein gelbliches Licht auf die Fassaden der Häuser die Jaffa Street hinunter, die aus roh behauenen Sandsteinen gemauert waren. Es fühlte sich wirklich wie eine Heimkehr an. Die restliche Strecke bis zu seiner Pension wollte er zu Fuß gehen. Über seinen Kontakt musste er sich keine Gedanken machen. In dem Augenblick, in dem der Grenzbeamte ihm seinen Reisepass wieder zurückgereicht hatte, war er offiziell und für die Behörden nachvollziehbar eingereist. Sie wussten, dass er da war. Sie würden wissen, wo er wohnte und sie würden mit ihm in Verbindung treten, wenn sie es für richtig hielten.

Nach zwanzig Minuten hatte er seine Unterkunft erreicht, eine kleine Pension in einer Seitenstraße unweit der Jaffa Street. Der junge Mann mit feuerrotem Lockenkopf hinter dem Tresen legte missmutig sein Handy aus der Hand. Erst als Kleine ganz aus dem Dunkel der stillen Straße in das Foyer getreten war, erkannte er ihn als einen Stammgast. „Erew tow, Paul Kleine. Wir haben dir ein schönes Zimmer vorbereitet", pries er freudig und im vertraulichen Ton guter Bekannter die Behausung an, während Kleine das Gästeformular ausfüllte. „Hattet ihr in letzter Zeit irgendwelche Raketenwarnungen?", fragte Kleine unumwunden zurück. Der Klang heulender Alarmsirenen gehörte zum Alltag der Israelis. Der Rotschopf pfiff abfällig durch die gespitzten Lippen. „In letzter Zeit ist nichts mehr durchgekommen, unsere Domes leisten ganze Arbeit." Er meinte das Raketenabwehrsystem Iron Dome, das unweit der Grenzen zum Gazastreifen, zum Libanon und Syrien stationiert war und einen Großteil der von dort abgefeuerten Raketen in der Luft zerstörte. „Und selbst wenn etwas durchkommt", er wies mit der Hand über seine Schulter in Richtung Treppenhaus, „da kann dir nichts passieren." Kleine wusste noch von seinem vorangegangenen Besuch, dass das innenliegende Treppenhaus, wie bei vielen Häusern mit starkem Publikumsverkehr, zu einer Art Schutzraum verstärkt worden war. Er nickte.

Fünf Minuten später ließ er in seinem Zimmer die Tasche fallen. Der Junge hatte recht behalten. Kleine hatte mit der möblierten Abstellkammer vom letzten Mal gerechnet. Aber in diesem Fall war sein Zimmer wirklich schön. Er öffnete die Schiebetür zu einem winzigen Balkon, auf dem zwei brüchige Monoblöcke und ein Plastiktisch standen. Offenbar hatte das Zimmermädchen vergessen, ihre hier gerauchten Zigaretten aus dem Aschenbecher zu leeren. Kleine sah es ihr nach. Die schmale Gasse, auf die der Balkon hinausging, war wie eine kleine Oase mit begrünten Hinterhöfen und Balkonen. Ein großes, kunstvolles Graffiti an der Wand direkt gegenüber seines Balkons zeigte eine Karikatur von ‚Bibi' Netanyahu. Knapp 30 Meter weiter entfernt sah Kleine die Straßenbahn in Richtung Herzlberg durch die hell erleuchtete Jaffa Street fahren. Ihr Signalton, wie eine Messingglocke, erinnerte ihn kurz an die Cable Car in San Francisco. Er beendete die Zimmervisite mit einem Blick ins Bad, bevor er sich auf ein frisch gezapftes Gold Star in einer Bar um die Ecke aufmachte.

Es tat gut, in einer Sprache zu sprechen, die keinen Unterschied zwischen „Du" und „Sie" kannte. Und in der jeder wie ein verlorener und wiedergefundener Freund sehr schnell mit Vornamen angesprochen wurde. Kleine fiel der Wechsel vom Deutschen nicht schwer. Ivrit, das Neuhebräisch, war für ihn wie ein alter, ausgeleierter Pullover, in den er einfach reinschlüpfte und in dem er sich trotz der vielen Löcher und Flicken besonders wohl fühlte. Keiner würde es ihm übelnehmen, wenn er sich oft mit dem Satzbau vertat und sich die Worte einfach so zurechtlegte, wie er die Sprache fühlte. Alle würden ihn dennoch verstehen. Auch daher war es gut, wieder hier zu sein.

Kapitel 20

Es dauerte noch bis zum Abend, bis ihre Ermittlungen einen weiteren Schritt voran kamen. Bangert und Emde waren missgelaunt von dem Abstecher nach Bad Arolsen zurückgekehrt, auch der gute Kaffee hatte ihre Laune nicht heben können. Am Nachmittag hatte sich Emde eine Dreiviertelstunde freigenommen, um für seine Familie den Wochenendeinkauf im nahen Supermarkt zu erledigen. Der Weg mit dem Einkaufswagen durch die vollen Regalreihen inmitten tobender Kinder kam ihm wie eine andere Welt vor. Einem spontanen Einfall folgend brachte er seine Beute, einen großen Wäschekorb voll frischen Gemüses, Hackfleisch und Obst, nach Hause. In einer Bäckerei hatte er noch vier große Stücke Bienenstich abschneiden lassen. Als er bereits in Flechtdorf war, bat Emde seine Frau telefonisch, einen Kaffee aufzusetzen. Susannes Antwort kam misstrauisch und zögernd.

Als er vor seinem Haus ankam, stand sie in der Tür. Die beiden Jungen hinter ihr im Flur schauten ihn neugierig an. „Nur ein rascher Einfall“, erklärte der Ermittler. „Ich wollte einfach nur mal kurz raus aus dem ganzen Trott.“ Emde gab seiner Frau einen Kuss. Susannes Gesichtszüge entspannten sich deutlich, während er zum Kombi zurücktrottete, die Klappe öffnete und den Wäschekorb herausholte. Ihr Blick fiel auf den Bienenstich. „Bist du verrückt? Weißt du denn nicht, was eine Frau in meinem Alter an Yogaübungen machen muss, damit das nicht ansetzt?“ Susanne war 42 Jahre alt. Emde schüttelte missbilligend den Kopf. Seiner Meinung nach übertrieb sie maßlos. „Du bist einfach viel zu streng mit dir selber.“ Er gab ihr noch einen Kuss. Sie blieb wieder stehen, ihre Miene hatte erneut einen Anflug von Misstrauen. „Ist wirklich alles okay, Sheriff?“ Emde überhörte den Kosenamen, den er nicht mochte, und nickte. „Mir geht der ganze Kram nur ziemlich auf den Geist.“ Er schloss die Haustür, witterte den Kaffeeduft und musste lächeln. Gut, dass Kleine nicht hier war!

Eine knappe halbe Stunde später war er wieder auf dem Weg ins Präsidium. Er hatte es sogar geschafft, seinem Oldtimer in der Garage einen Besuch abzustatten. Der Anblick des 300er

Benz im bleichen Licht der Montagelampen tat einfach gut sowie der durchdringende, für ihn inzwischen gar nicht mehr so unangenehme typische Geruch eines alten Autos. Im Radiosender lief nun ‚Is this love', von Whitesnake. Auch so ein unverwechselbares Stück seiner Zeit wie der Benz. Emde drehte das Radio laut. Er mochte den soften Metalsound der achtziger Jahre einfach. Gerade wegen dieser langhaarigen Sänger mit Dauerwelle, langen Ledermänteln und Gitarren mit Doppelhälsen. Jede Zeit hatte ihr Ding. Diese Zeit war einfach einzigartig gewesen. Und ehe er sich versah, sang Hauptkommissar Emde den Text mit. Falsch, aber glücklich. *Is this love, that I'm feeling. Is this the love, that I've been searching for. Is this love or am I dreaming? This must be love. 'cause it's really got a hold on me.*

Oben auf den Höhen vor Dingeringhausen, von denen man einen beeindruckenden Panoramablick auf Korbach mit seinen zwei aus dem Häusermeer herausragenden Kirchtürmen und dem weit dahinterliegenden Kellerwald hatte, klingelte sein Telefon. Es war Nofri. Emde unterbrach seinen Gesang. „Wir wissen, wem die Hütte von Bergmann gehört", kündigte sie die großen Neuigkeiten an. „Dazu solltest du aber hier sein." Emde versprach, in wenigen Minuten bei seinem Team zu sein und überholte einen Traktor.

Knappe fünf Minuten später zog er die Handbremse seines Autos. Direkt vor der Polizeidirektion war mal wieder kein Parkplatz frei, deswegen hatte er vor dem benachbarten Hallenbad geparkt. Eine pummelige Frau mit drei kleinen Kindern war gerade offenbar auf dem Weg zum Kleinkinderschwimmen und sah ihn böse an. Emde hatte die Gruppe beim Einparken beinahe übersehen. Aber ihm blieb jetzt keine Zeit für große Erklärungen und so warf er der Glucke, die sich gerade zu einer Empörung aufplusterte, eine rasche Entschuldigung zu. Im Großraumbüro herrschte eine gespannte Atmosphäre wie am Heiligabend vor der Bescherung. Nofri war sofort an seinem Schreibtisch und legte dem Hauptkommissar eine Liste vor. Eine Reihe Namen. „Fällt dir was auf?" Emde konnte sich nicht hinsetzen, er musste stehenbleiben, während er die Liste durchging. Es waren etwa zwanzig Namen. Fünf davon waren nochmal besonders abgesetzt. „Ich sehe Namen", sagte Emde, der gar nichts begriff. „Und was entnimmst du diesen Namen?“, fragte Nofri geduldig. Emde nahm einen spitzen Bleistift und fuhr damit über das Papier. „Der hier kommt mir bekannt vor.“ Er machte ein Fragezeichen hinter einen der Namen. Jörg Hausdorf, das sagte ihm etwas. „Der hier auch, Joachim Weyergraf, den habe ich auch schon mal gehört.“ Beide Namen zählten zu den fünf abgesondert notierten Namen. Emde gab es auf und warf die Liste auf den Tisch. „Okay. Jetzt habt ihr mich genug Topfschlagen lassen. Was sind das für Namen und was genau ist das für eine Liste?“ Und vor allem: Wo zum Teufel habt ihr die her? dachte er für sich. Nora Freese blicke zu Bangert rüber. Der lehnte sich lässig in seinem Bürostuhl zurück. Die Gewinnergeste sagte alles aus. Heute wirst du staunen, Chef. „Sämtliche Namen auf dieser Liste sind Kapitalgeber eines Fonds, der wiederum in Immobilien investiert, unter anderem in eine Immobiliengesellschaft, der die ...“ Emde ahnte, was nun kommen würde. Und doch wollte er es nicht. Trotzdem beendete er den angefangenen Satz: „... Bergmannvilla gehört?“ Bangert nickte. Emde ballte die Fäuste. Sehr gut! Sein Team! „Dabei handelt es sich um einen sogenannten geschlossenen Fonds“, referierte Bangert. „Die Anzahl der Investoren, die Anteile des Fonds, alles ist vorher festgelegt. Meistens auch die Laufzeit. Dieser Fonds heißt ‚D Beyond‘ und wird von der Wassermann & Donner-Bank in Frankfurt geführt. Einer Privatbank, in der du nichts verloren hast, wenn du nicht mindestens 250.000 Euro an Einlagen anbringst.“ Emde staunte und schwieg. Beim Sparen war er nie über sein Sparbuch hinausgekommen. Den engsten Kontakt mit dieser Welt hatte er, als er gemeinsam mit seinen Eltern den Kredit fürs Haus aufgenommen hatte. Geschlossener Fonds? Es klang für ihn wie ‚geschlossene Gesellschaft‘. „Und was soll dieser Name? ‚D Beyond‘?“ Nofri meldete sich. „Es ist ein Fonds, der stark in Immoblienwerte investiert. Daher haben die auch Zugriff auf die Villa. ‚D Beyond‘ klingt nach einer Art verschwiegener Zukunftsgesellschaft. D für Deutschland. Das Deutschland jenseits von etwas. Wir sind an der Stelle noch nicht weitergekommen. Im Internet findest du nichts dazu. Bei Wassermann & Donner nachzufragen bringt auch nichts. Die schweigen eisern, wenn du denen nicht mit der Staatsanwaltschaft kommst." Sie beendete ihre Überlegungen.

„Es kommt aber noch besser", kündigte Bangert an. Emde setzte einen fragenden Blich auf. „Die fünf Namen da unten", Bangert nickte in Richtung der Unterkante des Blattes, das Emde wieder in seinen Händen hielt, „sind auch gleichzeitig in einem Fonds, der in Prospersoil investiert ist." Emde erstarrte. Dann brach sich seine Freude Bahn. „Leute, das gibt es doch nicht!" Er hielt inne. Eine Flut von Fragezeichen baute sich vor seinem inneren Auge auf. Da war er, der missing link, von dem Kleine ihm berichtet hatte und den sie gesucht hatten. Die fehlende Verbindung, an die der Journalist mit seinem richtigen Riecher geglaubt hatte. Es *gab* eine Verbindung zwischen dem Mord an Lieberknecht, dem Unternehmen Prospersoil und dieser mysteriösen Eigentümergemeinschaft einer Villa, die von einem prominenten Krawattennazi und dessen Frau bewohnt wurde! Kleine hatte recht gehabt. Sie ließen den abgetakelten Rechten in einer Bude wohnen, die zu ihrem Fundus gehörte, okay. Und sie hatten eine Menge Geld bei einer sehr verschwiegenen Bank liegen. Aber wie passte das alles zusammen? Und warum schien das nun alles so einfach? „Und wer sind diese beiden Typen?", dachte der Ermittler laut. „Ich kenne die. Aber woher?" Freese nahm ihm die Liste aus der Hand. „Das ist in der Tat ein Problem, denn nun wird es sehr spannend. Sie fuhr mit dem Finger über die Liste und stoppte bei dem ersten Fragezeichen. „Jörg Hausdorf ist Abgeordneter des Deutschen Bundestages. Fraktions-Landesgruppenchef seiner Partei für NRW. Auch wenn das jetzt nach nicht viel klingen mag, er ist ein sehr mächtiger Mann, denn die NRW-Landesgruppe ist die größte in der Fraktion seiner Partei." Emde nickte. Er interessierte sich nicht sehr für Politik und war umso stärker beeindruckt, dass seine Kollegin mit den Begrifflichkeiten umging, als wäre sie eine Art Feierabendparlamentarierin. Sie schien seine Gedanken zu erraten. „Ich lese ab und zu mal richtig dicke Zeitungen. Süddeutsche, Frankfurter Allgemeine, so etwas". Beinahe klang es wie eine Entschuldigung. Emde nickte wieder. Er blieb seiner Waldecker Landeszeitung treu. Er sah erst jetzt, dass Nofri zwei Fotos im DIN A 5-Format in der Hand hielt. Sein Blick fiel auf einen Mann Mitte Vierzig. Vorstehendes Kinn, braune kurze Haare, einen Tick zu wohlgenährt, aber im Großen und Ganzen eine kernige Erscheinung. Er erinnerte sich nun, den Mann schon mal in den Nachrichten gesehen zu haben. Und sogar in seiner Tageszeitung. „Das ist er?" Nofri nickte. „Genau, Jörg Hausdorf." Er sortierte Hausdorf nach hinten, das nächste Foto zeigte einen Mann im Alter von etwa Mitte Fünfzig, der eine frappierende Ähnlichkeit mit David Bowie in seinen späten Jahren zu haben schien. Der Blick war sehr stechend, die strohigen Haare schienen sich nicht entscheiden zu können, ob sie nun rötlich oder blond sein wollten. Der Mann war hager und hatte einen vorstehenden Adamsapfel. „Weyergraf?" Wieder ein Nicken. „Und was macht der?" Nofri blickte auf einen Block voller Notizen. „Staatssekretär im Wirtschaftsministerium. Gehört eigentlich zur Opposition und hatte diesen Posten schon inne, als die jetzige Opposition noch das Regierungsmandat hatte." Sie ließ den Block sinken. „Offensichtlich war er integer genug, dass er den üblichen Säuberungswellen hoher Ränge nach einem Regierungswechsel nicht zum Opfer gefallen ist." „Oder er wusste etwas, das für die neue Regierung sehr zum Nutzen sein konnte", dachte Emde laut weiter. „Oder zum Schaden", meldete sich Bangert. Emde schüttelte den Kopf, er wollte das alles irgendwie nicht begreifen. Erst jetzt ging ihm auf, dass er die wichtigste Frage noch gar nicht gestellt hatte. „Wie um alles in der Welt habt ihr das eigentlich herausgefunden? Eigentümer bei Immobilien, so was dauert doch gewöhnlich ewig. Und dürfen wir überhaupt im Besitz dieser Informationen sein?" Nofri blickte wieder in Richtung Bangert, dann zu Emde zurück. „Der Kollege Bangert wusste ganz genau, wo er im Landeskriminalamt und in den entsprechenden Grundbuchämtern nachfragen musste. Die Staatsanwaltschaft ist über die Anfrage ebenfalls bereits in Kenntnis gesetzt. Wir sind da save." Bangert legte den rechten Zeigefinger an die Schläfe, als wolle er einen Cowboyhut aus der Stirne ziehen. „Ich kenne da einen Typen, mit dem hatte ich noch eine Rechnung offen", sagte er mit dem Tonfall eines Revolverhelden. Emde kniff die Augen zusammen. Ihm kam gerade die letzte Szene aus dem Film Casablanca in den Sinn. Humphrey Bogart und der Polizeichef der

Stadt auf dem leeren Flugfeld. Vielleicht ist dies der Anbeginn einer großartigen Freundschaft. Seine Stimme bekam allerdings einen Tonfall, der weniger auf ein Flugfeld, sondern eher auf den Fußballplatz gehört hätte. Nach einem Tor. „Ey Bangert! Du bist ja ein ...", er suchte nach einem angemessenen Wort. Ihm fiel keines ein. „... Tier!"

Nofri wollte in das Testosterongehabe der beiden Männer nicht hineingrätschen. Ihr Blick war auf das Linoleum des Fußbodens gerichtet. „Wir haben da noch etwas herausgefunden." Emde blickte auf. Nofri nickte Bangert zu, der Emde ein Papier in einer Klarsichtfolie reichte. Diesmal handelte es sich um einen Text. Die schreiende Überschrift ließ auf etwas wie eine Abizeitung schließen. Das dazugehörende Foto zeigte zwei junge Männer mit vollen dunklen Haaren, die Arm in Arm gemeinsam stolz in die Kamera lächelten. Der Text widmete sich zweien, die sich in ihrer beruflichen Zukunft für Recht und Ordnung einsetzen würden. „Unser Law & Order Duo – gemeinsam sind sie unschlagbar." Emde betrachtete das Foto, plötzlich fiel ihm die Gewissheit wie Schuppen von den Augen. Er erkannte beide, auch wenn einer des Duos inzwischen etwas kahler auf dem Kopf geworden war. „Bergmann und Hausdorf haben gemeinsam Abitur gemacht?" Nofri nickte düster. „In Münster, bevor Bergmann in Frankfurt Jura studierte und dann dort blieb. Ich fürchte, wir müssen einen Umstand berücksichtigen." Emde ahnte, was kommen würde, daher sprach er es aus. „Das nimmt Dimensionen an, die unsere Möglichkeiten übersteigen, meinst du?" Nofri nickte. „Das ist politisch." Emde konnte nichts darauf sagen. Seine Kollegin hatte recht. Alles an diesem Fall schien laut *Finger weg!* zu schreien. Sie mussten darüber nachdenken, den Generalbundesanwalt zu informieren und den Fall abzugeben.

Am Ende waren sie zum Schluss gekommen, dass es an dieser Stelle besser sein würde, zumindest das LKA vollends in die Ermittlungen einzubeziehen. Die Kollegen dort würden ihnen bei nächster Gelegenheit den Fall aus den Händen nehmen und den Karren vor die Wand fahren. Aber sei's drum. Möglicherweise würden sie Abgeordnete befragen müssen, die von ihrem Immunitäts- und Zeugnisverweigerungsrecht Gebrauch machen würden. Es würde öffentlich werden und musste daher zu einhundert Prozent hieb- und stichfest sein. „Und wir wissen noch nicht wirklich, an welchem Punkt uns diese Erkenntnisse weiterbringen, oder?“, hatte Emde in die Runde gefragt und in Mienen geblickt, die von zunehmender Skepsis geprägt waren. Sie wollten erst mal eine Reaktion des LKA abwarten.

Kapitel 21

York Westermann fröstelte in der aufgehenden Septembersonne. Es war ein kühler Morgen in Berlin und häufig hatte er das Gefühl, dass in der Bundeshauptstadt die Temperaturen immer ein wenig niedriger als anderswo waren. Außer während der parlamentarischen Sommerpause, wenn die Stadt von Partygängern überflutet und die Straßen von der Hitze der Sommersonne bis spät in die Nacht erwärmt schienen. Heute war jedoch nicht so ein Tag. Westermann stand im dunklen Mantel vor dem Seiteneingang des Bundeskanzleramts und wartete. Er hatte die ganze Nacht nicht geschlafen. Der Inhalt des Gesprächs nach ihrem Treffen in der Hasenheide ließ ihn daran nicht denken. Der Staatssekretär wusste, was da gerade passierte. Niemand würde ihm etwas vormachen können. Er sollte das Bauernopfer werden. So war das nun mal in der hohen Politik. Wurden die Dinge zu heiß, suchte man sich stets ein Ventil, um den Druck abzubauen, Gerüchte zu entkräften und Verdächtigungen abzulenken. Auf ihn, Westermann, soviel war ihm klar. Er wusste auch, dass mit seiner Ablöse ein Nachfolger auf seinen Posten treten würde, der die Dinge noch besser in der Hand haben würde. Der im Interesse derer handeln würde, die ihn nun aus dem Amt beförderten. Und er wusste nicht, was er tun konnte, außer sich, nun ja, eben aus dem Amt befördern zu lassen. Westermann wusste, dass die Politikwissenschaft hinter vorgehaltener Hand für solche Aktionen einen Begriff parat hatte: Operation Abendrot. Wenn sich die Amtszeit eines politischen Silberrückens dem Ende zuneigte, wurden noch schnell genehme Weggefährten oder deren Protegés in hohe Positionen gerückt, solange man noch die Möglichkeit dazu hatte. So wurde einem Nachfolger die Arbeit erschwert und mit etwas Glück die eigene Amtszeit für die Geschichtsbücher glorifiziert. Westermann war ja selbst in diesem Fahrstuhl mit nur zwei Knöpfen nach oben gefahren. Bei dem Gedanken daran war ihm nur noch nach Ausspeien.

Er sah, wie der bewaffnete Posten der Feldjäger an der Zufahrt Haltung annahm und salutierte, als der schützende Zaun lautlos zur Seite glitt und sich die Fahrzeugkolonne vom Tor einen

Weg über den gepflasterten Vorplatz zum Eingangsportal bahnte. Zwei dunkle Limousinen der oberen Mittelklasse, denen die starke Panzerung auf einen flüchtigen Blick nicht anzumerken war. Nur Eingeweihte wussten, dass da ein hohes politisches Tier transportiert wurde, vor allem seit bei unkritischer Verkehrslage auch auf den Einsatz von Blaulicht verzichtet wurde. Beinahe geräuschlos schwenkten sie auf die Zufahrt ein und stoppten synchron, bevor im nächsten Augenblick vier Fahrzeugtüren geöffnete wurden, die Personenschützer ausstiegen und mit einem Rundumblick die Umgebung überprüften. Bundeskanzler Magilsky öffnete seine Fondtür selbst, noch bevor der Mitarbeiter des Inneren Dienstes des Bundeskanzleramtes die Wagenkolonne erreicht hatte. Er griff zurück in den Wagen, holte einen schweren Lederkoffer mit Rollen heraus und zog mit einem raschen Griff den Bügel hoch. Westermann atmete tief durch. Jetzt! „Herr Bundeskanzler ...?“ Magilsky sah auf. Ein breites Lächeln trat in sein Gesicht. „Dr. Westermann, guten Morgen.“

Kleine wusste beim Aufwachen sofort, wo er sich befand. Er hörte aus der Ferne den Ruf eines Muezzin, der zum Fadschr-Gebet rief, dem ersten Gebet des Tages in der Zeit des Sonnenaufgangs. Heute war Freitag, die Stadt würde sicher sehr voll werden. Er schloss nochmals die Augen und lauschte dem melodischen Klang, der aus dem Osten der Stadt herüberdrang. Er bewunderte die klare Schönheit der Botschaft des Islam, die in den Gesang hineinverwoben war, wie kostbares Gold. Wie immer empfand Kleine tiefe Trauer darüber, wie wenig dieses Verständnis für die Lehren fremder Glaubensgemeinschaften im Westen verbreitet war, sondern der Islam viel zu oft mit Islamismus gleichgestellt wurde. Nur kurze Zeit später begannen im etwas näher gelegenen christlichen Viertel der Altstadt die Glocken zu läuten. Das ist Jerusalem, dachte Kleine. Er kannte keine Stadt der Welt, in der muslimische Gebetsrufe und christliches Glockengeläut so harmonisch und scheinbar so gleichberechtigt nebeneinander zu hören waren.

Er stand auf und zog die Vorhänge vor dem Fenster beiseite. Die Sonne drang noch nicht hinab in die Dunkelheit der schmalen Seitengasse, doch weit oben sah Kleine einen strahlend blauen Himmel. Es würde ein sonniger, schöner Tag werden. Er zog sich an und ging hinunter zum Frühstück. Auch die junge Muslima, die für den Freitag zur Ehre Mohammeds einen grünen Hijab in der Farbe des Propheten trug, schien sich an ihn zu erinnern. Sie lächelte breit. „You like some Shakshuka?“ Kleine erinnerte sich, dass es hier besonders gut war. Er erwiderte das Lächeln. „Na'am, shukran!“, kramte er seine wenigen Fetzen Hocharabisch hervor und hatte wenige Minuten später einen tiefen Teller mit dem würzigen Gemisch aus Zwiebeln, Tomaten, Paprika, Knoblauch und Kreuzkümmel vor sich stehen, in das zwei Eier geschlagen waren.

Der Bundeskanzler blickte ernst. Er hatte sich auf ein nur wenige Minuten dauerndes Gespräch eingestellt. Nachdem er erkannt hatte, dass es sehr ernst werden würde, hatte er den darauffolgenden Termin abgesagt. Eine Schulklasse aus Bamberg erhielt bei ihrem Besuch im Kanzleramt nun doch nicht das angeblich überraschende Meet&Greet mit dem Hausherrn. Magilsky drehte gedankenverloren einen teuren Montblanc-Kugelschreiber zwischen Daumen-, Zeige- und Mittelfinger. Westermann saß vor ihm. Er wich jedem Blickkontakt aus und betrachtete die Portraits von Konrad Adenauer und Angela Merkel hinter dem Schreibtisch des Bundeskanzlers, als würde er sie zum ersten Mal sehen. Die ehemalige Bundeskanzlerin war bei ihrer Porträtierung einen modernen Weg gegangen und hatte sich von Jim Rakete fotografieren lassen, dem Starfotografen, der auch Udo Lindenberg und eine ehemalige Ministerpräsidentin von NRW für die Nachwelt fotografiert hatte. Neben dem alten Kanzler Adenauer wirkte das milde Lächeln der Altkanzlerin wie aus einer anderen Welt. In der vorangegangenen Viertelstunde hatte Westermann Magilsky von seiner Vergangenheit erzählt, hatte von seinen Schummeleien während seiner Promotion berichtet. Und dass diese, ohne dass Westermann einen Namen genannt hatte, scheinbar nun kurz davor standen, öffentlich bekannt zu werden. Der Bundeskanzler lehnte sich zurück und vermied es ebenfalls, Blickkontakt zu seinem Gegenüber herzustellen. Westermann war es vollkommen klar, dass seine politische Karriere an diesem Morgen beendet werden würde. Es war in Ordnung. Wenn wenigstens das unter der Decke bleiben würde, was noch weitaus schmutziger war, noch widerlicher. Wenn er wenigstens ... nun, er wollte gar nicht genau daran denken ... in der Lage sein würde, ein normales Leben zu führen? Ihm stand der Schweiß auf der Stirn. Magilsky stand auf und ging zum Fenster. Mehrere hundert Meter entfernt wehten die deutschen Flaggen auf den Ecktürmen des Reichstagsgebäudes. Nun, in der Morgensonne, schien es, als sei die Farbordnung auf den Flaggen in Unordnung geraten. Das Schwarz wirkte viel heller, empfindlicher und transparenter als das Rot darunter. Das Gold schien gar nicht zu existieren. Westermann musste trotz der Absurdität der Situation daran denken, dass er die Flagge seines eigenen Heimatlandes nicht erkannt hätte, wenn man sie ihm in dieser Farbstellung gezeigt hätte. „Es ist natürlich ausgeschlossen, dass sie auf Ihrem Posten bleiben können, Herr Westermann“, war die Stimme des Bundeskanzlers nun zu vernehmen. „Sie haben viel für dieses Land getan, für dieses Amt und vor allem auch für mich.“ Westermann kam es vor, als würde Magilsky eine Grabrede halten. Seine Grabrede. „Aber mit diesem Hintergrund ...? Sie hätten so viele Möglichkeiten nutzen können, um reinen Tisch zu machen. Sie haben Sie nicht genutzt.“ Er brach den Satz ab und schüttelte den Kopf. „Ich muss mich auf die weiteren heutigen Termine konzentrieren. Informieren Sie den Kanzleramtsminister über den Inhalt unseres Gesprächs und machen Sie mir bis zwölf Uhr ein Rücktrittgesuch fertig. Das werde ich dann umgehend unterzeichnen. Sie bringen es persönlich vorbei, wir reden dann weiter, vor allem auch über die Frage, warum Sie mich gerade zum jetzigen Zeitpunkt darüber informieren. Wenn Sie jemand deswegen unter Druck setzt, muss ich das unbedingt wissen.“ Der Bundeskanzler nickte. Für Westermann, dem es verstörend fremd vorkam, dass der Bundeskanzler ihn bereits ohne seinen Doktortitel anredete, war es das Zeichen, dass die Besprechung beendet war. Draußen im Vorzimmer wurde ihm schwarz vor Augen und er musste sich in einen der bequemen Wartesessel setzen. Er hörte noch die Stimme von Julia Matern, der Vorzimmerchefin des Bundeskanzlers. „Herr Dr. Westermann, ist Ihnen schlecht? Brauchen Sie ein Glas Wasser?“ Er winkte ab.

Der Freitagmorgen war im Waldecker Land ein kalter, sonniger Herbstmorgen. Die Jahreszeit hatte sich endgültig durchgesetzt, die kühlen Nächte hatten das Laub bereits zaghaft buntgefärbt. Emde genoss den aromatischen Dampf aus seiner Kaffeetasse, klickte sich durch seine Mails und stieß auf eine Rückrufbitte der Kollegen aus Hanau, die sich mit dem Mordfall an Jerome Leconte beschäftigten. Nun, es galt zwar offiziell die Ansage vom ‚mutmaßlichen‘ Mord, aber ehrlich: War das ein Versehen? Eine beim Reinigen zufällig durch Unachtsamkeit losgegangene Knarre? Und dann wurde das Opfer aus dem Weg geräumt und im See versenkt? ‚Mutmaßlich‘ war ein Wort, das Emde fast so sehr hasste, wie von seiner Frau ‚Sheriff‘ genannt zu werden. Nein, für ihn war der Fall klar: Dieser Unbekannte, Jerome Leconte, mochte er in Wahrheit heißen, wie er wollte, war der Auftragsmörder, der Carl Lieberknecht tiefergelegt hatte und dann selbst zum Schweigen gebracht wurde. Aus was für einem Grund, das herauszufinden war ihre Aufgabe. Vor der sie, er musste sich das zugestehen, immer noch ziemlich ratlos standen.

Einen Augenblick später hatte er den Telefonhörer in der einen und einen Bleistift in der anderen Hand. „Wir glauben, dass es sich bei eurem mutmaßlichen Mörder, unserem Seetoten, um einen ehemaligen Fremdenlegionär handelt“, referierte der Kollege aus dem Süden des Bundeslandes trocken die Informationen herunter. Kleine, du verdammter Kriegsberichterstatter, du hast das wieder gerochen! „So, so“, murrte Emde scheinbar ungerührt. „Sein Name ist Bertrand Muller, spricht sich französisch fast wie unser ‚Müller‘ aus. Stammt aus dem Elsass, aus Hagenau. Das würde erklären, weshalb er Französisch und Deutsch nahezu ohne jeden wahrnehmbaren Akzent spricht“, dozierte der Ermittler aus Hanau unbeeindruckt weiter. „War so ziemlich überall dabei, wo es im Namen von Frankreichs Interessen in den vergangenen Jahren heiß wurde. Im Kosovo, im Irak, in Mali. Muller war Scharfschütze der Section tireurs d’élite. Zweifellos konnte er bei seinen Einsätzen gute Erfahrungen in seinem Metier sammeln. Auch, was Tarnung und Flucht betrifft. An weitere Informationen zu kommen, ist kaum möglich, die Legion gibt sich sehr zugeknöpft. Vor allem, wenn einer ihrer Ehemaligen mit dem bei ihnen erworbenen Können im friedlichen Teil der Welt Unfug angestellt hat." Emde musste bei dem unfreiwilligen Anflug von Humor grinsen. „Fest steht eines", fuhr der Kollege fort, „seit 2012 hat man nichts mehr von ihm gesehen oder gehört. Letzter offiziell gemeldeter Wohnort nach seiner feierlichen Verabschiedung im Jahr 2010 war tatsächlich ebenfalls Marseille, dort in der Nähe liegen große Garnisonen der Legion. Ist also nicht weiter auffällig. Wie fast alle Legionäre scheint er außerhalb der Truppe ein ziemlicher Einzelgänger gewesen zu sein, der anscheinend von Anbeginn des virtuellen Zeitalters genau darauf geachtet hat, keine elektronischen Fußabdrücke zu hinterlassen."

Emde schrieb eifrig mit und nickte. Das passte alles ins Bild. „Was glaubt ihr? Hat er sich der Profikarriere zugewendet?" Schweigen im Hörer. Dann wieder die Stimme aus Hanau. „Könnte gut sein, würden wir auch drauf tippen. Sind aber alles Vermutungen. Eines ist aber mal klar ..." Der Kollege suchte nach den richtigen Worten. „Wenn das alles stimmt, was wir vermuten und ihr ebenfalls, dann gehörte unser Monsieur Muller einer ziemlich teuren Spezies von Professionellen an. Die eifersüchtige Ehefrau ist damit raus, ein Auftraggeber für so einen Typen spielt in einer anderen Liga und könnte immer noch gefährlich sein. Passt also besser auf und holt euch alle Hilfe ins Boot, die ihr kriegen könnt. Wir unsererseits haben über Europol mehr Informationen und ein Foto von Muller angefordert, aber das kann dauern. Ohne konkreten Verdacht rücken die nur langsam mit den Informationen rüber." Emde bedankte sich. Auch für die klare Warnung. Da war es wieder, dieses unbestimmte Frösteln. Er musste dringend mit Kleine sprechen, aber der war seit gestern spurlos verschwunden. Verreist, wie seine Stimme auf seiner Mailbox verriet. So ein Quatsch, dachte Emde, Kleine verreist nie. Wohin auch? Und zu wem? Er blickte aus dem Fenster.

Sie war es selbst. Kleine spürte ihre Nähe wenige Augenblicke, bevor sie ihn ansprach. Er hätte mit einem kleinen Mitglied der Fußtruppen gerechnet. Nicht mit Aviva. Am Morgen nach dem Frühstück war er durch die Altstadt geschlendert, hatte sich ohne jedes wirkliche Interesse den zumeist wertlosen Plunder in den Gassen der Souvenirhändler angeschaut: den Felsendom in einer Schneekugel, blinkende Marienstatuen oder die Kreuzigungsszene auf Golgatha als dreidimensionales Kitschgemälde, die Menora aus Holz, Metall und Marmorimitat in allen möglichen Ausführungen. Als sich vor ihm der weite Platz mit der Klagemauer öffnete, hatte Kleine seine Kippa aus der Hosentasche gezogen und war an die warmen, uralten Steinquader getreten. Er hatte schon oft hier gestanden, doch immer wieder überwältigte ihn das Gefühl, an einem wirklich besonderen Ort zu sein. Links von ihm betete ein junger Soldat mit einem schweren Sturmgewehr auf dem Rücken und Gebetsriemen an den Unterarmen, bevor er ein Stückchen Papier, ein Knittelchen, in die Mauerritzen steckte, in denen bereits Dutzende andere Papierchen auf die Erfüllung der aufgeschriebenen Hoffnungen und Wünsche warteten. Rechts von Kleine schwang ein alter chassidischer Jude mit einem wuchtigen Pelzkranz, einem Schtreimel, auf dem Kopf in sein Gebet versunken hin und her. Kleine hielt ein paar Minuten inne, bevor er sich umwandte und ging. Egal, wie lange er blieb, die Zeit war ihm jedes Mal zu kurz.

Als sie Kontakt zu ihm aufnahm, saß er in einem kleinen Imbiss oben in der Jaffa Street, in dem es ausschließlich Borekas gab, Teigtaschen mit verschiedenen Füllungen, das, was europäische Kochbücher als Israeli-Streetfood zusammenfassten. Borekas allerdings wurden in Israel bereits Generationen zuvor auf der Straße und bei jeder Gelegenheit gegessen, bevor es den Begriff Streetfood überhaupt gab. Der Laden warb damit, bereits seit 1955 zu existieren Kleine hatte bei jedem seiner Besuche in Jerusalem dort gespeist.

Sie hatte wie er ein Tablett in der Hand, auf dem jedoch nur ein kleiner Becher Kaffee stand. „Sorry, is this place free ...?“ Sie trug Jeans, gelbe Outdoorstiefel mit grober Profilsohle und einen dunkelblauen Pullover mit Reißverschlusskragen. Ihre rotbraune Lockenmähne hatte Aviva hochgesteckt, die grüngrauen Augen verbarg eine modische Sonnenbrille. Wie lange hatten sie sich jetzt nicht gesehen? Elf Jahre? Zwölf Jahre? Sie schien in dieser Zeit kaum gealtert zu sein. Eine typische Sabra, eine in Israel geborene Israelin, Tochter europäischer Einwanderer, aber aufgewachsen mit den Traditionen des modernen Israel. Eine schöne, großgewachsene Frau mit einer aus Selbstbewusstsein, Intelligenz und Offenheit bestehenden Anmut, die Männer in Deutschland vor Laternenpfähle und gegen Türrahmen laufen lassen würde. Kleine, der in einem Kulturreiseführer las, sah nur kurz und scheinbar teilnahmslos auf und nickte dann. Sie setzte sich, schlug eine Jerusalem Post auf und faltete die Tagezeitung so zusammen, dass sie nur einen Artikel lesen konnte. Vorsichtig musterte Kleine die Umgebung. Es konnte gar kein Zweifel bestehen, dass Aviva nicht alleine hier war. Er vermutete unter den Passanten, die rings um sie herum waren, mindestens zwei Aufpasser. Doch im Verhalten der israelischen Sicherheits- und Geheimdienstkräfte irgendwelche verräterischen Muster zu erkennen, war für einen Laien wie ihn schlicht unmöglich.

Ein ziviles Motorrad kam die Straße hinab, besetzt mit in schwarzes Leder gekleideten Männern, von denen der auf dem Soziussitz eine Maschinenpistole mit zwei Magazinen in seinen behandschuhten Händen hielt. Beim ersten Mal hatte Kleine sich gehörig erschrocken und in Erwartung eines plötzlichen Schusswechsels eine Möglichkeit gesucht, in Deckung zu gehen. In einem Land wie Israel war das durchaus nichts, was weitab jeder erwartbaren Realität war. Doch die beiden Männer waren eine Zivilstreife, die der Sicherheit dienen sollte, der vermummte Fahrer des Zweirads grüßte lässig mit dem Zeigefinger zwei patrouillierende Polizisten, die den Gruß erwiderten.

Sie eröffnete den Dialog, auf den sie sich vor langer Zeit einmal geeinigt hatten. „You are a tourist?“, fragte sie und deutete auf seinen Reiseführer. Kleine nickte. „Yes.“ Die nächste Frage folgte nach einer angemessenen Pause. „Looks like German“, wieder ein Deuten auf den Titel, auf dem klar und deutlich ‚Kulturreiseführer‘ und ‚Heiliges Land‘ stand. „That's right, I'm from Germany“, antwortete Kleine artig und wie abgesprochen, wissend, dass jetzt die Entscheidung kam. „I know Germany very well“, nickte Aviva erfreut und lächelte. Sie nannte kein anderes Land wie „I just know the Netherlands“ oder „I have never been to Germany, only to Austria.“ Kleine atmete auf und wechselte ins Hebräische. „Dann können wir uns ja jetzt in einer schöner klingenden Sprache unterhalten, wo wir doch frei und ohne jeden Druck hier aufeinandertreffen“ Sie lächelte kurz in der gemeinsamen Erinnerung daran, dass sie Späße darüber gemacht hatten, wie vermeintlich kehlig und plump Hebräisch im Vergleich etwa zu Französisch oder Italienisch klang. Eine Funktionssprache, geschaffen für hart arbeitende Siedler mit verschiedensten Muttersprachen. Keine Sprache der großen klassischen Literatur oder Musik. Eine Oper auf Hebräisch? Sie hatten sich geschüttelt vor Lachen. „Aber gut geeignet zum Schimpfen, für Protestsongs oder richtig schlimme Witze“, hatte Aviva damals gesagt. Nun erhob sie sich. „Lass dich erst mal drücken, Kleine.“ Sie nahm ihn fest in die Arme. Die Umarmung dauerte eine winzige Spur länger, als es nur bei guten Freunden der Fall gewesen wäre. Kleine spürte, wie ihn die Wärme des Willkommenseins durchflutete. Wie lange hatte er heimlich darauf gewartet, Aviva wiedersehen zu können. Für einen kurzen Augenblick spürte er den Duft ihrer Haare und sog ihn ein wie den Duft eines kostbaren Parfüms. Ja, er mochte sie, ohne jeden Zweifel, und vielleicht wäre es mal an der Zeit, sich das einzugestehen. Auch dass sie ihn, in Israel unvertraut vertraut, stets mit Kleine ansprach, nicht aber mit seinem Vornamen. „Schön, dass du wieder da bist, wir freuen uns sehr“, ließ Aviva, der seine innerlich kochenden Emotionen einfach nicht entgangen sein konnten, hören. Egal, was du gerade fühlst, Kleine. Wir sind aus geschäftlichen Gründen hier. Das und erst mal nichts Anderes! Und außerdem – Kleine dachte es sich noch dazu, musste es sich dazu denken – bin ich eine verheiratete Frau.

„Drehen wir eine Runde durch unser Viertel?“ Kleine nickte. Unser Viertel, damit meinte Aviva das jüdische Viertel der Altstadt. Die Altstadt von Jerusalem unterteilte sich grob in das christliche, das muslimische, das armenische und das jüdische Viertel. Während die drei ersten Viertel in weiten Teilen ihren jahrhundertealten Charme bewahren konnten, war das jüdische Viertel nach 1948 nahezu dem Erdboden gleichgemacht worden. Israel hatte zwar den Unabhängigkeitskrieg gegen vier reguläre arabische Armeen gewonnen. Es war der Haganah jedoch nicht gelungen, das jüdische Viertel der Altstadt und mit ihm die Klagemauer, die nur in der deutschen Sprache so hieß und im Hebräischen schlicht Ha Kotel, die Mauer, genannt wurde, zu verteidigen.

Erst 1967, während des Sechstagekriegs, stürmten israelische Truppen vom Löwentor her in die Altstadt und eroberten das Viertel zurück. Bis heute ein Thema, an dem sich die Gemüter erhitzten. Viele ältere muslimische Bewohner der Altstadt hatten ihren jordanischen Pass aus dieser Zeit aufbewahrt und tatsächlich stand der Tempelberg mit der Al-Aqsa-Moschee und dem Felsendom immer noch unter der Kontrolle des Waqf und somit unter dem Schutz König Abdullahs von Jordanien.

Nun, in den Nachmittagsstunden, waren die Gassen überfüllt mit Touristen. Kleine sah wieder die gleichen Souvenirs und die gleichen Nippsachen wie am Morgen, doch Aviva wählte eine andere Strecke, die direkt hinter dem Jaffator und der sich anschließenden Davidszitadelle rechts hinauf in das armenische Viertel führte. Erst als sie den Lärm der starkfrequentierten Gassen zwischen Jaffator und Davidstreet hinter sich gelassen hatten, sprach sie. „Was macht dir Sorgen, Kleine?“ Und nach einem weiteren Augenblick. „Du hast dich noch nie an uns gewandt. Wir wussten zwischendurch gar nicht, ob du noch einer von uns bist.“ Kleine nickte. Inzwischen waren ihm auch ihre Begleiter aufgefallen. Sie machten sich gar keine Mühe, ihre Anwesenheit zu verbergen. Er hatte sich einmal ganz offensiv umgedreht und beiden, einem jungen Mann und einer gleichaltrigen Frau von etwa 25 Jahren, die ihnen im Abstand von 15 Metern folgten, in die Augen geschaut. Sie hatten den Blick fest und mit einem Anflug von Lächeln erwidert. Keine Sorge, Deutscher. Wir tun dir nichts, wenn du unserer Aviva nichts tust. Wir sind eine Familie. Kleine war sich nicht sicher, ob er das Thema jetzt direkt offenlegen sollte. Aviva hatte für ihren Spaziergang ohne Zweifel ein Ziel ausgewählt, an dem er in Ruhe und ohne Störung berichten konnte.

Und tatsächlich lenkte sie ihre Schritte wenige Minuten später auf einem weitläufigen Platz mit alten Platanen in ein kleines Delikatessengeschäft, in dem man israelischen Wein und kleine Appetithäppchen der mediterranen Küche probieren konnte. Wie selbstverständlich nahm das Aufpasserduo an einem der beiden vor der Tür gelegenen Tische Platz. „Wer sind die zwei?", fragte Kleine und nickte mit dem Kopf nach draußen. Aviva folgte seinem Blick als wüsste sie nicht, wer gemeint war. „Freunde", sagte sie schlicht. „Gute Freunde." Kleine, der wusste, dass weiteres Fragen nach den ‚guten Freunden' unangebracht war, wollte einen Blick in die Karte werfen, doch anscheinend war bereits alles arrangiert. Ein älterer Mann mit grauem Haarkranz, der wie viele israelische Männer im fortgeschrittenen Alter ein tiefdunkelblaues kurzärmeliges Hemd zu sandfarbenen, viel zu weiten Chinos trug, stellte mit einem Nicken als Gruß eine Schale mit Oliven, Brot und zwei Gläser mit Weißwein vor ihnen ab. Der Wein war mit ein paar Spritzern kühlen Wassers versetzt. Kleine witterte in dem Kerl förmlich den pensionierten Zahaloffizier, der nach seiner Dienstzeit dieses Geschäft eröffnet hatte. Mit schlichten Worten, doch nicht ohne einen Anflug von Stolz erklärte der Alte, dass es sich bei dem Wein um einen Riesling vom Hermon handelte. Draußen tobte eine Horde Jungen hinter einem Ball her, schwarze Hosen, weiße Hemden, alle trugen *Pejes,* Schläfenlocken, und kleine *Kippot.*

Aviva sah Kleine fragend an und erst jetzt hatte sie ihre Sonnenbrille abgenommen. Kleine fühlte sich, als würde er augenblicklich in einem unergründlich tiefen Meer aus Grün und Grau versinken. „Sprich", sagte sie fordernd und doch sanft mit einem Tonfall, der mahnend und ermutigend zugleich war. Kleine legte los.

Emde war auf der Kommissariatsleiterrunde, als der Anruf eintraf. Nofri hatte ihn angenommen. „Eine geheimnisvolle Mrs. X", setzte sie ihren Chef nach dessen Rückkehr ins Benehmen. Der hörte sich an, was seine Kollegin zu berichten hatte. Eine unbekannte Frau wollte den Ermittler sprechen. Persönlich und allein. Doch, es müsse heute sein. Nein, sie würde keine weiteren Fragen beantworten und wolle zwingend den Ort und die

Zeit bestimmen. Sie wolle sprechen. „Unsere Ermittlungsfortschritte seien ihr egal", erklärte Nora Freese. „Ihr gehe es um mehr. Um Erleichterung ihres Gewissens." Emde saß an seinem Schreibtisch, runzelte die Stirn, trank bedächtig einen Schluck unglaublich starken Kaffees und verstand überhaupt nichts. Um Erleichterung ihres Gewissens? Er dachte an Döhrenbach. Anrufe von Unbekannten verhießen neuerdings nichts Gutes. Vor allem, wenn das Gewissen ins Spiel kam. „Was gibt dir das Gefühl, dass es sich nicht um eine Wichtigtuerin handelt?", versuchte er etwas Licht in sein Dunkel zu bringen. Wieder einmal hatte Nofri eifrig mitnotiert, was ihr während des Telefonats aufgefallen war. Sie blickte auf ihren Block. „Die Frau hat geklungen, als gehöre sie zur gehobenen Schicht. Gebildete Wortwahl. Studiert oder doch zumindest vertraut im Umgang mit Akademikern." Emde nickte. Der typische Wichtigtuer ist ein anderes Kaliber. Eher der Vorstadtstraßenprolet und Vorabendseriengucker. Was auch schnell am Jargon zu merken war. Diese Typen sprachen alle irgendwie gleich. „Außerdem konnte sie eine ziemlich konkrete Brücke zwischen Lieberknecht und Prospersoil schlagen, die auf Insiderwissen schließen lässt. Die Frau wusste von Döhrenbachs Selbstmord und deinem Gespräch mit der Geologin" Emde horchte auf. Konnte es sein, dass Constanze Lieberknecht ihr aggressives Schweigen brechen wollte? „War es vielleicht die Schwarze Witwe?" Nofri schüttelte den Kopf. „Deren Stimme hätte ich erkannt. Die Stimme am Telefon war weicher, war weniger auf Konfrontation gebürstet und auch die Wortwahl war mehr ..." Zeigefinger, Daumen und Mittelfinger der rechten Hand beschrieben mehrere Kreise, als sie nach einer Erklärung suchte. „... mehr auf Kooperation bedacht. Die Frau sucht Verständigung und will uns etwas mitteilen, daran habe ich keinen Zweifel." Emde hörte aufmerksam zu und nahm noch einen Schluck. Scheußliche Brühe! „Okay. Wann und wo?" Wieder fiel Nofris Blick auf ihren Block, den sie vor Emde auf die Schreibtischplatte legte. Ruhrquelle. 15 Uhr. Alleine, las der Ermittler.

Kleine hatte eine gute Stunde berichtet. Draußen war die warme Mittagssonne in eine späte Nachmittagssonne abgesunken und lag jetzt mit warmem Licht auf den Sandsteinmauern der um den Platz gruppierten Wohngebäude. Die Tische unter den Platanen draußen lagen in dunklen Schatten. Avi, wie Aviva von engen Freunden genannt wurde, hatte ihm aufmerksam zugehört und sich zwischendurch Notizen gemacht. Kleine hatte während des Erzählens beobachtet, wie sich ihre Schrift von rechts nach links in hebräischen Buchstaben auf dem Papier ausgebreitet hatte. Nun blickte sie ihre Notizen sorgenvoll an wie ein Arzt, der überlegt, wie er seinem Patienten eine ernste Diagnose erklären soll. Sie atmete tief durch. „Zunächst mal das, Paul. Ich habe von derartigen Ereignissen und Zusammenhängen keine Kenntnis. Und damit wir uns da direkt auch richtig verstehen: Es ist gut, dass du hier bist und uns davon berichtest." Kleine bemerkte den Unterschied zwischen „ich habe keine Kenntnisse" und dem „uns", jener unbekannten Gruppe, der er quasi durch Avis Ohren hindurch gerade Bericht erstattet hatte. „Aber wir können dir und deinem Freund", sie las den Namen vom Papier ab, „Herrn Emde keine direkte Hilfe leisten. Das ist unmöglich." Sie dachte weiter nach. Kleine sah, dass sie nach einer Lösung suchte. „Wie lange wirst du bei uns bleiben?", fragte sie. Kleine hatte noch kein Rückflugticket gebucht. „Ein paar Tage", orakelte er. Avi nickte. „Gut." Pause. Wieder ein Nicken. „Gut", wiederholte sie, wobei sie das „w" von ‚tow' für das hebräische Wort für ‚gut' besonders dehnte.

Kleine vermutete, dass sie nicht nur darüber nachdachte, wen sie nun wie kontaktieren konnte, sondern dass sie noch etwas Anderes plante. Dann rückte sie damit heraus. „Wo isst du heute Abend, Paul?" Kleine dachte an die Kebabspieße, die in der Bar neben seinem Hotel serviert wurden. Die waren eigentlich gar nicht so schlecht. Und an drei bis vier kalte Goldstar. Mindestens. Die Bar hätte auch am Vorabend des Shabbat geöffnet. Und doch ... „Hab noch nichts entschieden", hörte er sich antworten. Sie nickte. „Dann sei heute Abend unser Gast." Er stutzte. „Euer Gast ...?" Avivas Blick duldete keinen Widerspruch. „Yossi würde sich freuen, dich zu sehen. Er hat schon lange kein Deutsch mehr gesprochen. Du warst einfach zu lange nicht mehr hier." Kleine lehnte sich zurück und staunte. Es galt als große Ehre, am Vorabend des Shabbat bei einer jüdischen

Familie eingeladen zu werden. Ihm fiel ein, dass er gar keine passende Kleidung dabei hatte. Trug man bei so einem Essen eine Kippa? Er wusste es nicht. Aviva schien seine Gedanken zu erraten. „Wir sind da ganz locker und praktizieren das Mahl auf unsere Art und Weise. Sei einfach gegen sieben Uhr vor deinem Hotel. Yossi holt dich ab." Kleine erinnerte sich dunkel, dass Yossi Blauton und seine Frau in Rehavia wohnten. Doch er war noch nie bei ihnen gewesen. Er nickte zustimmend. „Sababa", freute sich Aviva. „Dann machen wir es jetzt so. Ich gehe jetzt. Du trinkst den Wein aus, wenn er dir zusagt. Gib mir ein paar Minuten und versuche nicht, mir zu folgen." Sie deutete auf die beiden Begleiter, die in der Zwischenzeit draußen von einem der fliegenden Kaffeehändler der Altstadt einen Mokka serviert bekommen hatten. „Gabriel folgt mir, Sarah bleibt, solange du bleibst. Beßeder?" Kleine nickte bestätigend. „Beßeder." Aviva erhob sich. Ehe Kleine wusste, was ihm geschah, hatte sie ihm einen flüchtigen Kuss auf die Wange gedrückt. „Schön, dass du hier bist und heute Abend bei uns sein wirst. Shabbat Shalom." Aber Kleine musste sich erst mal sammeln und den gerade erlebten Eindruck einsortieren. Nein. Sie waren nicht nur Freunde. Es war, als gehöre er zur Familie. Ein guter Cousin. Das, und mehr aber auch nicht, aber immerhin. Ein wunderschönes Gefühlt scheinbar seit Ewigkeiten existierender Vertrautheit. Und Ewigkeit hieß hier in Israel nochmal etwas ganz Anderes. „Shabbat Shalom", erwiderte er die für einen Freitag in Israel übliche Verabschiedungsformel wie ein Automat.

Er beobachtete, wie Aviva das Geschäft verließ und Gabriel, wie er wohl hieß, ohne ein Wort und scheinbar unbeteiligt aufstand und ihr in einem Abstand weniger Meter wie ein beschützender Schatten folgte.

Die Höflichkeit und auch Kleines journalistische Neugier hätten es nun erfordert, dass er nach draußen gehen und sich seiner unbekannten Begleiterin Sarah vorstellen musste. Doch das hätte nicht in die Choreografie gepasst. Die junge Frau saß weiter draußen und beobachtete aufmerksam, was sich auf dem Platz tat. Kleine hatte eine andere Idee. Aviva war zuvor zielstrebig auf diesen Tisch zugegangen. Es schien alles arrangiert gewesen zu sein. Kleine bückte sich und begutachtete die Unterkante des Tisches. Nichts. Er hob die Schale an, in der nun die Kerne der Oliven lagen. Auch nichts. Der alte Inhaber des Geschäfts hatte sich die ganze Zeit unauffällig im Hintergrund aufgehalten und kam nun nach vorne. Er gab Kleine einen freundschaftlichen Knuff mit dem Ellenbogen und schien genau zu wissen, wonach der Journalist suchte. Sein Zeigefinger ging nach oben an die schmucklose Deckenleuchte aus gehämmertem Messing. „Se scham!“ Er zeigte ein breites Grinsen. Das Mikrofon und vielleicht auch eine Kamera waren in der Lampe versteckt.

Nachdem Kleine sich von dem Alten verabschiedet hatte, ging er quer über den Platz und folgte einer Gasse in Richtung Klagemauer, die nur wenige Gehminuten entfernt lag. Sarah war wie ein unauffälliger Geist aufgestanden und neben ihm erschienen. Ohne ihn anzusehen, ging sie neben ihm her. Ihr Deutsch war hervorragend, möglicherweise sogar ihre Muttersprache. „Seien Sie in zwei Tagen, am Sonntag, gegen ein Uhr nachmittags wieder an dem Boreka-Imbiss in der Jaffa Street“, teilte sie ihm mit. „Haben Sie dann direkt alle Gepäckstücke dabei. Sie werden am gleichen Abend mit dem Abendflug der El-Al nach Frankfurt zurückfliegen. Shabbat Shalom.“ Regelrecht wie ein Gespenst war auch sie in einer kleinen Nebengasse verschwunden und dort hinter einer weiteren Mauerecke in der Dämmerung des Abends von Jerusalem abgetaucht. Kleine war alleine.

Emde war rechtzeitig losgefahren. Die knapp dreißig Kilometer von Korbach bis zur Ruhrquelle kurz vor Winterberg waren mit dem Auto in einer halben Stunde gut zu schaffen, doch wenn man Glück hatte, schlich man auch mal eine Viertelstunde hinter einem Traktor her. Und manchen Landwirten war es ziemlich egal, ob sie eine Schlange von Autos mit zunehmend wütenden Fahrern hinter sich herzogen. Es war ein schöner Nachmittag und zeitweise zeigte sich die Sonne für wenige Minuten. An diesem Freitagnachmittag weit ab aller Schulferien war der Parkplatz des Ausflugsziels beinahe verwaist. Emde blickte sich um, doch die weiteren Fahrzeuge, ein Wohnmobil und ein alter Passat, ließen keine Rückschlüsse zu, wer seine mysteriöse

Gesprächspartnerin sein könnte. Auf dem Weg hierher hatte er überlegt, ob es sich möglicherweise um eine Falle handeln könnte, diesen Gedanken aber wieder als zu absurd verworfen. Wir leben mitten in Deutschland im 21. Jahrhundert. Hier wird niemand mehr auf offener Straße erschossen. Doch dann hatte er sich korrigieren müssen. In Hochsitzen offenbar schon. Und streng genommen war das hier ja auch nicht das, was man unter dem Begriff ‚auf offener Straße' verstand.

Er zog seine Wachsjacke an und schlug den Cordkragen hoch. Etwas abseits auf einem Parkplatz auf der anderen Straßenseite stand ein BMW mit getönten Scheiben, ein neues Modell, das nach viel Geld aussah. Emde fühlte sich von dort beobachtet, er konnte sich selbst nicht erklären, warum. Das Dunkel des Glases war absolut undurchdringlich. Er blieb einige Minuten stehen. Nichts geschah. Dann lenkte er seine Schritte in Richtung Birkenwäldchen, in dem sich die Ruhrquelle in einer Art gemauertem Brunnen befand. Rechts von ihm erhob sich ein Berghang, vor dichten Tannen stand eine respektable Ansammlung von Klettertürmen für die jüngeren Besucher, die weniger Interesse an der Ruhrquelle hatten. Emde konnte sich erinnern, dass dieses Kletterdorf, man musste es schon fast so bezeichnen, eine Idee der Lokalpolitik und verschiedener Holzhandwerker vor Ort war, als nach dem Wirbelsturm Kyrill im Jahr 2007 Unmengen von Bruchholz angefallen waren. Emde hatte sich jedes Mal, wenn er es sah, vorgenommen, für seine beiden Jungs auch so einen Turm mit Strickleiter, Rutsche, Kettenbrücken und Schaukel in den Garten zu bauen. Nun waren sie beinahe schon zu alt für so etwas. Der Jüngere, Jonathan, wurde nächstes Jahr acht und ging schon längst zur Schule.

Der Hauptkommissar konnte schon von Weitem sehen, dass der Platz vor der Quelle verwaist war. Niemand wartete dort. Still und kühl plätscherte das Wasser aus dem Gestein. Hatte er sich in der Uhrzeit vertan? Er blickte auf seine Armbanduhr, es war zwei Minuten vor drei Uhr. Emde trat an das dunkel gefasste Mauerwerk der Quelle heran und hielt beide Hände unter das Wasser. Dabei bemerkte er gar nicht, wie sich langsam hinter ihm eine Gestalt aus den Baumreihen löste und beinahe lautlos auf ihn zutrat. Er konnte das Knirschen der Schritte auf dem Kies durch das Rauschen des Wassers nicht hören. „Hauptkommissar Emde?“ Emde zuckte zusammen und fuhr herum. Sein Herz schlug ihm bis zum Hals, für eine Sekunde kam ihm die abstruse Idee, dass es sich doch um eine Falle handeln könnte. Doch in den folgenden Sekunden passierte nichts. Vor ihm stand eine weibliche Person. Mehr war tatsächlich nicht zu erkennen. Die Frau hatte ihre genaue Identität perfekt verborgen, ihre Augen musterten ihn durch große Gläser einer abstoßend hässlichen Sonnenbrille eines bekannten Designers, ein goldgefasstes MK war an den Bügeln zu sehen. Die Frau trug ein buntgemustertes Kopftuch, das sie um Haare und Hals geschlungen hatte, als würde sie Cabrio fahren. Es war nicht zu erkennen, welche Haarfarbe oder ob sie überhaupt Haare hatte. Emde sah auf dem sichtbar teuren Tuch maritime und florale Elemente, Blumen, die sich um Anker wanden und Wellen, aus denen Blüten herauswuchsen. Hermes, vermutete er. Auch Susanne hatte sich mal für so etwas interessiert und er, Emde, hatte kurz erwogen, ihr den Traum zu Weihnachten zu erfüllen, bis er gesehen hatte, was so ein Seidentuch kostete. Zu Jeans und eleganten Schnürstiefeln trug die Unbekannte eine wattierte Steppjacke in blau, auch sie hatte den Kragen hochgeschlagen. Emde wartete ab.

Endlich sprach die Frau. „Sie müssen die Umstände schon verzeihen, Hauptkommissar Emde, aber mir blieb keine andere Wahl, als Sie auf diese Weise zu kontaktieren.“ Nofri hatte recht, dachte der Ermittler. Gewählte Ausdrucksweise, höfliche Ansprache. Sogar der korrekte Dienstgrad. Wer immer die Dame war, sie hatte Format. Emde trat einen Schritt vor. „Sind wir uns schon mal begegnet?“, fragte er. Die Frau ließ die Frage unbeantwortet. „Was ich Ihnen mitteilen möchte, ist sehr schnell gesagt. Sie sind sehr nahe an den richtigen Spuren dran.“ Emde wartete ab, für ihn waren das bis jetzt alles nur Hohlphrasen. „Ich habe vieles erlebt und mitbekommen, was mich nun dazu veranlasst, das Weite zu suchen“, fuhr die Frau fort. „Um Ihre Ermittlungen auf ein Mindestmaß abzukürzen, komme ich direkt zur Sache: Carl Lieberknecht wurde mit Wissen seiner Frau Constanze ermordet.“ Emde erstarrte. Jedoch nicht angesichts der Botschaft, sondern vielmehr, weil die Unbekannte die Worte ohne eine sichtliche Regung um die Mundwinkel aussprach. „Er war Teil einer Verbindung zwischen Wirtschaft, Politik und Lobbyisten, die es sich zum Ziel gemacht hat, die Gesetzeslage in Deutschland so zu drehen und zu verschärfen, dass es schwer bis unmöglich werden würde, eine liberale und vollkommen demokratische Politik im Sinne des Grundgesetzes zu reinstallieren und soziale Gesetzesvorhaben durchzubringen."

Emde runzelte die Stirn. Er begriff nichts. Die Frau vor ihm bemerkte es. „Stellschrauben, Herr Emde, nichts als Stellschrauben. Politikwissenschaftler sprechen auch von Paradigmen. Sie verändern hier etwas, drehen dort ein bisschen. Kürzungen an den richtigen Stellen, Subventionen, wo vorher keine waren, ein paar Abstimmungen in den Ausschüssen, Bundestag und Bundesrat folgen den Beschlüssen nicht ohne den nötigen Lobbydruck und am Ende erkennen Sie und ich und vielleicht noch einige andere Aufrichtige das Land, in dem wir aufgewachsen sind, nicht wieder. Kluge Pressesprecher, die es mitunter selbst nicht besser wissen, erzählen der Presse, dass es keinen anderen Weg als den eingeschlagenen gibt. Alternativlose Politik eben." Sie hielt inne und legte den Kopf leicht schräg. „Verstehen Sie, was ich meine?" Emde wurde es eiskalt. Diese Unbekannte vor ihm sprach exakt das aus, was Kleine ihm vor wenigen Tagen orakelt hatte. Wieder lag der Journalist mit seiner Befürchtung richtig. Sie sprach weiter. „Politik wird in unserem Land nicht vom Kabinett und dem Bundeskanzler gemacht. Das ist nur das Bild, das nach außen transportiert werden soll. Die blinkende Christbaumkugel, die den Baum glänzen lässt und das starke Geäst dahinter verbirgt. Die politische Marschrichtung entsteht in Ausschüssen und Verbindungen, die sich der Öffentlichkeit perfekt entziehen können, wenn es gewünscht sein sollte. Und dort sind die Wurzeln dieser Verbindung. Sie ist sehr mächtig. Sie schreckt, zumindest die Mitglieder ihres Kerns, nicht davor zurück, töten zu lassen, wenn es sein muss. Denn den Beteiligten ist klar, dass sie für viele Jahre in den Justizvollzugsanstalten verschwinden, wenn bekannt wird, was sie da tun. Und keiner geht alleine, sondern reißt sein komplettes Kontaktnetz mit sich. Da gibt es viel zu schützen, notfalls mit Gewalt. Carl Lieberknecht wollte aus dieser Sache aussteigen. Er hatte eine Menge Geld zur Verfügung gestellt, auch aus unklaren Quellen, doch die Sache wurde ihm zu heiß. Es kam ihm wie ein Staatsstreich vor."

Plötzlich durchzuckte es Emde, als hätte er einen Stromschlag bekommen. Er wusste nun, wer vor ihm stand. Es passte und war für ihn so klar wie Sonnenlicht, auch wenn die Stimme völlig fremd klang und gar nicht zu der Person zu passen schien. Denn er hatte dieser Person erst wenige Tage zuvor gegenübergestanden. Stephanie, aber nicht mit einem profanen F, sondern mit P und H, bitteschön. Wie hieß sie noch? Dann fiel es ihm wieder ein. „Sie sind Marlene. Die Hausdame der Lieberknechts!" Emde sah den Anflug eines Lächelns in den Mundwinkeln der Frau. „Sie haben das gut kombiniert, Hauptkommissar, meinen Respekt." Es entstand eine Pause, die der Ermittler beendete. „Was ist geschehen, Marlene? Darf ich Sie so nennen?" Marlene nickte. „Ich bin während meiner Dienstzeit immer so genannt worden." Sie blickte sich kurz um. „Ich habe Herrn Lieberknecht gemocht. Das ist mein Motiv, deswegen stehe ich jetzt hier. Er war ein unerträglicher Chauvinist, ein Macho wie aus dem Bilderbuch. Aber auf seine eigene Art auch ein Mann mit Stil. Seine Frau dagegen ist eine Schlange. Ein weiblicher Generalfeldmarschall, die personifizierte Bösartigkeit. Deswegen habe ich nun das Weite gesucht. Diese Frau ist mir unheimlich und scheint mir unberechenbar." Emde nickte mit wachsendem Verständnis. Vieles bekam nun ein Bild. Er musste an Maria Vanderwalde denken und hatte die Worte der jungen Geologin im Ohr: „Das Unternehmen soll Gewinn einfahren, nichts anderes. Und dazu wurden auch allerbeste Kontakte zur Politik gepflegt, ein ganz klassischer Lobbyismus ohne den es eben nicht geht. Beste Ausnutzung von Fördergeldern, Steuererleichterungen, das ganze Paket."

Es fiel ihm nun wie Schuppen von den Augen. „Die Investitionen in Prospersoil sind nichts anderes, als eine getarnte Kriegskasse für diese, nun ja, Verschwörung? Es geht und ging gar nicht darum, die Grube wieder in Gang zu bringen, sondern nur darum, Geld bereit zu stellen, um Lobbyisten und Meinungen zu finanzieren? Der Rest ist alles nur Theaterdonner?" Marlene nickte. „Vielleicht sollte auch wirklich nach Verwertbarem gesucht werden. Die offizielle Version ist, dass es im Martenberg neue Erzlager gibt, die Presse war ja voll von diesen Unkenrufen. Döhrenbach war im Vertrauen mitgeteilt worden, es könne sich dort auch Kobalt befinden. Das wäre die Notnachricht gewesen, wenn etwas nach draußen gedrungen wäre, dass dort noch andere Kommunikationsstränge aktiv sind und andere Ziele verfolgt werden. Aber die ganze Explorationsmaßnahme wäre auch mit einem Bruchteil der im Unternehmen zwischengeparkten Gesamtsumme zu finanzieren gewesen."

Die Haushälterin blickte zur Quelle hinüber, als würde sie überlegen, ihre Hände in das kühlende Wasser zu tauchen. „Mit den Geldern von Prospersoil konnten die bereits bestehenden Verbindungen in die Politik aufpoliert und, sozusagen als Nebenprodukt, so mancher Entscheidungsträger für diese oder jene Idee begeistert werden, ohne das es auffiel. Geld lässt viele Leute plötzlich schweigen. Die meisten merken das in ihrer Gier erst, wenn sie die Finger ausgestreckt oder auch nur gezeigt haben, dass sie zugänglich sind. Das Unternehmen war quasi das Netz, auf dem mehrere fette Spinnen auf einmal unterwegs waren. Und keiner hat es gemerkt." Emde spürte einen Anflug von Übelkeit in sich hochsteigen. Das war schlimmer, als er es sich jemals hätte ausmalen können. Heute Abend würde er nicht nur einen Schnaps brauchen, ob Kleine nun da war oder nicht. „Und was wollte Lieberknecht oder was hatte er erkannt, was ihm das Leben gekostet hat?" Marlene zögerte mit ihrer Antwort. Offenbar konnte sie über das Motiv auch nur Spekulationen anbieten. „Das weiß ich nicht genau. Ich möchte Ihnen jetzt keinen Anstoß für Ermittlungen in eine bestimmte Richtung geben, die sich als Sackgasse erweisen könnten. Ich kann Ihnen auch keine Beweise liefern, wie und in welcher Form ich Gewissheit habe, dass Carl Lieberknecht dafür ermordet wurde. Nur, dass es so ist, dass er aus diesem Grund erschossen wurde, darüber habe ich Gewissheit." Emde nickte anerkennend. Diese Frau musste aussagen! „Sie müssen das zu Protokoll geben, Marlene! Sie sind die entscheidende Zeugin, die wir brauchen!" Doch die Frau schüttelte nur bedächtig den Kopf. „Bis jetzt habe ich nur aus nicht näher bekannten Gründen das Haus der Lieberknechts verlassen. Ein konkreter Grund ist nicht bekannt. Noch mache ich mich nicht verdächtig. Ich sage auf gar keinen Fall aus. Bei Ihnen nicht und auch nicht vor Gericht. Ich bin einfach nicht mehr da, begreifen Sie das?“ Emde begriff. Die Frau hatte Angst. Und das musste er respektieren. Allein diese Tatsache zeigte Emde, mit was für einem mächtigen Feind er es zu tun hatte. „Was machen Sie jetzt?“ fragte er. Denn dass Marlene ihre Stellung bei den Lieberknechts Hals über Kopf aufgegeben hatte und untergetaucht war, davon war er nun überzeugt. Zweifellos schwebte sie in großer Gefahr, wenn diese Dinge alle so stimmten. „Ich werde das Land verlassen“, fuhr die Frau fort. „Ich habe eine Stiefschwester in Übersee. Wo genau, werde ich Ihnen nicht sagen. Nur so viel: In dieses Land kehre ich nie wieder zurück. Mein Flug geht noch heute Abend. Ich fange ein neues Leben an, so abgedroschen das klingen mag und so schwer es vielleicht sein wird. Denn seien Sie sich dessen sicher: Für das, was ich gehört habe, werde ich mich für den Rest meines Lebens fürchten müssen.“ Wieder schwieg sie, wieder war nur das Rauschen des Wassers aus der Quelle zu hören. „Passen Sie auf sich auf, Herr Emde. Es gibt mächtige Frauen und Männer, die Ihre Ermittlungen behindern wollen. Diese Leute haben bereits töten lassen. Auf einen mehr oder weniger kommt es ihnen nicht an. Sie wären nur ein weiteres Bauernopfer. Und sie fühlen sich so sicher, dass es ihnen nichts ausmacht, wenn es von Anfang an wie ein Mord aussieht.“ Marlene atmete tief durch. „Treten Sie was los. Rühren Sie im Mist. Nehmen Sie diese Schlange von Witwe fest und lassen sie überall herumtelefonieren, aber machen Sie etwas. Denn irgendwann wird einer von denen einen Fehler machen.“ Emde nickte. Etwas Anderes würde ihm wohl auch nicht übrigbleiben. „Bleiben Sie an dieser Stelle und versuchen Sie nicht, mir zu folgen. Leben Sie wohl, Herr Emde.“ Sie ging. Emde blickte ihr hinterher, sah die Gestalt mit aufrechtem Gang zwischen den Bäumen verschwinden und hatte mit einem Mal ebenfalls Angst.

Kleine verließ die Altstadt durch das Misttor nahe der Klagemauer und folgte der Straße nach links am Kidrontal entlang zum Garten Gethsemane hinab. Während über ihm nun die goldene Kuppel des Felsendoms in den Strahlen der Abendsonne glänzte, lagen tief unten im Tal die Grabmäler von Abschalom und Zacharias in dunklen Schatten. Er blieb einige Augenblicke stehen und ließ dieses Schauspiel auf sich wirken. Es gab keine Stadt auf der Welt, in der die Verheißung eines überirdischen, goldenen Himmelreichs so nah verbunden war mit der Dunkelheit und den tiefen Schatten ewiger Verdammnis, wie es sich ihm nun darbot. Nichts gab es scheinbar in Jerusalem, das nicht mit einem mystischen Bezug verknüpft werden konnte.

Einem spontanen Einfall folgend stieg Kleine die schmalen Gassen und Treppen zum Ölberg hinauf und überblickte etwa zwanzig Minuten später die Altstadt von Jerusalem bis zum dahinter aufragenden westlichen Teil der Stadt. Hinter ihm lag das Jordantal im aufziehenden Abend, man konnte die Hügel der Wüste rotleuchtend im letzten Tageslicht sehen, darunter auch den Berg Nebo, von dem aus Mose dem Alten Testament zu Folge das gelobte Land Israel erblickt haben soll. An klaren Tagen waren in dieser Richtung im Südosten das Tote Meer und ganz weit im Osten sogar die höchsten Häuser der jordanischen Hauptstadt Amman zu erkennen, kaum vierzig Kilometer entfernt. Sehr viel näher, direkt zu seinen Füßen, lagen die östlichen Teile Jerusalems. Unübersehbar waren sie durch eine wuchtige Betonmauer von den westlichen Teilen abgegrenzt, eine grausame, doch bislang auch wirksame Maßnahme gegen Selbstmordattentäter, die in ihrer Mehrheit aus diesen Vierteln zu stammen schienen. Über den Staubschichten der Wüste stieg langsam ein wunderschöner Halbmond hervor. Kleine atmete tief durch. Er hatte im Laufe seiner Zeit als Journalist viele Orte rund um die Welt bereist, die faszinierend waren. Doch es gab keinen Ort, von dem so viel Magie ausging, wie von Jerusalem in der Zeit der Abenddämmerung, wenn die Stadt aussah, als wäre sie aus Gold. Tatsächlich klang auch das hebräische Wort für Gold, Zahav, viel weicher, mystischer und für diesen Augenblick passender als in jeder anderen Sprache. Kleine blickte auf seine Uhr. Er musste sich beeilen, wenn er rechtzeitig wieder am Hotel sein wollte.

Kapitel 22

Eigentlich hätte ihm der Dienst der Fahrbereitschaft zugestanden. Doch an diesem Abend würde er früher zuhause sein. Viel früher, als sich das sogar für einen Freitagabend gebührte. Daher hielt York Westermann es für eine gute Idee, die öffentlichen Verkehrsmittel zu nutzen. Eine Station mit der U-Bahn, der so genannten Kanzlerlinie, die nur drei Haltestellen hatte, bis zum Hauptbahnhof, mit der S7 konnte er dann nach Grunewald hinausfahren. Vom Bund der Steuerzahler hart angefeindet, hatte die U-Bahnlinie zwischen Brandenburger Tor und Hauptbahnhof auch über ein Jahrzehnt nach ihrer Inbetriebnahme noch immer nicht viele Fahrgäste.

Westermann ließ den Tag Revue passieren. Er hatte dem Bundeskanzler, wie gefordert, sein schriftliches Rücktrittsgesuch vorgelegt. Doch der war angeblich in Gesprächen gewesen. Gespräche, von denen er gar nichts mehr wusste, denn keine halbe Stunde nach der Unterredung mit dem Kanzler hatte Westermann keinen Zugriff mehr auf dessen Kalender gehabt. Den ganzen Nachmittag über war es Westermann so vorgekommen, als wären bereits alle, denen er auf dem Flur begegnete, über seinen Fehltritt informiert gewesen – inklusive seiner eigenen Mitarbeiter. Er fühlte ausweichende Blicke, man schien ihm aus dem Weg zu gehen. Er hatte nicht einmal eine Annahme seines Gesuchs erfahren. Wusste der Bundeskanzler vielleicht schon mehr?

Der Staatssekretär schlurfte über den Bahnsteig. Wie in allen Berliner U-Bahnhöfen war am Kopfhaltepunkt des ersten Wagens ein Spiegel angebracht, damit der Fahrer der U-Bahn den Bahnsteig überblicken konnte. Westermann betrachtete sein eigenes, sich dem Spiegel scheinbar näherndes Spiegelbild. Weit hinter ihm standen wenige andere Fahrgäste und beobachteten die auf den Hinweisschildern angekündigte Einfahrt der nächsten Bahn. Er fühlte sich isoliert. So isoliert und einsam, wie die Gestalt im Spiegel. Alles, was das Leben ausmachte, schien für ihn unerreichbar in die Ferne gerückt zu sein. Was auch immer auf ihn nun zukommen würde, es würde sehr böse werden. Er dachte an seine Frau Yvonne. Sie dachte, sie hätte einen Siegertypen geheiratet, dachte es in diesem Moment immer noch. Tatsächlich hatte Westermann sich selbst auch dafür gehalten. Alle klopfen dir auf die Schulter, auf der Siegerstraße biegst du nur nach oben ab. Bis ihn vor wenigen Monaten die Vergangenheit eingeholt hatte. Er hatte von jener entsetzlichen Nacht vor vielen Jahren wahrlich Alpträume gehabt und war besorgt, dass er sich im Schlaf verraten würde.

Er machte kehrt und ging wieder zurück zur Bahnsteigmitte. Aus der Dunkelheit des Tunnels auf der anderen Seite der Station war nun ein fernes Grummeln zu hören. Was würde Yvonne nun sagen, wenn er ihr heute Abend erklärte, was geschehen war? Sollte er ihr die ganze Wahrheit sagen? Was würde dann geschehen? Was würde geschehen, wenn *sie* es an seiner Stelle täten? Er dachte an das Treffen mit dem mysteriösen Werheim zurück, den er danach nie wiedergesehen hatte. Westermann stand an der Bahnsteigkante. Zwei leuchtende Scheinwerfer wie Raubtieraugen waren nun in der Ferne zu erkennen und beleuchteten den Tunnel, während das Grummeln anschwoll. Doch, es gab tatsächlich noch eine Möglichkeit, der ganzen Sache zu entgehen. Der Gedanke war für Westermann mit einem Mal unendlich tröstlich. Er hob den Kopf und spürte überhaupt keine Angst. Es war schade, dass es so geschehen musste.

Wie ein Geschoss fuhr die U-Bahn nun donnernd in die Haltestelle ein. Westermann sah nicht hin. Es tut mir so unendlich leid, Yvonne! Er ließ sich einfach von der Bahnsteigkante fallen.

Sein ganzes Team war noch in der Polizeidirektion. Schon während der Fahrt hatte Emde Bangert und Nofri informiert. Er brauchte die Staatsanwaltschaft. Ohne einen konkreten Verdacht und eine amtliche Aussage konnte er Constanze Lieberknecht nicht festnehmen lassen, so gerne er das auch getan hätte. Aber er konnte schnellstmöglich, am besten direkt am folgenden Morgen, Prospersoil von der Steuerfahndung auseinandernehmen lassen. Die Zeit war reif. Das Unternehmen hatte sich lange genug kooperationsunwillig gezeigt, nun war es an der Zeit, die Karten auf den Tisch zu legen. In der Tat zeigten sich Steuerfahndung und Finanzverwaltung geradezu begierig, am nächsten Morgen in Kassel zur Tat zu schreiten.

Mit ungläubigem Staunen hörte sein Team ihm zu, während er von dem Gespräch an der Ruhrquelle berichtete. Noch während er unterwegs gewesen war, hatten sie alle Informationen über die mysteriöse Marlene gebündelt, die sie auf die Schnelle zusammentragen konnten. Nachweislich war die erste Frau ihres Vaters mit zwei Kindern nach Südamerika ausgewandert, eine Stiefschwester war in Buenos Aires in diplomatischen Diensten. Diese Geschichte schien also zu stimmen. Nach zwei Semestern Volkswirtschaft hatte Marlene Richter, so ihr kompletter Name, eine Bankausbildung begonnen, der Zeitpunkt, an dem ihre Vita mit der der Lieberknechts zusammenlief.

„Warum hast du sie ziehen lassen? Du hättest sie vorladen können", warf Bangert ein, doch Emde schüttelte den Kopf. „Wir haben gerade in diesem Augenblick einen großen strategischen Vorteil", erklärte er. „Sie wissen nicht, was wir wissen. Sie wissen nicht, dass morgen die Steuerfahndung anrücken wird und sie wissen nicht, dass morgen zumindest von unserer Seite der ganze Zauber schon vorbei sein könnte." Emde klatschte in die Hände. „Macht einen Abflug, Leute. Morgen ist auch noch ein Tag und es könnte unserer werden." Nofri nickte mit einem leichten Anflug von Spott. Emde hatte sich angehört wie ein Business-Coach und doch hatten ein paar einschwörende Worte des Teamchefs gutgetan. Die meisten von ihnen hatten natürlich bereits das Wochenende verplant – und diese Pläne ohne zu zögern über den Haufen geworfen, als Emde noch von unterwegs angerufen hatte. Als es ruhig wurde, kam Nofri an seinen Schreibtisch. In ihren Händen hielt sie ihre Jacke. Ein kurzer Blick ging hinaus zu den Bergen westlich der Stadt. „Du weißt, dass diese Marlene, so unschuldig sie dir vorkommen mag, in dem Theaterstück nicht die Rolle spielt, die du annimmst?" Emde wusste es. Aber er musste die Dinge so glauben, wie sie ihm erzählt worden waren. Warum auch hätte die Haushälterin sich ihm offenbaren sollen?"

„Du weißt auch, dass du eigentlich spätestens an diesem Punkt die Bundesanwaltschaft informieren müsstest?" Emde wusste auch das. In Fällen, in denen die Möglichkeit bestand, dass die Sicherheit des Staates gefährdet war, musste auch der Staat als Partei mit einbezogen werden. Oder er übernahm komplett die

Ermittlungen. Emde zögerte noch. Auf dem Rückweg hatte er sich die Möglichkeiten gut durch den Kopf gehen lassen. Sie hatten einfach zu wenig Ansätze, die als Beweis tauglich waren. Würde er den Fall aber abgeben, wäre er mit einem Donnergetöse in der Welt. Zu viele Dinge waren damit uneinholbar. „Jetzt noch nicht, Nofri." Er schaute sie mit festem Blick an. „Noch nicht", wiederholte er. Ein kurzes Nicken von ihr, das als Abschiedsgruß gedeutet werden könnte, dann war auch sie verschwunden.

Kleine stand vor dem Hotel in der ruhigen Horkanos Street, als der weiße, unauffällige Renault vor ihm hielt. Die Scheibe an der Fahrertür surrte herunter. Yossi saß hinter dem Steuer, dicke Hornbrille und, soweit Kleine das sehen konnte, auch im Gesicht nicht mehr ganz so schlank, wie er ihn in Erinnerung hatte. „Paul Kleine, schön dich zu sehen", freute sich der Israeli und entriegelte die Beifahrertür. Sein bemühtes Deutsch hatte eine warme hebräische Akzentfärbung. „Rein mit dir!" Kleine stieg in den Kleinwagen, sie fuhren los. Für die schmalen Straßen und Gassen Jerusalems war es das ideale Fahrzeug und Yossi lenkte den Wagen vorsichtig um Ecken, bevor er auf den Geraden wieder behutsam Gas gab. Beleuchtete Schaufenster flogen vorbei. „Avi meinte, ich hätte dich auch zu Fuß abholen können, aber ich bin in letzter Zeit etwas bequem geworden", stellte er fest. Kleine bekam somit bestätigt, dass er sich nicht getäuscht hatte. Avivas Ehemann hatte tatsächlich einige Pfunde zugelegt, seit sie sich das letzte Mal gesehen hatten. Auch in Israel schwollen die Männer offenbar auf unerklärliche Weise an, kaum, dass sie verheiratet waren. „Ich gebe deiner Frau recht, das hätte dir in der Tat gutgetan", frotzelte Kleine. Yossi sah ihn kurz an und brach in polterndes Gelächter aus. „Dann sag du ihr doch bitte gleich, dass sie nicht immer so gut kochen soll."

Sie erreichten nach knapp fünf Minuten Fahrt Rehavia, ein ruhiges Viertel im Westen Jerusalems. Einzelne Häuser, fast schon Villen, lagen neben schmucken Mehrfamilienhäusern mit Vorgarten. In den mediterranen Kiefern und Hecken zirpten zu dieser Abendstunde die Grillen. Es duftete nach Harz und dem Hauch eines vergehenden Spätsommertages. Aviva und Yossi

Blauton wohnten in einem Haus, das einer Bauhaus-Villa zum Verwechseln ähnlich sah. Doch soweit Kleine wusste, hatten sie es erst nach ihrer Hochzeit nach alten Vorlagen bauen lassen. Das Grundstück hatten sie geerbt. Avi begrüßte Kleine mit einem Wangenkuss und verabschiedete sich sofort wieder in die Küche. Die Räume waren hell und erfüllt von Rachmaninows zweitem Klavierkonzert und dem Duft von Fisch mit Chraime, einer scharfen Soße aus Tomaten, Paprika und Koriander, eine typische Speise zum Shabbat. Kleine schnupperte genießerisch, während Yossi die Kerzen am Esstisch im Wohnzimmer anzündete. „Komm, wir wollen testen, ob der Wein gut ist", erklärte er und wartete Kleines Antwort gar nicht ab, während er einen Weißwein entkorkte.

Die Wände des Wohnzimmers waren schlicht weiß verputzt. Kleine sah einen Flügel an den Fenstern stehen. Über dem aufgeklappten Deckel stand die Partitur von Debussys ‚Claire de Lune' auf dem Notenständer. Eine große Anzahl gerahmter Fotos in unterschiedlichen Größen, allesamt in Schwarzweiß, hing über einer breiten Anrichte aus dunklem Holz. „Darf ich ...?", Kleine wies auf die Fotos. Yossi machte eine einladende, in Richtung der Bilder weisende Geste. „Natürlich, natürlich, dich gibt es ja da auch ..." Kleine runzelte die Stirne und übersetzte für sich langsam ins Deutsche. „Mich gibt es da auch ...?" Hatte er etwas falsch verstanden? Yossi goss etwas Wein in ein Glas und prüfte das Bouquet. Dann nickte er und wechselte ins Jiddische. „Nu, schauste mal selbst."

Kleine sah Fotos, die ohne jeden Zweifel vor langer Zeit in Osteuropa aufgenommen waren. Ein junges jüdisches Ehepaar, das stolz zwei Säuglinge in den Armen hielt. Ein weiteres Kind, ein kleiner Junge, stand zu Füßen der Frau und schaute ernst in die Kamera. Im Hintergrund waren Häuser zu sehen, kein Zweifel, das war ein Schtetl in einer Stadt in Osteuropa, lange vor dem Zweiten Weltkrieg. Die Familie wirkte zufrieden und glücklich. Ein anderes Foto zeigte einen jungen Mann auf einem Feld. Weite Bergzüge im Hintergrund, das Feld war karg, der Himmel von einem wolkenlosen, tiefen Dunkel. Der junge Mann war in weite Baumwollhosen und Unterhemd gekleidet. Er trug einen Spaten und hatte an einem Lederriemen eine klobige Maschinenpistole über der Schulter hängen. Kleine warf einen vergleichenden Blick auf das vorherige Foto. Es war der kleine Junge, der argwöhnisch in die Kamera geblickt hatte. Inzwischen war aus ihm ein hart arbeitender Siedler geworden. Die Aufnahme war mindestens fünfzehn Jahre später entstanden. „Mein Großvater Yonathan“, erklärte Yossi. „Der einzige aus seiner Familie, der die Shoa, wie sagt ihr ... den Holocaust überlebt hat. Kam hier an, wurde ein braver Kibbuznik und hat dann im Unabhängigkeitskrieg gekämpft.“ Kleine wusste, dass Yossis Großvater nicht nur in diesem Krieg – der auf palästinensischer Seite an-Nakba, die Katastrophe, hieß – kämpfen musste. Knapp 20 Jahre später, im Sechstagekrieg, gehörte er zum Generalstab Mosche Dajans. Es gab weitere Fotos mit vielen jungen Leuten auf Feldern und in Uniformen. Eine Gruppe Siedler tanzte die Hora, einen Ringtanz, Wachtürme und Stacheldraht im Hintergrund, doch die Häuser waren bereits aus Stein. Reife Zitrusfrüchte im Hintergrund zeigten, dass das Foto im Spätsommer oder Herbst entstanden sein musste.

Kleine sah einen jungen Piloten im Overall, Helm mit Sauerstoffmaske lässig in der Hand haltend, vor seinem monströs anmutenden Jet mit aufgemaltem Haifisch-Maul an der Nase, das war Yossis Vater Tal im Jom Kippur-Krieg 1973. Fotos von Avi während ihrer Schulzeit, ein kleines Mädchen mit rotbraunen Zöpfen und stechendgrauen Augen. Kleine vermutete, dass sie auch schon damals vielen Jungs in ihrer Klasse den Kopf verdreht hatte. Hochzeitsfotos der Blautons, die einen viel schlankeren, sportlicheren Yossi gemeinsam mit Aviva unter einem prächtigen Traubaldachin, der Chuppa, zeigten.

Dann entdeckte er tatsächlich sich selbst. Eine Pressekonferenz, hastig improvisiert, weil die Truppen an diesem Tag so schnell vorgerückt waren, dass der Generalstab mit den offiziellen Informationen gar nicht mehr hinterherkam, er erinnerte sich genau. Es war der zweite Libanonkrieg im Sommer 2006. Nach tagelangen Raketenangriffen der Hisbollah und einer Reihe toter Zivilisten bei Haifa hatte David die Steinschleuder gezückt. Avi stand mit einem Mikrofon in der Hand in der Mitte eines Halbkreises von Journalisten vor einer Landkarte des Südlibanon, das gefaltete Barett lässig unter die Schulterstücke ihrer

Uniformbluse gesteckt. Und im Hintergrund stand Kleine und schrieb eifrig mit. Es gab noch ein weiteres Foto direkt daneben. Kleine brauchte einen Augenblick, bis er registriert hatte, was er darauf sah. Ein junger Soldat in einem Rollstuhl und ein Mann auf einer Bank daneben, dem jemand saubere Drillichkleidung gegeben hatte, weil dessen ursprüngliche Kleidung blutverschmiert und zerrissen war. Die beiden waren in ein Gespräch vertieft, als würden sie gar nicht merken, dass sie fotografiert wurden. Das Foto war in einem Garten oder Park entstanden, die Sonne stand tief und warf lange Schatten. Die Erinnerung kam ohne jede Vorwarnung mit einer Intensität wie ein zerstörerisches Unwetter zurück.

Der Schusswechsel dauert nur einige Sekunden. Er hört Schreien, gebrüllte Kommandos und das Knistern von Funksprüchen. Patronenhülsen fallen klirrend auf Stein. Der Hubschrauber dreht ab. Er läuft weiter, nachdem er sich mühsam wieder aufgerappelt hat, doch die Kräfte lassen nach. Immer noch knallen Schüsse, sie klingen wie Feuerwerk. Heftiges Feuerwerk. Er weiß nicht, wer auf wen schießt und ob vielleicht auch auf ihn geschossen wird. Dann hört er einen Ruf. „Deutscher, hierher!" Er blickt in die Richtung, aus der der Ruf gekommen war und sieht einen Soldaten hinter einer Mauer sitzen. Ein Turai-Rischon, ein Gefreiter, der sein Gewehr umklammert und die Zähne fletscht. Der Mann ist schwer verletzt, er sieht es sofort. Er erinnert sich nicht mehr an den Namen. Beide Beine sind getroffen, der Mann wird in wenigen Minuten verbluten, wenn ihm nicht geholfen wird. Wieder fallen Schüsse, er lässt sich in Deckung fallen, hört einen erneuten Anflug eines Hubschraubers irgendwo. Sehen kann er nichts. Eine weitere gewaltige Explosion, dichter Staub hängt nun in der Luft und verdeckt die Morgensonne endgültig. Der Gefreite fängt an zu wimmern wie ein kleines Kind. Er ruft nach seinem Vater. ‚Abba' ist immer wieder zu hören, ‚Abba, abba, abba'. Er kann sich nicht erinnern, was er dann tut. Kann es bis heute nicht.

Kleine atmete durch. Der Staub war verschwunden und mit ihm die Schreie, der Gestank von Blut und Schweiß, die Hitze, der ohrenbetäubende Lärm. Er war wieder in Jerusalem, hörte, in das warme Licht moderner Schirmlampen getaucht, den letzten Satz des Klavierkonzerts von Rachmaninow. Klänge wie ein Fanal zu einer neuen Wirklichkeit. Die Toten waren tot, die Lebenden lebten. Sie hatten ihm erzählt, was danach geschehen war. Oft sogar. Aber er konnte sich trotzdem nicht erinnern. Seine Erinnerung an die Ereignisse damals setzte wieder ein, als er im Hubschrauber lag und aus der Operationszone geflogen wurde, mit einer Infusionsnadel im Arm. Lautlos war Avi hinter ihn getreten. Ihre Stimme hatte eine unendliche Sanftheit. „Shmulik geht's gut. Er lässt dich grüßen. Er wäre auch gerne gekommen, aber er wohnt jetzt in Haifa. Hat sich in seine Krankenpflegerin verliebt und sie geheiratet, wir haben gedacht, so etwas gibt es nur im Fernsehen. Vielleicht nächstes Mal." Kleine nickte. Eigentlich hätte er sich längst von sich aus erkundigen müssen, wie es dem Mann ging, den er damals, wenn diese Geschichte so stimmte, mehrere hundert Meter aus dem unmittelbar umkämpften Gebiet zu den nächsten Sanitätern getragen und so das Leben gerettet hatte. „Das ist so wie bei Forrest Gump, nicht? Du rettest jemandem im Krieg das Leben und er verliebt sich in seine Pflegerin." Yossi lachte, doch ein böser Blick von Avi brachte ihren Mann zum Schweigen. „Setz dich", sagte sie sanft zu Kleine. „Schön, dass du unser Gast bist."

Der Fisch war großartig. Kleine hatte in Deutschland oftmals versucht, die Chraime zu kopieren, doch es war ihm nie wirklich zufriedenstellend gelungen. Dazu stand Challah-Brot auf dem Tisch, ein zu Zöpfen geflochtenes Hefebrot, mit dem sich die scharfe Soße aufnehmen ließ. Tatsächlich hatten sie es geschafft, das Thema, weswegen er nach Israel gekommen war, komplett auszuklammern. Avi hatte ihn auf den darauffolgenden Sonntag verwiesen. „Israel ist auch nichts anderes als eine große Behörde. Alle halten ihre Frühstückspause ein, ihre Arbeitszeiten, machen pünktlich Feierabend und feiern Shabbat. Und wenn einer fragt: Warum ist das noch nicht fertig? Dann liegt es immer an diesem oder jenem Kollegen." Sie mussten lachen. „Also ist das wie bei uns?" entgegnete Kleine grinsend und musste als erstes an sein Finanzamt denken. Warum eigentlich?

Ernst waren ihr Gespräche an diesem Abend dennoch. „Wir beobachten mit Sorge, was sich da gerade bei euch tut", hatte Aviva zwischendurch eingeworfen und Kleine hatte sofort gewusst, was sie meinte: Die vielen Aggressionen gegen jüdische Deutsche und auch israelische Nichtjuden. Bespuckte Rabbis, heruntergestoßene Kippas, antijüdische und antiisraelische Sprüche auf den Wänden und in den Straßen. Viele der Täter machten offenbar gar keinen Unterschied mehr, es war ihnen egal. Ein Davidstern erschien ihnen als Provokation, eine Kippa war eine Einladung zu einer Schlägerei. Beides waren Symbole des verhassten Israels. „Was uns aber am meisten besorgt, ist, dass es so wenige in eurer Bevölkerung gibt, die dagegen aufstehen, die solidarisch sind mit unserem Volk. Sie verbrennen die Flagge Israels, weil sie gegen die Politik Israels sind, aber gleichzeitig verbrennen sie damit auch den Davidstern. Das Symbol unseres Glaubens, unserer Geschichte."

Kleine wusste nicht, wie er dem Argument begegnen sollte, denn Aviva hatte recht. Die Politik wirkte nicht mehr nur hilflos. Sie wirkte gleichgültig. Und nachdem sich nach dem fehlgeschlagenen Terroranschlag in Halle, bei dem zwei Unbeteiligte ermordet wurden – statt weiter Teile der dortigen jüdischen Gemeinde – noch starke Solidarität in ganz Deutschland bemerkbar gemacht hatte, schienen die Ereignisse schon bald niemanden mehr wirklich aufzuregen. Bereits wenige Monate später, als in Hanau ähnliche Morde in Shishabars verübt wurden, gab es einen kurzen Aufschrei – die Trauer blieb jedoch größtenteils Sache der türkischen Gemeinde. Natürlich wurden in den Parlamenten heftige Protestreden geführt. Aber es änderte sich nichts. Er musste an den Brandanschlag gegen eine jüdische Schule und ein Kulturzentrum in Berlin denken, der vor einigen Jahren das Leben mehrerer Schüler gekostet hatte. Es gab in solchen Fällen Trauerbekundungen und Leserbriefaktionen, Kondolenzbücher wurden gefüllt und Spendenaktionen durchgeführt. Doch im Fall des Brandanschlags rührte sich nichts. Wieder starben Juden in Deutschland und die Deutschen sahen weg. In einigen Stadtvierteln verschiedener Metropolen, die in der Presse oft als Problemviertel bezeichnet wurden, und bei denen jeder sofort wusste, welcher Stadtteil gemeint war, hatte es sogar Zustimmungsbekundungen gegeben, ging der blaue Davidstern auf weißem Grund in Flammen auf und wurde „Tod für Israel“ in Sprechchören skandiert. Die Polizei sah zu. Kein Grund zum Eingreifen. Recht der freien Meinungsäußerung. Tja.

Er seufzte tief. „Du weißt, wie ich darüber denke, Avi.“ Kleine schämte sich. Sie nickte. „Ja. Das weiß ich. Und wäre das nicht so, wärst du nicht hier. Nicht heute Abend und nicht in diesen Tagen. Und vor allem nicht in diesem Land.“ Sie schwiegen. Kleine wusste, dass auch sie sich noch gut an sein Versprechen erinnerte. Er gehörte zur Familie. „Erzähl doch etwas vom Leben am Diemelsee“, schlug sie dann vor. Dabei sprach sie das Wort „Diemelsee“ deutsch aus. Es klang merkwürdig fremd für Kleine. Denn während Yossi fließend Deutsch sprach und sein Können stets trainierte, war er sich nicht so ganz im Klaren über Avivas Deutschkenntnisse. Er hatte sie schon ganze Sätze fehlerfrei reden hören, doch sie zog die Sprache ihres Volkes stets vor. Er spürte, wie die düstere Stimmung vom Tisch wich. Kleine hob das Weinglas, trank genussvoll einen Schluck und bemerkte erfreut, dass Yossi bereits zur Flasche griff, um ihm nachzuschenken. Der Wein, es war inzwischen ein Sauvignon Blanc, war ausgezeichnet. „Nun, wo soll ich da anfangen ...?“

Die Nachricht erreichte sie am späten Abend, es ging bereits auf elf Uhr zu, in Deutschland war es kurz vor zehn. Yossi, der seine Sprachkenntnisse immer wieder mit deutschen Nachrichten auffrischte, war ein Fan des Deutschlandfunks. Aviva hatte ihn, wie sie berichtete, dazu erziehen können, nicht verstohlen unter dem Tisch Nachrichten und Mails zu prüfen. Aber dafür stand Yossi jetzt auf und ging ein paar Schritte zum Bücherregal, auf dem sein Mobilfunktelefon auf einem Brett lag. Während sich Kleine anhörte, welche Dinge er am nächsten Tag im Israelmuseum, das auch am Shabbat geöffnet hatte, sehen musste, wischte sich Yossi durch das Informations- und Nachrichtenangebot. Kleine sah, dass sein Blick mit einem Mal ernst wurde. Yossi kam zum Tisch und legte ihm sein Smartphone vor. „Rätselhafter Todesfall in der Berliner U-Bahn“, las Kleine als Überschrift. Der Bericht brachte ein Foto von York Westermann, dem Staatssekretär aus dem Bundeskanzleramt.

Das zweite Foto zeigte einen gelben Waggon der Berliner Verkehrsbetriebe. Kleine kannte Westermann flüchtig, aber bis auf zwei Begegnungen in Pressekonferenzen nur durch Interviews. Aufsteigertyp. Galt als Vertrauter des Bundeskanzlers. Offenbar war der Staatssekretär am späten Nachmittag in Berlin bei einem Unfall in der U-Bahn zu Tode gekommen. Zeugen sprachen davon, dass er einfach ohne weitere Einwirkung auf die Gleise gestürzt sei, erste Fotos von Überwachungskameras bestätigten das. Kleine las weiter und fragte sich, warum der Mann überhaupt mit der U-Bahn fuhr. Hatten sie nicht eine Fahrbereitschaft für so etwas? Er las den Vorspann weiter: Zugführer leitete Notbremsung ein, doch es war zu spät. Zeugen stehen unter Schock. Westermann hinterlässt eine Frau, Yvonne. Bislang kein Statement der Bundesregierung oder des Kanzleramts. Yossi berichtete seiner Frau mit wenigen Sätzen, was am Abend in Deutschland geschehen war und Avivas und Kleines Blicke begegneten sich. Kleine spürte, dass sie genau das gleiche dachte, wie er. Vielleicht nur ein unglücklicher Todesfall. Doch vielleicht auch mehr. Irgendetwas schien da nicht zu stimmen.

Kapitel 23

Über den Fuldaauen hinter den Kasseler Bergen hatte sich dichter Herbstnebel gefangen. Ein starker Wind in der Nacht hatte die ersten Blätter von den Bäumen gerissen, nicht wenige wurden über die Straßen geweht, als sie sich um sieben Uhr morgens trafen. Nofri, Bangert und Emde hatten darauf bestanden, dabei zu sein, wenn die Steuerfahndung zugreifen würde. Für Emde war es sowieso beinahe eine Pflichtveranstaltung, er hatte noch nie den Zugriff der Steuerfahndung live gesehen.

Als die drei Ermittler aus Korbach in die Straße einbogen, in der das deutsche Prospersoil-Hauptquartier lag, stoppten sie erstaunt. Vor dem Gebäude standen mehrere Kleinbusse der hessischen Polizei und Kastenwagen der Finanzverwaltung. Blaulicht flackerte, Schatten huschten wie Geister über die Fassaden der benachbarten Häuser. Akten, kistenweise gestapelt, wurden auf Sackkarren bereits aus dem Gebäude geschleppt. Beamte in Westen und mit schwarzen Handschuhen trugen abgestöpselte Computer aus dem Haus. Die Aktion war bereits angelaufen. Emde blickte auf die Uhr im Armaturenbrett. Sie zeigte wenige Minuten vor sieben. Er stutzte. „Könnt ihr mal auf eure Uhren schauen? Sind wir zu spät?“ Neben ihm blickte Nofri auf ihre Armbanduhr. „Sieben Uhr. Und das war auch der genannte Zeitpunkt.“ Bangert glaubte ebenfalls, sich sicher zu sein, dass diese Zeit vereinbart worden war. Emde war überrascht, dass die hessische Polizei an dem Zugriff beteiligt war. Auch Bangert, der mit finanzwirtschaftlichen Themen etwas vertrauter war, zuckte auf der Rückbank mit den Schultern.

Die drei stiegen aus. Ein Mann mit einer blauen Weste und dem Aufdruck ‚Finanzverwaltung‘ unter dem hessischen Wappen kam sofort auf sie zu. „Sind Sie von der Presse? Sie müssen sich an die Staatsanwaltschaft wenden, wir geben keine Auskünfte.“ Sein Blick fiel neugierig auf Nofri und blieb dort hängen. Emde legte einen Schritt zu und zeigte damit, dass er der Kopf des Trios war. „Hauptkommissar Emde, Kripo Korbach“, stellte er sich vor. Der zunächst zurückweisende ernste Blick des Steuerfahnders wich sofort einem freundlichen Lächeln. „Ah! Die Kollegen, die uns daran gehindert haben, heute mal gemütlich auszuschlafen." Hände wurden geschüttelt, man stellte sich vor. Emde konnte sich angesichts der Frotzelei nicht zurückhalten und erinnerte den Mann von der Finanzverwaltung daran, dass sie möglichweise den längeren Anreiseweg hatten. „Auch wenn ihr schon mal ohne uns losgelegt habt." Er blickte sich um. Der Steuerfahnder winkte ab. „Machen wir immer so. Wir sagen immer im kleinen Kreis, dass die Aktion dann oder dann anläuft, dann haben wir keine Presse dabei, wenn es wirklich losgeht, denn etwas sickert immer durch." Er hob abwehrend die Hände. „Soll nicht heißen, dass ihr nicht dichthalten könnt." Die vier lachten. Bangert deutete auf die Schutzpolizei. „Was machen die hier?" Inzwischen zeigten sich trotz des frühen Morgens zahlreiche Nachbarn an den Fenstern und auf den Balkonen. Ein Anwohner im gestreiften Pyjama putzte sich sogar genüsslich am offenen Badezimmerfenster die Zähne. Vereinzelt wurden Fotos gemacht. „Flankenschutz", erklärte der Steuerfahnder. „Wir wussten nicht, ob wir möglicherweise mit Gewalt daran gehindert würden, uns Zutritt zu verschaffen. Da wir heute Morgen auch nicht damit rechnen konnten, dass uns ein freundlicher Hausmeister die Tür öffnet, haben wir direkt unsere Profis mitgebracht. Eigentlich eine Sache, die wir bei Aktionen im Rotlichtmilieu machen, aber hier hatten wir das Gefühl, es könne ebenfalls nicht schaden." Der Mann lächelte ein bitterböses Lächeln, gegen das Emde sich für einige Augenblicke wehren konnte, dann aber doch einfiel. „Und Sie sind aber doch reingekommen?" „Naja, den roten Teppich rollen sie einem natürlich nicht aus. Aber der Kollege da war schnell vor Ort." Emde registrierte, dass der Steuerfahnder offenbar alle Personen, mit denen er gerade zusammenarbeitete oder, was die Gegenseite betraf, zusammenarbeiten musste, als ‚Kollegen' bezeichnete. Auch den Hausmeister, auf den er gerade wies. Ein Mann mit grobem Baumwollpullover und Jeans, dem das hastige Ankleiden an diesem Morgen deutlich anzusehen war. „Gut, dass wir hier persönlich zusammentreffen", erklärte der Mann mit der blauen Landesweste weiter. „Wir haben natürlich unsere eigene To-do-Liste bei diesem Unternehmen. Nach was müssen wir denn für euch genau suchen?" Bangert, der wusste, dass er nun angesprochen war, lächelte und öffnete eine Aktenmappe.

Es war ein schöner Samstagmorgen. Die Straßen von Jerusalem waren still, als die Sonne über dem Ölberg aufging. Kleine hatte tief und traumlos geschlafen. Obwohl sie am Abend zuvor noch zwei weitere Flaschen Wein gemeinsam geleert hatten und Yossi später sogar einen großartigen jordanischen Arak angeboten hatte, den ihm ein Kollege der Jordan Times geschenkt hatte, fühlte sich Kleine frisch und entspannt. Heimgekehrt war er zu Fuß. Yossi hatte zwar darauf bestanden, ihm ein Taxi zu organisieren, doch Kleine, der wusste, wie teuer das an einem Shabbatabend werden konnte, wehrte das Ansinnen erfolgreich ab.

Sein Frühstück musste er im Speisesaal eines Hotels in der Nähe einnehmen, das zu einer großen Hotelkette gehörte. Es roch nach künstlichem Rührei, gebratenen Rindswürstchen, wässrigem Kaffee und Cornflakes. Alles, was die amerikanisch geprägte Touristengemeinde, die hier vorzugsweise abstieg, in Israel verlangte. Neben ihm am Tisch sprach ein Familienvater den Segen, offenbar ebenfalls Touristen aus den USA. Der Akzent deutete auf den mittleren Süden hin, der Aufdruck des Sweatshirts der Mutter bestätigte Kleines Vermutung. ‚University of Tulsa' stand dort. Mit heiligem Ernst hatten sie und die beiden Kinder den Blick gesenkt und die Hände gefaltet. Kleine erinnerte sich mit einem Schmunzeln daran, wie viele Touristen mit ‚Jerusalem-Syndrom' er auf seinen Reisen bereits gesehen hatte. Menschen, die in ihrem bisherigen Leben überhaupt nichts mit Religion zu tun hatten und der festen Überzeugung waren, dass an Weihnachten Jesus Christus ans Kreuz genagelt wurde. *Und dann kommen sie nach Jerusalem und sehen das wahre Licht ...*

Er hatte heute etwas vor, das ihm ebenfalls wichtig war. Bereits bei seiner Abreise aus Deutschland hatte er es sich fest vorgenommen. Sein Weg führte Kleine wieder in Richtung Rehavia, wo er einige Straßenblöcke entfernt am Wohnhaus von Yossi und Aviva vorbeikam. Drüben, auf der anderen Seite des Tals, erhob sich die Knesset, das Gebäude des israelischen Parlaments, wie ein Klotz aus Beton und, wie viele Gebäude in

Jerusalem, aus landestypischem weißem *Meleke* gebaut. Etwas weiter links konnte Kleine bereits jenseits des Sacher Parks die palastartigen Gebäude des Israel Museums und die weiße Kuppel des Schreins des Buches sehen, die sich wie der Deckel eines Tonkrugs über der Sammlung antiker Schriftrollen erhob, die vor der Zeitspanne eines Menschenlebens in Qumran am Toten Meer gefunden wurden. Sein Ziel für den Vormittag. Doch das wichtigste Vorhaben Kleines war heute nicht das Eintauchen in die Tiefen von Kultur und Geschichte des Landes.

Nachdem er gute sechs Stunden später das Gelände des Israel Museums wieder verließ, hatte die warme Mittagssonne ihren Zenit bereits deutlich überschritten. Wieder zirpten die Zikaden in den Sträuchern, es duftete nach wildem Thymian, der scheinbar unbeachtet in den Beeten wuchs. Kleine war froh, dass er auch heute darauf verzichtet hatte, einen Pullover mitzunehmen, es war auch am Nachmittag noch sehr warm. So hatte er nur locker einen Rucksack über die Schulter geworfen, in dem sich eine Wasserflasche und ein Apfel befanden, den er am Frühstücksbuffet mitgenommen hatte – es hatte niemand vom Personal bemerkt. In dem Rucksack befanden sich, gut in Papier verpackt, zwei Dinge, die kurzzeitig den Argwohn des bewaffneten Wächters im weitläufigen Eingangspavillon des Israel Museums hervorgerufen hatten. Doch nachdem Kleine ihm erklärt hatte, was er da in der Hand hielt und wofür es bestimmt war, entspannte sich der Mann. Ein Lächeln huschte ihm übers zuvor ernste Gesicht. „Okay, you can pass." Auch sein jüngerer Kollege am Fenster wirkte wieder etwas lockerer.

Nun nahm Kleine ein Taxi zum Herzlberg, auf dem der Begründer und Vordenker des Zionismus, Theodor Herzl, 40 Jahre nach seinem Tod beigesetzt worden war – und mit ihm bedeutende Staatsmänner und Bürgermeister Jerusalems. Normalerweise war der Park auf dem Herzlberg mit der direkt angrenzenden Gedenkstätte Yad Vashem auch wochentags eine stille Oase abseits des Verkehrslärms im Westen Jerusalems. Doch samstags schien es oft so, als sei die ganze Stadt Jerusalem eine Oase der Ruhe und des Friedens, den sie so sehr nötig gehabt hätte. Zielsicher bahnte Kleine sich seinen Weg über die Kuppe des Berges, auf dem der Vordenker des modernen Judenstaates unter einem wuchtigen schwarzen Granitblock lag, der, umgeben von im warmen Wind wehenden Davidsternflaggen, schlicht die hebräische Inschrift ‚HERZL' trug. Es gab in ganz Israel wohl kein Schulkind, dem erklärt werden musste, wer hier zur letzten Ruhe gebettet war.

Etwas weiter den Hang hinab unter Bäumen lagen die Grabstätten von Teddy Kollek, des sicher schillerndsten Bürgermeisters von Jerusalem, Golda Meir, Yitzhak Rabin und Schimon Peres. Doch nicht nur prominente Erschaffer und Gestalter des Staates Israel hatten auf dem Herzlberg ihre letzte Ruhestätte gefunden. Auch einige von denen, die den Gründungsprozess der Nation und deren viele kleine Scharmützel und größeren Kriege in Staub und Dreck mitgestalten und mit ihrem Blut bezahlen mussten. Kleine folgte einem gepflasterten Weg bis sich vor ihm eine große Lichtung zwischen den Kiefern öffnete. Die Gräber der Gefallenen aus mehreren Kriegen sahen auf den ersten Blick so aus wie Reihen von Liegen eines Sanatoriums, die in der Sonne auf ihre Nutzer warteten. Kleine warf einen Blick auf den Wegweiser. Zu seiner Rechten lagen die großen Flächen der Gräber aus dem Yom Kippur-Krieg von 1973, die des Sechs-Tage-Krieges waren etwas weiter entfernt. Kleine hielt sich links und folgte dem Weg den Hang hinab. Die Nachmittagssonne wärmte ihm das Gesicht. Der Blick schien nach Westen über die Berge Judäas bis in die Unendlichkeit zu gehen. Zumindest bis zum Mittelmeer. Dann hatte er sein Ziel erreicht. Es dauerte einige Zeit, bis er die einzelnen Inschriften entziffert hatte. Zwei oder drei Namen kamen ihm vertraut vor. Oder waren es nur Namensvettern? Er las das Geburts- und Todesdatum, übersetzte es aus dem jüdischen Kalender in den im Westen üblichen. Nein, das passte nicht. Dann fiel sein Blick auf eine Grabplatte. Er war sich sicher, stoppte. Der Mann, der hier lag, war bei seinem gewaltsamen Tod noch keine 22 Jahre alt gewesen. Kleine versuchte innezuhalten. Einen Augenblick der inneren Einkehr aufzubauen. Er dachte an die Begegnung vor vielen Jahren. An das Gesicht, das vergangen war. Die Pläne, die nie verwirklicht wurden. Dachte daran, wie jäh alles endete und für immer ungetan blieb und bleiben würde. Dann dachte er gar nichts mehr. Der warme Wind strich durch die Kiefern und umwehte Kleine mit einem Duft, der nach Spätsommer roch, nach Leben. Eine kleine Eidechse huschte flink über die Steinplatten des Weges. Schließlich nahm er seinen Rucksack von den Schultern und kramte die Gegenstände heraus, die mit ihm die weite Reise gemacht hatten. Ein Grauwackestein vom Diemelsee, den er irgendwann bei einer Wanderung am Eisenberg aufgelesen hatte. Kleine legte ihn zu den anderen Steinen an der Kante der Grabplatte. Dazu eine kleine gläserne Ampulle mit Sand. Er hatte sie vor zwei Jahren bei einer seiner letzten Dienstreisen befüllt. Es war ein Kurztrip auf die Malediven, wo er die neuen islamistischen Machthaber portraitiert hatte. Er stellte die kleine Flasche neben den Stein. Kleine kannte das Kaddisch, das Totengebet der jüdischen Tradition, nicht auswendig. Er wusste auch nicht, ob man als Christ am Grab eines Juden auch das ‚Vater unser' beten konnte und es dann die erhoffte Wirkung hatte. Aber er wusste, dass die Worte beider Gebete zumindest in ihrem Sinn fast identisch waren. Er war kein großartiger Christ. Sein letzter Besuch eines Gottesdienstes war lange her. Doch nun tat er es einfach, betete still vor sich hin, während der Wind ihn weiter umwehte, als wäre es ein schützender Mantel. Nachdem die einfachen Zeilen beendet waren und einem kurzen „Mach's gut, Rafi", wandte er sich ab und ging.

Kapitel 24

Samstage unterschieden sich in Berlin grundsätzlich von Wochentagen, waren aber in ihrer Struktur jeweils völlig gleich. Während das politische Berlin in den Wochentagen deutlich mehr Präsenz zeigte, übernahmen an Wochenenden die Touristen im Straßenbild die Regie, drängten sich in Scharen über die Bürgersteige und knipsten Selfies vor dem Reichstag und dem Bundeskanzleramt, die millionenfach in die sozialen Netzwerke hineingewürgt wurden. Und dennoch gab es auch an den Wochenenden viele Treffen, die, oft weniger im Fokus der Presse stehend, Abgeordnete in ihrer Funktion als Ausschussmitglieder zusammenbrachten. Formelle oder informelle Treffen, bei denen Sprachregelungen getroffen und Leitlinien vereinbart wurden. Ein Haus, in dem solche Treffen stattfanden, war das Paul-Löbe-Haus. Benannt nach dem Alterspräsidenten des ersten Deutschen Bundestags, befanden sich in dem Gebäude mit der schlichten Glasfassade knapp fünfhundert Büros von Abgeordneten und mehr als zwanzig große Sitzungssäle.

Gegen zehn Uhr am Vormittag öffneten sich die Flügeltüren eines Sitzungssaals zu einer ersten Kaffeepause. Der Geräuschpegel auf dem Flur schwoll durch die im Gehen weitergeführten Gespräche schlagartig an. Zielsicher strebten die Abgeordneten in dunklen Anzügen, Hosenanzug oder Kostüm den auf Tischen bereitgestellten Erfrischungsgetränken entgegen – oder eben den nicht weit entfernten Frischluftplätzen, an denen Rauchen gestattet war. „Haben Sie das von Westermann gehört?" Ein Feuerzeug schnappte und spie wie ein kleiner leuchtender Kobold eine Flamme an eine Zigarette, deren Spitze durch das Inhalieren sofort glühte. Natürlich hatte der Gefragte davon gehört, die wichtigsten Berliner Zeitungen waren ja voll davon; mit Mutmaßungen, ob es Selbstmord gewesen sein könnte oder doch nur ein Unfall. Inzwischen hatte das Bundeskanzleramt reagiert und sein Entsetzen bekundet. Auch der Bundeskanzler wurde zitiert. Jeder, der in Berlin lesen und schreiben konnte, hatte kaum eine Chance dieser Story an diesem trüben Samstagmorgen zu entgegen. Der Mann drehte sich kurz um, doch die nächste Gruppe stand gut sechs Meter weit entfernt. Etwas näher stand seine Mitarbeiterin, die eifrig Mails auf ihrem Tablet beantwortete. Sie hatte nichts mitbekommen. Er wandte sich wieder um und nickte. „Und haben Sie etwas damit zu tun?“ Dem Mann entglitten nun die Gesichtszüge. „Sind Sie übergeschnappt? Spinnen Sie, mich hier so auf ...“ Doch der Fragende nahm seine Zigarette aus dem Mund, lies langsam den Rauch aus den Nasenlöchern quellen, was ihm kurzzeitig das Aussehen eines alten Drachen verlieh, und zischte mäßigend. „Ruhig, ruhig. Ich wollte nur sicherstellen, dass das nicht fingiert und von Ihnen irgendwie gedreht war.“ Der Angesprochene nickte und bekam sich wieder in den Griff. Er räusperte sich kurz, drehte sich nochmals zu seiner Mitarbeiterin um, doch die schien auch jetzt nicht das Geringste mitbekommen zu haben. Er gönnte sich einen Augenblick länger, als es anständig war, seinen Blick genussvoll über sie streifen zu lassen. Verdammt, eigentlich hätte er ihr sagen müssen, dass der Rock definitiv zu kurz war und die Absätze etwas zu hoch. Andererseits ... Er unterbrach sich in seinen Wunschgedanken, räusperte sich nochmals und streckte den Rücken durch. Damit befand er sich etwas über der Augenhöhe seines Gegenübers. Es war, als nähme er Haltung an. „Der bedauernswerte Tod von Staatssekretär York Westermann wird unsere Arbeit nicht im Geringsten beeinflussen.“ Der andere nickte. Sein Blick hatte etwas Abwartendes und – sah er das richtig? – unendlich Abschätziges. „Wir werden unsere Vorhaben wie geplant fortsetzen können.“ Ein weiteres Nicken. Obwohl in einigen Abständen Aschenbecher auf Metallsäulen bereitstanden, warf der Raucher nun seine Zigarette zu Boden und trat sie mit dem Fuß aus, was dort hässliche Rußrückstände hinterließ. „Es geht mir nur darum, das Ausmaß ihrer Fähigkeiten abzuschätzen. Ob Sie so einen Typen brauchen wie da oben in Hessen oder ob Sie es so aussehen lassen können, dass es Selbstmord ...“ Doch sein Gegenüber fuhr ihm erneut ins Wort: „Halten Sie den Mund!“, Dann wurde ihm jäh bewusst, dass es vielleicht eine Spur zu laut gewesen war. Er sah nochmals zu seiner Mitarbeiterin, doch die checkte ungerührt ihr Smartphone. Seine plötzliche Nervosität lies etwas nach. Alles gut, keep cool! Er wiederholte sich, etwas leiser: „Halten Sie den Mund! Wir haben mit dem Mord an Lieberknecht nichts zu tun.

Das war ganz allein die Witwe, mit Hilfestellung von irgendwoher. Schließlich wollte sie den alten Sack auch loswerden. Wir sind nur die Nutznießer. Die Mitwisser. Und wir haben auch nichts mit der Warnung zu tun, die diesem eifrigen Kommissar zugedacht wurde. Wir wissen nur, dass sich jemand darum gekümmert hat. Es war außerdem der ausdrückliche Wunsch von der Lieberknecht, nachdem der Bulle abends bei ihr an der Tür erschienen war und den Aufstand gemacht hat." Der andere betrachtete das Fugenmuster auf dem Boden. Er hatte auf verschiedenen Kanälen von den Ermittlungen gehört. Der Kommissar hatte ein sehr fähiges Team. Nichts bleibt lange verborgen, was als besonders vertraulich deklariert und geflüstert mitgeteilt wird. Schon gar nicht im großen, bösen Berlin. Von einer Warnung, die diesem Ermittler zugekommen war, hatte er allerdings noch nichts gehört. „Aber es kommt Ihnen doch alles gelegen, nicht?" Der Nichtraucher senkte langsam den Kopf und deutete ein Nicken nur an. „Natürlich. Oder würden Sie sich nicht über so eine stattliche und unerwartete Summe in Ihrer Kriegskasse freuen?" Aus dem Inneren des Gebäudes tönte ein Gong. Die Sitzung ging weiter. Der Raucher verabschiedete sich mit einem „Lassen Sie mir Zeit. Ich möchte nicht, dass meine Fraktion sieht, wie ich mit Ihnen quatschend wieder in den Saal komme." Auch er gönnte sich einen anerkennenden Blick auf die junge Assistentin und verschwand durch die Glastüren. Der Nichtraucher ging auf seine Mitarbeiterin zu. „Yessica, das war jetzt eine sehr vertrauliche Angelegenheit. Ich weiß nicht, ob Sie irgendetwas mitbekommen haben. In jedem Fall gilt für Sie: Dieses Gespräch hat nicht stattgefunden." Die junge Frau blickte ihn aus ihren braunen Augen an und nickte ergeben. „Selbstverständlich." Der Nichtraucher fragte: „Wie geht es jetzt in der Tagesordnung weiter?" Die junge Frau schloss mehrere Dokumente auf ihrem Tablet und öffnete mit einem weiteren Fingertippen die entsprechende Datei.

Als Kleine sein Hotel wieder erreichte, griff der junge Mann an der Rezeption hinter sich in den Schlüsselkasten und holte aus dem Fach mit Kleines Zimmernummer einen handgeschriebenen Zettel. „Den hat eine Frau für dich abgegeben." *Sei morgen etwas früher da, wir starten unseren Ausflug bereits um 10 Uhr. Kuss A.*, stand dort in fehlerfreiem Deutsch in einer ihm unbekannten, doch sauberen Schrift. Kuss A.? Aviva? Und von was für einem Ausflug war die Rede? Kleine musste sich die Augen reiben. Es gab seiner Erinnerung nach keine abgesprochene Entschlüsselung für diesen Text, außer, dass er tatsächlich tun sollte, was dort stand. „Schön zu wissen, dass mich jemand so freundlich grüßt. Wie sah die Frau denn aus?“ Der Rezeptionist setzte eine Miene auf, aus der Kleine so etwas wie ‚so ein Glück möchte ich auch mal haben‘ herauslas. Er beschrieb Aviva, doch der Hotelmitarbeiter schüttelte den Kopf. „Nein. Jünger.“ Kleine nickte. Er vermutete die mysteriöse Sarah hinter der Briefeschreiberin, doch es gab keine Möglichkeit, das jetzt zu überprüfen.

Inzwischen war die Sonne hinter den Bäumen verschwunden. Bei der Auslegung eines Endes des Shabbat waren die Bewohner von Jerusalem und vor allem von Tel Aviv sehr kreativ. Sollte er für gewöhnlich erst dann enden, wenn die ersten drei Sterne am Himmel zu erkennen waren, hatten feierfreudige Israelis längst ein ‚wenn die Sonne hinter den Bergen oder Bäumen oder dem höchsten Haus der Stadt versinkt‘ daraus gemacht. Daher wunderte es Kleine auch nicht, dass in der Bar wenige Meter weiter bereits Musik lief und Kellner erste Bestellungen aufnahmen. Er dankte dem jungen Mann an der Rezeption mit dem Zettel wedelnd und warf kurz seinen Rucksack in seinem Zimmer ab.

Sie hatten von dem mysteriösen Todesfall in der Berliner U-Bahn auf dem Rückweg nach Korbach erfahren. „Ist das auch einer von unseren möglichen Kunden?“, hatte Emde gefragt. Doch Nofri, die zunächst ihr Tablet konsultiert hatte, schüttelte den Kopf. „Ich finde nichts, das ihn in irgendeiner Weise mit der Sache in Verbindung bringen könnte.“ Von hinten war Bangert zu hören. „Armer Teufel. Ich kenne den, hab mal was über ihn gelesen. Hat sich von unten hochgearbeitet. Ich glaube nicht, dass der irgendwie korrumpierbar war. Wird wohl einfach ein tragischer Unfall gewesen sein. Oder er hatte persönliche Probleme.“ Die drei Ermittler maßen der Sache keine weitere Bedeutung bei. In der Polizeidirektion musste Emde direkt in eine Telefonkonferenz mit dem Dienststellenleiter der Steuerfahndung und der Staatsanwaltschaft, die in dem Ermittlungsfall die Verfahrensherrschaft hatte – ein schrecklich behördendeutsches Wort. Eine Sprachregelung für die Presse war bereits in Arbeit und musste abgestimmt werden. Emde staunte nicht zum ersten Mal, wie einfach sich ein solches Ereignis, das für die Anwohner so spektakulär ausgesehen hatte, auf wenige Zeilen herunterbrechen ließ. Die Stimme des Staatsanwalts klang mahnend aus der Sprachbox des Konferenzzimmers, in dem Emde alleine saß: „Es darf absolut nichts nach draußen dringen. Die Presse darf keinerlei Wind davon mitbekommen, dass wir in irgendeiner Weise im Zusammenhang mit dem Mordfall Lieberknecht ermitteln." Emde vernahm die Stimme seines Kollegen aus der Steuerfahndung. „Ist nur in unserem Sinne. Uns hat es schon nicht gepasst, dass heute so viele Fotos von uns gemacht wurden, die dann unverpixelt ins Netz gegangen sind." Emde fragte nach dem Zeitpunkt erster Erkenntnisse, doch der Steuerfahnder wollte sich nicht festlegen. „Wir haben nur rudimentär eine Ahnung, was uns da überhaupt erwartet. Nicht vor nächster Woche." Emde verstand. Die Aktion heute war in erster Linie der Tritt gegen den Stamm eines Apfelbaums, um zu sehen, ob nicht irgendein Apfel faul genug war, um herunterzufallen. „Aber was wir schon jetzt sagen können ..." Die Ermittler vor der Telefonbox spitzten die Ohren. „Prospersoil hat sämtliche Finanzen und vor allem die Finanzen auf europäischem Boden über eine Tochtergesellschaft in den Niederlanden laufen lassen." Emde verstand nur Bahnhof. „Was heißt das?", fragte er. „Die Niederlande blicken auf eine lange Geschichte als Handelsnation zurück", erklärte der Steuerfahnder geduldig. „Es gibt ein jahrhundertealtes, verbrieftes Recht, dass sich der Staat aus der Besteuerung bestimmter Einnahmequellen unter bestimmten Umständen bewusst zurückhält, selbst wenn damit formal das Steuerrecht gebrochen wird. Dabei handelt es sich um die sogenannten Rulings. Uralte, mündlich vereinbarte und niemals schriftlich fixierte Abmachungen zwischen Staat und sich ansiedelnden Firmen. Der Wirtschaftsleistung wird absolute Priorität eingeräumt." Er zog deutlich hörbar die Luft ein. „Keine guten Nachrichten für uns." Dem konnte Emde nur zustimmen. Andererseits eintwickelten sich die Dinge in seinem Zuständigkeitsbereich prächtig. Er ging zurück in das Großraumbüro zu seinem Team. „Da liegt noch ein Couvert auf deinem Schreibtisch. Ist vor einer knappen Stunde per Eilkurier hier abgegeben worden. Die Kollegin unten am Eingang hat den Empfang quittiert", begrüßte ihn Nofri. Sie zögerte. „Ist etwas merkwürdig, der Umschlag kommt aus der Ukraine. Aus Kiew. Hast du da ein Patenkind oder so?" Emde sah den bräunlichen Umschlag auf seinem Schreibtisch liegen und nahm ihn auf. Bunte Briefmarken, etwas ungelenke Schrift, so als wäre der Schreibende ungeübt in der lateinischen Schrift. Aber die Adresse stimmte und auch sein Name und sogar der Dienstgrad. Alles korrekt. Kiew? Es gab niemanden, den er dort kannte. „Wir haben auch die Adresse überprüft. Das liegt in einem Vorort direkt an der Stadtgrenze. Wyschnewe. Eine schmucke Wohnblocksiedlung im Sowjetstil. So richtig gemütlich." Sie grinste. „Hast du irgendwie Stress mit einer Inkassofirma? Oder bist du in den Gebrauchtwagenhandel eingestiegen?" Emde schüttelte den Kopf. „Danke", sagte er. „Mal sehen, wer mir da Urlaubsgrüße sendet." Er betastete den Umschlag. Sollte er ein Räumkommando beauftragen? Ach was, er konnte fühlen, dass sich in dem Umschlag kein Pulver und kein weiterer Gegenstand befand. Er fühlte sich sogar leer an. Er nahm einen Brieföffner und öffnete ihn. Der Umschlag war nicht leer. Er enthielt ein Foto. Emde zog das Foto heraus – und musste sich hinsetzen.

Bangert saß schräg gegenüber an seinem Schreibtisch und beobachtete Emde, der sich mit blassem Gesicht auf seinen Bürostuhl setzte. Emde hatte ein Foto in der Hand. Bangert war mit zwei Riesenschritten bei ihm und betrachtete das schwarzweiße Bild, das Emde inzwischen mit zitternden Händen auf dem Schreibtisch abgelegt hatte. Eine Familie, scheinbar nach dem Wochenendeinkauf. Der Vater stand am Heck seines Kombis, ein Plattenweg durch den Vorgarten, zwei kleine Jungen schleppten Tüten zur Haustür. In der Tür stand eine schlanke Frau mit langen braunen Haaren und sprach mit dem Mann am Auto, der gerade einen Wäschekorb mit Einkäufen aus dem Fahrzeug wuchtete. Die beiden lachten. Es war eine sehr private Szene. Der Fotograf war entweder sehr nahe an der Familie dran oder hatte sie zumindest stark herangezoomt. Emde zitterte noch mehr. Er wusste, dass die beiden Kinder Jonathan und Sebastian hießen. Denn sie waren seine beiden Söhne. Der Mann am Heck des Kombis war er.

Der Sonntag galt im gesamten Orient als gewöhnlicher Werktag. Bereits früh am Morgen fuhr die erste Stadtbahn lautlos, doch mit regelmäßigem antik wirkenden Läuten hinab in Richtung Ostteil. Kleine wusste, dass es gleich schnell gehen würde. Er erwartete, dass er die Antworten, die er hier zu erhalten gehofft hatte, auch bekommen würde. Er hatte sich während der drei Tage seiner Abwesenheit nicht bei Emde gemeldet, wollte es auch nicht tun, um dessen Spekulationen nicht ins Kraut schießen zu lassen. Heute würde es möglicherweise so weit sein. Kleine packte seine wenigen Sachen. An der Rezeption saß heute Morgen eine junge Frau. Auch sie kannte Kleine von einem seiner vorangegangenen Besuche. Er legte seinen Schlüssel auf den Tresen. „Ich muss heute überraschend wieder abreisen. Kann ich gleich bezahlen?“ Die junge Frau sah kurz vom Bildschirm auf, das Leuchten spiegelte sich in ihren Brillengläsern. „Klar, ich mache die Rechnung fertig. Bist du dienstlich hier gewesen?“ Kleine stutzte für eine Sekunde. Dienstlich? Wusste die Frau Bescheid? Doch Kleine sagte sich, dass er aufhören müsse, Geister zu sehen. Er verneinte die Frage. „Mach mir aber trotzdem eine Rechnung für eine Dienstreise fertig, vielleicht kann ich ja mein Finanzamt damit bescheißen.“ Sie lachten beide kurz. Finanzverwaltungen waren rund um die Welt offenbar ähnlich beliebt.

Sogar die Jerusalem Post brachte die Geschichte des Todesfalls von Staatssekretär Westermann. In der offiziellen Version war es nun amtlich ein Selbstmord. Mit einem Blickwinkel, der auf den Nahen Osten gerichtet war, erinnerte die Tageszeitung an zwei Besuche von Westermann und zeigte ein Archivfoto, auf dem er im Hintergrund zu sehen war, als Bundeskanzler Magilsky bei seinem Antrittsbesuch vor knapp einem Jahr einen Kranz in der Gedenkhalle der ewigen Flamme, der Yad Vashem, niedergelegt hatte. Es war von einem Kenner und Bewunderer der Geschichte des Landes die Rede, der die Sorgen und die Ängste der Menschen verstanden und sich um Frieden und Ausgleich bemüht habe. Kleine war entsetzt angesichts der Hilflosigkeit, mit der immer wieder großen Verstorbenen hinterher geschrieben wurde. Für ihn war dieser Todesfall trotz aller Ermittlungen, die auf einen Unfall hindeuteten, mehr als merkwürdig. Er bezahlte seine Rechnung und ging mit seiner Reisetasche die wenigen Meter in Richtung Jaffa Street. Die Morgensonne lag golden auf den Häuserfassaden. In einer Seitenstraße stand eine dicke alte Frau auf ihrem Balkon im zweiten Stock und goss einen großen Ficus. Der Besitzer des Imbisses hatte gerade sein erstes Blech mit Teigtaschen aus dem Ofen geholt. Kleine wählte eine Boreka mit scharfer Pilzfüllung und sauren Gurken, setzte sich in die Morgensonne und frühstückte in Ruhe.

Der Dienststellenleiter hatte ihm für den Rest des Tages freigegeben. Wenigstens am Sonntag sollte Emde sich einen Tag Ruhe gönnen, obwohl die Soko auch an diesem Tag weiter ermitteln musste. Sein Team würde das schon schaffen, wurde ihm versichert. „Bleiben Sie zuhause! Wenn Sie hier auftauchen, lasse ich Sie abführen!" Emde musste trotz der ernsten Situation unweigerlich lächeln. Handschellen. Wäre mal eine interessante Erfahrung, er hatte sogar während seiner Ausbildung keine an den Händen gehabt. Zuvor hatte er seine Frau angerufen und war beinahe in die Knie gegangen vor Erleichterung, als er Susannes vertraute Stimme durch den Hörer vernahm. Er hatte ihr sogar verziehen, dass sie ihn schon wieder mit ‚Sheriff' angesprochen hatte. In Wirmighausen schien alles in Ordnung. Sollte er ihr von der Bedrohung erzählen? War es überhaupt eine Bedrohung? Der Staatsanwalt in Kassel, den er umgehend informiert hatte, weigerte sich, aus einem zugesandten Foto unbekannter Herkunft eine Bedrohungslage abzuleiten. „Herr Emde, das kann alles bedeuten. Vielleicht hat ein Wanderer durch Zufall ein Foto gemacht." Dem Ermittler drehte sich angesichts so großer Naivität und nicht zu leugnenden Unwillens, Zusammenhänge zu erkennen, der Magen um. „Und dieser Wanderer hat, was für ein Zufall, gewusst, dass ich bei der Polizei bin?" Dann kam ihm ein furchtbarer Verdacht. Der Anwalt der Lieberknechts hatte bereits mit dem Staatsanwalt gesprochen! Obwohl: Das wäre völlig absurd. Emde verzichtete darauf, seine Überlegung auszusprechen. „Emde! Hören Sie“, sagte der Staatsanwalt mit deutlich strengem Tonfall, der aber eine besänftigende Note enthielt. „Sie haben keinerlei Verdachtsansätze. Gut, die Haushälterin hat ausgepackt. Haben Sie deren verwertbare Aussage? Nein, haben Sie nicht. Die Person, die Sie getroffen haben, ist über alle Berge. Es ist noch nicht mal bewiesen, dass es tatsächlich die Haushälterin war. Gut, Sie wissen, dass da mit dem Geld etwas schiefläuft. Ist es illegal? Nein, ist es nicht. Das sagen Ihnen sogar die Steuerdetektive aus Düsseldorf. Und bislang auch unsere Steuerfahndung.“ Es entstand eine Pause, bevor die Stimme des Staatsanwalts wieder zu hören war. „Emde, wir lassen die Frau festnehmen und nach zwei Stunden zeigt sie uns vor dem Präsidium auf freiem Fuß einen Stinkefinger. Vielleicht geht sie sogar zur Presse und wir stehen da wie Vollidioten, die eine Witwe kujonieren, deren Gatte noch nicht einmal beerdigt ist. Wissen Sie, was die mit uns machen? Liefern Sie mir einen richtigen Grund, einen richtigen Verdacht, dann klicken bei der Frau sofort die Handschellen, Hauptkommissar. Sie haben mein Wort!“

In seinem Team war die Meinung dagegen klar. Sie waren auf irgendetwas gestoßen, dass jemand anderem Sorgen bereitete. Richtig große Sorgen. Nofri hatte ihn zur Seite genommen. „Wir müssen Kleine auftreiben. Hoffentlich ist ihm nichts zugestoßen ...!“ Daran hatte Emde noch gar nicht gedacht, ihm fuhr der Schreck in die Glieder. Was, wenn jemand auch dem Journalisten aufgelauert hätte? Immerhin hatte er bereits seit Mittwochabend nichts mehr von sich hören lassen. Am Donnerstag war die Person in der Gegend gewesen, die das Foto aufgenommen hatte. Spruch auf dem Anrufbeantworter hin oder her, normal war das für Kleine nicht. Er wählte erneut die Mobilfunknummer seines Freundes, doch ein weiteres Mal hörte er, dass dieser für ein paar Tage unterwegs und nicht zu erreichen sei. Am Abend war er zu dessen Hütte gefahren, doch das Häuschen war immer noch verwaist.

Sie mussten ihn bereits eine Weile beobachtet haben. Es war zwanzig nach zehn, als sich Sarah neben ihn setzte. „Boker tow ve Shalom, Paul Kleine“, grüßte sie schlicht. „Ma nischma?“

Kleine nickte. „Schlomi tow meod, toda", beantwortete er die Frage nach seinem Befinden. „Ve ata?" Die junge Frau wechselte ins akzentfreie Deutsch. „Auch gut, danke. Heute ist ein schöner Morgen." Sie blickte sich um, dann sah sie ihn an. „Okay. Sie haben Besuch. Wollen Sie sich nicht ein schönes Andenken mitnehmen? Ein antikes Buch etwa?" Kleine beschlich das Gefühl, dass er es mit einer Agentin in Ausbildung zu tun hatte. Es war wie in einem alten Eric Ambler-Roman. Ein toter Briefkasten. Ein verschwiegener Ort. Der Buchladen mit antiken Büchern, den anzuschauen sie ihn gerade unmissverständlich aufgefordert hatte, lag direkt schräg hinter ihnen. Auch dort war gerade erst die staubige Glastür aufgeschlossen worden. Ansonsten war das Geschäft eher eine dunkle Höhle, an der er oft vorbeigekommen war, die er jedoch noch nie betreten hatte. Genau genommen hatte er den Laden gar nicht richtig wahrgenommen. „Gute Idee, Sarah", sprach er die junge Frau mit ihrem Namen an. „Vielleicht finde ich ja eine Originalausgabe von Altneuland." Das Lächeln, mit dem sie auf seine Äußerung reagierte, schien den spröden Panzer ihrer Persönlichkeit etwas aufzubrechen. „Ich glaube, die Erstausgaben, die es davon noch gibt, liegen heute alle in Museen." Kleine war sicher, einen leichten Frankfurter Akzent zu hören. Zumindest schien Sarah einige Zeit in Deutschland verbracht zu haben. Er trank langsam seinen Kaffee aus, den er sich zu seiner Boreka bestellt hatte, brachte das Tablett mit dem Teller zu einem Geschirrwagen, der neben dem Eingang des Imbisses stand und betrat kurze Zeit später mit seiner Reisetasche in der Hand den Buchladen.

Das Innere wirkte tatsächlich düster wie eine Höhle, wenn man aus dem hellen Tageslicht kam. Kleine schlug der unfehlbare Geruch von altem, staubigem Papier entgegen. Er kannte den Geruch aus seiner Studienzeit. Im Seminar für Politische Wissenschaft der Uni Bonn hatte es auch so gerochen. Hinter einem kleinen Tresen mit einer uralten Registrierkasse mit mechanischen Tasten saß ein alter Mann mit Hornbrille und las. Was, konnte Kleine nicht erkennen. Der Alte hatte ihm bei seinem Eintreten nur kurz zugenickt und war nun wieder ganz in seinen Lesestoff vertieft. Kleine wartete, bis sich seine Augen an die Dunkelheit gewöhnt hatten. Direkt auf den ersten Metern bemerkte er populäre Bücher, mit einigem Erstaunen auch eine hebräische Version von Harry Potter. Er folgte den Regalreihen, sah wuchtige Monografien zur Geschichte des Nahen Ostens in Hebräisch und Arabisch und bemerkte zunächst gar nicht, dass der Ladenbesitzer hinter ihm an die Glastür ging und mit einem schnellen Handgriff den Schlüssel umdrehte. Kleine blieb stehen. Was sollte das werden? Doch der Alte lächelte nur wie ein Spitzbube. „Nu, haben wir jetzt nebbich geschlossen", sagte er in einem warmen jiddischen Singsang, während er an Kleine vorbeiging und ihn mit einer Handbewegung einlud, ihm zu folgen. „Kommen Sie, kommen Sie!"

Sie saßen zu viert an einem Tisch, auf dem drei dicke Aktenmappen lagen. Es sah aus wie ein ad hoc inszeniertes Verhör, und vielleicht wurde es das auch. Kleine kannte keinen von ihnen. Der Älteste des Quartetts stand auf und begrüßte ihn ebenfalls in Deutsch mit dem melodischen Akzent deutschsprachiger Israelis. „Bitte, Paul Kleine, nimm Platz." Eine Hand wies auf einen bereitstehenden schlichten Klappstuhl. Zögerlich zog Kleine den Stuhl heran und setzte sich, seine Reisetasche dicht an die Stuhlbeine legend. Die drei anderen musterten ihn neugierig. Wie der alte Ladenbesitzer, der hinter ihm wieder in den vorderen Teil der Buchhandlung verschwunden war, hatten sie nur kurz zur Begrüßung genickt. Kleine hatte nicht die Spur einer Ahnung, mit wem er es zu tun hatte. Waren die Männer vom Mossad? Vom Inlandsgeheimdienst Schabak, dem ehemaligen Schin Bet? Oder vielleicht vom Aman, dem militärischen Geheimdienst der Streitkräfte? Hatten sie einen militärischen oder zivilen Dienstgrad? Wurden sie ernannt, gewählt oder abkommandiert? Kleine konnte über all das nur rätseln. Was ihm jedoch schlagartig klar wurde: Sie wussten dagegen sehr sicher, wer er war. Und warum er hier war. Alle am Tisch versammelten Männer trugen Zivilkleidung, kurzärmelige Hemden, Jeans oder Chinos. Ihre kerzengerade Haltung verriet jedoch, dass sie gewöhnlich Uniformen trugen. Der jüngste von ihnen, Kleine schätze ihn auf höchstens 30, hatte zumindest dem Aussehen nach Mizrachim als Vorfahren. Er hatte dunkle Augen und tiefbraune Haut, auf dem pechschwarzen kurzen Stoppelhaar saß eine kleine Kippa, die mit einer Klammer befestigt war. Die drei anderen waren zweifellos Ashkenasim, ihre Vorfahren schienen aus Europa zu stammen. Der Älteste richtete wieder das Wort an ihn und sprach nun in Ivrit: „Paul, für unsere heutige Zusammenkunft ist mein Name Yeshayahu. Das ist tatsächlich mein richtiger Vorname. Mehr musst du für den Augenblick nicht wissen." Er wies auf die beiden Männer zu seiner Linken und stellte sie als Ben und Eitan vor. Der jüngste unter ihnen hieß Ofer. Kleine nickte. Er schien mit seiner Vermutung recht gehabt zu haben. Ofer war ein vor allem im orientalischen Judentum gebräuchlicher Vorname. Der Junge ließ sich durch nichts anmerken, was er gerade dachte. Nun sprach ihn Eitan an, der ganz rechts, von Kleine aus gesehen, saß. „Paul, wir wissen zwar, weshalb du hier bist. Gib uns aber nochmals einen kurzen Überblick über den Stand der Dinge, die dich bewogen haben, herzukommen. Du hast die Stichworte genannt, nun sind wir hier um zu schauen, was wir gemeinsam tun können." Also doch eine Art Verhör. Kleine ließ sich Zeit. Auch er sprach nun in der Landesprache Ivrit. Stockend. Doch nach drei Tagen fühlte er sich in seinem alten vergammelten Pullover wieder zuhause. Er begann bei dem Anruf Emdes, als Lieberknecht entdeckt worden war. Er berichtete von den weiteren Ermittlungen und seinen Vermutungen, seinen eigenen Erkundungen. Er berichtete vom Selbstmord Döhrenbachs und dem Gespräch mit Küsters vor wenigen Tagen. Immer wieder hielt er kurz inne, wenn er nach Worten und Wortverbindungen suchte, denn vor allem bei den Vokalen war Ivrit eine äußerst tückische Sprache. Kleine konnte sehen, dass alle vier Männer offenbar über ein ausgedrucktes Protokoll verfügten, das vermutlich seinen Bericht an Aviva am Freitagnachmittag zusammenfasste. Immer wieder unterstrichen sie Dinge, machten sich am Rand Notizen. Nur nicht der junge Ofer. Was Kleine allerdings auffiel: Mit dem Fortgang seines Berichts entspannten sich dessen Gesichtszüge. Auch er blickte in ein Dokument, das er vorliegen hatte. Nach etwa zehn Minuten endete Kleine.

Es blieb für endlose Augenblicke still. Yeshayahu, direkt vor ihm, nickte bedächtig, tief in seinen Gedanken versunken. Ben, der zwischen ihm und Eitan saß, rieb sich nachdenklich die Schläfe. Eitan selbst sah Kleine an, als wollte er sagen: Gut gemacht, Junge. Gut gemacht! Dann fiel dessen Blick auf Ofer ganz rechts. Die beiden sahen sich kurz an. Ein kaum merkliches Nicken, dann schlug Ofer eine der auf dem Tisch liegenden Aktenmappen auf. Zu seinem großen Erstaunen sprach der junge Mann ebenfalls ein lupenreines Deutsch mit einem schönen Bariton. Kleine beobachtete sich selbst dabei, wie das Bild, das er sich von dem Mann zuvor gemacht hatte und das von einem latenten Misstrauen geprägt war, allein durch den Wohlklang der Stimme in Scherben zersprang. Aus Ofers dunklen Augen sprach außerdem inzwischen eine tiefe Freundlichkeit. „Paul, wir sind ein großer Behördenbetrieb. Das ist bei uns nicht anders als bei euch. Daher musst du uns hinterher mit deiner Unterschrift versichern, dass das, was du nun durch uns erfährst, von dir nicht weitergegeben oder genutzt wird, um Dritten zu schaden und zwar so, dass in irgendeiner Form Rückschlüsse auf dieses Gespräch zu finden sind.“ Kleine begriff. „Das heißt: schon gar nicht dem Staat Israel, israelischen oder jüdischen Einrichtungen innerhalb oder außerhalb Israels?“ Ofer nickte lächelnd. „Genau das heißt es.“ Es lebe die Bürokratie, dachte Kleine und erlaubte sich für einen Augenblick die Überlegung, ob Bürokratie auch geeignet war, einen Atomschlag zu überstehen. Das Dritte Reich und den Zweiten Weltkrieg hatte sie ja auch ohne Probleme überstanden. Er verkniff sich die Frage, mit wem er es eigentlich zu tun hatte. Er kannte die Antwort, glaubte sie zumindest zu kennen. Von seiner Seite bedurfte es keiner weiteren Erklärung.

Ofer nahm einen Stoß Papiere aus der Aktenmappe und brachte sie mit einem kurzen Aufsetzen auf die Tischplatte in Linie, bevor er sie sachte vor sich hinlegte. Als er weitersprach, war er wieder in seiner Heimatsprache angelangt. „Um es kurz zu machen, Paul: Du hast mit deinen Befürchtungen recht. Wir haben ebenfalls, und das schon seit zwei Jahren, Grund zu der Annahme, dass in Deutschland ein Zirkel aus hochrangigen Politikern, Industriellen, Lobbyisten und weiteren einflussreichen Persönlichkeiten in einer Art Verbindung organisiert ist, deren Ziel es ist, die politische Ordnung in Deutschland in eine Richtung zu bringen, die von besonderem Vorteil für einen gewissen Personenkreis ist." Kleine ließ die geballte Wucht der Information, die Ofer ihm gerade mitgeteilt hatte, auf sich wirken und verstand, wenn es ihm auch schwerfiel. *Neofeudalismus!* Küsters hatte den Zustand beschrieben. Und er lag richtig mit seinen düsteren Ahnungen. Kleine lief es kalt den Rücken hinunter. Die vier anderen Männer blickten ihn ernst an. Ofer sprach weiter. „Wir haben Beobachtungen angestellt, die diese Vermutung stützen und haben mehrere Hauptverantwortliche ausgemacht. Darunter den verstorbenen Carl Lieberknecht, in dem wir den Finanzspezialisten sehen."

Kleine schüttelte fassungslos den Kopf. „Moment, Moment ...", fuhr er dazwischen und hob beide Hände, als wollte er einen Angriff abwehren. „Heißt das ...", er schluckte, „heißt das, ein Teil unserer Politiker plant tatsächlich so etwas wie einen Umsturz hin zu einer Bundesrepublik der Mächtigen, die es zum Ziel erhebt, sich selbst die besten Pfründe zuzuschieben und das eigentliche Volk aufs Abstellgleich zu schieben?" Er hatte in seinem Entsetzen wieder deutsch gesprochen und sah, dass Ben das Wort ‚Pfründe' nicht verstanden hatte. Eitan erklärte es ihm kurz in geflüsterten Worten. Also sprachen alle vier vermutlich gut Deutsch. Ofer nickte. „Das, und noch viel Schlimmeres. Wir vermuten auch, dass diese Organisation, die offenbar noch nicht einmal einen offiziellen Namen hat, hinter dem Mord an Lieberknecht steckt. Wir glauben, dass Lieberknecht den Geldhahn zudrehen wollte und dafür – wie heißt das in eurer Sprache? – ins Gras beißen musste. Aber das können wir noch nicht beweisen. Wir glauben außerdem, dass sich dieser Zirkel der Verschwiegenheit rechtsradikaler Organisationsverbindungen bedient, weil diese Kreise es am besten schaffen, Druck auszuüben und dies vor der Öffentlichkeit zu verbergen." Kleine blickte betreten auf die Tischplatte. Es entstand eine kurze Pause. Er schüttelte nochmals den Kopf, als könne er das gerade Gehörte abschütteln. Doch es gelang ihm nicht. Weshalb ...? Er holte tief Luft. „Weshalb ihr? Wenn das dieses Land hier nichts angeht, und das tut es ja nicht, es kann eurem Israel ja eigentlich scheißegal sein. Weshalb habt ihr daran ein Interesse?"

Nun war es Yeshayahu, der antwortete. Der Klang seiner Stimme hatte etwas unendlich Gütiges. „Paul, seit den Zeiten der Staatsgründer David Ben-Gurion und Konrad Adenauer ist es uns wichtig, die guten Beziehungen zu eurer Bundesrepublik zu erhalten. Das weißt du mitunter besser als die meisten Israelis, du hast das ja studiert. Das Wie hat sich seitdem nicht geändert. Aber auch nicht das Warum." Kleine glaubte, den Grund zu kennen. Doch es war Yeshayahu, der es aussprach. „Wir freuen uns, wenn eure Politiker zu uns kommen und unsere Yad Vashem besuchen. Und manchmal sprechen sie auch in der Knesset. Wir begrüßen das und sprechen dann von einer Freundschaft zwischen Israel und Deutschland. Aber was noch viel wichtiger ist", er hielt kurz inne und beschrieb mit dem Zeigefinger eine Geste, als wolle er einen kleinen Jungen ermahnen, „wir brauchen Beziehungen zu einer intakten, demokratischen und den westlichen Ordnungssystemen verpflichteten Bundesrepublik, die uns ..." Er wies auf Kleine, als wolle er ihn einladen, den Satz zum Ende zu bringen und tatsächlich komplettierte Kleine den Satz selbst, als wäre er ferngesteuert. Denn er begriff auf einmal die Tragweite dessen, was geschah: „... die uns Beistand sichert, den Zugang zu Rüstungsgütern bietet und unsere Interessen an Verhandlungstischen mit vertritt. Richtig?" Yeshayahu sah ihn an wie ein stolzer Vater seinen Sohn. „Richtig." Ein Blick in Richtung Ofer, nun nickte dieser. Der Älteste fuhr fort. „Wir brauchen keine Bande von Reichen mit möglicherweise rechten Interessen, auf die wir uns nicht verlassen können und die – jetzt vielleicht noch nicht, aber eines Tages – nicht mehr für unsere Sicherheit garantieren können oder wollen. Und einige von denen wollen schon jetzt nicht. Unsere diplomatischen Verbindungen erstrecken sich auf eine Bundesrepublik, die demokratisch geprägt ist und in der unser Existenzrecht nicht zur Diskussion steht." Er holte tief Luft, als würde er eine aufkommende Verzweiflung bekämpfen. „Alleine schon das Wort Existenzrecht!" Er sprach es deutsch aus. Es hatte einen bösen Klang. Ofer übernahm an seiner Stelle. „Uns reicht es schon, wenn eure Linken in unser Land strömen und uns Vorhaltungen machen, wie wir mit der palästinensischen Bevölkerung und deren Interessen umzugehen haben und dann auch noch irgendwelche Workshops abhalten, nur um dann zurückzufliegen und allen zu erzählen, was für ein Scheißstaat wir sind, der auf Kinder schießen lässt." Er schüttelte ungläubig den Kopf. „Wir brauchen keine Vorhaltungen von Leuten, die mit den Problemen hier überhaupt nicht vertraut sind." Kleine glaubte zu wissen, was Ofer meinte. Vor einigen Jahren hatte sich ein ehemaliger sozialdemokratischer Außenminister der Bundesregierung von Angela Merkel bei einem Israelbesuch etwas, nun ja, unglücklich ausgedrückt. Die Medien und mit ihnen viele Konservative hatten vor Wut geschäumt. Ein Treffen mit dem damaligen Premierminister war auf der Stelle abgesagt worden. Kleine glaubte zu ahnen, was den jungen Mann umtrieb. Eine Art Zorn, die viele Israelis beim Anblick nörgeliger Touristen hatten. Touristen, die wieder in ihr sicheres Heimatland zurückkehren konnten. Ofer war von hier. Er hatte keine Ausweichmöglichkeit, keine reiche Mischpoke in den USA, die ihn studieren ließ, wenn in Eretz Israel wieder Raketen und Kugeln flogen. Generationen seiner Vorfahren waren in den glühend heißen Sanden Palästinas und der arabischen Halbinsel begraben. Er war ein Sohn des Orients. Aber manchmal *seid* ihr ein Scheißstaat, der auf Kinder schießt, dachte Kleine. Zumindest in den Augen der linken Presse und Weltbevölkerung. Er erinnerte sich an Bilder von Tränengaswolken und laufenden Menschen. Schüsse aus dem Nichts und „Allahu akbar"-Rufen. Seitdem die Regierung von Benjamin Netanjahu krachend gescheitert war, hatte sich der Zustand einer dauerhaften Unruhe etwas gelegt. Zu Schusswechseln durch Grenzzäune oder stille Gassen hindurch kam es dennoch immer wieder. Und meist waren es die zivilen Beteiligten, die danach nicht mehr aufstanden. Auch Avivas Partei HaBeitShalom hatte in ihrer kurzzeitigen Funktion als Regierungskoalitionär nichts daran ändern können. Ofer hatte sich wieder abgeregt. „So etwas können eure Leute machen, wenn sie zuhause sind. Was wir brauchen, ist ein starker, demokratischer Partner, auf den wir uns verlassen können und der uns einen Zugang zu Rüstungs-Know-how wahrt."

Kleine rieb sich die Augen wie man es oft macht, wenn man sehr erschöpft ist und ließ den Blick an den Bücherreihen entlanggleiten. Waffen. Es geht immer nur um Waffen. Das Quantum an Macht bestimmt sich über die Verfügbarkeit von Waffen, nicht um die Fähigkeit, miteinander Gespräche führen zu können. Auf diesen gemeinsamen Nenner konnte man mächtige Staaten wie Mitglieder einer Duisburger Straßengang gleichermaßen reduzieren. Wir haben uns seit der Steinzeit kein Stück weiter fortentwickelt, dachte Kleine. Und er verstand: Es ging nicht um Sturmgewehre oder Pistolen. Anders als der Staatsgründer David Ben-Gurion, der vor einem Menschenleben an Jahren das Waffenembargo der britischen Mandatsmacht dadurch umgehen musste, dass er Unterhändler in das nach dem Zweiten Weltkrieg von benutzten Waffen überflutete Europa entsandte, um Schrottknarren zu kaufen, mangelte es dem modernen Staat Israel daran nicht. Aber an modernen U-Booten mit vertikalen Abschussvorrichtungen, Schnellbooten mit Schnellfeuerkanonen, ausreichend Abwehrwaffen, um auch einen Angriff aus dem Iran abzuwehren. Es ging um Bewahrung von Zweitschlagfähigkeiten von See aus und die Verteidigung der Seewege hin zu den neuen Erdgasfeldern vor der zypriotischen Küste oder durch den Golf von Akaba. Hatte nicht das Parlament des Iran einen Beschluss verabschiedet, die Existenz des Staates Israel bis zum Jahr 2040 zu beenden? Ganz offiziell? Kleine musste unwillkürlich an die ‚Todesfuge' des Lyrikers Paul Celan denken: *Der Tod ist ein Meister aus Deutschland.*

Yeshayahu blickte ihn milde an. Er sah, dass Kleine begriffen hatte. „Freundschaft existiert in der Politik nur auf dem Papier, Paul", sagte er. „Wir sind keine Freunde. Wir sind Interessensgemeinschaften. Ihr tretet für unsere Interessen ein und helft uns mit Wissen. Wir erteilen euch dafür die Absolution für die Verbrechen vergangener Generationen. Für manche von euch ist das immer noch wichtig. Doch der Kreis derer, die darin eine Bedeutung sehen, schwindet. Nicht nur bei euch in Deutschland, aber leider vor allem bei euch in Deutschland. Auch durch den zunehmenden Antisemitismus. ‚Drecksjud' und ‚Saujud' sind auf Schulhöfen wieder gängige Schimpfwörter, die einen Rückschluss darauf zulassen, welcher Ton da im Elternhaus gesprochen wird. Und ich rede jetzt nicht von euren strunzdummen Holocaustleugnern. In der Regierungszeit einer Bundesregierung, in der es zunehmend zu antisemitischen Entwicklungen kommt und die scheinbar kein Mittel dagegen findet oder finden will, ist dieses bislang gute Verhältnis in besorgniserregender Weise gestört." Kleine nickte. Er verstand immer mehr. Und er wusste, dass sich Yeshayahu mit seinen Worten sogar noch diplomatisch zurücknahm. Israel konnte es sich nicht erlauben, auch nur einen einzigen Fürsprecher in der Welt zu verlieren. Er dachte an die sechs Millionen winzigen Mosaiksteinchen in der Halle des Gedenkens der Yad Vashem. Er dachte an Avi, an Yossi und an die Fotos an der Wand, die er am Tag zuvor gesehen hatte. Er hörte Yossis Stimme: „Der einzige aus seiner Familie, der die Shoa, wie sagt ihr ... den Holocaust überlebt hat. Kam hier an, wurde ein braver Kibbuznik und hat dann im Unabhängigkeitskrieg gekämpft." Er, Kleine, hatte gesehen, wie Israelis kämpfen. Er stand auf ihrer Seite.

Es entstand eine Pause. Kleine hörte hinter sich schlurfende Schritte. Die düsteren Mienen der vier Männer vor ihm klärten sich. Sie sahen, wer da kam. Es war der Alte. Er balancierte vorsichtig ein Tablett mit kleinen Gläsern, in denen sich extrem starker Mokka befand. Yeshayahu verteilte die Gläser, nachdem der Alte das Tablett vor ihm abgestellt hatte und reichte Kleine zuerst das Glas. Der nahm es dankend an. „Aber da muss doch noch mehr sein", begann er. „Ihr müsst doch auch vor allem den Wunsch haben, die Erinnerung an die Ermordeten der Shoa aufrecht zu erhalten, jüdisches Leben in Europa zu fördern, eine Kultur weiter zu beleben, die bereits wieder im Werden ist und die wir Deutschen versucht haben, auszulöschen." Er sah die vier vor sich an und erkannte sofort, dass auch das eine Rolle spielte. Aber nur eine sekundäre. „Es geht immer auch um jüdisches Blut und dessen Geschichte", sagte Ben mit einer Stimme, die keinen Widerspruch zuließ. „Doch Israel ist hier. Auf unseren Straßen. An unseren Stränden und auf unseren Feldern und Hügeln. Wenn hier Raketen der Hamas niedergehen und Israelis sterben, interessiert uns immer und zuallererst, wie wir die Menschen hier beschützen und verteidigen können." Er nahm einen Schluck von dem heißen Getränk und dachte nach, bevor er fortfuhr. „Vielleicht sind in der Vergangenheit viele Fehler passiert, die wir nicht mehr gutmachen können. Vielleicht sind dies sogar Dinge, die gegen das Völkerrecht und die Menschenrechte verstoßen. Aber ihr in der westlichen Welt müsst auch verstehen, dass sich unsere zionistischen Siedler an jedes Sandkorn geklammert haben, dessen sie habhaft werden konnten. Jahrhundertelang wurden sie von der Weltgeschichte herumgestoßen und haben sich beim Seder mit einem ‚Nächstes Jahr in Jerusalem' getröstet. In dieser ganzen Zeit hat sich auch keiner um deren Menschenrechte gekümmert. Und plötzlich war die Zeit da. Unsere Zeit." Kleine verstand. Der Jahrtausende alte Wunsch der Juden war in Erfüllung gegangen. Fluch und Segen zugleich. Doch das neue Judentum, das aus den Vorstellungen von Theodor Herzl hervorgegangen war, war bereit gewesen, diesen Traum zu verteidigen. Sie kamen aus den Baracken von Auschwitz, Theresienstadt und Dachau. Niemals wieder sollte sie jemand hinter Stacheldraht sperren. Er verstand, was in den Köpfen vieler Menschen in Europa noch nicht angekommen war und vielleicht niemals ankommen würde. Die permanente Abwesenheit von Frieden ist Krieg. Und Israel befand sich im Kriegszustand. Seit seiner Gründung. *Stell dir mal vor, du bist beim Einkaufen und schiebst deinen Wagen mit den Einkäufen für das Wochenende vor dem Supermarkt zu deinem Auto. Und plötzlich zerreißt dich eine einschlagende Kassam?* Avi hatte ihn das mal gefragt. Die Stille der entstehenden Pause war ohrenbetäubend. „Und was denkt ihr, was wir nun tun müssen?", fragte Kleine. Ofer nickte ihm zu und Kleine durchfuhr es, dass er gerade wie selbstverständlich von „wir" gesprochen hatte. Auch die anderen hatten es bemerkt. „Wir, Paul?", fragte Yeshayahu sanft. „Was glaubst du denn, wer wir ist?" Kleine nippte vorsichtig von seinem Mokka. Er hatte keine Antwort auf die Frage. Zumindest keine gute. Er musste an Begegnungen vor vielen Jahren denken. Er hatte niemals einen Hehl daraus gemacht, für die Interessen Israels einzutreten, solange es legal war. Er dachte an eine Abmachung, die er vor langer Zeit getroffen hatte, an Lieferungen, die er danach erhalten hatte. Er wusste auch, dass nach den im Orient üblichen Vorstellungen von Moral und gutem Handeln Vergeltung immer Teil des Plans sein konnte. Auch noch die andere Wange hinzuhalten, war etwas für Nazarener. „Ich weiß es nicht", sagte er offen. „Ich hoffe, ihr habt eine Idee."

Es entstanden einige Augenblicke des Schweigens, in denen jeder der Männer seinen Gedanken nachhing und bedächtig den Mokka trank. Dann stellte Ofer das Glas ab. Er schlug eine weitere der Aktenmappen auf und hielt ein großes Porträtfoto hoch. Kleine brauchte keinen Sekundenbruchteil, um den Mann auf dem Foto zu identifizieren. Ihn fröstelte plötzlich. „Du kennst diesen Mann hier. Sag uns, was du über ihn weißt." Der Mann auf dem Foto war Thomas Bergmann.

Von Kleine gab es immer noch keine Spur, und Emde machte sich inzwischen wirklich Sorgen. Zumal er keine Möglichkeit hatte, eine Nachricht auf dessen Mailbox zu hinterlassen. Am Nachmittag ging er abermals hinunter zur Hütte des Journalisten, doch dort hatte sich nichts geändert. Die Steuerfahndung hatte rasch erste Ergebnisse geliefert. Sehr viel konnten sie damit noch nicht angefangen. Die Zahlen bestätigten lediglich, was sie bereits wussten, aber: Respekt, dieser Haufen war echt gut! Emde erinnerte sich noch daran, dass die Zeitungen vor einigen Jahren darüber berichtet hatten, dass die dem Kasseler Finanzamt angehörende Steuerfahndung federführend bei der Auswertung der sogenannten Panama-Papers gewesen war, einer Liste, die Steuersünder offenlegte, die ihre großen Kapitalanlagen mittels einer Kanzlei in Panama erfolgreich vor dem Auge des Fiskus verborgen hatten. Bei der Auswertung war angeblich erstmals sogar künstliche Intelligenz eingesetzt worden, weil dem automatisch abgleichenden Blick der Maschine nichts entging, kein einziger Sachverhalt.

Emde setzte sich auf die rohe Holzbank vor dem kleinen Küchenfenster. Nein, er hatte keine Angst seinetwegen. Aber er spürte die Bedrohung und ja, er hatte Angst um seine Familie. Was da vor sich ging, kannte er nur aus schlechten Fernsehkrimis. Was wurde ihm angedroht? Wollten sie ihm auflauern und aus dem Weg räumen, weil er seinen Job machte? Kleine wäre da analytisch herangegangen. Er hätte gefragt: „Emde, überleg mal, was das bedeutet. Das bedeutet, dass jemand anderer noch viel mehr Angst vor irgendetwas hat als du. Und das wiederum bedeutet, ihr seid auf dem richtigen Weg." Kleine hätte auch gesagt, dass es sicherlich nichts mit ihm zu tun hätte. „Also, nimm die Sache nicht so persönlich!".

Manchmal fragte sich Emde, ob er wirklich alles wusste über das, was Kleine früher so alles angestellt hat. Sie kannten sich schon lange. Kleine war früher oft mit seinen Eltern im Urlaub hier am Diemelsee gewesen. Der Vater stammte sogar aus der Gegend. Aber in seinen Jahren als Journalist hatte Kleine viel Übles gesehen, über das er nicht sprach und das ihn auch in gewisser Weise verändert hatte. Zumindest hatte er kriminalanalytische Fähigkeiten gezeigt, die mehr waren als das, was sich engagierte Krimileser und Schreiberlinge aneignen konnten, dessen war Emde sich ganz sicher. Für kurze Augenblicke hatte sich der Ermittler gefragt, ob Kleine möglicherweise etwas mit der Sache zu tun haben könnte. Aber dann hätte er ihnen sicher niemals so bei der Aufklärung des Falls geholfen, nicht wahr? Außerdem hatte er hundertprozentiges Vertrauen zu seinem Freund, und Vertrauen, dessen war Emde sich sicher, mochte in vielen Teilen Deutschlands immer weniger Bestandteil der Alltagskultur sein. Aber hier oben am Diemelsee, da galt es noch etwas, jemandem Vertrauen zu schenken. Er blickte auf seine Armbanduhr. Er musste zurück. Susanne würde ihn noch vermissen, wenn er sich nicht bald blicken ließ. Aber auf dem Heimweg würde er am Hof der Grimmelmanns vorbeischauen. Vielleicht hatte der Öko-Experte ja irgendetwas gehört.

Inzwischen lag noch ein weiteres Foto neben dem von Bergmann. Auch bei diesem Anblick wurde es Kleine eiskalt. Es zeigte Jörg Hausdorf, Abgeordneter des Deutschen Bundestages. Auch der war Kleine bekannt. Denn Hausdorf war der Mann, dem Kleine bei seinen Internetrecherchen eine große Nähe zu Bergmann nachweisen konnte. Die beiden waren nicht nur Jugendfreunde. Beide waren auch bei ‚D Beyond'. Aber immerhin, der Mann war Landesgruppenchef seiner Fraktion. Zur Hölle, wenn schon der, wer noch alles? Seine Stimme klang wie unter einer großen Anstrengung. Er dachte an die Schreckensmeldung aus Berlin von Freitagabend. „Westermann?" Vier Augenpaare blickten fragend auf Ofer, doch der schüttelte den Kopf. „Wir wissen zwar, dass er eine Randfigur war, die zum Bauernopfer wurde. Aber er war kein Dreh- und Angelpunkt." Er leerte sein Glas und betrachtete in Gedanken versunken, wie der dunkle Kaffeesatz wieder in das Glas zurücklief. „Wir vermuten, dass der Tod Westermanns vorgestern Abend tatsächlich entweder ein Unfall oder ein Selbstmord war. Wir tippen auf Letzteres, weil Westermann vorgestern Morgen dem Bundeskanzler seinen Rücktritt angeboten hat." Kleine rieb sich ungläubig den Hinterkopf. „Seinen Rücktritt angeboten hat? Woher zum Teufel wisst ihr das?" Dann dämmerte es ihm. „Ihr hört das Bundeskanzleramt ab? Ihr faselt hier etwas von guter Beziehung und habt Mikrofone auf uns gerichtet?" Yeshayahu hob besänftigend die Hand. „Interessant, Paul, wie schnell du wieder vom Wir zum Ihr zurückgewechselt bist. Ofer?" Der jüngste unter ihnen fischte ein Papier aus dem ersten Aktenstoß und reichte es Kleine. „Eine Protokollmitschrift eines Diplomatenkabels an die Botschaft in Tel Aviv." Sie hatten die Botschaft angezapft. Kleine nickte und las. Auch im Zeitalter digitaler Datenströme wurden verschlüsselte und als ‚geheim' oder ‚streng geheim' klassifizierte Informationen für den diplomatischen Dienst immer noch gerne ‚Kabelpost', ‚Kabelnachricht' oder schlicht ‚Diplomatenkabel' genannt. Und dieses hier informierte über das Rücktrittsgesuch des Staatssekretärs York Westermann. Es nannte auch den Grund. Kleine las weiter und verstand. Doch war eine gefälschte Promotion schon ein Grund, sich das Leben zu nehmen? Ofer sprach weiter: „Weil ich mir denken kann, was du als nächstes fragen willst, Paul Kleine ..." Kleine fiel auf, dass Ofer ihn stets mit Vor- und Zunamen anredete. „Wir wissen nicht, ob Bundeskanzler Magilsky ebenfalls involviert ist. Zum derzeitigen Zeitpunkt gehen wir davon aus, dass er nicht Bescheid weiß." Ofer blätterte weiter in seinen Unterlagen, fuhr mit dem Zeigefinger suchend über das Papier. Seine Stimme hatte nun den Klang, als würde er den Text ablesen. „Es ist davon auszugehen, dass Bergmann und Hausdorf die zentral agierenden Personen sind. Während einzelne Mitglieder dieses Bündnisses sich nicht oder nur in anderem Zusammenhang kennen und vielleicht gar nicht genau wissen, worum es eigentlich geht, bestimmen diese beiden Aktion und Zielrichtung." Er schlug die Aktenmappe zu. „Wir gehen inzwischen davon aus, dass Bergmann ein ausgesprochener Rassist und Antisemit ist. Er träumt von einem Ordnungsbild, das in seiner Radikalität dem des Dritten Reiches oder doch zumindest einem sehr totalitär gesteuerten Staat entgegenkommt. Seine Bestrebungen gehen in diese Richtung. Wir glauben außerdem, dass Hausdorf und die Witwe von Lieberknecht dem nur wenig nachstehen. Offenbar gab es vor einiger Zeit massiven Streit im Hause Lieberknecht. Carl Lieberknecht wurde das Ganze zu gefährlich. Er glaubte nicht mehr an den Plan und wollte aus dieser Nummer raus. Constanze Lieberknecht suchte daraufhin Rat bei ..." Kleine hielt die Luft an. War Bergmann tatsächlich ein so abgebrühter Mensch, dass er Kontakte zum kriminellen Milieu besaß und einen Auftragsmörder engagieren konnte? „... Hausdorf." Kleine atmete aus, war aber genauso fassungslos. Der Landesgruppenchef seiner Fraktion? Einer der einflussreichsten Männer des Deutschen Bundestages? Wieder entstand eine Pause. Yeshayahu räusperte sich. „Paul, heute ist es ein toter Bankvorstand. Morgen lassen sie vielleicht einen Zug entgleisen oder einen Bus eine Klippe hinabstürzen. Und übermorgen? Schießen sie dann ein vollbesetztes Flugzeug vom Himmel, wenn es ihren Plänen nützlich ist?"

Er blickte sich um. „Wir sollten zu dem kommen, was wir nun tun können. Dazu ist zunächst einmal Folgendes wichtig, Paul. Wir – und ich meine nun die vier Israelis hier am Tisch, wer auch immer „wir" darüber hinaus sein mögen – können, dürfen und werden überhaupt nichts tun." Kleine legte angesichts dieser pastoralen Ansprache die Stirn in Falten. „Es ist völlig unmöglich, dass wir dir irgendwelche Hinweise geben oder selbst eine Aktion steuern, die irgendetwas an diesen Dingen, wegen denen wir hier sind, ändern können." Der Journalist wartete ab. Der Israeli sprach weiter. „Was wir machen werden, ist dies: Wir durchsuchen unser Material nach Erkenntnissen, die wir dir zur Verfügung stellen können und die keinerlei Rückschlüsse auf die Quelle zulassen. Das lassen wir dir dann auf wasserdichten Wegen zukommen, die risikolos sind. Es darf und wird auf keinen Fall möglich sein, dass irgendein Hinweis, der möglicherweise irgendwann als Beweis dient, den Stempel ‚Made in Israel' trägt, nachon? Wir haben schon genug Feinde auf der Welt." Kleine begriff. „Das Einzige, was in diesem Rahmen möglich ist, wären Hinweise, die deinen Freund, diesen Stefan Emde, dazu bringen, an den richtigen Positionen die nötigen Fragen zu stellen, um den Schwerpunkt so zu verlagern, dass irgendetwas irgendwie zum Zusammenbruch gebracht werden kann, verstehst du?" Kleine verstand. Sehr gut sogar.

Kapitel 25

Sie trafen sich in der Mittagssonne nahe des Zionstores, in dem immer noch die Einschusslöcher des Unabhängigkeitskrieges von 1948 zu sehen waren. Avi trug ein langes blaues Kleid und hatte die Haare offen, darin hineingesteckt saß die große Sonnenbrille, die sie bereits zwei Tage zuvor getragen hatte. Kleine überlegte, wie viel sie wohl wusste, wie viel sie wissen durfte. Da sie Mitglied des Ausschusses für auswärtige Angelegenheiten und Verteidigung war, vermutlich eine Menge. Doch das Gespräch, das er heute Vormittag geführt hatte, wollte er nicht aufgreifen. Er wollte sie nicht dazu nötigen, Dinge sagen zu müssen, die ihr hinterher Schwierigkeiten bereiten konnten. Sie umarmten sich, und Kleine kam es wieder vor, als dauere diese Umarmung eine wundervolle kurze Weile länger, als bei einer Begrüßung unter Freunden üblich. Er spürte ihr Haar, ihren Duft. Es kostete ihn Überwindung, nicht laut auszurufen, dass er noch ein paar Tage bleiben wolle. Sich einzugestehen, dass ihm Avis Nähe guttat. Doch was dann? Über das Thema Beziehung zu einer Frau hatte Kleine nie ernsthaft nachgedacht, hatte nie in Erwägung gezogen, zu heiraten. Die paar Beziehungen, die er hatte, lange zurückliegend in jüngeren Jahren, waren aus seiner heutigen Sicht nicht der Rede wert. Journalismus und Familienleben, das vertrug sich einfach nicht gut. Presseleute waren auch eine Sorte Freaks, jeder in der Branche konnte ein Lied davon singen. Doch hätte Paul Kleine eine Wahl gehabt und wäre ihm jemals eine Frau wie Avi begegnet – nun, er hätte es hoffentlich zur rechten Zeit erkannt und dann sofort gehandelt. Jetzt war es dafür zu spät.

Avi schien seine Gedanken mitzulesen und schwieg. Weiterhin wortlos reichte sie ihm einen Umschlag. Darin befand sich ein Zettel mit einer Ticketnummer und einer Boardingzeit. „Sie hatten eben vergessen, dir das zu geben“, sagte sie dann doch und Kleine war nun alles klar: Auch Avi war involviert. Vollkommen. Sie wusste alles von den Dingen, die er heute Morgen erfahren hatte, daran gab es für ihn überhaupt keinen Zweifel. Es kam ihm vor, als müsse er nun in ein dunkles Land zurückreisen. Ein dunkles Land mit einer ungewissen Zukunft. Sie schlenderten durch die Gassen auf den Zionsberg, auf dessen Kuppe sich die gewaltige Dormitio-Basilika erhob, die der deutsche Kaiser Wilhelm II. der Stadt Jerusalem gestiftet hatte. Ein wuchtiges Monstrum sakraler Architektur und deutschen Herrscherwillens, das nicht so recht in das Bild der heiligen Stadt passen wollte, Kirche hin oder her. Sie war einfach von überall aus zu sehen. „Sie haben übrigens ein Team in der Nähe von Hausdorf“, begann Aviva, und Kleine sah sie überrascht an. Ihr Gesicht war zu einer Maske aus Stein geworden. „Ich weiß darüber nicht sehr viel mehr und es gehört zu den Dingen, die ich dir eigentlich keinesfalls sagen darf, aber sie sind an ihm dran.“ Kleine verkniff sich jede Rückfrage. Ein Team? Was für ein Team? Welchen Auftrag und welches Ziel hatte dieses Team? Ausspionieren? Einschüchtern, wenn es nötig werden sollte? Wenn ja, wie? Oder noch mehr? War es am Ende ein Kidon-Team? Kleine stoppte seine Gedanken an dieser Stelle. Sie werden kein Killerkommando auf ein Mitglied des Bundestages angesetzt haben, oder? Yeshayahu hatte es doch selbst gesagt: *Es ist völlig unmöglich, dass wir eine Aktion steuern, die irgendetwas an diesen Dingen ändern könnte.* Aviva sprach weiter. „Du hast vor vielen Jahren manchmal ein Paket oder Päckchen von Onkel Noam bekommen, richtig?“ Kleine blieb abrupt stehen. Er wusste, was sie meinte. Doch es entsetzte ihn, dass auch sie das wusste. „Ja“, sagte er tonlos. „Ich habe alles aufgehoben.“ Aviva blickte rechts und links an ihm vorbei. „Glaubst du, es funktioniert noch alles?“ Kleine, der wusste, wo er die Gaben von ‚Onkel Noam‘ gelagert hatte, war sich dessen sicher. „Klar.“ Aviva schaute ihn ernst an. „Dann würde es mich beruhigen, wenn du diese Dinge funktionsbereit in deiner Nähe hast.“ Er verstand und blickte düster zu Boden. Diese Ansage änderte alles. Sie *hatten* ein Team in der Nähe von Hausdorf. Und was immer dieser getan hatte, sie gingen davon aus, dass die Welt ohne einen solchen Hausdorf eine bessere sein würde. Kleine musste es einfach wissen. „Was hat er getan, dass ihr ihn ganz oben auf eurer Liste habt?“ Avivas Blick rückte in unendliche Ferne. Es gab noch einen anderen Grund als den, den Kleine bereits kannte, er spürte es. Fast schien es, als sei plötzlich eine unergründliche Wand aus Kälte zwischen ihnen aufgezogen.

Die Israelin schwieg einige Augenblicke. Dann sah sie den Deutschen fest an und sagte es ihm. Kleine schluckte, um den Anflug einer aufkommenden Übelkeit zu bekämpfen. Er sah Kinder, die im Feuer um ihr Überleben kämpften. Kinder mit Schläfenlocken. In Deutschland. Und er sah die Unfähigkeit der deutschen Politik, diese Morde aufzuklären und die Schuldigen ihrer verdienten Strafe zuzuführen. Er sah den Davidstern mit der falschen Anzahl an Zacken am Stromverteilerkasten und die zahllosen Taten von Antisemitismus auf deutschen Straßen, die ungesühnt blieben. Hausdorf hatte sein Todesurteil bereits unterschrieben.

Sie gelangten auf eine große Terrasse, die einen weiten Blick nach Osten bot. Wieder glänzte die Kuppel des Felsendoms in der Nachmittagssonne. Die düsteren Gedanken lagen in den tiefen Schatten der Gassen, aus denen sie gekommen waren. „Es war gut, dass du wieder hier warst“, sagte Aviva. „Ich möchte nicht, dass der Kontakt zwischen uns abreißt, auch wenn die Begleitumstände, unter denen wir uns nun wiedergesehen haben, keine guten sind.“ Kleine nickte. „Vielleicht sehen wir uns in besseren Zeiten wieder?“ Er sah in die Ferne. Auch von hier konnte man weit ins Jordantal blicken, über das sich der auch an sonnigen Tagen stets leicht staubverhangene Wüstenhimmel spannte. Ein leichter Wind rauschte durch hochgewachsene, schlanke Zypressen. Er musste an Emde denken. An dessen Frau und die Kinder. Für einen kurzen Augenblick erlaubte er sich den Gedanken daran, wie das aussehen würde. Sein Freund Emde mit Frau und Kindern auf Kulturreise durch Eretz Israel. Familie Emde im prallen Leben der Gassen unten in der Altstadt, umgeben von den Gerüchen der vielen orientalischen Gewürze und Kebabspieße – und von Dingen, von denen Emdes Frau Susanne sicher gar nicht so genau wissen wollte, was das eigentlich war. Dann war es für ihn klar. Sein Zuhause war nicht hier. Israel bot ihm einen sicheren Hafen, wenn es nötig war. Er liebte dieses Land. Und damit verbunden für ihn war: Er liebte auch Avi. Doch heimisch? Heimisch war er in den Jahren am Diemelsee geworden. Und selbst, wenn Grimmelmann mal wieder des Wegs kam, würde er mit ihm ein Bier auf der Bank trinken, er sehnte sich danach. Oder einen Glühwein im

Winter, wenn die kalte Jahreszeit kam. Er dachte an das wohlige Gefühl, nach einer Wanderung im Schnee in seine gewärmte Hütte zu kommen, in seinem Ofen ein Feuer zu entfachen und sich dazu einen Whisky einzuschenken. Winter in Israel waren einfach nur nass, windig und kalt. „Avi?" Sie sah ihn an. „Avi, ich mag dich sehr. Schon seit wir uns kennengelernt haben. Ich weiß nicht, wie ich das anders ausdrücken kann. Ich will es auch nicht anders ausdrücken, um nichts Falsches zu sagen, dazu kann ich deine Sprache nicht gut genug." Sie wartete ab. Ihre unergründlichen Augen verrieten nichts von dem, was sie gerade denken mochte. Kleine musste an Yossi denken, an die Fotos an der Wand. An die gesamte Geschichte der Familie, von der auch er ein kleiner Bestandteil war. „Ich mag auch Yossi. Wie einen guten Freund. Fast wie einen liebgewonnenen Cousin." Er suchte weiter nach den richtigen Worten. „Es ist so eine Art gut gewachsene Freundschaft mit euch beiden. Und ich wollte, ich könnte jetzt noch etwas hierbleiben. Das hat vor allem mit dir zu tun. Dass wir uns hier sehen, tut mir einfach gut." Kleine dachte nach. Wog ab, was er nun sagen wollte. Er dachte an ‚You go to my Head', einen alten Song der viel zu früh verstorbenen Jazzdiva Billie Holiday: *You go to my head with a smile that makes my temperature rise, like a summer with a thousand Julys, you intoxicate my soul with your eyes.* Dieser alte Song traf es einfach, genau so fühlte er sich jetzt. Kleine machte eine Pause, atmete durch, sprach dann weiter. „Heute Morgen hat Yeshayahu – heißt er wirklich so?" Avi nickte bestätigend. „Yeshayahu hat gesagt, Freundschaften gibt es zwischen Staaten nur auf dem Papier – in Wirklichkeit sind es Interessengemeinschaften. Er hat recht, genauso ist es. Aber was Freundschaft ist, das spüre ich mit dir. Hier und jetzt. Freundschaft, die einen wärmt. Die einem Mut macht." Er sah, wie die Sonne in ihren rotbraunen Locken spielte, hätte diesem Funkeln am liebsten einfach nur weiter zugesehen. Stunde um Stunde. „Aber ich muss los, muss nach Hause." Er hielt einen weiteren Moment inne. „Also. Wie sagt man bei euch? Lehitraot? Wäre das jetzt angebracht?" Aviva lächelte. Als sie sprach, erklang ihre Stimme in Deutsch. Fehlerfrei und ohne jeden Akzent. Die veränderte Stimmlage machte sie fast zu einem anderen Menschen. „Das weißt du doch, Paul Kleine. Lehitraot heißt: Bis wir uns beim nächsten Mal wiedersehen. Wir sagen das, wenn wir hoffen, dass es bis dahin nicht allzu lange dauert. Und ja: Wir sind Freunde. Wir sind Familie. Und du weißt, was das heißt. Wir Israelis sind Familienmenschen durch und durch."

Ihr Kuss zum Abschied, ihr Lächeln und die tausend Lächeln, die sie ihm in den wenigen Stunden ihres Zusammenseins geschenkt hatte, begleiteten Kleine bis zum Flughafen Ben Gurion. Als sich die Boeing 737 der El-Al in den goldenen Nachmittagshimmel über Tel Aviv erhob und schließlich über dem blauen Mittelmeer immer höher stieg, wusste er: Dieses Lächeln würde er noch viele, viele Jahre im Herzen bei sich tragen.

Kapitel 26

Emde rannte zum Telefon. Kaum dass Susannes Ruf „Sheriff, hier ist dein Kumpel. Er ist gerade am Flughafen in Frankfurt angekommen“ verklungen war, riss der Ermittler ihr den Hörer aus der Hand. „Paul …?“ Er hörte im Hintergrund ein Rauschen, einen Durchsagegong und eine entfernte weibliche Stimme in englischer Sprache. Dann Kleines Stimme direkt am Hörer. Und er hörte einen leichten Spott. „Stefan Emde, hast du mich etwa vermisst?“ Emde stand im Flur und spürte eine Woge der Erleichterung. Kleine war okay. Außerdem hatte er seinen Humor nicht verloren. „Ey, Alter“, Emde schluckte. „Gut, dass du wieder da bist. Wo immer du warst, sieh zu, dass du schnell herkommst. Am besten noch heute Abend.“

Im Ankunftsbereich von Terminal 1, die Reisetasche zu seinen Füßen und etwas abseits der Massen an Wartenden und Ankommenden, stand Kleine und stutzte. Irgendetwas war in seiner Abwesenheit passiert. Etwas, das Emde näher ging, als es Ermittlungen eigentlich sollten. Sie kannten sich zu lange, als dass ihm das verborgen geblieben wäre. „Okay“, sagte Kleine. Und dann nochmals. „Okay.“ Er sah zu einer Gruppe Frauen hinüber, die gerade offenbar aus Vietnam gekommen war. Die Damen im fortgeschrittenen Alter waren vermutlich ein Kreis Freundinnen oder ein Kegelverein und wurden von ihren Männern abgeholt, die wie eine Reihe Zinnsoldaten artig aufgereiht Spalier standen und Herzchenballons in der Hand hielten. Die Frauen hatten sich in Ao Dais, traditionelle vietnamesische Seidengewänder gekleidet, die, so vermutete Kleine, angesichts der nicht mehr ganz schlanken Figuren auf dem langen Flug furchtbar eng gewesen sein mussten. „Hör zu. Ich sehe zu, dass ich so schnell wie möglich hier wegkomme. Sobald ich abschätzen kann, wann ich in Wirmighausen bin, melde ich mich.“ Emde am anderen Ende der Leitung nickte.

Die weitgereisten Freundinnen rückten mit ihren staunenden Männern schnatternd ab. Kleine erinnerte sich, dass in der Airport-Mall des Terminals 1 eine ganze Reihe Autovermieter Niederlassungen hatte, die auch jetzt am Abend noch besetzt waren. Sein ursprünglicher Plan war eigentlich, in aller Ruhe an den Diemelsee zurückzukehren. Per Bahn noch am gleichen Abend oder, wenn das nicht möglich sein sollte, nach einer Übernachtung in einem der Airport-Hotels. Das konnte er vergessen, es sollte nicht sein. Er nahm seine Reisetasche auf.

Eine knappe halbe Stunde später befand er sich auf der A5. Er hatte kurzerhand über ein After-Work-Special eines Autovermieters einen Audi Q5 mit über 250 PS und Rückgabemöglichkeit am Flughafen Paderborn gemietet. Tja, Emde würde ihn dorthin fahren müssen. Der junge Mann mit dem akkurat geschnittenen Bart hatte ihn etwas verunsichert gefragt, ob er denn schon Fahrerfahrung mit einem Auto dieser Bauart habe. Aber Kleine hatte kurzerhand und mit einem Ton, der keinen Widerspruch zuließ, zurückgefragt, ob das denn bei ihm, dem Angestellten, der Fall sei.

Er war normalerweise kein Raser. Auch jetzt nicht. Aber Rasen und schnelles Fahren unter Rücksichtnahme auf die anderen Verkehrsteilnehmer waren für ihn zweierlei, und so flog der schnittige Wagen unter den blauen Schilderbrücken der Autobahn hindurch in Richtung Norden. Kleine wusste, es war Eile geboten. Das hatte Emde zwar nicht gesagt, aber es war seinen Worten deutlich anzuhören gewesen. Das Radio des Sportwagens war DAB-tauglich. Kleine suchte sich einen Smoothjazz-Kanal raus. Zum Klang der weichen Stimme von Bebel Gilberto gestattete er es sich, trotz des konzentrierten Fahrens, an Avi zu denken. Die Begegnung am frühen Nachmittag erschien ihm inzwischen wie aus einer anderen Welt. Das Navi kündigte seine Ankunft am Diemelsee in einer Stunde und 35 Minuten an.

In seiner Hütte angekommen musste Kleine erst mal das Fenster öffnen. Ein typischer Begleitgeruch alter Holzhäuser empfing ihn, der vielen, die das Wohnen in Holzhütten romantisch verklärten, bestimmt nicht bekannt war. Wenn man erst mal zwei, drei Tage nicht gelüftet hatte, roch die abgestandene Luft in Holzhäusern scharf nach trockenem Zunder. Wahrscheinlich würde es auch genau so brennen, wenn man nicht aufpasste. Emde saß nur kurze Zeit später auf dem Sofa im Wohnzimmer und betrachtete wie hypnotisiert das Foto, das er auf den Tisch vor sich gelegt hatte. Kleine hatte nur einen kurzen Blick darauf geworfen und war erstarrt. Nun öffnete er die Fenster in

Küche, Wohn- und Schlafzimmer und ließ die kühle Nachtluft ein. Inzwischen ging es auf Mitternacht zu. „Wo zum Teufel bist du gewesen?", hatte sein Freund ihn bei der Begrüßung gefragt, doch Kleine sah keinen Grund, den Ermittler sofort aufzuklären. Wenn ein Polizist wusste, was er in seiner Abwesenheit in Erfahrung gebracht hatte, konnte es eine erhebliche, rechtlich vollkommen andere Relevanz bekommen, als wenn er es zunächst für sich behielt. „Auf Recherche im Ausland", hatte er nüchtern erklärt, in der Hoffnung, dass Emde keine weiteren Fragen stellte. Tatsächlich schien die Antwort für den Augenblick zu genügen. Nun stellte Kleine zwei Gläser auf den Tisch und goss in jedes anderthalb Finger hoch Glenmorangie. Emde hatte zwar den Kopf geschüttelt, aber *verdammt,* es gab Augenblicke, da sorgte ein guter Schuss Alkohol für einen klareren Verstand, als kein Alkohol. Kleine nahm nochmals das Foto auf. „Hast du dich mal an der Stelle umgeschaut, von der aus das Foto gemacht worden sein könnte?" Emde nickte. Eine Abordnung der Spurensicherung hatte sich inzwischen in dem Wäldchen über dem Rickelscheid, der Neubausiedlung, in der das Haus der Emdes lag, umgesehen. Sie waren nach einer halben Stunde erfolglos abgerückt. Es war ja noch nicht mal klar, aus welcher Distanz das Foto aufgenommen worden war. Der Polizist hatte es auch seiner Frau erzählen müssen. Die traute sich seitdem nicht mehr aus dem Haus. Die beiden Jungen würde Susanne für den morgigen Montag in der Schule telefonisch krankmelden. Kleine atmete durch. Für ihn war es nur schwer zu begreifen und bestätigte die schlimmsten Befürchtungen, mit denen er aus Israel wiedergekommen war.

Emde nahm einen Schluck Whisky, der seine Ablehnung zuvor absurd erscheinen ließ und berichtete über die Dinge, die sich seit Kleines Abreise ereignet hatten. Staunend lauschte der Journalist den Erzählungen über den Versuch, Bergmann in Bad Arolsen zu einer Aussage zu bewegen, den Ermittlungen zur Eigentümerschaft des von Bergmann und seiner Frau bewohnten Hauses, dem Gespräch mit der mysteriösen Haushälterin Marlene und ihrer überstürzten Flucht. „Flucht?", hatte Kleine eingeworfen. „Hattest du das Gefühl, es ist eine Flucht?" Emde nickte. „Die Frau hatte richtig Angst. Definitiv." Kleine blickte in sein Whiskyglas. Obwohl die Heizung hochgefahren war und er in dem kleinen Werkstattofen, der wie ein gusseiserner Wächter in einer Ecke des Wohnzimmers stand, ein Feuer entzündet und die Klappe geöffnet hatte, fröstelte ihn. „Was ist mit der Witwe?“ Emde zuckte unmotiviert mit den Schultern. „Ich würde sie am liebsten mal richtig in die Zange nehmen und sie zum Abgang ihrer Mitarbeiterin befragen. Aber das geht nicht. Die Staatsanwaltschaft schiebt da einen Riegel vor.“ Emde hielt sein Glas in der Hand, als wolle er sich daran erwärmen. „Und außerdem ... ich weiß ja gar nicht, wo sich diese Marlene jetzt gerade befindet. Neuseeland? Australien? Stiefschwester in Übersee, so ein Quatsch, vielleicht wohnt sie direkt um die Ecke in Vasbeck.“ Kleine musste lächeln. Von den Äußerlichkeiten der Frau, die Emde ihm geschildert hatte, zu schließen wohl eher nicht. Emde stellte das Glas auf den Tisch. „Die Staatsanwaltschaft hat mir auch unmissverständlich geraten, zunächst in andere Richtungen zu ermitteln und Constanze Lieberknecht aus dem Fokus zu nehmen. Der Frau sei doch nichts vorzuwerfen. Sie könne doch über die Konten, deren Inhaberin sie gemeinsam mit ihrem Mann ist, verfügen, wie sie wolle. Übermorgen wird außerdem ihr Mann beigesetzt. Die wollen in Kassel nicht, dass die Frau sich am Ende wegen Erschöpfung in eine Klinik einliefern lässt und dann behauptet, wir hätten sie mit unseren rücksichtslosen Ermittlungen so weit getrieben.“ Kleine schüttelte fassungslos den Kopf.

Sie konnten an diesem Abend nichts mehr tun, das war ihnen von Anfang an klar gewesen. Zumindest glaubte Hauptkommissar Emde das. Und Kleine konnte es ihm glaubhaft versichern. Am nächsten Morgen sollten weitere Ergebnisse der Steuerfahndung vorliegen. Sicherlich würde das ihre Ermittlungen weiter voranbringen. Emde verabschiedete sich von Kleine. Bevor er die Tür der Hütte öffnete, drehte er sich um. Sein Blick zeigte große Unsicherheit. „Meinst du, ich muss mir jetzt Gedanken machen, wenn ich aus einem Haus ins Freie trete? In Filmen ist das so ...“ Kleine fuhr dazwischen. „So ein Quatsch, das ist Hollywooddrama!“ Er ging an ihm vorbei, öffnete die Tür und trat hinaus in Licht der Eingangsbeleuchtung. Nichts passierte. Was auch? Kleine breitete die Arme aus und drehte sich im

Kreis. „Siehst du? Alles okay. Geh ruhig nach Hause. Egal, wie viel Geld die haben, die könnten es sich gar nicht erlauben, so einen Profi als Vollzeitbespaßer in deiner Nähe zu lassen." Beim Anblick von Emdes entsetztem Gesicht bereute Kleine sofort, sich über dessen Sorgen lustig gemacht zu haben. Doch dann trat auch der Ermittler ins Freie. Sie verabschiedeten sich und Emde verschwand in der Nacht.

Kleine stand vor der Tür und wartete, bis die Schritte in der Dunkelheit verklungen waren. Er dachte an das Gespräch. Dachte daran, wie Emde ihm auch geschildert hatte, dass Jörg Hausdorf der Mitbesitzer des Hauses war, in dem Bergmann wohnte. Hausdorf! *Sie haben übrigens ein Team in der Nähe von Hausdorf.* Er musste sich auf den Weg machen. Kleine griff nach einer schweren Wachsjacke, einer starken Taschenlampe, einem Stück Industriedecke und einem Klappspaten.

Zu Beginn der 1960er Jahre hatte sich ein schweres Unglück in dem kleinen Dorf Wirmighausen ereignet. In jenen Jahren wurde das Osterfeuer, das heute stets in der Nacht von Ostersonntag auf Ostermontag auf dem Lenkenberg abgebrannt wird, auf dem Güremberg errichtet. Heute wie damals war es Tradition, dass die einzelnen Dörfer bei der Errichtung und dem Abbrennen ihrer Osterfeuer im Wettstreit untereinander standen. Das Feuer musste immer größer und schöner sein, als im Nachbardorf. Und es musste länger brennen. Und manchmal wird der Truppe aus dem Nachbarort auch ein Strich durch die Rechnung gemacht. Doch erreichen die Späße heute nie mehr als das Niveau von leicht alkoholisierten Lausejungen, denn das Unglück von damals spukte immer noch in den Köpfen der Leute. Damals war es noch üblich, dass die Jungen aus dem Dorf, die den Holzstoß gleich einem großen Zelt aus Baumstämmen, trockenem Tannengrün und Stroh errichtet hatten, in der letzten Nacht darin auch übernachteten. In der Unglücksnacht schlichen sich Fremde an den Holzstoß der Wirmighäuser heran und setzten ihn in Brand. Wer genau es war, blieb bis in die Gegenwart ungeklärt. Zwar schien es zunächst, als wären alle Jugendlichen aus den Flammen entkommen. Doch am darauffolgenden Morgen wurde ein Junge immer noch vermisst. Der Großvater fand schließlich die sterblichen Überreste, die er an der Armbanduhr identifizieren konnte, die er dem Jungen zuvor geschenkt hatte.

Seit diesen fernen Jahren befand sich auf dem Rücken des Berges genau an dieser Stelle eine kleine Gedenkplatte mit einem kleinen Garten. Schon als Junge hatte Kleine ehrfürchtig davorgestanden. Sein Vater hatte ihm diese Geschichte erzählt, als es darum ging, dass der kleine Paul den Umgang mit offenem Feuer lernen und Respekt vor der Gefahr bekommen sollte. Im Laufe der vielen Jahre, die seitdem vergangen waren, schienen auch die Familienmitglieder des damals verbrannten Jungen verstorben zu sein, denn Kleine hatte vor vielen Jahren schon festgestellt, dass die Gedenktafel nicht mehr von Moos gereinigt und der kleine Garten nicht mehr gepflegt wurde.

Fast glaubte er, schon einen Anflug von Morgenluft zu spüren, als er eine knappe Dreiviertelstunde, nachdem er sich von Emde verabschiedet hatte, auf dem höchsten Punkt des Gürembergs angekommen war. Hinter der Gedenkstätte, genau am rechten Zaunpfosten, kniete er sich ins feuchte Gras und entfaltete die Decke. Mit einem schnellen Blick ins Tal versicherte er sich, dass der Lichtschein seiner Lampe von dort unten nicht gesehen werden konnte. Die Lichter von Adorf waren zwar nach Nordwesten hin zu sehen, aber von dort würde sein Licht jedenfalls unmöglich zu erkennen sein. Kleine machte sich an die Arbeit.

Kurze Zeit später hielt er in seinen Händen, weswegen er sich noch in dieser Nacht auf den Weg hierher machen musste. Die Geschichte, so wie sie sich entwickelte, duldete keinen Aufschub. Es war ein witterungsbeständiges Kästchen aus Kunststoff mit vier festen Verschlüssen. Kleine öffnete das Kästchen und breitete den Inhalt auf der Decke aus. Er nickte zufrieden vor sich hin. Es schien alles in Ordnung. Auch in den drei Jahren, seit er zum letzten Mal hier oben war, hatte die Feuchtigkeit des Erdreichs dem Inhalt des Kästchens nicht zusetzen können. Und es hatte offenbar auch kein Neugieriger ausgegraben und geplündert, denn die Einzelteile lagen noch exakt in der Anordnung beieinander, in der Kleine sie damals eingegraben hatte. Er befreite die Metallteile von der Ölfolie, in der sie ihn erreicht hatten. Eine Lieferung von Onkel Noam! Als er erstmals gesehen hatte, was sie ihm da schickten, hatte er ernsthaft gedacht, seine Freunde hätten den Verstand verloren. Auch jetzt musste er mit dem Kopf schütteln. Dann kamen weitere Päckchen. Stets in Berlin aufgegeben, doch Kleine war sich sicher: Dorthin gelangt waren sie jeweils per Diplomatenpost aus Tel Aviv. Er prüfte die Metallteile, die kalt in seiner Hand lagen. Dann fügte er sie zusammen. Es klickte, als sich Federn dehnten und Zähne ineinanderschnappten. Kleine legte den fertigen Gegenstand vorsichtig auf die Decke. Er hatte knapp 25 Sekunden für den Zusammenbau gebraucht, aber er war auch nicht im Training. Als sie es ihm beigebracht hatten, damals auf der Schießbahn in Hatzerim, hatte es am Ende in elf Sekunden geklappt – mit verbundenen Augen, wenn alle Teile vor ihm bereitlagen. Kleine sah sich die anderen Dinge an, die das Kästchen enthalten hatte. Ein Bündel mit Geldscheinen, von dem er wusste, aber nie nachgezählt hatte: 5.000 Dollar und 2.500 Euro in benutzten Scheinen, wahllos quer in Europa und den USA zusammengetauscht und daher durch die Nummern kaum nachverfolgbar. Und ein Ausweisdokument. Ein Pass in dunkelblau mit einem Wappen, das einen siebenarmigen Leuchter ohne Kerzen umrankt von Olivenzweigen zeigte. Kleine ließ das Dokument geschlossen. Er kannte den Namen, der darinstand und die gesamte dazugehörige Biografie. Er stellte nochmals sicher, dass er von unten aus dem Dorf nicht zu sehen war. Er schaltete die Lampe aus und dachte in der Dunkelheit des anbrechenden neuen Tages nach. Paul Kleine erinnerte sich an seine Eltern, deren Lebenszeit viel zu früh und nun schon bereits lange abgelaufen war. Er erinnerte sich an die bedingungslose Liebe, mit der sie ihn, den einzigen Sohn, großgezogen hatten. Erinnerte sich, wie es in früheren Jahren oft vorkam, dass man lange Militärkolonnen auf den Autobahnen in Deutschland beobachten konnte, in der Zeit des Kalten Krieges und der Nato-Manöver. Seine Eltern waren Anhänger der Westanbindung Deutschlands gewesen. Für sie war Demokratie in Freiheit etwas, für das man jeden Tag dankbar sein und eintreten musste. Beide hatten den Krieg erlebt, seine Mutter als Mädchen im Ruhrgebiet sogar Luftangriffe überlebt. Not und Entbehrungen waren ihnen nicht fremd. „Wink denen ruhig zu, das sind unsere Freunde“, hatte seine Mutter gesagt, wenn er als kleiner Junge staunend auf die gewaltigen Fahrzeuge des Militärs geschaut hatte. Manchmal sah er auch Panzer auf Tiefladern. „Warum?“, hatte er gefragt. „Weil die uns beschützen“, hatte seine Mutter schlicht geantwortet. Und Paul Kleine hatte gewunken, er hatte es nie in Frage gestellt. Die Soldaten in den Fahrzeugen hatten zurück gewunken. Sie waren seine Beschützer, klar doch.

Seitdem hatte Kleine ein positives Verhältnis zu Uniformen. Obwohl er während seiner Karriere als Journalist in vielen Ländern war, in denen Männern in Uniformen auf gar keinen Fall über den Weg zu trauen war. Länder, in denen die Polizei korrupt war und das Militär regelmäßig putschte. Und je mehr Gold auf den Schulterklappen war, umso weniger Gutes verhieß es oft. In Deutschland dagegen waren die Menschen, die in Uniformen steckten, Vertrauenspersonen. Man konnte sie um Rat fragen oder um Hilfe bitten. Kleine war ein Anhänger des vertrauensseligen Spruchs, dass die Polizei ein Freund und Helfer war. Später war er als überzeugter Bekenner zu Demokratie und Freiheit ins Studium gegangen. Er hatte genug andere Seiten gesehen. In seinem Deutschland, das er liebte, sollte es niemals wieder so sein, wie seine Eltern es zu ihren Kindheitstagen kennenlernen mussten. Dass der Vater seines Vaters verschleppt wurde und eine Mutter mit den Kindern vor Luftangriffen auf das Ruhrgebiet Schutz in Bunkern suchen musste. Dass ein falsches Wort, ein Witz oder ein Gelächter schlimme Folgen haben konnte. Vielleicht sogar tödliche. Seine Eltern hatten es in ihren Kindheitstagen erlebt. Seine Mutter, Kleine konnte sich daran gut erinnern, wurde noch im Alter steif vor Angst, wenn irgendwo in der Nähe Sirenen aufheulten. Und sei es nur zum Probealarm. Stefan Emde wurde bedroht. Das sollte das Foto, das er zugesandt bekommen hatte, unmissverständlich ausdrücken. Der Blick durch das Objektiv der Kamera hätte genauso gut durch ein Zielfernrohr fallen können. Die Botschaft war angekommen. Die ganze Demokratie seines Landes wurde bedroht. *Es würde mich beruhigen, wenn du diese Dinge funktionsbereit in deiner Nähe hast.* Kleine hörte Avis Stimme, als würde sie neben ihm stehen. Er faltete die Industriedecke vorsichtig ineinander, so dass sie eine Tragemöglichkeit ergab und legte den schweren Gegenstand darauf. Dann schaltete er die Lampe ein und schaufelte die kleine Grube wieder zu. Die Grassoden, die er vorher sorgfältig ausgestochen hatte, ließen das Erdreich so aussehen, als sei es unberührt. Dann nahm er das Bündel wieder auf und verteilte es in den Taschen seiner Jacke. Auch das schwere Metallteil. ‚Onkel Noam' hatte Kleine neben Geld und Ausweis eine halbautomatische Neunmillimeter Jericho mit vier Munitionsmagazinen geschickt.

Kapitel 27

Die regionalen Tageszeitungen machten mit der Durchsuchung bei Prospersoil auf. ‚Was gibt es hier zu verbergen?' titelte eine Zeitung und zeigte großformatig ein Foto der Niederlassung in Kassel. Eine für ihre reiche Bebilderung bekannte Konkurrenz schlug eine gedankliche Brücke zwischen dem Aufgabenfeld von Prospersoil und der Steuerfahndung und überschrieb den Aufmacher mit ‚Auf der Suche nach verborgenen Schätzen'. Auch in der Süddeutschen gab es einen Bericht, doch die bundesweit erscheinende Tageszeitung beließ es bei einem Einspalter im Wirtschaftsteil. Nirgendwo gab es einen konkreten Zusammenhang mit dem Mordanschlag, stellte Emde erfreut bei seinem Durchblick durch die Presseschau fest, die ihm der Sprecher der Staatsanwaltschaft zugesandt hatte. Zwar wurde die Tat mit ein oder zwei Sätzen kurz ins Spiel gebracht, doch es blieb bei der Erinnerung, der Gedanke wurde nicht weiterverfolgt. Auch die Gesichter der Steuerfahnder waren verpixelt. Kleines Kollegen von der Presse legten offenbar Wert auf eine gute weitere Zusammenarbeit mit der Staatsmacht. „Für uns ein sehr gutes Zeichen", versicherte ihm der Pressesprecher der Staatsanwaltschaft am Telefon. Emde goss sich eine Tasse Kaffee ein. Er war froh, dass Kleine wieder in der Nähe war. Das Gespräch gestern hatte ihm gutgetan.

Sie trafen sich im Café Einstein, Unter den Linden. Früher hatte es mal geheißen, mit etwas Glück hätte man hier auch die Kanzlerin oder den damaligen Außenminister Guido Westerwelle beim Sachertortengenuss beobachten können. Doch selbst wenn dem jemals so gewesen war: Die Scharen von Touristen, die daraufhin das für Berliner Verhältnisse überschaubare Café stürmten, verbunden mit der Sucht, jeden vermeintlich flüchtigen Moment auf Foto zu bannen und an die eigene Community zu versenden, hatten der Einkehr von Politstars ganz bestimmt ein Ende gesetzt. Zu dieser Gruppe zählte der Mittfünfziger an einem der hinteren am Fenster gelegenen Tische nach eigenem Bekunden ganz gewiss nicht. Er hatte Karriere gemacht, das war sicher. Aber er hatte sich auch von

Anfang an mit Interviews zurückgehalten. Selbst, wenn die Redaktionen ihn um Statements anbettelten. Er war durch die Schule seiner Partei gegangen und wusste ganz genau: Was andere Politiker auf dem höheren Parkett auf den Tod nicht ausstehen konnten, waren Ratschläge von sogenannten Parteifreunden. Es gab nur einen dieser Sorte, von dem er gerne einen Hinweis entgegennahm. Und einen weiteren, dem er regelmäßig mit Ratschlägen im besten Sinne von Schlägen den richtigen Weg weisen musste. Genau der trat gerade durch die Tür, schaute sich suchend um, während er seinen dunklen Mantel abnahm. Ihm folgte auf dem Fuße seine Assistentin. Oder Mitarbeiterin. Oder Gespielin. Der Wartende wusste es nicht genau. Was er wusste, war, dass die junge Frau mit dem kastanienbraunen langen Haar und den oftmals unverschämt kurzen Röcken das Tagesgespräch auf den Fluren der Macht war. Hinter vorgehaltener Hand, verstohlen und nur unter einer bestimmten Sorte Männern natürlich. Er kannte sogar ihren Namen. Yessica, von so manchem hatte er den Namen mit einer Mischung aus Ehrfurcht und Gier raunen hören, es war so ekelhaft. Nun, die Gute schien auch die Hormone ihres Vorgesetzten in den letzten Tagen ganz schön durcheinander gebracht zu haben. Zum großen Bedauern des Wartenden schauten die beiden nun am Eingang auf ihre Smartphones. Der Mann legte seinen Mantel über den Unterarm und gab ihr offenbar ein paar kurze Weisungen. Denn die junge Frau wandte sich wieder der Tür zu und verließ das Café, während sich ihr Chef dem Tisch näherte, an dem er den Wartenden bereits erspäht hatte. Der Ältere versuchte, durch die Fenster noch einen Blick auf die davoneilende Yessica zu erhaschen, doch stattdessen blieb sein Blick an dem monströsen Dingo in Tarnfarben hängen, der draußen Position bezogen hatte. Der MG-Schütze mit Sturmhaube oben in der Dachluke hatte den Lauf seiner Waffe lässig in Richtung Brandenburger Tor ausgerichtet. Die Geschosse konnten im Falle eines Schießbefehls locker durch das Brandenburger Tor hindurch bis zur Siegessäule fliegen, alles vernichten, was im Weg stand und sogar die Goldelse treffen. Es war ihr Beschluss, der die Soldaten unter anderem dort draußen hatte Stellung beziehen lassen. Ihn schauderte. Der Ankömmling hatte inzwischen seinen Tisch erreicht. „Wie ist die Sachertorte heute?“, begrüßte er den Wartenden. Der nickte wohlwollend. Er hatte das bestellte Stück, das bereits vor ihm stand, noch nicht angerührt. Aber es sah ganz gut aus. Die beiden führten etwas Smalltalk, bevor der Wartende zur Sache kam. „Prospersoil“, sagte er schlicht, und das Wort reichte bereits aus, um bei dem Neuankömmling ein Zucken hervorzurufen. Der sah sich kurz um, doch der Lärm der vielen Touristen schien ihn zu beruhigen. „Prospersoil“, wiederholte sein Gegenüber erneut etwas leiser. „Was kann da schiefgehen?“ Der Gefragte ließ sich mit der Antwort etwas Zeit, denn er hatte bereits einen Kellner erspäht, der sich näherte, um die Bestellung aufzunehmen. „Das wissen wir nicht so genau“, sagte er, nachdem der Kellner einen Espresso eingetippt und sich wieder entfernt hatte. „Wir...“, setzte er an, doch am nächsten Vierertisch brach eine Gruppe Touristen in Gelächter aus. Er wartete ab und drehte sich kurz um. Eine Familie offenbar. Ein älterer Herr und eine Dame mit violett angehauchten Haaren, eine junge Frau und ein junger Mann. Auch die waren anscheinend ein Paar. Der junge Mann war vielleicht der Schwiegersohn des älteren Paares, er hatte dunkle Augen und schwarze Haare. Alle vier schauten sich offenbar Fotos an, die sie auf ihrer Tour geknipst hatten – und hatten einen Riesenspaß dabei. „Wir müssen abwarten, bis wir etwas über unsere Kanäle erfahren. Im schlimmsten Fall kappen wir alle Verbindungen. Nachweisen kann man uns nichts.“ Der andere stieß mit der Gabel in das Stück Torte. Die Antwort stellte ihn sichtbar nicht zufrieden. „Und was dann?“, fragte er. „Wie? Was dann?“, entgegnete der andere. Der Ältere wiederholte seine Frage ungerührt. „Sie haben mich schon verstanden. Wie läuft es dann weiter?“ Der Gefragte schüttelte verständnislos mit dem Kopf. „Dann muss unsere Sache eben eine Zeit lang ohne die entsprechende Werbekampagne auskommen, in drei Teufels Namen! Wir sind doch hier nicht ...“ Doch er wurde wieder unterbrochen. Der Alte von der Nachbargruppe war an ihren Tisch getreten und schaute sie mit fragendem Blick an. In der Hand hielt er ein Smartphone. Sein Akzent war knüppelhart. „Sorry, you can make photo, please?“ Der Mann mit der Sachertorte ließ ein Lächeln sehen, soweit das mit dem Rest Torte im Mund möglich war und wies genüsslich mit der Gabel auf den Neuankömmling. Freundlichkeit ist eine Politikertugend! So etwas muss man in seiner DNA verankert haben, wenn man erfolgreich sein will! Der versuchte, seinen sauertöpfischen Blick in ein Lächeln umzuwandeln. Es gelang ihm nur unzureichend. „Okay, okay." Der Alte strahlte und wies ihm eine Stelle kurz vor dem Tisch zu. Die drei anderen Familienmitglieder setzten sich bereits in Position und lächelten breit. „Just push button ...", dozierte der Alte und wies auf den weißen Knopf auf dem Display. „Okay", sagte der Mann nochmals, wartete, bis sich auch der Alte zu seiner Familie gesetzt hatte, und drückte dann den Knopf. Das Bild der Familie im Display fror sich für einige Augenblicke fest. Sein Job war gemacht. Er gab dem Alten, der sich stürmisch bedankte, sein Smartphone wieder zurück und setzte sich, die anderen Gäste nicht weiter beachtend, wieder an den Tisch – er hasste so etwas. „Wir sind doch hier nicht auf Propagandawerbetour", griff er seinen angefangenen Satz wieder auf. „Entweder läuft das Ding irgendwann von alleine oder wir sind eben noch nicht bereit für die Revolution." Er bildete mit der rechten Hand eine Faust wie Rudi Dutschke am Grab von Holger Meins. „Nacharbeiten müssen wir auf jeden Fall bei dem Thema Angst vor Überfremdung. Das verspricht am meisten Zustimmung. Insgeheim freut sich das Prekariat doch, wenn irgendwo etwas in Stücke geschlagen wird und sie das am liebsten selbst gemacht hätten." Der andere legte seine Gabel auf den Teller und schüttelte ganz bedächtig den Kopf. „Das mag ja angehen. Letztendlich bestimmen Sie dieses widerliche Themensetting. Aber es darf dabei nicht wieder zu Toten kommen. Diese Sache mit der jüdischen Einrichtung war einfach Scheiße, selbst wenn man es erfolgreich radikalen Islamisten in die Schuhe schieben konnte – Parlamentarischer Untersuchungsausschuss hin oder her, die entsprechenden Dokumentationen waren ja dankenswerterweise ..." Er suchte nach dem passenden Begriff. „... verlegt worden. Nicht?" Der Jüngere am Tisch wartete ab, doch die Ansage schien beendet zu sein. „Seien Sie vorsichtig mit Ihren Äußerungen", zischte er mit einem bösartig warnenden Ton. „Was mich an der Sache stört, ist, dass ihr Typen schon von einer Revolution sprecht", fuhr der Ältere ungerührt fort. „Was ist mit dem Ermittler, der die Durchsuchung bei Prospersoil angeleiert hat? Was ist mit diesem anderen Typen, den Sie für diverse, nun ja, nennen wir es mal Theatersketche benötigt haben? Wie lange denken Sie, kann das gutgehen, ohne dass es auffliegt? Na?" Der Mann, der gerade noch das Foto gemacht hatte, sah entsetzt über den Tisch. Schlagartig wurde ihm klar, dass der Mann, mit dem er sich getroffen hatte, über noch mehr als die ihm bekannten Quellen verfügen musste. Er sah, dass er sich nun auf ganz dünnem Eis bewegte. „Es macht wohl keinen Sinn, wenn ich frage, woher Sie das alles wissen?" Der andere schüttelte mit dem Kopf. „Nein. Macht es nicht. Das geht Sie nichts an." Nun gut, du Arschloch. Dann jage ich dir mal einen gehörigen Schrecken ein. „Wir kommen wohl nicht darum herum, das Problem auf eine robuste Methode zu lösen." Sein Blick hatte etwas Provozierendes. Robuste Methode, verstehst du? Doch der andere blieb ruhig. „Ich nehme an, Sie verfügen über die entsprechenden Kontakte zu Kreisen, die sich der Sache annehmen?" Der Gefragte wusste, worauf der Ältere anspielte. Für seinen Geschmack wussten einfach zu viele, dass er in Zeiten seines Studiums und auch später Kontakte zu Organisationen gepflegt hatte, die eine Meinungsverschiedenheit auch mal mit einem Stoß in den Rücken zu beenden pflegten. Oder mehr. Er war froh, dass es der breiten Öffentlichkeit bislang verborgen geblieben war – und der Presse. Entsprechende Drohungen hatten das Übrige dazu getan. Drohungen, bei denen ihm manchmal dieser widerliche Nazianwalt aus Frankfurt behilflich gewesen war und die ziemlich fruchteten. Trotzdem ekelte es ihn oft genug an. Der Ältere betrachtete sein Gegenüber und schob dem anderen dann seinen Rechnungszettel hin, der, unter die Kaffeetasse geklemmt, mit dem Kuchen serviert worden war. „Hier, Hausdorf. Sie kosten mich in letzter Zeit mit diesem ganzen Kram genug an geistigen Kapazitäten. Ich gehe davon aus, dass diese Nervennahrung hier auf Ihre Kappe geht." Dann stand er auf, zog seinen Mantel an und ging grußlos. Jörg Hausdorf schaute dem Mann verdutzt hinterher. Er bemerkte gar nicht, wie sich der Kellner von der anderen Seite näherte, um den bestellten Espresso zu servieren. Ihm wurde bewusst, dass er in dem Gespräch wie jemand geklungen hatte, der er nie im Leben werden wollte. Die Macht hatte ihn anfangs berauscht, er war von Erfolg zu Erfolg geeilt. Irgendwann unterwegs hoffte er noch, aus dieser schrecklichen Spirale aussteigen zu können, doch zu viele, einfach zu viele Personen hatten ihm auf die Schulter geklopft und ihm gesagt: Mach weiter! Uns gefällt, was du sagst. Viele verstehen gut, was du denkst. Und nun war es doch geschehen. Sie würden um diese Lösung des Problems nicht herumkommen. Was Jörg Hausdorf entgangen war: Im gleichen Augenblick, als er ein Foto der Touristenfamilie schoss, hatte er, auf das Display blickend, auch sich selbst fotografiert. Und den Mann, der im Hintergrund den Rest seiner Sachertorte verspeiste. Selbst seine Fingerabdrücke auf dem Auslöserknopf waren gespeichert. Und alles war bereits an einem Ort weit, weit entfernt angekommen und wurde ausgewertet. Die Familie ließ sich nichts anmerken, sprach in aller Seelenruhe weiter und ließ Jörg Hausdorf gedankenversunken mit sich selbst alleine.

Kleine hatte gut geschlafen. Der Traum war fort. Stattdessen träumte er von einem warmen Wind, der sanft durch Pinien und Zypressen strich, von Sonne und alten Sandsteinmauern, über die kleine schillernde Eidechsen mit wachsamen kleinen Augen huschten. Er drehte sich nochmals unter der Bettdecke herum. Draußen war es im Laufe des frühen Morgens erstaunlich kalt geworden. Kleine konnte das bis unter die Bettdecke spüren. Ein Gefühl großen Friedens durchströmte ihn. Eine Hand tastete nach dem Radio an seinem Nachtisch und schaltete es ein. Die Nachrichten. Er lauschte mit geschlossenen Augen. Nichts, was von Belang war. Noch nicht einmal die Durchsuchung bei Prospersoil. Etwas später stand er auf. Er hatte einen Mordshunger. Schon kurze Zeit später lief aromatisch duftender Kaffee durch den Porzellanfilter in die Kanne. Kleine überprüfte den Inhalt seines Kühlschranks. Die bereits vor seiner Abreise geöffnete Milch war noch gut, erstaunlich. In einer Schublade fand er eine Tüte mit Datteln, in einer Schale lag ein Stück Ingwer. Kleine hätte gerne Shakshuka gemacht, doch dazu fehlten ihm Knoblauch, Zwiebeln und Dosentomaten. Er entschied sich für ein ebenso stärkendes Frühstück, das im Nahen Osten vor allem in Richtung Jordanien, dem Nordirak und dem Iran beliebt war, der entgegen der landläufigen Meinung mit einem Bild von Sonne, Wüsten und Palmen vor allem im Winter auch erstaunlich kalt sein konnte: Ein etwa daumenkuppen großes Stück Ingwer wurde kleingehakt und mit etwas Wasser, Zimt und vier geviertelten Datteln zu einem süßen Sud verkocht. Dazu verquirlte Kleine zwei Eier mit etwas Milch und einer Prise Salz, erhitzte den Sud mit viel Butter in einer Pfanne und briet das Ganze zu einem Omelett. Die Küche füllte sich mit dem süß-würzigen Duft des Zimts. Kleine setzte sich an den Esstisch, goss sich einen starken schwarzen Kaffee in einen Becher und genoss.

Der Riese erwachte langsam. Es war am späten Vormittag, als es eine erste Reaktion der Unternehmensspitze von Prospersoil zu den Durchsuchungen in Kassel gab. Emde stutzte, als er die Übersetzung der Verlautbarung las, die das Unternehmen in den USA durch einen Anwalt an die Öffentlichkeit gebracht hatte. Der Duktus kam ihm sehr bekannt vor. Ob bei den Untersuchungen der Deutschen Bank, dem Dieselskandal von VW oder einer Umweltkatastrophe, bei der Tonnen einer giftigen Chemikalie in den Rhein gelangt waren: Unternehmen schienen immer den gleichen Aufbau zu wählen: Zurückweisung, da angeblich nichts darüber im Unternehmen bekannt war. Angebot der rückhaltlosen Kooperation mit den ermittelnden Instanzen, auch wenn sich das nur als hohles Geschwätz herausstellen und niemals in die Tat umgesetzt werden würde. Auswechseln der vermeintlich verantwortlichen Personen. In diesem Fall blieb die Prospersoilfiliale bis auf Weiteres geschlossen. Als Anhang die Ankündigung für Kunden laufender Projekte, dass diese natürlich keinesfalls irgendwie beeinträchtigt seien. Emde hielt das Schreiben hoch und sah rüber zu Bangert, der ebenfalls eine Kopie erhalten hatte. „Was denkst du hierüber?“ Bangert schüttelte erst den Kopf und Emde wusste für einen Moment nicht, ob es nun Verständnislosigkeit oder Zurückweisung seiner Frage war. Dann antwortete er. „Weißt du, für mich sieht das Ganze aus, als ob jemand den operativen

Betrieb unterbricht, damit irgendwo die Schleusentore zugehen können." Emde verstand nur Bahnhof. Bangert faltete das Schreiben in der Mitte und legte es auf seinen Schreibtisch. „Verstehst du nicht? Wenn nichts passiert, keine Rechnungen bezahlt und keine Aufträge vergeben werden, fällt es erst mal gar nicht auf, wenn hinter den Kulissen heimlich Aktionen stattfinden. Gelder verschoben werden etwa. Denn nach draußen hin ist die Manege ja leer und der Vorhang zu." Das leuchtete Emde ein. „Aber glaubst du denn nicht, dass die Steuerfahndung das merkt?" Bangert schüttelte den Kopf. „Nicht, wenn sich die entsprechenden Vermögenswerte und Informationen bereits an einem Ort befinden, an den die Steuerfahndung bei ihren Ermittlungen so schnell nicht hinkommt." Emde begriff. „Du meinst, angenommen, eine Summe wurde an ein Konto X übertragen, das eigentlich legal ist, aber das die Steuerfahndung ab jetzt auch im Visier hat, dann kann es von dort an einen weiteren Ort überwiesen werden, aber die Steuerfahndung merkt es zunächst nicht, weil sie sich auf die wirklich üblen Konten und Finanzströme konzentriert?" Bangert lächelte milde, das weise Lächeln einer antiken Statue. Sein Chef war doch einfach ein Genie! „So in etwa." Nofris Stimme war zu hören. „Könnt ihr mal herkommen?" Die beiden Männer sahen auf. Im Raum ebbte das Geklapper von Tastaturen langsam ab. Die Ermittlerin starrte auf ihren Bildschirm, Emde war einen winzigen Augenblick später an ihrer Seite. Eine Mail. Von Europol. Auf Englisch. Doch das Foto, das ihr angeheftet war und das Nofri geöffnet hatte, erkannte Emde sofort. Muller. Ohne jeden Zweifel und unverpixelt. Es war der Mann von den Aufnahmen des Düsseldorfer Flughafens. Der Name des Elsässers fiel Emde direkt im ersten Satz auf. Die Identität war geklärt. „Was steht da?", fragte er. Nofri sagte nichts. Ihre Augen flogen über die Zeilen. „Bertrand Muller hat unter seinem richtigen Namen am Abend des Tattags einen Nachtflug bei British Airways gebucht", erklärte sie. Pause. „Ziel war La Réunion im Indischen Ozean." Emde schüttelte den Kopf. „La Réunion?" Nofri drehte sich zu ihm um. „Das liegt direkt neben Mauritius, dort wäre er zwischengelandet und dann in einen Regionaljet umgestiegen. Eine knappe halbe Stunde Flug von dort und er wäre am Ziel gewesen." Emde verstand immer noch nichts. „Mauritius?" Nofri schlug mit der flachen Hand auf die Schreibtischplatte. „Emde, als in der Grundschule Begreifen und Verstehen auf dem Stundenplan stand, warst du offenbar gerade auf dem Klo, was?" Im Raum erklang verhaltenes Gelächter. „Muller war französischer Staatsangehöriger. La Réunion ist ein sogenanntes Überseedepartment Frankreichs. Als Franzose kann er sich dort niederlassen, ein Haus erwerben oder sogar ein Gewerbe anmelden und keinen juckt das." Sie las die Mail weiter. „Und siehe da, offenbar hat er das auch." Ihr Finger fuhr auf die letzten Textzeilen. „Nach Angaben der Kollegen von Europol war unser Profi ein Bewohner der tropischen Insel." Der Hauptkommissar schluckte.

Er nahm seinen Telefonhörer auf. Er musste irgendwie die Geologin Dr. Vanderwalde sprechen. Wie er inzwischen wusste, ruhte auch die Arbeit auf dem Martenberg bei Adorf. Die Wissenschaftlerin ging weder ans Telefon, noch rief sie zurück. Auch bei der Witwe Lieberknecht kamen sie nicht weiter. Für den morgigen Dienstag stand die Beisetzung des ermordeten Bankvorstands an. Die Staatsanwaltschaft hatte sich erbeten, die Familie bis zur Beisetzung in Ruhe zu lassen und auf respektvollem Abstand zu bleiben. Emde wusste, dass seinem Team damit höchstrichterlich die Hände gebunden waren, bis der Sarg in der Grube verschwunden sein würde. Es war zum Ausrasten!

Der Anruf erreichte Kleine, als er sich gerade die Wanderschuhe anziehen wollte, um in Adorf im Supermarkt die nötigen Kleinigkeiten für die kommenden Tage zu kaufen. Zwiebeln, Tomaten, verschiedene Käsesorten, Nudeln, vielleicht etwas Hackfleisch. Ganz sicher aber eine Flasche Whisky. Es war draußen immer noch kalt und dem Journalisten war es fast, als würde die Temperatur unter den Gefrierpunkt sinken. Sein Smartphone klingelte. Er blickte auf das Display. Der Anruf kam aus dem Ausland, er kannte die Nummer nicht. Aber er kannte die Stimme, die sich meldete. Im gleichen Augenblick durchflutete ihn eine strahlende Wärme vor Freude, die im starken Kontrast zu der Kälte draußen stand. Dass er sie so rasch wiederhören würde, hätte er nicht gedacht. „Sod Paul Kleine?" Kleine lächelte selig. „Ken", bestätigte Kleine die Frage. „Ani Paul Kleine." Und nach einem Augenblick: „Avi ...?" Doch sie fuhr ihm sofort dazwischen. Er solle ihren vollen Namen nicht aussprechen, mahnte sie ihn schnell, bevor er auch nur ein weiteres Wort sagen konnte. Dies sei möglicherweise keine geschützte Leitung. Sie riefe über das Smartphone eines Redaktionskollegen von Yossi an. Kleine registrierte mit einem Blick auf die Uhr, dass es im Nahen Osten bereits Mittag war. „Paul. Ihr seid in Gefahr. Dein Freund schwebt in Gefahr." Das wusste Kleine doch schon. Doch er erstarrte, als er an das Foto dachte. „Kleine, wir haben Erkenntnisse, dass da noch mehr geplant ist." Er lauschte angestrengt, doch in der Leitung war nur Rauschen zu hören. „Es ist die Rede von einer robusten Lösung. Wir wissen nicht, was damit gemeint ist." Doch ihr ahnt, dass es kein freundliches Tête-à-Tête werden könnte, dachte sich Kleine düster. Außerdem hatte Aviva einen weiteren Code benutzt, der als Alarmzeichen vereinbart war. Sie hatte in zwei aufeinanderfolgenden Sätzen das Wort ‚Gefahr' benutzt. Die Wärme war verflogen. Aviva versprach, ihn umgehend zu informieren, sobald sie mehr wisse. Dann war sie ohne Gruß aus der Leitung verschwunden. Kleine wählte Emdes Nummer.

„Ich kann jetzt nicht, ich warte auf einen Rückruf von Dr. Vanderwalde", meldete sich der Ermittler gereizt und ebenfalls ohne Gruß. „Emde, hör mir zu", unterbrach ihn Kleine und versuchte dabei den ruhigsten Ton anzuschlagen, den er auf Lager hatte. „Ich habe erfahren, dass von einer robusten Lösung gesprochen wird. Du setzt dich jetzt ins Auto und kommst her. Vorher fährst du am Rickelscheid vorbei und holst Susanne und die Kinder ab. Dann machen wir zu fünft einen Ausflug zum Flughafen Paderborn. Wir geben den Wagen ab und die Jungen haben bestimmt Spaß, wenn sie ein paar Flieger aus der Nähe sehen. Okay?" Er wusste zwar, dass das Flugaufkommen in Paderborn im Vergleich zu großen Drehkreuzen in den vergangenen Jahren abgenommen und inzwischen eher lächerlich war, aber egal. Emde musste erst mal weg. Irgendwohin. Als wäre er das Dschungelkind Mowgli, das von der Schlange Kaa hypnotisiert wird, nickte Emde am anderen Ende der Leitung wie in Trance. Er wusste zwar nicht, was dort vor sich ging. Doch er spürte, dass sein Freund ihn warnen wollte. Und dass er jetzt keine großen Fragen stellen durfte. „Okay", sagte er, als er weiteren Anweisungen von Kleine gelauscht hatte. „Ich verstehe." Doch er verstand gar nichts.

Jonathan und Sebastian hatten eine Hörspiel-CD dabei. Robinson Crusoe in einer Kinderbuchfassung. Ohne große Worte, aber aufgeregt waren sie in den Audi gestiegen. Emdes Frau Susanne hatte neben ihnen im Fond Platz genommen. Die Scheiben dort waren getönt. Es war auf den ersten Blick nicht zu erkennen, wie viele Personen in dem Wagen saßen. Und wer. Emde folgte mit Kleines Volkswagen. Für die beiden Jungen war das Ganze ein großer Spaß. Das Hörspielabenteuer, das sie sicherlich schon ungezählte Male gehört hatten, war eigentlich Nebensache. Von ihrer Mutter in ihrer Begeisterung kaum unterbrochen fantasierten sie, welche Flugzeuge sie wohl zu Gesicht bekommen würden. Kleine konzentrierte sich auf die Strecke. Sie hatten gerade das Hinweisschild auf die Landesgrenze zwischen Adorf und Padberg passiert. Die Straße führte durch ein langgezogenes Tal am Waldrand entlang. „Was hat er dir gesagt, weswegen wir das machen?", fragte Kleine. Er konnte sehen, wie Susanne zum Fenster hinausschaute. Ihr Blick war verkniffen, nervös. Sie hatte große Angst, daran gab es keinen Zweifel. Aber sie sah auch entschlossen aus. Gut so, dachte Kleine. „Er hat mir gesagt, dass wir bedroht werden. Aber dass die Staatsanwaltschaft nichts machen kann, weil keine aktive Drohung mit dem Foto verbunden ist. Und dass es etwas mit seinem aktuellen Fall zu tun hat, diesem Lieberknecht-Mord." Sie wusste eine ganze Menge, dachte Kleine und lauschte einige Zeit der beruhigenden Stimme des Hörspielerzählers. „Was hast du damit zu tun?", fragte Susanne. „Das hat er mir nämlich nicht gesagt. Aber er hat gesagt, du weißt etwas, über das du ihm nichts berichten möchtest. Irgendetwas, das du auf deiner Reise erfahren hast." Das würde jetzt den Rahmen sprengen, dachte Kleine. „Das würde jetzt den Rahmen sprengen", sagte er. Susanne wurde abgelenkt, weil einer der Jungen sie etwas fragte. „Nein", erklärte sie. Flugzeuge würden dadurch fliegen, dass sie durch ihre Geschwindigkeit durch die Luft getragen werden, als würden sie auf Balken abgestützt sein. Dann blickte sie ihn an, Kleine sah es aus den Augenwinkeln. „Paul, ich will wissen, was deiner Meinung nach eine robuste Lösung sein könnte." Kleine schluckte. Scheiße!

Kapitel 28

Sie hatten alles abgesprochen. Kleine ließ Susanne und ihre beiden Söhne an einer Zufahrt zum Flughafen Paderborn aus dem Wagen. Nur Augenblicke später stoppte dort sein Golf-Variant mit Emde am Steuer, der seine Familie aufnahm. Emde würde Kleines Wagen in einer möglichst dunklen Ecke des Parkhauses abstellen und mit seiner Familie durch die heute sicherlich ziemlich verwaiste Abflughalle zu einem Café gehen. Das war der Treffpunkt, nachdem Kleine den gemieteten Audi an den Agenten des Vermieters übergeben hatte. Knapp 20 Minuten später sah der Journalist den Ermittler und seine Frau an einem Ecktisch sitzen. Die beiden Kinder bestaunten das Großmodell einer Boeing von Air Berlin, die trotz der Pleite der Airline weiterhin wie zum stolzen Trotz mit einer Spannweite von gut drei Metern von der Hallendecke hing. Am Ende der Halle hatte sich eine Schlange gebildet. Ein Flug nach Hurghada wurde dort eingecheckt. Kofferrollen klickerten über Dehnungsfugen der Fliesen. Später würde noch eine Maschine nach London abheben, am Abend waren zwei Flüge geplant, einer nach München, einer nach Palma de Mallorca. Der Ermittler war ernst. „Du schuldest mir eine Erklärung“, sagte er, ohne den Blick von seinem gedeckten westfälischen Apfelkuchen zu nehmen. „Raus mit der Sprache!, was zum Teufel weißt du, was ich wissen müsste, um das Leben meiner Frau und meiner Kinder zu schützen?“ Susannes Löffel hörte schlagartig auf, im Latte Macchiato zu rühren.

Die Berliner Straßenreinigung hatte sicherlich schon schlimmere Funde gemacht. Manchmal lagen die Menschen wochenlang unter Müll. Oder in Regenrohren. Oder in anderen Dingen. Sie rochen dann in der Regel nicht mehr so gut. Und sahen auch nicht mehr so gut aus. Das konnte natürlich an der Verwesung liegen. Aber auch, weil es in den Straßen und Kanälen Berlins immer wieder Lebewesen gab, die sich über jeden unerwarteten Happen freuten, der sich nicht mehr wehren konnte. Der Straßenreiniger leerte gerade die Mülleimer im Volkspark Friedrichshain. Wenige Meter hinter ihm folgte mit gelbem Blinklicht ein Müllwagen im Schritttempo. Aus einiger Distanz war der Verkehr auf der Friedenstraße zu hören. Er stutzte, schob Äste mit Herbstlaub beiseite. War das ein Müllbeutel? Dafür sah er ziemlich groß aus. Ein Obdachloser im Schlafsack, der in einer der ersten kühlen Nächte in Berlin erfroren war? Das wohl schon eher. Ein unangenehmer Geruch machte sich breit, der an sich schon einen eindeutigen Hinweis gab. Für den Straßenreiniger war dieser Fund zumindest kein Alltag, er wusste aber, was zu tun war. Hatten Leichenfunde in Berlin stets eine andere Geschichte, einen unterschiedlichen Hintergrund, seine Handlungsanweisung in solchen Fällen war strikt vorgegeben. Er informierte seinen Vorarbeiter, der informierte die Polizei. Nur zwanzig Minuten später flackerten gelbe und blaue Blinklichter von Einsatzfahrzeugen im Friedrichshain. Funksprüche knackten, Beamte durchsuchten mit Taschenlampen das umliegende Gebüsch nach Spuren. Ein Polizeiobermeister legte vorsichtig den in eine dunkelblaue Industriedecke eingewickelten Leichnam frei. Dabei überkam ihn das Gefühl, dass die unbekannte Person – der Grad der Verwesung war bereits so fortgeschritten, dass nicht mehr eindeutig zu erkennen war, ob es sich um einen Mann oder eine Frau handelte – an anderer Stelle gestorben und schon geraume Zeit vor sich hingemodert hatte, bevor er oder sie hier abgelegt worden war. In jedem anderen Fall hätte die Leiche schon viel eher gefunden werden müssen. Normalerweise ein erstes Indiz dafür, dass es keine natürliche Todesursache gewesen sein konnte. Das nächste Indiz, das die Beamten bewog, die Mordkommission zu informieren, war eine ziemlich teure Armbanduhr am linken Handgelenk, deren Ziffernblatt aus irgendeinem nicht ersichtlichen Grund unter das Handgelenk gedreht worden war. Der Beamte nahm ein Taschentuch und tupfte die Uhr frei. Es war eine Longines.

Sie hatten eine ungewöhnliche Idee. Doch Kleine war sich von Anfang an sicher, dass es die beste sein und vor allem bleiben würde. Grimmelmann war sehr erstaunt. „Was wollt ihr?" Kleine, den es nicht im Geringsten störte, dass der Ökofreund stets zur Dutzform überging, wenn er mehr als eine Person ansprach, erklärte es ihm. „Und wichtig ist, dass ihr erst mal keine Fragen stellt", spielte er den Ball zurück. Aus dem Hörer kam nur Schweigen. Dann war Grimmelmann wieder zu vernehmen. Sein Tonfall war jetzt ein ganz anderer. Als wolle er ausdrücken, dass er mit zum Verschwörerteam gehörte. „Okay", sagte er. „Die Küche ist in Ordnung, ein paar Lebensmittel müsstet ihr mitbringen. Wir haben noch Bettbezüge, die ziehen wir auf das Bettzeug. Ist ein Etagenbett für die beiden Jungen in Ordnung?" Kleine gab die Frage an Emde weiter, der grimmig neben ihm saß. Sie waren wieder auf dem Heimweg und überquerten die neue Talbrücke bei Bad Wünnenberg. Es hatte inzwischen angefangen zu regnen. Der Polizeibeamte drehte sich zu seiner Frau um. Susanne lächelte kämpferisch und nickte. Sie hatte sich die Angsttränen aus dem Gesicht gewischt.

Kurze Zeit später waren sie in Wirmighausen. Der Ort erschien ihnen still und trotzig wie eine Festung. Grimmelmann, seine Frau und der Sohn bewohnten einen Hof unten am Fuße des Gürembergs. Rechts lagen ursprünglich Scheune und Stall. In der Scheune lagerte Grimmelmann nun die Ökoprodukte, die er mit mäßigem Erfolg über das Internet vertrieb. Der ehemalige Stall und das darüberliegende Dachgeschoss waren bereits vor einigen Jahrzehnten zu einer geräumigen Ferienwohnung ausgebaut worden. Der Lokalpolitiker wartete bereits auf einer Bank unter dem Vordach. „Ich habe hier schon ewig keine Gäste mehr begrüßt", erklärte er, inzwischen erfreut, während er mit dem Schlüsselbund klimperte und die Wohnungstür öffnete. Begeistert nahmen Emdes Söhne ihr Etagenbett in Beschlag. Susanne öffnete in der Küche Schränke und Schubladen mit dem kritischen Blick der langjährigen Hausfrau. Eine klare Rollenverteilung wie in der guten alten Zeit, dachte Kleine ironisch, nachdem er selbst einen kleinen Rundgang gemacht und dabei auf Dinge geachtet hatte, die für ihn wichtig waren: Möglichkeiten, unerkannt in die Wohnung einzudringen, Fluchtwege, Positionen von Lichtschaltern in den einzelnen Räumen, Schrittdistanzen zwischen Flur- und Eingangstür. Während Emde in der Küche nicht von der Seite seiner Frau wich, zog Grimmelmann Kleine ins Bad. Es war der einzige freie Raum, ein Traum im Bahama-Beige und Dunkelbraun der achtziger Jahre mit zwei klotzigen Glasblüten als Beleuchtung über dem monströsen Spiegel. Grimmelmann schloss die Tür und setzte einen provozierend-fragenden Blick auf. Kleine schaute ihn kalt an. Augenblicke vergingen, während nebenan die beiden Brüder tobten und sich stritten, wer im Etagenbett oben schlafen durfte und wer nach unten musste. Verstehen kroch in Grimmelmanns Augen. „Sie wollen nichts sagen und Sie wollen auch nicht, dass ich Fragen stelle, richtig?" Kleine fiel jetzt erst auf, dass der Ökofreund sein sozialpädagogenhaftes Zwangsgeduze bei ihm nicht verwendete, wenn kein anderer dabei war. Er überlegte, ob das Distanz oder doch eher Respekt war und entschied sich für beides. „Warum müssen die hier einziehen, wo sie doch dort oben in der Neubausiedlung ihr Superspießerdomizil haben? Ist die Hütte etwa asbestverseucht?" Kleine schwieg zunächst und ignorierte die unangebrachte Frotzelei. „Wenn das hier vorbei ist, dann trinken wir mal ein Bier zusammen, okay?", erklärte er schließlich. Grimmelmann nickte und versuchte zu begreifen. Aber das Unverständnis war ihm zu stark ins Gesicht geschrieben. Und auch ein gehöriger Schuss Unbehagen. Er war eindeutig nicht zufriedengestellt. Kleine blickte sich im Badezimmer um. „Und jetzt lassen Sie uns wieder rausgehen, bevor die draußen noch etwas Falsches über uns denken." Grimmelmanns Gesichtszüge entkrampften sich. Er musste lachen, auch wenn es erzwungen klang.

Der Journalist blieb bis spät am Abend bei der Familie des Ermittlers. Es war bereits lange dunkel und die Jungen schlummerten in ihrem Etagenbett, als er sich auf den Weg zu seiner Hütte machte, die von Grimmelmanns Hof aus am Bach entlang näher lag, als von Emdes Haus oben in der Neubausiedlung am Hang. In wenigen Minuten war Kleine zuhause, doch er näherte sich vorsichtig über die Wiese. Sicherlich hätte er es bemerkt, wenn er unter irgendeiner Art Beschattung gestanden hätte. Doch man wusste nie. Er hatte die Haustür vor der Abfahrt nach Paderborn ganz klassisch mit einem winzigen Haar und zwei Tröpfchen Klebstoff ‚versiegelt'. Im digitalen Zeitalter eine Sicherung aus den längst vergangenen Zeiten eines Kommissar Maigret, aber vielleicht gerade deswegen wirkungsvoll. Doch es schien alles in Ordnung. Kleine öffnete vorsichtig die Tür, glitt schnell in den Flur und wartete einige Augenblicke in der

Dunkelheit, auf eventuelle Geräusche, Bewegungen oder fremde Gerüche im Haus achtend. Er schüttelte den Kopf. Es war vollkommen absurd! Wer sollte ihm auflauern? Und aus welchem Grund? Die Luft war rein in Wirmighausen. Buchstäblich. Sie roch allenfalls nach Landwirtschaft. Auch die Anordnung der Bierflaschen im Kühlschrank hatte sich nicht verändert, darüber freute er sich besonders. Kleine öffnete eine Flasche Bier und leerte sie in einem Zug. Er hielt sich an der Kante der Anrichte fest, als die Wirkung des Alkohols eintrat und versuchte, einen klaren Gedanken zu fassen. Zu viel geschah zu schnell. Zum ersten Mal beschlich ihn ein Anflug von Angst. Was wäre, wenn das alles wirklich eine Nummer zu groß wurde? Was wäre, wenn Emdes Familie wirklich etwas zustoßen würde? Nun, für alle Fälle hatte er die Jericho den ganzen Tag über in der Jackentasche verborgen getragen. Aber wäre er wirklich einer offenen Konfrontation gewachsen gewesen? Reichte dafür seine vor Jahren antrainierte Reaktion noch aus? Kleine öffnete sich eine zweite Flasche Bier und warf Kronkorken und Flaschenöffner auf die Anrichte. Er brauchte Mut. Musik machte einem wirklich Mut, nicht aber Alkohol. Er brauchte jetzt Musik, die ihm Mut machte. Nicht irgendwas. Er trat an den Schrank mit den Schallplatten und ließ den Blick darüber streifen, die Bierflasche in der Hand. Oben standen die Klassikaufnahmen der Deutschen Grammophon, vornehmlich Kammermusik und Sinfonien von Brahms, Beethoven und Mendelssohn-Bartholdy, seine Favoriten. Darunter folgte Jazz, Soul und Groove. Sein Blick blieb auf einem Album von Nils Wülker hängen. Das war es! Er zog die Langspielplatte vorsichtig aus der Hülle und legte sie auf den Plattenteller. Die Musik des gebürtigen Bonner Künstlers war nach Kleines Definition nicht unbedingt Jazz im strengen Sinne. Und doch tauchte er schon bei dem Auftaktstück ‚Distorting Time' in andere Dimensionen ab. Es war wirklich Musik, die einen an andere Orte und Zeiten brachte – und Mut machen konnte. Kleine drehte den Lautstärkeregler bis kurz vor den Anschlag und lauschte den metronomartigen Klängen zu Beginn und dem Einsatz der Trompete Wülkers. Ein Klang, der ihm jedes Mal auf´s Neue das Gefühl gab, es würde sich ein vertrauter Freund zur Seite gesellen und sagen: Alles ist gut. Mach dir keine Sorgen. Kleine ließ sich ins Sofa fallen, nahm einen Schluck Bier und dachte nach.

Kapitel 29

Der Morgen zog mit einem teilnahmslosen Grau herauf. Dichte Regenwolken hingen am Himmel, doch wie so oft im Waldecker Land in Nordhessen brachten sie entweder ergiebigen Regen – oder zogen einfach träge und langsam vorüber, um neuen Wolken von gleicher Gestalt Platz zu schaffen. Kleine erwachte mit einem schweren Kopf, als sein Handy klingelte, das vor dem Sofa, auf dem er ein weiteres Mal übernachtet hatte, auf dem Holzboden lag. Sein Blick fiel auf das Display, nachdem er die fünf Bierflaschen registriert hatte, die wie eine Kompanie Wachsoldaten in einer Reihe aufgereiht vor ihm auf den Tisch standen. Es war Emdes Nummer. „Guten Morgen", brachte Kleine hervor. Das Sprechen verursachte ein unangenehmes Dröhnen in seinem Kopf. Der Ermittler erwiderte den Gruß. Offenbar war er noch in Grimmelmanns Ferienwohnung, im Hintergrund war das Getobe der beiden Jungen zu hören. „Ich fahre jetzt los", sagte Emde. „Gibt es irgendetwas, was ich beachten müsste? Irgendetwas Neues?" Doch Kleine konnte seinem Freund keine neuen Informationen bieten. Er hielt es auch für angebrachter, ihm nicht direkt zu erzählen, dass er sich nach seiner gestrigen Rückkehr in die Hütte erst mal ordentlich betrunken hatte. Verflucht, in der letzten Flasche waren sogar noch drei Finger hoch Bier übrig. „Ist heute nicht die Beisetzung von Lieberknecht?" Als Antwort hörte Kleine nur ein bestätigendes Grummeln. Scheint dich auch zu freuen, dachte er und spürte, dass Emde ihm gerne etwas sagen würde, was er aber nicht sagen durfte. „Kleine", fing Emde an. „Wir müssen miteinander sprechen. Mal richtig reden. Ich will wissen, was du weißt und woher. Du musst mir die Karten auf den Tisch legen, oder uns geht der ganze Fall in die Binsen." Kleine wusste, was Emde meinte. Eine Staatsanwaltschaft wollte immer Quellen sehen. Belastbare Quellen. Wie ein Redaktionschef auch. „Jetzt nicht", versuchte er, das Anliegen ein weiteres Mal abzubügeln. Auch am Tag zuvor am Flughafen in Paderborn hatte er mit einigen Ausweichmanövern zumindest einen kurzen Aufschub erwirkt. Seine Erklärungen, dass er auf seiner Reise nach Israel auf Informationen gestoßen war, die mit dem Fall zusammenhingen, hatten kurzzeitig zu keinen weiteren Fragen geführt, dafür aber Emdes Frau in Angst versetzt. Emde hatte recht: Er würde die Karten auf den Tisch legen müssen. Nun aber galt es zunächst, Ruhe zu bewahren. „Ich melde mich, wenn ich irgendetwas erfahre, in Ordnung?“ Emde schien wenigstens für den Augenblick beruhigt. Kleine war es nicht. Vor allem war er es nicht, weil er erkannte, dass Emde und seine Familie angesichts der vagen Bedrohung durch staatliche Einrichtungen nicht geschützt werden konnten. Niemand würde einen Personenschutz genehmigen, wenn ein ehemaliger Journalist etwas von einem Anruf faselte. Oder von irgendwoher ein Foto zugesendet wurde. Kleine zögerte noch, doch dann griff seine Hand instinktiv über die Tischkante nach der noch nicht leergetrunkenen Bierflasche.

Emde lenkte seinen Wagen über die Höhenzüge hinab nach Flechtdorf, bald sah er Korbach vor sich liegen. Aus dem Autoradio drang ‚Leningrad‘ von Billy Joel, einer der letzten Songs, den der Hauptkommissar noch als seinen achtziger Jahren zugehörend akzeptierte. Und normalerweise ein guter Grund, das Radio richtig laut zu stellen. Er mochte die geschichtslastige, getragene Balladenhaftigkeit des Stücks. Aber nicht jetzt. Eine knappe Viertelstunde nach seiner Abfahrt aus Wirmighausen schlug Emde die Autotür auf dem Parkplatz zu. Dieses Mal hatte er direkt vor der Polizeidirektion geparkt. Nofri empfing ihn mit einem „Dr. Vanderwalde hat dir eine Mail geschrieben.“ Emde ließ sich in seinen Bürosessel fallen und fuhr den Computer hoch. „Sie räumen den Platz auf dem Martenberg. Dürfte eine knappe Woche dauern, bis die Container abtransportiert und Bohrstellen zurückgebaut und gesichert sind, sie ist in zwei Tagen wahrscheinlich noch mal dort“, dozierte Nofri weiter und stoppte dann irritiert. „Hörst du mir überhaupt zu?“ Emde blickte auf. Seine Kollegin sah ihn an. „Ist alles okay mit dir?“ Er beschrieb mit wenigen Sätzen, was sich seit seinem überstürzten Abgang am Tag zuvor ereignet hatte. „Kleine, ja?“ Nofris Blick ließ keinen Zweifel daran, was sie von diesem Journalisten zu halten schien. „Und du vertraust ihm, dass das keine Spinnerei ist?“ Emde sah aus dem Fenster. Über den Bergen rings um Korbach ging nun ein Morgenregen nieder. Der Herbst war ins

Land gezogen. Wenn sie nun das Glück hatten, dass es noch einige Sonnentage geben würde, könnten sich die Blätter an den Bäumen bunt färben wie beim berühmten Indian Summer in Neuengland. Kleine war in Israel gewesen. Er war schon häufiger dort. Für ihn, Emde, war Israel ein Land, das ihm völlig fremd war. Er verband es mit Terror, Krieg und Unruhe auf den Straßen. Soldaten in Drillich mit schweren Waffen, die im Tränengasnebel auf vermeintlich Unbewaffnete mit Steinschleudern schossen. Beerdigungen von getöteten Demonstranten und von Massen skandierte Todesdrohungen. Für Kleine war Israel aber auch das Land, das alles wusste. Der liebe Gott sieht alles, denn er arbeitet für den Mossad, war es nicht so? Kleine kannte sich scheinbar in dieser Welt aus und war in ihr nicht verloren gegangen. Und er hatte dort wichtige Informationen erhalten. Welche auch immer. „Ich vertraue ihm", beantwortete der Ermittler die Frage seiner Kollegin.

Die Nachricht kam per Mail am späten Vormittag und hätte auf einen nicht eingeweihten Leser absolut unscheinbar gewirkt. Doch Kleine verstand sofort, was gemeint und wer der Absender war. Der wirkliche, nicht der vorgegebene Absender. Ein neuer Krimi eines regionalen Autors sollte heute um 16 Uhr in der Belletristikabteilung einer Buchhandlung in Korbach vorgestellt werden. Absender schien eine große Buchhandlungskette zu sein, deren Newsletter Kleine abonniert hatte. „Lesen Sie exklusiv das erste Kapitel des neuen Erfolgsromans von ... und klicken Sie hier." Kleine überflog die Mail, die einen täuschend echt aussehenden Briefkopf besaß. Sogar die URL der Mail mit der Kennung einer großen Buchhandlungskette schien echt zu sein. Kleine fragte sich, ob sie auch tatsächlich bei einer Beantwortung an dieser Adresse ankommen oder vorher abgeleitet werden würde. Der Titel der angepriesenen Neuerscheinung war ‚Frühling in Blau'. Kleine las die Mail wieder und wieder, um sie auf weitere verborgene Informationen zu durchsuchen. Doch für ihn schien alles klar. Er dachte an das hebräische Wort für Frühling. Und es war glasklar, dass er heute um 16 Uhr in der Buchhandlung am Berndorfer Tor in Korbach weitere Informationen erhalten würde. Unter welchen

Bedingungen auch immer. Er würde dort sein. Auf Hebräisch hieß Frühling Aviva.

„Es gab nichts, was in irgendeiner Weise erwähnenswert oder für den Fortgang eurer Ermittlungen wichtig sein könnte", berichtete der Anrufer. Emde lauschte mit einem zufriedenen Nicken. Es war der Kollege der nordrhein-westfälischen Polizei, der ihn zu seinem ersten Besuch in der Villa der Lieberknechts vor über einer Woche begleitet hatte und dessen Name ihm entfallen war. Inzwischen hatte er sich gemerkt, dass der Mann Dohmenburg hieß. Karsten Dohmenburg. Sie hatten sich bereits am Vortag, vor dem plötzlichemAufbruch Emdes verständigt, dass sie unauffällig die Beisetzung des erschossenen Bankiers besuchen sollten. Unauffällig war dabei die wichtigste Dienstanweisung gewesen. „Ein ziemlich großer Auflauf, ich habe zumindest noch bei keiner Beerdigung so viele Schwarzgekleidete gesehen", fuhr Dohmenburg fort. „Und das Schrillste: seine Jagdfreunde ... wie sagt man in diesen Kreisen? Hubertusfreunde?" Emde hatte keine Ahnung. Das Jagen war ihm stets fremd geblieben. „Ich habe keine Ahnung", sagte er. „Naja, egal, also auf jeden Fall seine in grünen Loden gekleideten Sportsfreunde haben irgend so ein Halali in ihre Jagdhörner gestoßen. Trörörö, die Sau ist tot, irgendwie so etwas." Emde schloss mit einem leichten Ächzen die Augen. Der Kollege war in der Stadt aufgewachsen und würde immer ein Stadtkind bleiben, man merkte es. Kein Verständnis für die Gebräuche, die auf dem Land üblich waren. Aber er verkniff sich eine böse Bemerkung, denn die Kolleginnen und Kollegen im Nachbarbundesland hatten an diesem Morgen sehr viele Register gezogen, um sie zu unterstützen. „Seine Witwe hat keine einzige Träne vergossen. Also, zumindest, was wir gesehen haben. Sie trug eine riesige dunkle Sonnenbrille und hielt sich die ganze Zeit an ihrem Liebhaber fest. Kerniger Kerl." Die Stimme aus dem Telefon hatte einen Schwung Anerkennung zugelegt. „Aber da war wirklich nichts, was euch irgendeinen Ansatzpunkt bieten könnte. Zumindest aus unserer Sicht. Fotos kommen gleich." Emde war es, als würde er aus einer Betäubung aufwachen. Fotos! Das war das Wichtigste! Sie mussten sehen, wer alles dabei gewesen war. Dafür hatten sie sogar die Genehmigung erhalten, die Trauergesellschaft verdeckt zu fotografieren. Grünes Licht dazu hatten ihnen ganz unbürokratisch und schnell beide Landeskriminalämter und das Innenministerium in Düsseldorf erteilt. Scheinbar klappte am Rhein reibungslos, wo ihnen bereits bei ihrer eigenen Staatsanwaltschaft in Kassel Steine in den Weg gelegt wurden. „Guter Job, ihr Kollegen." Emde verabschiedete sich. Er musste dringend hören, ob bei seiner Frau, Sebastian und Jonathan alles in Ordnung war.

Sein Blick fiel auf Bangert, der eine gerade eingegangene Mail bearbeitete. Die Finger seines Kollegen fuhren schnell über die Tastatur, die Maus flitzte, von einem feinen Klicken begleitet, auf ihrem Filzlappen hin und her. Bangert lächelte und sah zu Emde hinüber wie ein Kind, das seinen Eltern gerade einen schönen Weihnachtsstern gebastelt hatte. „Magste mal sehen?" Emde kam herüber an Bangerts Schreibtisch und stellte sich direkt vor das Borussia-Plakat. Er sah nur eine Reihe von aneinanderstoßenden roten Rechtecken in verschiedenen Größen auf etwas, das wie eine Rechenkästchenfläche aussah. Oder ein Koordinatensystem „Was ist das?" Bangert lächelte weiter. „Das Einwahlprotokoll des Mobilfunkanschlusses von Constanze Lieberknecht." Emde rollte mit den Augen. Das hätten sie schon vor fünf Tagen haben sollen. Jetzt nutzte es ihnen nichts mehr. „Warum haben die so lange gebraucht?" Bangert zuckte die Schultern. „Das dauert für gewöhnlich immer etwas länger. Datenschutz, bla bla bla. Aber sieh mal hier." Er klickte mit der Maus. Aus der Reihe roter Rechtecke wurde eine Linie. Sie fiel von links nach rechts steil ab, stieg dann wieder etwas hoch um in einer langen Geraden nach rechts zu wandern. „Sieht aus wie der Aktienkurs der BASF-Aktie, nicht?" Aktien? Emde hatte keine Ahnung. Aktien waren nicht sein Ding, das Geld seiner Familie steckte in ihrem Haus. Und bald auch in seinem 86er Benz. „Das", Bangerts Augen leuchteten, „ist der Weg, den die Witwe am Morgen nach der Ermordung ihres Mannes zurückgelegt hat." Emde versuchte, sich zu konzentrieren. Doch es gelang ihm nicht. Was wollte Bangert ihm sagen? „Aha. Und was sehe ich da?" Bangerts Lächeln wurde breiter. Ein Klick zauberte eine Landkarte unter die Linie. Und nun war Emdes Interesse geweckt. „Einwahlprotokolle zeigen natürlich nicht metergenau, wo sich die Person aufgehalten hat", dozierte Bangert. „Aber wenn du weißt, in welche Funkwaben sich das Handy eingeloggt hat, kannst du ungefähr mit einem Blick auf die Straßenkarte feststellen, welchen Weg das Handy genommen hat." Er verbesserte sich. „Oder die Person, zu der es gehört. Das ist so ein bisschen wie eine Kreuzpeilung bei der Funknavigation." Emde staunte und hörte den Erklärungen kaum noch zu. Was er sah: Constanze Lieberknecht war am frühen Morgen nach der Tat offenbar in der Nähe des Diemelsees gewesen, bevor sie in Kassel ihren Mann identifiziert hat. „Sie hätte den Tatort besuchen können", dachte Emde laut eine Möglichkeit durch. „Oder die Jagdhütte ihres Mannes", ergänzte Bangert. „Doch an beiden Orten ist sie nicht gewesen." Er zeigte auf eine steile Spitze. „Dort war sie für kurze Zeit in ein Netz nördlich ihrer Strecke eingewählt. Also muss sie dort die Landstraße verlassen haben. Das ist bei Ottlar. Der Dommelhof." Emde runzelte die Stirn. „War sie wandern?" Die Spitze zeigte, dass Constanze Lieberknecht offenbar in einer ziemlich abgelegenen Region des Naturparks Diemelsee gewesen war. Am frühen Morgen, wenn die Uhrzeit stimmte. „Das ist sogar noch oberhalb des Dommelhofs." Emde staunte noch mehr. Er kannte diese Gegend natürlich gut. Jeder Familienvater in Diemelsee kannte den Ort. „Da ist ein Parkplatz für Wanderer direkt am Waldrand. Von dort geht es nur auf einem schmalen Waldweg noch weiter nach oben zum Dommelturm." Bangert schüttelte den Kopf. „Sie wird wohl kaum die schöne Gegend bewundert haben." Er drehte sich zu Emde um. „Und jetzt pass mal auf, jetzt kommt der Kick." Ein weiteres Klicken ergänzte eine weitere Linie auf die Karte. Eine blaue. Beide Linien trafen sich genau an der Stelle. Emde stand mit offenem Mund da. „Was ist das?" Bangert faltete die Hände auf dem Schreibtisch wie zum Gebet. Er atmete tief ein. „Du hast mich gebeten, die Einwahlprotokolle von der Lieberknecht und Döhrenbach anzufordern. Als wir Bergmann aufs Radar bekommen hatten, habe ich auch mal seine Daten angefordert. Ich dachte mir, das könne doch nicht schaden. Deswegen hat es nun auch etwas länger gedauert. Doch das kann sich wohl sehen lassen." Das konnte es tatsächlich. Emde stand da wie vom Donner gerührt.

Bergmann und die Witwe hatten sich am Morgen nach dem Mord auf einem abgelegenen Parkplatz getroffen.

Der Regen ließ um die Mittagszeit nach, doch es würde ein unfreundlicher Tag bleiben. Kleine stand im Keller seiner Hütte und versuchte, sein Ermittlungspuzzle entsprechend den aktuellen Ereignissen neu zusammenzubauen. Doch er wusste, dass dieser Plan zum Scheitern verurteilt war. Es war ihnen aus den Händen geglitten. Etwas Großes war im Gange und sie konnten es nicht mehr aufhalten. Nun ging es nur noch darum, Emde und seine Familie aus der Gefahr wieder herauszubringen, in der sie offenbar schwebten. Es war 14 Uhr. Zeit, Emde zu informieren.

Emde blickte auf das Display seines Handys. Die Begrüßung fiel kurz aus. „Kleine?“ Nofri und Bangert hielten an ihren Schreibtischen inne und sahen zu ihm herüber. „Ich bin um halb vier bei dir“, begann der Journalist ohne große weitere Worte. „Du willst Antworten und es ist Zeit, dass du Antworten bekommst. Vielleicht ist es besser, wenn du dann dabei bist.“ Emde schluckte und versuchte, keine neugierigen Fragen zu stellen. Für ihn war das, was Kleine da redete, vollkommen unverständlich. Dabei sein? Wobei dabei sein? Aber er wusste auch, dass er am Ende des Tages möglichweise Ausrufezeichen hinter Fragen setzen konnte, die noch nicht beantwortet waren. „Es ist Kleine. Wir haben heute Nachmittag ein Date.“ Emde konnte sehen, dass zumindest Bangert das als Erklärung ausreichte. Der Wirtschaftsfachmann widmete sich wieder einem Wust an neuen Informationen der Steuerfahndung. Nofri aber blickte weiter hinüber. Dann stieß sie sich von der Platte ihres Schreibtisches ab und rollte auf dem Bürostuhl die kurze Distanz zu ihm hinüber. „Ein Date?“ fragte sie. „Ein Date“, bestätigte Emde. Nofri deutete ein leichtes Kopfschütteln an. „Emde, du musst mit ihm reden und ihm klarmachen, dass du richtig Ärger bekommst, wenn herauskommt, dass er mit uns ermittelt.“ Emde stand vor lauter Anspannung kurz vor dem Platzen. Seine Stimme klang bemüht gemäßigt. „Ich weiß, Nofri.“ Er wusste nicht, ob Kleine vielleicht gehört hatte, was seine Kollegin gesagt hatte, und eigentlich war es ihm auch egal. „Also, Herr Chefreporter. Was machen wir denn Schönes?“ Kleine hatte tatsächlich die Stimme im Hintergrund gehört und auch gewusst, zu wem sie gehörte.

Er wusste, dass die Dinge vertraulich blieben, solange nur Nora Freese und dieser andere Kollege, von dem Emde immer mit einem deutlichen Ton des Respekts sprach, eingeweiht waren und das ganze keine größeren Kreise zog. „Wir machen einen kleinen Spaziergang zur Buchhandlung am Berndorfer Tor." Emde traute seinen Ohren nicht. „Wir machen was?" Kleine wiederholte das Gesagte. „Und wozu das?", fragte der Hauptkommissar. „Warte es ab." Kleine beendete das Gespräch und atmete tief durch.

Kleine parkte seinen Golf auf dem Parkplatz an der Stadthalle unweit der Polizeidirektion. „Kleine, Waldecker Landeszeitung. Hauptkommissar Emde erwartet mich zu einem Recherchegespräch", erklärte er den Beamten unten im Besucherbereich schlicht, zeigte seinen Presseausweis und bat um Einlass. Und es geschah, was normalerweise niemals in einem Polizeipräsidium geschieht: Die beiden Diensthabenden winkten ihn einfach durch. Sie kannten ihn von früheren Berichten, kauften ihm das angebliche Gespräch offenbar ab.

Emde glaubte im ersten Augenblick, er würde eine Fata Morgana sehen. Während er noch seine Mails überflog, registrierte er, dass der Blick von Nofri und Bangert starr wurde, als beide zur Tür blickten. In der Tür stand Kleine. „Bist du verrückt?", fuhr Emde ihn an, nur um sich einen Augenblick später in der Lautstärke zu korrigieren. Nicht aber im Tonfall. „Was zum Teufel machst du hier?" Der Journalist blieb in der Tür stehen und nickte in die Runde. Bangert nickte eifrig einen Gruß zurück. Nofries Blick blieb kalt auf Kleine geheftet. Dessen Blick wanderte schließlich zu Emde. „Ich würde gerne mit dir einen Spaziergang machen. Wie besprochen zur Buchhandlung am Berndorfer Tor." Er sah Nofri an. „Und es wäre gut, wenn Sie uns unauffällig in entsprechendem Abstand folgen könnten, um zu überprüfen, ob wir noch weitere Begleiter haben." Emde sah, dass Bangert, der zuvor noch an seiner Kaffeetasse genippt hatte, nun so aussah, als würde er den getrunkenen Inhalt am liebsten wieder von sich geben. Nofri löste sich aus ihrer Starre. „Was meinen Sie?" Sie schüttelte den Kopf. „Ich glaube, ich verstehe Sie nicht so ganz, Sie ...", sie suchte sichtlich nach Worten, den Journalisten genau so siezend, wie er das mit ihr gemacht hatte. „Wichtigtuer! Was glauben Sie, was hier passiert? Glauben Sie, Sie sind Ethan Hunt oder so und können mir Anweisungen erteilen?“ Kleine musste bei dem Vergleich mit dem Hauptcharakter aus dem Tom-Cruise-Filmen lächeln. „Nofri!“, fuhr Emde dazwischen und wandte sich dann Kleine zu. „Paul, das geht so nicht. Du musst uns schon sagen, was du weißt.“ Er machte eine Pause. „Und es geht garnicht, dass du einfach so hier aufkreuzt. Wir haben hier sensible Daten, die nicht für die Öffentlichkeit bestimmt sind.“ Emde sah Kleines Gesichtsausdruck und wusste, dass seine Worte sinnlos waren. Was auch immer Kleine wusste: Es war nun besser, zu tun, was er sagte. Emde schaute zu Nora Freese hinüber. „Ich bin Steuerzahler“, sagte Kleine nun mit einem Lächeln. „Ich bin damit ihr Auftraggeber.“ Nora Freese schluckte.

Der Weg über den Nordwall, eine vielbefahrene Ringstraße, wäre kürzer gewesen. Doch als Emde seine Schritte an der Straßenecke nach links lenken wollte, auf die Straße, die sie beide auf dem kürzesten Weg zur Buchhandlung gebracht hätte, berührte Kleine ihn am Arm. Er nickte mit dem Kopf nach rechts. „Dort lang.“ Der Weg würde die beiden Freunde nun durch die komplette Altstadt führen und sich so glatt verdoppeln. Mindestens. Emde wollte protestieren. Doch dann fiel es ihm wie Schuppen von den Augen. Sie würden so auch durch den Totenhagen an der alten Korbacher Stadtmauer entlanggehen müssen. Das Gelände Park zu nennen, wäre übertrieben gewesen, es war mehr eine Art langgezogener Garten, von den uralten Steinen der Mauer flankiert. Jeder mögliche Beschatter, der sie im Auto verfolgen mochte, wäre gezwungen gewesen, auszusteigen und sie ebenfalls zu Fuß weiterzuverfolgen. Unterwegs hätten sie zahlreiche Möglichkeiten, auf den Wegen der parkähnlichen Anlage abzuzweigen und ihren Weg zu verkürzen. Ein Alptraum für mögliche Verfolger. Bald knirschte der Kies unter ihren Füßen. Kleine sah zum Turm der Kilianskirche hinüber, der ihnen nun näherkam. Zwischen den Wolken waren breite Streifen Himmelsblau zu sehen, ganz anders als in der Vorhersage, und plötzlich spiegelte sich die Herbstsonne mit einem warmen Goldton in den Zeigern und den Ziffern der Kirchturmuhr hoch oben vor dem Herbsthimmel. Kleine genoss den Anblick, ohne es Emde mitzuteilen. Hoffentlich ist es noch nicht zu spät, dachte er. Denn für gewöhnlich ist es in solchen Augenblicken immer später, als man denkt. Wenn man merkt, dass das Unheil nahe ist, kann man es fast nicht mehr abwenden. Wie bei einer Vollbremsung auf der Autobahn, die zu spät eingeleitet wird. Über die Schulstraße mit ihren alten Fachwerkhäusern gelangten sie zur Professor-Kümmell-Straße. Emde registrierte, dass die ‚Verzierungen' am großen Ausleger der Hirschapotheke, einem Holzhirschen mit stolzem Geweih, der seit Jahrzehnten stets vom alljährlichen Abiturjahrgang des städtischen Gymnasiums neu ‚eingekleidet' wurde, schon wieder verschwunden waren. Normalerweise blieben die Auswirkungen dieses Streiches über den ganzen Sommer. Doch offenbar war der Sommer bereits vorbei und Emde hatte es gar nicht wirklich mitbekommen. Sie bogen nach links in die Professor-Bier-Straße ein und passierten das Bronzedenkmal eines Nachtwächters. Seit Generationen kletterten kleine Kinder auf den Nachbildungen von zwei Hunden herum und streichelten die beiden Welpen, die aus der Manteltasche der Statue herausschauten. Wo zahllose Hände entlanggewandert waren, glänzte das Metall wie poliert. Kleine wurde nervös, wollte es Emde aber nicht anmerken lassen. Wer würde ihn dort in der Buchhandlung erwarten? Am Ende Aviva selbst? Er konnte es sich kaum vorstellen. Eine Knessetabgeordnete diesen Ranges würde nicht einfach so in geheimer Mission in die deutsche Provinz reisen. Oder vielleicht doch? Kleine ertappte sich dabei, dass er es sich insgeheim ersehnte. Er blickte auf seine Uhr. Sie waren auf die Minute pünktlich.

Die Sonne war nun endgültig verschwunden. Warm fiel das Licht aus dem Buchladen auf die Straße, dahinter breitete sich das Berndorfer Tor aus, das seinen historischen Namen kaum mehr verdiente, seit in den frühen achtziger Jahren hier der Knotenpunkt der Korbacher Fußgängerzone entstanden war. Ein Monstrum aus einer Straßenüberführung über einer Absenkung der Fußgängerzone. Oben rauschender Verkehr, unten Eisdiele und Boutiquen und sehr viel Beton. Vor vielen Jahren hatte das Ganze einen gewissen Charme gehabt. Doch seit einiger Zeit versuchten die Korbacher mit vielen alternativen Ideen, diese Unterführung mit neuem Leben zu füllen. Immerhin gab es noch eine Reihe Geschäfte, die für ein stetes Kommen und Gehen von Besuchern sorgte. Wie etwa die Buchhandlung, die Emde und Kleine nun betraten. Emde blickte sich um, doch nichts, wirklich nichts fand sich in diesem Geschäft, das seinen Argwohn erregt hätte oder, noch wichtiger, den Grund ihres Kommens gelohnt hätte. Vielleicht zehn Besucher verteilten sich zwischen den weitläufigen Regalreihen.

Nofri war ihnen im Abstand von knapp hundert Metern gefolgt. Sie hielt sich streng an das Wissen, dass sie während ihrer Ausbildung als Polizeischülerin erworben hatte. Immer wieder warf sie einen vermeintlich interessierten Blick in die Schaufenster, prüfte in den Reflexionen des Glases mögliche Verfolger, drehte sich beim Weitergehen genau in die Richtung um, aus der sie gekommen war, sah, sich immer wieder umschauend, auf die Uhr, als würde sie auf jemanden warten. Doch auch ihr wurde langsam klar, dass hier etwas geschah, das die Dimensionen einer Ermittlerin überstieg. Durch den Mord an Lieberknecht waren sie an etwas geraten, deren Spielkräfte von Einflüssen gespeist wurden, die weit außerhalb ihres Wirkungsbereichs lagen. Sie musste an das Foto denken, das ihrem Chef zugespielt worden war und das eine unmissverständliche Drohung darstellte. Immer wieder tastete sie nach ihrer Dienstwaffe, einer Heckler & Koch P30. Wie ihr Chef war sie normalerweise nicht bewaffnet. Nun hing die Pistole schwer im Holster und Nofri war froh, dass ihre weitgeschnittene, lange Wildlederjacke die Ausbeulung unter ihrem linken Arm gut kaschierte. Auch sie passierte den großen Holzhirschen der Hirschapotheke, nahm jedoch von der Skulptur keinerlei Notiz. Emde und Kleine gingen knapp fünfzig Meter vor ihr. Kleine! Irgendwie hatte dieser Kerl von irgendwoher Wind von einer Sache bekommen, die ihnen nützlich sein könnte. Nofri wollte diesem Typen einfach nicht trauen. Und doch ... er hatte gute Ermittlungsarbeit geleistet. Von ihm ging darüber hinaus eine stille Faszination aus, der sie sich nicht entziehen konnte. Sie merkte es auch an dem Respekt in Emdes Stimme, wenn er von ihm sprach. Außerdem mochte er Jazz und kannte sich wirklich aus, was ihn für sie schon wieder sympathisch machte. Sollten Jazzfans nicht zusammenhalten? Und konnte ein Jazzfan wirklich irren?

Kleine ließ seinen Blick durch die Buchhandlung wandern. Rechts waren die Krimis und Bestseller, links dieser ganze Esoterikkram, Kochbücher für sämtliche Gelegenheiten, Geschenke für alles und jeden. Sein Blick wanderte zurück zu den Krimis. Und er erstarrte. Er sah die Frau dort stehen. Sie blätterte in einem Buch, legte das Taschenbuch dann ab, blickte mit suchendem Blick durch die Reihen und zog dann ein anderes heraus. „Und? Was ist jetzt?", meldete sich Emde. Kleine sah ihn an und deutete an die Regalwand mit den Geschenkideen. „Magst du Susanne nicht etwas Schönes mitbringen? Ein Kochbuch über die Waldecker Landfrauen vielleicht?" Emde sah ihn nur verständnislos an, drehte seinen Blick dann aber prüfend in die Richtung, die Kleine ihm gewiesen hatte. Kleine ging auf die Frau zu und trat neben sie. Er wartete einen Augenblick. Sie schien keinerlei Notiz von ihm zu nehmen. „Shalom, Sarah. Baruch haber be Germania. Ma schlomchen?", flüsterte er. Die junge Frau neben ihm ließ sich weiterhin nicht anmerken, dass sie ihn bemerkt oder gehört hatte. Dann, ohne dass sie ihn anblickte, beantwortete sie die Frage Kleines. „Nahim meod, Paul Kleine. Ve Schlomi tow meod, toda." Und nach einem weiteren Augenblick: „Ich hatte vergessen, wie unfreundlich der Herbst in Deutschland sein kann." Kleine lächelte. Er verstand die Israelin gut.

Emde traute seinen Augen kaum. Kleine sprach offenbar sehr vertraulich mit einer jungen Frau, die er, Emde, noch nie zuvor gesehen hatte. Eigentlich keine aufsehenerregende Erscheinung, die Frau war in Outdoor-Jacke, Jeans und Stiefel gekleidet. Sie trug einen Dutt, der ihre brünetten Haare auf ein Mindestmaß an Bewegungsfreiheit bändigte, doch sie hatte etwas an sich, das nicht in diese Gegend passte. Etwas Elegant-Exotisches, das von großer Weltläufigkeit sprach. Die Unbekannte war gekleidet, wie man sich nun mal auch in dieser Gegend kleidete und passte dennoch nicht ins Bild. Emde traute auch seinen Ohren kaum. Denn die beiden sprachen nicht deutsch miteinander. Emde strengte sich an, er wollte nicht als Lauschender dastehen und nahm zur Tarnung ein Buch vom Stapel eines Tisches, der unverschämt früh im Jahr Bücher mit Weihnachtskochrezepten anbot, während er die Ohren spitzte. Der Ermittler hörte kehlige, krächzende Laute. Worte, die oft auf ‚od' oder ‚im' endeten und gedehnte Vokale zu beinhalten schienen. Immer wieder schien es um einen mysteriösen Ken zu gehen, der Name fiel häufiger. Und plötzlich fielen die fehlenden Puzzleteilchen wie ein unerwarteter Platzregen ins Bild des Ermittlers. Israel! Kleine war dort gewesen. Emde hatte noch nie zuvor in seinem Leben Hebräisch gehört. Doch jetzt war er sich sicher, Zuhörer dieser Sprache zu sein. Und Kleine schien sie zu sprechen als wäre es seine Muttersprache.

„Was haben Sie für mich, Sarah?", fragte Kleine. Er wusste, dass Höflichkeitsfloskeln jetzt nicht angebracht waren. Der Kontakt würde nur Augenblicke dauern. Die junge Frau drehte einen kleinen Kasten in der Hand, der ihm zuvor noch gar nicht aufgefallen war. Sie hatte ihn mit der Hand verdeckt. Ein Geschenkset, zwei Figuren aus einer gerade angesagten Zeichentrick-Serie. Plunder. „Meinen Sie, Ihr Freund dort drüben würde das gerne seinen beiden Jungs schenken?" Wahnsinn, sie kennen auch Emde von Fotos und wissen, dass er zwei Söhne hat. Kleine nickte wie betäubt. „Ja, natürlich, ich werde es ihm zum Kauf empfehlen." Doch Sarah schüttelte den Kopf. „Kaufen Sie es, Kleine. Geben Sie es nicht aus der Hand. Und dann gehen Sie. Lassen Sie uns etwas Zeit, das Land zu verlassen. Drei Stunden dürften genügen. Bitte sehen Sie sich vor." Paul Kleine glaubte zu spüren, dass die unbekannte, tapfere Sarah für ihr Heimatland zum ersten Mal auf einer verdeckten Mission unterwegs war. Es war ihr anzusehen, dass sie den Augenblick herbeisehnte, in dem sie sich in ihren Flugzeugsitz zurücklehnen und den Anschnallgurt schließen konnte. „Sie sind sehr mutig, Sarah", sagte er. „Ich hoffe, dass ich mich bei Ihnen bedanken darf, wenn ich wieder in Eretz ...", er wollte das folgende Wort aussprechen, verkniff es sich dann aber. Wer wusste schon, wer ihnen lauschte und dessen Sensoren erst bei dem Wort Israel ansprangen? „... Drom America zu Gast bin?" Sie lächelte in stillem Verständnis. „Ja. Dem dürfte sicher nichts im Wege stehen, wenn wir das hier erfolgreich zum Abschluss bringen."

Kleine nickte der Frau zu und wandte sich in Richtung Kasse, obwohl er die couragierte Sarah am liebsten fest umarmt hätte.

Nofri war vor der Tür stehen geblieben. Links öffneten sich die Treppen zum Berndorfer Tor hinunter, rechts lagen die Fachwerkhäuser der Professor-Bier-Straße. Von draußen konnte sie sehen, dass Kleine vor der Regalwand mit Krimis zu einer Unbekannten sprach. Emde stand einige Meter davon entfernt und tat so, als würde er in einem Buch über Weihnachtsrezepte blättern, was ihm aber schlecht gelang. Sie kannte ihn dazu inzwischen gut genug. Sie sah, dass das Interesse ihres Chefs deutlich auf die Vorgänge an der Krimiwand gerichtet war. Dann schien das Gespräch zwischen Kleine und der jungen Frau beendet. Kleine drehte sich um und ging zur Kasse, die Unbekannte wandte sich zur Tür um – und sah sie im nächsten Augenblick. Nofri erstarrte. Ihre Gedanken rasten. Sie wusste nicht, wen sie vor sich hatte. Eine Informantin? Eine Kriminelle? Gehörte sie zu den Guten? Den Schlechten? Emde hatte viel erzählt über Kleine. Auch über seine Israelreisen. Die unbekannte Frau in lässiger Outdoorkleidung verlangsamte nun ihre Schritte und blieb stehen. Nofri reagierte instinktiv. Sie hatte eben noch viele Fragen gehabt, die sich nun schlagartig zu beantworten schienen. Die Ermittlerin kannte nur ein Wort, von dem sie glaubte, dass es Hebräisch war. Ein Wort, das in zahlreichen Gottesdienstliedern, die sie als dunkelhäutige Adoptivtochter strenggläubiger Protestanten kennengelernt hatte, immer wieder auftauchte und das man verwendete, ohne ihm groß einen Gedanken zu widmen. „Shalom“, sagte Nofri wie im Reflex, als sie sicher war, dass die Frau sie hören konnte. Doch die sah sie nur an. Dann, nach einem scheinbar endlosen Augenblick, lächelte sie ein offenes Lächeln tiefster Freundlichkeit. „Guten Tag, liebe Nora Freese. Schön Sie auf diese Weise kennenzulernen! Bitte passen Sie auf sich auf“, sagte sie auf Deutsch. Sekunden später hatte die Professor-Bier-Straße die Unbekannte scheinbar verschluckt. Die zu Tode erschrockene Nofri war sich sicher, einem Gespenst begegnet zu sein. Einem Gespenst mit einem leichten Frankfurter Zungenschlag.

Kapitel 30

Sie waren wieder zurück in der Polizeidirektion. Kleine hatte das schmale Kästchen mit den beiden Figuren gekauft und an Emde übergeben. Sie waren die gleiche Strecke zur Pommernstraße zurückgekehrt. Emde hatte das Präsent vor sich hergetragen wie eine Monstranz mit einer kostbaren Reliquie. Im Büro entdeckten sie den Stick, der darin verborgen war. „Wir können den hier jetzt aber nicht in irgendeinen PC stecken, wer weiß, was das ist?“, hatte Bangert Bedenken angemeldet. Doch Emdes Blick hatte ihn zum Schweigen gebracht. „Ich kann mir schon denken, was damit ist“, hatte Kleine erklärt. Emde selbst wollte den USB-Stick schließlich in den entsprechenden Port seines Rechners stecken, doch Kleine hielt ihn zurück. „Warum nicht?“, fragte Emde gereizt. Er wollte Informationen. Schnell. Kleine berichtete von dem Versprechen, dass er Sarah gegeben hatte. „Sie muss erst außer Landes sein. Vermutlich über Frankfurt, Paderborn oder die Grenze zu den Niederlanden. Den Vorsprung müssen wir ihr lassen.“ Nofri konnte den Blick von Kleine nicht abwenden. Sie hatte sich zu lange mit ihren Fragen zurückgehalten. Nun mussten sie raus. Sie stellte krachend ihren Kaffeebecher auf ihrem Schreibtisch an. Die Begegnung ging ihr nicht aus dem Kopf. „Kleine, wer war das? War sie vom Mossad? Ermittelt jetzt auch der israelische Geheimdienst für uns?“ Ihre Stimme nahm einen schrillen Ton an. Kleine schloss genervt die Augen. Nicht jetzt. Doch er fühlte Emde auf seiner Seite. Sein Freund schaute seine Kollegin an. Die schwieg und riss mit einer ruckartigen Handbewegung ihren Kaffeebecher wieder vom Schreibtisch hoch. „War das eigentlich Hebräisch, was ihr gesprochen habt?“ Kleine nickte. „Und wer ist dieser Ken?“ Kleine runzelte fragend die Stirn. „Welcher Ken?“ Emde schlug mit der flachen Hand auf seinen Schreibtisch. „Ihr habt mehrfach von einem Ken gesprochen“, half er dem Gedächtnis von Kleine auf die Sprünge. Doch Kleine lächelte nun, erkennend, was Emde meinte. „Du hast uns gut belauscht. Ken ist kein Name. Ken heißt auf Hebräisch schlicht und einfach ‚ja‘“. Bangert und Nofri versuchten ein gezwungenes Lachen. Die

Stimmung entkrampfte sich, wenn auch nur langsam. Nun brauchte auch Emde einen Kaffee.

Nach knapp zweieinhalb Stunden hielten sie die Zeit für gekommen. Kleine hatte von seinen Kontakten in Israel nur das Mindeste preisgegeben und versucht, eisern zu schweigen. Ihm war klar, dass dieser Nachmittag weitreichende Folgen haben würde, aber nun ging es nur um die nächsten Minuten. Er blickte auf seine Uhr. Mit seinem Smartphone hatte er die Abflüge aus Paderborn überprüft. Wenn die geheimnisvolle Sarah den Flug nach Paris genommen haben sollte, war sie nun fast am Ziel. Zumindest außerhalb des deutschen Luftraums. Rasch hatte er die Homepage des Flughafens Charles de Gaulle angesteuert. Tatsächlich, das würde passen: Nach einem kurzen Aufenthalt könnte sie einen Nachtflug nach Tel Aviv nehmen. Kleine war sich sicher, dass die junge Frau an Bord der Maschine war. Das Dienstgebäude an der Pommernstraße hatte sich inzwischen geleert, nur in wenigen Räumen brannte noch Licht. Auch das Großraumbüro der Soko Wiesenruhe war verwaist. Bis auf Nofri, Bangert, Emde und Kleine. Draußen vor den Fenstern war der in goldgelbem Licht angestrahlte Turm der gotischen Nikolaikirche zu sehen, neben der Kilianskirche ein weiteres Wahrzeichen Korbachs. Sie hatten den Stick in den USB-Port eingeführt und saßen vor dem Bildschirm, der sich sofort schwärzte. Bangert stöhnte auf. „Na toll. Ey, wenn das jetzt eine Spyware ist, die uns lahmlegt und unsere Daten abschöpft, kommt der Innenminister persönlich auf einen Kaffee vorbei." Keiner beachtete ihn. Kleine rutschte auf seinem Stuhl hin und her. Er hatte keine Vorstellung, was passieren würde und konnte nur Vermutungen anstellen. Nach einer gefühlten Ewigkeit erschien auf dem Bildschirm ein Ladebalken, der bereits 80 Prozent überschritten hatte. Sehr grob verpixelt, als wäre das genutzte Programm ein uraltes. „Kleine, was geht da vor sich", fragte Emde nun mit leiser Stimme. Der zögerte noch. Er konnte es nicht wissen, nur raten. „Ich vermute mal, dass uns das Programm auf dem Stick einen Zugang zu einer verborgenen Seite des Darknet ebnet. Es schaltet mehrere Server zusammen und leitet uns über einen Pfad, der hinterher für niemanden mehr rekonstruierbar ist, dorthin; inklusive entsprechender Passwortsperren, die vom

Programm überwunden werden. Aber ich bin da genau so aufgeschmissen, wie ihr." Er verschwieg, dass er ebenso vermutete, dass das Programm dabei locker sämtliche Sicherheitssperren des Polizeirechners überwand. Er hörte Nofri tief Luft holen. Kleine hatte mitbekommen, dass Sarah und die Ermittlerin draußen vor der Buchhandlung einige Worte gewechselt hatten. Er hatte gesehen, wie ihr Blick sich in jähes Entsetzen verwandelt hatte. „Nofri?" Die Ermittlerin sah auf. Es schien ihr gar nicht aufzufallen, dass der Journalist sie mit dem vertrauten Spitznamen angesprochen hatte, den ihre Kollegen für sie nutzten „Nofri, wir haben bei der Sache eine Fallhöhe erreicht, die es rechtfertigt, wenn ein ausländischer Geheimdienst uns mit Informationen versorgt. Ob wir damit was anfangen können, müssen wir dann entscheiden. Vielleicht ist das gar nicht der Fall. Vielleicht nützt es uns auch nur, um weitere Informationen loszukitzeln. Aber auf jeden Fall wäre es falsch gewesen, diese Quelle nicht zu nutzen. Auch wenn uns dafür jeder Staatsanwalt und die Presse an der nächsten Laterne aufknüpft." Er sah, dass Nofri nicht überzeugt war. „Diese Frau..." Kleine nickte. „Sie heißt Sarah." „Sarah, okay. Ist sie beim Mossad? Ich habe mir Geheimagenten immer anders vorgestellt." Kleine schüttelte unwillig den Kopf. Es würde Nofris Vorstellungen sprengen, wenn er ihr sagen würde, dass auch der legendäre Mossad nur eine Dienstbehörde ist. Chronisch unterfinanziert mit schlechten Arbeitsbedingungen, geringen Aufstiegschancen und – wie der öffentliche Dienst in nahezu allen Staaten, die Kleine kannte – ständig mit den Tücken der Digitalisierung kämpfend und daher lieber das geduldige Papier nutzend. „Das kann ich nur vermuten. Ich weiß es nicht." Kleine zögerte. Er hoffte, dass ihm die Frage nicht gestellt werden würde, ob dagegen er beim Mossad sei. Was dann? Doch niemand wollte das Thema weiter verfolgen. Denn nun erschienen drei Zeilen auf dem Bildschirm.

Emde kam es vor, als würde weiße Farbe über den Bildschirm herablaufen. Es waren für ihn fremde Schriftzeichen. Er sah etwas, das Ähnlichkeit mit einem X hatte. Ein anderer Buchstabe sah aus wie eine Muschel, ein weiterer wie ein kleiner laufender Dinosaurier. Andere wiederum wie kleine Galgen.

Die meisten aber schienen nur Striche zu sein. Mit kleinen Auswüchsen oben oder unten. Die Schrift hatte etwas Uraltes, Würdevolles an sich. „Ist das Hebräisch?“ Kleine nickte. „Ivrit. Neuhebräisch. Die Sprache, die im heutigen Israel gesprochen und so geschrieben wird.“ Sein Finger deutete auf den Bildschirm. „Videos, Tonbandaufzeichnungen und Dokumente“, zählte er von oben nach unten auf und bemerkte dabei gar nicht, dass sein Finger die Worte gemäß der Leseweise von rechts nach links abfuhr. Wie war das noch, dass er keine Informationen haben sollte, die erkennbar aus Israel stammten? Offenbar hatte da jemand im Hauptquartier in Tel Aviv gehörig gepennt. „Videos“, ordnete Emde an. „Ich will Videos sehen.“ Kleine klickte auf den unterlegten Button. Es folgte eine Auflistung nach Punkten ohne weitere Hinweise. Die Schrift war auch hier grob verpixelt. „Die haben das gut gemacht“, meldete sich Bangert. „Wahrscheinlich haben sie dazu ein total veraltetes Programm als Vehikel genutzt, von dem sie sicher sein konnten, dass jede Spionagesoftware es komplett ignorieren würde. Wer will schon wissen, was für einen Scheiß ein Commodore C64 draufhatte. Wintergames vielleicht?“ Der Achtzigerjahre-Fan Emde lachte kurz auf. „Sag mal nichts gegen den C64!“ Kleine war nicht nach Lachen zumute. „Warum mussten sie diese Sarah mit dem Stick mit den Filmen herschicken? Hätte es nicht gereicht, eine Mail mit Dateien zu schicken?“ Die Frage von Nofri war berechtigt. Kleine hatte keine Antwort darauf. Doch Bangert gab sie. „Die Daten befinden sich nicht auf dem Stick. Sie befinden sich an einem sicheren, hackergeschütztem Ort im Darknet. Alles, was der Stick für uns gemacht hat, war, uns an den Ort zu führen.“ Sie schwiegen. Kleine wollte sehen, auf was sie gestoßen waren. „Bereit?“ Alle nickten. Er klickte auf das erste Video. Sie waren nicht vorbereitet auf das, was sie sahen. Hätten es in ihren furchtbarsten Träumen nicht sein können.

Sie sahen Bäume und Sträucher. Grauer Himmel, eine Stadt im Hintergrund. Stimmengewirr. Schritte auf Steinboden. Dann wurde das Bild schärfer, zwei Männer waren zu sehen. Einer der beiden rauchte. Dann hörten sie deren gesprochene Worte deutlicher. Alle drei spitzen die Ohren, obwohl der Ton des Monitors auf volle Leistung aufgedreht war. „Es geht mir nur darum, das Ausmaß Ihrer Fähigkeiten abzuschätzen", sagte der eine. „Ob Sie so einen Typen brauchen wie da oben in Hessen, oder ob Sie es so aussehen lassen können, dass es Selbstmord ..." Dann wurde er unterbrochen „Halten Sie den Mund, verdammt!", fuhr der andere dazwischen.

„Wer ist das?", fragte Emde. Doch er wusste es längst. Nofris Blick war starr. In Kleines Gesicht spiegelte sich grenzenloses Entsetzen. Einer der beiden war Jörg Hausdorf. Landesgruppenchef seiner Fraktion. Einer der mächtigsten Männer des Deutschen Bundestages. Kleines Befürchtungen und die Ankündigungen der vier Männer in Jerusalem wurden nun bestätigt. „Halten Sie den Mund", sprach er weiter. „Wir haben mit dem Mord an Lieberknecht nichts zu tun. Diesen Typen aufzutreiben, das war ganz alleine die Witwe. Mit Hilfestellung von irgendwoher. Schließlich wollte sie den alten Sack auch loswerden. Wir sind nur die Nutznießer. Die Mitwisser. Und wir haben auch nichts mit der Warnung zu tun, die diesem eifrigen Kommissar zugedacht wurde." Emde schrie auf. „Nimmt das jemand auf? Wir müssen das festfrieren, wenn es nur einmal abspielbar sein sollte!" Doch Nofri hatte bereits ihr Smartphone auf den Monitor gerichtet und filmte mit. Hausdorf sprach weiter: „Wir wissen nur, dass sich jemand darum gekümmert hat. Es war außerdem der ausdrückliche Wunsch von der Lieberknecht, nachdem der Bulle abends bei ihr an der Tür erschienen war und den Aufstand gemacht hat." Zu sehen waren nun Fliesenfugen, verhuschter Himmel, Stimmenrauschen. Dann endete die Aufnahme.

Sie saßen einige Minuten da wie Menschen, die gerade eine schreckliche Nachricht erhalten haben. Scheinbar wollte keiner der erste sein, der das Schweigen brach. Schließlich räusperte sich Emde. „Ich nehme mal an, dass mit dem Bullen, der abends an einer Tür erschienen war, ich gemeint bin?" Er sah sich um. Bangert meldete sich. „Wer war der andere?" Emde sah, dass Nofri bereits dabei war, das zu googeln, doch Kleine kam ihr zuvor. „Das ist Thorsten König. Der Vorsitzende des Ausschusses für Verteidigung." Seine Stimme war vor Entsetzen zu einem heiseren Flüstern geworden. Außer Kleine war keiner von ihnen besonders politisch bewandert. Doch ihnen war bewusst, dass das, was sie gesehen hatten, purer Sprengstoff war. Wieder brach Emde das Schweigen. „Wow. Naja, immerhin ein tolles Gefühl, dass sich so prominente Politpersönlichkeiten Sorgen um mein Wohl machen."

Kleine sagte nichts mehr. Er dachte an Avivas Warnung. Sie hatten wahrhaftig ein Team in der Nähe dieser Leute. Und das Team war sehr gut. Wer auch immer diese Person war, die dieses Video aufgezeichnet hatte, ihr musste bewusst sein, dass sie in großer Gefahr schwebte. „Wollen wir mit dieser Freakshow weitermachen?", fragte Emde. Kleine klickte auf den zweiten Button. Wieder hörten sie Stimmgewirr. Aber es klang mehr nach Restaurant, denn im Hintergrund war Geschirrgeklapper zu hören. Dann hörten sie die Stimme von einem alten Mann. „Sorry, you can make photo?" Für einen Sekundenbruchteil waren besetzte Tische zu sehen. „Das ist das Café Einstein in Berlin." Kleine hatte es erkannt. Von irgendwoher war ein genervtes „Okay, okay" zu hören, gefolgt von einem „Just push button here ..." Dann war wieder Jörg Hausdorf in Großaufnahme zu sehen, wie er offenbar jemanden fotografierte und dabei gar nicht bemerkte, dass er sich selbst dabei filmte. Unten im Bild erschienen hebräische Schriftzeichen. „Was steht da?", fragte Emde. „Person per Fingerabdruck als Jörg Hausdorf identifiziert", las Kleine ab. „Alle Achtung, sind die gut!" Er sah im Hintergrund am Tisch eine Person vor einem Teller mit Torte sitzen. Nun war Nofri die Schnellste. „Das ist Joachim Weyergraf, ich werde verrückt." Sie hörten mit, was die beiden Männer miteinander zu besprechen hatten, ohne die Bilder dazu zu sehen. Das Handy, das die Aufnahme gemacht hatte, lag nun wieder auf dem Nachbartisch und nahm die Zimmerdecke auf. Sie hörten Hausdorf weitersprechen, die Stimme war außerordentlich deutlich zu verstehen, als würde er direkt ins Mikrofon sprechen: „Nacharbeiten müssen wir auf jeden Fall bei dem Thema Angst vor Überfremdung. Das verspricht am meisten Zustimmung. Insgeheim freut sich das Prekariat doch, wenn irgendwo etwas in Stücke geschlagen wird und sie selbst das am liebsten gemacht hätten." Dann wieder Weyergraf: „Das mag ja angehen. Letztendlich bestimmen Sie dieses widerliche Themensetting. Aber es darf dabei nicht wieder zu Toten kommen. Diese Sache mit der jüdischen Einrichtung war einfach Scheiße, selbst wenn man es erfolgreich radikalen Islamisten in die Schuhe schieben konnte – Parlamentarischer Untersuchungsausschuss hin oder her, die entsprechenden Dokumentationen waren ja dankenswerterweise verlegt worden. Nicht?"

Die vier Personen vor dem Monitor erstarrten. Jedem von ihnen war bewusst, dass Weyergraf von dem schrecklichen Anschlag auf die jüdische Talmud-Tora-Schule in Berlin vor einigen Jahren sprach. *Sie haben ein Team in der Nähe von Hausdorf.* Kleine dachte es nochmals, in retardierenden Schleifen biss sich der Gedanke immer fester in seinen Kopf wie ein bösartiges Monster. Ob Hausdorf sich bewusst war, dass er einen Toten sah, wann immer er ab jetzt in den Spiegel schaute? Sie würden das nicht durchgehen lassen. Konnten es nicht. Es musste ein bedeutendes Signal an alle gesetzt werden, die außerdem damit befasst waren und dachten, sie würden ungestraft davonkommen. „Was ist mit dem Ermittler, der die Durchsuchung bei Prospersoil angeleiert hat?", wurde das Gespräch in dem Video weitergeführt. „Was ist mit diesem anderen Typen, den Sie für diverse, nun ja, nennen wir es mal Theatersketche benötigt haben? Wie lange denken Sie, kann das gutgehen, ohne dass es auffliegt? Na?" Dann wieder die andere Stimme von Hausdorf: „Es macht wohl keinen Sinn, wenn ich frage, woher Sie das alles wissen?" Weyergraf antwortete: „Nein. Macht es nicht. Das geht Sie nichts an." Es entstand ein kurzes Schweigen, bevor Hausdorf weitersprach. „Wir kommen wohl nicht darum herum, das Problem auf eine robuste Methode zu lösen." Kleine sah Emde an. Emde starrte ins Nichts.

Emde und Kleine gingen über den beinahe verwaisten Parkplatz. Emde konnte seine Gedanken kaum in eine schlüssige Reihenfolge bringen. „Ich kann das nicht fassen, was wir da gesehen haben." Kleine nickte. „Und es gibt keinen, der sie bis jetzt aufgehalten hat, weil sie überall ihre Leute sitzen haben." Kleine nickte wieder. „So läuft das schon seit Jahrhunderten. Staatsstreiche werden im Verborgenen vorbereitet", entgegnete er. Es war spät geworden. Sie hatten lange über das gesprochen, was sie gesehen hatten. Kleine hatte den Ermittlern erklärt, dass seiner Meinung nach der Tod von Carl Lieberknecht als

Unfall einzustufen war. „Ich glaube nicht, dass Hausdorf oder Constanze Lieberknecht von Anfang an einen Mord in Auftrag gegeben haben“, hatte er erklärt. „Aber irgendwo entlang der Informationskette ist ein Mord daraus geworden. Gestützt hatten sie sich dabei auf das vermeintlich engmaschige Netz rechtsradikaler Kontakte, das besonders in Nordhessen sehr dicht war.“ „Sonnenklar“, hatte Emde argumentiert. „Sie können sich dort auf ein verschwiegenes Netzwerk verlassen, das ihnen sogar zur Not aus dem Ausland ohne Probleme einen versierten Profi organisieren kann. Eine Verbindung, die sie im schlimmsten Fall aber auch völlig verleugnen können. Denn wer würde schon halbverrückten Rechten glauben, wenn dagegen das Wort eines unbescholtenen Abgeordneten stand, überprüfbare Dementi mal vorausgesetzt.“ Kleine wärmte sich an seiner Kaffeetasse. Dieses Mal hatte er die Tasse erwischt, die um den Karriereeinstieg bei der Polizei Hessen buhlte. „Klar, die Krawatttennazis machen sich die Hände nicht schmutzig. Das überlassen sie den wohlgeordneten Hierarchien darunter. Als denen nach dem Mord an Lieberknecht die Muffe ging und sie die Tragweite erkannten, was sie da angestellt haben, ließen sie diesen ... wie hieß der noch?“ „Bertrand Muller“, half Bangert Kleines Gedächtnis auf die Sprünge. „... Bertrand Muller ebenfalls hopsgehen. Sozusagen als Zugabe.“

Ihnen war klar, dass das Material noch nicht als Beweis taugte, um Constanze Lieberknecht festnehmen zu lassen. Geschweige denn, irgendetwas anderes in die Wege zu leiten. Ihnen war auch mit düsterer Klarheit bewusst, dass es noch eine weitere Ebene jenseits der Hausdorfs, Weyergrafs und Lieberknechts geben musste, über deren Existenz und Identität sie nur spekulieren konnten. Doch für ein Gespräch unter verschärften Bedingungen im Hause Lieberknecht und einer Konfrontation mit den Einwahllogs ihres Mobilfunkanschlusses war das Material dennoch gut zu gebrauchen. Auch die Liste von Personen, die sie ebenfalls auf dem Zugang gefunden hatten, würde ihnen weiterhelfen.

Kleine hatte sich inzwischen wieder gefasst. Er war seit dem Gespräch mit Küsters innerlich vorbereitet gewesen, hatte nun bestätigt bekommen, was er befürchtet hatte. Doch Emde schien in seinen Grundfesten gestört. „Aber was ist so scheiße an dem Staat in dem sie leben? Ich meine, diese Leute sind doch eigentlich wie wir ... Mann! Ich fasse das nicht! Keinem von denen geht es wirklich schlecht. Oder? Im Gegenteil, denen geht es richtig gut. Was also treibt sie an? Was ist das Motiv?“ Kleine stoppte für einen Augenblick und sah Emde festen Blickes an. Seine Antwort bestand nur aus einem Wort. „Macht.“

Sie hatten sich darauf geeinigt, es für heute gut sein zu lassen. Bangert und Nofri hatten sich bereits vor einer Stunde verabschiedet. Der morgige Tag würde für sie alle anstrengend werden. Noch am Abend hatte die Bundesanwaltschaft die Zusage gegeben, die Ermittlungen zu übernehmen. Emde hatte in einem Anflug von Wahn direkt in Karlsruhe angerufen. Der Staatsanwalt in Kassel mochte für heute Nacht in Frieden weiter ruhen. „Wir wollen morgen nicht aufwachen und feststellen, dass wir von einem braunen Sumpf regiert werden“, hatte Emde gesagt. Kleine hatte mit dem Kopf geschüttelt. „Wir wissen nicht, ob der Sumpf braun ist.“ Nur, und das war ihnen allen klar, dass es ein Sumpf ist. Ein Sumpf, der trockengelegt werden musste. Kleine hatte angeboten, Emde zu sich nach Hause mitzunehmen. Der Hauptkommissar sah nicht so aus, als könne er noch Auto fahren. Und Susanne und die Kinder waren ja immer noch bei Grimmelmanns. Emde hatte am Abend ein paarmal mit ihnen telefoniert und dabei immer mehr wie ein kleines unsicheres Kind geklungen.

Kleine nestelte den Autoschlüssel aus seiner Jackentasche. An dem noch knapp fünfzehn Meter entfernten Kombi leuchteten die Scheinwerfer kurz auf, als sich die Türschlösser ferngesteuert entriegelten. Der Schuss kam ohne jede Vorwarnung. Plötzlich schien sich etwas durch den Fahrzeuginnenraum zu bohren. Unsichtbar und ultraschnell. Von irgendwoher aus der Dunkelheit jenseits des Parkplatzes drang ein heiserer Knall, fast wie ein Silvesterknaller. Splitter der Seitenscheibe fegten über den Boden. Kleine und Emde blieben überrascht stehen und musterten zunächst erstaunt und verständnislos das kleine Loch, das sich, umgeben von einem Splitterkranz, in der Scheibe aus Sicherheitsglas gebildet hatte. Die Reaktionszeit von Kleine war kürzer. Er hatte schneller erkannt, was geschah. „Runter! Hinter den Vorderreifen in Deckung!“ Emde reagierte wie an unsichtbaren Fäden gezogen, sprang mit einem Satz hinter den Reifen. Was auch immer da gerade geschehen war: Einfach stehenzubleiben wäre mit Sicherheit tödlich. Erst langsam realisierte er die Tatsache, dass auf sie geschossen worden war. *Auf mich ist noch nie geschossen worden!* Er zog sein Handy aus der Jacke und wählte die Notrufnummer der Polizei. Kleine öffnete die Beifahrertür, langte mit einem Griff weit in das Fahrzeug hinein und riss etwas heraus, das offenbar mit Klebestreifen unter dem Fahrersitz befestigt gewesen war. Emde erblasste. Kleine hielt eine Schusswaffe in der Hand. Eine Automatik, soweit Emde das erkennen konnte. *Woher hast du eine Waffe?* „Bist du okay?“ Die Stimme schien von weit her zu kommen. Emde nickte kraftlos, tastete nach seiner Dienstwaffe. Doch die lag natürlich im Präsidium, Mist! Er deutete auf die Pistole. „Was ist das? Warum hast du so etwas? Wo kommt diese Pistole her?“ Er rang nach Luft. Die Notrufzentrale meldete sich, eine jungklingende Frauenstimme. „Hauptkommissar Emde hier, Kripo Korbach“, er stockte kurz, „wir befinden uns auf dem Parkplatz der Stadthalle im hinteren Bereich. Auf uns wird geschossen. Schnell!“ Er legte auf, ignorierte die Frage, ob jemand verletzt sei, und blickte zu Kleine rüber. Drüben in der Dunkelheit regte sich nichts. Dann war ein weiterer Schuss zu hören. Anders, als der vorangegangene. Als würde er ... in eine andere Richtung abgefeuert. Die Stimme schien aus großer Distanz zu kommen, heiser. „Kommissar Emde! Kommen Sie heraus! Wir haben das Schwein erwischt. Sie sind in Sicherheit!“ Emde atmete auf und wollte mit einem Satz aufspringen. Ein scharfes Zischen Kleines hinderte ihn daran. „Was ist los?“ Kleine deutete ihm mit einer raschen Handbewegung an, auf dem Boden zu bleiben. Erst dann realisierte Emde mit Entsetzen, was ihm zuvor entgangen war. Der leichte Akzent. Der falsche Dienstgrad. ‚Das Schwein‘. Emde war sich in dem Moment sicher, kein Polizist würde vor anderen Polizisten einen möglichen Täter als ‚das Schwein‘ bezeichnen. So etwas gab es nur in Bruce-Willis-Filmen. Der Hauptkommissar sah, wie Kleine seinen Schal vorsichtig herunterzog und in der linken Hand zusammenballte. Mit der Rechten hielt er weiter die Pistole umklammert. Kleine blickte kurz herüber. „Egal, was jetzt passiert, bleib in Deckung, okay?" Emde nickte wie ein Roboter. Die anderen müssten jeden Augenblick hier sein. Auch wenn die Nachtbesetzung äußerst dünn war, sie würden alle ausrücken. Und dann? Eine Schießerei wie in einem Western? Er versuchte, gleichmäßig zu atmen. Der Schweiß stand ihm auf der Stirn. Wie viel Zeit mochte vergangen sein? Er wusste es nicht. Nur Sekunden sicherlich. Kleine warf mit einem Ruck das Schalknäuel in das Licht der hellen Peitschenlampen, die den Parkplatz beleuchteten. Sofort schien es, als würde es von unsichtbaren Kräften hin und her geworfen, als mehrere Schüsse scheinbar gleichzeitig trafen. Wie in einem Sergio Leone-Western, dachte Emde.

Kleines Verstand raste wie ein Schnellzug. Die Zeit schien ebenfalls dahinzurasen und gleichzeitig doch in Zeitlupe zu vergehen. Unter dem Beifahrersitz lag eine Tasche mit Verbandszeug, darin ein kleiner Spiegel. Eigentlich dazu gedacht, bei Verwundeten eine Atmung festzustellen. Kleine kniete nun nieder, riss seine Jacke von den Schultern, knüllte sie zusammen, warf sie ins Scheinwerferlicht und hielt den Spiegel vorsichtig so, dass er sehen konnte, was sich im Dunkel der Bäume tat. Das Mündungsfeuer war deutlich zu sehen. Der Schatten des Schützen auch. Er war zum zweiten Mal auf den Trick hereingefallen und machte sich gar keine Mühe, in Deckung zu bleiben. Der Unbekannte glaubte sich offenbar überlegen alleine dadurch, dass er ein Gewehr mit Selbstladevorrichtung hatte. Er stand einfach mit seiner Knarre in der Dunkelheit neben dem Baum wie an der Schießbude auf einem Schützenfest. Du glaubst, du bist ein Profi, dachte Kleine. Du bist nicht Profi genug. Er lud durch und entsicherte die Jericho. Plötzlich war er wieder auf dem Schießstand des Luftwaffenstützpunktes Hatzerim wie vor vielen, vielen Jahren und hörte seinen Trainer. *Wenn du gegen einen Angreifer die Waffe ziehst, dann schieß, um zu töten. Nicht, um zu verletzten. Ein verletzter Gegner ist immer noch gefährlich, wenn du nicht weißt, welche Waffen er nutzen kann. Töte!* Er hörte Avi, die ihm damals seinen Eid abgenommen hatte. *Deine Aufgabe ist es jetzt als erstes, am Leben zu bleiben. Und das Leben deiner Leute zu schützen. Schütze dein Land und du schützt unseres.* Er spürte Wut. Maßlose Wut. Es war sein Land. Und Kleine tötete.

Mit einem Ruck richtete er sich auf und sprang direkt neben der Frontstoßstange vor seinen Wagen.

Emde erschauerte. Er hatte diesen Blick bei seinem Freund noch nie gesehen. Kleines Augen schienen scharf auf etwas fokussiert und gleichzeitig in die Unendlichkeit gerichtet zu sein. Als hätte er es gelernt und nie etwas anderes gemacht, hielt er die Waffe mit beiden Händen untereinander umklammert, der rechte Zeigefinger lag ausgestreckt über dem Abzug. Und Emde glaubte zu spüren, was er nicht sehen konnte: Ein Schatten, der sich drüben jenseits des Parkplatzes aus der Dunkelheit löste, sich vorsichtig über Laub vortastende Schritte, ein Gewehr, schussbereit im Anschlag gehalten.

Kleine war in eine kniende Haltung gegangen. Er richtete die Pistole in einer fließenden schnellen Aufwärtsbewegung, doch ohne Hast, auf den Unbekannten. Sein zuvor beobachtender Blick bekam einen Ausdruck kalter Entschlossenheit. Er kniff das rechte Auge zu, damit ihm das eigene Mündungsfeuer die Sicht in der Dunkelheit nicht nahm und visierte ruhig den Schatten mit dem linken Auge über Kimme und Korn an. Vier Schüsse in zwei Doubletten bellten ohrenbetäubend los, der Lauf jagte bei jedem Schuss im Rückstoß wie ein zuschnappendes Reptil nach oben. Das Mündungsfeuer beleuchtete die Pflastersteinfugen unter dem Fahrzeugboden, leere Patronenhülsen klirrten auf den Boden. Mit einem Satz war der Journalist wieder in Deckung, schien in der Bewegung einzufrieren. Es war vorbei. Kleine war sicher: Er hatte getroffen. Und nicht nur einmal. Emde musterte Kleine. Der schaute für einige endlose Sekunden ins Nichts. Dann griff er zu seinem Spiegel. Der Schatten hatte das Gewehr fallen lassen, stand aber immer noch aufrecht. Fast schien es, als könne der unbekannte Schütze nicht begreifen, was da gerade geschehen war. Dann sackte die Gestalt in sich zusammen.

Aus der Ferne waren aus verschiedenen Richtungen die Signalhörner von Einsatzfahrzeugen zu hören. Von irgendwoher schlug sich flackerndes blaues Licht nieder. Ein langer Lichtstreifen aus einem Handscheinwerfer fuhr suchend hin und her und verharrte schließlich auf einer bestimmten Stelle. „Polizei. Keine Bewegung!“, knarrte eine Stimme über Lautsprecher. Sie waren nicht gemeint, offenbar war eine andere Person aufgefunden worden. Eine Person, die sich nicht mehr rührte, auch auf Zuruf nicht mehr rühren konnte. Dann näherten sich weitere Fahrzeuge von der anderen Zufahrt des Parkplatzes. Emde blickte zu Kleine hinüber, der den Blick mit einem Anflug unendlichen Bedauerns erwiderte, die Waffe ablegte, sie mit einem Fuß von sich stieß und die Hände über dem Kopf hob. Emde tat es ihm gleich, nachdem er seinen Dienstausweis in die rechte Hand genommen hatte und hochhielt. Zwei Einsatzfahrzeuge fuhren mit aufgeblendeten Scheinwerfern auf den Parkplatz, bremsten mit quietschenden Reifen in Positionen zueinander, die ihren Insassen bei einem Schusswechsel eine bestmögliche Deckung geboten hätten. Ein Scheinwerferkegel blieb weiter auf sie gerichtet. Wieder eine Stimme, eine andere dieses Mal, ebenfalls aus einem Lautsprecher. „Polizei. Keine Bewegung!" Dann, nach einem unerträglich langen Augenblick die gleiche Stimme, ungläubig und verfremdet durch die technische Verstärkung: „Bist du das, Stefan?"

Kapitel 31

Im nassen Asphalt der Berliner Straßen spiegelten sich die Lichter der Stadt. Immer noch hatte Hausdorf das Gefühl, dass es im Osten der Stadt deutlich düsterer war als im Westen, aber er konnte sich auch täuschen. Yessica hatte eine stille Loungebar in der Gubener Straße vorgeschlagen, von der er noch nie etwas gehört hatte. Der legendäre Technoclub Berghain war direkt um die Ecke, aber die besten Tage des Clubs waren lange passé, wozu nicht zuletzt die Auswirkungen der Corona-Pandemie beigetragen hatten. Das Viertel galt jedoch nach wie vor als große Entdeckung für Nachtschwärmer. Also hatte er nichts dagegen gehabt, ihr Date – er wollte es so sehen – dort stattfinden zu lassen. Er wollte mit Yessica ins Bett, da war er unumwunden ehrlich zu sich selbst. Und sie wollte das doch sicher auch. Hey, mit so jemandem landet man doch nicht alle Tage in der Kiste, oder? Vielleicht wurde ja doch mehr daraus, wer konnte das schon wissen? Schließlich war er langsam auch mal alt genug für etwas Festeres. Es machte sich auch besser für die wirklich großen politischen Ziele. Zumindest ging ihm die kesse Braunhaarige bislang noch nicht auf die Nerven, andere hatte er da schon viel früher vor die Tür gesetzt. Vor allem diese übereifrigen, nervtötenden Karrierestreberinnen aus der Nachwuchsorganisation seiner Partei, die er immer wieder aufs Auge gedrückt bekam. Unerträglich! Jörg Hausdorf war an der U-Bahnhaltestelle Weberwiese in Friedrichshain ausgestiegen und die letzten Meter zu Fuß gegangen. Er fand die Bar ohne Probleme, auch wenn am Hofeinang an der Gubenstraße nichts auf ihre Existenz hinwies. Die Einrichtung war spärlich, die Musik nicht zu laut und gepflegt, das Personal am Eingang exotisch, freundlich und unaufdringlich. Er wurde dezent mit Namen begrüßt und nicht geduzt. Jörg Hausdorf schätzte das sehr. Im hippen Berlin war es ein grenzdebiler Krampf, dass sich alle aus der kreativen Medienszene duzen mussten. Und Politiker auf ihrer Einschleimtour oft meinten, sie müssten da mithalten. Was dann etwa so affektiert und krampfhaft wirkte, wie ein 75-jähriger Opa im glitzernden Elviskostüm auf einer Singleparty.

Ein junges Paar saß heftig flirtend in einer Sitzgruppe, zwei weitere Personen unterhielten sich im dämmrigen Hintergrund des nicht sehr großen Raumes. Hausdorf sah sich suchend um, nickte dem DJ an seinem erleuchteten Pult freundlich zu, der den Gruß erwiderte. Dann erblickte er Yessica, die sich gerade mit einem Kellner unterhielt, der genau wie der Rest des Personals komplett in schwarz gekleidet war. Seine Assistentin lachte ihr typisches Lachen. Hausmann spürte sofort lodernde Eifersucht in sich aufbrennen. *Verpiss dich, du Arschloch, die Kleine nehme ich heute mit nach Hause.* Er erreichte den Tisch und machte eine Handbewegung, mit der man Schmeißfliegen verscheuchen konnte. Der Typ in Schwarz war verschwunden. Yessica sah ihn an als wäre er der Erlöser persönlich. *Sie will es, sie kriegt es!* Hausdorf ahnte es mehr, als dass er es durch die Tischplatte sehen konnte, aber sie trug ein schwarzes Kleid, das noch einmal deutlich kürzer war als alles, was er bisher an ihr gesehen hatte. Er musste sich schnell setzen, bevor seine Begeisterung sichtbar wurde. „Schön, dass du es einrichten konntest." Für Hausdorf war die Anrede immer noch fremd. Sie hatten sich heute Vormittag darauf geeinigt, sich zu duzen. Er nickte. Um das zu unterstreichen, gab er ihr einen Kuss auf die Wange. Sie ließ ihn gewähren. *Und das ist nur der Anfang, Kleine!* Sie wies auf den namenlosen Typen in Schwarz, den er vertrieben hatte. „Ich habe mir erlaubt, uns schon mal zum Auftakt den hier üblichen Hausdrink zu bestellen." Er zog erstaunt die Augenbrauen nach oben. *Hausdrinks sind entweder komplette Scheiße – oder das absolute Ultimatum.* „Und der wäre?" Sie lächelte das Lächeln eines kleinen Mädchens, das bereit ist, seine beste Freundin in ein Geheimnis einzuweihen. „Jaffa Sunset!" Er wiederholte es wie eine Zauberformel. „Jaffa Sunset?" Sie gab ihm einen Kuss direkt auf den Mund, der Hausdorf das Gefühlt gab, seine Hose würde platzen und das Geschoss, das daraus hervorsprang, würde durch die Tischplatte gehen. „Lass dich überraschen."

Der Kellner brachte zwei Gläser mit einer rötlichen Flüssigkeit, eine Orangenspalte saß auf der Glaskante. Der Drink sah eher unspektakulär aus. Ohne Flitter, ohne Swizzle. Hausmann schnupperte. Nichts, was ihn an irgendetwas erinnerte. Nun, er kannte so ziemlich alle gängigen Drinks, auch die kurzlebigen aus der Szene. Aber diese Mischung hier war neu für ihn. Yessica erhob ihr Glas. „Auf diesen schönen Abend, Jörg.“ Hausdorf war sich sicher, vor Gier noch den Verstand zu verlieren. Das hier war besser, als er es sich jemals vorgestellt hatte. Während Yessica kurz an ihrem Glas nippte, nahm er einen kräftigen Schluck. *Das Zeug brannte wie Feuer.* Aber er glaubte, die Mischung nun doch zu erkennen. Etwas Blue Curaçao für die Verstärkung des Orangengeschmacks, Bourbon-Whiskey. Tequila oder Wodka? Es schmeckte benebelnd stark. Aber auch umwerfend gut. Und vor allem nach mehr. Er schaute verwegen das Glas an und nickte anerkennend. „Erinnert mich an meine früheren Besuche in den Discos meiner Umgebung. Da gab es auch so Hausmischungen, die uns umgehauen haben.“ Yessica nickte verstehend. „Komm schon, du hast doch sicher auch schon damals den großen Kavalier gespielt, oder?“ Kavalier, das gefiel ihm. Die Frau gefiel ihm. Schon, weil sie nicht das übliche blöde Aufsteigerhuhn war, sondern Grips und Geist besaß. Nun lächelte sie, flirtete mit ihm. Es machte ihr überhaupt nichts aus, sie verschenkte sich nicht, warf sich ihm nicht an den Hals, trotzdem war ihr Lächeln nur für ihn. Er nahm noch einen Schluck. „Klar“, sagte er. „Warum auch nicht. Das Leben ist zu kurz, um Spaß aus dem Weg zu gehen, meinst du nicht?“ Yessica betrachtete mit gespieltem Entsetzen den Pegel in seinem Glas und nahm nun auch einen kräftigen Schluck aus dem ihren. „Du solltest aber etwas vorsichtiger sein“, mahnte sie. „Vielleicht ist die Nacht ja noch lang.“ Oja, dachte er, diese Nacht wird lang sein.

Der DJ hatte inzwischen eine schöne lange Remixversion eines Latingroove-Klassikers aus den ersten Jahren des neuen Jahrtausends aufgelegt. Eine richtig coole Nummer. Hausdorf schaute in seine Richtung und deutete seine Zustimmung mit einem erhobenen Daumen an. Der Tonkünstler sah es und faltete wie zum Dank seine Hände. Hausdorf fühlte sich gut. Verdammt, wenn er es nicht genauer gewusst hätte, würde er fast sagen, er wäre high. Schon nach den ersten Schlucken, so etwas hatte er schon lange nicht mehr erlebt. Richtig gut, dieser...wie hieß der Drink noch? Hausdorf wusste es nicht mehr. Irgendwas mit Sunset? Yessica sah, dass er sich wohlfühlte und lächelte. „Gute Entscheidung, hier heute Abend hinzukommen?“ Er nickte. „Sehr gute Entscheidung.“ Er nahm noch einen Schluck, sein Glas war jetzt zu drei Vierteln leer. Er würde noch einen nehmen von diesen ... verdammt, wie hießen die noch? Es war ihm wirklich entglitten. Jaffa irgendwas? Richtig, Jaffa Sunset. Nach Sonnenuntergang war auch seine Stimmung, seine Gedächtnisaussetzer waren ihm egal. Hausdorf lehnte sich genüsslich in dem Loungesofa zurück. „Du musst mich mal kurz entschuldigen“, hauchte Yessica ihm ins Ohr. Sie hatte ihn einige Augenblicke prüfend beobachtet. Es war ihm entgangen. Hausdorf nickte abwesend, schloss die Augen und träumte von der Nacht. Er fühlte sich gut. Sehr gut sogar. Die junge Frau rückte von der Seite des Politikers und ging, ohne sich weiter umzudrehen, in Richtung rückwärtigen Ausgang. Ein kurzes Nicken an den Kellner, das erwidert wurde, schon war sie in den dunklen Nischen verschwunden.

Hausdorf lauschte versunken den sonnigen Rhythmen. Es ging ihm sehr gut. Eine tiefe Ruhe breitete sich in ihm aus. Fast schien es, als würden ihm die sonnigen Klänge eine Wärme verleihen, die er im kalten politischen Berlin schon lange nicht mehr gespürt hatte. Ihm war nach Tanzen. Eigentlich gar keine so schlechte Idee. Wenn Yessica wieder zurückkam, würden sie tanzen. Und dann noch mehr. Tanzen. Es war Hausdorf gleichgültig, dass er seine Füße nicht mehr bewegen konnte. Eigentlich hätte sein Bewusstsein Alarm schlagen müssen, dass irgendetwas nicht stimmte. Doch Hausdorf spürte gar nicht mehr, wie er nach und nach handlungs- und willensunfähig wurde. Stück für Stück wurde eine Verbindung nach der anderen in seinem Wahrnehmungsempfinden gekappt. Er hörte nicht mehr, wie die Musik gestoppt wurde und der DJ, der ihm kurz zuvor noch gedankt hatte, geschäftig seine Gerätschaften abbaute. Er spürte auch nicht, wie der Kellner an den Tisch trat, beide Gläser in eine feste Kunststofftüte warf und mit wenigen Handgriffen bei Hausdorf die Reflexe überprüfte. Hausdorf war zwar noch bei Bewusstsein, seine Augen flackerten wie Irrlichter hin und her. Doch er war nicht mehr in der Lage, irgendeine Sinneswahrnehmung in einen vernünftigen Kontext zu bringen. Es war ihm völlig gleichgültig, dass der Kellner ihn auf der

Suche nach seinem Mobilfunktelefon abtastete, fündig wurde und das Gerät dem DJ zuwarf, der es, die Hände in Latexhandschuhe gehüllt, überprüfte. Hausdorf ahnte nichts davon, dass er noch mehrfach im Laufe der Nacht von diesem Telefon aus Kurznachrichten an den einen oder anderen Bekannten schreiben würde – zumindest würden die Empfänger es so lesen. Dass er alte Studienfreunde getroffen hatte. Dass sie sehr, sehr viel trinken würden. Der DJ hatte sich zuvor Hausdorfs in solchen Situationen üblichen Duktus eingehend eingeprägt. *Heute ist die Nacht der Nächte, hossa! Life is today, tomorrow never comes!* Längst hatten andere Kräfte von Hausdorfs Verstand Besitz ergriffen. Daher spürte er auch nicht, wie ihn kräftige Hände packten und in den Hof schleiften. Er bekam nichts mehr davon mit, wie er in einen abgedunkelten VW-Bus geworfen wurde. Alles war sorgsam vorbereitet. Als Hausdorf willenlos seine Blase entleerte, breitete sich die dampfende Flüssigkeit auf einer Plastikplane aus.

Wenige Minuten später stoppte der Wagen an einem einsamen Ufer der Spree. Die Umgebung war vorher sorgsam erkundet worden: Der Wagen musste bis ans Wasser fahren können, es durften weder live noch mit Überwachungskameras Zeugen zugegen sein – so eine Panne wie damals 2010 in Dubai würde ihnen nicht nochmal passieren. Das Wasser musste tief genug sein und es durften sich keine verwertbaren Spuren im Boden abdrücken, weder von Reifen, noch von Schuhen. Hausdorf, der immer noch bei Bewusstsein, doch nach wie vor völlig willenlos war, wurde sanft ins Wasser getragen und dort für fünf Minuten untergetaucht. Es war wichtig, dass er atmete und so Wasser in die Lunge bekam. Zuvor hatte man ihm das Sakko und die Schuhe vorsichtig ausgezogen und am Ufer hinter einen Stein gelegt. Später in der Nacht würde der DJ, der noch in anderen Vierteln Berlins mit dem Handy unterwegs war und von dort Nachrichten versandte, das Gerät in der Nähe ins Wasser werfen. Die Drogen, die Hausdorf schachmatt gesetzt hatten, würden in zwei Stunden nachweislos abgebaut sein. Der Alkohol aber nicht.

Während der fünf Minuten wurde kein Wort gesprochen. Hausdorf fühlte sich in den ersten Augenblicken gut. Er spürte weder die Kälte des Wassers, noch die nahende Bedrohung des Sauerstoffmangels. Hätte er es beschreiben können, hätte er das Eintauchen ins Wasser wie das Verschwinden in eine besondere Form der Geborgenheit wahrgenommen. Mit einem äußerst kurzen letzten Aufflackern von Verstand im Leben von Jörg Hausdorf erinnerte dieser sich plötzlich. Jaffa. Eine wunderschöne alte Stadt am Meer. Israel. Und mit dem letzten klaren Funken eines Gedankens wurde Jörg Hausdorf plötzlich bewusst, was gerade passierte. Und warum. Dann ging die Sonne unter.

Sie verzichteten auf Handschellen. Plötzlich war das Gespräch ein Verhör, der Parkplatz ein Tatort. Starke Scheinwerfer warfen ihr Licht an Hallenbad und Stadthalle vorbei bis zur Polizeidirektion. Die Tatortspezialisten nahmen dort jeden Zentimeter unter die Lupe. Tatsächlich fanden sich außerhalb des abgesperrten Bereichs auch zu dieser frühen Morgenstunde Schaulustige, die alles mit ihren Handys filmten. Unauffällig wurden die Nebenstraßen von Beamten nach einem möglichen Fluchtfahrzeug durchsucht. Doch bislang hatten sie nichts gefunden. Kleine saß auf einem Stuhl, die Hände zusammengefaltet. Neben ihm, auf einem Schreibtisch, lag die Tatwaffe in einer Plastiktüte. Emde hatte sie bestimmt zwanzigmal betrachtet. Ein ihm unbekanntes Fabrikat. Nofri und Bangert waren wieder zum Dienst angetreten. Bangert sah so aus, als hätte sich die Naht seines Kopfkissenbezuges quer durch das Gesicht eingraviert, die Erschöpfung sah man ihm an. Nofri hatte sich um Kaffee gekümmert. Sie schob auch Kleine einen Becher hin. „Ich kann nicht sagen, wie die Waffe in meinen Besitz gekommen ist“, behauptete der ehemalige Journalist zum wiederholten Mal. Seine Stimme war dünn geworden, er war nur noch ein Schatten von dem, was er noch Stunden zuvor gewesen war. Was sie inzwischen wussten: In der Tat waren sämtliche Herstellerhinweise, die einen Bezug transparent gemacht hätten, entfernt worden. Keine Chance, die Herkunft zurückzuverfolgen. „Kleine, du hast mit dem Ding einen Menschen umgelegt.“ Emde musste sich zusammenreißen. „Auch wenn du mir damit das Leben gerettet hast. Das ist illegaler Waffenbesitz in einem besonders schweren Fall. Das kann dich für zehn Jahre in den

Knast bringen.“ Emde war sich nicht sicher, ob Kleine ihm überhaupt zuhörte. Vor dem Gebäude wurden Rufe laut. Die Tatortspezialisten hatten anscheinend einen Fund gemacht. Augenblicke später hörten sie schnelle Schritte auf den Stufen draußen im Treppenhaus. Ein Teammitglied eilte in den Raum. „Hier, sein Handy. Er hat tatsächlich Fingerabdrücke hinterlassen. Die und alle anderen Spuren sind schon abgenommen.“ Der Mann im blauen Polizeioverall legte es Bangert auf den Schreibtisch, der sich zur Sicherheit Handschuhe überstreifte und das Gerät sofort mit seinem PC verband. Schon zuvor war der Bereitschaftsdienst des Landeskriminalamtes über den Schusswechsel informiert worden. Nun würden sich die Kollegen dort das Handy des Unbekannten vorknüpfen. De facto hatte Kleine gut getroffen. Zwei Kugeln hatten den Schützen auf der Stelle getötet. Inzwischen war der Tote von einem örtlichen Bestatter abgeholt worden und auf dem Weg nach Kassel. Bangert klickte nach wenigen Augenblicken mit der Maus. Das Desktop des Handys war nun auf seinem Monitor zu sehen. Emde rückte hinüber. „Lass mal gucken, mit wem er zuletzt telefoniert hat.“ Kleine blickte scheinbar teilnahmslos durch die Fenster zum angestrahlten Kirchturm. Bangert tippte auf die Rufnummernliste. Viele Nummern ins Ausland. In der Zeit des frühen Abends hatte der mutmaßliche Mörder dreimal mit ein und derselben Mobilfunkverbindung gesprochen. Kleine sah auf. Und Emde erbleichte. Er kannte die Nummer. Es war die Mobilfunknummer von Constanze Lieberknecht.

Die Tür wurde bereits geöffnet, noch bevor sie den Klingelknopf gedrückt hatten. Offenbar wurden sie erwartet. Der Flur war verwaist, die große Flügelglastür zum Wohnzimmer geöffnet. Emde, sein Assistent und ein Mitarbeiter der nordrhein-westfälischen Kripo traten ein. Am Panoramafenster stand eine Frauengestalt mit der Anmut einer Primaballerina und schien sie gar nicht wahrzunehmen. Wie bei unserer ersten Begegnung, dachte Emde, in ihrem Universum kommen Typen wie wir gar nicht vor. Und auch nicht die Scharen von schutzsuchenden Flüchtlingen, die in dieses Land strömten, die Tag für Tag um Anerkennung und etwas Wohlstand kämpfenden Niedriglöhner, alleinerziehende Mütter, Sozialhilfeempfänger oder sonstige vermeintliche Randgruppen. Die Menschen aus fremden Kulturen mit fremden Religionen, Sprachen und Bräuchen, die Schutz, Unterstützung oder doch zumindest Toleranz bedurften – und am Ende das Land durch ihre Anwesenheit doch reicher machen konnten. Die große Mittelschicht, die durch ihre Steuern einen Aufstieg für Personen wie sie erst möglich machten, nein, sie alle kamen im Universum einer Constanze Lieberknecht nicht vor. Emde spürte, wie Ekel in ihm hochstieg. Er spürte, dass er auf einmal Kleines Gedanken dachte. Dessen Sicht der Dinge zu seiner gemacht hatte. Denn Kleine hatte stets recht gehabt. Es fiel kein Wort. Die Frau drehte sich um. „Ich habe Sie bereits erwartet, meine Herren." Emde zog den Haftbefehl aus seiner Sakkotasche und kam sich vor, wie ein dummer Schuljunge, der sich nach einem Streich vor dem Rektor rechtfertigen musste. Etwas mehr Standhaftigkeit, Mann! „Frau Lieberknecht, ich verhafte Sie wegen des dringenden Tatverdachts der Anstiftung zum Mord an Ihrem Mann Karl Lieberknecht und an meiner Person." Seine Worte schienen schwerelos im Raum zu schweben und die Angesprochene gar nicht zu erreichen. Emde sah keinerlei Reaktion. Sie schien auch gar nicht wahrgenommen zu haben, dass er sie dieses Mal bewusst um ihren Doktortitel betrogen hatte, der ihr ja ihrer Auffassung nach zustand. Ihre Stimme kam – nach endlosen Augenblicken – wie aus einer anderen Welt. „Was wissen Sie schon, Herr Emde?" Die Antwort gab sie selbst: „Gar nichts wissen Sie!" Der Kollege aus NRW gab ein kurzes Zeichen. Emde wusste: Draußen war inzwischen ein Zivilfahrzeug der Kripo vorgefahren. Was Diktaturen ihren gepeinigten Opfern zu allen Zeiten vorenthielten und weiter vorenthalten würden, wollte er für Constanze Lieberknecht bewahren: einen Rest Anstand und Würde bei der Verhaftung. Es gab keine quietschenden Reifen, kein Blaulichtgeflacker und auch keine Handschellen. Auch wenn diese Giftschlange es nicht verdient hat! „Machen Sie jetzt keine Aussage, Frau Lieberknecht. Sparen Sie sich das für die Vernehmung." Er spürte, wie sein Zorn immer mehr hochloderte. Es war ihm fast ein Trost, dass diese von Luxus verwöhnte Schlange allein schon in der Untersuchungshaft ihrer persönlichen Hölle auf Erden entgegenging, wie er es sich gar nicht vorzustellen vermochte. Private Kleidung war dort sicher noch der größte Luxus, ansonsten gab es Toilettengestank und Kernseife anstelle von Givenchy; trockenes Brot mit einer Wurstscheibe und dünnen Tee als Abendbrot um fünf Uhr nachmittags. Und Constanze Lieberknechts, Verzeihung, Dr. Constanze Lieberknechts standen in der Hackordnung eines Frauenknasts ganz weit unten. Die Witwe ging hinaus. Emde folgte ihr über den Plattenweg durch den Vorgarten bis ans Tor. Gegenüber schauten Nachbarn neugierig aus dem Fenster. Das wird sich herumsprechen, auch ohne großen Aufmarsch, dachte er. An der Wagentür blieb Constanze Lieberknecht stehen. „Sie begreifen das nicht, Herr Emde", wiederholte sie. „Der Tag wird kommen, an dem werden sich die Tore aus Stahlgittern vor mir wieder öffnen. Das Volk ist jetzt noch nicht bereit dafür, aber Zorn und Misswirtschaft werden zunehmen und uns den Boden bereiten. Sie werden dann schon sehen." Sie stieg ein und blickte ihn mit einer Mischung aus tiefem Hass und Stolz, die Emde frösteln ließ, an. Dann schloss sich die Wagentür, die Fahrzeuggruppe setzte sich langsam in Bewegung und verschwand um die Straßenecke.

Vielleicht hatte sie recht. Vielleicht verstand er ja wirklich nicht, dachte Emde. Aber es war noch nicht vorbei.

Epilog

Emde blickte durch die lang gezogene Halle. Das hohe Passagieraufkommen des frühen Morgens war vorüber. Helles Sonnenlicht des späten Vormittags flutete durch breite Oberlichter hinein und beleuchtete das Metallgestänge unter der Hallendecke. Links checkten Passagiere eines Freebird-Fluges nach Antalya ein. Er sah sonnenhungrige Familien mit viel Gepäck, die den Sommer noch etwas verlängern wollten. Weiter vorn erkannte er das blau-weiße Logo der El-Al. Zwei Polizisten der Bundespolizei in blauen Uniformen standen etwas unmotiviert mit Maschinenpistolen und schussfesten Westen in der Nähe und schwatzten miteinander. Vielleicht sollte er sie ansprechen? Besser nicht.

Der Anruf hatte ihn erreicht, kaum dass sich die Fahrzeuge mit der verhafteten Witwe entfernt hatten. Kleine war fort. Die Hütte war leer. Noch am frühen Morgen hatten sie sich darauf geeinigt, dass auf eine Untersuchungshaft verzichtet werden konnte. Kleine würde sich für weitere Vernehmungen und ein Gespräch mit dem Staatsanwalt bereithalten. Niemand sah darin ein Problem, nicht einmal die sonst so kritische Nofri. Doch sie war es, die dann doch auf die Idee gekommen war, dem Journalisten einen Morgenbesuch abzustatten. Um dann zu entdecken, dass dieser offenbar das Weite gesucht hatte. Emde konnte ihr ausreden, Kleine sofort zur Fahndung auszuschreiben. „Ich glaube, ich weiß, wo ich ihn finde", hatte er gesagt und sich damit ein paar Stunden Zeit verschafft. Nun sah er eine Gruppe orthodoxer Juden in schwarzen, abgewetzt wirkenden Gehröcken, weißen Hemden und Filzhüten, die sie hoch am Hinterkopf trugen. Er betrachtete die Gruppe neugierig. Emde hatte noch nie strenggläubige Juden gesehen. Wo auch? Die Männer wirkten fremd auf ihn. Die Schläfenlocken, die Bärte und dicken Hornbrillen, die sie trugen, gaben selbst dem jüngsten in der Gruppe, der keine 30 Jahre alt sein mochte, ein altersloses Aussehen, das fernab von aller Jugendlichkeit schien. Der Junge blätterte in einem kleinen Heftchen und schien sich nicht im Geringsten von dem Trubel um ihn herum stören zu lassen. Emde sah, dass einer der Männer weiße Fäden am Hosenbund trug. War das ein Symbol? Eine Art Rangabzeichen? Er bedauerte, dass Kleine nicht bei ihm war, er hätte es ihm sicherlich erklären können. Emde bedauerte überhaupt, dass er sich so wenig mit fremden Kulturen und vermeintlich fremden Religionen auskannte. Dabei war es ein kleiner Schritt und hatte nichts mit weiten Reisen zu tun. Wäre es nicht ein guter Gedanke, demnächst mal intensiver Nachrichten zu schauen oder die Tageszeitung zu lesen?

Der Hauptkommissar hatte in den vergangenen Stunden viel gelernt. Er wusste, dass ihn die Ereignisse ein Leben lang verfolgen würden, egal wie gut die psychologische Unterstützung war, die man ihm anbieten würde. Er hatte aber vor allem auch erlebt, wie sich ein Mensch, den er seit Kindheitstagen zu kennen glaubte, innerhalb von Sekunden als jemand ganz anderer erwies. Emde war sich sicher, Kleine hier zu treffen. Er war sich sicher gewesen, die nächsten Züge seines Freundes *War er überhaupt mein Freund?* lesen zu können. Oder hatte er sich am Ende getäuscht? Es war eine Ahnung, die ihn hierhergetrieben hatte. „Den Schlüssel hat Grimmelmann", war auf einem Zettel zu lesen, den Nofri an der Hütte gefunden hatte. Kleine war weg. Es war zu spät. Aber der Polizist glaubte den Ort zu kennen, der Kleines Ziel war.

Emde bemerkte, dass jemand hinter ihm stand. „Suchst du mich, Hauptkommissar?", fragte eine vertraute Stimme. Er wandte sich um. Ohne Eile. Der Mann, der vor ihm stand, war Kleine, keine Frage. Und doch war er es wieder nicht, obwohl Emde noch nicht einmal genau sagen konnte, was es war, das seinen Freund nun so anders wirken lies. Vielleicht die neue Brille mit Metallgestell. Vielleicht auch einfach die Distanz, die durch das Erlebte der vergangenen Nacht zwischen sie getreten war. Emde sah keinen Grund für eine Begrüßung. Sein Freund – oder was auch immer Kleine nun war – wollte sich ohne sein Wissen aus dem Staub machen. „Du darfst das Land nicht verlassen." Es war ein sinnloser Satz, Emde wusste es, doch es war das einzige, was er herausbrachte. Kleine lächelte. „Du meinst, Paul Kleine darf das Land nicht verlassen." Emde schaute zu Boden, während der Durchsagegong erklang und von ferne eine unverständliche Stimme durch den Raum wehte. Er wusste plötzlich, dass Kleine ihm immer einen Zug voraus sein würde. Zeit, den Dingen auf den Grund zu gehen. Er hatte viel zu viele Jahre gebraucht, um seinem Freund diese Frage zu stellen. „Paul, wer bist du? Bist du beim Mossad?“ Emde ließ keinen Zweifel aufkommen, dass er es ernst mit dieser Frage meinte, doch das Lächeln von Kleine wurde noch breiter, bekam aber einen Anflug von Verständnis. Statt einer Antwort kam eine Frage zurück. „Auf einen Kaffee oben im Foodcourt? Du hast doch keine Unterstützung hier, oder?“ Kleine sah sich um. Emde schüttelte den Kopf. Was hätte es gebracht, wenn er die beiden Bundespolizisten alarmiert hätte? Was hätte er gesagt? Nehmen Sie diesen Mann fest, er ist ein Agent des Mossad! Die beiden Grenzer hätten ihn angesehen und behauptet, sie dagegen wären beide der Kaiser von China. Und außerdem: Kleine hatte in der vergangenen Nacht in einer Ausnahmesituation einem Bullen das Leben gerettet. Illegaler Schusswaffenbesitz hin oder her. Kein Polizist würde ihm deswegen ernsthafte Schwierigkeiten machen und sich in so eine Sache hineinziehen lassen wollen. Er folgte dem Journalisten wie unter schwerer Betäubung.

Kleine reichte ihm im Gehen einen Pass. Ein siebenarmiger Leuchter, umrankt von Olivenzweigen. Schriftzeichen, die Emde gestern um diese Zeit noch als fremd bezeichnet hätte. Ivrit, wie er nun wusste. Der Beamte schlug ihn auf. Das Portraitfoto zeigte Kleine, er trug die gleiche Brille wie jetzt. Der Name in dem Pass war in lateinischer und hebräischer Schrift wiedergegeben. Sieh an, die Person, der dieser Pass gehörte, hieß wie einer seiner Söhne. Der Name lautete Jonathan Weingarten, geboren in Tel Aviv. Die Eingangsstempel und Visa-Aufkleber wiesen Jonathan Weingarten als weitgereisten Mann aus. USA, Japan, Vietnam und Kambodscha, alles in einem Jahr. Dazwischen immer wieder das Oval von türkischen Visastempeln. Sogar die buntpompösen Einreisevisa der asiatischen Länder waren eingeklebt. „Jonathan Weingarten“, las Emde laut vor. Er hielt den Pass hoch. „Ist das eine Fälschung?“ Wieder eine Frage, bei der der Hauptkommissar bereits im Voraus die Antwort kannte. Kleine schüttelte den Kopf. „Die beste Fälschung ist eine, die keine ist. Der Pass ist echt“, sagte er. „Und Jonathan Weingarten ist es auch. Die israelische Botschaft wird bestätigen, dass es ihn gibt. Du wirst von seinen Familienangehörigen, Geschäftspartnern und Freunden zu hören bekommen, dass er sich gerade in Deutschland aufhält. Sie werden dir Fotos zusenden, die Weingarten bei der Bar-Mizwa seines Sohnes zeigen, bei der Armee und bei seiner Hochzeit. Und sie werden bei jeder Gerichtsverhandlung auf mich zeigen, wenn ein Richter sie fragt, ob sie Jonathan Weingarten identifizieren können." Emde spürte, wie Übelkeit in ihm hochstieg. Kleine war ihm nicht nur einen Schritt voraus. Er war ihm einen ganzen Marathon voraus. „Aber das bist du doch nicht, oder?" Er dachte daran, wie sie früher im Wald gespielt hatten. Wie sie in der Scheune vom alten Plutz herumgetobt und dabei beinahe aus Versehen von Strohballen erschlagen worden wären. Er dachte daran, wie sie zum ersten Mal gemeinsam in Bunses Kneipe Bier und Schnaps getrunken hatten – und wie ihnen davon speiübel geworden war. Kleine war sein Freund. War es immer noch und würde es bleiben, sollte es einfach. Emde spürte das unterbewusst. Existierte er nun zweimal? Der Kriminalbeamte verstand die Welt nicht mehr. So etwas gab es nur im Kino. Oder?

Sie fanden einen Tisch im hinteren Winkel eines Cafés. „Natürlich nicht", beantwortete Kleine die Frage schließlich und holte zwei Espresso. Emde wusste, dass er keine Frage stellen konnte, die Kleine wirklich beantworten würde. Beantworten können würde, wäre vielleicht richtiger gewesen. Emde wechselte das Thema, er würde an dieser Stelle nicht weiterkommen. Seine Beobachtung fiel ihm wieder ein. Es war eine gute Ablenkung. „Was sind das eigentlich für weiße Schnüre, die gläubige Juden an ihrem Hosenbund haben?" Er bemerkte, wie Kleine überrascht aufsah. „Ich habe das eben bei einer Gruppe gesehen, die auf den El-Al-Flug eingecheckt hat", schob er hinterher. Kleine nickte. „Und du fragst dich nun, was es damit auf sich hat, weil du es nicht weißt?" Kleine nahm einen Schluck Kaffee. „Weißt du, das ist so richtig schlimm deutsch. Ihr wisst nichts von den Kulturen, die euch umgeben und in denen eure Wurzeln liegen. Und das Schlimmste ist: Eigentlich interessiert es euch nicht." Kleine bemühte sich, seine Predigt nicht in eine Maßregelung abrutschen zu lassen. Immerhin hatte Emde ja interessiert gefragt. „Das Judentum gab es bereits tausende von Jahren vor Jesus Christus, also sollten wir uns vielleicht mit dem ein oder anderen Detail auseinandersetzen, oder? Vielleicht sollten wir mal wissen, was man zu Pessach feiert. Oder Rosch Haschana. Und wann. Und vielleicht sollten wir uns auch bewusst machen, dass Juden auch hier in Deutschland ihre Wurzeln haben. Seit mehr als 1.700 Jahren. Länger also, als Christen." Emde sah ihn an. Der abrupte Wechsel, mit dem Kleine von ‚eurem Land' sprach, andererseits von Kulturen, mit denen ‚wir' uns auseinandersetzen sollten, irritierte ihn. „Es sind Zizijot" fuhr Kleine dozierend fort. „Schaufäden aus weißer Baumwolle, die an die Gebote Mose erinnern sollen. Sie sollen an Gebete mahnen. Das ist allerdings nur die Kurzfassung einer Antwort auf deine Frage." Emde nickte verstehend. Es war wirklich Zeit, die Augen zu öffnen. Er hatte zu viel Zeit damit vertan, fremde Dinge abzulehnen, nur weil er sie nicht verstand. Oder verstehen wollte. Er würde für sich keine Ausrede mehr akzeptieren.

„Was ist jetzt dein Plan?", fragte Emde nach weiteren Minuten des Schweigens. „Du wirst mich nicht an der Ausreise hindern?", fragte Kleine zurück „Nun, vielleicht würde ich Paul Kleine an der Ausreise hindern", philosophierte Emde. „Aber hier am Tisch sitzt Jonathan Weingarten. Bürger des Staates Israel." Und er fügte leise hinzu: „Agent des Mossad, der sich hoffentlich nicht des Landesverrats schuldig gemacht hat. Sonst müsste ich das nochmal überprüfen." Kleine lächelte. „Du hast zu oft James Bond und Jason Bourne gesehen." Er leerte seine Espressotasse. Kleine wusste: Würde er jemals wieder an den Diemelsee zurückkehren wollen, und nichts wollte er im Augenblick mehr, dann musste er Emde jetzt reinen Wein einschenken – aber gewisse Details seiner Kenntnisse weiter verschweigen. Sein Freund würde ihn für den Moment ziehen lassen, dessen war er sich sicher. Wäre das nicht so, würde Kleine jetzt bereits mit Handschellen auf einem Stuhl in einem Flur im namenlosen schäbigen Teil des Frankfurter Flughafens sitzen, einen Offiziellen in blauer Uniform an seiner Seite. Landesverrat hin oder her. „Ich bin ein Sajan." Emde runzelte die Stirn. „Ein Sajan?" Kleine nickte. „Ein Sajan. So nennt man die stillen Unterstützer der israelischen Geheimdienste. Juden, oft aber auch Nichtjuden außerhalb Israels, die Teams unterstützen. Mal bieten sie Unterschlupf, mal helfen sie mit Geld, mal ein kleiner Fahrdienst hier, mal ein Botengang dort. Oder auch mal eine Beobachtung. Nichts, was uns mit dem Gesetz in Konflikt bringt. Meistens zumindest nicht. Uns allen gemein ist eine große Solidarität mit Israel. Auch wenn wir keine Israelis sind. Oft noch nicht einmal Juden. Und ob ich nun für den Mossad arbeite, für eine Unterabteilung, für den militärischen Aman oder für den Ausschuss für Sicherheit und Auswärtige Angelegenheiten weiß ich nicht. Denn ich habe keinen Arbeitsvertrag unterschrieben. Das ist in der Branche eher weniger üblich." Er überlegte einen Augenblick. Würde Emde ihn verstehen? Seine Liebe zu Israel? Seine uneingeschränkte Solidarität mit den Juden? „Weißt du, ich habe gesehen, wie sie kämpfen. Damals, beim zweiten Libanonkrieg 2006. Sie machten keine Unterschiede zwischen ihrer Herkunft. Ob du aus Äthiopien bist, aus Tunis oder Baku, ob Mann oder Frau, Sohn eines Bauern oder Tochter eines reichen Künstlers aus Tel Aviv, das ist egal. Zumindest, wenn es um das Verteidigen der Heimat geht. Die Soldaten der Zahal sind singend ins Feld gegangen und manchmal auf Tragen oder in Säcken wieder zurückgekehrt, aber keiner blieb alleine. Selbst im Tod nicht." Kleine blicke tief zurück in seine Erinnerung und hoffte, der Abgrund würde ihn nicht verschlingen. „Aus dem Süden des Libanon wurden damals jede Nacht Raketen auf den Norden Israels abgefeuert. Ehud Olmert war gerade erst seit einigen Monaten Ministerpräsident und ein schwacher dazu. Sein Generalstab riet ihm zur massiven Vergeltung. Er folgte, weil er Härte zeigen wollte. Er hatte keine Ahnung, worauf er sich einließ." Emde blickte auf die Tischplatte. Er konnte sich an diesen Krieg, von dem Kleine da gerade erzählte, nicht erinnern. 2006, war das nicht das Jahr der Fußballweltmeisterschaft in Deutschland gewesen? Daran konnte er sich erinnern. Aber Israel war so oft in Kriege verwickelt. „Es kam zu heftigen Bodengefechten", fuhr Kleine fort. „Bei einem davon, außerhalb von Bint Dschubail, eines für uns völlig gesichtslosen Ortes, war ich als eingebetteter Berichterstatter dabei. Ich hatte mich vorher trainieren lassen. Sie hatten Vertrauen zu mir. Eigentlich sollte es ein risikoloses Bodenmanöver werden. Am Ende war es ein blutiger Tag für beide Seiten. Der Krieg dauerte noch bis September." Kleine blickte auf. „Danach hatte ich das Gefühl, für diesen Staat weiter arbeiten zu wollen. Ich hatte damals guten Zugang zur Politik. Ich konnte Kontakte vermitteln, Informationen sammeln, ich war involviert. Ich wollte diese Aufgabe um jeden Preis." Auch für Rafi, wollte er noch hinzufügen. Für eine Reise auf die Malediven, die nie gemacht wurde und eine absurd junge Witwe von gerade mal einundzwanzig Jahren, die bei der Beerdigung ihres Mannes vor Trauer fast den Verstand verloren hatte. Avi hatte es ihm hinterher erzählt. Das war der Zeitpunkt, an dem er sich als Freiwilliger gemeldet hatte. Keine Macht der Welt hatte ihn davon abhalten können. Kleine betrachtete eine Familie, die draußen mit Sack und Pack auf dem Weg zum Check-in vorbeizog. „Weißt du, wer das nicht selbst mitbekommen hat, macht sich keine Vorstellung davon, was Krieg ist. Der Staub, der mit dem Schweiß zusammen alles verklebt, der Gestank von Blut und verbranntem Fleisch. Das Schreien und die Fliegen über den Leichen, die einfach in den Straßen liegenbleiben. Keiner kümmert sich um sie. Keiner deckt sie zu, sie bleiben einfach liegen." Er schluckte. „Auch, wenn ein Fahrzeug kommt." Nein, er wollte daran jetzt nicht denken. Kleine schloss die Augen. Er dachte stattdessen an den Seren, der ihn gewarnt hatte: „Schau ihnen nicht ins Gesicht. Wenn du ihnen in die Augen geschaut hast, verfolgen sie dich." Der Offizier hatte recht gehabt.

Minuten vergingen, bis der Ermittler nickte. „Und manchmal haut Ihr eben auch Bullen raus, nicht?" Es war ein schwacher Versuch, das Gespräch in ein ruhiges Fahrwasser zu lenken, doch Kleine lächelte milde. Es war gesagt. Emde drehte seine Tasse auf der Untertasse. „Ein Sajan", murmelte er und schüttelte den Kopf. „Der israelische Geheimdienst am Diemelsee. Wer hätte das gedacht?"

Weitere Zeit verstrich. Emde blickte auf seine Uhr. „Du musst langsam los", sagte er. Er hatte nicht mitbekommen, wie Kleine auf einen Bildschirm über der Bar geblickt hatte. Und erstarrt war. Dort liefen die Nachrichten. Der Kellner des Cafés stand davor und nahm von ihnen keine Notiz, sondern daddelte mit seinem Handy. In Berlin wurde Jörg Hausdorf, Chef der Landesgruppe seiner Bundestagsfraktion, vermisst. Gleichzeitig war von einem Jogger an einem abgelegenen Ufer der Spree eine männliche Leiche entdeckt worden, von der Zeugen sagten, sie habe Ähnlichkeit mit dem Politiker. Die Redakteure am Newsdesk des Senders hatten schnell zwei und zwei zusammengezählt und zu einer mutigen Meldung verknüpft. Auf dem Bildschirm war neben einem eingeblendeten Foto Hausdorfs eine junge Korrespondentin zu sehen, das Mikrofon trug das Logo eines lokalen Rundfunksenders. Der Ton war zu niedrig eingestellt, um etwas zu verstehen. „Polizei geht von Unfall aus", war auf einem Laufband am unteren Bildschirmrand zu lesen. Sie haben ein Team in der Nähe von Hausdorf. Ja, dachte Kleine, ich muss langsam los.

Ihre Verabschiedung brauchte nicht viele Worte. Beiden Männern war klar, dass sie sich wiedersehen würden, dass dies kein Abschied für immer war. Aber die Vergangenheit war für immer vergangen. Wollten sie Freunde bleiben, mussten sie einen Neuanfang finden. „Wir müssen mal schauen, was wir irgendwie abbiegen können", sagte Emde, ohne genau erklären zu können, was er damit meinte. Wenn es so wäre, dachte Kleine, dem klar war, dass die Ereignisse in Berlin, was auch immer dort geschehen war, nochmals ein anderes Licht auf den ganzen Fall werfen würden. Emdes Blick blieb an einem Anzeigebildschirm mit den Abflügen hängen. „Mir fällt gerade ein, dass ich meine Frau nie zu irgendeinem Flughafen gebracht habe", sagte er. „Und ich bin noch nie von Frankfurt aus abgeflogen." Kleine folgte dem Blick des Ermittlers. In der langen Reihe von Flügen, die aufgerufen wurden, war auch sein El-Al-Flug nach Tel Aviv. Zwei Punkte blinkten abwechselnd neben dem Zielort auf. Außerdem würden in Kürze Jets nach Buenos Aires, Denver, Hanoi und Peking starten. Kleine erinnerte sich, dass Stefan Emde in seinen jüngeren Jahren vor seiner Hochzeit mit Susanne nur zweimal mit Freunden auf Mallorca war. Dann kamen die beiden Jungs, zwei spätere Flugreisen der Familie gingen nach Fuerteventura und Antalya. Immer von Paderborn aus. Für Emde, das war Kleine klar, musste das hier wie eine Brücke in die große, weite und unbekannte Welt sein. Was ja auch stimmte. Der Ermittler sah ihn an. „Weißt du, ich habe in den vergangenen Tagen vieles gelernt." Er schien nicht recht zu wissen, wie er sagen sollte, was er sagen wollte. Kleine wartete ab. Sie kannten sich lange genug. Er wusste, was sein Freund ihm an Worten auf den Weg mitgeben wollte und machte für ihn den Anfang. „Emde, es sind viele Dinge ins Rollen geraten. Das Wichtigste ist, dass wir nicht verraten und verkaufen, was unsere Elterngeneration uns an Werten überlassen hat. Und das heißt auch immer, das Fremde, das Andere zu respektieren. Den Schwachen zu schützen und für die einzutreten, die sich selbst nicht helfen können. Deutschland hat das schon einmal nicht hingekriegt." Emde nickte erleichtert. Es schien, als würden Kleines pathetische Worte dem entgegenkommen, was er ausdrücken wollte. Kleine deutete auf die Anzeigetafel. „Die Welt lebt von der Vielfalt der Kulturen ihrer Menschheit, vergiss das nie. Schweigen im Angesicht von Unrecht ist nie ein gutes Mittel gegen Sprachlosigkeit gewesen" Er griff in die Tasche und zog seine Kippa heraus. „Wenn ich damit auf dem Kopf durch die Innenstadt von Berlin laufen kann und vorher sicher sein kann, dass es keinen bösen Kommentar von irgendeinem Idioten dazu gibt, dann ist der Job gemacht. Dann haben wir gewonnen." Er gab sie Emde, der sie mit einem andächtigen Blick betrachtete und in seinen Händen drehte. „Bewahre sie bis dahin für mich auf." Kleine dachte an den Diemelsee. Er dachte an das ruhige, grüne Wasser, die aufragenden Hügel mit Wiesen und an den dichten Nebel im Wald, der sich an Herbsttagen zwischen den Bäumen manchmal selbst dann nicht lichtete, wenn über den Wipfeln die Sonne schien. Er dachte an Felder mit Strohballen in der flimmernden Glut eines Sommertages, den duftenden Frühlingsflieder am murmelnden Bach in der Nähe seiner Hütte und die wie Gold wirkenden Felder mit Raps im Frühsommer. Kleine dachte an das Glockenläuten am Samstagabend, die uralten Häuser in den Gassen von Korbach und die Giebelinschriften der Gebäude in den Dörfern, die von der Gottesfurcht ihrer längst vergangenen Bewohner kündeten. Aber vor allem dachte er an die Menschen in den Orten rings um den Diemelsee. Das kurze Gespräch am Gartenzaun, die Herzlichkeit, mit der alle anpackten, wenn es darum ging, einem einzelnen zu helfen. Das war seine Heimat, zu der er zurückkehren würde. Wenn sich alles geklärt hätte. Ein Impuls war gesetzt. Er drehte sich um und ging.

Die Boeing 737 mit dem blauen Davidstern am Heck rollte langsam zum Ende der Startbahn. Emde stand auf der Aussichtsterrasse von Terminal 2. Er beobachtete über den Vorfeldverkehr des Flughafens hinweg, wie die Maschine am entlegenen Rollbahnende wendete und langsam Fahrt aufnahm. Mit Verzögerung hörte er, wie von Ferne das hohe Wimmern der Turbinen zum spitzen Schrei, dann zum Donnern wurde. Schließlich stieg der Jet mit der Nase voran in den blauen Himmel. Emde betrachtete die sorgsam gewebte, seidig glänzende Kopfbedeckung in seiner Hand. Die Zeiten würden sich ändern. Es war noch nicht zu spät.

Wahrheit, Dichtung und Dank

„Krawattennazis“ ist ein Thriller, kein Tatsachenbericht.

Alle Personen, die in dieser Geschichte auftreten, sind frei erfunden, sofern es sich nicht um Persönlichkeiten der Zeitgeschichte handelt. Jede Ähnlichkeit mit lebenden Personen ist nicht beabsichtigt und wäre rein zufällig. Dies gilt insbesondere für die tatsächlichen derzeitigen Inhaber der von mir beschriebenen Mandate. Erfunden habe ich auch die Drahtseilbrücke über den Diemelsee, die Bewohnerinnen und Bewohner dieser schönen Region mögen es mir verzeihen. In der Realität blieb die Brücke ein vieldiskutiertes Projekt, mehr nicht.

Nicht erfinden musste ich dagegen leider zahlreiche in Halbsätzen beschriebene Auswüchse des Antisemitismus und Rassismus, die uns Tag für Tag umgeben. Hierzu genügte mir ein Blick in die Tagespresse. Die Politik tut einiges zur Eindämmung dieser furchtbaren Entwicklung, doch sie tut meiner Meinung nach lange nicht genug. Was vielleicht auch daran liegt, dass es viele Mandatsträgerinnen und Mandatsträger auf Bundes-, Landes- und Kommunalebene zu geben scheint, die viel zu sehr mit sich selbst, ihrer Wiederwahl und dem Eindreschen auf den politischen Gegner beschäftigt sind und deren Agieren in Krisensituationen – wir haben das im Zuge der Corona-Pandemie alle erlebt – nur noch hilflos erscheint. Nicht nur die Maskenaffäre im März 2021 hat uns gezeigt, dass auch massive Vorteilsnahme und Korruption jenseits aller Vorstellungen in hohen politischen Ämtern keine Dinge sind, die man für einen Thriller erst erfinden muss. So wird die Arbeit der vielen ambitionierten, aufrichtigen und ruhelos an wirklichen Fortschritten arbeitenden Politikerinnen und Politiker, von denen ich nicht wenige kennenlernen durfte, umso mehr erschwert.

Bei den Hintergrundrecherchen und der Verwirklichung dieses Thrillers konnte ich auf die Unterstützung vieler Helferinnen und Helfer setzen. Ich danke meinen Verlegern Elke Neumann und Georg Nies sowie dem Team des OCM-Verlags für die Courage, einen ziemlich umfassenden und nicht unkomplizierten Stoff zu einem Buch werden zu lassen, ebenso meiner Lektorin

Claudia Dören für die gute Zusammenarbeit und den gedanklichen Austausch.

Hauptkommissar Dirk Virnich, ehemals Polizeidirektion Waldeck-Frankenberg in Korbach, inzwischen Leiter der Dezentralen Ermittlungsgruppe der Polizeistation Bad Arolsen, danke ich, dass er sich ausführlich meines Fragenkatalogs zum Thema Mordermittlungen am Diemelsee angenommen hat. Mein Dank gilt außerdem Prof. Dr. Reinhard Dettmeyer, Direktor des Instituts für Rechtsmedizin der Justus-Liebig-Universität Gießen, der mein Wissen zum Thema Autopsie und Rechtsmedizin deutlich über das Niveau eines routinierten Tatort-Fans gehoben hat. Beim Thema verdeckte Internetrecherche konnte ich auf das Wissen von Oliver Klein, ZDF-Redakteur, Journalistenkollege und ein ausgewiesener Experte zu diesem Thema, zurückgreifen. In diesem Zusammenhang: Yandex, Pimeyes und die Webseite Thispersondoesnotexist sind keine Erfindung von mir – sondern längst Realität.

Danken möchte ich Erhard Rettig, dem Vorsitzenden des Adorfer Knappenvereins sowie meinem Onkel Alfred Klee, Maschinensteiger im Ruhestand, für ihre packenden Berichte zur Geschichte der Erzgrube Christiane. Nicht zuletzt danke ich meinem Vater Herwig Langer, der selbst am Diemelsee aufgewachsen ist, für die behutsame Korrektur der Wiedergabe des Waldecker Dialekts. Besonders dankbar bin ich auch den Motorradfreunden Wirmighausen, dass sie mich ihr feuchtfröhliches Ritual, welches sie „Konfirmieren“ nennen, überleben ließen, um diese Geschichte zu schreiben.

Ich danke meinen Gastgebern im Ferienhaus am Buchsbaum in Engelskirchen, weil sie mir absolute Klausur während der Korrektur des Manuskripts boten – und ich ihr Ferienhaus als Vorbild für Paul Kleines Hütte nehmen durfte.

Auf israelischer Seite danke ich Einat Wilf, Omri Boehm und Tom Segev, dass sie, teils im Gespräch, teils durch ihre Veröffentlichungen, meine Kompassnadel zum Thema Nahostkonflikt verlässlich einnorden.

Mein größter Dank aber gilt meiner Frau Julia.

In zwei Regionen auf der Welt fühlt sich Peter Langer bei jeder Anreise aufs Neue von der ersten Minute an zu Hause: Am Diemelsee und im Nahen Osten. Während sich der erste Ort mit den familiären Wurzeln erklären lässt – der Vater des 1973 in Meerbusch geborenen Autors wuchs am Diemelsee auf – ergab sich die Liebe insbesondere zu Israel während des Studiums der Politikwissenschaft an der Uni Bonn mit dem Schwerpunkt Nahostkonflikt.

Nach seinem Uni-Abschluss volontierte Langer bei einer Düsseldorfer Tageszeitung und biss sich nach einem zeitlich begrenzten Engagement als Wirtschaftsredakteur eines Börsenjournals als freier Redakteur durch. Er arbeitet heute im Öffentlichen Dienst.

Langer lebt mit seiner Familie in Neuss. „Krawattennazis" ist sein Debütthriller.